LA

DU MÊME AUTEUR

La Chasse au renne de Sibérie, Actes Sud, 2008.

Titre original :
Okhota na izioubria
Editeur original :
Eksmo, Moscou

ISBN 978-2-7427-9127-7

JULIA LATYNINA

LA CHASSE AU RENNE DE SIBÉRIE

roman traduit du russe
par Yves Gauthier

BABEL NOIR

Première partie

UN DIRECTEUR PORTÉ DISPARU

Prenons l'argent et ne parlons pas de justice.

SHI NAI-AN et LUO GUAN-ZHONG,
Au bord de l'eau.

I

Où un modeste chef de gang de Moscou déclare la guerre à un mastodonte industriel

Il est neuf heures du matin quand Denis Tcheriaga, directeur général adjoint du Combinat métallurgique d'Akhtarsk *AMK*, descend de l'avion sur la piste bétonnée de Moscou-Domodedovo. C'est une matinée d'automne splendide, limpide, blanchie par les premiers givres. Les flaques gelées croustillent sous ses pas. Elles fondront dans la journée, bien sûr. En ville, d'ailleurs, il ne gèle pas. Denis ne peut s'empêcher de penser qu'il fait moins quinze à Akhtarsk en ce moment même, et que l'éternelle bise des steppes y siffle à la vitesse de trente mètres par seconde.

Il faut dire qu'il n'y a pas si longtemps, Denis vivait à Moscou où il occupait un poste de juge d'instruction à la Procurature générale, et que sa fonction actuelle, qui n'a aucun rapport ni avec le laminage ni avec le zingage, tient désormais dans l'appellation de “directeur de la sûreté”.

Au pied de la passerelle, l'Audi noire est bien là pour l'accueillir, qui appartient à l'antenne moscovite d'*AMK*, ou plus exactement à la société *Métallurgie-Escomptes*. Denis, emmitouflé dans un onéreux manteau vert sombre à col enveloppant, se glisse aussitôt dans la voiture à l'abri du vent de la piste.

— Où va-t-on ? demande le chauffeur en passant le poste de sortie.

— Rue Khlebny, répond Tcheriaga.

Il s'affale, ferme ses paupières fatiguées et fait tourner dans sa tête la conversation qui l'attend.

Futile histoire, en vérité, que celle qui l'amène aujourd'hui à Moscou : voici deux jours qu'on est sans nouvelles de Nikolaï Zaslavski, directeur général d'*Akhtarsk-Contract Limited*, une société-écran d'*AMK* enregistrée aux Bahamas.

Hier encore, pour être franc, Tcheriaga ignorait les tenants et les aboutissants du statut de Zaslavski. Tout juste savait-il que c'était le neveu du premier vice-gouverneur de la région et le copain de Dima Nekliassov, ce dernier occupant un poste clé dans l'immense empire féodalo-industriel appelé pudiquement Combinat métallurgique d'Akhtarsk : le poste de patron d'*AMK-Invest*, une microsociété d'un capital social de dix millions de roubles contrôlé aux trois quarts par le combinat. Autant dire qu'elle était la propriété personnelle de Viatcheslav Izvolski, directeur général d'*AMK*.

Denis sourit en repensant à son premier contact avec le potentat d'Akhtarsk.

Natif de la petite cité charbonnière de Tchernoretchensk, près d'Akhtarsk, Denis s'est battu toute sa vie pour s'arracher à cette maudite bourgade de Sibérie. Il a décroché un diplôme de droit avec une mention d'excellence. Il a trimé comme une bête, faisant une carrière exceptionnelle pour quelqu'un d'honnête. A trente-cinq ans, ce garçon sorti de son trou de province était déjà juge d'instruction à la procurature, dans le service des missions spéciales. Longtemps Moscou était restée pour lui ce qu'elle avait été au temps de ses quinze ans : une capitale magique où s'exauçaient tous les rêves et où l'on pouvait même acheter du saucisson rose. Quand, étudiant plein de zèle, il lisait consciencieusement tous les pavés du “réalisme socialiste” prescrits par ses professeurs d’université, il ne revenait jamais d’une scène ahurissante : celle où le héros, diplômé frais émoulu, quittait Moscou pour les terres vierges, la Sibérie ou le chantier ferroviaire du Baïkal-Amour. Denis, lui, était sûr de ne jamais quitter Moscou.

Or il y a six mois, au troisième étage d’une villa privée située à quelque dix kilomètres de la ville d’Akhtarsk, dans un salon décoré d’une cheminée de marbre et de candélabres plaqués or, le millionnaire Izvolski avait demandé à l’ancien juge, qui avait su gagner sa sympathie : “Qu’est-ce que tu perds en quittant Moscou ? Une chambre à l’extérieur du périph ? Un bureau meublé de guingois ?”

Et Denis avait compris que c’en était fini de Moscou. Le pays s’était morcelé en une poussière de principautés féodales, et l’un de ces princes l’avait débauché de son bureau de juge miteux pour en faire son bras droit. Direction la Sibérie, là même où partaient naguère les jeunes diplômés des romans recommandés par ses professeurs.

Pourquoi avait-il accepté ? Pour l’argent ? Mais même à Moscou l’argent n’aurait pas manqué : ses collègues vivaient dans des villas et passaient leurs vacances en Amérique du Sud, et jamais personne n’avait cherché à savoir comment un juge sans salaire se débrouillait pour se rendre à la procurature au volant de sa propre Mercedes. Etait-ce alors pour faire chez Izvolski ce qu’on ne pouvait pas faire à Moscou, à savoir défendre l’ordre et le droit ? Que non : ce que Denis fait aujourd’hui, c’est tout ce qu’on veut, sauf défendre le droit !

A moins que les valeurs ne se soient inversées et qu’il n’existe plus en Russie de loi impersonnelle ? que seul compte le dévouement personnel du vassal à son seigneur ?

qu'on ne puisse plus servir une loi inexistante mais seulement choisir son hobereau : la dame suzeraine Saltytchikha, jadis connue pour avoir torturé ses serfs, ou bien la fameuse dynastie manufacturière des Demidov ? Pour sa part Viatcheslav Izvolski – qui règne en autocrate sur cent hectares hérissés de hauts-fourneaux et d'ateliers de laminage longs de deux kilomètres, sur une couple de banques "de poche" et une dizaine de banques offshore avec en prime une petite ville sibérienne de deux cent mille âmes – Izvolski ressemble plutôt à Demidov.

Naturellement, il a des manies seigneuriales. A preuve, sa passion de la conduite automobile, quand bien même il ne prendrait pas toujours le volant avec une alcoolémie nulle et qu'il ne ferait pas grand cas d'un accessoire aussi subsidiaire que la pédale de frein. La police de la route épouvantée, désespérant de le réprimander un jour, a fini par résoudre à sa manière le problème de la sécurité : elle signale son approche sur les fréquences de service et bloque le trafic – s'il cartonne, au moins, il n'écrasera personne.

Quant à sa garde personnelle, qui le couve en permanence d'un œil attentif, il ne lui reste plus qu'à prier pour que les airbags fassent leur travail si jamais…

Est-ce parce qu'il n'a encore jamais écrasé personne ? ou bien en raison de l'inexplicable sympathie du peuple de Russie pour les Ivan le Terrible de tout poil ? Toujours est-il que le directeur, alias le Lingot, jouit dans Akhtarsk d'une popularité quasi unanime. Il faut dire aussi que ses ouvriers gagnent six ou sept mille roubles par mois, que les retraités touchent un supplément de trois cents roubles à leur pension et que la ville fait figure d'un îlot de bien-être dans ce coin de Sibérie misérable où les mineurs attendent leurs salaires pendant des mois et les employés agricoles pendant des années.

Certes, Izvolski n'est pas un sucre d'orge. Jamais Tcheriaga n'oubliera ce qui lui est arrivé un mois et demi après son embauche. Tout avait commencé par un sérieux savon que lui avait coûté une fâcheuse initiative (Tcheriaga avait constitué à l'insu du Lingot un dossier à charge contre le vice-gouverneur). L'affaire avait vite dégénéré en une grandiose engueulade avec noms d'oiseaux, tapements du pied et coups de poing sur la table. Tcheriaga avait bien tenté de se justifier, mais il s'était emporté à son tour dans le même registre. Izvolski était déchaîné. Un pistolet avait surgi dans ses mains, dont il avait voulu frapper Tcheriaga à la tempe.

Finalement, hors de lui et l'allure déconfite, Denis avait dévalé l'escalier. Sa lettre de démission écrite à la volée et lancée à la secrétaire, il avait hélé un taxi et s'était rendu à l'aéroport. Par chance, l'avion de Moscou décollait dans la demi-heure. Plus de billet au guichet. Mais le personnel, ayant reconnu Denis, lui avait débloqué une place dans la réserve directoriale.

Assis dans l'avion, la gorge serrée de larmes, il regardait la piste. Les herbes épineuses de la steppe ondoyaient sous la bise. C'était surtout l'arbitraire illimité d'Izvolski qui le mettait en furie. On l'avait taillé en pièces et passé à la moulinette sans raison, pour rien.

Il se sentait outragé. Une porte venait de claquer dans sa tête. Les dernières semaines défilaient sous ses yeux comme une sorte de carnaval irréel, accidentel. Il y voyait son Audi noire et son chauffeur obséquieux, sa secrétaire et son bureau luxueux tout garni de chêne, son trois-pièces cossu dans Akhtarsk et sa villa en plein chantier dans le site boisé de la Pinède, le lotissement des élites, à cinq cents mètres de la datcha d'Izvolski lui-même. La bâtisse était déjà couverte de tuiles vermillon. La veille encore Tcheriaga avait parlé avec le maître d'œuvre de la couleur du carrelage de la salle de bains, et des rideaux du salon, vaste de cent mètres carrés : des tentures ? ou bien des persiennes ?

Bizarrement, ce conte de fées ne lui inspirait aucun regret. (Pour un ancien petit juge d'instruction, la secrétaire, le bureau et la villa relevaient bel et bien du conte de fées.) Non, ses regrets étaient ailleurs : Tcheriaga avait déjà acquis la sensation de faire quelque chose de grand et d'utile. Il était le général d'une armée certes petite, mais efficace, qui défendait la principauté d'Akhtarsk contre les invasions ennemies des barbares, des gouverneurs, des autorités fédérales. Or, voilà que le général perdait grâce aux yeux du khan Izvolski. Lorsque Tcheriaga avait brandi la menace d'une démission, l'autre l'avait payé d'un sourire méprisant : "La belle affaire ! au premier perroquet qui crève, j'en achète un autre..."

Ses regrets allaient surtout à sa mère. Sur les soixante-cinq ans de sa vie, elle en avait passé soixante-quatre et demi dans la cité voisine de Tchernoretchensk, une pauvre bourgade charbonnière où Denis était né et d'où il était parti pour Moscou. Fille d'un déporté en exil, elle n'avait rien connu d'autre depuis l'âge de neuf ans qu'un travail en usine d'armement, un mariage avec un mineur toujours ivre qui l'avait laissée veuve à trente-sept ans, des ennuis de santé précoces et, six mois auparavant, la mort absurde de son fils cadet devenu racketteur dans une bande locale dont le chef avait été supprimé peu après, non sans l'intervention de Denis Tcheriaga. Maintenant la malheureuse se faisait soigner en Israël – parce que les médecins russophones y étaient légion – et devait rentrer d'ici quatre jours. C'était amer de penser qu'elle allait retrouver à son retour, au lieu d'une villa spacieuse, sa vieille bicoque de faubourg sans eau courante, avec des voisins qui n'avaient que des mots orduriers à la bouche.

L'horaire du décollage était dépassé depuis longtemps, mais l'appareil ne bougeait toujours pas de son parc. Les passagers, qui en avaient vu de pires, chuchotaient entre eux. L'avion de la veille avait été annulé pour des raisons techniques, de sorte que celui-ci partait bondé. Enfin, après quarante minutes d'attente, Denis a vu pointer sur la piste un 4X4 vert sombre qu'il connaissait bien, escorté d'une BMW.

De nouveau la passerelle est apparue. Izvolski s'est extirpé de son 4X4 pour s'approcher de l'avion. Tassé sur son siège, Denis se faisait tout petit. L'instant d'après la main lourde du directeur général se posait sur son épaule.

— Assez gueulé, a dit Izvolski ; prends tes affaires et suis-moi.

— Laisse-moi, s'est défendu Tcheriaga, ma démission est sur ton bureau.

— Tu peux te torcher avec, a renchéri le Lingot ; viens, il faut qu'on parle.

Bouche bée, les passagers de la classe affaires suivaient le dialogue du khan d'Akhtarsk avec son vassal. Denis s'est soudain senti ridicule. Quelques secondes plus tard, il montait dans la voiture d'Izvolski.

Denis venait de subir un vulgaire test d'admission, ce qu'il n'a compris que le lendemain. Izvolski n'avait rien à foutre d'un homme qui joue la carpette et ravale sa rancœur devant la moindre marque de goujaterie rien que pour rester le zélé serviteur du goujat et préserver ses droits au logement, au chauffeur, à la secrétaire.

L'ultime épreuve s'est jouée le jour suivant. D'une manière méthodique et organisée, Izvolski a entrepris de l'initier aux règles d'un labyrinthe financier que ses plus proches collaborateurs étaient seuls à savoir. A ceci près, s'entend, que nul autre qu'Izvolski n'en connaissait à fond toutes les subtilités. De même qu'un chef de réseau secret connaît par cœur le nom de ses agents sans tenir de registre, le Lingot se gardait de dévoiler à quiconque les arcanes comptables de son usine. Une poignée d'hommes de confiance surveillait différents segments de flux financiers, tandis que le patron cultivait soigneusement les jeux de rivalité et de délation.

Selon Viatcheslav Izvolski, quiconque a le pouvoir d'ouvrir la caisse d'*AMK* en profite forcément pour se remplir les poches. Aussi a-t-il arrêté le principe de ne jamais confier à personne un budget supérieur au montant d'une boîte d'attaches trombones pour les besoins du bureau.

Souvent Tcheriaga repense à sa première leçon d'"alphabétisation" financière : Izvolski lui présente le schéma alambiqué des corrélations comptables entre deux banques appelées "de poche", la société *Métallurgie-Escomptes* et une bonne quinzaine d'autres firmes aux suffixes divers et variés. Puis, voyant Tcheriaga hagard, d'ajouter tranquillement :

— Toutes ces firmes se divisent en deux catégories : celles de l'usine, et les autres.

Les firmes de l'usine appartiennent à Izvolski, soit directement, soit par prête-noms interposés. Elles visent à limiter les charges fiscales et à brouiller les pistes. Quant aux autres sociétés, ce sont des ruisseaux qui irriguent les jardins privés. Par exemple, *Rail-Acier* appartient au chef du réseau ferroviaire local et sert à essuyer les ardoises de fret d'*AMK* en échange de produits laminés fournis avec une remise de dix pour cent. Quant à la microsociété *Akhtarsk-Contract*, elle a vocation à graisser la patte des dirigeants régionaux, chose évidente pour qui se sou-vient que Nikolaï Zaslavski est le neveu du premier vice-gouverneur. Rien de sorcier dans le mécanisme de graissage : le gouverneur profite d'une intervention télévisée pour lancer des pierres dans le jardin d'*AMK*, ou bien téléphone à Izvolski, ou bien encore insinue que le combinat doit passer à la caisse. Après marchandage et accord, le Lingot donne des consignes. Alors *AMK-Invest* vend un stock d'acier à *Akhtarsk-Contract* qui l'exporte et qui, avec l'argent de la recette, importe en retour des biens d'équipement à des prix d'achat sciemment majorés : la marge reste sur des comptes à l'étranger et les patrons de l'usine et de la région se partagent le butin.

D'où un autre problème induit par la disparition de Zaslavski : certes le combinat n'est pas fondamentalement touché, mais l'administration régionale ne va pas manquer de se poser des questions…

Plus tard, quand il songera à cette froide et sèche journée d'automne – ultime journée de paix en prélude à des mois de cauchemar –, Denis cherchera dans sa mémoire des signes prémonitoires, des marques de mauvais augure, bref, tout ce qu'un homme doué d'intuition doit ressentir en passant sous la mire d'un sniper.

Aucun pressentiment, hélas. Soit que Tcheriaga n'ait pas d'intuition, ce qui est difficile à croire, soit que son intuition ne s'active que si le fusil ou la grenade sont directement raccordés par un fil à l'accélérateur de sa BMW. Mais quand les mécanismes de mise à feu se révèlent infiniment plus subtils et que la grenade n'est que le rouage minuscule d'une machination gigantesque, son intuition prend la clé des champs.

Boris Gordon, chef de la brigade judiciaire du commissariat quatre-vingt-un de Moscou : une vieille connaissance de Tcheriaga. Les deux hommes en leur temps ont enquêté ensemble sur un meurtre commis dans son secteur. En dépit de la traditionnelle lutte de classe qui existe entre le juge et le flic de terrain, ils sont restés plus ou moins bons amis.

— Mes hommages aux capitalistes ! s'exclame Gordon en voyant Tcheriaga entrer, le sourire aux lèvres, dans son bureau minuscule meublé d'une table délabrée. Alors, on dilapide toujours la Patrie ?

— Quand on aime sa Patrie, on ne la brade pas, lui renvoie Denis.

Mais Gordon darde un œil acéré sur le manteau vert du directeur-adjoint, très à la page, puis sur ses souliers reluisants où se couchent les plis impeccables d'un pantalon gris fraîchement repassé. A ce moment l'éclat qui jaillit de son œil exprime plus que de l'aversion pour l'ex-juge. Un éclat, il est vrai, aussi vite éteint qu'allumé. “Mais qu'est-ce qui m'a pris de me nipper comme une perruche ?” pense alors Tcheriaga, un peu tard.

La gêne pourtant se volatilise dès que Denis sort une bouteille de son sac, car la bouteille est grande, carrée, et porte en lettres rouges classiques la marque d'un whisky de malt écossais : comment Gordon pourrait-il ne pas honorer une bouteille provenant, comme il aime à le claironner, de la patrie de ses lointains aïeuls ?

— Raconte plutôt ce qui t'amène, s'anime Gordon après avoir vidé avec son ami un premier verre du noble breuvage.

— Quelqu'un de chez nous a disparu, dit Tcheriaga.

— Qui donc ?

— Nikolaï Mikhaïlovitch Zaslavski, né en cinquante-huit, directeur d'*Akhtarsk-Contract*, cinquante-six, rue Herzen, appartement trois. C'est ton secteur.

La main plongée dans sa toison, Gordon se gratte.

— Ça date de quand ?

— D'avant-hier.

Un éclat de rire secoue Gordon.

— Et vous en faites déjà tout un foin ?! Et s'il était en train de faire la tournée des putes ? Ou de se rincer le gosier ? dit-il en portant la main à son cou massif et rongé par le col de sa chemise.

— Hier, il a manqué un rendez-vous important.

— Il a une famille ?

— Une femme.

— Ils vivent ensemble ?

— Oui.

— Qu'est-ce qu'elle dit ?

— Qu'il est sorti avant-hier et qu'elle ne l'a plus revu.

Gordon hoche la tête.

— Tu arrives d'Akhtarsk ? demande-t-il soudainement.

— Oui.

— Tu fais quatre mille bornes pour porter plainte pendant que sa propre épouse ne peut pas se traîner jusqu'à moi de la rue Herzen… explique-moi ça ?!

— Elle le croit chez une maîtresse.

— Et pas vous ?

— Je t'ai dit qu'il avait un rendez-vous important. Et son portable ne répond pas. Un portable hors ligne deux jours durant, ça n'existe pas.

— Ce Zaslavski, c'est une huile ?

— Le premier assistant du sous-concierge…

— Alors pourquoi tout ce tintouin ?

— Le chef aime les choses nettes.

Gordon griffonne des pattes de mouche sur un papier.

— Le nom de la boîte ?

— *Akhtarsk-Contract.*

— Ses activités ?

— Elle achète des trucs pour l'usine. Des biens d'équipement, quelque chose comme ça…

Sourire narquois de Gordon qui pose sur son ami deux yeux ronds terriblement semblables à deux feux verts transperçants de sémaphore.

— Plus j'observe les businessmen de votre espèce, plus je les admire. Tiens, cite-moi le nom d'une firme étrangère.

— *China Steel Corporation*, enchaîne Tcheriaga qui pense machinalement à la société métallurgique de Taïwan la plus rentable du monde.

— Parfait. Maintenant dis-moi : *China Steel* achète elle-même ses matières premières ?

— Oui.

— Et ses équipements ?

— Même chose.

— Et quand elle a besoin d'argent, elle emprunte elle-même ? Ou bien elle fait souscrire un crédit à la société *Trucs et Machins* ?

— Elle emprunte elle-même, apparemment.

— Alors explique-moi pourquoi c'est différent chez nous, hein ? Tel équipement est acheté par *Akhtarsk-Contract*, tel autre par *Akhtarsk-Accord*, telle marchandise est vendue par *Akhtarsk-Bidule* et ainsi de suite… Avec tant de sous-vice-présidents que tu n'arrives même pas à te souvenir de qui fait quoi.

— Boris, mais de quoi je me mêle ? Tu travailles pour la judiciaire ou pour l'OBEP* ?

— Je suis dans la judiciaire, soupire Gordon. J'ai trois lascars en cavale, une gonzesse de violée, ma bagnole de service en rade… Et au lieu de galoper après les coupables, je dois partir à la recherche d'un monsieur du business qui, à tous les coups, est en train de se faire une nana dans la piscine d'une datcha…

* OBEP : Section de lutte contre le crime économique *(N.d.T.)*.

Tcheriaga baisse les yeux et dit :

— Ta bagnole, on va la réparer. Et tout le reste…

— Quel reste ?

— Ben… comment dire, si quelqu'un nous consacre du temps, il doit y avoir compensation…

La compensation, c'était une idée d'Izvolski. Il en avait même fixé le montant maximal.

Gordon lève les yeux et se met à examiner son ami comme une grenouille d'une espèce protégée dans un vivarium.

— La bagnole, dit-il, d'accord : répare-la. Mais si tu reviens encore une seule fois sur ce reste, tu dégages. C'est clair ?

Il se lève lourdement de son bureau.

— Allons-y.

— Où ça ?

— Chez la bobonne du… sous-vice-président…

L'épouse de Zaslavski s'appelle Elvira. C'est une quadra petite et dodue, qui cache mal l'expression exaspérée de son visage. L'horloge marque déjà dix heures passées, mais dame Zaslavskaïa porte encore un flamboyant peignoir de velours à la fente relâchée d'où s'échappent, peu ragoûtantes, des cuisses replètes. A ses pieds nus Tcheriaga avise des ongles mal tenus colorés d'un vernis or craquelé, avec de petits poils noirs qui jaillissent d'entre les orteils.

Elvira et Nikolaï se sont connus jeunes étudiants. Ils ont passé une bonne moitié de leur vie commune à dessiner côte à côte des tubes laminés dans le même bureau d'étude. Avec la perestroïka, évidemment, le bureau a périclité. La première charrette a été pour Elvira. Nikolaï, au contraire, a su exploiter des dons jusqu'alors insoupçonnés, allant grossir très vite les rangs des intermédiaires, brokers, privatisateurs… Il faisait commerce de tubes laminés, de bois, de pelisses turques et de gilets pare-balles, vendait du gravier aux cantonniers, jusqu'au jour où il a décroché le gros lot quand son oncle – naguère formateur au comité de district du Parti – a réussi à se hisser au poste de premier vice-gouverneur de la région de Sounja.

Nikolaï n'était pas de ces neveux classiques à la gueule d'abruti qui pullulaient dans toutes les grandes compagnies russes. Ces neveux-là, comme les fils à papa, occupaient d'opulents bureaux où ils ne se rendaient guère qu'une fois par semaine, histoire de s'envoyer leur secrétaire, de déambuler grincheux dans des locaux où d'authentiques travailleurs s'escrimaient entre le téléphone et l'ordinateur, et de se montrer dans la salle de réunion où ils pouvaient d'un seul mot bien placé faire échouer un contrat en négociation depuis deux mois. Avec une seule certitude dans l'unique circonvolution de leur cerveau : quoi qu'ils fassent, ils ne seraient jamais virés. Ils étaient les ambassadeurs plénipotentiaires de leur papa, de leur tonton ou de leur beau-père. Ils jouissaient de l'immunité diplomatique.

A la différence de ces andouilles, Nikolaï faisait montre d'un esprit raisonné et d'un certain zèle, parfaitement concient d'une vérité évidente mais rarement comprise par les fils à papa : tonton pouvait valser à tout moment, alors que le combinat, lui, ne bougerait pas. Or, Zaslavski avait très, très envie de rester, même après le limogeage de son oncle… Aussi, dès qu'un litige éclatait entre l'usine et la région, il prenait silencieusement, mais fermement le parti de l'usine et suggérait en douce à son Protecteur des solutions tout à l'avantage d'*AMK*. Là était toute la valeur de Nikolaï. N'importe qui d'autre à sa place aurait pu rançonner l'usine de la même manière, mais pour la rançonner sans lui faire trop de mal, il fallait tout l'art d'un Zaslavski.

Pendant que Nikolaï trimait comme une fourmi pour le bien-être de sa famille, Elvira s'ennuyait au foyer. Faute d'occupation, elle s'était mise à faire des scènes à son mari qui rentrait trop tard et s'absentait trop souvent.

Résultat prévisible, Nikolaï tout chagrin, jusqu'alors heureux de sa femme et de ses enfants, s'était mis à comparer sa moitié potelée avec les jolies poupées que ses nouveaux amis prenaient pour épouses. La comparaison, on l'imagine, n'était pas à l'avantage d'Elvira.

Les affaires s'arrangeant, Nikolaï n'avait plus besoin de s'attarder au bureau jusqu'à onze heures du soir. Mais il rentrait rarement avant minuit, préférant passer le reste du temps dans les restaurants et les casinos. Jusqu'au jour où il s'est mis à découcher.

— Bonjour, dit Tcheriaga en pénétrant dans l'appartement, je m'appelle Denis, de l'usine d'Akhtarsk.

Dans son dos, Gordon s'applique à s'essuyer les pieds sur le paillasson. La femme le regarde comme une mouche empêtrée dans un pot de confiture. La télé résonne fort derrière la cloison. Apparemment, les visiteurs la dérangent en pleine pub de Pampers, ou dans un effort intellectuel d'une intensité semblable.

— Toujours pas de nouvelles de Nikolaï ? demande Tcheriaga.

— Non, dit la femme, et tant mieux. Un vrai chat en rut.

Ses yeux pourtant sont rouges et dépités.

L'appartement des Zaslavski présente bien. Déco à l'européenne, salle de bains carrelée de rose, salon de quarante mètres carrés richement meublé. Gordon fait le tour des lieux, curieux de découvrir le chez-soi des "nouveaux Russes". Quand il entre dans la cuisine, Elvira fait déjà le service d'un café aromatique. Tcheriaga l'interroge :

— Quand est-il parti d'ici ?

— Mardi. Avant-hier.

— Il était comme d'habitude ? Pas nerveux ? pas inquiet ?

— Non.

— Il se plaignait du travail ?

— Il ne se plaignait de rien, dit Elvira. Il a bu son café en rouspétant parce que le beurre n'était pas frais. Et il est parti. Encore heureux qu'il ait enfilé son imper.

— Comment ça ? interroge Tcheriaga.

— Il ne prend jamais son imper. Dehors il fait un froid de canard, mais il frime en petite veste comme en plein été. Tous les jours je lui répète : "Mets ton imper !" Il me fait : "Je suis en voiture, j'ai pas froid !" Un vrai gosse, il n'écoute rien.

— Donc il ne mettait jamais son imper, sauf mardi dernier ?

— Voilà.

— Il découche souvent ?

— Oui, répond Elvira. Il a commencé par prendre l'habitude de rentrer vers onze heures du soir. "Tu étais où ?" que je lui demande. "Au travail", qu'il me répond. Au travail sur le coup de minuit, voyez un peu. Tenez, à quelle heure rentrez-vous du travail ?

— Ça dépend, dit Tcheriaga, parfois vers onze heures, parfois vers une heure et demie… du matin.

Un instant gênée, Elvira se reprend vite :

— Mais lui, il n'était pas au travail. J'en suis sûre. Quand il rentrait, il sentait le rouge à lèvres. Après, il s'est mis à jouer. Il arrivait à deux heures passées, éméché, dans un taxi du casino. Vous savez, ils ramènent leurs clients gratuitement pour les plumer jusqu'au dernier kopeck… Puis un beau jour, il a commencé à découcher.

— Il perdait gros ?

— Va savoir. Il ne me disait ni son salaire ni ses pertes au jeu. Je lui demandais : “Nikolaï, ça te fait combien par mois ?” Lui, il posait une liasse de dollars sur la table et disait : “Voilà pour tes besoins. Ça te suffit ?” Mais quand on rentre du casino tous les jours à trois heures du matin, c’est qu’on ne gagne pas vraiment. Ou alors le casino ferait faillite…

— Il allait toujours au même casino ?

— J’en sais rien. La voiture qui le ramenait portait l’enseigne de *La Sérénade*. Mais c’était l’époque où il couchait encore à la maison. Après, il s’est mis avec cette… moins que rien…

— Avec qui ?

— Est-ce que je sais, moi ?! glapit-elle. Elle appelle deux fois par jour. Avant, c’était Taïa. Maintenant, c’est Toma.

— Elle appelle ici ?! se fait préciser Tcheriaga.

— Sur son portable, explique Elvira. Mais quand il renvoie la ligne, c’est moi qui décroche.

— Et Toma, elle a appelé ces deux derniers jours ?

— Je me tue à vous expliquer qu’elle ne l’appelle que sur son portable. Et son portable, il l’a sur lui.

— Où elle habite, cette Toma ?

— Pas la moindre idée ! Une banale putain, je crois qu’il l’a ramassée au casino.

— Dites-moi, Elvira Stépanovna, était-il vraiment comme d’habitude, ces derniers jours ? Ou bien sur ses gardes ?

— Comme toujours. Il ne pipait pas. Il se levait le matin, passait à la cuisine, pas rasé. “Le café est prêt ?” Comme s’il ne pouvait pas le faire lui-même.

Après un temps de réflexion, Elvira ajoute :

— Ce matin-là, il a voulu mettre des œufs à bouillir. Un dans la casserole, l'autre sur la table. Je lui ai dit : "Tu ne pourrais pas ranger ça dans le frigo ?" Il m'a répondu…

Commence alors le récit interminable et confus de la femme sur son histoire d'œufs.

Gordon, près de la fenêtre, pousse un grommellement inaudible.

— Bref, quand il est parti, il était normal ?

— Il n'est jamais normal ! Incapable de remettre un œuf au frigo !

— A-t-il eu de la visite les deux derniers jours ? Des amis, peut-être ?

— La veille au soir, oui. Un certain Choura, je crois…

— Un collègue de bureau ?

Elvira hoche la tête :

— Qu'est-ce que j'en sais ? Un salopard, ce Choura.

— Pourquoi un salopard ?

— Une fois, le chien de Macha s'est jeté sur lui. Un jeune berger allemand. Eh bien, il lui a tiré dessus. Vous vous rendez compte ? Devant tout l'immeuble. Il a pourtant l'air soigné, ce garçon – un pantalon élégant, une veste, une BMW…

Près de la fenêtre, Gordon tend soudain l'oreille.

— Veste et pantalon, vous dites, pas un costume ? reprend Tcheriaga.

Elvira réfléchit. Elle paraît ne s'intéresser qu'à elle-même en ce monde ; penser à d'autres l'importune et l'ennuie.

— Non, dit Elvira, une veste et un pantalon.

— Un pantalon large ?

La femme acquiesce.

— Cheveux courts ?

— Oui.

— Une chaîne en or au cou ?

— Non, pas ça.

Tcheriaga se renfrogne. Chaîne ou pas, un gaillard aux cheveux ras qui flingue un chien sans hésiter, c'est une figure type.

— A quoi ressemble-t-il, ce Choura ? La couleur de ses cheveux ? Gros ou mince ?

De nouveau Elvira se fait pensive.

— Comment dire… Moyen de taille. La trentaine passée, comme vous. Un visage ordinaire. Des cheveux noirs, je crois… ou plutôt non, gris foncé… Un peu grassouillet, un chouïa de trop…

Ce détail posé, elle s'interrompt.

— Choura est-il resté longtemps ?

— Non, juste le temps de lui remettre une enveloppe.

— Une enveloppe ?

Nikolaï, apparemment, l'a gardée sur lui.

Enfin Tcheriaga, non sans manières, prend congé d'Elvira en prenant soin de griffonner son numéro de mobile à Moscou sur sa carte de visite.

— Si Nikolaï reparaît, qu'il me contacte à tout prix, dit-il en sortant.

— Pourquoi ? Il a fait des bêtises ? s'étonne Elvira le sourcil froncé.

— Alors, qu'en dis-tu ? demande Tcheriaga dans la cage d'escalier.

— J'en dis que j'observe une étrange logique : dès qu'un gars du business commence à fréquenter des mecs aux cheveux courts et en BMW, il finit toujours par avoir des ennuis. Même si le bonhomme ne magouille jamais et qu'il passe son temps aux cartes ou à la pêche…

— Ce Choura ne serait-il pas dans vos fichiers, par hasard ?

— Moscou, ce n'est pas Akhtarsk. Des Choura comme lui, il y en a des tonnes.

— Vérifie dans tes fiches. On ne sait jamais : peut-être vas-tu élucider le meurtre d'un chien…

— … Et mettre en cabane le propriétaire d'une BMW.

Tcheriaga dépose Gordon au poste. En descendant de voiture, l'autre soudain demande :

— Mais dis-moi : pourquoi t'occupes-tu toi-même de ce Zaslavski ? Vous n'avez pas d'hommes ?

— C'est la volonté du patron, ricane Tcheriaga. Notre devise : le chef-cuisinier à la plonge !

Vingt minutes plus tard, tiré à quatre épingles et le visage rasé de près, Tcheriaga pousse la porte vitrée d'un petit bâtiment situé près du métro Profsoïouznaïa. Un curieux qui franchirait par hasard la porte vitrée gardée par des vigiles taciturnes serait pris de vertige à la vue des multiples enseignes fixées au mur. A en croire le nombre de plaques, pas moins d'une vingtaine de sociétés auraient leur siège dans la bâtisse. La vérité est que l'immeuble figure dans les fonds fixes d'*AMK-Invest* et que toutes les compagnies présentes ne sont rien d'autre que des doubles ou des triples du Combinat métallurgique d'Akhtarsk, lequel souffre, à l'instar de toutes les entreprises russes dignes de ce nom, d'une pathologie financière aiguë de dédoublement, de détriplement, de décentuplement de la personnalité.

Le vaste hall est tenu par des gars en faction, d'une présentation impeccable : chemises blanches nettes, vestes seyantes, cheveux coupés façon sécurité civile – un peu plus longs que sur les malfrats mais un peu plus courts que sur les gens normaux. Ces garçons sont les recrues personnelles de Tcheriaga. Le voyant entrer, ils se dressent comme des ressorts en exhibant un sourire.

Au même instant surgit Youri Breler, le chef de l'antenne moscovite, robuste quadragénaire sculpté comme un champignon, ancien flic. Son vrai nom n'est pas Youri mais Jérémie, avec cette particularité rarissime dans les forces de l'ordre en Russie, celle d'être Juif.

Ni intellectuel, ni banquier, ni émigré… figure inclassable que celle de Youri parmi les Juifs de Russie. Ses idoles sont Bagsi Siegel et Moshe Dayan. Avant d'entrer dans la milice, il a travaillé deux ans comme chercheur d'or, et deux ans comme pétrolier-foreur. Il se définit en riant comme le représentant de la plus petite minorité nationale du Grand Nord, celle des Juifs de Sibérie. En dépit de son entregent naturel, il n'a jamais réussi à faire carrière dans la milice d'Etat en raison de l'antisémitisme larvé (ou déclaré…) qui est le propre des flics. Au début des années quatre-vingt-dix, il a donc monté à Sounja une petite agence spécialisée dans la vente d'informations confidentielles. L'officine s'appelait *Judith* en hommage, comme il aimait à l'expliquer, à la jeune héroïne qui signa jadis avec panache le premier acte de diversion jamais attesté par l'histoire dans les arrières ennemis. L'agence vendait ses renseignements à qui voulait bien les acheter : maires, malfaiteurs, gouverneurs…

Or, il y a trois mois, pour une sombre histoire de magot mal partagé, le gouverneur de Sounja s'est disputé avec le chef des services régionaux de l'Intérieur. Ce dernier, excédé, a commandé des matériaux compromettants à l'encontre du gouverneur. Et inversement. Naturellement, les deux parties se sont tournées vers Breler. Naturellement, elles ont l'une et l'autre obtenu les dossiers demandés. Ben quoi ? Business is business. Si vous pouvez vendre des poires à des groupes ennemis, pourquoi n'en serait-il pas de même des informations ?

Conséquence des charges contenues dans le dossier numéro un, le premier vice-gouverneur s'est retrouvé en garde à vue. Conséquence des charges contenues dans le dossier numéro deux, le chef des services a été suspendu de ses fonctions, obligé de se rendre à Moscou pour s'expliquer longuement sur le fond de l'enquête judiciaire ouverte à l'instigation du patron régional.

Le nouveau chef des services, à qui l'honneur bafoué de l'uniforme faisait pisser de l'eau bouillante, a posé la question qui fâchait : pourquoi ses hommes n'avaient-ils pas été fichus de dégoter des charges contre le gouverneur, alors que Breler, lui, y était parvenu ? Renseignements pris, il s'est avéré que les charges en cause avaient bel et bien été collectées par ses services, mais qu'au lieu de les présenter gratis au patron, on avait préféré les refiler à *Judith* en échange d'émoluments raisonnables.

La suite allait de soi, même pour Breler qui aurait dû s'en douter s'il n'avait été une tête brûlée aussi impénitente. La couronne funéraire déposée à sa porte par les hommes de main du gouverneur et la perquisition musclée de Judith n'étaient que les signes extérieurs et bénins d'un mécontentement de fond.

Tcheriaga et Izvolski ont donc procédé au sauvetage de Breler en le plaçant à la tête de leur antenne moscovite. Comme la chose est récente, l'homme ne jouit pas encore de la totale confiance de ses chefs. De fait, le Lingot n'est pas près d'oublier que l'autre s'est grillé en vendant d'un coup des renseignements à deux parties belligérantes.

Breler affiche aujourd'hui un air légèrement soucieux. Ses yeux noirs et tristes dénotent une vague expression coupable. Quelque chose s'est passé, Tcheriaga le sent bien. Quelque chose d'étranger à ce branleur de Zaslavski…

Les deux hommes s'enfilent dans un étroit couloir et montent à l'étage supérieur. Les voilà dans un bureau banal que rien ne distingue des autres, sinon des grappes d'écrans de surveillance pointés sur les abords du bâtiment.

— Tu sais, dit Breler les bras tombant avec un air à la fois étonné et coupable, on est dans le collimateur du racket.

— Qui ?

— Un membre des Pattes-Longues. Un certain Kamaz.

— Kamaz ? Mais avant c'était Jack…

— Jack a trépassé, soupire Breler, maintenant c'est Kamaz, un petit jeune très précoce.

A mesure que Breler parle, les circonstances s'éclaircissent.

… Les firmes fleurissaient rue Nemetkine, non loin du siège de Gazprom. C'était, depuis la nuit des temps, la chasse gardée des Pattes-Longues. Dima Statsiouk, plus connu parmi les patrons d'étals sous le nom de Jack l'Eventreur – le défunt brigadier du gang –, avait déjà tenté de lever tribut sur la coquette bâtisse joliment rénovée, qu'une haute grille métallique séparait des immeubles voisins de neuf étages. C'était il y a un an et demi. A l'époque, une grande pointure d'Akhtarsk surnommée le Vizir était même venue en découdre en personne à la tête de sa clique. Une petite mise au point avait eu lieu. Après une brève explication, Jack l'Eventreur avait dû reconnaître ses torts. Plus jamais il ne s'était frotté à la bâtisse.

Mais la semaine dernière, plein comme une barrique au volant de sa BMW, Jack a voulu répéter l'exploit de Gastello, l'inoubliable aviateur kamikaze de l'Armée rouge, en éperonnant une remorque qui avançait cahin-caha sur la route de Mojaïsk, à quelque quarante kilomètres de la capitale. A l'issue d'une joute aussi brève que spectaculaire, la BMW a essuyé une cuisante défaite.

Il a fallu extraire Jack en pièces détachées de dessous la remorque.

Le nouveau chef de gang, Vitia Kamaz, dont le physique et les capacités intellectuelles, à première vue, s'inscrivaient en parfaite harmonie avec son escouade, a tôt fait d'inspecter son domaine et, avisant une proie non recensée, s'est présenté devant la bâtisse dès le surlendemain. Gentiment, les factionnaires lui ont fait comprendre qu'il n'avait pas raison. Kamaz s'est buté. Résultat, un face-à-face armé a été fixé pour aujourd'hui dix-sept heures, avec Youri Breler.

— Tu comprends, j'étais absent, fait d'un air coupable le chef de l'antenne moscovite, ils sont venus en douce provoquer Nekliassov sur le parking, les doigts dressés en cornes de chèvre…

Tcheriaga n'ignore pas que les cornes de chèvre, c'est la hache de guerre de toute la canaille de Russie.

— Ce Kamaz, c'est un fêlé ? demande-t-il sur le ton du dédain.

— Il a juste envie de frimer un peu. Quand on passe d'un seul coup de l'école maternelle au volant d'une Mercedes…

Tcheriaga consulte sa montre. L'explication aura lieu dans six heures. C'est trop court pour que la police industrielle d'Akhtarsk, ou le commando antiracket, ou toute autre unité inféodée à l'usine rejoigne Moscou par la route. Certes, le combinat possède son propre avion et personne à Akhtarsk ne s'étonnerait qu'on y charge du matériel de guerre, fût-ce un lance-roquettes multiple Igla ; mais quant à décharger ce même lance-roquettes à l'aéroport de Moscou-Domodedovo sans expliquer le pourquoi ni le comment et sans produire les bordereaux de route avec toute la paperasse, c'est une autre paire de manches.

Une idée mûrit confusément dans la tête de Tcheriaga.

— On appelle les flics ? demande Breler.

Tcheriaga fait la moue. Nul doute que le directeur général Izvolski n'appréciera guère que de hauts responsables de la sûreté – excusez du peu – n'aient rien trouvé de mieux que de se faire épauler par des services moscovites. Premièrement, Izvolski méprise Moscou en général et la milice de Moscou en particulier. Deuxièmement, la milice ne va pas manquer de facturer son intervention, ce qui aura le don de l'exaspérer : comment ?! si je salarie des cuisiniers maison, ce n'est pas pour payer des additions de restaurant !

— Pas question, répond Tcheriaga.

— J'aimerais bien agir seul, dit Breler d'une voix blanche.

Il marque un temps de silence. Quand on règle ses comptes, l'usage exige que le plus haut gradé soit présent. Puisque lui, Denis Tcheriaga, se trouve aujourd'hui à Moscou, c'est à lui d'y aller. Si Breler y va, le khan d'Akhtarsk fera forcément les gros yeux au prochain rapport : en quel honneur Breler est-il allé en découdre avec les malfrats à la place de Denis ? D'accord, c'est vexant pour Breler. S'il espérait des bons points, ils iront à Tcheriaga.

Ce qu'il faut, c'est leur donner une leçon mémorable. Sans cadavres, sans coups bas, sans flicaille. Pour qu'ils repartent la queue entre les jambes et comprennent une bonne fois pour toutes que l'usine d'Akhtarsk, c'est autre chose qu'un tenancier de kiosque. Il semble bien que Denis ait une idée.

— On ira tous les deux, dit Denis. Désolé, mais puisque je suis là, il va falloir que je vienne.

Breler acquiesce sobrement.

II

Où un hélico expérimental de l'armée, à défaut d'acheteur, trouve soudain un usage insolite

La principale caractéristique du siège de la rue Nemetkine, c'est d'abord et avant tout l'absence totale d'écriteaux et de plaques aux portes des innombrables bureaux qui le jalonnent. Lesquelles portes restent grandes ouvertes, laissant les employés passer librement d'un bureau à l'autre (donc d'une firme à l'autre) pendant qu'un télécopieur mastodonte de chez *Métallurgie-Escomptes* duplique des contrats pour la compagnie *Inter-Trade*. Une telle pénurie de plaques s'explique assurément moins par l'indigence des propriétaires que par leur respect des convenances, un seul et même bureau pouvant héberger deux ou trois firmes déclarées aux quatre coins du pays, de Brest à Anadyr, et un seul et même manager pouvant représenter les structures les plus diverses qui soient. Qu'un contrôleur des finances ait la vilaine idée de mettre le nez dans un contrat de plusieurs millions entre les sociétés *Phoenix* et *Acier-Export*, et il découvrira que l'agent de celle-ci occupe le coin droit de la pièce 219 dont le coin gauche est tenu par le représentant de celle-là, ou mieux, que le PDG de l'une est aussi le PDG de l'autre. Aussi fait-on l'économie des plaques pour tromper les intrus en leur soustrayant toute information susceptible de les attirer par des enseignes trop parlantes. D'un bras ferme, des vigiles se chargent d'escorter le moindre visiteur jusqu'à la porte demandée, et si l'autre se plaint d'un besoin pressant au passage, il se verra attendu à la sortie des toilettes, et va que je te raccompagne. Quant aux amis de la maison, ils se débrouillent très bien tout seuls.

Nikolaï Zaslavski occupe, au premier étage de la villa, un bureau particulier avec secrétaire. Des piles soignées de papiers, hautes d'un bon demi-mètre, y voisinent avec un ordinateur. Une armoire en plastique ploie sous d'énormes classeurs à trous par lesquels on se sent épié dès qu'on entre.

Le cœur de Tcheriaga trépide. Charge à lui maintenant de procéder à un double épluchage des comptes. Quiconque s'est déjà essayé ne serait-ce qu'à un simple épluchage antifraude comprendra de quoi il en retourne…

— Par précaution, dit Breler, on a déjà donné son signalement à l'aéroport de Cheremetievo. Mais s'il a décidé de quitter le pays, il n'est pas forcé de s'envoler par Cheremetievo. Il peut passer par l'Ukraine et décoller de Kiev…

— Crois-tu vraiment qu'il a quitté la Russie ?

Breler hausse les épaules.

— Va savoir, répond l'autre, il a l'air plutôt réglo. D'un autre côté, la débinette est à la mode ces temps-ci. Le plantage est l'essence du business russe, pas vrai ?

La réflexion dénote quelque chose d'étrange et imprime aux sourcils de Tcheriaga un froncement à peine perceptible. Pareille sentence sur le compte de Zaslavski aurait pu venir de n'importe quel autre collaborateur. Mais quelqu'un du rang de Breler aurait mieux fait de produire, au lieu d'une sentence, un rapport circonstancié sur les conversations téléphoniques de compère Zaslavski, sur ses plats favoris, sur ses préférences au lit… et avec qui ? et comment ?

Sans doute conscient de cela, Breler reprend d'une voix confondue :

— Je ne suis là que depuis un mois. J'ai eu d'autres chats à fouetter, vois-tu.

Tcheriaga voit, en effet. Le mois dernier, le service de sûreté a dû régler deux affaires épineuses d'un coup, et non sans l'éminente contribution de ce même Breler.

— Dès mon arrivée, continue-t-il, j'ai dressé une liste de noms à vérifier. Le sien figurait en quatrième position. D'ailleurs, il aurait fait un ramdam pas possible s'il s'était senti visé ! Il m'aurait accusé de vouloir la peau d'un deuxième vice-gouverneur, tu te rends compte !

Tcheriaga ne dit pas non. Un homme qui vient de jeter en prison un premier vice-gouverneur non par vengeance mais dans le cadre assumé de ses fonctions ne peut certes souhaiter qu'on aille se plaindre de lui auprès d'un autre vice-gouverneur… Zaslavski aurait pu faire un scandale et prendre à parti Izvolski en lui servant la thèse que "cette vipère de Juif réchauffée de son sein" s'en prenait maintenant de front aux instances et de l'Etat et du combinat…

Le téléphone se met à sonner sur le bureau de Zaslavski. Tcheriaga marque une hésitation mais, comme la sonnerie se fait insistante, il décroche.

— Allô ! Nikolaï, enfin toi !

— Nikolaï s'est absenté, répond Tcheriaga, c'est moi qui le remplace.

— Pacha, c'est toi ? Zaslavski au téléphone. Tu diras aux types du combinat qu'ils ont passé les bornes. Je suis clair ? Ils paient les cotisations sociales avec des numéros de portes d'appartement, tu sais, ces rondelles de plastique.

— Oui, je vois.

— A sept cents roubles la pièce, par-dessus le marché. Qu'est-ce que je vais faire maintenant ? Payer des allocs avec des rondelles de plastoc ? Fais passer le message.

— Entendu.

Zaslavski senior raccroche.

Soulagé, Tcheriaga soupire. La belle affaire. Cc n'est certes pas bien de payer ses charges avec des rondelles de plastique, surtout quand leur valeur marchande est gonflée au centuple. L'administration régionale, en principe, n'aurait jamais dû valider une telle opération, sauf à s'en excuser après coup haut et fort à la télévision auprès des citoyens. Les excuses n'ayant pas eu lieu, c'est maintenant le téléphone qui sonne au service de la monétisation des charges et impôts. Parce que Zaslavski senior a eu l'envie subite de garnir le sol de sa villa avec du marbre de Carrare ou de remplacer les papiers peints par des coupures vertes de dollars, qui résistent à l'eau.

Autre danger : à coup sûr, si Zaslavski ne réapparaît pas d'ici deux jours, quelqu'un ira souffler à l'oreille du gouverneur qu'il a été liquidé sur ordre d'Izvolski. D'autant que le gouverneur est d'un naturel aussi méfiant et parano que Dioclétien et qu'il a passé la moitié de sa carrière en Ouzbékistan dans la hiérarchie du Parti. L'Ouzbékistan, ce n'est pas la Russie. Là-bas, les bouledogues se battent sous les tapis depuis les années mil neuf cent vingt…

Pendant que Breler s'efface par discrétion dans l'antichambre, Denis s'attache à donner des consignes au téléphone en prévision du grand règlement de comptes de la soirée avec Kamaz. Bonne surprise, les communications passent vite et bien par des lignes interurbaines pourtant délabrées, et les échanges se font à mots couverts et convenus. Qu'une oreille indiscrète soit à l'écoute et elle n'y trouvera rien à redire : une usine parle à une autre, et alors ?

Content de lui, Denis lâche un petit rire railleur. Si tout se passe comme prévu, il n'y aura plus un malfrat pour chercher noise à l'*AMK*…

Laissant le téléphone, Denis entreprend de passer le bureau au peigne fin. Si la table est nette en surface, grâce aux soins de la secrétaire, il n'en va pas de même dans les tiroirs où règne un fouillis indescriptible. Aux documents se mêlent des papiers de bonbons : apparemment, l'autre adore les pralines et les chocolats gaufrés. Certains classeurs portent des marques grasses de cheesecakes, et l'un des tiroirs renferme même un vrai cheesecake, ou plutôt un quignon rassis et fossilisé.

Un œil glissé dans l'antichambre, Denis appelle la secrétaire de Zaslavski.

— Et ça, c'est quoi ? lui demande-t-il en pointant sur le fossile un index accusateur.

— Il m'a toujours interdit de ranger ses tiroirs, répond la secrétaire. Ça le rend hystérique. Les cafards prolifèrent à cause de lui, tenez, en voilà un qui passe !

En effet, un énorme cafard roux trotte sur une chemise plastique, comme un opprobre jeté sur le standing des lieux. Tcheriaga l'écrase et poursuit la fouille. Dans le tiroir du bas, il tombe bientôt sur deux pages échappées d'un répertoire à force d'usage : les lettres *k* et *p* ; quelques échantillons d'agate brute ; un corail blanc ébranché ; un stylo plastique de pacotille marqué des mots *Crédit russe*, ayant déjà survécu, malgré son jeune âge, à son vaniteux oligarque ; un vieil agenda de 1996. D'une fente de fond de tiroir, Denis extirpe deux comprimés crasseux d'un demi-centimètre de diamètre qu'on aurait pu prendre pour de l'aspirine, si ce n'était un détail étrange : l'estampille d'une faucille et d'un marteau.

En feuilletant le vieil agenda, Denis fait ce constat amusant qu'il a été rempli journellement d'une écriture appliquée à l'encre bleu marine, toujours la même, et d'une même plume affectionnée. S'il est arrivé que son propriétaire ne voie personne tel jour entre onze heures et midi, la circonstance a été mentionnée d'une calligraphie élégante et ondulée qui eût fait honneur aux meilleurs scribes de l'administration.

Tableau radicalement différent pour les deux pages tombées du répertoire. C'est bien parce que la racine de la reliure s'est délitée qu'elles se sont retrouvées au fond du tiroir. Bords fripés, notes enchevêtrées, prénoms réduits à leurs initiales, le tout consigné avec n'importe quoi qui puisse écrire : le bic de *Crédit russe*, un feutre rouge et même un énorme marqueur vert de graphiste...

Le répertoire semble pourtant plus récent, il date sans doute de 1998. Quelque chose d'irrémédiable a changé en deux ans dans la personnalité de Nikolaï, faisant du pédant qu'il était au point de noter chaque jour l'heure de ses repas et leur prix, un homme qui ne consigne plus les numéros de téléphone professionnels qu'au marqueur et qui conserve dans ses tiroirs des drôles de comprimés frappés d'une faucille et d'un marteau.

Balayant les papiers de bonbons d'un geste de la main, Denis saisit un dossier, se met à le parcourir et sent alors ses paupières tomber de sommeil. Couché la veille à Akhtarsk sur le coup de deux heures et demie, puis levé à cinq heures et demie, il n'a pas encore éprouvé de somnolence. Mais voilà qu'après avoir survolé un ou deux contrats, il se met à piquer du nez. Naturellement, il n'a rien trouvé tout de suite. Demain, il fera sauter le coffre... Demain ou aujourd'hui ? Plutôt demain. Pour peu que l'autre rapplique au sortir d'une bonne cuite, ou bien rentrant de Chypre après une équipée de trois jours sans avoir activé le transfert d'appel sur son portable... Ce genre de chose est monnaie courante dans la camarilla des “neveux”.

Zaslavski n'a pas mis les pieds chez lui depuis deux jours ? Et alors ? D'accord, il a enfilé un imper qu'il ne porte jamais d'habitude à cause de sa femme qui lui tape sur le système… et puis ? Un moment de distraction, peut-être. Qui sait s'il n'avait pas l'intention de faire un tour à pied…

L'endroit choisi par les Pattes-Longues pour le grand face-à-face n'a rien de réjouissant : un terrain vague près d'une voie ferrée avec la carcasse vide d'un immeuble laissé en plan à hauteur du troisième étage et un trou de fondation empli d'une eau d'un gris jaunâtre. De l'autre côté de la route se profile un paysage de forêt moscovite. A gauche du terrain vague se dresse, chandelle solitaire, une tour de quinze étages.

Vers une heure de l'après-midi, une antique Lada 06 de couleur blanche s'arrête au pied de la "chandelle", d'où s'extirpent aussitôt deux hommes : un jeune baraqué au regard inexpressif et un imposant monsieur au crâne rasé, vêtu d'un imper gris. Le garçon porte à la main l'étui d'un violon.

Les deux larrons ont tôt fait d'atteindre le quinzième étage. Là, ils avisent un cadenas d'acier flambant neuf sur la porte menant aux combles.

— Ah ! les enfoirés, lance dépité le type à l'étui de violon, ils ont dû mettre ça contre les SDF.

Mais le grand bonhomme sort de sa poche un petit pied de biche et, quelques instants plus tard, plus de cadenas.

— Ça alors ! s'émerveille le jeune gaillard, tu l'as carrément coupé en deux. Sacré Kamaz !

Les combles sont secs et baignés de soleil. Un filet de fraîcheur s'y faufile par une vitre brisée. Il y a là une armoire électrique, massive, et la poulie d'un vieil ascenseur. Kamaz s'approche de la fenêtre : la voie ferrée serpente en contrebas, pareille à un fanon de baleine, et le terrain vague s'étale à ses pieds. Le soleil vient d'en face, mais il aura changé de bord avant cinq heures de l'après-midi.

Si un archange piqué de curiosité, ou une sylphide, ou tout autre créature capable de voir des choses invisibles du commun des mortels, s'était demandé pourquoi deux hommes en apparence si peu faits pour la musique avaient choisi une scène aussi étrange pour égrener des gammes, son étonnement aurait été de courte durée. Du fourreau qu'il vient d'ouvrir, le jeune gaillard extrait le corps noir d'un fusil auquel il s'empresse de fixer un canon. Drôle d'objet que l'arme qu'il soupèse maintenant dans ses mains. Fin bricoleur, Boria Pertsov dit Petit-Poivre l'a bidouillé pour moitié dans son garage, pour moitié dans son usine, sans craindre d'imiter le fusil à lunette Dragounov quitte à le modifier pour lui faire tirer les cartouches plus molles d'AKM. La modif amoindrit quelque peu la précision de tir, mais Petit-Poivre, à l'essai depuis deux mois dans le gang, en a vu de pires en Tchétchénie.

— Tu feras mouche ?

— Ouais, répond-il laconiquement.

Hier, en testant sa pétoire, Petit-Poivre a dégommé une Lada 10 à cent mètres de distance en cinq coups d'affilée. C'est qu'il a très envie d'entrer dans le gang. Une chance que trois gus aient été zigouillés l'autre soir. Ça fait de la place. “Quand partent ceux qui gênent, ça fait de l'oxygène”, dit un vieux proverbe russe. Ah ! la sagesse populaire…

Dernière consigne de Kamaz :

— Et surtout pas un coup de feu avant le début du grabuge. Tu vises le boss : un blondin bien sapé, la trentaine tassée, plutôt maigrichon. Mais ne joue pas de la gâchette avant nous.

— Et si vous aboutissez à un deal ?

Kamaz réfléchit. Petit-Poivre n'a pas besoin de tout savoir.

— En cas de deal, tu ne tires pas, dit Kamaz.

S'il n'avait pas la gueule d'un radiateur de camion, on pourrait croire qu'il sourit.

Kamaz parti, Petit-Poivre s'installe à son poste de tir et se met à scruter le terrain vague inondé de soleil. Bien trouvé. Dans ce lieu glauque, personne ne verra que la cible n'a pas été atteinte par l'un des fusils arrachés à l'adversaire. Le seul inconvénient est qu'il faudra sortir la pétoire de la tour. Ordre est donné de la noyer dans l'étang le plus proche. Interdiction formelle de l'abandonner sous les combles.

Il est presque deux heures et demie quand Denis descend au réfectoire aménagé au rez-de-chaussée pour les zélés collaborateurs de la maison. C'est un lieu propret, tout lambrissé de matière plastique, avec de grands saladiers à l'européenne, des salaisons coréennes et d'appétissants cheesecakes qui se mordorent dans leurs assiettes. L'endroit n'a rien à envier aux repaires les plus friqués, et les employés subalternes y amènent volontiers leur monde pour "prendre un thé". Quant aux cadres dirigeants, ils trouveraient inconvenant d'aller perdre leur temps dans un restaurant extérieur, à l'exception bien sûr des rendez-vous d'affaires. A cet instant, d'ailleurs, la direction s'y trouve presque au grand complet : le premier vice-président de la banque *Métallo* (deuxième étage), le chef du centre *Métallurgie-Escomptes* (troisième étage) et le représentant de l'antenne moscovite *Registres d'Akhtarsk*, tous attablés dans un coin de la salle, écoutent en riant un récit de Dima Nekliassov.

Lequel Dima Nekliassov se présente comme un personnage très curieux dans son genre. Agé de vingt-sept ans, blondinet, le directeur général d'*AMK-Invest* a gardé l'allure d'un étudiant aux joues roses. Izvolski l'a repéré un jour de négociation où le garçon, entre deux cours à la fac, arrondissait ses fins de mois comme interprète. Dès lors il l'a pris sous son aile, bien pouponné et placé en stage d'étude aux USA jusqu'à l'année dernière où il l'a promu général d'honneur (disons plutôt lieutenant eu égard à son âge) de la firme d'Akhtarsk la plus convoitée parce que détentrice de la majorité des titres d'*AMK*.

Tcheriaga se méfie confusément de Nekliassov. Il ne saurait dire pourquoi. Peut-être parce que l'autre est parvenu trop facilement à ses fins. Une chose est de s'appeler Viatcheslav Izvolski et d'avoir atteint des sommets, à trente-quatre ans peut-être, mais à la force de ses poignets, de ses mollets et de ses dents, après avoir saigné en chemin une multitude de gorges, prodigué moult crocs-en-jambe et éliminé les gêneurs de tous crins, tant réels que potentiels ; mais tout autre chose est d'avoir été cueilli délicatement dans sa jeunesse, habillé chez Versace puis envoyé à Princeton avant de se voir remettre sur un plateau d'argent les clés de la voiture, de l'appart et d'un bureau cosy. Par définition, Dima Nekliassov n'a plus qu'à passer le reste de ses jours comme un caniche aux talons d'Izvolski, mais il est si facile de se prendre pour une star quand on a été sacré numéro deux à vingt-cinq ans et qu'on n'a aucun espoir de passer numéro un avant d'atteindre soixante-dix ans.

Du reste, ce ne sont peut-être là que d'infâmes supputations sans fondement. Mais Tcheriaga n'arrive pas à les écarter. Comme chien de garde, il est là pour aboyer. Et pour planter sa truffe partout où il le peut.

Le plateau copieusement garni de salades et d'une jardinière aux harengs, Tcheriaga fait main basse sur une alléchante soupe aux choux accompagnée de côtes de porc, puis va rejoindre la tablée. D'un ton excité, Dima Nekliassov raconte :

— Eh bien, figurez-vous qu'au moment où je sors de ma bagnole, je vois foncer droit sur moi une gueule de porte-avions. Chaîne en or, roulement de mécaniques, la totale…

Les mots s'échappent des dents blanches de Nekliassov comme des balles de ping-pong.

— Vous permettez ?

Nekliassov se tait un instant, puis se retourne en faisant béer un sourire de vingt-quatre carats.

— Tiens donc ! s'exclame-t-il ; et comment va la glorieuse ville d'Akhtarsk ? Toujours pas tombée dans l'escarcelle du Kazakhstan ?

Un gros rire secoue la tablée. Pour les gars du siège central, "financier", Akhtarsk est source de moquerie. A leurs yeux, cette ville lointaine de Sibérie où fument les cheminées, chauffent les hauts-fourneaux et siffle le métal à la coulée apparaît comme une survivance absurde du socialisme, une ringardise à jamais marquée au fer rouge des "chantiers de la jeunesse" dans un décor de désuétude – ouvriers, ours, taïga. Akhtarsk : une étrange annexe de la coquette villa du siège central où des millions de dollars jaillissent d'on ne sait où par des transferts opérés entre *Phoenix*, moitié droite de la 219, et *InterTrade*, domicilié dans sa moitié gauche.

Inversement, les gens d'Akhtarsk (l'ingénieur en chef, le directeur de production, etc.) tiennent les Moscovites pour des parasites. Tcheriaga lui-même, qui vivait à Moscou il y a seulement six mois comme juge d'instruction à la Procurature générale, a maintenant le cœur qui bat pour Akhtarsk. C'est bizarre mais c'est ainsi. Peut-être cela vient-il de ses origines sibériennes ; ou parce que Denis est le deuxième personnage d'Akhtarsk après le

Lingot, à la fois vizir et bourreau, alors que Moscou le regarde comme un banal "nouveau Russe" en Mercedes débarqué d'un chantier du Komsomol perdu au diable vauvert… "Vous êtes d'Akhtarsk ? Mais vos usines sont en plan !" lui a dit un jour un économiste occidental de renom, en guise de salutations. Le pontife était venu apprendre aux Russes le b.a.-ba du business. "D'où est-ce que vous tenez ça ?! a demandé Denis. – Toute l'industrie russe est en veilleuse, c'est bien connu !" a expliqué le pontife.

— Mes hommages à la métallurgie russe ! lance Nekliassov en levant un verre de jus de fruit. (On dirait Di Caprio dans le rôle d'Arthur Rimbaud.) Il paraît que le Lingot t'envoie sur les traces de Zaslavski ?

— Comment ? On ne l'a toujours pas retrouvé ? s'étonne quelqu'un à droite de Tcheriaga.

— On va bien finir par le dénicher, dit un gros quadra du bureau des escomptes. Je l'ai appelé l'autre jour : Salut, j'ai dit, tu n'oublies pas qu'on prend l'avion demain ? – Aïe, qu'il me fait, je ne peux pas. – Comment tu ne peux pas ? Et Machkevitch qui nous attend ! Elle est bien bonne celle-là ! Et lui qui me répond : Ben, c'est que je suis en Thaïlande…

— Il m'avait d'ailleurs tapé de deux mille dollars pour son trip en Thaïlande. Je les attends toujours, se plaint un autre.

— Moi, c'est de cinq cents dollars qu'il m'a taxé lundi dernier…

— Il s'endette beaucoup ? demande Tcheriaga.

— C'est surtout qu'il perd beaucoup au jeu… répond Nekliassov.

— A *La Sérénade* ?

— Oui. C'est à trois pâtés de maisons, il va au plus pressé.

— Pas bon, lâche Denis.

— Comment ça pas bon ? C'est le casino d'un gang, nous sommes sur son territoire sans lui payer un rond.

Dima Nekliassov esquisse un sourire. Il fait penser cette fois à un moniteur de jeunes pionniers, le cou noué dans un foulard de soie à deux cents dollars la pièce.

— C'est de votre ressort, fait Dima. Mille pardons. Ce n'est pas à nous de chercher à comprendre qui paie qui, ni pourquoi des vampires viennent nous racketter sur les parkings.

— Quelqu'un savait-il que Zaslavski avait des côtés toxico ? demande Denis.

— Comment ?!

L'étonnement de Nekliassov ne paraît pas feint. Tcheriaga sort alors de sa poche les deux comprimés frappés de la faucille et du marteau.

— C'est quoi ? De l'aspirine ? dit quelqu'un.

— De l'ecstasy. Made in Germany. La faucille et le marteau, vous voyez ? C'est une variété baptisée Gorby, en l'honneur de Raïssa, pour le fun.

Nekliassov considère les comprimés avec la curiosité sincère d'une pucelle devant un pénis. Puis de tendre prudemment la main pour toucher.

— Et pourquoi est-ce qu'ils sont sales ? demande-t-il troublé.

— Ils traînaient au fond d'un tiroir. Notre Nikolaï a de la tune, il ne prend pas sa came dans des bouges… et se fiche pas mal de paumer cent dollars dans un coin. Est-ce qu'il était souvent défoncé au boulot ?

Nekliassov secoue lentement la tête : "Non."

— Je n'aurais jamais pensé une chose pareille, dit-il les yeux dans le vague. Un type parfaitement normal… Des fois, bien sûr, il débloque, mais rien d'étonnant avec la vie qu'on mène… Comment savoir si Untel perd la boule à cause d'un shoot de trop ou parce que ses partenaires l'ont roulé dans la farine… L'arnaque, ça rend encore plus dingue.

— Mais qui pouvait bien le fournir en pastilles ?

— Ah ! Denis, soupire l'agent des *Registres d'Akhtarsk*, qu'est-ce qu'on en sait ?!

— A propos, dit l'un des cadres des escomptes, as-tu mis le nez dans les papiers de Nikolaï ?

— Oui.

Un coup d'œil sur la montre : trois heures. Bientôt la grande explication, il faut partir. Denis s'emplit la panse à pleines bouchées.

— Est-ce qu'on peut savoir pourquoi ?

— Juste pour voir les contrats qu'il signe ; et avec quoi il se paie des rondelles : avec l'argent qu'il gagne chez nous, ou pas.

— As-tu trouvé quelque chose ?

— Non.

Dima enfourne une pâle tige d'asperge, la mâche et lance à la cantonade :

— Le Lingot arrive demain. Il paraît qu'il veut acheter la centrale nucléaire…

L'énorme centrale nucléaire inachevée de Beloïe-Polié se trouve à une centaine de kilomètres d'Akhtarsk.

— Elle n'est pas à vendre, répond Denis. Les autres préfèrent la voir pourrir sur place plutôt que de la refourguer à un bourgeois qui s'en mettra plein les fouilles.

Une fois son plateau mangé, Denis se lève d'un bond en avalant une dernière gorgée de jus de fruit.

— Bon appétit, lance-t-il aux autres.

Il n'entendra pas la réplique lâchée dans son dos à mi-voix par Nekliassov :

— Le berger allemand d'Akhtarsk. Il ne risquait pas de trouver quoi que ce soit dans les papiers. Je parie qu'il les a lus à l'envers.

Même si l'on avait rapporté ces propos à Izvolski, Nekliassov n'aurait rien eu à craindre. Le Lingot adore que ses collaborateurs ne puissent pas se voir en peinture.

Le face-à-face commence comme dans les meilleures maisons anglaises : à la seconde près.

Au moment précis où la Pajero vert foncé de Breler, escortée de deux Audi, quitte la rue Novomoskovskaïa pour s'engager dans le terrain vague, de l'autre côté de là, où se dessine un passage à niveau à moitié désaffecté, surgissent deux autres voitures : une modeste Mercedes 320 et une BMW noire aux vitres teintées.

De laquelle BMW s'extirpent bientôt des molosses aux crânes rasés. Le premier à s'approcher de Breler fait irrésistiblement penser à une armoire qui aurait enfilé pour rire un pantalon et un blouson, avec une tête cubique hérissée de poils ras de cochon, des yeux minuscules et des lèvres retroussées entre lesquelles gigote une *Marlboro*. "Le débile accompli !" songe Breler émerveillé par une caricature aussi classique.

— Où est le problème, Kamaz ? demande Breler à mi-voix en fourrant les mains dans les poches de son manteau.

— Tu es qui ? renvoie Kamaz.

— Je suis le remplaçant de Tcheriaga. Le chef de la sûreté. Breler, je m'appelle.

Kamaz se renfrogne.

— Et Tcheriaga ?

— Il ne va pas tarder à se poser, répond tranquillement Breler. Il m'a dit de commencer sans lui.

— Il est donc en retard, si je comprends bien ?

— Les chefs ne sont jamais en retard, les chefs sont retenus par des obligations, commente Breler d'une voix doucereuse. C'est quoi le problème ? il m'a dit de te poser la question.

— Le problème, c'est que vous êtes sur notre territoire et que vous ne payez pas de loyer.

— On n'est pas sur ton territoire. On est d'Akhtarsk. Je n'ai pas le souvenir de t'avoir vu à Akhtarsk.

— Tu peux te le garder, ton Akhtarsk de mes deux. Mais la rue Nemetkine, ça nous appartient. Un tiroir-caisse, ça se partage.

— Je n'ai pas l'intention de laver mon linge avec toi, répond Breler. Nous sommes d'Akhtarsk, point barre. C'est Jack qui l'a dit, c'est la Forge qui l'a dit. C'est pas tes oignons.

— Quand Jack s'en est mêlé, vous étiez sous le parapluie de Premier ministre. Maintenant c'est fini, il serait temps que tu piges.

— Erreur ! le parapluie de Premier ministre n'a jamais été sur nos têtes, rétorque Breler. Il n'a fait que passer, en commissionnaire de circonstance. Fais un effort de la comprenette et tu sentiras la différence. (Puis, exhibant un large sourire :) Tiens ! voilà le chef. Je t'avais bien dit qu'il allait se poser incessamment sous peu.

Depuis quelque temps, en effet, un grondement lointain se mêle au dialogue des deux parlementaires, comme si l'on avait branché un moulin à café dans le ciel. Peu à peu le bruit paraît se rapprocher du sol en s'amplifiant, jusqu'au moment où surgit de derrière les bois l'ossature rapace d'un hélicoptère. D'abord indifférent à ce vacarme – avec tout ce qu'on voit voler au-dessus de Moscou… – Kamaz, alerté par des cris, finit par se retourner. C'est alors qu'un rictus d'horreur convulsionne sa face. Il faut imaginer un rictus d'horreur convulsionnant, disons, la pelle d'un excavateur.

L'hélico qui approche n'est certes pas un innocent coucou de la flotte civile, mais un rutilant carnassier aux couleurs de l'armée, hérissé de lance-roquettes et de canons de calibre 30 de part et d'autre de son nez ravalé, avec deux magasins d'où dépassent des ogives de type *Sturm* et d'on ne sait quels autres missiles air-sol.

Une tempête de poussière se lève, brassée par les puissants rotors du monstre. De la poche d'un malfrat, le souffle emporte une liasse négligemment pliée de ces roubles russes que la pègre d'alors appelle "billets de bois"… Quelqu'un pousse un cri hystérique dans le dos de Kamaz. L'hélico descend encore d'un degré, laissant s'ouvrir une trappe d'où s'extrait un homme de taille modeste habillé business qui saute à terre et se dirige vers les parlementaires.

Tcheriaga, d'une voix posée :

— Vous avez des questions ?

Kamaz, et c'est tout à l'honneur du malfrat, s'efforce encore de sauver la face. En quoi il aurait pu réussir s'il n'en avait été empêché par les messes basses de ses acolytes et le claquement des portières de la BMW.

— Ben, dit le caïd, on est venu voir à quoi tu ressemblais. Parce que tu es sur mon territoire et que tu ne montres jamais le bout du nez…

— Et tu as vu maintenant ?

Kamaz esquisse un geste impuissant comme pour masquer l'absurdité de ses propos.

— J'ai vu, mon gars, y a pas de souci !

Puis, se tournant vers ses hommes :

— On y va !

Toutes roues hurlantes, la BMW s'échappe du terrain vague.

Du quinzième étage de la tour, Petit-Poivre promène la pointe de son canon entre l'hélico et Tcheriaga. Il a ordre de tirer si ça tire, et de ne pas tirer si ça ne tire pas.

Mais aucune consigne dans le cas où un hélicoptère de combat de la dernière génération viendrait à se poser sur le terrain du démêlé. Après un temps de réflexion, il décide de rapporter la situation au cas de figure numéro deux : pas de tir, donc je ne tire pas.

Un soupir, puis il remballe sa pétoire, petit bijou qui ne manquera pas de servir une autre fois.

Le plus curieux étant que Petit-Poivre, à peine rentré de Tchétchénie, aurait bien été incapable d'identifier le modèle de l'hélicoptère.

Youri Breler lui-même ignorait le plan de Tcheriaga et le but de son escapade à une heure et demie de la grande explication. Le voilà maintenant qui regarde tour à tour la BMW foncer vers le passage à niveau et la mâchoire volante exhiber ses canons.

— Ça alors ! s'exclame-t-il. Et d'où vient cet engin ?

— Kongarsk, répond Tcheriaga.

Breler se frappe le front. “Mais bon sang ! J'aurais dû y penser moi-même !”

— Mais ne va pas me dire qu'il arrive tout droit de Sibérie ? Quelle est l'autonomie de vol de ce machin-là ?

— Un *Mi-28* peut couvrir quatre cents kilomètres, répond Tcheriaga. Celui-là va jusqu'à six cents kilomètres, plus deux cents avec les réservoirs d'appoint. Il était à la base de Riazan.

— Et qu'est-ce qu'ils ont dit aux militaires ?

— Qu'ils allaient à Touchino. Pour chercher des pièces. Ils sont en charrette. Le salon d'Abu-Dhabi est dans une semaine, et ils n'ont toujours pas les pièces.

Tout en branlant du chef, Breler regarde le requin volant surfer sur la cime des arbres.

— C'est donc un exemplaire de démonstration ?

— Un modèle expérimental.

— Mais alors il n'était pas armé ! Qu'est-ce que tu aurais fait s'il avait fallu tirer ?

— Les fusils-mitrailleurs n'étaient pas armés, d'accord. Mais j'avais dix caisses de munitions pour les canons… Allez, en route !

Si, il y a seulement six mois, on avait dit à Daniel Sentchiakov, directeur général de l'usine d'hélicoptères de Kongarsk, que son nouveau moulin classé secret défense participerait à un règlement de comptes entre gangs en faveur du directeur général d'*AMK* Viatcheslav Izvolski alias le Lingot, il aurait écrasé son poing de vieil homme sur la table en s'écriant : "Je lui ferai la peau moi-même à ce Lingot ! C'est Staline qu'il lui faut !"

Daniel Fedorovitch Sentchiakov : le directeur le plus atypique que l'on puisse imaginer. Sur fond de Russie actuelle, il pourrait faire figure de mammouth, ou même de trilobite.

… Septuagénaire endurci, il avait pris sa retraite dès 1991. En 1993, l'usine était aussi raide qu'un membre viril par une nuit de noces, le nouveau directeur ayant disparu sans retour dans un paradis fiscal cher à son cœur. C'est alors que les salariés de la maison, qui à cette époque avaient encore le droit d'élire leur directeur, lancèrent un appel au secours au vétéran comme jadis le peuple de Kiev aux Varègues, en l'implorant d'accepter la couronne et le royaume. Venant des salariés, c'était une démarche de pur bon sens : Sentchiakov était un veuf de soixante-dix ans, sans enfants ni neveux, et n'avait donc aucune raison de se remplir les poches.

Si c'était là le meilleur choix, on ne saurait le dire. Membre impénitent du Parti, ancien combattant de la

Grande Guerre, disciple du célèbre Mikhaïl Mil*, Sentchiakov n'avait jamais cessé d'être un communiste pur et dur bien qu'il eût passé quatre ans à travailler derrière les barbelés d'un Goulag, de 1950 à 1954. Par ses convictions, ses manières, son caractère, Sentchiakov était resté désespérément en retard sur son temps. Il faisait penser à un courtisan français de Louis XIV montant peureusement avec sa perruque à bord d'un avion à réaction. Sentchiakov n'avait toujours pas compris que le complexe militaro-industriel n'existait plus, et que jamais la Russie, sous quelque gouvernement que ce fût, ne vendrait plus de pétrole à l'Occident à la seule fin de financer l'usine d'hélicoptères de Kongarsk pour la fabrication de deux cents fuselages à rotors par an…

Chose étrange, ce directeur qui avait décoré son bureau du portrait de Staline, ce directeur qui appelait à voter communiste, ce directeur-là n'avait jamais volé le moindre kopeck à son usine. Et c'est encore lui qui avait lancé publiquement à la face d'un gouverneur communiste élu grâce à son aide : "Tu n'es pas rouge ! Tu es rouge-vert !" A la question de savoir ce que rouge-vert voulait dire, il s'était expliqué : "Les rouges-verts, ce sont des rouges qui brassent des dollars à pleines mains." L'assistance croulait de rire et le sobriquet de "rouge-vert" devait à jamais coller à la peau du chef de la région, battu aux élections suivantes par l'actuel gouverneur Doubnov.

Sentchiakov se démenait comme un beau diable. Il réduisait les coûts de production, économisait les kopecks, faisait valser les voleurs. Dans les ateliers désaffectés de son usine, il organisait la production d'appareils

* Mil Mikhaïl (1909-1970), ce fils de rabbin né en Sibérie devint l'un des plus grands constructeurs d'hélicoptères de l'Union soviétique *(N.d.T.)*.

médicaux et de pièces détachées pour *Lada*. *Renault* et *Daimler-Benz* achetaient des composants de moteur fabriqués à partir de matériaux militaires. Les autres directeurs aussi se démenaient comme ils pouvaient, mais à une différence près : quand l'un d'eux mettait en place une activité d'exportation, les ateliers étaient loués pour une bouchée de pain à une société fantôme, et toute la production réalisée par les ouvriers de l'usine grâce aux équipements de cette même usine était vendue au profit de la société fantôme qui, dans les faits, appartenait au directeur. Résultat, l'usine payait pour tout, biens d'équipement, électricité et matières premières, alors que la recette des ventes revenait à la firme du directeur. Une application industrielle du dicton populaire russe : à moi les feuilles, à toi les racines.

Chez Sentchiakov, en revanche, la totalité des devises découlant des contrats passés avec *Renault* revenait aux ouvriers ou servait à la production d'hélicoptères majestueux dont Pavel Gratchev en personne avait promis de payer la facture. C'était en 1994, la commande militaire n'avait pas été validée et les quantités restaient floues. "C'est notre problème, avait dit le ministre de la Défense. A vous de construire, à nous de payer ! Votre usine est l'espoir de la Russie."

Usant de l'influence du PCFR (c'était avant qu'il n'eût conspué le gouverneur), le communiste Sentchiakov obtint du ministère de la Défense une commande mirifique : en accord avec les Américains, l'un des ateliers géants de l'usine fut converti en unité de démantèlement et de destruction des missiles balistiques. Les Américains payaient cash. Au passage, on dépouillait les fusées de leurs métaux précieux. Une commission américano-russe visita l'atelier et l'ovationna.

Fin 1994, on annonça à Sentchiakov qu'il n'y aurait pas un kopeck pour les hélicoptères. Le directeur se précipita à Moscou, au ministère des Industries de la Défense. “Quand on vous a passé la commande, lui expliqua-t-on au département de l'Aéronautique et des Chantiers navals (eh oui, telle était bien l'enseigne de ce département), tout le monde croyait que le budget militaire serait de vingt trillions de roubles ; or la Douma n'a débloqué que cinq trillions. – Mais c'est Gratchev en personne qui me l'avait promis ! – Eh bien, allez voir Untel…” et le rond-de-cuir de lui nommer une célébrité du ministère de la Défense.

L'homme de Kongarsk ne fut pas reçu par la célébrité qui se fit représenter par un conseiller à face d'empeigne. Celui-ci lui expliqua clairement les choses : que bien sûr Sentchiakov pourrait se faire payer ses hélicos, mais à une seule condition. Il devrait pour cela louer l'atelier de démantèlement des missiles aménagé par les Américains à une certaine société *Saturne* d'un capital social de deux cents roubles. Le loyer s'élèverait à zéro virgule des cacahuètes. Les actionnaires de *Saturne* étaient : deux généraux qui servaient dans les missiles, un sous-ministre de la Défense, l'épouse du sous-ministre et un haut fonctionnaire du ministère des Finances. Sentchiakov s'indigna. Alors le conseiller, qui avait mal interprété son indignation, lui proposa de l'associer au nombre des actionnaires. Sentchiakov en se levant prit sa chaise par les pieds et se mit à cogner la face d'empeigne avec ladite chaise aux cris de “Sous Staline tu passais au poteau !” C'était la phrase préférée du directeur.

Un moment plus tard, bringuebalé dans le train du retour, le bonhomme se gavait de nitroglycérine et prenait conscience du caractère désespéré de la situation. Ou bien l'usine céderait pour rien le contrat américain, ou bien elle ne verrait jamais l'argent des hélicos. Dans un cas comme dans l'autre, les comptes présentaient un tel déficit qu'il n'était même pas question de payer les salaires.

Sentchiakov ne transigea pas avec le contrat américain. Les hélicos restaient donc parqués à l'usine : douze *Mi-28* et, dernier né de la maison, un *Faucon* quadriplace et birotor. Or un hélicoptère de combat n'est pas un truc qu'on peut aller vendre un jour de marché. L'usine pourtant trouva des acheteurs venus d'Arabie. Mais elle n'avait pas le droit de conclure la transaction de son propre chef, toutes les exportations d'armements devant passer par une centrale d'Etat spécialisée : *Rosvooroujénie*. Le conseiller de la célébrité n'avait toujours pas digéré les coups de chaises reçus dans son propre bureau. Des émissaires de la centrale s'en furent donc conclure une transaction censée rapporter des millions de dollars à la Russie mais… la firent sciemment capoter. Du reste, le conseiller n'y était peut-être pour rien. Qui nous dit que les émissaires n'avaient pas été bakchichés par des concurrents américains ?…

Les hélicoptères attendaient dans des ateliers vides. Les ouvriers furent assignés à des congés sans délai. La semaine de travail fut réduite à trois jours.

Fin 1995, Sentchiakov prit conscience d'une chose étonnante : ses hélicoptères valaient de l'or. Si le ministère de la Défense avait honoré sa commande, l'usine aurait reçu près d'un trillion et demi de roubles.

Donc, le ministère n'avait pas payé. Pour autant les impôts furent… prélevés. Sur quels fonds ? peut-on se demander. Sur le produit des contrats signés avec les Américains et avec *Renault*.

Daniel Sentchiakov comprit avec horreur une chose d'une simplicité élémentaire : s'il s'était conduit comme un voleur en faisant signer *Renault* avec une société fantôme plutôt qu'avec l'usine, l'argent de la recette n'aurait pas quitté la société et aurait pu faire vivre l'usine.

En 1996, des émissaires tchétchènes se présentèrent à l'usine. Ils savaient qu'il existait des hélicoptères impayés et se disaient prêts à les acheter. Certes pas pour un million de dollars l'hélico, mais pour un prix raisonnable. Certes pas à l'usine, mais au directeur en personne. Les Tchétchènes prenaient en charge toute la logistique. "Et qu'allez-vous faire d'hélicoptères de combat ?" demanda le directeur curieux au chef de la bande. "Vakh ! s'étonna l'autre à la façon des Caucasiens, tu n'es pourtant pas né d'hier !" Sentchiakov eut alors la vision très nette d'hélicoptères dernier cri dont l'armée fédérale n'était toujours pas pourvue tirant sur des soldats russes, moyennant quoi trente deniers dormaient à son profit sur un compte suisse... Le directeur s'abstint cette fois de taper le Tchétchène à coups de chaise parce que l'autre était barbu, fort comme un bœuf et bien armé. Aussi le raccompagna-t-il poliment avant de téléphoner à la direction régionale du FSB, par suite de quoi le Tchétchène ne se présenta pas au prochain rendez-vous : quelqu'un l'avait prévenu.

Excédé, Sentchiakov offrit le mois suivant deux hélicoptères à un régiment qui se battait en Tchétchénie. Les engins furent abattus dès leur première mission. Un mois plus tard, Sentchiakov apprenait qu'en vérité personne n'avait abattu ses hélicoptères : leurs pilotes les avaient laissés au pied d'une montagne selon les consignes de leur hiérarchie ; et au bout d'une demi-heure, de nouveaux pilotes les conduisaient vers leurs nouveaux propriétaires.

Les bruits qui couraient parmi les militaires sur l'existence d'hélicoptères flambant neufs dont l'armée fédérale n'était toujours pas équipée, ces bruits se matérialisèrent soudain d'une façon inattendue, deux ans plus tard, le jour où un hélico tchétchène perdu dans le brouillard se posa près d'une gare de tri. Deux barbus armés de pistolets-mitrailleurs sortirent de l'engin et frappèrent avec la pointe de leurs canons à la guérite de l'aiguilleur, lui demandant de leur trouver une citerne de kérosène dans la masse de celles parquées sur les voies. Pour le malheur des Tchétchènes, un camion de Cosaques arriva sur-le-champ qui venaient voir le chef de gare pour tirer au clair une histoire de marchandises disparues. A la vue de l'hélico et comprenant de quoi il retournait, les Cosaques changèrent d'avis. En conséquence, un bref échange de coups de feu éclata : les Tchétchènes furent réduits en fumée, une citerne de propane explosa sur les voies et l'hélicoptère fut remis presque indemne au FSB et à la presse sans la moindre égratignure sur ses hublots pare-balles.

Une commission d'enquête du FSB vint à l'usine qui joua longtemps avec les nerfs de Sentchiakov. On vit paraître des articles dans la presse centrale qui accusaient le directeur d'avoir vendu des hélicoptères à des terroristes tchétchènes. La police fiscale procéda à la saisie des comptes de l'entreprise et fit évacuer une partie des biens d'équipement sans valeur monétaire mais indispensables à la satisfaction des exigences de *Renault*. L'usine et son directeur étaient au bord de l'infarctus depuis deux mois quand un guébiste haut gradé suggéra affectueusement à Sentchiakov qu'il lui suffirait de se ranger au schéma de la société *Saturne* (à laquelle s'était ajouté un nouvel actionnaire en la personne d'un général du FSB) pour que tous les désagréments disparaissent d'eux-mêmes…

Sentchiakov passa la journée et la nuit à réfléchir. Au matin, il demanda une Lada à son propre chauffeur (sa Volga directoriale ayant été saisie par la police fiscale et vendue pour une bouchée de pain à une société appartenant au sous-directeur de la police fiscale) et fit route pour le Combinat métallurgique d'Akhtarsk, à deux cent vingt kilomètres de là.

Quand Viatcheslav Izvolski reconnut dans la salle d'attente le vieux patron de l'usine d'hélicoptères, il n'en fut pas moins étonné que s'il voyait là un babouin en chapeau haut de forme. Izvolski et Sentchiakov étaient aux antipodes l'un de l'autre. Celui-là avait trente-quatre ans, celui-ci, soixante-treize. Plus d'une fois le Lingot avait traité l'autre de "vieil enc...lé" et de "stal de mes c..." devant des auditoires plus ou moins restreints, voire de noms d'oiseaux encore plus sophistiqués dont il était si friand. Sentchiakov, de son côté, citait souvent Izvolski au nombre de ceux que "Staline aurait envoyés au poteau". L'un n'avait jamais volé le moindre kopeck à son usine, et ses ouvriers joignaient tant bien que mal les deux bouts, entre pain et vodka, grâce à l'argent des pièces détachées qu'ils chapardaient (qu'une usine soit bien gardée ou non, elle est forcément dépouillée quand la paye ne vient pas). L'autre avait volé des millions et s'était fait construire une villa de trois étages dans un jardin à l'antique tandis que son usine prospérait et que personne ne pensait à la piller.

Izvolski paya le bonhomme d'un regard plutôt sec, le salua sans lui tendre la main et l'invita à passer dans un bureau somptueux lambrissé de bois de rose et parqueté des meilleures essences de chêne.

— En quoi puis-je vous être utile, Daniel Fedorovitch ? demanda Izvolski en jetant un coup d'œil impatient sur sa montre parce qu'un briefing devait commencer dans une demi-heure.

Sentchiakov poussa un soupir et entama son récit.

Une dizaine de minutes plus tard, le Lingot décrochait le téléphone et demandait laconiquement à Tcheriaga de passer dans son bureau. C'est ensemble qu'ils écoutèrent la suite. Le directeur parla longtemps d'une façon sénilement confuse, sautant du coq à l'âne, évoquant tour à tour les Tchétchènes, la société par actions *Saturne* et, par de longues digressions, Staline, l'héroïque peuple soviétique, la suprématie de l'économie planifiée…

Izvolski l'écoutait sans l'interrompre. On laissa filer l'heure du briefing qui fut tenu en l'absence du directeur. Le téléphone poussait d'incessantes jérémiades sur le bureau de la secrétaire, la salle d'attente ne désemplissait pas, les sollicitations pleuvaient, et Sentchiakov parlait toujours. Il était déjà onze heures quand enfin il se tut. Izvolski le dévisagea de ses yeux bleus et, les lèvres pincées, lui demanda :

— Mais qu'attendez-vous de moi, Daniel Fedorovitch ?

— Nous avons chez vous de vieilles dettes pour des laminés de blindage, expliqua Sentchiakov. Portez l'affaire au tribunal pour un jugement de faillite. Il existe aujourd'hui des procédures accélérées.

Izvolski tambourinait de ses doigts sur le bureau. Le vieux disait vrai : l'usine d'hélicoptères avait très peu de dettes envers l'Etat (voilà donc où était passé l'argent des contrats avec *Renault)*, et, d'un commun accord, la mise en faillite de l'entreprise serait des plus aisées. De fait, *AMK* était le plus gros créancier du fabricant d'hélicos (toujours à cause de Sentchiakov qui refusait obstinément d'honorer les factures de cet "escroc" d'Izvolski).

— Et qu'est-ce que j'y gagne ? (Izvolski n'y allait pas par quatre chemins.) D'en découdre à votre place avec les généraux ? Et qu'ils s'en prennent à mon usine plutôt qu'à la vôtre ?

— Vous êtes vous-même un général comme eux, ils ne vous toucheront pas.

Izvolski marqua un silence. Sentchiakov, l'ayant mal interprété, s'empressa d'ajouter :

— Mon usine est rentable ! lança-t-il. Nous avons une unité de platinage, un contrat avec *Renault*, un contrat de démantèlement des missiles. Si nous avons le pouvoir de conclure nous-mêmes des transactions sur le marché extérieur, nous survivrons !

— Et pourquoi viens-tu me voir ? coupa le Lingot. Hein ? Qui me traitait de voleur ? Qui parlait de Staline ? du peloton d'exécution ?

Le vieil homme baissa la tête. Après un silence, il regarda Izvolski droit dans les yeux et lui dit :

— Je ne comprends pas ce qui se passe. Je ne suis pas un voleur et mon usine est bloquée. Tu es un voleur et ton usine fonctionne. Je veux que mon usine aussi se mette à tourner.

C'était une petite victoire personnelle remportée par Izvolski sur le communisme.

Une demi-heure plus tard, Sentchiakov se vit confié au chef de production sous le prétexte que le Lingot n'y entendait rien en matière de machines-outils et que seul un pro saurait apprécier le potentiel d'une usine d'hélicos. Izvolski et Tcheriaga restèrent en tête à tête.

— Qu'en dis-tu ? demanda le Lingot.

— Quelle bande de salopards ! Refourguer des hélicos à des Tchétchènes ! Si j'avais du fric à claquer, je te jure que je m'occuperais moi-même de trouver un tueur à gages…

— On le sait depuis longtemps que c'est une bande de salopards. Ce que je te demande, c'est ce qu'on fait de Sentchiakov.

— Il nous apporte une bonne idée, non ? Si on saisit le tribunal de la région, il sera déclaré en faillite dès demain.

— Et après ? Y as-tu jamais mis les pieds ? C'est comme si j'achetais une pyramide égyptienne ! Neuf hectares d'ateliers, deux cents hélicos par an… Personne ne demande jamais deux cents hélicos par an !

Tcheriaga, songeur, reprit :

— Tu sais, il est venu en Lada…

— Comment ça en Lada ?

Izvolski s'approcha de la fenêtre qui donnait sur le parking de l'usine. Des voitures y stationnaient par dizaines : des Lada ainsi que des marques étrangères d'occasion quoique parfaitement présentables. Les ouvriers d'*AMK* délaissaient peu à peu les tramways et les autobus. Une Lada bleu marine à l'arrière rouillé s'était glissée entre une impressionnante Mitsubishi Pajero et une vieille Toyota.

— Ça prouve bien qu'il est con ! explosa le Lingot. Si un directeur roule en Lada, ça ne plaide pas en sa faveur ! Ce qui plaide en faveur d'un directeur, c'est que ses ouvriers roulent en 4x4 !

Izvolski se retourna :

— As-tu seulement conscience du boulot à faire ? On commence par licencier la moitié des ouvriers, et d'une ! On se débarrasse de leurs putains de jardins d'enfants au profit de la municipalité, et de deux ! On arrache à Moscou une licence d'exportation d'hélicoptères, et de trois ! Ce n'est plus une usine, c'est un puits sans fond ! Autant la faire sauter pour en construire une autre !

— Et pourtant, rétorqua Tcheriaga, les généraux y trouvent leur compte, eux…

— Tu confonds bénéfice et pillage ! s'emporta le Lingot. Un hélico va chercher dans les quinze bâtons alors qu'ils le refilent pour cinq fois moins cher aux Tchétchènes. En revanche, tout va dans leur poche. C'est à chier comme business ! Et puis je n'ai pas besoin de me coltiner les généraux, mon cul ! Il ne manquerait plus qu'une descente du FSB à cause de cet atelier de missiles à la con !

Tcheriaga baissa la tête. C'était vrai. Mettre Kongarsk en faillite était un jeu d'enfant. Mais il savait mieux que quiconque que ce genre de conflit ne se réglait pas au tribunal. Ni même entre gangs. Quant à déclarer la guerre aux généraux pour neuf hectares de ferraille…

— As-tu conscience de l'autorité qu'il représente ? demanda Tcheriaga. Voilà un homme qui se traîne à tes pieds de son plein gré. Et pas n'importe qui : Sentchiakov ! Un communiste invétéré ! Si tu prends sa défense, tu en verras bientôt vingt autres à genoux !

Izvolski n'en démordait pas :

— Et si le FSB débarque ?

— Je suis pour qu'on aide l'usine d'hélicos, dit Tcheriaga.

Izvolski se tut.

— Et si tu le fais sous ta seule responsabilité ? demanda-t-il à son auxiliaire.

— Comment ça ?

— Eh bien comme ça : c'est toi qui vas au tribunal, qui parles avec les juges et qui négocies avec l'usine d'hélicos. Si tout se passe normalement, c'est parfait. Tu peux donner des interviews et raconter comment *AMK* a sauvé l'usine. Mais si l'on s'en prend à nous, je te balance. Mille pardons, les mecs, mais c'était une initiative de mon subordonné qui voulait faire des petits dans mon dos. Prenez-le et bouffez-le. Là-dessus, je te vire. Je me fiche de ce que les généraux feront de toi, même s'ils te vendent aux Tchétchènes avec leurs hélicos. Vois-tu, je préfère les intérêts de mon usine à ceux d'un dépotoir d'hélicoptères.

— D'accord, dit Tcheriaga.

C'était il y a deux mois.

Entre-temps, deux semaines furent consacrées aux négociations avec Sentchiakov. En apparence, c'était Tcheriaga qui menait ces négociations. En réalité, toutes les conditions posées par lui venaient d'Izvolski. Lesquelles conditions n'étaient pas faciles à accepter, surtout pour un communiste. Il n'y avait pas eu de licenciements depuis la privatisation de l'usine. Izvolski exigeait un dégraissage d'un tiers des effectifs au moins. Le communiste Sentchiakov avait mis un point d'honneur à maintenir intact le patrimoine de l'entreprise avec jardins d'enfants, maisons de repos, biens annexes, etc., toutes choses qui court-circuitent les comptes d'exploitation et font gonfler les déficits. Izvolski exigeait qu'on se déleste du tout.

Pis que cela, Izvolski, qui ne reculait devant rien, insistait pour que toutes les consignes de dégraissage soient signées par Sentchiakov lui-même, l'idole du peuple. Il ne s'agissait pas de faire croire aux ouvriers que le bon peuple avait été comme un coq en pâte sous les ordres d'un directeur communiste jusqu'au jour où ce bourge d'Izvolski lui en avait fait voir de toutes les couleurs.

L'usine d'hélicoptères fut déclarée en faillite en un rien de temps.

Tcheriaga fut convoqué à Moscou. Dans un restaurant cosy contrôlé par le gang d'Izmaïlovo, il rencontra la fameuse personnalité qui était à l'origine de la société *Saturne*. La célébrité réitéra la proposition faite à Sentchiakov par son conseiller.

— C'est un contrat juteux pour l'usine, dit la célébrité, vous le verrez vous-même. Sentchiakov a refusé, et voyez le résultat : il a planté l'entreprise… (Puis, en se mordant la lèvre :) En fait, tout dépend de la manière de voir les choses… Vous les avez récupérés pour une brique et demie… C'est dingue, non ? Une usine énorme pour quarante mille dollars. On n'a même pas une belle Mercedes pour ce prix-là. A la limite, on pourrait vous déférer en justice pour escroquerie…

Après avoir laissé parler la célébrité, Tcheriaga sortit de son attaché-case une chemise transparente à bords rouges et la posa devant son interlocuteur.

— Qu'est-ce que c'est ? demanda l'autre d'un ton curieux.

— Ce sont des documents. On y apprend qui a vendu les hélicoptères aux Tchétchènes, et de quelle façon. Avec les récépissés des virements effectués vers la Suisse à partir de banques offshore. Enfin, des copies.

D'un air méconnaissable, le général parcourait le dossier. Tcheriaga se pencha par-dessus la table et attrapa l'autre par la cravate.

— Si tu intentes la moindre action en justice, articula doucement le chef de la sûreté du Combinat métallurgique d'Akhtarsk, ce dossier fera la une des journaux.

La célébrité happait l'air avec ses lèvres comme une carpe sortie de l'eau. Tcheriaga reprit le dossier des mains du général, le glissa dans son attaché-case et se leva.

— Je vous laisse payer le dîner, dit pour conclure l'ancien juge d'instruction. L'argent des Tchétchènes vous suffira largement.

Le calcul de Tcheriaga se révéla juste. Un mois de passé, et personne ne venait chercher noise au combinat. Le général avait été trop intimidé par les documents. Telle était du moins l'impression de Tcheriaga à ce moment-là.

… Il est déjà huit heures du soir quand Tcheriaga et Breler, la mine excitée et joyeuse, s'engouffrent dans la villa de la rue Nemetkine. Leurs compagnons d'équipée se dispersent instantanément dans les étages pour raconter les détails du face-à-face aux copains de la sécurité, tandis que Tcheriaga monte au premier et se dirige vers le bureau de Dima Nekliassov.

Chemise blanche éblouissante, bretelles américaines chamarrées de dollars, Dima Nekliassov est assis à son bureau et discute avec un homme vêtu d'un grossier chandail vert.

Au bruit de la porte, Dima se retourne d'un mouvement vif. Il présente alors un visage confus et même légèrement livide comme un gamin qu'on aurait surpris en train de voler des pommes dans le verger d'un kolkhoze. Une lueur d'espoir l'anime soudainement à la vue de Tcheriaga, et ce dernier comprend alors en frissonnant que cet individu en pull vert n'est ni un malfrat, ni un partenaire, ni une vieille connaissance. C'est un type très mauvais.

— Tenez, Denis Fedorovitch, on me demande si c'est bien ma signature, prononce Dima d'une voix de ténor lyrique.

Et de tendre à Tcheriaga une feuille légèrement froissée, presque friable.

Puis, s'adressant au pull vert :

— Denis Fedorovitch, directeur adjoint.

— Mikhaïl Opanassenko, Section de lutte contre le crime économique, chef de mission, ville de Kharkov, se présente l'autre.

A ce moment Tcheriaga constate que le chandail du visiteur s'effiloche sur le côté et qu'il est souillé d'une tache blanche. En guise de jean, il porte une sous-marque élimée.

D'un geste machinal, Denis prend la feuille. C'est un papier officiel à l'en-tête d'*AMK-Invest* signé par Dima Nekliassov. Adressé au ministère ukrainien des Chemins de fer, il se présente comme une demande de réexpédition d'un chargement de douze wagons d'acier laminé à froid vers la firme turque *MS-Style*… ville de Kharkov.

Tcheriaga sent un frissonnement désagréable courir le long de ses membres. Le cœur glacé, il n'a qu'une pensée à l'esprit : "Ça y est !"

Car le papier qu'il tient en main, économiquement parlant, relève de l'"exportation fictive", passible d'une sanction pénale.

Certes le combinat, sur le papier du moins, exporte en Occident plus de soixante-dix pour cent de sa production, mais la totalité n'arrive pas à destination. Une partie reste en Ukraine ou quelque part en CEI. Une partie dérisoire, mais quand un combinat produit dix-sept mille tonnes de laminés par jour, même une partie dérisoire finit par représenter une quantité de métal significative. Or, quand on exporte du métal en Occident, l'Etat rembourse vingt pour cent de taxe sur la valeur ajoutée ; lesquels vingt pour cent restent dans sa poche si l'exportation est destinée aux pays de la CEI.

Quand il s'agit de récupérer vingt pour cent, le combinat ne dit pas non. Aussi procède-t-il de la façon suivante : les wagons sont chargés d'acier achetés par *AMK-Invest* ou *Steelwhale*, ses deux principaux agents commerciaux, avec mention de la destination dans les bordereaux : Hongrie ou Roumanie. La marchandise passe la frontière, ce que les douanes attestent en bonne et due forme. Et l'attestation des douanes prend le chemin de l'inspection des impôts comme motif de remboursement de la TVA. Dès que les laminés se retrouvent en Ukraine, un ordre de réexpédition arrive au centre ferroviaire de Konotop, pour Donetsk ou Kharkov.

Le bout de la chaîne est dans les mains du responsable des chemins de fer qui avalise l'ordre de réexpédition sans en aviser le contrôle fiscal russe. Une petite faveur qui vaut à son auteur une grande récompense. A la différence des autres subterfuges mis en œuvre par *AMK* pour déjouer les impôts, l'exportation fictive est considérée par le code pénal comme de la pure escroquerie fiscale.

Mais il y a une autre façon de voir les choses.

Les deux parties en présence, en l'occurrence l'Ukraine et la Russie, se sont révélées incapables de s'entendre sur les modalités de prélèvement de la TVA. Résultat, la Russie a décidé qu'elle ferait payer la TVA aux producteurs russes exportant leurs marchandises en Ukraine, mais pas aux producteurs ukrainiens exportant les leurs en Russie. L'Ukraine, de son côté, a décidé l'inverse : de ne pas collecter la taxe sur ses propres exportateurs, mais sur les Russes, si.

Par suite de quoi les marchandises ukrainiennes écoulées en Russie ne sont soumises à aucune taxe, cependant que les marchandises russes vendues en Ukraine supportent quarante pour cent d'impôt (les vingt pour cent de la TVA russe plus la TVA ukrainienne). A ce régime, toute la production russe est balayée du marché ukrainien à une vitesse quasi cosmique. Ceci condamnant la Russie à céder l'énorme marché ukrainien de la machine-outil et de la tuyauterie laminée à ses concurrents français, allemands et australiens.

N'ayant nullement l'intention de perdre ce marché, Izvolski a jugé non sans raison que sa façon de faire servirait tout à la fois les intérêts de son combinat et de la Russie.

Et si la défense des intérêts stratégiques de la patrie requiert quelques entorses au code pénal, le directeur de la sûreté est là pour arranger les choses. Ce n'est pas pour rien, se disait Izvolski, que j'ai embauché à ce poste un ancien de la Procurature générale qui a ses entrées où il faut, plutôt qu'une brute des commandos *Alfa* ou un colonel d'active. Parce qu'on dira ce qu'on voudra, mais le principal danger pour l'usine ne vient pas de ces énergumènes qui mettent en scène des règlements de comptes à la con, mais plutôt du métallurgiste allemand *Krupp* qui se lèche les babines à la vue du marché ukrainien. *Krupp* peut très bien se demander par quel schmilblick les Ukrainiens de *Youjmach* dégotent de l'acier russe à bas prix, et *Krupp* peut aussi mettre un procureur local sur la piste de ce schmilblick. Et là, point final. Adieu le marché ukrainien. *Krupp* s'installe en Ukraine et toi, Izvolski, tu es dans la merde. Qui pourra prouver que les lois sont idiotes ? et que les hommes politiques russes qui ont concocté ces lois ont eux aussi ramassé au passage un pot-de-vin de chez *Krupp*, incomparablement plus gros que le procureur ukrainien ? Qui ?

— Est-ce là votre signature, oui ou non? insiste l'Ukrainien.

— Je... euh... j'ai un peu de mal à vous répondre. Il s'agit d'une copie. Si vous aviez l'original...

— Mais vous avez bien signé un papier de cette nature...

— Ecoutez-moi, Valentin Mikhaïlovitch...

— Mikhaïl Valentinovitch, rectifie l'enquêteur.

— Ecoutez-moi bien, Mikhaïl Valentinovitch, je signe une bonne quarantaine de papiers par jour. Comment voulez-vous que je me souvienne de ce que j'ai signé ou pas signé ?

La voix du directeur général d'*AMK-Invest* trahit les intonations plastiques d'une prima donna qui aurait découvert un cadavre dans sa loge.

Tcheriaga s'avance d'un pas.

— Mikhaïl Valentinovitch, dit-il d'un ton affectueux, la journée de travail tire à sa fin... Dima est fatigué... Si vous étiez venu plus tôt...

— Il y a trois heures que je suis là, coupe l'enquêteur non sans sarcasme, et M. Nekliassov n'a pas trouvé le temps de me recevoir.

Tcheriaga étouffe un juron. Hallucinant ! Qui sait ce que cet âne vient faire ici. Une chance sur deux qu'il soit venu sonder le combinat sur le prix qu'il serait prêt à lâcher pour classer le dossier sans suite… Au lieu de quoi Nekliassov le fait mariner dans l'antichambre !

— Dima a été très occupé, dit Tcheriaga d'une voix qui s'excuse.

— Pour ça oui. Pas moins d'une demi-heure passée à dicter du courrier à sa secrétaire, après quoi elle est sortie en rajustant sa jupe…

Il y a dans la voix du bonhomme des accents de méchanceté mal cachés. Ma parole, se dit Tcheriaga, le jour viendra où un killer payé pour tuer Nekliassov viendra voir s'il est prêt à renchérir sur le contrat, et l'autre sera fichu de ne pas le recevoir. L'essentiel est maintenant d'écarter le commissaire. Nekliassov a le don d'énerver cet homme à peine descendu du train et qui a poireauté trois heures devant sa porte sans un thé ni rien à se mettre sous la dent…

— Venez, dit Denis en entraînant discrètement le gardien de la loi, je pense que je saurai vous fournir toutes les explications. Après tout, je suis directeur adjoint…

— En charge de quel secteur ? s'enquiert le commissaire.

— De la sûreté.

Le commissaire marque une hésitation, puis se résout à lui emboîter le pas. Bon signe.

— Cela dit (Tcheriaga jette un coup d'œil soucieux sur sa montre), il est déjà tard. Avez-vous dîné ?

L'Ukrainien secoue la tête :

— Non.

— Allons bon !

Tcheriaga dévale l'escalier d'un pas décidé en entraînant le commissaire sur ses talons. L'instant d'après, les deux hommes sont déjà sur le large perron de la villa.

— Voyons voyons, où pourrais-je vous envoyer ? dit Tcheriaga songeur. A quel hôtel êtes-vous descendu ?

— Je n'ai pas eu le temps de prendre un hôtel, bougonne l'autre. (Puis de pousser une plainte qui ressemble à un cri du cœur :) Moscou est hors de prix ! Trois cents roubles la chambre ! Je ne serai jamais défrayé d'une telle somme. Nous avons bien un hôtel de service, à Stroguino, mais il est complet. J'y ai laissé mes affaires. On m'a dit que s'il n'y avait pas de chambre avant ce soir, je pourrai passer la nuit dans le vestibule…

D'un air sincèrement désolé, Tcheriaga lève les bras.

— A Stroguino ! Mais c'est à l'autre bout de la ville ! (Il sort son portable, compose un numéro et ajoute :) Nous avons nous aussi quelques appartements de service. L'un d'eux est disponible, non loin de là, dans le Sud-Ouest… Ce n'est pas un appartement à proprement parler, plutôt une résidence à l'écart de la ville…

Les yeux de l'enquêteur se dérobent comme deux rats surpris dans une cave.

— Et c'est cher ?

— Ne vous en faites pas ! Que la maison soit libre ou pas, pour nous, c'est du pareil au même. Un cadre magnifique, la route de Roublevsk, tout près de *La Chasse du tsar*, le restaurant. Vous n'avez jamais dîné à *La Chasse du tsar* ?

L'Ukrainien, pour sûr, n'a jamais mis les pieds à *La Chasse du tsar.* Mais il en a déjà entendu parler, même à Kharkov. La route de Roublevsk… le restaurant *La Chasse du tsar* où l'on a fait manger le président Clinton en la présence des autres clients : les caïds, les banquiers, les vice-Premiers ministres… Tourmenté, l'Ukrainien hésite. D'un côté, il est clair qu'en se laissant héberger dans les "appartements de marque", il se colle une étiquette de vendu. Mais, d'un autre côté, ce pauvre hère d'Ukrainien aura-t-il jamais l'occasion de dîner comme le président Clinton ?

A cet instant, une BMW noire s'approche à roues feutrées, d'où descend prestement un chauffeur en blouson de cuir. Youri Breler apparaît sur le perron.

— Serioja ! dit Tcheriaga au chauffeur sans laisser à l'Ukrainien le temps de choisir entre honneur et bien-être, conduis cet homme à notre hôtel. Ses bagages sont à Stroguino, va les récupérer pendant que ces messieurs dînent. Quant à toi, Youri, veille à ce qu'il soit bien traité à l'hôtel, et allez donc dîner quelque part… tiens, par exemple, fais-lui connaître *La Chasse du tsar*. (Puis, se tournant vers l'Ukrainien :) D'ailleurs, tant que vous êtes à Moscou, Serioja est votre chauffeur. Il vous conduira et vous attendra partout à votre guise. Il y a un téléphone dans la voiture, vous pouvez me contacter à tout moment. Cela vous va ?

Le commissaire hésite. Déjà son imagination d'homme affamé et transi le transporte vers une assiette fumante de soupe exotique sur un napperon plus blanc que blanc… de belles bûches qui crépitent dans la cheminée de marbre des "appartements de marque"… la masse ronde et noire d'un radiotéléphone sur le tableau de bord d'une BMW à la fois furieuse et douce… C'est cela ou la puanteur, la crasse, une nuit passée dans le vestibule de Stroguino-la-poubelle, des raviolis avariés dans une gargote à trois sous, les rames bondées du métro…

— Ben, c'est que… euh… balbutie l'enquêteur.

— Cela ne vous engage absolument à rien ! se récrie Tcheriaga. J'ai moi-même travaillé dix ans dans les organes de répression, et les déplacements de service, je sais ce que c'est ! Vous aurez ainsi la possibilité de mieux vous concentrer sur votre travail !

Insensiblement, Breler introduit l'Ukrainien dans la voiture par la portière grande ouverte. Dans un mélange d'exaltation et de courtoisie, Tcheriaga bonimente. La BMW prête un flanc luisant aux grappes de lumières qui ornent le perron.

De quelle façon le commissaire ukrainien s'est-il retrouvé dans la voiture, lui-même ne saurait le dire. Déjà Breler monte à l'arrière, le gardien lève la barrière et la BMW se laisse glisser au-dehors. Quelques secondes plus tard, ses feux de position se diluent dans le flot des lumières rouges par une rue de Moscou aux couleurs du soir.

— Tu ne pisseras pas bien loin, sourit Tcheriaga.

Du reste, la partition semble déjà écrite. Ce n'est pas que les juges d'instruction honnêtes n'existent pas. Ils existent bel et bien, et Tcheriaga le sait mieux que quiconque. Il existe aussi des flics honnêtes qui élucident des meurtres, des cambriolages, des viols. Il existe même des flics honnêtes qui prennent en chasse les malfrats et les caïds. A l'inverse, les ripoux ne manquent pas non plus, les plus infects d'entre eux étant d'ailleurs aussi nombreux que les plus idéalistes.

Quant à ceux qui enquêtent sur la corruption et les crimes économiques, ceux-là sont tous irrémédiablement pourris. Ils travaillent soit à la commande, soit pour leur propre compte en visant des cibles de taille petite ou moyenne. Mais quand une firme n'a pas de parrain donc pas de toit… Quel crétin disait qu'une firme sans toit ferait toujours la proie des crapules ? Erreur ! La canaille fera un four noir, alors que la police fiscale fera toujours mouche. Elle la dépècera comme un cochon en revendant les restes à vil prix à des firmettes de poche, oubliant même au passage, notez bien, de reverser à l'Etat la maigre recette de la vente.

Résultat, la dette fiscale de la société désossée ne sera en rien résorbée.

Donc, dans le cas de figure où un flic viendrait voir Tcheriaga en lui demandant le doigt à la visière : “Dites voir, ce ne serait pas la voiture du directeur général Izvolski qui aurait écrasé une petite vieille avant-hier, par hasard ?” Tcheriaga aurait toutes ses raisons de penser que le flic brûle vraiment du désir de défendre les petites vieilles des “nouveaux Russes”, surtout que le Lingot conduit effectivement avec un sans-gêne inouï et que seul Dieu à ce jour lui a fait grâce des petites vieilles écrasées sur la route. Mais que le type de la Section de lutte contre le crime économique ne roule pas pour lui-même, voilà une vérité aussi irréfutable que le soleil se lève à l'est pour aller faire dodo à l'ouest. Autre évidence : avec sa taille de géant, *AMK* ne peut être la cible d'un franc-tireur, mais seulement d'un exécuteur en service commandé. La chasse peut avoir pour cible : le chef du centre de tri ferroviaire ; les partenaires réguliers d'*AMK*, sachant que les laminés ne sont pas vendus sur la place du marché ; et, enfin, le combinat proprement dit.

Dans le premier cas de figure, il s'agit d'un règlement de comptes entre Ukrainiens et le commissaire vient se faire des à-côtés avec l'intention de sonder les gens du combinat sur le prix qu'ils seraient prêts à mettre pour que le nom d'*AMK* ne figure pas dans un jugement de divorce extérieur.

Dans le deuxième cas, le renne de Sibérie serait vraisemblablement pris en chasse par des concurrents étrangers avides de le supplanter sur le marché. D'autres hypothèses plus exotiques peuvent être retenues (la banque *Iveko* désireuse de se venger de la honte qu'elle a dû boire l'été dernier, ou bien l'administration régionale pour faire pression sur le combinat), à condition de ne les considérer qu'en dernier ressort au nom du principe du rasoir d'Occam et sans multiplier les “unités par-delà ce qui est nécessaire". La deuxième hypothèse gonflerait le montant de la rançon d'une façon exponentielle, et Tche-riaga n'aurait plus qu'à rabaisser les enchères. Héberger le commissaire ukrainien dans les appartements de la route de Roublevsk marque un premier pas dans le sens du rabaissement.

Il y a seulement six mois, faire du commissaire ce que Tcheriaga s'apprête à en faire lui aurait inspiré un dégoût extrême. "Il faut croire que l'argent déprave vraiment l'être humain, note-t-il avec philosophie. Le pauvre mec de la section ukrainienne n'est sans doute pas le seul à se comporter devant une BMW comme un chien devant une femelle en chaleur."

Là-dessus, il tire une dernière bouffée de sa cigarette, écrase résolument le mégot contre sa semelle et monte au premier étage donner des ordres sur le compte de l'Ukrainien.

Il est sept heures du soir quand le surnommé Vitia Kamaz, promu "brigadier" de fraîche date, s'introduit dans la suite somptueuse de l'hôtel *Lada* où son boss la Forge a élu son quartier général.

La Forge, petit homme sec d'une cinquantaine d'années, observe l'entrée de Kamaz avec curiosité car le bonhomme irradie trouble et désarroi. Or voir Kamaz désemparé est aussi incongru que de voir une armoire désemparée. S'il avait eu une queue, il serait en train de la tenir serrée entre ses jambes.

— Alors, quelles bonnes nouvelles ? demande la Forge avec un sourire sarcastique.

— Un hélico ! rapporte Kamaz.

— Comment ça un hélico ?

— Un hélicoptère ! de combat ! lance hystériquement le brigadier. Flambant neuf ! Il s'est présenté de face avec des canons de trente. Et des lance-roquettes auxiliaires ! Tcheriaga m'a demandé si j'avais des questions à lui poser.

— Donc, reprend la Forge railleur, un hélicoptère ? Tu as eu la trouille ? Tu as fait dans ton froc ? (Sa voix est terrible.) Ah ! pauvre toutou ! Et dire que je t'ai traité comme un homme ! Qu'est-ce que je t'avais dit ? Que Tcheriaga devait venir ! Que Tcheriaga ne devait pas repartir ! Et voilà que tu me parles d'un hélicoptère... Un canon à six pièces ! Est-ce qu'il y avait des pruneaux dans ce canon, au moins ? Ou est-ce qu'il était vide ? Hein ?

— C'étaient de vrais missiles en tout cas, dit Kamaz renfrogné. Et le pilote ! un as ! Une précision de funambule...

Du fond de son fauteuil, le quinquagénaire dévisage le malabar d'un œil de charbon. Et sous le regard de cet homme qu'il pourrait pourtant écarteler à mains nues, Vitia Kamaz file doux en baissant les yeux.

— Tu viens de nous faire une belle boulette, mon gars, dit la Forge songeur. Je t'ai envoyé à la baston avec des durs à cuire et tu t'es fait entuber par de la guimauve... un directeur adjoint... Un hélico, tu dis ? Un *Mil* ? ou un *Kamov* ?

— Un *Mil*. Mais pas un vingt-huit, un nouveau modèle. Les *Mil* ont deux rotors, et celui de queue est vertical. Or là, le rotor anti-couple est frontal, comme sur les *Apache* américains. Et si les ailerons d'un *Mil* tirent vers le bas, ceux-là sont presque à l'horizontale, un peu courtauds. Avec un museau plus étroit...

La Forge se fait pensif. Drôle de situation. Où diable ont-ils bien pu dégoter en cinq heures un hélico flambant neuf et son armement complet ? Dans un régiment héliporté ? Peu probable, voilà bien trois ans que leur flotte n'a pas été renouvelée, à ces malheureux. Donc, à l'usine ? Mais bien sûr, à l'usine d'hélicoptères de Kongarsk…

— Dégage, dit la Forge.

— Et Tcheriaga ?

— Dégage, je te dis. La nuit porte conseil.

C'est la mort dans l'âme que Vitia Kamaz repasse le seuil de la porte. L'envie le prend alors de boire un verre de quelque chose mais, au bar de l'hôtel *Lada*, il n'y a que de la pègre, de la pègre chic, avec costumes et vestes, mais de la pègre quand même, la langue si bien pendue qu'on dirait des villageoises faisant la queue pour du pain. Si l'on ne connaît pas encore tous les détails de l'affaire, on sait toutefois que le nouveau brigadier s'est fait proprement moucher en voulant régler son compte à une boîte parrainée par un mastodonte industriel. Déjà une silhouette se détache d'une table plongée dans la pénombre, qui lui demande d'une voix de rogomme :

— Hé ! Kamaz ! Est-ce que c'est vrai qu'on t'a démoli le radiateur avec des canons de l'armée de l'air ?

Un vilain petit rire monte dans le bar.

Vitia Kamaz tourne les talons vers l'impertinent, et d'un coup le ricanement s'arrête : même une crapule éméchée se sent passer l'envie de rire à la vue du brigadier.

Enfin, las de piétiner, Kamaz se dirige vers la sortie en raflant dans la foulée une bouteille au bar.

Un ancien voisin d'immeuble admis dans la brigade sous le surnom de Diable l'attend dehors dans une modeste Lada 09. Une question muette paraît gravée dans son regard : alors, dégradé du rang de brigadier, ou pas ?

Kamaz s'installe sur la banquette arrière et, de sa seule personne, la voiture est pleine à craquer.

— Si on s'offrait des putes, Vitia ?

— Va pour les putes.

Le Diable met le contact et la voiture quitte le trottoir. Enfoncé à l'arrière, Kamaz s'abandonne à ses pensées. Allure trompeuse que la sienne. De face, le brigadier des Pattes-Longues ressemble fortement à une lourde penderie ; et de profil aussi, d'ailleurs. Sur un torse court et massif repose une tête disproportionnée par sa petitesse, hérissée de poils ras. Le col toujours ouvert de sa chemise laisse entrevoir une grosse chaîne en or et une cicatrice sur une poitrine velue. Un nez démoli dans une salle de sport. De sa bouche ébréchée, il mastique un perpétuel chewing-gum. "Un débile", se dit-on en voyant Vitia, en quoi on se trompe lourdement.

Car Vitia Kamaz est un garçon très intelligent qui a même fait trois années d'études en physique-mathématique à l'Université de Moscou. Etudiant modèle, il en a été renvoyé pour une raison paradoxale mais justifiée : le cambriolage du riche appartement d'un membre de l'Académie des sciences, appartement dont lui-même était un habitué en sa qualité d'étudiant favori. Les cambrioleurs ont d'abord désigné Vitia comme ayant été leur indic, puis ils se sont rétractés. Après six mois de préventive, il a été relâché et blanchi. Mais déjà la moitié canaille de sa personnalité avait pris le pas sur son esprit mathématique et contemplatif, et, trois jours après sa libération, Vitia écopait d'une peine de deux semaines pour hooliganisme. Au contact de ses nouveaux camarades, il n'a pas tardé à comprendre que même le plus caïd des caïds n'était pas capable de suivre une conversation sur le théorème de Gödel ; et que ses dehors débiles lui conféraient un immense avantage, à condition bien sûr de ne pas se trahir. Pour avoir l'air idiot aux yeux de ses supérieurs tout en agissant avec intelligence, Vitia Kamaz s'était fixé une règle pleine de sagesse qui consistait à demander conseil aux chefs. Si le conseil se révélait à l'avantage non de Vitia mais de qui l'avait donné, ou bien s'il visait à le fourvoyer, ce qui était pire, les choses tournaient toujours de telle sorte qu'en vertu de circonstances insurmontables ou par pure bêtise, le conseil n'était pas suivi. Dès lors il ne restait plus au chef qu'à hausser les épaules en éructant : "Quel nœud ce type ! Rien à en tirer."

Même la Forge, qui connaît assez bien Vitia pour savoir que le garçon n'est pas le balèze taré qu'on imagine, ne mesure pas pleinement la menace représentée par le nouveau brigadier.

Et plus Vitia rumine les événements de la soirée, moins ceux-ci vont pour lui plaire. Paradoxalement, l'histoire de l'hélico qui a tant marqué l'imagination de ses comparses ne le tourmente pas. L'engin est neuf, donc il ne vient pas de l'armée. S'il ne vient pas de l'armée, c'est qu'il vient d'une usine ou d'un bureau d'études. Et cette usine est forcément de celles que le Combinat d'Akhtarsk fournit en acier de blindage. Ou un truc du genre. Non, le fond de l'affaire est ailleurs.

Vitia Kamaz a suffisamment de jugeote dans le crâne pour mesurer ce que représente le Combinat métallurgique d'Akhtarsk. En toute connaissance de cause, il ne s'en serait jamais pris à sa filiale moscovite. Mais, le jour où la Forge l'a promu brigadier, il l'a convoqué d'un geste du doigt pour lui dire à travers une toux sénile :

— Ah ! j'oubliais, les voisins de la poissonnerie *Océan*, fais-les passer à la caisse.

Kamaz s'attendait à être viré à coups de pied au cul. Au lieu de quoi il s'est vu poliment convié à un règlement de comptes.

Fidèle à ses habitudes, Vitia est donc allé solliciter les conseils du chef qui lui a donné un ordre inattendu :

— Il y aura Tcheriaga. Un directeur adjoint de chez eux. Tu lui cherches noise et tu le descends.

— Tcheriaga ? a répété Kamaz abasourdi.

Décontenancé, il a pris congé du chef en se disant qu'il y avait là deux hics. Premier hic : il avait, lui Kamaz, convoqué Breler et non Tcheriaga. Si la Forge savait que Tcheriaga serait de la partie, c'était qu'on l'avait pris en filature et qu'on le savait à Moscou. (Il était logique que, se trouvant à Moscou, le directeur de la sûreté fasse le déplacement lui-même à la place de son subordonné.)

Beaucoup plus grave était le deuxième hic. Jeter le gant au Combinat d'Akhtarsk c'était comme s'en prendre à *LUK-Oil*. Ou à *Gazprom*. Non qu'il soit impensable d'accrocher des casseroles à la queue de ces mastodontes, mais parce que ce n'était pas l'affaire d'un morveux comme Kamaz. Ça se jouait à un autre niveau…

Ce qui ne voulait pas dire qu'on ne pouvait envisager un face-à-face armé. N'importe quelle crapule dotée d'un gros intestin à la place du cerveau aurait pu le faire à sa place en se prenant pour plus balèze que le pape. Vitia Kamaz, quand il se regardait dans la glace, pouvait constater qu'il avait parfaitement le profil.

D'où découlent maintenant quelques petites vérités désagréables à entendre. Premièrement, qu'on l'a nommé brigadier uniquement à cause de son faciès pour écarter *AMK* de la piste des commanditaires. Deuxièmement, que le scénario est joliment concocté. S'agit-il de supprimer Tcheriaga ? voilà que périt le chef du gang qui sévit sur le territoire de l'antenne moscovite du combinat, et qu'on nomme à sa place un gros abruti, lequel abruti descend Tcheriaga lors d'un face-à-face armé… Jack l'Eventreur, décidément, avait valdingué dans le fossé au bon moment ! Et si on lui avait donné un coup de main ?

Une question se pose : à quoi bon mettre en scène un face-à-face pour supprimer quelqu'un quand on peut s'attacher les services d'un tueur à gages ? Réponse : le meurtre de Tcheriaga aurait mis le combinat sur les dents. Ç'aurait été la preuve qu'*AMK* avait un puissant ennemi. Tout comme s'il était arrivé un "accident" à Tcheriaga. Un face-à-face, c'est autre chose. Le coupable est présent, le motif est clair : un abruti bien baraqué n'a pas compris où il mettait les pieds…

De là une troisième vérité gênante : pour mettre un point final à l'opération, il fallait aussi liquider le gros abruti. Sans quoi le directeur général dit le Lingot aurait remué ciel et terre pour faire jeter la moitié du gang au cachot… Les choses auraient été différentes si la Forge avait flingué Vitia et qu'il avait fait livrer sa dépouille à Izvolski avec un joli ruban rose. Genre : voilà le grand taré, nous n'y sommes pour rien.

Or Vitia Kamaz n'a pas envie de jouer le rôle d'une lettre de change par laquelle des inconnus régleraient des problèmes étrangers à sa personne.

III

FAITES VOS JEUX. UN CASINO EN TERRAIN ADVERSE

Il est déjà vingt-deux heures trente, soit deux heures et demie du matin à Akhtarsk, quand Denis descend en bâillant le perron du siège moscovite du combinat. Son Audi ronronne doucement devant l'entrée, comme un chien docile.

— Je vous emmène à l'hôtel ? demande le chauffeur quand Tcheriaga, qu'une brusque rafale de vent a fait frissonner, se blottit à l'arrière de la voiture.

Toutes les consignes ont été données sur le traitement à réserver au visiteur ukrainien, et Tcheriaga tombe de fatigue. Mais Izvolski sera demain à Moscou, qui ne manquera pas de s'enquérir du sort de Nikolaï Zaslavski.

Un cadre moins expérimenté que lui aurait tenté d'expliquer à son chef qu'il avait été retenu par des affaires plus urgentes : un duel armé avec un chef de gang et une accusation d'exportation fictive… tout cela ayant détourné le chef de la sûreté de la question du personnel manquant. Mais Tcheriaga, avec son expérience, sait pertinemment qu'Izvolski ne marche pas à ce genre de faux-fuyants. L'ironie du sort est que le retard pris dans la recherche d'un boulon égaré nommé Zaslavski pourrait coûter au fautif des remontrances aussi crues que s'il avait perdu le face-à-face armé contre le gang ou que s'il avait fait sortir de ses gonds le commissaire ukrainien.

Et ce ne sont pas les précédents qui manquent : un jour de grande panique provoquée par une descente de la police fiscale, Izvolski avait convoqué le chef comptable dans son bureau pour lui demander s'il avait préparé le devis d'achat des jouets de Noël destinés à un jardin d'enfants que parrainait le combinat. Le chef comptable avait bien essayé de se justifier mais, l'instant d'après, il se voyait catapulté hors du bureau directorial sous une bourrasque hurlante : "Je ne vous paie pas pour que vous limiez vos pantalons au fond d'un fauteuil !..." tandis que tombait en chute libre un téléphone changé en projectile. Au reste, le chef comptable ne portait pas de pantalons mais une jupe et des talons aiguilles dont l'un avait été perdu dans la tourmente chez le directeur et retrouvé le lendemain matin par la femme de ménage. Non qu'Izvolski soit d'une nature despotique, mais parce qu'il juge naturel que l'on ne trime pas moins que le patron, lequel trime autant sinon plus qu'un excavateur. Une nuit, après des pourparlers achevés à deux heures et demie du matin, Denis vit même son directeur monter dans sa voiture et téléphoner à un journaliste qui l'avait interviewé. "Eh bien maintenant, lançait joyeusement le Lingot à l'homme qui maugréait au bout du fil dans un demi-sommeil, nous allons rewriter mon texte !" Bref, si Tcheriaga ne veut pas avoir à esquiver demain un téléphone en chute libre, il lui faut dès maintenant manifester un peu plus de zèle à la recherche du neveu égaré du premier vice-gouverneur, dont le profil, au train où vont les choses, semble contraster de plus en plus avec le portrait moral d'un juste bâtisseur du capitalisme.

— A *La Sérénade* ! dit Tcheriaga en fermant les yeux, le dos renversé sur le dossier.

Une somnolence de bien courte durée : *La Sérénade* se trouve à cinq pâtés de maisons de la villa sur un territoire contrôlé, comme on s'en doute, par ce même gang des Pattes-Longues. L'endroit se présente comme une bâtisse en granit de sept étages, érigée à quelque distance de la rue et littéralement constellée de néons. Sous l'avant-toit vont et viennent des portiers vigilants et bien bâtis, bardés de talkies-walkies. Une file de taxis s'égrène non loin de là pour le ramassage gratuit des clients avinés et ruinés au jeu. Plus loin se profile le parking, étonnamment obscur et désert.

D'un œil détaché, les portiers considèrent l'homme qui descend de l'Audi noire et, quelques instants plus tard, Tcheriaga passe sans encombre le détecteur de métaux en ne sortant de sa poche qu'un simple téléphone portable. Non qu'il n'ait pas de permis de port d'armes, mais parce que celui-ci n'est valable que dans la ville d'Akhtarsk, à la différence du Lingot qui ne possède pas de permis du tout, ce qui ne l'empêche pas d'avoir en permanence dans le tiroir du haut de son bureau un *Beretta* compact de neuf millimètres avec un magasin de treize cartouches.

Les tables de jeux occupent l'ensemble du rez-de-chaussée. Là pavoise un public des plus variés : dames exhibant des robes de soirée raffinées dans lesquelles un minimum de tissu coûte un maximum d'argent, types bizarres en jeans élimés qui promènent des yeux ahuris de plombier… Un large escalier de marbre monte au premier étage où se trouve un restaurant surmonté d'une estrade. Des joueurs, la plupart en galante compagnie, battent les marches de cet escalier en un flot incessant. Plaqués contre les murs, de plaisants lascars tirés à quatre épingles veillent au respect de l'ordre. Ces garçons-là, à coup sûr, fournissent les habitués en pastilles estampillées de la faucille et du marteau. Ils sauront aussi leur trouver sa majesté la cocaïne et tout le reste à l'exception du vulgaire pavot car du pavot en ce lieu serait comme du tabac gris dans un club anglais… Sans doute Tcheriaga n'aurait-il pas dû se montrer ici cinq heures après son explication de texte avec Kamaz, mais, d'un autre côté, ces gars-là ne vont tout de même pas lui faire la peau ici : ils ont l'air si convenables…

Personne en effet ne semble lui accorder la moindre attention. Il déambule un moment entre les tables auxquelles certains s'adonnent à des choses aussi absurdes que de perdre un dollar dans l'espoir d'en gagner cent, puis son épaule vient frôler celle d'une pin-up vêtue d'une minirobe courte moulée à son jeune corps comme une coquille à un œuf. La petite, l'air de rien, l'effleure de son sein pointu en se penchant pour miser sur le rouge. La conversation commençant, ils s'éloignent insensiblement de la foule. Denis lui apprend qu'il vient ici pour la première fois sur les conseils de son ami Nikolaï Zaslavski.

— Au fait, vous ne l'avez pas vu ?

La petite fronce le sourcil. Elle a beau être du métier, elle paraît pourtant si mignonne, si fraîche.

— Kolia ? Celui qui loue un appart pour Tamara ?

Il fait oui de la tête, à tout hasard.

— Tiens donc, en voilà une rencontre ! Et sans garde du corps avec ça !

Denis se retourne.

Derrière lui se campe un hâve quinquagénaire qui exhibe un sourire froid de statue grecque. Yeux globuleux, cheveux blancs clairsemés au sommet du crâne, l'homme porte un costume à la coupe irréprochable et des souliers en crocodile de chez John Lobb qui ne suffisent pas à corriger les disproportions de son physique : avec des jambes trop courtes et des bras trop longs, le propriétaire des chaussures en croco ressemble à un grand singe intelligent.

Bien que Denis ne l'ait jamais vu autrement qu'en photo, il le reconnaît instantanément. C'est Victor Forgev, alias la Forge, alias Vitia le Nègre, le patron informel des apanages d'un vaste territoire allant de la rue Mosfilm à la route de Varsovie, entré dans la fonction il y a un an et demi à la mort de son cousin, parrain notoire.

La Forge non plus n'a jamais vu Tcheriaga en chair et en os.

— Heureux de faire votre connaissance, Denis Fedorovitch, dit la Forge. Quel bon vent vous amène dans notre modeste institution ?

— Je m'amuse, Victor Matveïevitch, répond brièvement Tcheriaga.

— A la bonne heure ! renvoie la Forge sur le ton de l'approbation. Parce qu'il y a des bruits qui disent que vous travaillez à toute heure comme Lénine d'après le fameux portrait, vous savez… Amusez-vous autant que possible. Sinon, vous allez faner. Ce serait dommage, on s'ennuierait sans vous…

La Forge se met à rire en montrant de fortes dents jaunes qui le font encore plus ressembler à un authentique gorille.

— Avez-vous dîné ? demande la Forge.

Denis secoue la tête. Sur un signe de la main de la Forge, l'un de ses compagnons file à la cuisine.

— Eh bien allons-y, Denis Fedorovitch, dit la Forge.

Ils montent au premier étage par l'ascenseur directorial, empruntent un couloir à demi réservé au personnel et s'introduisent dans un petit bureau au milieu duquel se dresse une table habillée d'une nappe fraîche amidonnée, le tout baignant dans une lumière halogène bleuâtre. Au loin résonne le brouhaha du restaurant.

Un serviteur entre à pas feutrés qui apporte une bouteille de vin, des verres, et tout un plat d'herbes potagères fraîches où rougeoient d'appétissantes moitiés de tomates dont la peau, rebondie comme des seins de jeunes filles, perle de gouttes étincelantes.

— Ah ! le héros que vous êtes ! s'exclame la Forge avec une intonation sarcastique en s'enfonçant dans un fauteuil et en dévisageant son hôte de ses yeux noirs et pleins de vie. Le tout-Moscou raconte que Tcheriaga va régler ses comptes en hélico…

— Nous faisons de notre mieux, dit modestement Denis.

— Et si Kamaz avait ouvert le feu, hein ? Il aurait déglingué un joujou hors de prix…

— Déglingué ? Je ne vois pas pourquoi… commente Tcheriaga en haussant les épaules. Il s'agit d'un nouveau modèle d'une puissance de feu supérieure à un *Apache*. Il y a sous le fuselage une tourelle dotée d'un canon de trente millimètres, et d'une vitesse de tir de huit cents coups à la minute, avec un système de commande sur un signe de la tête, une première en Russie. Les bordages aussi sont armés… L'engin est hors d'atteinte des pistolets-mitrailleurs avec son cockpit blindé, ses pales composites qui résistent à tout calibre inférieur ou égal à quinze millimètres… Un amour de machine.

— En bref, un hélico armé pour de bon ?

— En bref, oui.

La Forge branle du chef en soupirant.

— J'ai donc perdu le pari que j'avais conclu auprès de gens compétents. Ils prétendaient que l'hélico était armé, et moi je leur disais : Non, Tcheriaga est un fin larron, il n'a pas pu faire une connerie pareille. (Denis marque un signe de crispation.) Car enfin, la machine est rentrée dans la soirée à Riazan, ou je ne sais à quelle base d'attache… mais si les choses avaient tourné à la canonnade ? Les flics auraient fait du ramdam à la vue de tous ces morts fauchés par l'armée de l'air ! Gagnant ou perdant, tu aurais mis ton usine dans de beaux draps ! Et celle de Kongarsk avec ! N'oublie pas qu'ils accusent toujours le directeur d'avoir vendu ses hélicos aux Tchétchènes, et voilà maintenant que ses engins seraient impliqués dans des batailles de gangs !…

Denis se mord la lèvre. Le baron a raison. C'est lui, Denis, qui a fait preuve de légèreté. Il n'ose même pas imaginer à quel sort l'aurait voué Izvolski si la poudre avait parlé sur le terrain vague. L'autre l'aurait découpé en rondelles, après quoi les flics seraient venus le ramasser à la balayette… D'un autre côté, Tcheriaga avait l'intime conviction que Vitia Kamaz, si "taré" soit-il, n'aurait jamais ouvert le feu sur un hélicoptère de combat.

— Oh ! bien sûr, je lui ai soufflé dans les bronches, reprend la Forge d'une voix monocorde. Je lui ai dit : Mais à qui t'en prends-tu, un gang n'est pas une troupe d'amateurs… Je l'ai viré de la brigade, faut pas lui en vouloir à ce cinglé, il y a des nœuds partout, non ?

— Je ne lui en veux pas, dit brièvement Denis qui préfère ne pas confier ses doutes à la Forge.

— Au fond, j'ai peut-être eu tort, reprend la Forge songeur ; il y a tellement de monde à vos trousses… tellement de gens bien qui ont fini mal par votre faute… J'en ai connu qui auraient étripé n'importe qui pour Sacha Négatif… Ça tenait conseil, ça ne parlait que de trouver des tueurs… Encore heureux pour toi que Négatif se soit rangé sur le tard. Il est devenu député, il serrait la pogne aux flics, il ne mettait presque plus rien dans le pot commun*…

Denis reste de marbre. Une porte cogne, un serveur surgit sans bruit devant la table, dispose les zakouski,

* Caisse noire de la population carcérale, ce "pot commun" se présente en Russie comme le budget social du milieu *(N.d.T.)*.

lève une serviette de lin sur un plat couvert d'une cloche en melchior et disparaît comme un guppy.

— Ce qui est moche pour toi, poursuit le voleur, c'est que Négatif a été descendu le matin, et que le soir tu étais déjà nommé à la direction de la sûreté…

L'ordre de nomination de Tcheriaga n'a été signé que le lendemain, mais il est vrai que la chronologie est parlante.

Imperturbable, Tcheriaga plante sa fourchette dans une tomate. Il approche un plat fumant dans lequel il découvre des crabes chauds, ce qui bizarrement le rassure. Depuis deux mois environ qu'il s'est intoxiqué aux crabes, il ne peut plus les voir en peinture. Le renseignement aurait pu figurer dans une fiche détaillée sur son compte, mais non… preuve que ces gens-là n'ont pas de dossier complet.

— Bah ! ne parlons pas du passé qui fâche, dit la Forge. Je préfère te parler d'une embrouille qui nous donne du fil à retordre : nous avons un client qui fournissait du matériel à la société *Faucon* d'Akhtarsk. Tu connais ?

— Akhtarsk est une grande ville, on ne peut pas connaître tout le monde, répond Tcheriaga. Je peux me renseigner.

— Renseigne-toi, Denis Fedorovitch. Ils avaient promis de payer dans un mois, en voilà déjà sept de passé, et rien. Les gars s'impatientent, ils attendent le flouse… Ce n'est pas une façon de se conduire.

— Quel est le nom de la société en question ?

— *Investal Plus*. Ils ont leurs bureaux à trois maisons de chez vous. Des mecs bien, des jeunes. Ils se sont fait blouser d'une demi-brique. Si tu fais le nécessaire, je ne leur prendrai même pas d'oseille, une pitié que ces pauvres gars…

Tcheriaga hésite. Puis il sort son portable d'un geste résolu et consulte sa montre : à Akhtarsk, c'est déjà demain. "Rien à foutre."

— Comment s'appelle le directeur ?

— Rechetnikov. J’ai oublié son prénom.

Le coup de fil, apparemment, tire de son lit Volodia Kaliaguine, le chef de la police industrielle.

— Allô !!!

— C’est Denis. Est-ce que tu connais un certain Rechetnikov, de la société *Faucon* ?

— Il a beaucoup de sociétés, répond l’autre d’une voix mal réveillée. *Faucon* aujourd’hui, *Aigle* demain, *Canari* après-demain, que sais-je encore…

— Il est couvert par qui ?

— Par les flics.

— Donne-moi son numéro. (Grésillement et friture dans le combiné. Dans un demi-sommeil, Kaliaguine cherche sa base de données à tâtons. Tcheriaga devine un cri de femme étouffé suivi d’un chuchotement : “Viens ici, mon chéri…” Puis, quand Kaliaguine achève de dicter le numéro :) Envoie une voiture de patrouille devant chez lui.

— Et après ?

— Rien. Ils stationnent et attendent. Et lui n’aura qu’à les regarder par sa fenêtre. Ils y seront bientôt ?

Un silence se fait dans l’écouteur, interrompu par des signaux électriques et le criaillement des émetteurs-récepteurs : Kaliaguine entre en communication avec les véhicules de patrouille. Il reprend le combiné :

— Tu peux considérer que mes gars sont sur place. J’avais une équipe qui tournait dans le coin.

Circonstance optimale, Rechetnikov décroche à son domicile.

— C’est Rechetnikov ? demande Tcheriaga.

— Tu as vu l’heure, l’affreux ? Deux heures passées ! Tu es qui d’abord ?

— Tcheriaga, répond Denis. Tu as bien pris livraison de matos chez *Investal* ?

L’autre se réveille en un clin d’œil au bout du fil.

— Oui.

— Tu avais bien promis le paiement pour dans un mois ?

— Vous savez, Denis Fedorovitch, personne n'achète rien à cause de la crise…

— Tu as rédigé les contrats combien de mois avant la crise ? Trois mois ?

— Oui.

— Tu ordonnes le paiement demain, d'accord ? dit Tcheriaga. Sinon je ne te parle plus.

Le combiné marmonne encore au moment où Tcheriaga raccroche.

— Et pourquoi lui avoir envoyé une voiture de patrouille ? fait la Forge curieux.

— Pour l'impressionner. Et pour l'empêcher de décamper dans la panique.

— Prévoyant avec ça… Et si le paiement ne vient pas ? demande la Forge.

— Tu feras de lui ce que tu voudras. Le combinat ne s'en mêlera pas. Mais fais gaffe : c'est une ville de brutes, et la société *Faucon* est couverte par les flics…

— Et la patrouille ? s'étonne la Forge.

— Elle est de la police industrielle.

De son pas inaudible, le serveur apporte des brochettes d'osciètre, des estouffades de perdrix et un énorme plat de porc et de mouton nageant dans une sauce amère et aromatique.

Tcheriaga tend une main distraite sur l'osciètre et la conversation marque un silence de courte durée.

— Tu viens d'aider des gars bien, dit la Forge, vraiment. Si vous avez une panne de scanner ou d'autre chose, passe-leur un coup de fil, vous serez dépannés sur-le-champ… Ils te doivent bien ça… Au fait, qu'est-ce qui t'amène ici ? Tu demandais un certain Zaslavski ?

Tcheriaga réfléchit un instant.

— Un gars de chez nous a disparu, répond Tcheriaga, le directeur d'une petite société. Il jouait souvent chez vous, à ce qu'on dit. Peut-être qu'il s'est ruiné ?

— Tu as sa photo ?

Tcheriaga l'extrait du revers de sa veste.

La Forge décroche un téléphone intérieur dont les formes blanches se dessinent sur un support spécial et, quelques instants plus tard, entre une jolie minette en minijupe rouge, croupière au casino.

— Est-ce que ce branque-là joue souvent ? lui demande la Forge en lui tendant la photo.

La fille a des yeux magnifiques, langoureux, avec de longs cils (à un dollar pièce, sans doute). Après un clignement de paupières étudié pour séduire, elle regarde la photo et pose une prunelle abyssale sur Tcheriaga.

— Souvent, dit-elle. Parfois, on le voit tous les jours. Il s'appelle Nikolaï. "Kolia". Il travaille à la banque *Métallo*. Tout près d'ici.

— Et il joue beaucoup ? (Cette fois, la question est de Tcheriaga.)

— Oui, beaucoup, répond la jeune fille. (Un silence, et elle ajoute :) Sa première apparition, c'était l'an dernier, chez Clara, il jouait au black-jack. Il ne misait pas grand-chose au début, deux ou trois cents dollars. Puis il y a pris goût. Il lui arrivait d'en prendre pour deux bâtons d'un coup. Un soir, il a claqué vingt mille dollars, il les avait sur lui. Une autre fois, il en a perdu sept mille, qu'il a payé cash.

Tcheriaga mastique son osciètre d'un air impassible. Si Zaslavski pouvait changer au casino deux mille dollars d'un coup tout en se faisant construire une datcha et en rénovant son appartement, c'est qu'il avait beaucoup plus d'argent qu'il n'en touchait d'*Akhtarsk-Contract*.

— Et il a perdu de grosses sommes ? demande Tcheriaga sur le ton de la curiosité.

— Il en a perdu, mais aussi gagné : dix-huit mille avant-hier.

— Avant-hier ?! sursaute Tcheriaga.

Le front plissé, la fille se ravise :

— Non, dit-elle, c'est lundi. Avant-avant-hier.

Tcheriaga hausse un sourcil. Dix-huit mille dollars… La somme vaut bien qu'on soit tué pour elle. Si Zaslavski a réussi à décrocher le banco la nuit de sa disparition, cela change tout…

— Est-ce qu'il avait quelqu'un sur les talons ? demande Denis.

— Je ne crois pas…

— Et comment est-il reparti, vous l'avez vu ?

— C'est complètement exclu ! intervient la Forge. Nos clients sont parfaitement en sécurité. Si par malheur quelqu'un lève un doigt sur eux…

— Mais notre homme a disparu depuis, renvoie Tcheriaga, et j'apprends qu'il avait gagné dix-huit bâtons le soir de sa disparition. Que dois-je en conclure, d'après vous ?

— Je vais mettre toute la baraque sens dessus dessous, coupe brièvement la Forge. Si jamais quelqu'un a chié dans la mangeoire, je le débiterai en tranches. (C'est la première fois qu'il se départit de son sourire, et sa lèvre supérieure tressaille en découvrant des crocs jaunes de fauve.) Si le bruit commence à circuler que les vigiles du casino ont fait la peau à un client chanceux, il n'y aura plus un couillon pour venir y jouer.

— Il est parti tout seul ? demande Tcheriaga.

— Oui. Je l'ai vu. Vous comprenez, on ne gagne pas souvent aussi gros. Il avait commencé par claquer cinq cents dollars, mais l'Elan lui avait dit d'arrêter ça, et lui, il insistait : Attends, attends.

— L'Elan c'est qui ?

Prompte question de Tcheriaga qui rend la Forge maussade. La fille comprend alors qu'elle a trop parlé.

— Un gars de chez nous, répond-elle. Je crois que Kolia était venu avec lui.

C'est coton ! Non seulement un cadre de l'antenne moscovite claque son fric dans un casino du milieu, mais voilà qu'il en fréquente les patrons par-dessus le marché !

— Et l'Elan, où est-il ?

Une fois encore, la Forge décroche le téléphone interne et grommelle quelques consignes ; il raccroche au bout d'une minute.

— Pas là, rapporte le voleur. Ça fait trois jours que l'Elan se promène dans la nature.

Voilà qui ne plaît guère à Tcheriaga. Même si la Forge n'est en rien impliqué dans la disparition de Zaslavski, même s'il ignorait tout, tout, tout de l'initiative de Vitia Kamaz, la situation est trop malsaine. "Tu ne dois pas rechercher le directeur d'*Akhtarsk-Contract* en la compagnie d'un baron qui n'est pas le parrain d'*Akhtarsk-Contract* pourtant domicilié sur son territoire, baron apparemment affligé par cet événement mais dont un brigadier, pour arranger le tout, vient de se prendre par ta faute une mandale d'un diamètre de dix-sept mètres de rotor d'hélicoptère…"

Mais il n'y a pas d'autre solution. Si Tcheriaga s'en va maintenant, la Forge enquêtera sur-le-champ sur le pourquoi du comment. Au bout d'une heure, il saura tout sur Zaslavski et Tcheriaga, rien du tout. Pour le moment, il y a encore des chances que la fille, perturbée, dise tout ce qu'elle sait en présence de son boss…

— Il s'était trouvé une maîtresse à ce qu'on dit ?

— Tomka ! répond la belle sans hésiter. Elle était top comme fille. Elle a vu que le bonhomme avait la main large, il lui a loué un appart…

— L'adresse ?

La fille hausse les épaules.

— Quelque part dans le centre.

Re-coup de fil de la Forge, suite à quoi deux jumeaux font irruption dans le bureau : souliers de luxe, pantalons flottants assortis à des vestes de couturier, et sourires de dogues sur des faces rasées de près.

— Vous prendrez une tire, dit la Forge en montrant à Denis le bouledogue de droite, et vous irez chez Tomka. Il connaît l'adresse.

— Je peux y aller tout seul, objecte Denis.

Petit rire narquois de la Forge.

— Si l'un de nos clients a disparu avec son gain, c'est aussi notre affaire, dit-il.

Deux minutes plus tard, un taxi coiffé d'un lumineux à l'enseigne du casino s'éloigne de l'établissement tandis que la Forge reste enfoncé dans son fauteuil, les yeux mi-clos, vaguement songeur. L'autre bouledogue se tient respectueusement à ses côtés.

— Les crabes, il les a mangés quand même, dit soudain la Forge.

— Et alors ?

— Il n'aime pas ça, explique la Forge. Depuis une indigestion qu'il a eue dans un resto…

— Nous y sommes !

Denis ouvre les yeux. La Volga est stationnée au milieu d'une courette d'immeuble typique de Moscou. Le tableau de bord est constellé de petites lumières vertes. Les phares de l'Audi de Tcheriaga brillent dans son dos, pareils aux yeux bridés d'un Chinois. Denis consulte sa montre : une heure et demie du matin, disent les aiguilles. Soit cinq heures et demie d'après la pendule biologique de Tcheriaga. Vingt-quatre heures qu'il est debout. Le taxi l'a conduit en quinze minutes, et Denis s'est endormi instantanément, à peine la nuque posée sur l'appui-tête. Le bouledogue au crâne rasé est sorti pour lui ouvrir grand la portière en y mettant toutes les formes d'usage. C'est ensemble qu'ils montent au deuxième étage où le bouledogue se met à marteler une impressionnante porte de coffre-fort dont l'apparence se distingue notablement de celles, dégradées, des appartements communautaires voisins. Tcheriaga s'appuie contre la grille de l'ascenseur et ferme les yeux, prêt à crouler de sommeil sur le palier.

— Qui est là ? demande nonchalamment une voix de femme.

— Tu peux ouvrir, Tomka ! Tu as de la visite !

La porte s'ouvre sur une fine silhouette qui porte un short blanc et un maillot argenté. Apparemment, Tamara Vekchina n'est pas dame à se coucher si tôt.

— Oh ! Lentchik ! dit Tamara. Et lui, c'est qui ?

Tcheriaga franchit le seuil. L'appartement se présente comme un deux-pièces plutôt spacieux : un vaste salon embrasse l'entrée et la cuisine avec, à droite, une porte qui doit donner sur une chambre à coucher cosy et romantique meublée d'un lit à baldaquin de la taille d'un terrain de football.

Une moquette grise garnit de part en part les trente mètres carrés du salon. Un *Panasonic* à écran plat géant, posé à même le sol, hurle dans un coin. Une cafetière à geyser fume sur une cuisinière blanche comme neige. Un imper d'homme et un blouson de cuir très tendance sont pendus au portemanteau de l'entrée.

— Je m'appelle Denis, dit Tcheriaga en retirant son pardessus. Je suis du Combinat métallurgique d'Akhtarsk. Kolia n'est pas chez vous par hasard ?

— Non, dit Tomka, voilà trois jours que je ne l'ai pas vu.

— Et son imper ?

— L'imper, le blouson, c'est à lui.

Sans se déshabiller et en laissant des marques sales sur la moquette, Lentchik traverse la pièce jusqu'à la chambre à coucher et glisse consciencieusement un œil dans la salle de bains.

— Il n'est pas là, dit le bouledogue.

— Merci de m'avoir accompagné, dit Tcheriaga en adressant un aimable signe de tête au malfrat, Tamara et moi allons faire un brin de causette. Tu peux disposer. Dis à mon chauffeur de ne pas bouger.

Une expression d'embarras s'imprime sur la face du bouledogue. Son visage exprime un temps comme un déchirement intérieur : la consigne était sans doute de ne pas lâcher Tcheriaga d'une semelle et de ne pas le contrarier non plus… en sorte que Lentchik ne sait plus à quel saint se vouer. Jusqu'au moment où il se dit qu'il pourra cuisiner Tomka demain sur tout ce qui s'est dit. Alors, bredouillant un semblant d'au revoir, il se dirige vers l'escalier.

— Vous êtes du service de la sûreté ? demande Tamara.

— J'en suis le chef. Ça se voit ?

— Ouais, acquiesce Tamara, vous êtes tous pareils. Des bergers allemands.

— Kolia aussi est un berger allemand ?

— Kolia c'est un caniche, répond-elle en riant. Un café ?

— Volontiers, dit Denis.

Décidément, cette fille-là lui plaît. Plutôt fine, pas insolente du tout, compréhensive. De plus – et cela mérite d'être noté – elle aurait pu parfaitement se ramasser des à-côtés avec un client en l'absence de son concubin, au lieu de quoi elle reste sagement chez elle à boire du café et à regarder des cassettes vidéo. Des cassettes à moitié porno, il est vrai, mais elle pouvait très bien opter pour d'autres divertissements dans le goût de l'actuelle légèreté des mœurs.

Tamara accompagnant le regard de Tcheriaga se met à rougir et coupe la télé où se joue justement une scène des plus scabreuses. L'instant d'après, une tasse en porcelaine blanche est servie devant lui, d'où s'exhale un arôme de café fumant. Assise face à Denis, Tomka pose sa tête sur une main délicate et promène des yeux bleus attentifs sur le visiteur du soir.

— Quand l'avez-vous vu pour la dernière fois ? demande Tcheriaga.

— Mardi dernier.

— Et pas mercredi ?

— Non.

— Il a gagné dix-huit bâtons mercredi, vous le saviez ?

— Oui. Les filles me l'ont dit.

Sans rien demander, Tamara étire sa main fine bardée de bracelets en plastique vers un paquet de cigarettes longues pour dames, fait craquer son briquet et tire une première bouffée.

— Il a fait des bêtises, c'est bien ça ?

— Pourquoi penses-tu que Kolia a fait des bêtises ?

— Parce qu'il a plus d'argent qu'il n'en faut.

— Il est directeur de société. Il gagne beaucoup.

— Entre gagner et voler, je sens la différence. (Tamara secoue la tête et ajoute :) Quand on gagne bien sa vie, on ne joue pas comme ça.

— Et pourquoi me dis-tu ça ?

— Vous connaissez ces choses mieux que moi. (Puis, après un silence :) Kolia est quelqu'un de bien. Sa femme est une garce. Si quelqu'un l'a embarqué quelque part, ce n'est pas sa faute.

Tamara se met soudain à rire en découvrant de fines dents blanches.

— Un caniche, je vous dis !

— Et comment as-tu fait sa connaissance ?

— Allons, comme s'il n'y avait pas de casino à Akhtarsk…

Tcheriaga fait non de la tête, ajoutant :

— C'est au-dessus de ses forces.

Le casino d'Akhtarsk est entre les mains de Volodia Kaliaguine, le chef de la police industrielle de la ville. Entre Kaliaguine et Tcheriaga, les rapports sont exactement tels que les a voulus Izvolski : une rivalité permanente sous les dehors d'une courtoisie glaciale.

— Dans un casino, il y a toujours des filles, explique Tamara. Plus les filles sont jolies, plus la mise est grosse. Si un con perd vingt bâtons, il s'en ira en se disant qu'il s'est fait rouler. Mais s'il découvre une jolie poupée près de lui, il claquera deux cents dollars de plus et s'en trouvera content, l'air de dire : je suis sacrément costaud !

— On fait souvent connaissance ?

— On fait toujours connaissance ! déclare fièrement Tamara. Même si on n'est pas venu pour ça. Si quelqu'un perd, il s'assoit à une table pour manger un morceau. C'est là que tu dois venir le consoler. S'il est à table, c'est qu'il n'a pas encore tout claqué ; et s'il n'a pas encore tout claqué, c'est qu'il lui reste de l'argent pour toi. Du reste, tu dois venir le rejoindre à table même s'il a gagné.

— Pour le persuader de jouer encore tant qu'il n'est pas fauché comme les blés ?

Tamara éclate de rire.

— Pas forcément. Mais il faut tout faire pour qu'il garde un souvenir agréable de la nuit. Et pour qu'il revienne au casino.

Sa dernière gorgée de café avalée, Tcheriaga éprouve une sensation trompeuse de légèreté dans la tête.

— Est-ce que tu te piques ? lui demande Tcheriaga à brûle-pourpoint.

Un éclair de frayeur traverse les yeux de la jeune fille.

— Non.

— Et Kolia ?

— Lui non plus.

— Menteuse.

— Je vous jure qu'il ne se pique pas ! Ou alors trois fois rien.

— Il y a même des rondelles qui traînent dans son bureau.

Tamara se fait songeuse.

— C'est peut-être des pastilles d'ecstasy, avance-t-elle en hésitant. Il en prenait parfois pour tenir plus longtemps à la table. Et puis c'est chouette au lit. Puisque je vous dis que Kolia n'est pas accro…

— Et d'où il les sort, ses pastilles ? Du casino ?

Tamara réfléchit puis opine du menton.

— Dis-moi qui est l'Elan.

— Demande plutôt à Lentchik, répond-elle avec un rictus de dégoût. Ils sont tous les deux de la même bande.

— L'Elan est un brigadier ?

— Mieux que ça. Le genre de gars qui se fait écouter…

— Quel est son vrai nom ? Choura ?

— Choura. Ce surnom d'Elan tourne autour de son nom de famille… Elanov, peut-être.

— Et pourquoi cette amitié entre Zaslavski et lui ?

Elle hausse les épaules :

— Pourquoi les gens deviennent amis, on se le demande…

— Par communauté d'intérêts. Quels intérêts ont-ils en commun ?

Elle hoche la tête :

— Le problème n'est pas là. L'Elan est un dur de dur comme Kolia les aime, alors que lui, Kolia, est tout en peluche…

— Pourrais-tu devenir sa femme ?

— C'est justement ce qu'il va faire de moi, dit-elle ; à moins qu'on le mette en prison.

— Et si on le met en prison ?

— J'irai lui porter des oranges. Contrairement à sa femme. La prison aurait l'avantage de le mettre à l'abri d'elle… Kolia m'a offert quelque chose pour mon anniversaire… je vous le montre ?

Tcheriaga fait oui.

Elle revient de la chambre à coucher avec un énorme nounours en peluche. Mais au moment d'ouvrir la bouche, elle lance un oh ! de stupéfaction : Tcheriaga est assis sur le divan la tête à la renverse, les yeux clos. Le chef de la sûreté du Combinat métallurgique d'Akhtarsk dort à poings fermés comme un triton au cœur de l'hiver.

IV

DE L'UTILITÉ DES ACCIDENTS DE VOITURE

— Mais réveille-toi, bon sang ! Pauvre nigaud ! Réveilletoi !

Tcheriaga pousse un meuglement sourd et ouvre les yeux. Il a quelque peine à comprendre où il se trouve : étendu sur un divan, enveloppé d'un couvre-lit, la tête posée sur un oreiller brodé, il voit dépasser ses propres pieds en chaussettes grises. Le soleil du matin inonde un appartement aux fenêtres grandes ouvertes. Au-dessus de lui s'agite une fille ébouriffée en robe de chambre qui le secoue comme un prunier :

— Debout, l'affreux !

— Qu'est-ce qu'il se passe, Toma ?

Tcheriaga, qui revient enfin à lui, tente de s'extirper du couvre-lit.

— Ça a sonné ! Ils ont apporté ça !

Tamara lui fourre une enveloppe blanche dans la main.

— Où est-ce que ça a sonné ? dit Tcheriaga à demi réveillé en dodelinant de la tête.

— A la porte ! Ils m'ont laissé une enveloppe !

Tcheriaga ouvre l'enveloppe.

Une feuille blanche imprimée au laser : "Si tu veux revoir Kolia vivant, tu nous apporteras deux cents bâtons."

Sans signature ni adresse, cela va de soi. Tcheriaga secoue l'enveloppe d'où s'échappe un lambeau de cravate de soie grossièrement arrachée.

— C'est quoi cette cravate ? demande-t-il bêtement.

— C'est la sienne ! Sa cravate préférée !

Denis commence à se réveiller. Huit heures du matin, dit l'horloge.

Tamara est la proie d'une crise d'hystérie.

— Où voulez-vous que je trouve deux cents bâtons ? hurle-t-elle. Tcheriaga se dirige vers la salle de bains. Après s'être déshabillé et rasé avec un coupe-chou appartenant manifestement à Zaslavski, le chef du service de la sûreté regagne le salon. Il y retrouve Tamara en train de sangloter sur la table. Elle lève sur Tcheriaga une frimousse mouillée de larmes et l'implore :

— N'est-ce pas que vous pourrez l'aider ?

— Nous l'aiderons, acquiesce-t-il, à condition que tu me dises tout. Quel genre d'affaires avait-il avec l'Elan ?

— Rien de spécial. Ils fraternisaient, c'est tout.

— Quel rapport entre le businessman et le malfrat ?

Elle baisse les yeux.

— Au casino, l'Elan s'occupe de faire rentrer les dettes. Vous savez, si le client est âgé, il peut emprunter auprès de l'administration…

— Et puis ?

— Au début, Kolia ne jouait pas beaucoup. Deux, trois cents dollars. Un jour, il a beaucoup perdu.

— Beaucoup, c'est combien ?

— Une vingtaine de milliers de dollars, quelque chose comme ça.

— Et ?…

— Et il n'avait pas cet argent.

— Alors l'Elan est venu le voir ?

La fille dit que oui.

— Ensuite ?

— Ensuite… il s'est mis à jouer gros.

— Avec quel argent ?

Elle soupire :

— Qu'est-ce que j'en sais ?…

— Réfléchissons ensemble, veux-tu ? Il était une fois un "nouveau Russe". Qui ne manquait de rien, mais pas riche à millions. Il pouvait se permettre de claquer une ou deux centaines de dollars au casino. Un jour, il en a claqué vingt mille. Des malfrats sont venus lui faire cracher ses dettes. Mais de quels fonds ? Il y a tout à parier qu'ils lui ont proposé un deal. Genre : soit tu nous trouves vingt mille dollars, soit nous passons l'éponge à condition que ceci, cela. Je vois juste ?

Elle hoche la tête en signe d'approbation.

— Question : qui Zaslavski pouvait-il balancer sinon le combinat ? Je dis vrai ?

La fille retient ses larmes.

— Je ne sais pas ce qu'ils fabriquaient ensemble. Il ne m'en a jamais parlé.

Tcheriaga se tait.

Zaslavski est arrivé au casino en compagnie de l'Elan. Il a gagné dix-huit mille dollars. A tous les coups, l'Elan a voulu se les mettre dans la poche. Style : "Tu ne serais rien sans moi." Zaslavski n'a rien voulu savoir. Le ton est monté, et le businessman s'est retrouvé au fond d'une cave. Il a peut-être annoncé à l'Elan qu'il ne voulait plus bosser pour lui. Il est très probable que l'autre l'ait pris au sérieux. Dès lors, il n'y avait plus rien à en tirer qu'une rançon. Apparemment, ça se tient. Le seul hic, c'est qu'il a enfilé son imper en sortant de chez lui. Un imper qu'il ne prenait jamais d'habitude…

Tcheriaga secoue la tête. Deux cent mille dollars, c'est du pipi de chat. L'essentiel étant de savoir par quel canal Zaslavski siphonnait la boîte.

C'est l'Elan qui l'a rendu accro à la came ?

— Je vous ai déjà dit qu'il ne…

— C'est l'Elan ou c'est toi qui l'as rendu accro à la came.

Elle pleure.

— C'est Taïa… dit-elle.

— Quelle Taïa ?

— Celle qui était maquée avec lui. Avant moi. Une fille de *La Sérénade*, elle aussi.

— Et pourquoi ? Elle agissait sur ordre ?

— Non. Elle sniffait déjà. Vous savez, la came coûte un fric fou, et Kolia avait les poches plutôt pleines. Pour qu'il en donne, elle a choisi de le brancher au truc. Ils se shootaient ensemble. Ça arrive souvent. Quand un mec est plein aux as, on peut en tirer un beau pactole…

— Où peut-on trouver l'Elan ? demande Tcheriaga.

— Au casino, s'empresse-t-elle de répondre. Et puis il a une datcha sur la route de Yaroslavl, à Malinovka où il fait venir des filles. Il y a aussi l'hôtel *Altaï*, où il a ses habitudes… Vous croyez que l'Elan l'a…

— Où est mon chauffeur ?

— Je l'ai laissé partir. Il est monté ici et vous a vu dormir. Plutôt que de vous réveiller, il a dit qu'il viendrait vous chercher à neuf heures.

Le téléphone à la main, Denis compose le numéro de sa voiture. Ça décroche aussitôt. La voix enjouée de son chauffeur sonne comme une confirmation :

— J'arrive, Denis Fedorovitch ! Je suis déjà rue Nikitskaïa.

Il est près de dix heures du matin quand Tcheriaga arrive au siège de la rue Nemetkine, non pas seul mais en compagnie de Gordon qu'il est passé prendre au commissariat : en pareil cas, s'est-il dit, mieux vaut avoir avec soi son propre flic capable aussi bien de mettre à contribution la milice officielle que de la tenir tranquille. Mission à laquelle les flics du quartier ne conviennent absolument pas, vu qu'ils sont de mèche avec les Pattes-Longues.

En faisant le point de la situation, Tcheriaga et Gordon sont passés à l'improviste chez la femme de Zaslavski. La conversation a si mal tourné que même Tcheriaga, qui pourtant en a vu d'autres, en est resté coi. Aussi a-t-il contacté la Forge de sa voiture en lui disant laconiquement qu'il voulait le voir.

— Hôtel *Lada* à midi, dit l'aristo du banditisme.

Pour l'heure Tcheriaga et Gordon pénètrent dans le siège de la compagnie encore à moitié vide.

Enfilant le corridor, ils tombent sur Nekliassov en pleine messe basse avec Breler. L'œil vague, le jeune directeur financier tient l'autre par le bras qui semble essayer de le rassurer. Avisant Tcheriaga, Nekliassov sursaute en s'écriant :

— Denis Fedorovitch ! J'ai eu un coup de fil, le saviez-vous ? A propos de Kolia.

— Ils exigeaient deux cent mille dollars ?

— Oui, en échange de Zaslavski. Un accent caucasien, sans donner le détail des conditions. Je leur ai dit de traiter avec vous.

Denis l'écoute avec un ravissement sincère. Drôle de situation ! "Allô, connard, file-nous deux cent mille bâtons… – Pardon, les gars, ce n'est pas le bon guichet. Chez nous, c'est le chef de la sûreté qui s'occupe de ces choses-là…"

— Tu as enregistré la conversation ?

— Non. Il m'a contacté sur mon portable.

En chemin Breler prend discrètement Tcheriaga à part et lui souffle à l'oreille :

— On a l'Ukrainien dans la poche, ou c'est tout comme. Il demande un voyage en Thaïlande. Je lui ai fait prendre une sacrée biture. Il m'a dit qu'ils faisaient la chasse au chef du centre de tri ferroviaire.

Ouf ! un souci de moins.

Deux minutes plus tard, une réunion de crise se réunit dans le petit bureau de Breler, avec à l'ordre du jour le sauvetage de Zaslavski. C'est une pièce blanche et froide. De gros poissons se meuvent derrière le maître des lieux dans un aquarium verdâtre. Tout nouveaux, les poissons : les autres ont crevé à Sounja lors d'une perquisition, quand un molosse armé de la police fiscale a pulvérisé l'aquarium d'une balle avant de rosser Breler qui, à quatre pattes, ramassait fébrilement ses poissons rouges.

Breler a déjà tout prévu. Le portable de Nekliassov est désormais raccordé à son propre téléphone, ainsi que celui de Tcheriaga. Une équipe est en place au standard, prête à localiser la communication.

La réunion à peine commencée, le mobile de Tcheriaga retentit déjà. Le numéro s'affiche d'emblée sur l'identificateur du central : 767 37 29… que Tcheriaga connaît par cœur depuis quelques jours : le mobile de Zaslavski.

— J'écoute.

Au bout du fil, la voix qui parle dénote un fort accent de Tbilissi. Trop fort pour être vrai.

— C'est toi, Denis Fedorovitch ?

— C'est moi.

— Tu as le bonjour de ton ami Kolia Zaslavski.

Tcheriaga lève les yeux sur le pool des techniciens : toutes les lignes sont activées.

— Ce connard nous a plantés de deux cent mille dollars, poursuit l'autre ; à vous de banquer maintenant.

— Faites de lui ce que vous voudrez, renvoie Tcheriaga, on n'en a rien à foutre…

Un hum ! dubitatif se fait entendre au bout du fil.

— Il nous dit plein de choses intéressantes sur votre combinat, ce Zaslavski, dit la voix à l'accent géorgien ; des choses qui intéresseraient peut-être les journalistes du *Kommersant* ? ou la banque *Iveko* ? As-tu bien réfléchi, l'ami, avant de te débarrasser d'un homme comme d'une racine rabougrie ?

— Et quel genre de choses raconte-t-il ? demande Tcheriaga avec un frisson intérieur.

— Il peut être très bavard sur le centre de tri ferroviaire de Konotop. Un récit pareil vaut bien deux cent mille dollars, non ?

— Quelles sont vos conditions ?

— Zaslavski a une minette qui s'appelle Tomka Vekchina.

— Je la connais, dit Tcheriaga.

— Tu amasses le pèse et tu le déposes chez sa minette. Vous aurez fait ça en trois heures, riches comme vous êtes. Vous n'avez qu'à ouvrir le coffre. Tu laisseras ton portable à la minette. C'est avec elle que nous verrons la suite. Ce soir, vous retrouverez votre Zaslavski sain et sauf.

Là-dessus, la communication s'interrompt.

— Avez-vous localisé l'origine de l'appel ? demande Tcheriaga.

— Le portable de Zaslavski. Localisation approximative, le quartier du boulevard Sadovo-Koudrinskaï. Apparemment, l'émetteur se déplaçait à une vitesse d'environ quarante kilomètres à l'heure.

— Bref, il roulait sur le boulevard des Jardins, conclut Tcheriaga. On ne risquait pas de l'intercepter.

— C'est quoi cette histoire de Konotop ? s'enquiert Gordon.

— A chaque société ses know-how, répond tranquillement Tcheriaga. Nous ne sommes pas obligés de divulguer nos secrets à nos concurrents.

— Et la marche à suivre ?

— Il y a de la manigance dans l'air, tempête Breler blanc de rage. Ils sont trois dans la combine : la minette, l'Elan et Zaslavski. Ou bien la minette et l'Elan. Tenez, c'est à elle qu'on doit remettre la rançon…

— Elle n'est pour rien dans tout ça, coupe Denis.

— Ah oui ? et pourquoi donc ? parce que tu l'as sautée cette nuit ?

Tcheriaga ouvre la bouche pour s'expliquer mais, d'un geste de la main, se ravise.

— Ils t'ont roulé dans la farine ! s'emporte Breler. Elle t'a mis au lit pour te montrer la lettre au petit matin ! Imagine une seconde qu'une minette débarque d'un casino du milieu pour te présenter une bafouille pareille ? On lui aurait fait la peau aussi sec !

— Elle n'y est pour rien, répète Denis ; et si c'est elle qu'on a choisie pour la rançon, c'est parce qu'on n'a pas peur d'elle…

— Et sa femme ? Ils ne lui ont pas téléphoné !

— Si. Hier soir. Elle n'a même pas jugé utile de nous en informer.

Breler paraît soufflé. C'est à peine s'il trouve à dire :

— Ah ! les femmes ne sont plus ce qu'elles étaient…

— Dites donc, les gars, êtes-vous sûrs de trouver autant d'argent en si peu de temps ? s'inquiète Gordon.

— La banque est au premier étage, répond Tcheriaga.

La banque *Métallo* a vocation à toutes sortes d'opérations, y compris de celles qui touchent le traitement des espèces. Deux cent mille dollars n'auraient guère entamé les fonds de l'établissement.

— Je rappelle, dit Breler, que la décision de payer ou non la rançon de Kolia ne nous appartient pas. C'est au Lingot de décider.

Tcheriaga jette un coup d'œil sur sa montre. Izvolski doit être sur le chemin de l'aéroport au bureau. Il y a vingt minutes que son avion s'est posé.

— Tu réponds de la fille ? demande Gordon à voix basse.

— Je ne réponds de rien du tout, lance-t-il courroucé, je réponds que deux fois deux font trois et neuf à temps perdu. Mais si l'on me demande quelle est la probabilité de l'implication de Tamara Vekchina dans cette affaire, je dirai qu'il y a autant de chance que Breler ou moi y soient impliqués, de mèche avec l'Elan.

La sonnerie du téléphone retentit de nouveau. Denis décroche, écoute sans piper ce qu'on lui dit et pousse un petit rire nerveux.

— Qu'est-ce qui te prend ? fait Breler interloqué.

— C'est que je n'ai pas assez dormi, répond Tcheriaga. Je vous félicite, messieurs ! J'étais justement en train de me demander ce qui nous manquait pour que notre bonheur soit complet…

— Que se passe-t-il ? s'inquiète Breler.

— Izvolski vient enfin de se planter sur la route, explique Tcheriaga.

Et d'ajouter en voyant Breler blêmir :

— Il est sain et sauf, ne t'en fais pas. Il y a trois bagnoles de ratatinées. Il conduira comme tout le monde maintenant…

… Un *Yak-40*, petit jet privé aux couleurs du Combinat métallurgique d'Akhtarsk symbolisé par un renne de Sibérie sur l'empennage, se pose à Domodedovo vers dix heures du matin.

Une Mercedes vert foncé et une BMW d'escorte s'approchent de la passerelle. Au grand dam de ses gardes du corps, le Lingot déloge le chauffeur de la Mercedes et prend lui-même le volant : la Brabus préférée d'Izvolski est restée à Akhtarsk mais le directeur général ne peut se refuser le plaisir d'une petite partie de vitesse sur la route de Domodedovo. La limou vert foncé atteint Moscou en douze minutes, laissant à la voiture d'escorte le soin de consoler un milicien outragé qui levait tribut sur le pont de la rivière Pakhra sous un panneau de limitation à cinquante kilomètres heure. Puis la Mercedes s'engage sur le périphérique intérieur.

A neuf heures onze, un poids lourd roulant sur l'une des travées intérieures du Grand Boulevard périphérique de Moscou s'est mis à perdre de l'huile. Ceci entre l'avenue de Varsovie et la rue des Syndicats. Le poids lourd s'est arrêté, versant un bon litre et demi de lubrifiant sur la chaussée. Après quoi le chauffeur a avancé son engin de quelques mètres pour colmater la fuite, tous feux de détresse allumés.

Il bruinait et la circulation était fluide. Le chauffeur est venu à bout de sa panne en deux petites minutes sans rencontrer de problème majeur.

Trois minutes plus tard est apparue une Lada 06 blanche qui roulait paisiblement à quatre-vingts kilomètres à l'heure sur la travée où le poids lourd avait trouvé refuge. Apercevant soudain les feux de détresse, mais trop tard, son conducteur a tenté une embardée à droite. Or, à ce moment précis et pour son malheur, les roues de son véhicule ont mordu dans la fameuse flaque d'huile.

Tête-à-queue puis glissade en travers de la chaussée… et tous les autres véhicules se dispersent comme des poules devant un renard. La Lada blanche aurait peut-être pu reprendre le bon axe mais… la Mercedes 600 verte conduite par Izvolski approche. Celle-ci fonce à cent cinquante en doublant tous les lambins de la travée de gauche – feux de détresse de camion et autres Lada blanches à la traîne. Impossible de faire quoi que ce soit à une telle vitesse. La Lada emboutit l'aile gauche de la Mercedes qui tentait de l'esquiver, et les deux voitures valsent ensemble sur la chaussée. Au passage, la Mercedes essuie un choc sur sa droite : par la faute d'un camion militaire kaki.

Cabossée, la Lada 06 a volé sur l'herbe et, butant sur un poteau, a stoppé net, les phares braqués dans le sens opposé. Le camion militaire s'engrave sur le bas-côté avec un pneu éclaté. Quant à Izvolski, il s'arrête après avoir repris tant bien que mal le contrôle de sa Mercedes. Arrachant ce qui reste de portière, il s'extirpe de son épave. Contusionné malgré l'airbag, il traîne la jambe et grimace en se tenant le flanc meurtri. La BMW gris clair de ses gardes du corps s'immobilise non loin de là.

Niché dans sa voiture, le chauffeur de la Lada 06 est dans les transes. Déchaîné, Izvolski tire la portière d'un geste brutal :

— Montre-toi, tête de nœud !

Derrière lui, deux montagnes font barrage : ses gardes du corps.

Le chauffeur ne se montre pas. Intrigué, Izvolski plonge la tête dans l'habitacle du tacot. Une jeune fille effarouchée se pelotonne sur le volant, vêtue d'un gilet de laine et d'un jean bleu marine. Elle regarde sans la voir la limou défoncée d'où vient de sortir ce grand balèze habillé en dimanche. Avec une escorte de bras gonflés descendus d'une BMW. Ce qui peut arriver de pire à un automobiliste russe : emboutir la belle voiture d'un mafieux.

Habitué depuis quelques années à des filles d'un autre genre – jolies gambettes, topless, pot de crème… – le directeur ne manque pas d'observer que celle-ci n'a ni bijou ni fard. Au goût d'Izvolski, elle semble moins belle que fragile, pareille à un moineau gris.

La fureur d'Izvolski retombe d'un coup. Si contrarié soit-il, il voit bien qu'il aurait pu esquiver le tacot blanc s'il avait roulé moins vite, et que la vitesse est quand même limitée à cent kilomètres à l'heure sur la Grande Ceinture. Et puis tout s'explique au premier coup d'œil jeté sur la tache d'huile. S'il était tombé dessus, il aurait valsé de la même façon en travers de la chaussée.

— Ben alors ? Qu'est-ce que tu fabriques ? Tu es indemne ? lui lance-t-il avec bonhomie.

La tête plongée dans le volant, elle sanglote. Une voiture de la milice s'arrête déjà sur les lieux de l'accident.

— Que se passe-t-il ? gronde un sergent ventripotent en se dirigeant droit sur la Lada, sa matraque à rayures à la main.

Le conducteur du camion militaire se met à fayoter :

— La faute à la Lada ! Une embardée à droite et boum ! dans la Mercedes. L'autre m'a rebondi dessus et bon, j'en ai rajouté un peu. J'y suis pour rien !

Du bout de la matraque, le sergent tapote la vitre baissée de la Lada.

— Hé ! Mam'selle, sortez de là.

La jeune fille, tête basse, s'excave de sa voiture. Izvolski maintenant peut apprécier ses formes sveltes et longilignes quelque peu gâchées par un jean à trois kopecks et des baskets made in China, éculées, aux lacets bien lavés et aux pliures soigneusement maquillées. De longs cheveux couleur d'orge mûre. De doux yeux gris. Elle porte une queue de cheval tenue par une barrette de pacotille en matière plastique.

— Alors, on roule à tombeau ouvert ? fait le sergent sarcastique. Votre permis !

Elle fouille dans son sac et en sort ses papiers.

— Denissova Irina Grigorievna, lit le sergent. Eh bien, Irina Grigorievna, suivez-moi !

— Un instant ! coupe Izvolski.

Le sergent marque le pas.

— Irina Grigorievna, reprend Izvolski, avez-vous quelque chose contre moi ?

Une rangée d'armoires à glace se serre derrière le dos directorial. La fille regarde Izvolski avec effroi.

— Non, balbutie-t-elle.

— Eh bien moi non plus, je n'ai rien contre vous. Donc : les parties en présence renoncent à l'établissement du constat.

La jeune fille lève les yeux sur Izvolski, puis, d'un mouvement brusque, se rabat vers le sergent : elle a mal interprété les intentions du directeur.

— Non ! s'écrie-t-elle.

Le sergent paraît monter sur ses ergots :

— Dites voir, citoyen, si vous avez l'intention de faire les choses sous la table…

Entendant cela, Izvolski lui glisse deux attestations sous le nez : sa carte de député régional et celle de directeur général.

— Soigne tes nerfs, le Moscovite, je suis pas Hérode pour massacrer les petits enfants.

— Et toi, tu en penses quoi ? dit le sergent au conducteur du camion militaire.

Izvolski et le sergent font le tour du poids lourd. La jeune fille leur emboîte le pas. L'énorme remorque qui a arraché la moitié du museau de la Mercedes en est quitte pour une légère éraflure à l'aile et une roue crevée.

— Lui ? dit Izvolski. Il n'a qu'à changer sa roue et vroum-vroum. (Puis se tournant vers la fille :) Est-ce que vous pourrez rentrer chez vous ?

Elle hausse les épaules. Izvolski lui prend les clés des mains, se met au volant de la voiture et tente de la démarrer. Un clic de l'alternateur. Mais du moteur, pas un éternuement. Ayant ouvert le capot, le Sibérien jette par-dessous un coup d'œil dégoûté.

— Le tremblcur est foutu, constate-t-il.

Ils montent dans la guimbarde du flic pour signer une décharge sur un même papier, attestant qu'ils renoncent à l'établissement du constat. Après quoi Izvolski et le conducteur de la remorque cosignent un papier semblable.

La jeune fille revient peu à peu à elle. Tout donne à penser que ces étranges mafieux ou businessmen n'ont pas l'intention de lui extorquer le prix de la limousine en miettes. Son malheur revêt maintenant des formes plus modestes à caractère plus pratique : comment rentrer à la maison avec une voiture déglinguée ? avec quoi payer la réparation du moteur ? Un frisson l'a prise.

— Mais tu as la tremblote ! s'exclame Izvolski. Tu peux t'estimer heureuse ! Vois, tu aurais pu finir en fumée.

— C'est que j'ai froid, tout simplement.

Il fait à peine plus de zéro degré et Irina est sortie sans blouson ni imper, pensant faire toute la route en voiture. Sans un mot, Izvolski ôte son manteau de laine gris et le passe sur les épaules de la jeune fille. Le Sibérien frise le mètre quatre-vingt-dix et le corps naguère athlétique de cet homme de trente-quatre ans a notablement tourné à la graisse. Irina nage dans les plis noirs du manteau qui balaie le sol, alors qu'il arrive à peine aux genoux d'Izvolski.

… Un crissement de freins, et deux autres voitures entrent en scène. C'est la garde rapprochée d'Izvolski qui les a fait venir. D'une Audi noire bondit Denis Tcheriaga :

— Hé ! Slavka ! Tu n'as rien ?

Irina et Izvolski se retournent en même temps. La jeune fille lève les yeux sur l'homme en blouson de cuir noir qui, agile et sec, a sauté de sa voiture et s'est coulé subrepticement entre eux deux. Echange de sourires, échange de regards. Izvolski tressaille et serre Irina contre lui.

— Je suis OK, dit-il. Mais il faut raccompagner la jeune fille chez elle.

Regard oblique de Denis vers les voitures accidentées. Passe encore pour la Lada, mais la Mercedes donne l'impression d'avoir sacrifié son aile droite à une moulinette à viande. Tcheriaga n'ose imaginer comment les choses auraient tourné si le Sibérien avait pris le volant non d'une limousine truffée de dispositifs de sécurité, mais d'une bonne vieille Volga russe. D'y penser lui donne la chair de poule.

Cette fois Denis, qui ne connaît que trop le faible d'Izvolski pour la conduite rodéo, commet une erreur d'interprétation en mettant tous les torts du côté de la limousine plutôt que de l'infortunée Lada. Pour autant, il n'oublie pas que les seuls flics susceptibles de dégager le passage du bolide directorial, autant dire un missile balistique, sont restés à l'est de l'Oural… Pour le moment, c'est un Izvolski bien vivant et sans une égratignure qui lui fait un signe du doigt pour le prendre à part.

— Qu'est-ce que cette histoire d'hélicoptère ? lui demande-t-il.

Sourire entendu de Tcheriaga.

— Un hélico volait tout bonnement de sa base à Touchino pour y chercher des pièces de rechange, dit-il en haussant les épaules. Et voilà qu'en route le pilote jette un coup d'œil à terre et crie : Mais bon Dieu, on dirait bien Denis Tcheriaga ! Il m'a donc ramassé au passage pour qu'on fasse ensemble un bout de chemin. En regardant à terre j'ai fait : Mais bon Dieu, on dirait bien Breler en train d'en découdre avec un gobelin ! Je saute de l'hélico et je dis : “Des questions ?” (Denis s’accompagne d’une mimique bouffonne.) Le gobelin a bafouillé je ne sais quoi puis il a démarré pleins gaz… Et dire que tu doutais de l’utilité d’une usine d’hélicoptères. Si on s’offrait aussi une usine de blindés ?

Petit rire sarcastique d’Izvolski.

— Tu n’aurais pas mis trop de sel dans la soupe, par hasard ?

Tcheriaga secoue la tête :

— J’ai rencontré la Forge hier soir. L’aristo du crime. Un modèle de politesse… Ils ont l’hélico en travers de la gorge.

— Quoi d’autre ?

— Un type de l’OBEP nous vient droit d’Ukraine. Il s’intéresse à Konotop.

— Où est-il en ce moment ?

Denis s’autorise un ricanement d’autosatisfaction.

— Il est en train de roupiller dans notre fazenda. Il s’est bituré comme un cochon. Il a même failli noyer une fille dans la piscine. Gonzesses, bouffe et enregistrement vidéo aux frais de la firme… Selon lui, c’est après le chef du centre de tri qu’ils en ont, pas après nous.

Que Nekliassov ait fait bouillir l’enquêteur pendant trois heures dans la salle d’attente, Denis n’en dit mot. Certes, Izvolski encourage volontiers la délation et Nekliassov lui-même n’aurait pas manqué de griller Tcheriaga en pareil cas, mais…

— Et côté Zaslavski ?

— Enlevé par des gangsters. Son ravisseur est un chef de bande surnommé l’Elan. Le bras droit de la Forge. Ils en veulent deux cents bâtons.

— Le mobile ?

— Notre Zaslavski est un zéro. La pomme ne tombe pas loin du pommier, comme dit le proverbe. Il jouait aux cartes, il a perdu un fric fou, etc. Résultat : l'Elan s'est jeté à ses trousses. Il se shootait aussi, reste à savoir dans quelles proportions… J'ai l'impression qu'ils ont balancé l'usine, l'Elan et lui.

— L'Elan c'est qui ?

— Trente-cinq piges, ex-champion fédéral de biathlon. Un sans-foi-ni-loi. La Forge l'a enrôlé comme couteau jetable. L'Elan a survécu. De killer, il est devenu un caïd à la tête de sa propre brigade. Si la Forge a besoin d'étriper quelqu'un, c'est l'Elan qui s'en charge.

Tout en parlant, Tcheriaga observe Izvolski. Bizarre : l'autre l'écoute d'une oreille distraite, pas un blâme, pas un compliment, un œil rivé en permanence sur la silhouette de femme qui se dessine au bord de la route, enveloppée dans un manteau d'homme trop lourd pour elle.

— Bon, dit soudain Izvolski. Bravo pour l'hélico. On s'occupe demain des Ukrainiens. Récupérez-moi Zaslavski.

— Et les deux cent mille dollars ?

— Je n'ai pas l'habitude de payer les balances. (Un silence, puis il ajoute :) Je préfère vous payer vous. Un fonds de récompense de cinquante mille pour tous les participants.

— Et si *Iveko* paie pour lui ?

Izvolski secoue la tête :

— Ils n'iront jamais se foutre dans une merde pareille. Ton Ukrainien en dira deux fois plus pour cinq cents dollars que Kolia pour deux cent mille.

Tcheriaga se mord la lèvre. Il y a quelque chose d'atroce dans la consigne d'Izvolski : on ne renonce pas aussi légèrement à quelqu'un sous prétexte qu'il fréquente des voyous ou qu'il est une balance…

— Et la région ? s'exclame Tcheriaga. Zaslavski senior nous niquera de partout si l'autre se fait tuer !

— S'il se fait tuer, répond Izvolski philosophe, il faudra que j'explique au gouverneur pourquoi je l'ai viré. Autre chose : ne regarde pas Irina comme ça.

— Et comment je la regarde ?! se récrie Tcheriaga sincèrement étonné.

— Tu m'as compris, dit le directeur général. C'est ma femme, OK ?

De toutes les bizarreries entendues de sa bouche, celle-ci est sans conteste la plus énorme.

Izvolski et Tcheriaga sont encore à des années-lumière d'imaginer quels malheurs vont leur tomber sur la tête à cause de cet accident inopiné. Le Sibérien s'occupe de son usine de sept heures du matin à minuit. Il passe ses samedis au bureau, ses dimanches dans les papiers à travailler chez lui. Rien ne peut se faire sans son consentement. Jamais un homme amoureux ne pourrait soutenir pareil surmenage.

Au moment où de gros nimbus s'amoncellent sur *AMK*, que ni Izvolski ni Tcheriaga ne voient venir, le mécanisme gigantesque du combinat, dont les rouages ne le cèdent en rien par leur complexité au cerveau humain, se voit d'un coup privé de son grand horloger. Un peu comme si le pilote d'un avion piquant en vrille choisissait cet instant précis pour taper une belote.

Tcheriaga écarté, Izvolski revient auprès d'Irina.

— Où alliez-vous ? demande-t-il.

Ses yeux bleus toisent la jeune fille d'un air attentif et franc.

— Je... j'allais à la datcha... route de Kalouga... Chez ma grand-mère...

Izvolski fait la moue. Une rencontre doit commencer dans dix minutes à la Maison Blanche au sujet des taxes d'export à décréter sur le métal, rencontre à laquelle il est d'ores et déjà en retard... et puis zut, il s'agit d'une réunion préparatoire et Nekliassov parlera très bien sans lui. En revanche le Sibérien aurait beaucoup aimé raccompagner la jeune fille. Comble de malchance, Irina ne se rend pas dans le centre, mais dans la direction opposée.

— Micha ! lance Izvolski, conduis la jeune fille où il faut. Serioja remorquera son tacot… A quelle adresse, Irina ?

Pendant qu'elle réfléchit, le portable sonne dans la poche d'Izvolski : c'est Nekliassov qui appelle du vestibule de la Maison Blanche (son patron en a-t-il encore pour longtemps ?). Izvolski s'emporte :

— Merde, vous n'êtes pas des gamins ! peste-t-il. Vous passez votre temps à glandouiller et, au moindre pépin, c'est moi qu'on sonne ! Tu connais le problème, oui ou non ? Alors débrouille-toi sans moi, tu sauras quoi leur dire.

Un reproche d'autant plus injuste que le Lingot fait toujours tout lui-même. C'est lui et toujours lui qui déroule le fil de négociations spéciales à travers le labyrinthe alambiqué des finances de l'usine qu'il est seul à connaître, et si par malheur quelqu'un s'aventure à acheter sans son aval un rouleau de papier hygiénique pour le bureau, ce hussard de l'initiative personnelle recevra de sa part, dans le meilleur des cas, un bon savon. En ce qui concerne les hauts fonctionnaires de la Maison Blanche, c'est bien le roi russe de l'acier en personne qui devra rugir de rage à leurs oreilles sur leur politique de pillage fiscal, et certes pas le gérant d'une officine fantôme dénommée *AMK-Invest*. Pour la même raison, ce n'est pas à Nekliassov d'annoncer des promesses de récompense à qui fera tomber le joug de l'impôt. D'où le silence abasourdi de Nekliassov au bout du fil avant que celui-ci se risque à demander prudemment à son boss à quelle heure il compte venir.

— J'en sais rien, répond Izvolski, je suis occupé.

Là-dessus, il fourre son mobile dans sa poche et retourne voir Irina.

— Vous savez quoi ? Je vais vous conduire à votre datcha.

Elle baisse les yeux. Cet homme n'est pas de son goût avec ses épaules trop lourdes et son regard trop lourd. Elle voit bien qu'une meute entière de voitures de marque a volé à son secours : pourquoi ne la fourre-t-il pas dans l'une d'entre elles, et au revoir ? Mais point de refus possible. Irina revoit la face d'Izvolski éructant "Montre-toi, tête de nœud !" et quelque chose lui dit que la réelle amabilité de cet homme peut tourner instantanément à la tempête et alors… Seigneur ! gardez-nous de cet alors… Au fait, combien peut coûter cette Mercedes ratatinée ? Irina comprend qu'elle n'est pas la seule responsable de l'accident et que la limousine roulait trop vite, mais quelle importance en pareil cas ?

Izvolski prend le volant d'une grande SAAB grise pendant que la Lada abîmée est mise dans la remorque d'un 4X4 à la calandre en canard. Faute de bras pour s'occuper de la Mercedes, celle-ci est laissée sur le bas-côté. Du reste, il semble à Irina qu'une voiture ne va pas tarder à venir à sa rescousse.

La SAAB embrasse la chaussée avec une aisance et une vélocité déconcertantes. Irina, qui n'a jamais roulé sur la route de Kalouga que dans son tacot bringuebalant, ne peut qu'admirer l'agilité de ballerine de la berline. La datcha est proche de la ville et la SAAB quitte bientôt le macadam pour un chemin de traverse cahoteux, frottant dangereusement son ventre bas à d'immenses flaques d'eau et à des plaques de béton à moitié délitées.

En chemin, Izvolski fait parler Irina. Historienne de formation, elle exerce son métier non pas à l'école mais à l'université avec une avant-thèse de doctorat soutenue l'an passé sur les cités marchandes italiennes. Comme portée par la peur, elle se montre à la fois drôle et volubile, soit qu'elle cherche à impressionner le Sibérien, soit qu'elle veuille au contraire lui faire entendre qu'elle n'est pas celle qu'il croit, qu'elle s'intéresse à la Florence du XIVe siècle et nullement à la Russie du XXe, et encore moins à son contemporain prénommé Viatcheslav et nommé Izvolski (le Lingot s'est présenté). Elle explique qu'elle se rend à la datcha pour sa grand-mère Nastia qui refuse obstinément de rentrer à Moscou avant décembre, et le Sibérien maudit d'avance cette vieille inconnue qui l'empêchera de passer un moment seul avec Irina.

— Et vous, qu'est-ce que vous faites ? lui demande-t-elle au moment où la SAAB passe le dernier tournant du chemin.

— Je suis dans le métal, répond Izvolski.

— Commerçant ?

— Je suis le directeur du Combinat métallurgique d'Akhtarsk.

A voir le regard d'Irina, Izvolski comprend qu'elle serait bien incapable de dire la différence entre *AMK* et une fabrique de bas et chaussettes au bord de l'asphyxie, de la même manière que lui, Izvolski, ne saurait dire en quoi les Médicis se distinguent des Cerci ou des Donati. Et, contre toute attente, il s'en amuse au lieu de s'en indigner.

La datcha se révèle exactement comme Izvolski l'avait imaginée : une bicoque en bois de plain-pied plantée dans des jardins populaires, des spires de fumée s'échappant d'une cheminée, un potager étonnamment soigné et donc presque nu en cette période automnale, et un gros petit basset qui s'étrangle en jappant à la vue d'une voiture inconnue.

Au signal du basset se montre une petite vieille dont l'aspect rassure aussitôt Izvolski : la grand-mère est chétive et vétuste comme une aquarelle à moitié détrempée. Le Sibérien se dit alors qu'Irina et lui sont bel et bien seuls à la datcha, et que la vieille fait partie des meubles comme un fantôme dans les murs d'un château de famille, ni tiers ni témoin.

Pour ne pas troubler mémé Nastia par le récit de son accident, Irina lui explique qu'elle a fait le chemin dans la voiture d'un ami, mais la vieille n'entend rien ni ne s'inquiète, prodiguant des sourires à Irina comme à Izvolski, et certainement incapable de distinguer une Lada d'une SAAB.

La jeune fille extrait du coffre de la SAAB deux sacs plastique de mangeaille qu'elle avait préalablement transbordés d'une voiture à l'autre. Izvolski grommelle à part soi, qui s'en veut après coup de ne pas avoir acheté en chemin meilleures victuailles que celles contenues dans ces paquets fripés.

Mais déjà Irina s'affaire à la cuisine. La petite terrasse sent le chien et le chat. Il se met soudain à tomber une petite bruine qui se mêle au brouillard, tandis que la mère Nastia dit très fort à Izvolski d'enlever ses chaussures et de venir boire le thé. Un couloir minuscule conduit de la terrasse à la cuisine, dans lequel le Sibérien s'attarde devant un miroir.

Ce qu'il y voit est loin de lui plaire. Certes, son costume est taillé chez Grekov, sa cravate de soie aux effets de moirure bordeaux ne coûte pas moins de deux cents dollars et le col plus blanc que blanc de sa chemise plus blanche que blanche met en valeur un menton rasé de très près… Mais là s'arrêtent les points positifs.

Viatcheslav Izvolski n'a que trente-quatre ans. C'est un âge plus que jeune pour le patron autocratique du cinquième combinat métallurgique du monde, dictateur sans couronne d'une ville de Sibérie forte de deux cent mille habitants. Il y a douze ans, svelte et athlétique, il était le chouchou de sa promotion, licencié en boxe par-dessus le marché. Mais depuis ce temps, l'habitude du pouvoir... les pourparlers incessants... les voyages à répétition... la paperasserie à n'en plus finir... la bonne bouffe qu'il ne se refuse jamais... tout cela lui a joué un mauvais tour. Son visage naguère émacié a viré au rose, désormais aussi gras que cochon. Les muscles de ses épaules ont tourné à la graisse. Du fond d'un vieux miroir liseré de papier collé, c'est un gros verrat d'un bon quintal qui regarde aujourd'hui Izvolski. L'idée le prend soudain de se comparer au corps sec et noueux de Tcheriaga, et cette idée lui arrache un imperceptible soupir.

La modeste pitance apportée par Irina à sa grand-mère est étalée dans la cuisine. Des tranches de fromage de Pochekhonié et de saucisson rose sont présentées dans des assiettes ébréchées. Ce saucisson maigre appelé "du docteur", Izvolski n'en avait pas vu depuis au moins cinq ans. Il ne savait même pas que ça existait encore ! Il le croyait disparu dans le néant avec l'Union soviétique, ses files d'attente pour des sprats en boîte, ses paniers alimentaires dans les entreprises. Or l'URSS est morte, mais le saucisson rose vit encore. Une bouilloire joue du sifflet sur la gazinière, deux tasses fissurées sans soucoupes sont posées sur une table en bois.

Le saucisson rose est fameux, le thé, vaguement âpre, tient chaud au corps, et Irina continue de parler pendant qu'Izvolski l'interroge, une tasse aux lèvres, le dos appuyé contre le mur et les yeux fermés. Il éprouve soudain une sensation de calme et de somnolence, tout le contraire de ce que doit ressentir un mâle resté seul avec la femelle qui l'attire. Il se découvre alors terriblement fatigué. Non pas une fatigue d'un jour, ni même d'un mois, mais d'au moins trois ou quatre années bien remplies.

La mère Nastia, en effet, s'est effacée : Izvolski l'aperçoit à la fenêtre qui range en toute hâte des bricoles dans son potager à cause de la pluie naissante. Puis elle revient dans la maison tandis qu'Irina et lui, à l'inverse, sortent dans le jardin, et le directeur général se promène sur des planches disposées entre de maigres plates-bandes, souillant ses souliers cirés et les ourlets de son pantalon impeccable. Il a oublié que Moscou est là, tout près, ville terrible et détestée où il n'existe pas un seul fonctionnaire qu'on ne puisse acheter, mais où l'on ne peut pas les acheter tous en raison de leur grand nombre ; oublié aussi qu'il y a seulement une heure, il a peut-être signé l'arrêt de mort de Kolia Zaslavski, bête et corrompu.

Irina présente un visage un peu enfantin, légèrement allongé, aux lèvres pâles et gonflées, au menton ferme. Il lui manque peut-être ce petit quelque chose de sexy qui, dans le goût du temps, attire habituellement Izvolski. Que l'on passe un jean et un vieux blouson à une dame de Smolensk sortie d'un tableau de Rokotov et l'on se rapprochera d'Irina. La comparaison n'est pas fortuite. La jeune enseignante est rendue plus jeune encore par son manque de sens pratique, propre aux intellectuels, et par son indifférence sincère à l'absence d'argent qui en découle.

Un seul détail trahit étrangement le joli minois de la dame de Smolensk : ses yeux gris attentifs. Izvolski n'a plus l'habitude de voir des yeux de femme pareils, sauf peut-être chez les comptables.

Ces yeux-là ne le regardent pas. Irina les lève de temps à autre et les baisse aussitôt vers le sol dès qu'ils tombent sur le regard appréciateur et franc du Sibérien. Rien à voir avec les manières de pute auxquelles il est rompu, ce qui d'ailleurs excite étrangement le directeur.

Quelque part entre une clôture et une plate-bande, Izvolski attire Irina contre lui et se met à l'embrasser d'une façon plutôt grossière et pressante, les doigts agrippés à son pull gris humide puis, sous le pull, à sa peau jeune et lisse. D'abord disposée à lui répondre, Irina lui plante son petit poing dans la poitrine dès qu'il hasarde une main sous son pull. Quand Izvolski la relâche, elle s'écrie :

— Arrêtez !

Dépité, Izvolski recule d'un pas. Irina se campe devant lui, échevelée comme un moineau, les yeux embués de méchantes larmes, ses petits poings serrés :

— Comment osez-vous ? Vous faites ça avec toutes les autres, hein ? Je suis vulnérable et vous en profitez ! Vous savez que je ne pourrai jamais rembourser votre voiture ! Vous savez que je ne dirai pas un mot, que je tremblerai de peur !

Planté là, Izvolski se sent conspué. Au vrai, c'est à peu près ce qu'il pensait. Maintenant il se voit de l'extérieur, grosse et grande gueule debout sur une plate-bande pelée, lui qui a oublié jusqu'à la consonance du mot *non*, et à qui se collera n'importe quelle pute d'Akhtarsk, ou de Moscou, ou d'Amérique… Il aura fallu bousiller une voiture pour trouver une fille qui ne soit pas pute, parce qu'il y a trop longtemps que les non-putes ne font plus partie de son entourage. Irina, aussi pitoyable qu'un geai, pousse encore quelques cris à la face d'Izvolski, qui soudain baisse la tête et dit :

— Excusez-moi.

Là-dessus, il suit les planches jusqu'au portillon du jardin, monte dans la SAAB et démarre.

Il se perd au retour dans le dédale des datchas, débouche bizarrement sur la route de Kiev et non de Kalouga et arrive au siège à deux heures de l'après-midi, furieux, les souliers trempés. Les résultats de la réunion de travail à la Maison Blanche valent à Nekliassov une copieuse volée de bois vert d'ailleurs non méritée : le petit Nekliassov ne pouvait évidemment pas arracher à un gouvernement affamé la promesse d'une suppression des taxes d'exportation…

C'est à peine si Tcheriaga est arrivé à l'heure à l'hôtel *Lada*. Il se voyait déjà en train de ferrailler contre la milice de la route à cause de ces voitures transformées en tas de tôles froissées, et s'est senti délivré d'un grand poids quand il a vu que son directeur, cette fois, achevait son rallye automobile dans un calme relatif. Pour un peu, il en aurait presque oublié son rendez-vous avec la Forge, une marque d'impolitesse évidemment grosse de conséquences.

Il est midi cinq quand Tcheriaga entre dans le vestibule de l'hôtel *Lada*, l'une des adresses préférées de la Forge avec, au troisième étage, une sorte de bureau informel.

On l'introduit dans la pénombre d'une salle déserte de restaurant où le patriarche consomme un modeste lunch composé d'un œuf dur. Tcheriaga prend place devant la Forge à une table habillée d'une nappe cependant que deux molosses se figent en statues de part et d'autre du restaurant.

— Ton Elan vient de faire une belle connerie, dit Tcheriaga.

— Je t'écoute, Denis Fedorovitch.

— Je t'ai bien parlé de Zaslavski hier soir ?

— Soit.

— Zaslavski et l'Elan faisaient leur business avec notre argent. Puis l'Elan en a eu marre de l'autre, il l'a mis dans un sac et en exige une rançon de deux cents bâtons. Il se fait passer pour un Géorgien.

La Forge branle du chef.

— Ah ! le vilain, dit-il. Et si c'étaient vraiment des Géorgiens ?

— Nous avons fait expertiser l'enregistrement, ment tranquillement Tcheriaga. Non, ce ne sont pas des Géorgiens.

La Forge branle du chef.

— Que veux-tu que je te dise, Denis Fedorovitch, continue-t-il avec un geste d'impuissance. Chacun gagne sa vie comme il peut. Si l'Elan reçoit une rançon pour Zaslavski, ce sera son business ; si tu reçois Zaslavski sans rançon, ce sera ton business.

— Il suffirait d'un ordre de toi pour que l'Elan t'écoute, fait remarquer Tcheriaga.

— Tu n'y penses pas, mon cher ! L'un de mes chefs de bande a enlevé un homme. Que dois-je faire ? Lui téléphoner pour lui dire : “Tu te conduis mal, il ne faut pas voler les gens” ? Puis ce sera le tour d'un commerçant qui viendra me dire : “L'Elan est venu me racketter sur le marché.” Et que devrais-je faire ? Téléphoner à l'Elan en criant honte à toi ? Hein ? Qui suis-je ? Un malfrat ou un maître d'école dominicale ? (Tcheriaga ne dit mot.) Surtout que je ne t'ai pas pris sous mon toit, Denis Fedorovitch. Si tu étais venu me dire : “Je vous paie pour être couvert et pourtant vous m'avez enlevé un businessman”, alors là, oui, l'Elan nous aurait pigeonnés. Mais tu ne paies rien pour ma couverture. Et pourtant j'ai fait un geste. Je t'ai fait accompagner, je t'ai permis d'interroger qui tu voulais. Je t'ai mis sur la piste de l'Elan. C'est l'Elan qui devrait me téléphoner pour me dire : “Qu'est-ce que tu fais ? Tu m'as vendu à un zéro ! C'est contraire au code !”

Denis se lève.

— Soit, dit-il, on verra bien à qui sourira la chance.

Que le Lingot ait refusé tout net de payer la rançon, Denis s'est bien gardé de le dire à la Forge. Inutile de surinformer l'ennemi. Le vestibule de l'hôtel est vide et froid, un portier tiré à quatre épingles lui ouvre la porte. Sur sa droite, affalé dans un divan, s'étire Vitia Kamaz. Le divan est large mais l'autre n'y tient pas entier.

— Alors, mecton, lui lance Kamaz, on se passe d'hélico aujourd'hui ?

Sans accorder de réponse au type, Denis dévale les marches du perron.

Il regagne le siège un peu avant treize heures. Le groupe de crise informel est réuni dans le bureau de Breler. Tout le monde sait déjà que le Lingot interdit le paiement de la rançon, une décision accueillie non sans une pointe d'enthousiasme.

— Où est le chef ? s'enquiert Tcheriaga en apercevant Vichniakov, jeune garde du corps carré d'épaules qui était présent sur les lieux de l'accident.

— Je n'en sais rien.

— Comment ça ?

— Je n'en sais rien, point barre, reprend l'autre d'un ton mi-coupable, mi-agressif. Il a fait monter la fille dans une voiture et il est parti avec. Une belle nana, d'ailleurs, pour peu qu'on l'emmène chez le coiffeur et le tailleur.

Mine renfrognée de Tcheriaga… Izvolski considère sa propre sécurité du même œil que le code de la route : l'œil de qui s'en fout… Le dossier de l'Elan est posé sur le bureau : le service de la sûreté s'est renseigné sur le bonhomme par plusieurs canaux dont la Direction régionale de lutte contre le crime organisé. Boris Gordon, du commissariat quatre-vingt-un, n'aura pas volé sa tartine de pain beurrée. Dans ses grandes lignes, le dossier corrobore les infos dont Denis dispose déjà.

Alexandre Elanov se révèle aussi doué que cynique, un mélange qui force à le considérer avec une prudence redoublée. Pour autant qu'une vipère est plus dangereuse qu'une simple brique, pour autant cet homme est plus dangereux que Vitia Kamaz. Au commencement était un frêle gamin d'Arkhangelsk qui raflait des médailles aux tournois de biathlon sans jamais devenir champion. (Sur ce chapitre, Tcheriaga s'est trompé.) Il faisait toujours carton plein sans le moindre loupé, mais courait moins vite que les autres, peut-être pour la raison qu'il refusait de s'abîmer la santé à coups de stéroïdes et autres dopants.

Sa carrière sportive s'est arrêtée brusquement un jour de 1992 où, au retour d'une compétition en Norvège, la douane a découvert dans son matériel une sacrée dose de contrebande : vingt kilos de poudre blanche que l'expertise devait identifier comme de la cocaïne.

Radié illico de son équipe, il a évité la prison mais pas l'inculpation. D'une étrange manière, toutefois, l'instruction a avorté : le juge Matveïev était parvenu à la conclusion que le sportif avait transporté les stupéfiants à son insu. Trois jours avant la conclusion du juge, d'obscurs malfaiteurs avaient liquidé Arkadko, le premier directeur de *La Sérénade*, sur le seuil de son propre casino. Une liquidation "en beauté" par une nuit noire et à trois cents mètres de distance. Le temps que les gardes du corps accourent au grenier suspect, plus trace du tueur : ne restait qu'une pétoire à lunette vide et vierge d'empreintes.

Par la suite, des observateurs seront enclins à établir un lien entre les deux affaires. Le sportif fauché aura payé quelqu'un pour classer l'instruction, ce quelqu'un étant sans conteste l'actuel directeur de *La Sérénade* avec pour monnaie de paiement une seule et unique cartouche de sept soixante-deux vidée sur Arkadko. Après réflexion,

Tcheriaga penchera pour la thèse du juge Matveïev : Elanov avait bel et bien été abusé. Ceux qui lui avaient proposé de passer la poudre l'avaient balancé aux douaniers, histoire de s'attacher les services d'un tueur de sang-froid pour trois fois rien.

Tout donnait à penser que le petit Elanov, un bleu dans le milieu, était considéré comme un objet jetable, mais l'Elan s'est comporté en élève modèle. Il a recruté des deuxièmes couteaux qui le couvraient pendant la chasse, puis des observateurs qui pistaient la cible, tant et si bien que le simple exécutant n'a pas tardé à devenir le patron d'une "brigade" aguerrie. Au début, on ne vivait que de contrats. Puis, quand l'Elan s'est taillé une popularité suffisante pour que les soldats de plomb les plus endurcis blêmissent à son seul nom, on s'est attaqué à des formes de business plus conservatrices telles que le recouvrement des dettes, la taille des commerces inféodés, etc.

Depuis un an et demi environ, l'Elan s'est rangé définitivement en adhérant officiellement au nombre des Pattes-Longues, entretenant avec son chef des relations informelles déjà anciennes. Pour autant, la Forge répugne à reconnaître qu'un sans-foi-ni-loi qui fait régner la terreur sur Moscou travaille pour lui… lui le bon voleur et le père du milieu civilisé.

La Forge a donc confié à l'Elan la relève des compteurs de quelques commerces. Le monsieur a enfilé un costume d'homme d'affaires, noué à son cou une cravate à deux cents dollars et s'est fait embaucher comme consultant dans une demi-douzaine de sociétés à la fois. Mais il y a quand même de l'eau dans le gaz entre le bon voleur et son brigadier : l'Elan reste l'un des caïds les plus cruels et imprévisibles des Pattes-Longues. Peut-être n'est-il guère disposé à pardonner à son patron sa première embrouille avec la cocaïne. Peut-être la Forge lui-même insiste-t-il sur la crapulerie de l'Elan pour mettre la prochaine bavure sur le compte de son mauvais caractère… En attendant, si la Forge doit éliminer quelqu'un, c'est encore à l'ex-athlète qu'il confie la mission.

… La localisation de Zaslavski s'est précisée peu avant midi. Breler a fait vite. Si le ravisseur est l'Elan, s'est-il dit, le nombre de planques où se tient le captif est forcément restreint. Tamara Vekchina a d'ailleurs donné une partie de ces adresses : la datcha de l'Elan à Malinovka et deux établissements qu'il peut tailler à souhait dans Moscou intra muros. De source policière, Gordon a trouvé le troisième repaire : un entrepôt appartenant à la société *Aphrodite* et situé à cinq minutes en voiture du siège de la rue Nemetkine. Naturellement, le gang des Pattes-Longues est un *monstrum horrendum* et les commerces qui lui paient leur quote-part se comptent par wagons… mais certaines particularités du comportement de la Forge autorisent à penser que la capture de Zaslavski est une initiative privée de l'Elan sans que les hiérarques y aient eu leur part. Conséquence : vérifier d'abord lesdites adresses.

Ne pas oublier non plus qu'un téléphone sonne aux deux bouts de la ligne et que la Forge a dû faire part à l'Elan de sa conversation avec Tcheriaga. De ce point de vue, leur rencontre peut être considérée comme une erreur. Mais, d'un autre côté, il est clair qu'apprenant le non-paiement de la rançon la Forge se rappellera que Tcheriaga connaît l'amitié qui lie l'Elan à Zaslavski. Aussi, sans divulguer d'information, Tcheriaga peut se prévaloir d'avoir mis les points sur les *i*.

L'entrepôt de la société *Aphrodite* a été le cas le plus facile à régler. Breler a fait un saut à la police fiscale pour expliquer à son chef qu'il y avait là, de source sûre, un stock de vodka de trafic. Le chef s'est enquis du nom de la source. Breler s'en est référé à un papier signé par Robert Ruben, secrétaire du Trésor américain. Ce disant, il a produit vingt exemplaires de ces petits papiers verts, et l'autre a concédé, toute réflexion faite, que la source était sûre et digne de confiance. Il a même prié Breler de ne pas se gêner à l'avenir et de l'informer d'éventuels futurs messages portant la même signature.

Après quoi un commando de la police fiscale a défoncé diligemment la porte de la société *Aphrodite* pour fouiller l'entrepôt de fond en comble. Le plus drôle est que la police fiscale a vraiment trouvé non seulement un stock de vodka de trafic, mais même une caisse de vingt chargeurs de *Kalachnikov*, marchandise notoirement louche qu'on ne peut mettre à l'étal. Moyennant quoi la somme exigée des dirigeants d'*Aphrodite* par la police fiscale pour signer la paix a surpassé de loin la mise initiale de Breler.

Une seule chose manquait dans l'entrepôt : Kolia Zaslavski.

Restait à vérifier un village à moitié abandonné du côté de Mojaïsk où l'Elan avait hérité d'une fazenda de ses parents ; ainsi que la datcha personnelle de l'Elan et deux firmes contrôlées par lui. Deux garçons ont été envoyés en éclaireurs qui, avant même d'atteindre leur but, ont signalé que le village était desservi par une piste de terre détrempée qui tournait insensiblement au marécage, et qu'aucune roue d'automobile n'avait défloré cette terre depuis au moins deux jours. Les éclaireurs ont quand même poussé l'aventure jusqu'au village où ils n'ont trouvé ni Zaslavski, ni l'Elan, ni téléphone, ni électricité, ni magasin.

A la datcha de l'Elan, en revanche, les hommes de Breler sont tombés dans le mille.

Une curiosité que la datcha de l'Elan : située dans le petit village de Malinovka, route de Yaroslavl, elle domine les masures environnantes comme le château d'un chef mafieux accroché à la cime d'une crête de montagne. Trois voitures ont été dépêchées sur place : l'une postée à tout hasard au carrefour de la grand-route ; les hommes de la deuxième devant traverser la forêt pour observer de loin le domaine proprement dit ; et la troisième garée devant l'échoppe du patelin, une dame très gentille allant y demander s'il n'y avait pas un terrain à vendre et quels étaient les gens qui vivaient ici. A onze heures vingt, les observateurs ont vu s'ouvrir le portail de la datcha, telle une porte d'iconostase à la grand-messe de Pâque, d'où a déboulé une BMW rouge cerise qui emmenait l'Elan et deux autres types. Une deuxième voiture a suivi.

Une demi-heure plus tard, le portail a encore écarté grand les bras, propulsant au-dehors une Ford énorme mais d'un âge déjà respectable conduite par un lascar seul en blouson de cuir. Les observateurs ont jugé qu'ils tenaient là une recrue prometteuse, ce dont ils ont fait part à leurs collègues en sautant dans leur voiture pour suivre la cible à la trace.

La Ford a atteint la route de Yaroslavl et s'y est engagée sans grand égard pour les signes de ponctuation dont elle était jalonnée. Elle s'est arrêtée sur le bas-côté près d'une boutique dans laquelle s'est engouffré son conducteur.

Les gars à Breler se sont rangés à côté. L'un d'eux est entré à son tour dans la boutique, non sans avoir crevé au passage une roue arrière de la Ford à l'aide d'un poinçon. Quelques instants plus tard, le conducteur a reparu, et redémarré. A peine reparti, pourtant, il s'est rangé de nouveau sur le bas-côté et, ses feux de détresse allumés, il a sorti du coffre une roue de secours.

Il venait justement de lever au cric la roue arrière d'une main sûre de soi quand une petite Lada blanche s'est arrêtée près de lui le long d'une route grondant de voitures.

— Un coup de main peut-être ? a demandé le chauffeur de la Lada qui semblait compatir.

— Je vais me débrouiller tout seul, a répondu l'homme à la Ford.

Puis, se redressant, il s'est pétrifié : un canon de marque étrangère lui titillait le ventre.

Le conducteur de la Ford a fait preuve d'une extrême compréhension. Loin d'en appeler à ses droits civils, il est monté docilement dans la Lada. Il a même attendu que l'un des occupants de celle-ci lui répare sa roue, lui prenne poliment les clés et les papiers du véhicule, et se mette à rouler pépère en direction du centre sans infraction au code de la route ni démêlé aucun avec la milice.

La Lada s'est enfoncée dans le premier chemin forestier venu. Là, on a jeté le lascar dans le coffre. Vingt minutes plus tard, sur la route de Roublevsk, on passait le portail d'une villa à trois étages aux fonctions multiples : résidence hors les murs d'Izvolski et hôtel pour les cadres dirigeants du Combinat métallurgique d'Akhtarsk. (Là, même où séjourne le commissaire venu d'Ukraine.)

Une fois garés dans le sous-sol, on a extrait le lascar du coffre de la Lada, puis on l'a fait monter dans un ascenseur somptueux de la marque Kone jusqu'au troisième étage où se trouve une suite de classe luxe. Certes la villa ne convenait guère à l'exécution des basses besognes, mais cet appartement de cinq étoiles n'en possédait pas moins des vitres pare-balles et des cloisons silencieuses, ce dont le gouverneur d'Akhtarsk avait pu se convaincre avec volupté pas moins de quinze jours auparavant, ayant passé la nuit dans cette même alcôve avec une brochette de jeunes beautés : pas un bruit dehors, et pourtant que de cris dedans !

Dans la richesse des lieux, le lascar a repris du poil de la bête et s'est mis à discourir : si on lui connaissait des torts, eh bien qu'on le livre aux flics. Les gars à Breler lui ont expliqué qu'il n'était pas question de flics. C'est alors que le lascar a commis une faute d'appréciation : voyant tout ce faste au lieu d'une cave, il a jugé que ses ravisseurs n'étaient pas outillés pour une discussion musclée et les a pris pour des dilettantes. Il s'est permis de pontifier sur le thème des droits de l'homme.

On a tenté de lui faire comprendre que the Security of Combinat métallurgique d'Akhtarsk se distinguait en ceci des frères malfrats qu'elle n'usait pas de méthodes d'interrogatoire de troisième zone et que si les frères malfrats faisaient cela par pingrerie dans des caves sans commodité pour les enquêteurs, the Security of Akhtarsk, elle, pouvait parfaitement se permettre de saloper à cette fin de la moquette de pure laine et des papiers peints importés d'Europe.

Comme le lascar n'a pas voulu les croire sur parole, les garçons ont dû passer de la théorie à la pratique. Il est vrai qu'ils ont répugné à salir un décor de plusieurs milliers de dollars et qu'ils ont préféré conduire l'interrogatoire dans une salle de bains entièrement carrelée de faïence lavable. Du reste, suffisamment spacieuse, celle-ci pouvait contenir la quantité voulue d'interrogateurs.

Attaché au radiateur, le lascar s'est vu piétiner quelque temps. Après quoi l'un des garçons s'est souvenu d'une agréable particularité de l'hôtel : comme il y avait une chaudière autonome et que la consommation était de deux fois inférieure à sa capacité, les robinets pouvaient cracher de l'eau bouillante ou presque. De laquelle eau bouillante ils ont rempli le jacuzzi où le gouverneur avait folâtré récemment avec ses donzelles, expliquant au lascar qu'ils voulaient le laver. On ne l'y a trempé qu'une seule fois, mais ce fut la bonne. Reconduit dans la chambre à coucher, la trogne ointe d'un baume anti-brûlure, il a dû entendre les différentes questions intéressant the Security. A quoi il a répondu que le directeur général d'*Akhtarsk-Contract* Nikolaï Zaslavski et Alexandre Elanov surnommé l'Elan étaient de mèche depuis au moins quatre mois ; que Zaslavski, plus connu dans la brigade sous le sobriquet de Métallo, avait séjourné plusieurs fois dans la datcha de l'Elan, la dernière étant mardi soir où il était arrivé vaguement pompette et surtout grisé d'avoir gagné au jeu. Le Métallo avait beaucoup bu ce soir-là. Ecroulé sur son lit, il avait demandé qu'on le réveille à cinq heures du matin pour prendre un avion.

— Quel avion ? a demandé l'enquêteur.

Le lascar l'ignorait. Mais il s'est rappelé que le Métallo avait demandé ce qu'il fallait de temps pour aller de Malinovka à Cheremetievo.

Zaslavski n'a pas été réveillé à cinq heures du matin. Il n'a émergé que sur le coup de midi, très très vexé. L'Elan l'a calmé en lui ordonnant de ne pas quitter la datcha. Le soir venu, une dispute a éclaté. Le lendemain, un vigile a fait son apparition devant la chambre du Métallo. Et comme celui-ci a tenté de se sauver par la fenêtre, il a dû déménager de sa chambre à la cave.

Si la cave était maintenant vide ou pleine, le lascar ne le savait pas. Il n'aurait juré de rien. Il s'absentait souvent et n'avait pas vu le Métallo de ses propres yeux depuis deux jours. Par ailleurs, il tenait de science sûre qu'on portait de la nourriture à la cave.

S'agissant de la santé psychique de l'Elan, le lascar a dit qu'en bon sportif l'homme ne biberonnait presque jamais (à l'exception d'un verre ou deux de cognac dans les instants les plus jouissifs de la vie). Quant à la came, il y touchait d'autant moins. "Pourquoi voulez-vous qu'il se shoote ? a bafouillé le lascar. C'est le pouvoir qui le fait planer."

... Ayant livré toutes ces informations à Tcheriaga, Breler lui demande quoi faire du lascar.

Tcheriaga de répondre qu'il faudra lui donner à boire et à manger jusqu'à la fin de l'opération avant de le lâcher aux quatre vents. On ne va tout de même pas le livrer aux flics avec une gueule cramée, non ?

— Et quoi du côté de Cheremetievo ? demande Tcheriaga.

Tous les vols du matin en partance de Cheremetievo-2 ont été passés au peigne fin. Aucune trace d'un passager nommé Zaslavski ayant acheté un billet sans avoir pris l'avion. On ne compte ce jour-là que trois no-shows, deux pour Zurich et un pour Washington. Comme il y a lieu d'imaginer que l'un d'eux était Zaslavski sous un faux nom, on attache un soin méticuleux à localiser les passagers concernés.

Un émissaire est déjà parti pour la Suisse où la firme *Akhtarsk-Contract* possède des comptes en banque. Mission : estimer l'ampleur d'éventuels dégâts.

Les comptables ont épluché le bureau de Zaslavski. Ils y ont trouvé la trace de deux anciens crédits contractés par *Akhtarsk-Contract* auprès de *Rostorgbank* contre garantie de l'administration régionale. Ces crédits sentent le soufre, mais au détriment de la région, pas du combinat.

— Il faut prendre la datcha, dit Breler pour conclure.

Les yeux rivés sur la table, Tcheriaga fait grise mine. Tout cela est trop simple pour être vrai. Même en admettant qu'un sans-foi-ni-loi nommé l'Elan soit légèrement fêlé, on ne peut pas indéfiniment prendre un même gang dans le même filet. Kamaz d'abord, l'Elan ensuite… Pourquoi l'Elan s'imagine-t-il qu'Izvolski est prêt à sortir deux cent mille dollars pour les beaux yeux de Zaslavski ? Peut-être que le Métallo lui en a mis plein les yeux ? et qu'il s'est fait passer pour un maillon charnière entre le combinat et l'administration régionale sans lequel Izvolski serait grillé par le fisc ?

Et enfin : pourquoi l'Elan croit-il Zaslavski hors d'atteinte ? Il devrait comprendre avec un peu de jugeote que des gars qui viennent régler leurs comptes en hélico ne sont pas non plus des cancres dans le rôle de détectives…

Une demi-heure plus tard, l'insouciance de l'Elan trouve en partie son explication.

Il s'avère en effet que sa datcha n'est pas à la portée du Combinat métallurgique d'Akhtarsk. Une chose est de capturer en douce un ennemi et de lui cramer la gueule dans un hôtel particulier, autre chose est de bombarder un site fortifié pour l'investir. Même si l'on fait abstraction du scandale qui s'ensuivrait, l'antenne moscovite du combinat ne possède pas un effectif suffisant de combattants qualifiés. De la même façon, il convient d'exclure des numéros dans le goût de la veille, avec un hélico à l'appui. Un tel face-à-face n'est pas de ceux qu'on tient sans faire parler la poudre. Les têtes brûlées de l'Elan ne manqueraient pas de riposter, la hiérarchie policière aurait vent de la mise à contribution d'un hélicoptère non identifié et le scandale qui en découlerait ferait plus de tort au combinat qu'aux malfrats. Quant à s'attacher la complicité de la milice locale, il n'en est pas question : il y a tout à parier que ces gars-là sont dans la poche de l'Elan.

Reste la Direction régionale de lutte contre le crime organisé mais, là aussi, une cuisante déception guette Tcheriaga.

Le récit de Tcheriaga a certes reçu le meilleur accueil au téléphone, mais les malentendus commencent quand il se rend sur place pour régler les derniers détails. Après s'être agité longtemps sur son siège, le regard fuyant, le colonel qui le reçoit esquisse un geste d'abandon et l'invite à sortir de son bureau en sa compagnie. Tous les deux entrent dans une salle qui empeste la sueur d'homme, où de solides gaillards se font valser les uns les autres par-dessus l'épaule. Là, campé sur ses deux jambes bien écartées, le colonel a demandé à Tcheriaga :

— D'où tenez-vous avec une telle certitude que votre Zaslavski est bien à Malinovka ?

— D'une diseuse de bonne aventure, répond Tcheriaga.

— Hum… Elle est vivante au moins ?

— Voyons, se défend Tcheriaga avec un petit rire plein de sous-entendus, nous sommes des gens civilisés, du monde industriel…

— M'ouais. Vous avez autant de bonnes manières qu'une machine à laminer… Eh bien, écoutez-moi. Le principe est de ne pas toucher sans raison aux Pattes-Longues. Vous êtes en train de faire capoter un travail de longue haleine. Compris ?

Le colonel parle d'un ton bas, saccadé, hargneux, ses larges pommettes empourprées, les yeux tantôt dardés sur Tcheriaga, tantôt fuyants comme ceux d'un écolier surpris avec une antisèche en plein examen.

— Compris, acquiesce Tcheriaga. Mais s'il faut vraiment le faire capoter ?

— Il existe un fonds hors budget de soutien aux forces de l'ordre, dit le colonel. Pourquoi l'un des plus puissants exportateurs de Russie ne lui apporterait-il pas sa contribution ?

— Combien ? demande Tcheriaga sans détour.

Au colonel d'avaler. On le sent dégoûté et, pour autant que Tcheriaga s'y entende en psychologie, l'initiative du fonds de soutien ne vient pas de lui.

— La même somme.

— C'est-à-dire le montant de la rançon exigée par l'Elan ? se fait préciser, impitoyable, le chef de la sécurité du Combinat d'Akhtarsk.

— Oui.

— A ce prix votre hiérarchie reviendra sur le principe de non-ingérence dans les affaires des Pattes-Longues ?

Le colonel hoche du menton.

— Je n'ai aucun pouvoir de décision en la matière, dit Tcheriaga, ce qui est pure vérité. Je dois en référer à mon chef.

Ceci bien qu'il puisse prévoir par le menu la réaction du Sibérien Izvolski à la proposition des Moscovites…

En fouillant l'homme à la Ford, les gars ont récupéré un portable et un carnet d'adresses où toutes les coordonnées du lascar ont été consignées avec une minutie louable.

Y figure naturellement le téléphone de son chef : Alexandre Elanov a son couvert chez un célèbre opérateur moscovite de téléphonie mobile. Le président de ladite compagnie, un nommé Laptev, est une connaissance d'Izvolski, et l'on ne peut pas dire que cette amitié compte parmi les plus faciles et les plus agréables.

En effet : Viatcheslav Izvolski est président du directoire de la compagnie de téléphonie mobile *Connect* qu'il a fondée, et dont le réseau dessert aussi bien Akhtarsk que Sounja, chef-lieu de la région. Non que le rendement commercial soit dans cette affaire la priorité du Lingot, mais parce que posséder sa propre compagnie de télécommunication est le seul moyen de se défendre des écoutes. De par sa vocation non lucrative, *Connect* s'est développé en clopinant, sauvé du déficit uniquement grâce à sa position de monopole et à une politique tarifaire en conséquence. Quand l'envie a pris Laptev d'aller chercher fortune en Sibérie et de se montrer à Sounja, il a provoqué chez Izvolski l'ire qu'on imagine. Résultat, les autorités de Sounja ont fait bouillir les Moscovites en leur refusant la licence. Finalement Tcheriaga (par ailleurs directeur exécutif de *Connect*) a dû se rendre à Moscou pour démêler les choses avec le FSB qui, "parrain" de Laptev, défendait en l'occurrence le principe sacré de la concurrence commerciale.

C'est avec une diligence inattendue que Laptev reçoit aujourd'hui Tcheriaga, lequel lui soumet aussitôt sa modeste requête : rien de moins que de placer l'Elan sous écoute permanente. Et bien sûr de le localiser, sachant que tout téléphone portable fonctionne en régime de veille comme une balise radio.

Longue réflexion du Moscovite avant de répondre. *Connect* vient justement de conclure avec Laptev un accord de roaming et les rapports s'améliorent entre les deux compagnies… ce n'est peut-être pas le moment de remuer le couteau dans une plaie à peine cicatrisée.

— Désolé, finit-il par dire, mais c'est l'affaire du FSB. Si le bruit circule que je peux faire des choses pareilles avec mes clients, je vais perdre la moitié de ma clientèle dès demain.

"Et tu n'as pas peur de perdre Sounja ?" pense à part soi Tcheriaga, mais n'en dit rien à voix haute.

— Je suis vraiment désolé, répète le président de la compagnie avant d'ajouter : Au fait, est-il vrai que Venko vous en veut ?

Venko… un haut gradé du FSB et un grand ami du fameux fonctionnaire du ministère de la Défense qui possède la société *Saturne*. Venko… dont les hommes ont inspecté l'usine de Kongarsk en enquêtant sur les hélicoptères récupérés par les Tchétchènes, alors que la meilleure façon d'obtenir des informations complètes sur le dossier aurait été d'injecter une bonne dose de scopolamine à leur chef.

— Qui vous a dit ça? dit Tcheriaga piqué par la curiosité.

— Euh… je ne sais plus trop, répond d'un geste vague le président de la compagnie, des rumeurs de sauna…

Tcheriaga comprend. Le FSB suit de très près toutes les compagnies de téléphonie mobile tant les communications entre portables constituent une source inestimable d'information. Certes, Laptev tient à conserver sa licence dans la ville de Sounja, mais il tient encore plus à la conserver dans la ville de Moscou. Le résultat aurait peut-être été différent si la requête avait été portée par Izvolski en personne, mais Izvolski est quelque part aux cinq cents diables.

Le coup de fil retentit à cinq heures. L'appel vient encore du mobile de Zaslavski, activé juste avant la conversation.

— Allô ? Tcheriaga ? Le fric est prêt ?

— Qu'est-ce qui me prouve que Zaslavski est bien entre vos mains ? demande Tcheriaga.

— Tu n'as qu'à vérifier l'identificateur d'appel, suggère une voix moqueuse.

— Et qu'est-ce qui me dit qu'il est bien vivant ?

— Accouche, Denis Fedorovitch, au lieu de tourner autour du pot.

— Ecoute bien, dit Tcheriaga, va voir Zaslavski et filme-le. Tu poseras sur la table un journal en date d'aujourd'hui (Tcheriaga consulte sa montre), la dernière édition des *Izvestia*, d'accord ? Elle sera dans les kiosques d'ici peu. Et tu m'apporteras la cassette. Un point c'est tout. Sinon pas de deal possible.

Là-dessus, Tcheriaga raccroche. Pas de nouvel appel. L'envie prend Denis de composer le numéro de l'Elan et de réitérer sa revendication. Si l'autre demande qui a donné son numéro, il pourra répondre qu'Izvolski et l'opérateur de téléphonie mobile ont signé un accord de roaming le mois dernier. Ce serait une bonne leçon pour l'un comme pour l'autre. L'Elan n'aurait qu'à se remuer les méninges : sous écoute ? ou pas sous écoute ?

Non, mieux vaut pas. Sinon l'Elan commencera à s'affoler, comptera ses ouailles, s'inquiétera de l'absence de notre lascar…

Quand Tcheriaga sort du bureau, Tamara se précipite à sa rencontre.

— Alors ? dit la jeune fille. Ils ont appelé ?

Tcheriaga, avec un geste tempéré :

— T'inquiète. Ils ont appelé et appelleront encore. Assurons-nous d'abord qu'il est bien vivant.

Tamara lève sur Denis les yeux d'un chien qu'on a laissé jeûner depuis trois jours.

— Vous ne voulez pas payer, c'est bien ça ? demandet-elle. Vous vous en fichez, il vous a fait les poches de toutes façons…

— Calme-toi, dit Tcheriaga le plus naturellement du monde, personne ne laissera tomber ton Kolia chéri.

Mais l'Elan est déjà aux abois. Il regrette de ne pas avoir exécuté l'ordre de la Forge qui prévoyait un tout autre scénario de traitement de Zaslavski. Il saisit son portable puis le jette (comment diable savoir qui est à l'écoute !) avant de lancer sèchement une injonction à son chauffeur.

Quelques instants plus tard, la voiture de l'Elan accoste en douceur un trottoir orné d'une jolie cabine téléphonique. Les passants vont et viennent, un énorme bus jaune aborde son arrêt en soulevant une gerbe bien nourrie de fange qui souille son pantalon, et le malfrat se sent alors étrangement vulnérable, tel un écureuil en pleine taïga.

Par deux fois la machine avale ses jetons. A la troisième tentative, une voix vibre au bout du fil, un rien paresseuse, légèrement asthmatique.

— Je vous appelle à propos de l'homme dont nous parlions ce matin, dit l'Elan. Il a l'air au parfum. Est-ce qu'il vous a demandé de l'aide ?

— Oui, confirme l'autre.

— Et alors ?

— Y a pas de lézard, Choura, répond l'interlocuteur. Ils ne sont pas en Sibérie, ici, pour que tout le monde baisse son froc selon leur bon vouloir…

Satisfait, l'Elan raccroche. Tout baigne. Tcheriaga renâcle et cherche à gagner du temps. L'Elan comptait là-dessus. Eh bien soit. C'est drôle, quand même, que Tcheriaga n'ait pas voulu payer deux cents bâtons aujourd'hui. Parce qu'il sera heureux de lâcher une brique demain. Et peut-être même une brique et demie.

V

DEUX OU TROIS CHOSES À SAVOIR SUR LA PRIVATISATION DES POLICES

Campé sur la piste bétonnée d'une base aérienne militaire de la région de Moscou, Denis regarde de solides gaillards sauter l'un après l'autre du fuselage ventru d'un transporteur de troupes.

Des 4X4 de société venus chercher les arrivants pénètrent dans l'aérodrome, les phares étalant leurs pinceaux dans le noir de la nuit. Il ne s'agit pas d'une troupe entière, seulement dix-huit gars. Deux d'entre eux viennent saluer Tcheriaga : Volodia Kaliaguine, chef de la police industrielle d'Akhtarsk et le colonel Alechkine, commandant du SOBR, Groupe spécial d'Intervention rapide.

Tcheriaga s'est enfin résolu à enrôler des hommes pour prendre d'assaut la datcha de l'Elan.

Techniquement parlant, le problème est simple. Si l'enlèvement de Zaslavski s'était produit dans la ville ou la région d'Akhtarsk, ce qu'à Dieu ne plaise, le SOBR d'Akhtarsk aurait réduit en poussière tous les auteurs supposés ; leurs entreprises auraient dû essuyer une charge blindée de la police fiscale et le tir de DCA de la Section de lutte contre le crime économique. Depuis l'affaire de l'été dernier dont s'est mêlé le Premier ministre en personne, il semble parfaitement incongru que l'une des formations criminelles sévissant dans la région puisse lever le petit doigt sur le combinat.

Mais ici c'est Moscou. Ici magouillent les Pattes-Longues, les concussionnaires, les flics empâtés, et personne n'accepte de gâcher l'existence de l'honorable Elan, à moins d'en tirer un magot au moins égal à celui que lui-même exige. Et Viatcheslav Izvolski, qui refuse par principe de payer les mafieux extorqueurs, n'a pas non plus l'intention de payer les flics extorqueurs – au nom du même principe.

Bref, ne restait plus qu'à faire venir à Moscou le SOBR d'Akhtarsk.

La mission s'est révélée relativement facile dans la mesure où il ne s'agissait pas de n'importe qui, mais du neveu du premier vice-gouverneur et d'un homme assurant l'interface entre la région et le combinat.

A midi, heure de Moscou, tous les papiers étaient déjà régularisés par le procureur de la région. La question du transfert a été concertée avec une base militaire située à une dizaine de kilomètres d'Akhtarsk.

Laquelle base, on s'en doute, est à la charge des autorités fédérales qui, toutefois, ne lui versent plus un kopeck depuis six mois déjà. Prévoyant, le Lingot donne parfois la becquée aux militaires qui s'intègrent parfaitement dans le tissu économique de la ville en fournissant une main-d'œuvre à prix cassé sur les chantiers des villas particulières, et en dilapidant sous le manteau le matériel et les armements de leurs entrepôts. A quoi bon, dans ces conditions, se disputer avec le khan de la ville ?

Aussi le commandant de la base a-t-il mis un point d'honneur à satisfaire la demande d'Izvolski. Restait à régler le problème de la base d'accueil, bientôt résolu avec bonheur quand le commandant a retrouvé l'un de ses amis dans le district militaire de Moscou. A quoi s'ajoute que l'usine ne fait rien d'illégal à proprement parler. Il n'est pas dit dans la Constitution que les forces de l'Intérieur d'une région donnée n'ont pas le droit de mener des opérations sur le territoire d'une autre région. Mieux, il y est dit au contraire que la Russie fédérale est encore une et indivisible et qu'elle n'est pas, formellement, morcelée en principautés. Certes, il est recommandé d'informer les forces de l'Intérieur de la région concernée, mais cela a bien été fait : c'est Boris Gordon, chef de la brigade judiciaire du commissariat quatre-vingt-un de Moscou, en charge de l'enquête sur la disparition du businessman Zaslavski survenue précisément sur son territoire, qui accueille l'avion avec Tcheriaga. Et, à tout seigneur tout honneur, le procureur de la région a signé les mandats de perquisition de la résidence de campagne d'Alexandre Elanov, ce monsieur capable de séquestrer un proche parent du vice-gouverneur…

Le portable de Tcheriaga sonne soudain dans sa poche.

— Denis ?

Etonné, Tcheriaga fronce le sourcil. C'est le colonel de la Direction régionale de lutte contre le crime organisé, celui-là même qui parlait à Tcheriaga de l'existence d'un fonds spécial hors budget.

— Ben oui…

— Ben oui, ben oui, arrête de ben-ouiter, le Sibérien. Ecoute-moi plutôt. Nous parlions bien d'une certaine datcha toi et moi, n'est-ce pas ?

— Oui.

— Il y a là-bas un tuyau de canalisation en chantier. Un chantier abandonné, note-le bien. Mais le tuyau est toujours là.

— Il est gros ce tuyau ?

— Un mètre de diamètre.

— Et qui débouche où, ce tuyau ?

— Quand j'ignore quelque chose, je l'ignore vraiment.

— Et pourquoi me dis-tu ça ?

— Je dis ce qui me chante. Vous ne manquez pas d'imagination, vous autres les Sibériaks. Si ça te va, tu me diras merci.

On raccroche.

— Qu'est-ce qui se passe ? demande prudemment Alechkine, le menton pointé vers le portable.

— Il paraît que l'Elan s'est creusé un tunnel de sortie. Comme une taupe.

— Jusqu'où ?

— Je n'en sais rien. D'un côté, une rivière ; de l'autre, un ravin. Si ce n'est pas d'un côté, c'est de l'autre.

— Tant pis, lâche Alechkine, on le trouve et on le coupe.

Cinq minutes plus tard, le débarquement est achevé. Dix-huit heures trente. De sombres 4X4 ployant sous les hommes comme un épi lourd de graines quittent sans bruit la piste. Trapu, petit de taille, le chef de la base locale s'approche de Denis.

— Hou, là, là, vous y allez vachement fort, les gars, dit-il à mi-voix. Vous ne risquez pas de vous faire engueuler ?

— Tu as la trouille ? dit Denis. Ne t'en fais pas, on a un mandat.

Il sort une maigre liasse de dollars pliée en deux et la glisse dans la poche de l'officier. L'autre pousse un cri de gratitude et disparaît dans le noir.

Il est six heures du soir quand la BMW du baron surnommé la Forge s'introduit dans le parking souterrain d'un hôtel somptueux du centre de Moscou. Laissant ses gardes dans le hall, la Forge monte au cinquième étage et pousse la porte du bureau d'un important cabinet d'avocats. Il y est attendu : un homme peu disert en pull noir et en souliers couverts de boue, modeste employé de gardiennage, le conduit dans un bureau en angle d'où l'on jouit d'une vue magnifique sur la Moskova et le Kremlin.

Le maître des lieux est absent : seul un homme est assis dans un fauteuil de cuir réservé aux visiteurs. Bien en chair, petit de taille, il a une face de paysan simplet qui jure avec sa cravate chic et sa chemise blanche impeccable sous un costume de couturier. A la vue de la Forge, le bonhomme exhibe un sourire joyeux et franc qui le ferait ressembler aux bons petits moujiks des contes russes, si ce n'étaient ses yeux étranges. Quand l'aluminium en fusion est coulé dans un moule, une fine pellicule miroite à la surface. Elle est de couleur argent clair, mat, comme de l'écume dans un bouillon de viande. Les yeux de cet homme sont faits de ce même métal à la fois opaque et ardent.

— Qu'est-ce que c'est que cette histoire à deux cents bâtons ? demande-t-il.

— Je n'y suis pour rien, dit la Forge, le type a été confié à l'Elan. L'Elan avait des consignes mais il n'en fait qu'à sa tête.

— Tu es en train de nous bousiller une opération stratégique. Tu as déjà ramassé deux briques dans cette affaire. Tu devais partager avec l'Elan.

— Rappelle un peu combien tu as ramassé au passage ? tempête la Forge. Dix-huit briques de fichues ! Tu crois que tes chefs apprécieront si je leur dis combien tu as mis dans tes fouilles ?! Sous prétexte d'opération stratégique ?!

Même regard indifférent de l'interlocuteur.

— Gloutons que vous êtes, dit-il, vous fichez tout par terre. On t'a demandé deux choses : de plumer Zaslavski et de descendre Tcheriaga. Tcheriaga est vivant. Quant à Zaslavski, il a mis le bazar partout.

— Ce n'est pas ma faute si Tcheriaga s'est ramené en hélicoptère ! Kamaz lui fera la peau !

— Trop tard. Il fallait éliminer Tcheriaga proprement, ou rien du tout. C'est l'Elan qu'il faut zigouiller maintenant.

La Forge lève un poing à l'index dressé vers son interlocuteur.

— Des clous ! Je ne balance jamais mes gars ! C'est une question d'honneur !

— Il y a longtemps que tu aurais dû penser à ton honneur, Victor Matveïevitch. Le jour où tu as signé l'engagement de moucharder pour nous.

L'homme aux yeux d'aluminium se lève et sort. La Forge étouffe d'une rage impuissante. Le pire, c'est qu'il ne servirait à rien de le tuer. Car les preuves attestant que le futur baron la Forge, jadis convaincu de trafic de devises devant les portes d'un magasin réservé à la nomenklatura, a signé alors un engagement de collaboration avec le KGB, ces preuves ne sont pas dans les mains de l'homme aux prunelles d'alu. Elles sont détenues par l'Organisation.

La datcha de l'Elan est fort mal située avec, juste à l'embranchement de la grand-route, une guérite de la milice routière conservée par miracle après la chute du pouvoir soviétique au lieu de se changer, mutation classique, en atelier de pneumatiques ou en boutique quelconque. Que la guérite se soit conservée, du reste, n'est sûrement pas le fruit du hasard : outre que les vigilants miliciens extorquent des bakchichs aux routiers, ils peuvent signaler à tout moment les informations sensibles à la datcha – attention, les mecs, une caravane de 4x4 vient de prendre le chemin du village…

C'est pour cette raison que l'on quitte la grand-route à cinq kilomètres de l'embranchement. Une piste bétonnée d'abord (à fond les gaz), puis une route défoncée à travers la forêt... Pour franchir un passage à niveau désaffecté, on commence par jeter des planches par-dessus avant d'exploser le verrou de la barrière avec un pistolet-mitrailleur muselé d'un silencieux : de zélés propriétaires de datchas ont décidé de condamner la piste pour se débarrasser des voitures et de leurs panaches de poussière. La colonne compte six 4X4 et un transporteur de fonds blindé appartenant bien sûr à la banque *Métallo* et prévu pour d'autres fins.

Novembre étant déjà bien avancé, la forêt apparaît froide et dégarnie. Ronde de curiosité, la lune perce entre les nuages, saluée d'en bas par les phares complices des véhicules bringuebalant sur les bosses.

On débouche à deux cents mètres de la datcha et l'on se retranche dans la forêt pour ne pas être remarqué des voitures ou des piétons de passage.

De part et d'autre, les abords de la datcha sont bouclés par de savantes embuscades. Il s'avère qu'à l'heure des loups, seuls les occupants d'une grande jeep noire à calandre argentée osent se montrer sur la route enneigée. La jeep se voit immédiatement arrêtée, épluchée, et leurs occupants, jetés la face dans la boue avant qu'ils n'aient eu le temps de dégainer leurs flingues et leurs portables.

On découvre dans la jeep deux armes non déclarées pour quatre personnes, grâce à quoi l'arrestation prend d'emblée un tour parfaitement légal. Si on ne les avait pas découvertes il aurait fallu les y glisser en douce. On interroge les prisonniers illico en leur passant les bras derrière le tronc d'un pin saupoudré de neige et en leur fichant le canon d'un *Stetchkine* entre les dents. Un décor romantique pour un interrogatoire très productif : l'un d'eux s'avère être le bras droit de l'Elan et confirme que le sieur Nikolaï Zaslavski surnommé le Métallo séjourne depuis peu dans une cave de la datcha, au fond du couloir à droite ; ajoutant aussi, mais pas vraiment de son plein gré, que la chambre de l'Elan, au premier étage, renferme un coffre plein de flouse. Après quoi la question lui est posée de savoir où débouche le tuyau de dérivation, l'autre répond au bord de la rivière et se propose d'en montrer la sortie. Alechkine a beau le croire sur parole, la serviabilité du malfrat lui paraît douteuse. Aussi le chef du SOBR dépêche-t-il dare-dare deux hommes du côté du ravin qui contourne la datcha sur la gauche.

Mauvais temps pour la visite : une pluie changée en neige, avec un millimètre de poudreuse sur une terre au préalable gorgée d'eau. Les bottes y impriment aussitôt de profondes empreintes, laissant derrière chacun, aïe, une chaîne bien nette de marques noires sur fond blanc. Rien ou presque n'a été négligé dans la fortification de la datcha. Une muraille de pierre, un portail de fer massif flanqué d'une maisonnette bordée d'une large véranda où bâille une sentinelle en faisant les cent pas. A noter surtout que, du portail à la datcha, l'allée n'est pas droite mais contourne deux énormes pins épargnés par les maçons. Foutaise, dira-t-on. Et pourtant : enfoncez le portail au mortier ou tentez de forcer le passage de toute autre manière non conventionnée, et vous risquerez soit de vous emplafonner sur l'un des arbres, soit de perdre de la vitesse à vouloir les éviter. Où l'on voit bien que l'Elan ne manque pas d'ennemis autrement qualifiés que les retraités plaçant leurs épargnes dans le consortium *Himalaya*, consortium organisé sur des fonds propres de… l'Elan.

Une faiblesse, toutefois, dans le système de défense. En truffant le périmètre de caméras de surveillance, bizarrement les malfrats ont négligé de couvrir le territoire de la datcha voisine, ce dont les assaillants choisissent aussitôt de profiter.

C'est une datcha d'été vide. Du haut de son grenier s'ouvre une vue plongeante sur la cour où stationne une BMW rouge cerise près d'un perron de pierre massif. La cour baigne dans la lumière, ainsi qu'une bande de dix mètres menant au portail. Tcheriaga et Alechkine estiment les effectifs ennemis à une douzaine d'hommes. Deux discutent près de la BMW, deux autres, oisifs, semblent poireauter sur la terrasse de la maison de garde, d'autres encore se profilent en ombres chinoises derrière les rideaux tirés du salon. L'une des silhouettes, à l'allure crâne, ouvre la fenêtre d'où s'échappent aux oreilles de Tcheriaga et d'Alechkine une explosion de rires éméchés couverte par une musique tapageuse.

— Merde, dit Alechkine, ils sont pleins comme des barriques.

— Je ne vois pas où est le mal. Si ça barde, ils tireront moins bien.

— Le mal, c'est qu'ils sont dans les vaps. Un ivrogne prend un océan pour une flaque, c'est bien connu. Et le SOBR ne risque pas de l'impressionner. Il peut croire à une descente de concurrents…

Dans la cour, les deux gars se mettent à bouger. La braise rouge d'une cigarette perce la nuit.

— Ces deux-là ne sont pas soûls, dit Tcheriaga.

— C'est vrai. Des durs à cuire. Une dégaine de militaires, pas de voyous.

La porte de la maison s'ouvre. Un type sort prendre le frais, moyen de taille, la démarche flottante d'avoir trop bu, légèrement ralentie, un blouson de cuir jeté sur ses épaules par-dessus un survêtement. Il tient à la main une bouteille étroite, du cognac peut-être. D'après la photographie fournie par Gordon, Tcheriaga reconnaît

Alexandre Elanov. L'Elan s'approche des deux hommes plantés dans la cour et donne à l'un d'eux une accolade protectrice. La bouteille circule de main en main. Puis l'Elan sort quelque chose de sa poche, de l'argent semble-t-il, et le glisse dans la main du garçon auquel il parle. Terrible ressemblance avec le geste fait par Denis une heure et demie auparavant.

Un ronronnement de moteur. Devant le portail s'arrête un modèle Sedan briqué et tout en longueur, une Nissan Maxima relativement rare en Russie. Les gars du SOBR, n'ayant plus d'informations particulières à soutirer, ont sans doute jugé inutile de toucher à une deuxième voiture après avoir plumé la jeep.

Le portail s'ouvre, la Nissan entre et se range près de la BMW rouge cerise. En sort une silhouette qu'entre mille n'importe qui reconnaîtrait. Denis presse du coude le commandant du SOBR.

— Admire le type qui a provoqué un hélicoptère en duel.

— C'est le grand baraqué ?

Tcheriaga hoche le menton. A soixante mètres de lui, Kamaz plante un doigt dans la poitrine de l'Elan et lui demande quelque chose. L'autre éclate de rire et tapote sur l'épaule l'un des deux autres types. Un gros berger allemand accourt au milieu du rond de lumière. Il tourne la tête, la truffe à l'air, mais n'aboie pas. Tcheriaga et Alechkine sont postés non loin de là mais, par chance, contre le vent.

— Et pourquoi est-ce qu'ils n'entrent pas ? fait Alechkine soupçonneux.

Les deux garçons qui fument près de la flambante BMW au pied du portail en fer sont Vassia Demine et Serioja Mitiaguine, des combattants de la section spéciale

Uranus placée sous l'autorité de la Direction pénitentiaire de l'Intérieur. Leur mission : garder la datcha.

Et pas rien comme datcha : une muraille de béton de trois mètres, une caméra fixée au portail et même une maison de garde avec un balcon et une sentinelle en faction, *PM* à l'épaule.

Vassia et Serioja sont ici à titre parfaitement légal : à leur retour de Tchétchénie, il a été permis aux combattants d'arrondir leur solde dans des structures commerciales en dehors des heures de service, et leur chef de section, par l'entremise du Centre de sécurité extramilitaire, a signé des contrats avec plusieurs firmes privées. Le dernier remonte à une semaine. Charge aux combattants d'assurer le gardiennage de la SARL *Simargle* appartenant à l'homme d'affaires Alexandre Elanov. Il est vrai que Vassia et Serioja n'ont pas encore mis un pied dans ladite société, au lieu de quoi ils accompagnent la personne d'Elanov.

Elanov se déplace beaucoup et souvent : de la datcha au casino *La Sérénade*, de *La Sérénade* à l'hôtel *Lada*, de l'hôtel vers un tas d'autres sociétés sises principalement dans le sud de Moscou. Dans les firmes et les sous-firmes, Vassia et Serioja sont toujours bien accueillis ; pas à *La Sérénade* où des gros bras donnent l'accolade au businessman en criant "Voilà l'Elan !", mais regardent les deux soldats de travers en leur montrant ouvertement les dents.

L'Elan tient les deux garçons à distance. Il met à leur disposition une Lada 09 couleur de bitume mouillé, avec laquelle ils se rendent à la datcha le matin et rentrent chez eux le soir. Il leur demande souvent de sortir de la voiture quand il reçoit des coups de fil.

Les deux premiers jours, les garçons pouvaient encore jouer le jeu. Mais maintenant, une semaine après, impossible de faire semblant. Vassia et Serioja voient bien que l'homme dont ils assurent la protection n'est pas un businessman auquel la Direction pénitentiaire assurerait sa "couverture", mais un vrai bonze du milieu, sportif d'origine. Combien la hiérarchie a-t-elle ramassé en paiement d'une telle "couverture", ça fait peur d'y penser !

Vassia et Serioja ne voient pas la chose du même œil. Vassia est légèrement dégoûté et même intimidé. Flic comme son père et son oncle, il a participé trois fois à des répressions d'émeutes dans des pénitenciers. C'étaient des émeutes d'une cruauté insensée, avec prises d'otages, menées par des prisonniers ivres et inconscients qui marchaient droit sur les fusils et continuaient de marcher quand des tirs en rafale arrachaient à leurs sarraus des lambeaux de coton pourri imbibés de chair et de sang.

Une fois, un jeune tôlard couché la face dans la boue et les mains derrière la nuque s'est redressé d'un bond au moment où Vassia se penchait sur lui pour une fouille au corps, et, de ses deux mains, lui a planté une lame au plus profond des entrailles. L'instant d'après, un déluge de mitraille déchiquetait le récalcitrant. Vassia s'écroulait à terre en se tenant convulsivement le ventre. Deux semaines durant, il a lutté contre la mort.

C'est donc une haine viscérale du peuple des prisons qui tient Vassia. Et bien qu'Alexandre Elanov, l'homme à la BMW rouge cerise, n'ait rien d'un tôlard forcené, le garçon sait pertinemment que son escorte minable (pas l'Elan lui-même) peut se retrouver à tout moment sur la paille d'un cachot. Devenir garde du corps, d'ailleurs, c'est franchir le premier échelon. Car enfin : ou bien Elanov se méfie des hommes de sa propre brigade, ou bien il a décidé de recruter… et dans les rangs de qui sinon des Forces spéciales sans-le-sou mais surentraînées ? Tôt ou tard, l'Elan leur fera une proposition qui dépassera le cadre de leur mission de gardes du corps. Refuser, c'est à coup sûr être viré dare-dare de la section spéciale. Accepter, c'est se mettre carrément hors la loi et passer un jour de l'autre côté des barbelés où des tôlards tondus en vareuses élimées sont jetés en pâture aux matons, aux caïds et à des tatoués sans pitié aux poitrines poilues chamarrées de clochers bulbeux. Un graisseur de patte comme l'Elan ne risque pas d'aller en tôle. C'est lui, Vassia le flic, qui valsera le premier.

Serioja voit les choses autrement. Enrôlé plus tard, il n'a pas connu les pénitenciers mais a fait six mois de service en Tchétchénie. A trois ou quatre reprises, il s'en est tiré de justesse. Un jour qu'ils avaient fait irruption dans un village de montagne, exténués et affamés, ils sont tombés sur une petite vache miraculée. C'était pitié de l'entendre meugler. Elle avait le pis gonflé de lait. Ordre a été donné à Serioja d'aller chercher un seau pour la traire mais, le temps qu'il trouve, un gars d'une autre section s'était jeté dessus… et l'instant d'après l'homme et la vache explosaient ensemble. Plus tard le bruit a couru que le gars était resté en vie mais qu'il avait perdu une jambe et ses deux bras. Longtemps Serioja a rêvé qu'il était le premier à trouver le seau…

Serioja est rentré de Tchétchénie follement convaincu de sa bonne étoile et avec une soif de vivre inextinguible. Or la belle vie, pour lui, c'est quelque chose de tout simple : la bonne bouffe, les jolies nanas, une Mercedes et plein de blé. Mais quand on sert dans une section spéciale, il n'y a ni Mercedes ni fric en perspective. Et Serioja a vu dans le businessman Alexandre Elanov un homme susceptible de lui vendre un ticket pour le paradis.

Aussi, ce matin quand l'Elan lui a demandé : Comment va ? l'autre s'est lancé dans une jérémiade sur ses arriérés de solde et sa vie de chien avant de lâcher tout de go :

— Si seulement tu nous laissais un peu de gras au passage…

L'Elan l'a toisé d'un œil fixe.

— Je paie ta hiérarchie, a-t-il dit.

Mais il y avait dans sa voix une tonalité songeuse.

Cinq minutes plus tard, leur voiture s'est arrêtée devant la porte de la SARL *Flocon de neige*. L'Elan y est entré avec ses gardes du corps et a patienté un moment, le temps qu'un Arménien souriant et rondouillard vienne à sa rencontre et l'emmène dans l'antre de son bureau. Une visite de courte durée. Au bout d'un quart d'heure, l'Elan en ressortait désappointé. Une fois dans la voiture, il a bougonné :

— En route !

— Quelque chose ne va pas ? a demandé Serioja.

— Connard de cul noir… a grommelé l'Elan dans le vague.

— Qu'est-ce qu'il a fait ?

L'Elan n'a pas répondu.

Puis on s'est rendu en salle de muscu. Contrairement aux fois précédentes, l'Elan y a convié ses gardes du corps qui se sont entraînés sur des appareils. L'homme, quoiqu'un peu trop enveloppé, tenait une bonne forme physique qui, pourtant, ne valait pas celle des deux jeunes soldats de la section spéciale. Sur les machines, cela ne se voyait pas trop. Mais quand l'Elan s'est mis au sparring, Vassia l'a envoyé tout de suite au tapis.

Vassia a bien tenté de dissuader l'Elan de se mesurer à Serioja, mais Dieu que le bonhomme était têtu. Résultat, il est resté sonné deux bonnes minutes sur le tatami, la bouche happant l'air comme une carpe hors de l'eau. Serioja sautillait sur le tapis en criant des gaillardises.

— Qu'est-ce qui lui prend ? a ânonné l'Elan pendant que Vassia l'aidait à se relever.

— La Tchétchénie, a répondu Vassia. Quand il se bagarre, il oublie toujours son cerveau au vestiaire.

Contre toute attente, l'Elan n'a pas tempêté ni chassé Serioja. Il semblait au contraire plutôt satisfait. Après une petite heure passée en salle de muscu, ils se sont douchés pour se rendre à *La Sérénade*.

En chemin, l'Elan s'est arrêté près du métro. Sortant de son portefeuille un billet de cinq cents roubles, il a envoyé Serioja lui acheter des cigarettes. Revenant avec un paquet de *Marlboro*, le garçon lui a rendu la monnaie.

— Garde ça pour toi, a dit l'Elan.

— Tu appelles ça du fric ? a fait Serioja railleur.

— Tu appelles ça du travail ? a renvoyé l'Elan en regardant le soldat droit dans les yeux.

— Alors, qu'est-ce que t'appelles du travail ? a demandé Serioja.

— T'as vu ce connard d'Arménien tout à l'heure au *Flocon de neige* ?

— Affirmatif.

— Il a arnaqué des gens bien de cent bâtons. C'est une bonne leçon qu'il lui faudrait. Mais pas au *Flocon*. Quelque part au calme.

L'Elan a sorti de sa poche un briquet en forme de revolver et s'est mis à fumer lentement.

— Si vous me l'ameniez à la datcha, a dit l'Elan, vous auriez votre part là-dessus…

La BMW s'est coulée en silence sur le parking de service de *La Sérénade*. L'Elan a fait un signe de la main avant de s'éclipser derrière les portes vitrées de l'entrée.

Alors Serioja a pris le volant et, d'un geste décidé, a démarré.

— Tu vas où ? a dit Vassia.

— Tu n'as pas entendu ce qu'on nous a dit ? Il faut mettre le grappin sur le businessman...

— Tu es complètement givré ! Tu sais comment ça s'appelle ?

Serioja s'est retourné. Ses yeux brûlaient d'une mauvaise flamme.

— Ça s'appelle du fric, compris ? dit-il. Tu n'en as pas marre de dormir sur la paillasse ? Le chef nous a envoyés assurer la garde d'un mafieux, il s'en fout plein les fouilles au passage, et nous ? la monnaie d'un paquet de clopes ?

— Mais pourquoi nous ? a demandé Vassia. Il a déjà des molosses à ses ordres qui sont parfaitement capables de lui livrer l'autre plouc en trois fois rien de temps. Ce qu'il veut, c'est nous griller. Tu piges ?

— Et pourquoi il aurait besoin de nous griller ?

— Et pourquoi il a besoin de flics comme nous ?

— Il a besoin de sang frais, ducon.

— Il a déjà une dizaine de léopards dans sa brigade...

— Tu les as vus, ces léopards ? Une bonne gauche et il les fout au tapis ! Avec nous, une bonne gauche et c'est lui qui va au tapis. Ils étaient tous planqués ici à rouler les mécaniques pendant qu'on crevait en Tchétchénie. Nous contre eux, c'est comme une Mercedes contre une Zaporojets !

Vassia hésitait.

Vingt minutes plus tard, la BMW s'enfilait doucement dans un sens interdit et s'immobilisait dans une ruelle tranquille du centre de Moscou, non loin du Nouvel Arbat. La bâtisse où siégeait la société *Flocon de neige* se trouvait à une quinzaine de mètres, au milieu du champ de vision.

Tout était calme. Une belle affiche trônait au-dessus de la BMW rouge cerise : de la pub pour des chaussures italiennes. Une pin-up à moitié dévêtue souriait à Serioja, lascive, prête à descendre au premier signe du jeune flic pour lui tailler une pipe.

Serioja ne savait trop comment s'y prendre. Ce garçon à l'intelligence limitée ne comprenait pas à quel point c'était débile de revenir avec la même grosse bagnole. A la différence de son collègue, Vassia portait un regard plus lucide sur la situation.

— Tu aurais dû prendre une autre caisse, a-t-il dit. On va se faire repérer à tous les coups.

— Qu'est-ce qu'on fait de mal ? s'est emporté l'autre. L'objectif, c'est de l'emmener à un entretien. Eh bien, on va l'emmener à un entretien…

Il n'avait pas encore fini son raisonnement que la porte du siège s'est ouverte, et que deux hommes sont sortis : le fameux businessman et son escorte personnelle, un jeune type à l'air content de soi et de ses émoluments.

— Tiens donc, a dit Serioja, ils se mettent en route…

Mais l'Arménien n'avait pas l'intention de se mettre en route. Pour son malheur, le businessman et son garde se sont dirigés vers la BMW qui stationnait au ras du trottoir. Vassia s'est souvenu qu'à une vingtaine de mètres, il y avait un petit restaurant où le Caucasien voulait probablement se rendre.

— On descend ! a commandé Serioja.

Vassia a voulu l'arrêter. C'était pure folie d'agir ainsi : sans préparation, sans repérage, dans une voiture de luxe, sous les yeux des passants, d'un garde du corps…

Mais l'heure n'était plus à la réflexion. Serioja avait déjà ouvert en grand la portière à l'instant précis où l'homme et son garde passaient devant.

— Dites-moi, s'il vous plaît, leur a dit Serioja, le numéro trente ?

L'Arménien s'est retourné d'un air arrogant. Son garde du corps a marqué un arrêt, sentant le danger, sa main portée d'instinct vers une proéminence qui pointait sous sa veste joliment taillée. Serioja l'a assommé d'un geste foudroyant, avec une rapidité acquise à l'école de la Tchétchénie. Le molosse s'est écroulé comme une baudruche crevée. S'éjectant par la porte arrière tel un diable sorti de sa boîte, Vassia a jeté l'homme d'affaires dans l'habitacle. La BMW est partie sur les chapeaux de roue. Une seconde plus tard, elle disparaissait au tournant.

L'Arménien a poussé une plainte inintelligible. Vassia lui a planté son arme de service dans les côtes.

— Du calme, ordure, si tu veux rester entier, lui a-t-il soufflé dans un tendre filet de voix.

Serioja a décroché le téléphone (dont le véhicule était équipé) et a composé le numéro de portable de l'Elan.

— Alexandre Spiridonovitch ? Serioja à l'appareil. Le joujou que tu avais commandé… on vient de te l'acheter. On le livre où ?

Silence intrigué au bout de la ligne.

— A ma datcha, a répondu l'Elan.

Le voyage s'est passé sans encombre. Pas une voiture de patrouille pour les prendre en chasse, pas un flic pour leur extorquer son bakchich… L'invraisemblable facilité de l'opération donnait le vertige à Serioja. Tout se passait comme en Tchétchénie. Une BMW au lieu d'un blindé, un Arménien au lieu des Tchétchènes. Nique la loi. De la vitesse et de la poudre, c'était tout. Même l'autre plouc, derrière, geignait dans son coin sans regimber, comme un chien battu.

Quand la BMW est arrivée à la datcha, elle était déjà attendue. Les battants du portail se sont écartés sur-le-champ et l'Elan a surgi sur le perron au pied duquel la voiture finissait sa course.

— Lâchez-moi ! s'est écrié l'Arménien quand on l'a extrait de la voiture.

Mais Serioja s'est jeté sur lui en lui assénant un vilain coup de pied entre les jambes. Et, quand l'homme a roulé à terre, il s'est mis à le tabasser en proférant des insanités moitié en russe, moitié en tchétchène.

— Salopards d'émigrés ! Et sur nos terres en plus ! En plein Moscou ! hurlait-il.

On l'en a écarté à grand-peine.

— Qu'est-ce qui lui prend ? a demandé l'Elan.

— La Tchétchénie, a répété Vassia : même réponse qu'en salle de muscu.

L'Elan s'est effacé à l'intérieur de la maison, le businessman y a été traîné sur ses talons et Vassia et Serioja sont restés au-dehors. Quelques gros bras leur ont donné l'accolade puis les ont conduits dans la maison de garde pour siffler une vodka. Une heure plus tard, tout sourire, l'Elan est apparu à son tour.

— Là, les gars, vous avez fait fort ! A fond les manettes dans une bagnole de m'as-tu-vu ! Et si le garde du corps avait prévenu les flics ?

Mais l'Elan avait l'air content.

— Il les a prévenus ?

— Il n'a pas eu le temps, a commenté le baron. Ils étaient justement en train d'en parler dans le bureau quand Gareguine a téléphoné en criant motus…

— Il est temps qu'on rentre, non ? a demandé Vassia.

Il faisait déjà nuit et la pluie avait tourné à la neige.

— Rien ne presse ! a répondu l'Elan en lui tapotant l'épaule.

Serioja et Vassia fumaient dans la cour près de la BMW. Ils faisaient le bilan de la journée. Pour Serioja, la question centrale était aussi simple qu'une recette de semoule de blé :

— Ce qui me démange, c'est ce qu'ils vont faire : nous donner du fric ? ou nous dire au revoir et merci ?

— J'en sais rien, a répondu Vassia maussade.

— Du fric, ce serait chouette.

— C'est maintenant que ça serait chouette, mais derrière les barreaux ça ne sera pas chouette du tout.

— On n'a rien fait de spécial, s'est étonné Serioja. Quand on a des dettes, on doit les payer. Ça ne va pas plus loin…

— M'ouais, et si on nous demande de lui faire la peau ?

— Ça ne risque pas, a fait Serioja d'un air rassurant, tu as bien vu qu'on l'avait évacué…

— Comment ça évacué ?

— Oui, oui, vingt minutes après notre arrivée, j'ai vu deux mecs le sortir à bout de bras, le jeter dans un coffre et l'emporter.

Vassia avait bien vu une Volga grise quitter la datcha, mais qu'on y avait chargé quelque chose… non.

— Ça ne change rien, a-t-il dit doucement. Il n'a pas besoin de nous. Il a déjà des combattants en veux-tu en voilà.

— Ses combattants ont fait la guerre aux épiciers. Toi et moi, on a fait la guerre en Tchétchénie. Regarde un peu leur système de garde. Plus nul, tu meurs !

Et Serioja de lever la main en l'air.

En effet, deux gars armés de mitraillettes poireautaient près du portail dans la maison de garde. Malgré leur tenue kaki et la gueule de carnivore lubrifiée de leurs fusils d'assaut AKSU, ils avaient une allure plutôt pacifique : ils fumaient en présentant leur dos à un mur. Comme si la mitraillette n'était pour eux qu'un droit de gratuité dans les transports en commun. De même que le brochet ne peut être tenu pour carnassier que dans des eaux sans requin, ceux-là n'étaient des rapaces que pour les boutiquiers, les businessmen et autre menu fretin à leur merci.

Ces gars-là jugeaient ridicule qu'on puisse s'en prendre à eux. Comme le marchand qui, parce qu'il a payé son assurance, croit son fonds de commerce à l'abri des flammes.

… La porte de la datcha s'ouvre et l'Elan sort prendre le frais. Il paraît vaguement éméché, sans doute moins sous l'effet de l'alcool que de l'interrogatoire, et ses yeux brillent à la lumière des spots.

Un bel homme qu'Alexandre Elanov. Rendu un peu trop corpulent par les bonnes choses de la vie, il n'en est pas moins resté vif et agile, avec un visage aux traits réguliers encadré de longues mèches noires frisées. Il porte une bouteille d'un cognac de marque et la tend aux deux garçons. Après une libation, Serioja fait la grimace. Eh quoi ? L'Elan pense en être quitte pour une gorgée de cognac ? Mais l'Elan sort de sa poche une liasse de dollars sous élastique et la glisse à Vassia d'un geste amical :

— Tenez, les gars, c'est à partager fraternellement.

Serioja jauge la liasse en retenant son souffle. Elle n'est guère épaisse, mais il y a des billets de cent. “Cinq cents par frère, a-t-il estimé, ou peut-être sept cents.” Ça le froisse un peu que l'Elan ait donné l'argent à Vassia. Parce que le meneur, dans cette histoire, c'était lui : Sergueï.

L'Elan commence à dire quelque chose mais les sentinelles s'agitent du haut de la maison de garde et les battants du portail ouvrent le passage à une Nissan gris foncé qui stationne dans la cour, à l'endroit où se tiennent les trois hommes. Vassia et Serioja n'ont jamais vu le visiteur mais ne tardent pas à comprendre, à voir l'attitude de l'Elan, que l'homme n'est assurément pas plus gradé que lui.

— Y a un lézard, dit l'homme à mi-voix en entraînant l'Elan à l'écart.

Vassia tend l'oreille parce que la conversation semble avoir de l'importance, mais les deux hommes parlent trop bas. Enfin, l'Elan a sorti son portable de sa poche et a composé un début de numéro avant de se raviser en arborant un large sourire et en donnant une bourrade amicale au conducteur de la Nissan.

— Te fais pas de mouron, Kamaz ! dit l'Elan à haute voix. Ça va baigner !

Après quoi les deux malfrats (que l'autre soit aussi un malfrat est l'évidence même, il n'y a qu'à voir sa gueule et son gabarit) se dirigent vers le portail et Kamaz demande quelque chose à voix basse à l'Elan en montrant Vassia et Serioja ; l'Elan répond à son tour à voix basse.

Apparemment intrigué, parce que au lieu de passer son chemin il s'approche des deux garçons qu'il fixe de ses petits yeux (qui irradient un regard vif et étonnamment perçant), Kamaz leur demande :

— Alors, mousquetaires, elle vous plaît la datcha ?

— Pas terrible, dit Serioja.

— Et qu'est-ce qui cloche ?

— Que vos gardes se grattent les c..., persifle-t-il. Si on s'était défendus comme ça en Tchétchénie, on serait étripés depuis longtemps.

L'Elan intervient, l'air mécontent :

— Et qu'est-ce qui ne va pas ?

— Le projecteur, pour commencer. Au lieu d'éclairer le périmètre, il jette sa lumière dans la cour. Deuxièmement, les gardes. Voyez où ils sont : ils ne voient que dalle derrière le portail, autant leur donner des pistolets à eau. Et s'il y avait quelqu'un de perché sur la datcha d'à côté ?

— Fais voir ça, dit l'Elan dubitatif.

Tous les quatre grimpent sur la plateforme qui fait le tour de la maison de garde. Les yeux sont rivés sur eux. Serioja est fier de focaliser l'attention générale. Il prend une mitraillette des mains d'une sentinelle et pointe le canon vers la datcha voisine.

— Vois ce secteur à gauche ! dit Serioja. Il échappe à toute surveillance. Imagine que quelqu'un s'y retranche… Si on m'avait envoyé espionner ta maison, c'est dans le grenier que j'aurais fait mon nid…

L'Elan grommelle. Un grenier désert et silencieux, pas une âme qui vive alentour, seules des fanes de pommes de terre couvertes de neige pointent dans les ténèbres, et la carcasse en aluminium d'une serre dépouillée se dessine à la manière d'un croquis d'architecte.

— Autre exemple, la forêt, dit Serioja. Tu vois ce chêne, là-bas, à l'orée du bois… De là-haut, ta maison entière est dans la ligne de mire… Vassia, braque le projecteur.

Tout ce qui suit se joue en un clin d'œil.

Promptement, Vassia fait basculer d'un coup sec l'œil bombé du projecteur. Un pinceau de lumière éclaire la cime du chêne. Dans les mains du sergent Ivanko, posté au sommet de l'arbre, la lunette de nuit tombe instantanément en panne. Serioja seul parvient à discerner un éclat de lentille et une ombre furtive dans le branchage.

Serioja lève le canon du *PM*.

— Holà ! lance Vassia surpris.

Une brève et sèche rafale retentit dans la nuit. Un craquement lui répond dans les branches et le corps d'un homme plonge dans le vide d'une hauteur de trente mètres. L'instant d'après, une balle silencieuse partie du grenier de la datcha voisine frappe Serioja en plein cœur.

— On est repérés, dit Alechkine dans l'émetteur de campagne. A l'assaut !

Soudain, l'Elan voit jaillir comme par magie de sombres silhouettes par-dessus la muraille de béton qui sépare sa villa de la datcha voisine. Le temps d'un éclair, l'écran placé dans la maison de garde renvoie l'image de la route, puis plus rien. Quatre ombres humaines en treillis surgissent aussitôt du bois. Sans perdre de temps à ferrailler contre le portail, elles envoient prestement des grappins sur le mur et l'escaladent en un clin d'œil. Un faisceau de projecteur glisse une seconde sur une manche où brille un écusson : un renne doré sur fond noir. Qu'est-ce que c'est encore que cette image à la con ? Un renne contre l'Elan… Mais une voix détonne dans la nuit :

— Armes à terre ! Ordre du RUBOP !

L'Elan fait un pas à reculons. Impossible ! Il est sûr que c'est impossible ! Aujourd'hui encore, il n'y a pas deux heures de cela, un homme archifiable lui a téléphoné pour lui raconter en détail comment le chef de la sûreté du Combinat d'Akhtarsk s'était rendu à la Direction régionale de lutte contre le crime organisé pour lui demander d'intervenir contre les Pattes-Longues… Certes, le RUBOP ne connaissait pas tous les tenants et les aboutissants, mais ces flics durs à cuire avaient exigé du fric en échange, et l'autre n'avait pas payé !

Une fraction de seconde, l'Elan hésite encore. RUBOP ? ou pas RUBOP ? Si c'est vraiment un escadron de lutte contre le crime organisé, il ne reste plus qu'à prier le cul en l'air pour tourner de l'œil le plus tôt possible. Sinon, qui donc ? Peut-être de vieilles casseroles ? Alors il est fichu. Ils descendront tout le monde avant de l'emmener au fond des bois pour lui brûler la cervelle sans plus de formalités. Auquel cas l'Elan doit donner l'ordre de répliquer tout en cherchant à se défiler. Il a une chance sur mille, contre zéro si c'est bien le RUBOP…

RUBOP ou pas RUBOP ?

Du coin de l'œil, l'Elan aperçoit Micha Baïbak en train de braquer, ivre et fou furieux, son fusil d'assaut. Vassia, tétanisé, semble ne rien voir et ne rien entendre : le soldat des Forces spéciales étreint son camarade à terre en répétant, hébété :

— Serioja, Serioja !

Par un instinct miraculeux, Vassia a senti le *PM* au-dessus de sa tête. Sans voir Micha Baïbak, il lui décoche une ruade. L'autre tombe à la renverse, le dos contre des planches, et la rafale de sa mitraillette va se perdre dans les étoiles, vers les cimes enneigées des sapins. Des bergers allemands accourent à bonds de géant.

— On fout le camp ! crie l'Elan à Kamaz.

Les deux malfrats s'engouffrent dans la guérite des sentinelles et dévalent un escalier qui mène au garage. Une petite ampoule de quarante watts essaie d'éclairer les lieux. Près d'un établi, une trappe à même le sol donne sur une canalisation. A l'origine, l'intention était bien de faire courir une buse sur quelques dizaines de mètres jusqu'au ruisseau qui coulait dans un ravin. Mais les autorités locales se sont rebiffées, le ruisseau étant, paraît-il, d'une eau particulièrement propre. La raison principale était que l'Elan avait pris le ravin en affection et qu'il aimait y promener ses chiens. On a donc renoncé à l'égout au profit d'une fosse septique en faisant de la buse un passage souterrain… pour éviter le gaspillage. Trois ouvertures ont été pratiquées dans le réseau : une à l'intérieur de la datcha, une autre dans la maison de garde et une troisième au fond du jardin.

Une fois sur place, l'Elan lâche un juron : une Range Rover bleu marine au museau obtus stationne au beau milieu du garage, une roue posée sur la plaque tant désirée. La voiture semble le regarder de ses phares carrés morts. Quant à savoir où sont passées les clés de cette bagnole, l'Elan n'en a pas la moindre idée.

— Vire-moi cette caisse ! ordonne-t-il à Kamaz.

Là-haut fusent des bordées d'injures. Des coups de feu éclatent. Quelqu'un pousse un cri sauvage. L'Elan cale une barre d'acier sur la porte du garage.

D'un pas nonchalant, Kamaz s'approche de la Range Rover et, les talons contre le mur, s'arcboute. Le 4x4 bleu s'écarte aussi facilement que poussé par un camion. Hop ! et l'homme soulève maintenant la plaque en arborant un grand sourire.

L'Elan se coule à l'intérieur. Kamaz s'apprête à le suivre mais comprend soudain que le goulot est trop étroit pour lui. “Je vais rester coincé là-dedans.” La pensée lui traverse l'esprit en un éclair.

Une seconde se passe, et la porte du garage tressaille sous les coups. Un tir groupé de mitraille se concentre sur le système de fermeture. Kamaz se jette derrière la Range Rover. La barre d'acier cède en un clin d'œil, et trois malabars font irruption en tenue de camouflage, pareils à des crocodiles. Balayant les lieux du regard (la plaque ouverte, le grand balèze qui ne loge pas dedans et qui se planque derrière la grosse bagnole...), ils font le point sur la situation. L'un d'eux se jette sur la trappe, un autre gueule à s'arracher la glotte :

— Les mains sur le capot !

Kamaz pose les mains sur la lunette arrière du 4x4 puis, d'un geste ajusté, le pousse. La lourde Range Rover cède à contrecœur. Les assaillants n'ont pas encore compris la manœuvre que la roue avant droite s'enfonce déjà dans la trappe ouverte. L'engin s'affaisse à grand fracas, un bras de suspension heurtant le sol bétonné.

L'un des soldats bondit sur la trappe, y glisse le canon de son arme et lâche une rafale sonore de mitraillette.

Le sergent Tchirkine, chef du trinôme, jure autant qu'il peut. On ne rattrapera jamais celui qui a plongé là-dedans, qui qu'il soit. En admettant qu'on trouve un cric à la hâte pour extraire le mastodonte de la trappe où il s'est enferré, on perdra dix ou quinze minutes… Ne reste plus qu'à espérer que le fuyard sera pêché à la sortie. Par dépit, Tchirkine lève le canon de son *PM* et crible la belle machine d'une copieuse décharge.

Le commando du RUBOP surgit dans la maison de garde une seconde après la disparition des deux rénégats de brigadiers.

Un assaillant balance la pointe de son pied dans l'entrejambe d'un planton et comme celui-ci se tord de douleur, il lui rajoute un vilain coup sur la nuque de ses mains jointes en massue. Baïbak essuie une bourrade si forte qu'en tombant sur le dos, il fait voler un soupirail en éclats. Sans lui laisser de répit, on le laboure de la tête aux reins.

— Qui a tiré ? gronde une voix d'en haut.

C'est du premier tir qu'il est question, dans la mesure où Baïbak est déjà entre de bonnes mains.

— C'est pas moi ! gémit quelqu'un. C'est lui !

Terrorisé, Vassia est arraché des bras de Serioja qui vit encore : une écume rosâtre forme des bulles sur ses lèvres et sa prunelle tremble. Des bottes apparaissent dans le champ de vision de Vassia. Du cinquante fillette. L'une d'elles prend du recul pour frapper Serioja dans les côtes avec la force d'un footballeur marquant un penalty.

Le tir d'accompagnement donné à l'aveuglette n'a pas été perdu : par ricochet, une balle en fin de course s'est logée dans l'épaule droite de l'Elan. Ramper dans ce boyau glacial devient de plus en plus incommode : des eaux de pluie automnales clapotent sous son ventre, une douleur tenace lui vrille l'épaule. L'Elan a froid. Le survêtement dans lequel il est sorti prendre l'air n'est pas fait pour une promenade prolongée par zéro degré.

Or il faut ramper, et le plus vite sera le mieux. Même si les assaillants n'ont pas connaissance du passage secret, la nouvelle de son évasion est forcément passée sur les ondes de radio-commando et, à l'heure qu'il est, des types en tenue de camouflage se ruent vers le ravin, le bras orné d'un magnifique renne de Sibérie…

L'image a fait tilt et l'Elan se rappelle soudain où il a vu ce symbole. Il revoit Kolia Zaslavski en train d'ouvrir un agenda estampillé du sigle *AMK* et d'un dessin doré. "C'est quoi ce renne ?" avait demandé l'Elan. "Ce n'est pas exactement un renne mais un iziubr, avait répondu Zaslavski. Un *Cervus elaphus xanthopygus*, le renne de Sibérie. Choisi par le Lingot comme symbole du combinat." On avait même rigolé : l'élan et le renne, c'était presque pareil.

Le service de la sûreté du combinat ? La police industrielle ? Le SOBR de la ville d'Akhtarsk ? Ça change tout. Question : si l'Elan abat un flic d'Akhtarsk, est-ce que les flics de Moscou vengeront leur collègue ou pas ? Il est curieux de savoir… L'Elan sort son arme, vérifie le chargeur et déverrouille la sécurité. Maintenant, il rampe, pistolet à la main.

Au bout de sept minutes environ, l'Elan débouche à l'air libre. La sortie est aménagée sous un rocher en porte-à-faux et admirablement camouflée : d'en haut, on ne peut la voir ; d'en bas, seul un œil scrutateur saurait discerner une étroite frange ombrée à la base du rocher. L'Elan tend l'oreille : tout est calme, mais qui sait si des "iziubr" ne sont pas tapis de part et d'autre de l'entaille, armés non de merrains longs d'un mètre, comme le voudraient les lois de la nature, mais de pistolets-mitrailleurs de type *Kiparis* ?

La cime des arbres bruisse dans le vent. Par cette nuit de pleine lune, le ravin est clair. Il ne neige plus, les nuages se sont dispersés. Frênes et bouleaux, dépouillés de leurs feuilles, ne donnent pas d'ombre. A deux mètres en contrebas, l'Elan distingue nettement une double chaîne d'empreintes de semelles à crampons.

“S'ils reviennent sur leurs pas, ils verront les traces de mes baskets.” L'Elan est sur le point de s'extirper du tuyau quand il entend près de lui, à trois mètres, le bip caractéristique d'un talkie-walkie puis une voix qui nasille :

— Sept, ici le Sept ! On vous envoie trois hommes en renfort, ne vous tirez pas dessus. Vous avez trouvé la sortie ?

— Non. C'est de l'autre côté, à coup sûr, vers le ruisseau.

— Ouvre l'œil. Là-bas non plus, l'autre crapule n'arrive pas à la trouver, il a dû nous raconter des bobards, c'est à craindre…

Fin de la communication. L'Elan, à moitié sorti de son trou, s'est arrêté net. A trois mètres au-dessous de lui, deux hommes avancent. L'assaut ayant été donné plus tôt que prévu, mais aussi grâce aux sages précautions du malfrat capturé dans la jeep, l'issue savamment camouflée du tuyau n'a toujours pas été trouvée. Ils marchent d'un pas prudent, les mains crispées sur des *PM* à canon court, changeant à chaque instant l'angle de visée. Pourvu qu'ils ne lèvent pas les yeux ! Ils ne sont encore jamais venus ici, alors que l'Elan, lui, connaît ici le moindre caillou. Dès qu'ils seront passés, ils n'auront plus aucune chance de tomber dessus…

L'un des hommes lève la tête en même temps que le canon de son arme. Il ne voit encore rien, c'est juste un réflexe professionnel, mais dans une seconde, c'est inévitable, il verra.

Deux coups de feu déchirent le silence mouillé de novembre. L'ancien champion de biathlon a peut-être un peu perdu de sa forme dans le domaine du close-combat ou de la course de fond, mais il n'en demeure pas moins l'un des meilleurs tireurs de Russie. Ses deux balles ont fait mouche. L'une dans le front du soldat aux yeux levés, l'autre dans la tempe de son compagnon. L'Elan dévale la pente et s'enfuit le long du ruisseau.

Dix minutes plus tard, tout est fini. A l'exception du premier tir insensé responsable de la mort du sergent Ivanko, les malfrats n'ont pas opposé de résistance. Vu le nombre des assaillants et leur équipement, ils ont vite compris qu'ils avaient affaire à une structure d'Etat et se sont couchés par terre en offrant docilement leurs côtes aux pieds bottés du SOBR.

D'ailleurs, on ne les a pas tabassés outre mesure. On avait certes un vrai mandat de perquisition signé par le procureur de la région d'Akhtarsk et l'on s'était fait accompagner de plusieurs flics de Moscou avec Gordon en tête, mais l'on n'oubliait pas non plus que le SOBR intervenait à plus de trois mille cinq cents kilomètres à l'ouest de son territoire. On savait donc parfaitement que vingt-quatre ou quarante-huit heures plus tard, tous les types arrêtés seraient relâchés. Et s'ils allaient tous en rang d'oignons à la polyclinique chercher des certificats médicaux (dents cassées, côtes broyées...), cela ferait mauvais effet.

Seuls ont dégusté ceux qui se trouvaient dans la maison de garde : c'est de là que sont parties les deux rafales de *PM*, c'est de là qu'on a tué Ivanko et, surtout, c'est là qu'on a trouvé sur l'un des malfrats nommé Vassia Demine une fausse attestation d'Uranus, une soi-disant section spéciale. Voilà qui a rendu furieux les gars d'Akhtarsk qui se sont plu à molester sérieusement le Moscovite.

Quand Tcheriaga accourt, les truands sont déjà couchés le nez sur un parquet onéreux, aussi pacifiques que sardines en boîte.

De la pointe du pied, Tcheriaga éperonne le premier qu'il rencontre.

— Où est Zaslavski ? hurle-t-il.

— En bas… à la cave…

Deux balles dans la serrure, et la porte cède. Un homme est assis là à même le sol bétonné. L'un des soldats allume la lumière et l'homme lève des yeux effarouchés et fatigués.

— C'est qui, ce type ? dit Tcheriaga décontenancé. Tu es qui, toi ?

— Je m'appelle Stepanian, répond tristement le prisonnier à la moustache noire.

Vingt minutes plus tard, Tcheriaga remonte au salon. Le vent s'y engouffre par des fenêtres criblées de balles, le sol de l'immense pièce est jonché de frères crapules couchés les mains derrière la nuque. On dirait des boîtes dans un entrepôt.

Les mains menottées, Vassia Demine se tient à genoux près d'un combattant fou furieux. Un état pitoyable que le sien. Avant que les Sibériens déchaînés se soient dit qu'il était vraiment de la milice, ils ont eu le temps de lui briser deux côtes et de lui bousiller les reins.

L'air soucieux, Alechkine fait un pas vers Tcheriaga et lui souffle à l'oreille :

— Mauvaise nouvelle, Denis, je crois que l'Elan nous a échappé…

— Comment ça ?

— Par une plaque d'égout, l'enc… Il a descendu deux de nos gars dans le ravin, on vient de les découvrir il y a cinq minutes. On est sur ses traces, avec un peu de chance…

— On a la preuve que c'est bien l'Elan ?

— Sur deux tirs, deux trous dans la tête de nos gars. En pleine nuit. A vingt pas de distance. Il n'y a que l'Elan pour tirer comme ça dans ce repaire de punaises. Autre chose : on a tué un soldat des Forces spéciales…

— De quelles Forces spéciales ?

Du menton, le chef montre Vassia :

— Son camarade. C'est lui qui avait abattu Ivanko à la *Kalachnikov*.

— Debout ! ordonne Alechkine.

Vassia se dresse à grand-peine sur ses jambes.

— C'est lui qui m'a enlevé ! gémit l'Arménien dans le dos de Tcheriaga. Lui et un autre !

Le visage de Vassia se décompose quand il reconnaît l'otage.

— D'où sors-tu ? On venait juste de t'évacuer…

— Comment ça de l'évacuer ? (Tcheriaga se tourne vers le jeune soldat.)

— C'est-à-dire… fait Vassia confus. C'est Serioja qui me l'a dit. Il a vu qu'on jetait un homme dans un coffre…

En un éclair Tcheriaga a tout compris. La datcha ne renferme qu'une seule cave pour un seul otage. Dès que ces deux flics ont amené un nouveau prisonnier, il a fallu transférer d'urgence le précédent…

— Et dans quelle voiture ? Pour quelle destination ? aboie Tcheriaga.

— Hé, le flic, tu la fermes ! lui conseille un des gars maintenus au sol. (Il reçoit illico un coup de botte dans les reins.)

Alechkine brandit un pistolet et le pointe sous le menton du jeune soldat :

— Parle ou je t'éclate la cervelle !

— U-une Volga grise… partie il y a longtemps… Il faisait encore jour…

Alechkine laisse éclater un juron. Son talkie-walkie se met à biper dans sa poche.

— Allô le Trois, allô le Trois, ici le Douze, grésille l'appareil. Deux caisses à l'horizon, une Mercedes et une Toyota Land Cruiser. Qu'est-ce qu'on en fait ?

— Tu les arrêtes, dit Alechkine.

— Négatif ! s'écrie Tcheriaga. C'est Izvolski !

Le commandant du SOBR explose.

— Il ne manquait plus que des civils ! dit-il.

Izvolski apparaît dans le salon cinq minutes plus tard. Le directeur entre en faisant crisser les bris de verre sous ses semelles. Deux gardes du corps font masse derrière son dos. Le long manteau gris sombre du Lingot ondoie dans un courant d'air.

— Où est Kolia ? rugit le directeur.

Stepanian désemparé remue dans son coin.

— C'est qui, ce zouave ? demande Izvolski.

— Zaslavski a été évacué, dit Alechkine dans un filet de voix. Il y a trois heures environ.

— Et l'Elan ?

— Enfui. Il a tué deux gars de chez nous. C'est Kamaz qui lui a tenu la porte…

Izvolski embrasse le salon du regard. Il s'approche d'un grand baraqué étendu à l'autre bout.

— C'est toi Kamaz ?

— Oui.

— Debout.

D'un mouvement nonchalant, Vitia Kamaz se lève en gardant les mains jointes derrière la nuque. Conscient d'avoir affaire à un SOBR et à un directeur en furie, il se meut tout en souplesse et en douceur, tel un fakir indien devant un serpent à sonnette. Stupéfait, il constate que le directeur fait presque sa taille à trois ou quatre centimètres près ; et sans doute aussi le même poids à cette différence que l'un est tout en muscles, et l'autre tout en graisse à col blanc.

— Où est Zaslavski ? lui demande le Lingot.

— Je ne connais aucun Zaslavski, répond Kamaz. Et toi qui t'es ?

Le commandant du SOBR se met à toussoter.

— Vous aviez promis une prime aux garçons… rappellet-il.

Izvolski se retourne et toise l'officier de la tête aux pieds.

— C'était promis pour la libération de Zaslavski, dit-il, et non de ce type-là. Si demain vous sauvez une mouche d'une araignée, vous n'allez quand même pas exiger une prime…

— Mais ils n'ont pas… commence à plaider Tcheriaga.

D'un mouvement vif, Izvolski tourne les talons vers son directeur de la sûreté.

— Ils n'ont pas ! Mais toi si ! Tu as merdé, vu ? Ils vont toucher leurs cinquante bâtons, mais de ta poche, vu ?

Tcheriaga fronce les sourcils. Izvolski le paie bien mais il dépense beaucoup et ne travaille pas depuis assez longtemps : il ne possède évidemment pas une telle somme sur son compte. Trente-huit mille peut-être, à tout casser. En revanche, il a deux belles voitures : un 4x4 Mercedes et une Audi offerte par Izvolski… eh merde… il va falloir vendre l'Audi…

C'est alors que, en haut de l'escalier somptueux qui surplombe le salon, un nouveau personnage fait son apparition.

Micha Klykov, s'étant bituré sensiblement plus que ses camarades de gang, s'est endormi comme une souche au point de rater l'assaut et le bordel ambiant. Les assaillants ont bien passé au peigne fin toutes les pièces de la bâtisse mais, comme Micha roupillait sur une descente de lit près d'une fenêtre brisée, ils ont cru qu'une balle l'avait fauché et l'ont laissé pour mort.

Maintenant que son organisme se réveille, il réclame une nouvelle rasade de vodka. Et Micha n'en voyant pas près de lui a décidé de descendre. C'est là qu'il trouve un monde fou dans le salon, et Kamaz les mains en l'air.

On ne peut pas dire que Micha ait une tête bien faite. Mais il doit à sa longue expérience d'avoir appris la muflerie réflexe. Or, la muflerie réflexe mélangée à une mauvaise jugeote donne un cocktail explosif.

Pieds nus, en culotte mais sans maillot, Micha exécute un saut périlleux par-dessus la rampe, arrache une mitraillette à l'un des assaillants et gueule à Izvolski d'une voix de sauvage : “Pas touche à mon pote, connard !”

Mieux vaut ne pas s'emparer d'un pistolet-mitrailleur en présence du SOBR, surtout si c'est pour le braquer contre un homme qui s'engage à lui payer cinquante mille dollars, quand bien même on viendrait d'apprendre au fil d'une conversation brève mais riche de contenu que ces dollars seront payés non par l'entreprise mais par son directeur adjoint. Les coups de feu retentissent en même temps, lâchés par Alechkine et deux de ses hommes. La tête de Micha explose comme une pastèque trop mûre tombée d'un camion.

Tout cela si près d'Izvolski que cervelle et sang éclaboussent son manteau de laine gris foncé. Le voyou lâche son arme et s'écroule. Kamaz est de marbre, les deux mains serrées sur la nuque avec application.

— Vous devriez partir, Viatcheslav Arkadievitch, dit le commandant du SOBR d'un air impassible. D'ici qu'un autre zigoto se pointe…

Le Lingot observe les macules grises qui émaillent les poils de son manteau. On dirait de la boue projetée au passage d'une voiture. Il le fait lentement tomber de ses épaules et, le pinçant entre le pouce et l'index, le jette dans un coin.

— Allons-y, dit-il à Tcheriaga qui lui emboîte le pas comme un chien battu.

L'adjoint d'Alechkine se baisse diligemment et roule le manteau en balluchon.

— Eh ben quoi ? dit-il. C'est de la belle nippe. Un coup de nettoyage et c'est bon.

L'Elan a suivi le ruisseau sans encombre sur quelque deux cents mètres, puis l'ayant traversé, a remonté l'autre versant du ravin. Il y a là une petite datcha en ruine qui donne d'un côté sur le vallon et, de l'autre, sur une piste. Un garage désaffecté fait partie du lot, le tout acquis par l'Elan quatre mois auparavant pour la somme ridicule de cinq mille dollars. Seuls deux proches compagnons du caïd sont au courant de l'acquisition. La maisonnette reste inhabitée mais le garage abrite une vieille Lada 05 au moteur bichonné et au réservoir plein d'essence. Une cachette recèle les papiers du véhicule et un passeport portant la photo de l'Elan au nom d'un certain Alexandre Ivanovitch Nikodimov.

Circonstance favorable, la datcha est perchée sur la pente opposée du ravin et donne sur un chemin de traverse qui mène à une autre route. Il paraît impensable que les rennes sibériens peu familiers de la géographie moscovite le guettent de ce côté-là.

L'Elan a toujours considéré qu'à partir du moment où il avait fait aménager un passage souterrain, il n'était pas question d'en ressortir à poil… Il a donc pris ses précautions.

Quand, vingt minutes plus tard, trois hommes du SOBR investissent la datcha sur les traces de l'Elan, ils ne trouvent rien sur place que la porte ouverte du garage et des empreintes de pneus fraîches sur une piste couverte de neige.

Le Lingot parti (en compagnie de Tcheriaga), Alechkine et Volodia Kaliaguine conduisent Kamaz à la cuisine, une pièce spacieuse, bien équipée, dotée d'une belle cuisinière à gaz de marque japonaise. Celle-ci allumée, une poêle en téflon y est posée sur laquelle on colle de force la joue de Kamaz en lui recommandant instamment de répondre à la question : où est Zaslavski ?… avant que sa joue ne se change en graillon. Sans attendre que la poêle soit bien chaude, Kamaz se débat tant qu'il peut avec d'autant plus de peine qu'il a été menotté à la cuisinière et que le Sibérien Alechkine est une force de la nature qui viendrait facilement à bout d'un ours à mains nues. Il s'avère en fin de compte que Kaliaguine et Alechkine ont sous-estimé le brigadier des Pattes-Longues qui jette à terre les deux flics, arrache la porte du four à laquelle il est menotté et se met à la faire tournoyer de-ci de-là… jusqu'à ce qu'Alechkine emploie sa matraque électrique. Grâce à la parfaite conductibilité de la porte du four, Kamaz est knock-out pour un temps.

Foin des prodiges de technologie, on quitte la cuisine pour attacher Kamaz à un radiateur où on entreprend de le travailler avec une simple bouteille plastique pleine d'eau qui a l'avantage de ne pas laisser de trace à la différence des pieds et des poings. Deux questions majeures à l'ordre du jour : où a-t-on emmené Zaslavski et où l'Elan a-t-il pu s'enfuir ? Sur le premier point, Kamaz protesté de sa totale ignorance qui d'ailleurs paraît plausible. Il n'en demeure pas moins contrariant qu'il refuse obstinément de confirmer que le fuyard des égouts est bien l'Elan ; au lieu de quoi il prétend qu'il s'est planqué dans le garage avec un lascar de la bande sans pouvoir le nommer, alléguant qu'il se rend rarement chez Elanov et qu'il ne connaît personne de vue. Mensonge évident, quand on sait que le tueur du ravin est l'un des plus fins fusils qui puisse être. Et puis, il paraît invraisemblable qu'un caïd comme Kamaz s'expose à la furie du SOBR pour sauver un voyou de base en condamnant une bouche d'égout avec un 4X4 au nez et à la barbe des "iziubr" déchaînés. Dans l'énervement, la petite plaisanterie aurait pu lui coûter une balle dans la peau.

Les autres lascars n'ont pas l'endurance de Kamaz. Vassia Demine compte parmi les plus bavards. Il atteste que Kamaz et l'Elan sont bien les deux hommes qui ont pris la fuite dans le garage et que personne ne les a suivis. Mieux, il rapporte que Kamaz est venu à la datcha en émissaire envoyé par une huile et que la conversation n'a pas été des plus amicales entre eux. On en déduit raisonnablement que Kamaz avait mission de lui remonter les bretelles à cause de Zaslavski ; mais que l'Elan a su calmer le brigadier, ou qu'il lui a donné l'assurance que le nécessaire serait fait.

Le fond du problème étant qu'en toute bonne foi, nul ne sait où se trouve Zaslavski. Seul l'Elan pourrait le dire. Mais l'Elan est en cavale.

On regagne Moscou sans piper. Izvolski n'a même pas souhaité prendre le volant, signe d'une extrême insatisfaction. Le chauffeur, témoin des coups de feu, interroge le directeur d'un regard muet.

Passé le pont Bolchoï Kamenny, rue Yakimanka, Izvolski avise soudain une grande concession automobile éclairée de l'intérieur, où sont exposées des voitures de prix. "Arrête-toi", dit le Lingot au chauffeur. Ce dernier se colle au trottoir. C'est l'heure de la fermeture mais, pour un client aussi imposant dans tous les sens du mot, la concession attendra. Izvolski se faufile parmi les voitures, bientôt rattrapé par deux jeunes filles et deux bonshommes qui vibrionnent autour de lui.

Denis s'approche du commercial qui s'ennuie à son bureau.

— Reprenez-vous les voitures d'occasion ? lui demande-t-il.

— Quel modèle ?

— Une Audi-A6 de cette année, trois mille kilomètres au compteur, toutes options comprises.

— Sous le coup de la crise, hein ? Amenez-la-nous demain, on trouvera un arrangement…

Un moteur se met à ronronner au fond du salon, des phares jouent de leurs pinceaux.

L'air enjoué, Izvolski entouré d'une ribambelle de vendeurs se présente au commercial. Mignonne comme tout, plus rouge que rouge, la voiture de son choix est une Toyota Corolla. Le Lingot sourit, ce dont Denis s'étonne.

Plié en quatre, le commercial s'apprête à remplir les formulaires.

— La voiture sera au nom d'Irina Grigorievna Denissova, dit le Lingot.

— Numéro de passeport ? demande le commercial sans pour autant exiger ledit passeport.

Le Lingot dicte le numéro et, bien qu'on ne lui pose aucune question, ajoute :

— J'ai abîmé la voiture de quelqu'un, je dois le dédommager.

Rien à redire sur le montant du dédommagement : une Toyota neuve pour une vieille Lada cassée. Izvolski reçoit l'assurance que les papiers seront prêts pour demain midi et annonce qu'il enverra quelqu'un chercher le véhicule.

Une fois dehors, il apparaît que le Lingot, qui sifflote à part soi comme un pinson, a repris du poil de la bête. Il chasse enfin son chauffeur du volant. Assis à l'avant, Tcheriaga fixe la route d'un œil morne.

— De quoi parlais-tu avec le commercial ? lui demande inopinément Izvolski.

— Je voulais connaître le prix de mon Audi.

— Et pourquoi la vendrais-tu ?

Denis laisse la question sans réponse.

Riant aux éclats, le Lingot donne une bourrade à Tcheriaga.

— Allez, arrête de bouder ! Je les paierai, tes gars du SOBR, on ne peut plus plaisanter maintenant !

Denis le regarde en douce. Tout à l'heure, au milieu des malfrats couchés le nez par terre, il n'avait pas l'impression que son chef plaisantait. C'est l'achat de la Toyota rouge toute mignonnette qui l'a fait changer d'humeur, chose étrange pour Izvolski qui, d'ordinaire, ne change jamais d'humeur. “A propos, d'où tient-il le numéro de son passeport ?” s'étonne Denis. Puis il se rappelle qu'ils ont dû remplir ensemble le procès-verbal du refus de constat ; et qu'il ne coûte rien à Izvolski de retenir les chiffres de n'importe quel papier : le Lingot a une mémoire de Minox.

Deuxième partie

ET L'ACIER FUT LAMINÉ

Hormis les dieux, répondit Philippe, je ne crains personne et me méfie d'un grand nombre des présents.

POLYBIUS

I

LA RÉGIE FÉDÉRALE *ATOME-ENERGO* OU LA SPÉCIFICITÉ RUSSE DE LA FISSION DE L'ATOME

Au matin, Tcheriaga est réveillé par le craquètement contrarié de son téléphone portable. C'est Nekliassov.

— Denis, dit-il, venez d'urgence au bureau.

A l'entendre, Tcheriaga croit comprendre qu'il s'est passé quelque chose d'atroce.

— Qu'y a-t-il ?

— Venez. Ce sont des choses qui ne se racontent pas au téléphone.

Il attend Tcheriaga dans son bureau, aussi décontenancé que si le fantôme de saint Jean-Baptiste venait de sortir à l'instant avec la tête de Nekliassov sur un plateau d'argent.

— Bon, explique-moi de quoi il retourne.

Tcheriaga ne saurait dire pourquoi, mais il est convaincu que les nouveaux ennuis ont rapport à la disparition de Zaslavski. En quoi il ne s'est pas trompé.

— C'est… c'est la *Rostorgbank*. Ils ont téléphoné.

— Et qu'est-ce qu'ils veulent ?

— Que je leur rembourse un crédit.

— Lequel ?

Nekliassov baisse les yeux d'un air coupable puis, prenant son courage à deux mains, "lâche le morceau" :

— Un gros achat de denrées alimentaires. Dix-huit millions de dollars.

— Et qui l'a souscrit ?

— *Akhtarsk-Contract.* Zaslavski.

— Que viens-tu faire dans cette histoire ?

— Ils prétendent qu'*AMK-Invest* s'est porté garant et qu'eux-mêmes n'auraient jamais signé un tel contrat avec le seul Zaslavski. C'est qu'il est plafonné à dix mille dollars.

— C'est eux qui l'ont dit ?

Nekliassov secoue la tête d'un air abattu :

— Je ne me suis jamais porté garant d'un tel contrat.

Il est neuf heures du matin quand Izvolski pousse la porte du siège de la compagnie.

Il faut reprendre les explications. Assis lourdement sur une chaise, les cheveux en bataille, le Lingot les écoute en silence.

— Je ne comprends pas quelque chose, dit-il enfin ; ils sont cinglés, ou quoi ? Comment peut-on signer un crédit de dix-huit millions de dollars sans se donner la peine de s'assurer ne serait-ce qu'au téléphone que le contrat est bien garanti... C'est peut-être un faux ?

Nekliassov se ratatine de plus en plus.

— Viatcheslav Arkadievitch, dit-il à mi-voix, je n'ai vraiment rien signé de tel ! J'ai déjà donné des garanties à Kolia, c'est vrai. Sur des contrats signés avec *Rostorg*. Cinq cent mille... deux millions... Voici les contrats, les vrais ! C'est moi qui les ai garantis !

Nekliassov s'agite puis extrait nerveusement d'une pile de papiers un épais classeur à œilleton d'acier dont il sort quelques feuilles.

— Mais je n'ai pas garanti de contrat à dix-huit millions ! s'écrie Nekliassov.

Izvolski lui arrache les papiers des mains et les examine un moment.

— OK, dit Izvolski, des achats de viande de porc… des conserves de la marque *Grande Muraille de Chine*… entre autres denrées de consommation courante…

Nekliassov ébauche un acquiescement. Tcheriaga n'a pas encore tout compris. Izvolski est changé en statue. Il règne un silence tel qu'on entend les doigts de la secrétaire courir sur le clavier de l'ordinateur derrière la porte.

— *AMK*, ça se déchiffre comment ? demande doucement Izvolski.

— Combinat métallurgique d'Akhtarsk.

La voix d'Izvolski résonne d'une raillerie glaciale.

— As-tu vu le mot "porc" dans cette appellation ? Hein ? Lance-toi dans les montres électroniques made in Taïwan, pendant que tu y es !

Nekliassov se recroqueville. Izvolski frappe si fort du poing sur le bureau que les feuilles se mettent à voler dans la pièce comme des oies blanches effarouchées.

— Tu as décidé de me faire des petits dans le dos, hurle-t-il, et d'encaisser du fric à mon insu ? de garantir ton business de bidoche sur le compte de ma firme ?!

— Mais… C'est complètement inoffensif, balbutie l'autre. Il ne s'est rien passé ! Nous avons amorti les crédits, tenu les délais…

— Et les dix-huit briques ?

— Je n'ai pas signé ce contrat !

Nekliassov semble au bord des larmes. Tcheriaga se prend soudain de pitié pour ce jeune binoclard aux abois. Il y a tout à parier que Zaslavski lui a bel et bien fait miroiter une promesse de gain total. Il n'opérait pas seul, bien sûr, mais avec la complicité de l'Elan… Quand on a appâté le garçon et qu'il a signé deux ou trois contrats, des relations de confiance se sont installées entre la banque et les deux firmes jumelles d'Akhtarsk. Et comment donc !

Des firmes aussi recommandables ! C'est alors que l'autre a arnaqué la banque de dix-huit briques… et stop ! Zaslavski devait passer à l'étranger. Au lieu de quoi…

Tcheriaga dresse soudain la tête :

— Mais attends voir, tu dis que la banque ne faisait pas de prêt à *Akhtarsk-Contract* parce qu'il était plafonné à dix mille dollars ?

— Oui.

— Et vous, à combien vous êtes plafonnés ?

— A trente mille.

— En quoi faites-vous mieux qu'*Akhtarsk-Contract* ?

— En ce que nous garantissons les emprunts avec nos actifs, commence Nekliassov qui, soudain blanc comme un linge, se tait.

— Autrement dit, conclut froidement Tcheriaga, vous garantissez le crédit avec les actions d'*AMK* détenues par *AMK-Invest* ? Et la banque, en cas de non-remboursement du crédit, est en droit de faire saisir vos actifs et donc vos actions ?

Chose étonnante, d'entre les trois hommes le directeur de la sûreté est le premier illuminé par cette idée aussi terrible qu'élémentaire.

Un silence de mort s'installe dans le bureau.

C'est alors qu'Izvolski, lentement, la face convulsée, se lève de sa chaise. Les yeux injectés de sang, les poings serrés, il ressemble terriblement à un ours dressé sur son postérieur.

Nekliassov pousse un cri et recule.

Un murmure tragique s'échappe de la gorge de Tcheriaga :

— Slava !

Izvolski bondit.

D'un point de vue strictement militaire, la table de plastique en demi-cercle à laquelle Nekliassov travaille par caprice est fort mal placée : elle prive le businessman de toute retraite possible hormis un seul et unique passage par où Izvolski est en train de donner l'attaque.

Le premier coup porté par le directeur général a presque atteint son but : Nekliassov a reculé en se protégeant d'un classeur qui tombait à pic, mais le poing d'Izvolski a frappé si fort que le classeur s'est envolé la mâchoire grande ouverte et que Nekliassov lui-même, trébuchant lamentablement sur les pieds de sa chaise roulante, s'est étalé de tout son long.

A cet instant, Denis saisit le directeur général par le coude en criant :

— Slava ! Calme-toi !

D'une bourrade, Izvolski écarte Tcheriaga qui vole dans le mur. Le gérant d'*AMK-Invest* est étendu sous la table, tel un macaroni se contorsionnant dans de l'eau bouillante. L'horreur peinte sur sa face, il voit s'avancer une énorme carcasse d'ours cintrée d'un costume de chez Grekov. Par bonheur, Izvolski en furie met le pied dans une corbeille à papier renversée dans la mêlée. Déséquilibré, il se retrouve le nez sur la moquette.

Revenant à la charge, Tcheriaga pousse un cri sauvage :

— Slava ! On se calme !

Un garde du corps entre en trombe dans le bureau et découvre un spectacle féerique : son chef immédiat (Tcheriaga) exécute à travers la pièce un brutal roulé-boulé dans les bras du chef de son chef (Izvolski) dont il a la garde. En quoi Tcheriaga semble parti perdant pour cause d'infériorité en poids alors qu'Izvolski rugissant comme un blaireau ivre essaie désespérément de se délivrer de la maudite corbeille dont son pied est chaussé. Le directeur exécutif d'*AMK-Invest*, pelotonné dans un coin, attend le dénouement de la mêlée.

— C'est pas le moment de regarder ! Sauve-toi ! crie Tcheriaga à Nekliassov.

Sortant de sa torpeur, l'autre se met à genoux et, vite, vite, rampant sous la table, déguerpit. Enfin, il s'ébroue sous les yeux ahuris du garde du corps, débouche en boulet de canon dans la salle d'attente et dévale l'escalier quatre à quatre.

Petit à petit, Izvolski retrouve son calme. Son garde du corps et Tcheriaga le font asseoir sur une chaise, lui apportent un verre d'eau et l'apaisent tant qu'ils peuvent. On s'avise alors qu'à déjà onze heures d'horloge, il est temps pour lui d'aller au siège d'*Atome-Energo* chercher une récompense bien méritée. Car Viatcheslav Izvolski est à Moscou pour une raison peu banale dans le parcours d'un directeur russe : la construction d'une centrale atomique privée.

Naturellement, aucun combinat métallurgique russe ne pourrait envisager de construire une centrale à partir de zéro, fût-il situé près d'une mine ou d'un port, et pût-il même se soustraire à tous les impôts. Mais justement : il ne s'agit pas là de partir de zéro. A une centaine de kilomètres de l'usine, là où la steppe se change en taïga, se trouve la petite ville de Beloïe-Polié avec une centrale atomique à deux tranches abandonnées avant livraison en 1993. Montant estimé des travaux à finir : soixante-dix millions de dollars. L'année passée, cette somme était de cinquante millions ; l'an prochain, elle frisera les cent millions.

Une désolation plutôt qu'une ville… Construite ex nihilo au milieu des pins et des épicéas, elle a été planifiée comme une édifiante "cité du futur" à l'image du socialisme, avec des rues droites, des squares noyés de verdure, des immeubles d'une blancheur virginale. Les travaux, suspendus en 1985 après Tchernobyl, ont été définitivement laissés en plan en 1993. Les deux tranches, achevées respectivement à quatre-vingt-dix-sept et quatre-vingt-cinq pour cent, émergent d'un carré vaguement déboisé. D'année en année, la forêt reconquiert son territoire. Aucune autre activité que le chantier de la centrale à quarante kilomètres à la ronde. Le personnel naguère affecté à la construction et à l'exploitation des réacteurs vit désormais de chasse et de cueillette. Peu de gens ont réussi à s'installer ailleurs que dans cette ville morte où un appartement coûte entre trois et quatre cents dollars ; pour ce prix-là, on n'a même pas une niche à chien dans le chef-lieu de la région.

L'usine puise un tiers de l'énergie nécessaire d'une petite centrale thermique qu'elle possède mais qui lui coûte relativement cher. Elle achète les deux tiers restants au réseau électrique local.

(Une parenthèse. Il faut savoir que l'auteur du système énergétique actuel, M. Diakov, a managé le partage des centrales électriques selon le principe des vaches grasses et maigres. "A moi les vaches grasses au profit de la régie fédérale : réseaux monopolistes et mastodontes hydroélectriques à 7-28 roubles le mégawatt-heure ; et à eux les vaches maigres du réseau local, c'est-à-dire toutes les miettes, les cocottes-minute antédiluviennes à 500-600 roubles le mégawatt-heure, sans compter les bouts de ligne à basse tension…" Tel était le raisonnement du père fondateur de la toile énergétique de la Russie post-perestroïkiste. Le hic est que les usines ne sont pas fournies en électricité par les structures fédérales trop lointaines, mais bien par le réseau de proximité. Or celui-ci n'est nullement intéressé à vendre à l'usine une énergie bon marché à sept roubles le mégawatt, d'origine fédérale, mais plutôt sa propre électricité à six cents roubles… L'usine, en retour, rechigne à payer six cents roubles ce qu'elle pourrait avoir pour sept roubles… Résultat : soit elle ne paie pas du tout, soit elle paie avec des produits de sa fabrication largement surestimés. Genre : “Ah ! tu me refiles de l'électricité à zéro dollar cinq ? Eh bien je te refourgue des futals à trois cents dollars !” Un peu comme si l'usine payait son fournisseur avec une boîte d'allumettes qu'elle-même aurait estimée à un million de roubles. Tout irait pour le mieux dans le meilleur des mondes si le fisc ne rappliquait pas pour collecter l'impôt… sur un million de roubles. “Mais ce n'est qu'une boîte d'allumettes ! s'écrie l'usine. – Rien à cirer, réplique le percepteur. Elle vous a rapporté un million de roubles.” Fin de parenthèse.)

Bref, le réseau vend à l'usine son électricité quatre fois plus cher qu'à son coût réel, et Izvolski la lui paie avec des titres d'une valeur marchande quatre fois inférieure à leur valeur nominale. C'est donnant, donnant. Mais deux choses ne sont pas du goût d'Izvolski. Premièrement, il trouve humiliant de dépendre d'un réseau énergétique qui fait pleuvoir ses factures sur l'usine. Deuxièmement, il n'apprécie pas d'avoir à payer aussi pour la base de missiles que l'Etat ne subventionne plus, pour le branchement sauvage raccordé de la base à la boutique du coin, et pour la nouvelle datcha du patron du réseau…

Et puis l'électricité fournie par le réseau coûte trop cher, quand bien même on ferait abstraction de la base militaire et des bonus empochés par les intermédiaires. Trop cher, parce que fabriquée dans la région par trois cocottes-minute obsolètes à bout de souffle. Bref, la mise en service de la centrale atomique aurait permis à Izvolski d'économiser les deux tiers de ses dépenses en électricité.

Panique chez les énergéticiens informés de ses intentions. Si Izvolski finit la centrale, il cessera de subventionner les cocottes-minute. Pis, en homme coriace qu'il est, il ne manquera pas de refourguer son trop-plein d'électricité bon marché à toutes les entreprises du coin... Que restera-t-il alors du grand réseau énergétique ? Un manque à gagner, selon des énergéticiens, de soixante-dix millions de dollars par an. Et ce n'est pas tout. Quand on sait que la moitié de la recette va droit dans la poche des patrons du réseau plutôt que dans les caisses du réseau lui-même, on comprend qu'Izvolski prive ainsi les intéressés de trente-cinq millions de dollars par an !

Le malheur c'est que les énergéticiens locaux sont impuissants. La centrale atomique n'appartient pas à leur régie fédérale mais à une société par actions contrôlée par le ministère de l'Industrie atomique à Moscou, rue Bolchaïa Ordynka.

(Certains détails du fonctionnement de l'énergie atomique russe ont été changés infra. Les événements évoqués plus bas relèvent de la pure fiction et n'ont aucun, mais alors aucun rapport avec la régie fédérale *Atome-Energo*.)

... Quand Viatcheslav Izvolski s'est rendu sur les lieux de la future cité de Beloïe-Polié, il y a trouvé un tableau déconcertant de misère.

Il s'est donc présenté rue Bolchaïa Ordynka où se trouvait, non loin du ministère de l'Energie atomique, le siège de la régie fédérale *Atome-Energo*, propriétaire en titre de toutes les centrales nucléaires de Russie, d'Oural et de Sibérie.

Le patron de la régie, un homme d'une belle prestance aux cheveux chenus et au regard d'aigle, a demandé son prix au Sibérien après avoir pris connaissance de ses plans. Zéro kopeck, a répondu Izvolski disant qu'il entendait récupérer la centrale comme un terrain vague à l'abandon. "Nous avons investi deux milliards neuf cents millions de dollars dans sa construction !", s'est récrié l'interlocuteur d'Izvolski. "Peut-être, mais vous n'y mettrez pas un rouble dans les cinq ans qui viennent. D'ici là, votre centrale sera comme les ruines du Colisée", a rétorqué Izvolski.

En le vrillant du regard, l'homme a répondu qu'il ne pouvait remettre la centrale entre des mains privées au nom du principe de la sécurité nationale. A quoi Izvolski a opposé que l'administration régionale, de son côté, pouvait parfaitement la faire passer entre des mains privées. Depuis 1993, en effet, la centrale avait contracté des dettes auprès de la région et du combinat lui-même, en sorte qu'il suffisait de faire pschitt pour ordonner la faillite du chantier.

— Dans ce cas, je préfère régler la question du prix avec le gouverneur plutôt qu'avec vous, dit Izvolski.

— Et à quelles conditions voudriez-vous la régler ? s'est enquis l'interlocuteur.

Sortant son bloc-notes, Izvolski a tracé des chiffres : 500 000 $.

L'interlocuteur a reçu la somme comme un affront et ne s'est pas gêné pour le faire sentir. Par deux fois, Izvolski est revenu à son bloc-notes, en vain : même au-dessus d'un million de dollars le patron de la régie n'a pas voulu transiger avec "les intérêts supérieurs de la sécurité nucléaire du pays". Le millionnaire Izvolski, qui jugeait vexant de mettre plus d'un million dans les ruines du Colisée, a prononcé une vibrante plaidoirie en faveur des cinq mille habitants de Beloïe-Polié naufragés dans la cité du futur et condamnés à vivre de chasse et de cueillette. A quoi l'interlocuteur a répondu qu'il ne permettrait jamais que cinq mille ex-Soviétiques dépositaires de technologies de pointe et de secrets d'Etat fussent "réduits en esclavage par un escroc capitaliste" ; dans la foulée, il a demandé au capitaliste s'il n'avait pas de racines juives et s'il n'était pas citoyen de l'Etat d'Israël, par hasard.

Voyant la conversation dans l'impasse, Izvolski s'est retiré avec son bloc-notes gribouillé de chiffres et un stylo en plastique à l'enseigne d'*Atome-Energo* qu'on lui avait offert au début de la rencontre. Un autre que lui aurait laissé tomber, mais rien n'arrêtait le tempérament de fonceur du Sibérien. Qu'on ait pu dépenser presque trois milliards de dollars pour construire la centrale l'avait stupéfié. "De quoi en construire une au cœur de l'Antarctique", se disait-il. Mission fut donc assignée à Tcheriaga et à Breler de "creuser la question".

Trois semaines plus tard, Tcheriaga et Breler revenaient voir le directeur avec un gros dossier et deux cassettes vidéo. Si le Lingot avait toujours l'intention d'acheter la centrale ?

— Bien sûr que oui.

— C'est une sombre histoire, a soupiré Tcheriaga, et nous y laisserons des plumes.

— C'est-à-dire ?

— Sais-tu combien d'argent *Atome-Energo* a investi dans le chantier de la centrale atomique de Beloïe-Polié l'année dernière ?

— Zéro kopeck.

Izvolski se souvenait trop bien de l'état délabré des abords de la centrale où aucun camion n'était passé depuis trois ans.

— Deux cent cinquante milliards de roubles, a dit Tcheriaga.

Izvolski a sifflé entre ses dents.

— Où est donc passé cet argent ?

— Je t'explique le scénario : la régie fédérale possède une filiale qui s'appelle *Atome-Stroï-Finances* et qui émet des lettres de change avec lesquelles *Atome-Energo* paie les bâtisseurs de la centrale. Ceux-ci, bien sûr, vendent ces valeurs sur le marché où elles coûtent dix-huit pour cent de leur prix nominal. Là, elles sont rachetées par différentes structures (je t'en donne la liste) qui les rapportent à la régie fédérale. Et la régie reprend ces titres à leur valeur nominale.

— En argent ? s'est fait préciser Izvolski.

— En argent.

— Ils sont riches à ce point ?!

— Ils n'ont pas un clou. Comme tu le sais, l'électricité est payée au réseau local, et la centrale atomique n'en fait pas partie. Ils touchent donc l'argent en dernier, près d'un pour cent en moyenne. Les arriérés de salaires sont de huit mois dans les centrales nucléaires russes. (Un silence, puis il ajoute :) C'est à se demander pourquoi aucun réacteur n'a encore pété dans ces conditions.

Izvolski examinait le dossier.

— Bref, ils n'ont pas d'argent pour payer les salaires, mais seulement pour monnayer des lettres de change à toutes sortes de firmes ?

— … Ou même à des personnes physiques.

— Par exemple ? (Izvolski posait la question avec un timbre railleur dans la voix.)

— M. le directeur de la régie fédérale est membre du Comité central du Congrès des Forces patriotiques. Ces gens sont membres du parlement, et les firmes en question appartiennent à des particuliers qui ont consacré leur vie à la lutte contre le capitalisme russe corrompu. Il est vrai qu'à ce train-là, le bonheur triomphant du peuple laborieux ne sera bientôt plus d'actualité dans un pays contaminé par les produits de fission d'une bonne douzaine de réacteurs explosés…

Izvolski feuilletait les papiers d'un air songeur.

— Tu veux dire que cet argent passe dans les caisses du parti et non dans les poches du directeur ?

— Indéniablement, a répondu Tcheriaga.

— Mais M. le directeur ne s'oublie pas non plus, est intervenu Breler. Il jouit chez nous d'une réputation très particulière depuis Tchernobyl.

— Je suis au courant, a fait Izvolski.

— Ce que je veux dire, a continué Breler, c'est que des convois partaient à la chaîne pour assainir la zone. Mais tous n'arrivaient pas à Tchernobyl. Des tonnes de matériel pouvaient être détournées au passage.

Izvolski gardait le silence.

— Si tu tiens vraiment à t'approprier cette centrale, a dit Tcheriaga, tu peux y arriver. Sache néanmoins que tu n'auras pas affaire à un simple directeur escroc, mais à un gros parti politique bien placé au parlement ; et que ce parti a besoin de la centrale atomique pour blanchir l'argent de la campagne électorale. Deux cent cinquante milliards, pour l'instant, c'est du pipi de chat. Ils brancheront la pompe à plein régime quand la campagne présidentielle commencera…

— Et c'est là qu'on verra un réacteur nous sauter à la figure, a ajouté Breler qui n'avait toujours pas digéré la question posée à Izvolski sur sa qualité de citoyen d'Israël.

— Bref, ils nous auront dans le collimateur, a dit Tcheriaga. La question sera posée au parlement des conditions légales de la privatisation du combinat, etc.

La sagesse même était de faire marche arrière mais, quand le Sibérien ouvrait la bouche sur quelque chose, il n'avait pas l'habitude de la refermer dans le vide. De plus, il considérait la question de la sécurité nucléaire avec le professionnalisme d'un capitaine d'industrie et trouvait révoltant que la voracité des patriotes russes puisse se solder par un deuxième Tchernobyl, comme le disait Tcheriaga.

Le tout bien pesé, il a conclu qu'il fallait trouver la solution dans le camp des adversaires de la gauche patriotique dès lors que le pillage de la régie fédérale relevait non de la finance privée mais bien de la politique.

Après un temps de réflexion, Izvolski a obtenu un rendez-vous. Il a rencontré l'un des financiers du pays les plus en vue qui par ailleurs l'horripilait. L'homme incarnait en effet tout ce qu'il détestait : le pouvoir fédéral utilisé comme pompe à finances, la proximité du Kremlin, l'absence totale de conscience morale et le don d'échafauder des combinaisons tarabiscotées dans le seul but de subordonner les intérêts stratégiques du pays à ses propres intérêts financiers. L'homme – mais là n'était pas son crime ! – possédait vraiment ce dont le directeur d'*Atome-Energo* avait accusé Izvolski de but en blanc : un passeport israélien.

Pour l'heure, seules deux choses comptaient aux yeux d'Izvolski. Premièrement, le financier du Kremlin haïssait les communistes d'une haine profonde et réciproque. Deuxièmement, c'était à lui que le ministre de l'Industrie atomique devait son portefeuille.

Le financier s'est étonné au plus haut point de la demande de rendez-vous : jamais ses intérêts n'avaient croisé ceux d'*AMK*. Plus étonnant encore était l'ordre du jour : la situation de l'énergie nucléaire. Plus Izvolski parlait, plus le financier devenait songeur. Il était clair que ce dernier ourdissait déjà dans son cerveau de savantes machinations, lesquelles étaient au nombre de trois : laver le linge sale des patriotes en public ; les priver d'une source substantielle de financement ; faire main basse sur ladite source.

Le financier ne revenait pas du dossier d'Izvolski. Tant de finesse l'étonnait de la part du Sibérien. "Vous avez un service de sûreté efficace, a-t-il dit. Je n'envie pas ceux qui viendront vous chercher des noises. – Eh bien ne venez pas m'en chercher, a dit Izvolski en riant. – Loin de moi cette intention", a commenté l'autre en secouant la tête d'un air grave. L'interlocuteur ayant demandé ce qu'Izvolski voulait en échange de son dossier, le Lingot a répondu : la centrale atomique de Beloïe-Polié.

Un autre rendez-vous figurait à l'agenda d'Izvolski avec un homme qui dirigeait depuis peu le système énergétique du pays et qui détestait le financier du Kremlin de toutes les fibres de son âme. Il fallait appartenir à la gauche patriotique pour être détesté davantage. Ce rendez-vous tenu, l'énergéticien réformateur et le financier se sont rencontrés entre eux ainsi qu'avec le ministre de l'Industrie atomique qui possédait une dose de probité étonnante pour un haut fonctionnaire, par suite de quoi les trois parties sont convenues qu'il fallait boucher le trou, de préférence sans bruit mais de toute urgence.

Une semaine plus tard, le directeur général de la régie fédérale *Atome-Energo*, qui appartenait à cent pour cent à l'Etat, s'est vu éjecter sans bruit de son fauteuil avec tous ses adjoints. Quatre jours après l'intronisation du nouveau directeur (un nommé Alexeï Zvonarev), Viatcheslav Izvolski arrivait à Moscou pour négocier l'attribution de la centrale nucléaire inachevée de Beloïe-Polié au Combinat métallurgique d'Akhtarsk.

… On relâche Vitia Kamaz vers onze heures du matin. Pas de grief à son encontre : le jeune homme passait tranquillement voir quelqu'un de sa connaissance quand une harde sauvage de rennes est-sibériens a fondu sur lui, et vlan. On avait bien découvert des armes non autorisées dans la datcha, mais Vitia n'y était pour rien… Ce n'était tout de même pas lui qui les avait apportées dans sa Nissan… A midi, après un brin de toilette et un passage chez le médecin pour faire attester quelques ecchymoses, Kamaz se rend à *La Sérénade* où il est attendu par la Forge au premier étage.

En son for intérieur, la Forge boit du petit-lait. Un miracle que le raid du SOBR d'Akhtarsk n'ait pas compromis une machination dont Kamaz devait ignorer les rouages. Si les hommes d'Akhtarsk étaient tombés sur l'Elan ou Zaslavski, ces deux-là auraient pu se mettre à bavarder (même l'Elan, eh oui, compte tenu des manières féroces des Sibériens, sans parler bien sûr de ce morveux de Zaslavski), et alors… le baron du crime la Forge n'ose même pas y penser. Pour un peu, il serait prêt à approuver le carnage causé par l'Elan bien qu'en d'autres circonstances il n'eût pas manqué de condamner vertement un meurtre de flics et d'en écarter le fauteur.

Kamaz est donc digne d'éloges. C'est grâce à lui qu'Elanov est libre et vivant. Pour autant, le baron n'est guère disposé à lui prodiguer des remerciements.

— Assieds-toi, bougonne-t-il au brigadier ; c'est la deuxième fois que tu tombes dans les pattes de Tcheriaga, à ce que je vois ?

Kamaz renifle d'un air vexé et se gratte la nuque d'une main pareille au godet d'un excavateur.

— Eh bien soit, marmonne la Forge, te voilà libre et c'est l'essentiel. Tu as rendu service à l'Elan et je t'en remercie. Le problème, c'est qu'il a descendu des flics. Mauvais, ça. Il va falloir le tirer de là…

— Je n'ai pas dit que le fuyard était l'Elan, fait Kamaz renfrogné. J'ai dit : un lascar que je ne connais pas.

— Toi non, mais d'autres l'ont dit… Surtout le jeunot des Forces spéciales… Enfin bon, ils se rétracteront aussi vite qu'ils ont parlé. Bonne idée de tout mettre sur le dos d'un lascar anonyme, bien joué… Les flics ont-ils fait beaucoup de grabuge ?

Kamaz hausse les épaules.

— Ils ont abattu les chiens… et cassé les bagnoles. Ils ont chié dans la BMW de l'Elan, carrément sur son siège…

— Et toi, ils t'ont bien amoché ?

— Bah ! je tiens encore debout, dit Kamaz.

— Ces gens-là sont féroces, reprend la Forge. Leur propre hélico d'abord, leur propre SOBR ensuite… *AMK* c'est quoi ? Une société par actions ou un Etat dans l'Etat ? Les voilà qui débarquent avec des fusils en territoire étranger, maintenant… Et si l'Elan était en Suisse ? Ils auraient débarqué en Suisse ? Et qu'est-ce que c'est que ce directeur qui se rend lui-même sur le théâtre des règlements de comptes ? Un bon petit gars a été descendu par sa faute… Il est directeur ou quoi ? S'il est directeur, il n'a qu'à rester dans son bureau à gratter de la paperasse…

Kamaz garde patiemment le silence. Qu'on l'ait presque tourné à la broche dans la soirée d'hier ne change en rien son point de vue sur *AMK*. Pour lui, c'est un risque du métier. S'il était physicien et qu'il avait été brûlé par un autoclave défectueux lors d'une expérience, il n'en aurait pas voulu à l'autoclave. Il aurait mieux préparé la prochaine expérience, un point c'est tout. Toutefois, sachant qu'un tel point de vue n'est guère en vogue dans le milieu, il se contente à peine de bouger les lèvres :

— Ce fumier, je l'aurais étripé.

La Forge sourit.

— Il est trop tôt pour l'étriper, mais voilà ce que tu vas faire : surveille-le. Il ne me plaît pas, ce Sibériak, mais alors pas du tout. On verra plus tard à quelle sauce le manger…

— Que je le surveille ? se fait répéter Kamaz avec un air savamment idiot.

— Ben oui, que tu le tiennes à l'œil. C'est ton job maintenant, mon garçon. Tu seras un pro dans les questions d'Akhtarsk…

C'est le cœur en joie qu'Izvolski rentre de son rendez-vous. Le nouveau directeur de la régie fédérale a jugé parfaitement raisonnable de confier gracieusement le chantier de la centrale atomique inachevé au combinat métallurgique. Mais sans donation à proprement parler. La régie et le combinat créeront une entreprise mixte avec 74,9 % des titres pour *AMK* et 25,1 % pour *Atome-Energo* qui a quand même financé 98 % de la centrale et la construction d'une ville entière, soit la minorité de blocage. Le directeur a laissé entendre qu'on lui avait demandé de rendre ce service au Sibérien qui pouvait donc ranger son bloc-notes sans y tracer le moindre chiffre.

Et surtout : le nouveau directeur a beaucoup plu à Viatcheslav Izvolski. C'est un homme encore jeune, presque du même âge que lui, businessman venu de l'Extrême-Orient russe et donc représentant d'une race de gens rare mais parfaitement du goût du Lingot. Fort d'une fortune personnelle acquise dans les circuits de la revente, rompu au bouchage des trous de l'économie russe, détenteur à quarante ans d'un capital impressionnant même pour des Occidentaux, cet homme renonce aujourd'hui à moissonner bêtement du blé. Il connaît la monstruosité du système de l'intérieur, sa nocivité, et sait mieux que quiconque comment le briser.

De retour d'*Atome-Energo* sur le coup de midi, il lance à Tcheriaga en passant dans le couloir :

— Viens me voir.

Denis ne se fait pas prier.

Au siège de la rue Nemetkine, Izvolski n'a pas de bureau à lui. C'est son souhait. Initialement prévu dans les plans d'aménagement de la villa, le Lingot l'avait supprimé des croquis de sa propre main. "Quel écriteau y mettrait-on ? *Directeur général d'AMK* ? Quelle espèce de directeur général je fais si mon bureau est à Moscou et mon usine, en Sibérie ?" Le bureau présumé a donc été changé en salle de réunion, belle et spacieuse, décorée d'une collection de bouteilles géantes de cognac. Laquelle collection n'a été entamée qu'une seule fois, se souvient Tcheriaga, pour l'anniversaire du président de la banque *Métallo*. Toute la villa s'y était mise ce soir-là, et pourtant l'on n'avait même pas vidé la moitié de la futaille.

Quand Izvolski séjourne à Moscou, la salle de réunion lui sert évidemment de bureau, avec une salle d'attente commune pour Nekliassov et lui : l'un à droite, l'autre à gauche.

En passant le seuil de la pièce, Tcheriaga trouve le Lingot installé dans un relax en train de se verser un petit cognac (d'une bouteille ordinaire), la mine rusée et satisfaite : apparemment, tout s'est passé mieux que prévu et sans une anicroche.

La nouvelle de la bonne humeur du grand khan s'est répandue dans la maison d'on ne sait quelle mystique façon. La preuve en est que Tcheriaga sentant la porte s'ouvrir dans son dos voit en se retournant le bout du nez de Nekliassov dans l'entrebâillement.

Le grand-duc d'Akhtarsk leva la prunelle et considéra un temps son vassal comme un lion repu regardant paresseusement une biche s'approcher d'un plan d'eau.

— Bon, assieds-toi, prononce enfin le directeur. Voyons ensemble comment se tirer de cette merde…

— Quoi de neuf du côté d'*Atome-Energo* ? demande Nekliassov.

— Assieds-toi, bébé, et occupe-toi de tes oignons.

Tcheriaga observe que Nekliassov choisit le fauteuil le plus éloigné du directeur et le plus proche de la porte. Ses doigts tripotent nerveusement un stylo. Des gouttes de sueur perlent à la racine de ses cheveux : pour le jeune directeur d'*AMK-Invest*, la tragédie qui vient de se jouer est immense et irréparable ; il n'a vu pire que le jour lointain où, étudiant, il n'avait pas obtenu la note maximale à un examen de matérialisme dialectique…

— Que vas-tu me dire de beau, saboteur ? demande Izvolski en sifflant une lampée de cognac.

— D'abord, dit Nekliassov, il faut racheter Zaslavski. Pardonnez-moi, Viatcheslav Arkadievitch, il faut y mettre n'importe quel prix. Il vous confirmera que ma signature ne figure sur aucun contrat…

— Il n'y a plus de rançon qui tienne. C'est du pipeau, dit Tcheriaga.

— Pourquoi ?

— Parce que l'auteur de ce micmac n'est pas Zaslavski, mais la mafia. Comme Zaslavski avait des dettes au casino, l'Elan a manigancé avec lui cette histoire de crédits. Puis ils ont emprunté dix-huit millions et, la veille de l'échéance du remboursement, Zaslavski s'est enfui. Mais ces truands l'ont planté une deuxième fois. Au lieu du passeport promis pour Londres, ils l'ont jeté dans une cave en exigeant une rançon de deux cent mille dollars…

— Ce n'est pas logique, dit Izvolski.

— Hein ?

— Ce n'est pas logique. Ils ont blousé la banque de dix-huit millions. Pourquoi s'embêter en plus avec de la petite monnaie ?

— Pas si petite que ça, rétorque Tcheriaga. Pendant deux jours, ils n'ont rien demandé. Ils ont parlé de rançon à l'approche de l'échéance du prêt. Aujourd'hui, ils vont exiger cinq cents bâtons. Ou une brique…

— Et alors Zaslavski sera libre ? fait Nekliassov avec une excitation soudaine.

Son stylo lui tombe des mains et roule sur la moquette.

— Jamais. Pourquoi le relâcher ? Pour qu'il témoigne contre l'Elan ? Ces types-là veulent tout avoir et rien payer. Ils ne vont pas tarder à enterrer Zaslavski si ce n'est déjà fait… Du reste, mieux vaut préparer ces dix-huit millions…

— Pourquoi donc ? (Izvolski fronce haut le sourcil.)

— Comment pourquoi ? Au cas où le tribunal reconnaîtrait l'authenticité de la garantie. Je ne dis pas qu'il le fera, mais…

Sourire carnassier du Lingot.

— Ah ! mon petit juge d'instruc… dit-il. Va que je t'explique : *AMK-Invest* a ceci de précieux qu'il détient le bloc de contrôle du combinat. S'il vend son paquet d'actions, sa valeur dégringole à zéro virgule des graines de cèdre. Dans ce cas, la banque pourra saisir autant d'actifs qu'elle voudra. D'ailleurs, ça lui fera les pieds : on n'accorde pas de crédits sans passer un coup de fil au préalable.

Denis se tient coi. Une telle évidence ne lui avait même pas traversé l'esprit. Cela paraît pourtant l'enfance de l'art ! Quand on possède une officine *Clous et Radis* qui détient des actions d'une entreprise et que cette officine tombe sous le coup d'une grosse menace, pourquoi ne céderait-elle pas ses actions à l'officine *Clous et Radis Plus* ? Mais il faut s'appeler Viatcheslav Izvolski pour cela, et non Denis Tcheriaga…

— Deux secondes, Slava, se fait préciser Tcheriaga, est-ce que nous donnons de l'argent quand il y a cession de titres ? Si oui, cet argent se retrouvera sur les comptes d'*AMK-Invest*. Dans le cas contraire, la transaction fera l'objet d'une plainte, non ?

Izvolski éclate de rire.

— Sois cool, Denis, tout baigne…

Et de lui expliquer le schéma de la transaction. Un schéma compliqué et biscornu que Denis ne comprend qu'à la deuxième explication qui le laisse pantois : la menace qui ce matin encore paraissait insupportable et mortelle ne vaut même pas un pet de lapin…

C'est du moins ce qu'ils s'imaginent à ce moment-là, Izvolski et lui.

II

UN BUSINESSMAN RUSSE EN RENDEZ-VOUS GALANT

Le lendemain, dans le train de banlieue bringuebalant et déglingué qui la ramène à Moscou, Irina ne peut s'empêcher de songer au visiteur de la veille. Arrogant et grossier, le visiteur, mais qui cherchait à masquer sa grossièreté… et avec quelle maladresse. Il faisait penser à un dinosaure en tenue de ville. Pas un mafieux, non, mais intuitivement Irina se dit qu'il dicte sa loi aux mafieux.

Elle n'a jamais fréquenté ce genre d'homme et pourtant, en fouillant dans son capital de lectures, elle trouve d'emblée un parallèle : les tyrans italiens des XIVe et XVe siècles. Bernabo Visconti, Francesco Sforza, le riche et rusé Cosme de Médicis, propriétaire de la deuxième banque de Florence qui acheta les faveurs du peuple avec les pleins pouvoirs après quoi la deuxième banque de Florence devint la première de Florence, d'Italie et d'Europe.

Le parallèle est du goût d'Irina. Cela l'amuse de se dire qu'elle connaît Frédéric Barberousse en personne, quoique celui-ci fût moins un tyran qu'un empereur, mais tout n'est-il pas question d'échelle ? Au fond, ces Visconti et autres Sforza imitaient Barberousse… Mais d'évoquer cette époque ne lui inspire que de sinistres pensées…

Frederico della Vigna se frappe la tête sur les murs de sa geôle pour échapper à d'insupportables tortures…

Bernabo Visconti reçoit les ambassadeurs du pape sur un pont de l'Ebre. Ceux-ci lui apportent son ordre d'excommunication. "Allez-vous boire ou manger ?" demande affectueusement Bernabo aux ambassadeurs, lesquels comprennent que boire, cela veut dire qu'on les jettera à l'eau, et manger, qu'on leur fera avaler la missive… Ezzelino da Romano encercle la suite sans armes de Frédéric avec six cents cavaliers et dégaine son glaive : "Majesté, je crois que mon glaive est meilleur que le vôtre." Frédéric encerclé lâche entre les dents un "indéniablement" d'une politesse glacée. "Majesté, mon glaive étant meilleur que le vôtre, j'aimerais vous le remettre pour devenir à jamais votre vassal…"

L'élégance mariée à une cruauté des plus inhumaines, l'éloge du devoir allié à la plus infâme trahison, une suite sans fin de sang, de traîtrises, de tortures et de pièces d'or jetées dans la boue. "Pourquoi me paies-tu la trahison de mon maître avec de fausses pièces d'or ? – Parce qu'un traître comme toi n'est pas digne de vraies pièces…"

La Lada 06 accidentée l'attend dans la cour. Les clés sont chez la voisine qui fait les yeux ronds et murmure :

— Ah ! Irina Grigorievna, la peur de ma vie… Figurez-vous qu'ils ont frappé à ma porte et m'ont demandé de vous remettre les clés… Des gueules carrées, des épaules de bastaing…

— Oubliez ça, dit Irina.

Un emploi du temps plutôt tranquille que le sien aujourd'hui : un cours à quatorze heures, après déjeuner, puis une pause d'une heure et demie, et re-cours… idiot comme planning. Le bureau de la chaire est bondé. La jeune Lida se trémousse devant le miroir avec des airs de pin-up, se fardant les lèvres d'un truc violet. Ivan Ilitch, homme posé, se pique de curiosité :

— Vous semblez bien triste, Irina Grigorievna…

— Ce n'est rien, dit-elle, j'ai fait la connaissance de quelqu'un.

— De qui ?

— De Castruccio Castracane, dit-elle avec des airs mystérieux avant de filer à l'amphi.

Un vaste amphithéâtre surmonté d'une minuscule estrade à pupitre. Peu d'auditeurs, la plupart fumant de mauvaises cigarettes devant l'entrée. Il s'agit d'étudiants par correspondance convoqués pour une session de quinze jours, certains plus âgés qu'Irina, et d'autres tout jeunes encore. En passant devant eux, elle entend des bribes de dialogues. "Ouais, ouais, on l'a carrément violée, elle a été pleurer chez les flics." "Elle leur montait sur les genoux, je l'ai prise à part et je lui ai dit : T'as pas honte de te bécoter avec ces culs-noirs ?" "Elle est imbaisable. C'est comme un repas de cantoche : de la bectance pour tous, mais qui reste en travers de la gorge." "Si tu la bourres…"

— En voilà une que j'aimerais bien bourrer… dit l'un d'eux à la cantonade en accompagnant d'un œil éloquent les petites fesses appétissantes de la jeune prof.

Irina tressaille. "Je t'attends à l'exam", se dit-elle.

De la grisaille, toujours de la grisaille, de la pluie au-dehors, de la chaux tombée du plafond dans les couloirs, et sa mère écrasée une nuit dans une rue tranquille, il y a deux ans, et son père qui ne dessoûle jamais, séparé d'elles depuis longtemps, des chiottes sales, des pensées sales, ses étudiants se fichent bien de l'histoire, juste Ciel, c'est tout simplement qu'ils ont raté le concours d'entrée en éco et qu'ils n'ont pas d'argent pour entreprendre des études autrement…

Irina, les yeux au sol, pénètre dans l'amphi et s'installe à son pupitre. Le premier qu'elle voit est Izvolski.

Le directeur général se tient assis au bout du deuxième rang, les yeux rieurs. Comme il fait froid dans la salle, il n'a pas ôté son imper et, pour cette raison, ne se distingue guère de la masse des étudiants. Un trentenaire parmi d'autres, bien enveloppé, ce n'est pas ça qui manque ici. C'est curieux, son imper n'est pas de saison, trop léger, comme en été, qu'a-t-il fait de son manteau gris foncé ? Un portable stridule soudain dans sa poche, à peine Izvolski l'a-t-il sorti qu'un autre commence aussitôt à couiner. Il se met à l'écart, près du mur, aboyant tour à tour à l'un et à l'autre. Les étudiants lui jettent des regards effarés. Quand c'est terminé, Izvolski range ses deux téléphones et regagne sa place au deuxième rang.

Le hasard fait que le sujet du jour est l'économie des cités médiévales italiennes.

… Une kyrielle de savants considère les communes italiennes comme le foyer du capitalisme moderne. Quand Irina a choisi Florence au Moyen Age comme sujet de thèse, il y a trois ans, elle partageait ce point de vue. C'était en 1995, en phase finale de privatisation, à l'aube du capitalisme russe. Elle pensait alors écrire un mémoire remarquable sur une contrée magique où tout individu entreprenant pouvait devenir millionnaire en quelques années.

Et pourtant… Plus elle avançait dans les recherches et plus l'image de ce pays lui paraissait suspecte. D'un côté, l'Italie semblait vraiment se présenter comme le berceau des banques. Mais d'un autre côté, ces soi-disant banques ne faisaient qu'obtenir du pape le droit de collecter la dîme en son nom, quelque part en France ou en Angleterre. Quand les contribuables venaient à manquer d'argent, elles leur en prêtaient à titre d'avance sur impôt. Formellement, elles pratiquaient le crédit. Mais c'était d'abord pour financer les gouvernements plutôt que les producteurs. Du moins les gouvernements leur faisaient-ils des offres qu'elles ne pouvaient refuser. N'ayant pas d'argent, ils octroyaient des privilèges en échange. Mais le moment venait tôt ou tard d'honorer les échéances. Alors les gouvernants insolvables attrapaient les banquiers par le col et les faisaient pendre aussi haut et court que possible.

Certes, on vit apparaître en Italie des gens enrichis par leur travail, mais, pour conserver leur fortune, ceux-ci devaient l'investir dans le pouvoir. Ainsi de Cosme de Médicis qui, du deuxième banquier de Florence, en devint le premier dictateur, après quoi sa banque passa du deuxième au premier rang ; ou de Giovanni Agnolo, banquier de Pise, qui acheta le contrôle de sa ville à des mercenaires enrôlés pour la défendre.

Si d'aventure quelqu'un se hasardait à financer ce qu'on appellerait aujourd'hui le "secteur productif", les ennuis se mettaient à pleuvoir. Aucun problème, en revanche, quand on subventionnait le pouvoir. Le gouvernement acceptait n'importe quel taux d'intérêt, n'ayant pas l'intention de payer. Mais malheur à la banque qui offrait ses créances à un marchand pour l'acquisition de dix balles de laine, car les lois sur l'usure interdisaient formellement le crédit, considéré non comme une opération financière mais comme un péché mortel.

A noter que si le banquier commettait le péché mortel de financement d'un marchand de laine, il devait l'expier ici-bas et non dans l'au-delà : le gouvernement, toujours enclin au lucre, confisquait aussitôt la fortune des usuriers. Aussi finançait-on les marchands de laine "du pied droit à travers l'oreille gauche", notamment par le biais du "change brut".

Une opération de financement par le crédit se faisait sous couvert d'une opération de change de devises. Exemple : une banque florentine prêtait des florins à son emprunteur en l'obligeant à la rembourser après dix jours au cours du florin dans la ville de Venise. Naturellement, le taux du florin fluctuait sans cesse par rapport au ducat vénitien mais, en règle générale, il était plus fort à Venise qu'à Florence. Les lois de la statistique assuraient donc un profit au créancier alors que les fluctuations du taux de change excluaient toute accusation de délit d'usure. On pouvait toujours faire valoir qu'on avait prêté telle somme en florins et qu'on l'avait récupérée plus tard en ducats. Le ducat avait augmenté entre-temps ? Et alors ? Si l'on prête un sac de grain, on doit recevoir le même en remboursement, même si le prix du grain a augmenté durant ce temps.

Tout cela a très mal fini pour le pays. L'argent a vite tari dans cette myriade de petites cités où les banquiers, une fois enrichis, devenaient tantôt les tenants, tantôt les martyrs du pouvoir. Désormais l'Italie n'était plus qu'un jouet dans les mains d'Etats nationaux qui proliféraient, et dont les rois et stratèges ne cessaient de porter des coups aux anciens banquiers.

... Les étudiants échangent papiers et chuchoteries. Apparemment, les Médicis et autres Agnoli ne les intéressent guère. Seule une personne écoute attentivement dans l'amphi, sans bouger, vêtue à contre-saison d'un imper d'été. Izvolski, en avant de lui-même, est tendu vers l'estrade : ses yeux bleus étonnés grand ouverts, il est tout ouïe tel un enfant de six ans écoutant un conte magique. Il ne comprend peut-être pas tout, ignorant les différences entre la cité de Florence et le duché de Milan, mais il y puise un plaisir évident.

Dring ! et les étudiants se ruent gaîment vers la sortie. Ne reste qu'Izvolski, toujours assis au deuxième rang. Irina s'approche de lui.

— C'était exprès pour moi ? demande-t-il. Ou c'était prévu ?

— Vous avez trouvé ça intéressant ? Je ne vous crois pas.

— Pourquoi ? Ça stimule l'imagination. Quel dommage que les gouvernements ne soient pas plus sages qu'il y a six cents ans.

— Les banques font toujours de l'"échange brut" ?

— Les gouvernants ont d'autres lubies, ils font ça autrement.

— Comment ?

Izvolski dévisage Irina, amusé par cette jeune fille très à l'aise dans la réalité d'il y a cinq siècles, mais tellement ingénue dans les choses de la vie actuelle.

— Je ne suis pas banquier. D'ailleurs, je n'aime pas les banques.

— Pourquoi ?

— Comme ça. Il y a une banque qui exige de moi dix-huit millions qu'elle ne m'a jamais donnés.

— Dix-huit millions de quoi ?

— Pas de roubles, voyons ! raille Izvolski.

Pour Irina, c'est une somme impensable, exorbitante. En roubles ou en dollars, cela n'y change rien.

— Vous dites ça parce que vous n'êtes pas banquier, dit Irina.

— Pas si sûr ! Je possède deux banques en Russie. L'une à Akhtarsk, l'autre à Moscou. Et je m'apprête à en acheter une troisième à la région, en pleine mouise à cause de la crise.

— A quoi bon acheter une banque si elle est dans la mouise ? demande Irina qui sent ses joues rosir.

— Nous avons fait passer une loi à l'assemblée régionale : que si une banque en achète une autre, déficitaire, les impôts dus par la première au trésor de la région sont réduits du montant du déficit de la deuxième.

— Elle a un gros déficit ?

— On peut toujours le grossir en maquillant les papiers… Mais si on allait déjeuner ? On serait mieux qu'ici, non ?

Irina consulte sa montre. Elle a un trou d'une heure et demie d'ici son prochain cours.

— La cantine est infecte, dit Irina.

A l'idée de prendre un repas au réfectoire de l'université, Izvolski se sent le cœur au bord des lèvres.

Ils se rendent assez loin de là dans un restaurant qui, d'entrée, semble à Irina le plus fastueux du tout-Moscou : murs lourdement tapissés de velours, serveurs dressés à la baguette et gracieux comme des danseurs étoiles, nappes à la blancheur étincelante où flamboient de vrais bouquets d'orchidées.

L'idée qu'elle s'est forgée des restaurants lui vient des films étrangers et du récit de certaines collègues qui marient l'enseignement de l'histoire avec une vie sexuelle bien chargée. Elle imaginait confusément un lieu de luxure avec musique lubrique, strip-teaseuses lascives aux seins siliconés sur les genoux des hommes, chaque soirée dégénérant bien sûr en un crépitement d'armes à feu de tous calibres.

Or, là, point de strip-teaseuses ni non plus de musique. Quant à la probabilité d'un échange de coups de feu, elle semble écartée par la présence d'un détecteur de métaux à l'entrée. On les conduit dans un recoin qu'une tenture sépare de la salle commune. Pour cacher son trouble, Irina regarde longuement la carte. Y figurent des mots bizarres, de sens pourtant familier mais qui, mis ensemble, ne révèlent rien de parlant, tel un manuel de botanique sans image où tout serait en latin. Comme elle a l'estomac creux, elle salive sur tous les noms de plats ; elle s'abstient toutefois, ne voulant pas donner l'impression d'être venue là pour se baffrer, et s'arrête sur ce qu'elle voit de moins cher. De l'oscietre, tout de même. Elle dit niet à l'alcool, mais on apporte à Izvolski une bouteille d'un certain vin qu'il boira sans souci d'alcootest.

— Que faites-vous de vos deux banques si vous dites que vous n'êtes pas banquier ? lui demande-t-elle.

— Je suis un industriel. J'ai des banques de poche. Un banquier, c'est quelqu'un qui a des usines de poche.

— Et pourquoi avez-vous besoin de banques ?

Izvolski marque un temps de réflexion puis prend une serviette en papier.

— Tenez, voici une entreprise. (Il trace un carré au centre.) Elle achète du charbon, du minerai et de l'électricité. Et vend du métal. Ce métal, elle ne le vend pas elle-même, mais par le biais d'une firme *X* sise à Chypre. La firme *X* achète le laminé à moitié prix et paie l'usine cent quatre-vingts jours après l'achat. Que fait l'argent ?

— L'argent passe de l'entreprise à la firme, dit Irina.

— En effet, consent Izvolski, mais il faut quand même manger durant ces cent quatre-vingts jours. L'usine a donc besoin d'un argent qui ne soit pas le sien. Alors elle prend un crédit. Auprès de sa banque de poche. A un taux annuel de soixante pour cent. Et dès que l'argent de la firme arrive à l'usine, il repart à la banque pour payer le crédit. Voilà pourquoi j'ai besoin d'une banque.

— Je ne comprends pas le sens d'un tel schéma. C'est du vol.

— De qui ?

— De l'usine.

— Faux. Si cet argent reste dans les caisses de l'usine, il passera aux impôts. Et là, en effet, il sera volé. Parce que chez nous l'argent public est pillé. En revanche, si l'argent va offshore, il reviendra à l'usine.

Elle observe son interlocuteur à la dérobée. Izvolski a la face plate, plutôt laide. Une gueule en poêle à frire. Mais, au fil de la conversation, Irina a l'étrange sentiment de s'y habituer. D'abord choquée par ses joues grasses et son menton en fonte, elle le trouve bientôt plus beau que n'importe quelle vedette lissée de cinéma.

— Si tout cet argent revenait à l'usine, dit-elle, vous ne prendriez pas une Mercedes accidentée pour une tasse ébréchée.

Izvolski pousse un petit rire défensif.

— Crois-tu que mon travail ne vaut pas une Mercedes ? Je suis le patron du cinquième combinat métallurgique au monde. La majorité des titres m'appartient. Mes ouvriers mangent bien, ma ville mange bien, son parc automobile est passé de douze à quarante-cinq mille voitures en trois ans. Vaudrait-il mieux que l'usine soit en plan, les ouvriers affamés, mais que je paie honnêtement tous les impôts ? D'ailleurs, il n'y aurait pas d'impôts non plus parce qu'une usine métallurgique à jour d'impôts est une usine morte. Par contre, en bon directeur, je roulerais dignement dans une Volga modèle 1978, hein ?

Gênée, elle ne sait quoi répondre. D'être ainsi tutoyée l'a choquée. Au vrai, elle aurait tort d'y voir autre chose qu'une vieille habitude. Essayez de parler avec un directeur russe : si, au bout de dix minutes, il ne vous a encore rien jeté à la figure, il se mettra à vous tutoyer.

— J'ai une autre conception de l'honneur, continue Izvolski. C'est dans le deuxième cas de figure que je me sentirais comme un salaud, une crapule, un traître. Parce que j'aurais vidé aux chiottes l'usine qu'on m'a confiée, mais aussi la ville et ses deux cent mille sujets. La Mercedes, je la mérite. Et même en plusieurs exemplaires.

— Et de quelle manière calculez-vous le nombre de Mercedes que vous méritez ? demande Irina. Tenez, vous avez de l'argent offshore… Qui fait la part de ce qui revient à l'usine et de ce qui reste dans votre poche ? Si c'est vous, le risque est-il exclu que vous vous trompiez à votre avantage ?

— Quand le directeur général de *General Motors* touche son salaire, rétorque Izvolski, il est seul à décider combien de millions y mettre.

— Non. Il y a aussi les actionnaires.

— Je suis l'actionnaire principal. Je possède le bloc de contrôle, ce n'est un secret pour personne.

— De quelle manière avez-vous reçu ces actions ? Il n'y a pas eu de vente publique, que je sache.

— Et de quelle manière ton type… euh… Agnolo a-t-il reçu la ville de Pise ?

Irina éclate de rire, puis consulte sa montre.

— C'est l'heure des étudiants ?

— Oui.

— Je te conduis, dit Izvolski, mais nous allons passer une minute au bureau.

Irina glisse encore un œil sur sa montre : son prochain cours est dans vingt minutes.

Quand Izvolski galant ouvre la portière de sa BMW à Irina, il aperçoit une voiture garée de l'autre côté de la rue, en face du restaurant. C'est une Lada 05 qui ne paie pas de mine, couleur café. Un petit singe pendille à son rétroviseur. Izvolski se souvient alors d'avoir vu cette même voiture garée devant l'université, mais avec un diffuseur d'arômes en forme de couronne impériale à la place du petit singe.

La circonstance l'amuse. Il tient en effet de Tcheriaga que les couches sociales les plus pauvres de la société (malfrats de bas étage, petits détectives privés, miliciens…) s'adonnent ainsi à sa filature avec une ribambelle alternée de petits singes et autres attributs du folklore populaire.

Sachant de source confidentielle que la banque *Iveko* a l'habitude de le faire suivre lors de ses visites à Moscou, Izvolski lâche un ricanement dépité. "Les oligarques russes sont vraiment dans la dèche, se dit-il, voilà qu'ils changent les singes au lieu des voitures maintenant."

Mais Izvolski se trompe.

A peine sa BMW écartée du trottoir, une Lada 09 bleu marine délabrée surgit d'un porche et se met sur les roues de l'autre guimbarde.

Izvolski n'y prête pas la moindre attention. Logique : cette voiture-là ne stationnait pas devant l'université et ne l'a pas suivi non plus sur le chemin du restaurant. Au troisième carrefour, la Lada 09 signale délicatement du clignotant qu'elle prend une autre route, aussitôt remplacée par une vieille Volkswagen tristounette.

Une jolie petite villa de trois étages séparée de la rue par une grille en fer forgé, tel apparaît le bureau d'Izvolski.

Il fait descendre Irina et, tout sourire, la conduit au fond de la cour où se détache d'entre toutes les voitures de prestige une petite et pimpante Toyota. A ce moment son portable se met à sonner. Il décroche, écoute, secoue la tête et dit :

— Pardon, Irina, j'en ai pour une minute.

Là-dessus, il disparaît dans une porte vitrée qui s'ouvre avec prévenance sous ses pas.

Abandonnée au milieu de la cour, Irina martèle nerveusement de ses talons. Personne alentour, sinon deux types qui, vigiles ou chauffeurs, fument auprès d'un 4X4 imposant aux yeux de crocodile. Malgré elle, Irina tend l'oreille.

— Les types étaient protégés par des gars des Forces spéciales… Ils se sont entretués avec le SOBR… Le Lingot s'est pointé après tout ce carnage.

— Qu'est-ce qu'il venait faire là-dedans ?

— Il venait chercher l'autre bouffon, tu sais, qui a été enlevé… Eh bien, figure-toi qu'un mec a surgi de nulle part, il a foncé sur le Lingot du haut d'un escalier, les gars du SOBR lui ont tiré dessus à bout portant, toute la cervelle a giclé sur son manteau.

— Sur le manteau du Lingot ? Et qu'est-ce qu'il a fait ?

— Ce qu'il a fait ? Il a ôté son manteau, l'a jeté et s'est tiré…

Avisant Irina, le chauffeur la jauge du regard et se tait.

— Vous cherchez quelqu'un, jeune fille ? fait-il d'une voix qu'il veut mielleuse ; ce serait pas moi par hasard ?

Les joues empourprées, Irina ne sait que répondre, mais à ce moment le visage du chauffeur change d'expression. Elle se retourne et aperçoit l'homme qu'elle a vu hier au bord de la route : sec, souple, les yeux tristes couleur de myrtille. Il lui avait plu tout de suite.

— Bonjour, dit Irina en lui tendant sa petite main dans un gant noir à trois sous.

— Bonjour, répond Denis d'un signe de tête ; alors, le cadeau vous plaît ?

— Quel cadeau ?

Il pointe le menton sur la Toyota rouge vif.

— C'est pour vous qu'il l'a achetée.

Voyant Irina faire les yeux ronds, Denis se frappe le front avec une expression d'horreur plutôt vraie que feinte :

— Mon Dieu, Irina Grigorievna, je lui ai gâché tout le plaisir ! Ne dites rien à Slava ou il me cassera la figure !

Irina éclate de rire. Elle s'est d'emblée sentie à l'aise avec ce garçon, beaucoup plus qu'avec Izvolski, homme lourd et dangereux.

— Comment vous appelez-vous ?

— Denis. Tcheriaga. Je suis un directeur de Slava.

— Directeur de quoi ? De la stratégie économique ?

Denis sourit, laissant apparaître deux rangées de dents blanches et régulières.

— De la sûreté.

L'un et l'autre se taisent, ne sachant quoi se dire. Irina consulte sa montre d'un air inquiet. Son cours commence dans moins d'un quart d'heure… Qu'est-ce qu'il fiche, à la fin, Izvolski ?

— Vous ne pouvez pas me raccompagner ? supplie-t-elle.

Tcheriaga fait non de la tête :

— Désolé. Slava doit sortir d'une seconde à l'autre. Tenez, le voici, justement…

Izvolski, toujours cintré dans son imper d'été, dévale les degrés du perron. Au lieu de s'emporter à la vue d'Irina et de Denis causant ensemble devant la Toyota rouge, il esquisse un geste de capitulation :

— Je parie qu'il n'a pas été fichu de tenir sa langue. Je me trompe ?

— Viatcheslav Arkadievitch, dit Irina, je ne puis accepter un tel cadeau…

— Elle est bien bonne ! se récrie Izvolski en lui fourrant une pochette dans les mains ; ce n'est pourtant pas une Mercedes ! J'ai bousillé ta bagnole, il faut bien que tu roules avec quelque chose…

Une grande, longue voiture gris clair ronronne devant le portail ouvert, prête au départ.

— Je dois y aller, Ira, dit Izvolski. On dîne ensemble ce soir ? Je passerai te prendre.

Troublée, elle acquiesce.

Tcheriaga et Izvolski se dirigent vers la voiture grise. Irina l'apostrophe d'un air décidé :

— Viatcheslav Arkadievitch ! Qui est le Lingot ?

Izvolski se retourne. Son imper trop léger pour la saison jure avec la Moscou de novembre.

— Le mot est déjà parvenu à tes oreilles ? répond-il avec bonhomie. Lingot est mon surnom. Ils n'ont aucun respect pour leur patron, que veux-tu…

La berline gris clair se coule entre les battants du portail comme un brochet entre deux pierres. "Toute la cervelle a giclé sur son manteau, le Lingot a ôté son manteau et l'a jeté par terre." Irina frissonne. Izvolski a beau dire de belles choses sur les sociétés-écrans, etc., le business en Russie ne se limite pas aux belles choses. "César Borgia entra dans le château où l'attendaient les chefs rebelles. Il leur donna l'accolade en leur disant que tout était oublié et pardonné. Puis, sur un signe de lui, sa suite fondit sur les traîtres en levant les épées." Le pressentiment d'un grand malheur s'empare soudain d'Irina, aussi brutal et cinglant qu'une vilaine bise du nord.

Elle se présente à son cours en retard d'un quart d'heure. Un chauffeur que Tcheriaga avait pris à part l'a conduite à l'université à bord de sa propre Toyota.

Une fois entrée dans l'amphi, Irina songe à une chose étrange : le Sibérien lui a promis de passer la prendre sans lui demander son adresse. Son adresse ? Comme s'il n'était pas renseigné ! Tout est dans le rapport, c'est sûr : qu'elle a eu sa part de logement au prix d'un scandale sordide, que sa mère est morte accidentellement, qu'elle n'a désormais plus personne au monde que sa grand-mère Nastia et sa petite chatte Macha… Elle en conçoit de la répulsion, comme si elle venait de découvrir un micro caché dans son vieux téléphone.

Le rendez-vous auquel se rendent Izvolski et Tcheriaga a lieu au siège de *Rostorgbank*. A l'ordre du jour, bien sûr, le crédit souscrit par *Akhtarsk-Contract*. Il se déroule dans une atmosphère grosse d'inimitié. Sans se perdre dans les détails, Tcheriaga annonce d'entrée que la garantie est un faux et que le signataire du contrat a partagé le magot avec des malfrats. Les autres s'agitent, se récrient, brandissent une bande enregistrée attestant que Nekliassov a bien validé la garantie. Celle-ci écoutée, pourtant, il s'avère que Nekliassov n'y parlait que des anciens crédits, honorés depuis longtemps, d'un montant inférieur à deux millions.

Pour couronner le tout, le président de la banque n'a pas daigné se déplacer. Il s'est fait remplacer par un adjoint et par le chef du département des crédits. Ceci, bien sûr, déclenchant l'ire de Viatcheslav Izvolski. Imaginez Gengis Khan reçu à l'état-major d'un camp ennemi par deux eunuques au lieu du grand chef…

On convient pour finir de se rencontrer le lendemain mais en la présence du président, d'autant que le chef de service venu négocier n'est investi d'aucun pouvoir de décision par la voie pacifique et semble lui-même terrifié par sa propre bévue.

C'est à la fin de l'entrevue que le portable de Denis sonne.

En quittant la banque, il se penche à l'oreille d'Izvolski :

— Je crois qu'on a trouvé Zaslavski.

— Où ça ?

— Tu te sens vraiment obligé d'y aller ? Il n'a pas l'air très frais…

Mais le Lingot brûle d'y aller lui-même, comme s'il n'avait pas assez d'un manteau cochonné.

Kolia Zaslavski gît face contre terre au fond d'un fossé, à une dizaine de kilomètres de la grande ceinture de Moscou. Il est vêtu d'un costume de prix et de ce fameux imper qu'il ne portait presque jamais. Quand on le retourne et qu'on lève un coin de sa chemise, on découvre la marque d'un fer à repasser sur la peau blanche et délitée de son ventre.

Sans doute les complices de la victime ont-ils décidé de le plumer jusqu'au bout en extorquant son dernier pécule. Il est possible en outre que Zaslavski ait mis une partie des dix-huit millions sur son compte et que l'Elan, dans sa sagesse, ait jugé que la part du mort lui serait utile, à lui aussi.

Zaslavski est là depuis la veille au moins. L'endroit est désert. Au-dessus de la ravine s'alignent des maisonnettes de vacances, inhabitées en cette période de l'année. Le corps a été découvert par des gosses de la campagne qui maintenant, du haut des arbres voisins, comme des corneilles, regardent les flics affluer. A la vue de la limousine du Lingot, ils poussent des oh ! joyeux.

— Hé ! mate un peu la caisse !

Izvolski s'extrait de sa voiture, dévale la ravine dans une boue gluante et s'arrête au-dessus du corps de Kolia. Il le regarde comme un mégot jeté dans une cuvette de W.-C.

— Les collègues ont des problèmes, dit Gordon à mi-voix dans l'oreille de Tcheriaga, par-derrière.

— Hein ?

— Avec les Forces spéciales. Avec *Uranus*. On leur cherche des crosses, genre : qu'est-ce que le SOBR d'Akhtarsk venait foutre à Moscou ?

— Il venait foutre que si les Forces spéciales de Moscou assurent la protection des mafieux, on n'allait tout de même pas leur demander de nous défendre des mafieux !

— Mais tu dois savoir une chose, reprend Gordon : si la hiérarchie n'a rien à redire officiellement parce que les gars des Forces spéciales ont vraiment fait les cons, elle est quand même déchaînée. Ils disent que vous faites bien de prendre l'Arménien sous votre aile car le bonhomme a déclaré dans sa déposition qu'il avait été enlevé par les Forces spéciales, et ils trouveront le plus sûr moyen de le faire revenir sur sa déposition. Si ce témoignage saute, il sera démontré que les deux gars se trouvaient là-bas par hasard et que pan ! vous en avez flingué un pour rien.

Izvolski s'approche, les souliers et les bas de pantalon copieusement maculés de boue.

— Il est là depuis longtemps ? demande le Lingot.

— Au moins depuis la nuit d'hier, répond Gordon. Je pense qu'il a atterri là directement du fond de son cachot. Kamaz venait sans doute dire à l'Elan qu'il arrête ses conneries et qu'il abatte Zaslavski, et l'autre a dû répondre que c'était en cours. Nous sommes arrivés une heure et demie trop tard.

— En route, dit le Lingot.

La limousine s'est enlisée dans la fange. Les flics, délaissant leurs vieilles GAZ, accourent prêter main-forte. Il tombe une pluie froide et pénétrante sous un ciel couleur de jambon avarié et les gamins, perchés sur les arbres, commentent avec entrain le moindre effort des flics :

— Ouah ! ça va crever le carter !

Izvolski passe le reste de la journée au bureau. Il apparaît clairement que la banque va déférer l'affaire en justice et que le tribunal ordonnera la saisie des actifs d'*AMK-Invest*. Ne reste plus qu'à dépouiller la société de ses biens et obligations, pour éviter les complications.

AMK-Invest possède le siège de Moscou et sa résidence hors les murs. Sans parler d'un tas de contrats qui régissent des sommes imputables à la société, d'où l'urgence d'établir une cession des pouvoirs à n'importe qui d'autre, *Inter-Trade* ou similaire. Ne pas oublier non plus, surtout, de réduire à "vingt-cinq pour cent moins une action" les parts d'*AMK-Invest* excédant cinquante et un pour cent dans le capital social de toutes les filiales.

Objectif : déshabiller la boîte. Comme on effeuille un chou. Un travail complexe et fastidieux, le temps qu'on arrive au cœur... l'angoisse.

Evidemment, fidèle à son immuable habitude, c'est Izvolski qui prend les commandes du processus. Les pouvoirs sont rétrocédés, les biens transférés dans la balance de la société *Phoenix*, du moins les papiers afférents ont-ils été établis et signés, quoique non datés : inutile, après tout, de torpiller une firme à la réputation bien assise sans attendre le résultat des négociations du lendemain avec le président de *Rostorgbank*.

Même chose pour les actions : la banque *Métallo* octroie à trois firmes *(Impera, Chronica et Laguna)* ni plus ni moins que dix-sept millions de dollars pour l'achat du bloc de contrôle d'*AMK*, désormais divisible entre elles trois. Lesquelles firmettes devront déposer ces dix-sept millions sur les comptes d'*AMK-Invest* qui, à son tour... les rendra à la banque *Métallo* puisqu'il lui doit justement cette somme en vertu de tel contrat.

Ainsi tourne le manège de l'argent.

Trois firmettes, donc, parce que si la société *AMK-Invest* avait cédé à quiconque plus de vingt-cinq pour cent des actions du combinat, elle aurait dû en demander l'autorisation au bureau territorial du Comité antitrust, chose certes faisable les doigts dans le nez mais à quoi bon se compliquer l'existence... téléphoner... donner des ordres... être redevable. Izvolski s'en tient à un principe simple : si l'on peut faire quelque chose en contournant la bureaucratie, eh bien qu'on le fasse en contournant la bureaucratie. Il faut économiser ses nerfs. Et endiguer les fuites d'information par le Comité antitrust, cette passoire. Conséquence : à chaque firmette vingt-quatre pour cent des actions du combinat. Au passage, on en ficelle une quatrième (son nom déjà ? *Amina*, semble-t-il) qui reçoit les deux pour cent et demi restants.

Là encore, on se garde bien de finaliser la combinaison : la régularisation des firmettes prendra un peu de temps, les papiers afférents seront signés demain, rien ne presse. Le délai ultime du crédit échoit dans deux jours et la banque, avant ce terme, ne peut en aucun cas porter l'affaire en justice. En deux jours, on peut s'arranger.

Deux coups de téléphone viennent interrompre le directeur général dans sa besogne de délestage. Le premier émane d'un vice-ministre de l'Intérieur lié au chef de la section *Uranus* par une parenté lointaine mais solide. Le ministre, comme il fallait s'y attendre, déclare s'élever contre le raid du SOBR d'Akhtarsk effectué sans sommation – et à l'extérieur de sa garnison – dans la résidence de campagne de l'honorable homme d'affaires Alexandre Elanov, résidence placée sous la garde des Forces spéciales, par-dessus le marché.

Le vice-ministre promet d'envoyer le SOBR d'Akhtarsk se faire [on ne sait plus quoi] chez [on ne sait plus qui], à quoi Izvolski lui répond qu'il serait bien inspiré de ne pas trop la ramener car si les mots de "résidence de campagne de l'honorable homme d'affaires Alexandre Elanov, résidence placée sous la garde des Forces spéciales…" si ces mots-là, donc, sont rapportés aux mass media, la citation vice-ministérielle risque d'être mal comprise.

Le vice-ministre renvoie en retour que ce n'est pas la première fois que lui, Viatcheslav Izvolski, tape sur les nerfs des forces de l'Intérieur. Pour preuve, il lui rappelle l'histoire de l'usine d'hélicoptères de Kongarsk, quand Viatcheslav Arkadievitch s'est permis d'offenser gratuitement des personnalités respectables. Izvolski ne demeure pas en reste, et les deux interlocuteurs finissent par se fixer pour le lendemain un face-à-face en territoire neutre dans l'intention de faire le point sur le cumul des divergences.

Le second coup de fil est du même tonneau : le gouverneur de Sounja appelle, alerté sur l'épopée de Zaslavski. Une langue de vipère lui a rapporté que Zaslavski aurait été descendu par le Lingot lui-même, et Izvolski n'a plus qu'à protester longuement des efforts déployés pour le salut d'un merdeux empêtré dans sa propre escroquerie.

L'histoire des dix-huit millions de dollars contrarie fortement le gouverneur qui s'enquiert des moyens de les rembourser. En cela, il semble harcelé par son propre adjoint, l'oncle Zaslavski, ce dernier considérant à juste titre que moins il y aura de merde dans cette histoire sur le nom de son neveu, mieux ce sera pour l'administration régionale. Au reste, les ruades du gouverneur paraissent masquer une inquiétude autrement terre à terre : l'estimable Viatcheslav Arkadievitch considère-t-il l'administration régionale comme partie prenante de cette affaire ? et le risque existe-t-il en conséquence de complications pour les comptes suisses de ladite administration ? Izvolski dit qu'il ne saurait en aucun cas accuser l'administration et qu'on trouvera toujours une brebis galeuse dans le meilleur des troupeaux. Moyennant quoi le gouverneur accepte de faire son deuil de Nikolaï Zaslavski.

En revanche le gouverneur se frappe la poitrine en apprenant les invectives du vice-ministre de l'Intérieur et promet au Lingot un soutien total pour donner une bonne leçon à la flicaille moscovite qui se croit tout permis et qui protège les mafieux. Certes, insinue le gouverneur, un tel soutien ne peut être gratuit mais directement proportionné à la gratification financière avancée par le directeur. Combien ?…

A propos, un troisième larron téléphone en la personne du président d'une influente commission de la Douma. Le parlementaire vitupère contre Izvolski pour l'achat de la centrale atomique et lui recommande de ne plus fréquenter le nouveau patron d'*Atome-Energo* qui, dit-il, est poursuivi par la justice du Kazakhstan pour escroquerie aux douanes.

Le temps d'expédier toutes ses affaires, Izvolski quitte son bureau à vingt-deux heures quinze, c'est-à-dire plus tôt que jamais.

Dans l'esprit d'Irina Grigorievna Denissova, la soirée commence après dix-huit heures et la journée de travail s'achève au plus tard après dix-neuf heures.

Aussi commence-t-elle à se faire belle dès avant dix-huit heures : grande toilette, brushing. Elle hésite longtemps à se maquiller. Intuitivement, toutefois, elle sent que le nécessaire à maquillage offert il y a deux ans par l'université à l'étudiante en doctorat qu'elle était encore, c'est de la pacotille. Et puis elle ne sait pas du tout se maquiller. Elle se hasarde pourtant à souligner le dessin de ses lèvres mais découvre dans le miroir quelque chose de licencieusement écarlate, de provocant et, en plus, de mal tartiné.

Elle se démaquille à la hâte, pousse un soupir et passe à sa garde-robe.

Encore un problème que celui de l'habillement. Sa seule tenue du dimanche a été achetée l'an dernier dans un bazar pour deux cent mille roubles. Elle est étiquetée made in Italia mais avec deux fautes au mot Italia, ce qui lui fait penser qu'elle a été fabriquée quelque part en Chine ou en Turquie.

Ses chaussures du dimanche ont un talon de décollé. Il n'y a même pas une paire de bas non filés dans la maison, faute d'utilité. Irina passe sa vie en jean. Au début, cela lui valait des remarques à l'université, puis plus rien. Et maintenant qu'elle sort avec dépit de vieux collants élimés, elle se rappelle ce que disait Lidotchka, la petite secrétaire de la chaire, pas plus tard que la semaine dernière : que de toutes les pièces de la toilette féminine les mecs craquent d'abord sur les bas noirs de fantaisie. Vrai ou faux, va savoir, mais il ne fait aucun doute que Lidotchka est incomparablement plus expérimentée qu'elle sur ce chapitre. Le hic, c'est qu'Irina n'a pas de bas noirs.

Finalement, Irina en colère enfile un jean et une paire de souliers neufs, quoique désespérément bon marché, décidée à prier Izvolski de l'emmener dans un restaurant où les jeans sont admis.

Mais d'Izvolski, toujours pas le bout du nez. Ni à six heures, ni à sept heures, ni à sept heures et demie. Irina finit par l'appeler au téléphone, accueillie au bout du fil par une espèce de garce polie (Irina ignore que le portable d'Izvolski bascule sur son secrétariat). Quand elle demande à parler à Viatcheslav Arkadievitch, la garce dit “qui dois-je annoncer”. “Irina Denissova”, répond-elle, et l'autre garce de terminer en disant qu'elle ne manquera pas de faire la commission.

La secrétaire sait que son chef est terriblement occupé, qu'il y a tout un branle-bas au bureau, que la moitié des juristes épluche à la hâte les actifs d'*AMK-Invest* alors que l'autre moitié examine à la loupe un contrat de trente pages avec *Atome-Energo*, tandis que le nom d'Irina Denissova ne lui dit rien du tout, aussi s'abstient-elle de faire la commission à Izvolski de peur qu'en colère il ne lui balance quelque chose en pleine figure. Au deuxième appel d'Irina, la secrétaire répond d'une voix très polie que Viatcheslav Arkadievitch est extrêmement occupé et qu'on ne pourra le joindre que demain.

Horriblement vexée, Irina est au bord des larmes, ce qui n'est pas logique car Izvolski ne lui plaît guère.

Premièrement, il ne pèse pas moins de cent kilos. Or, depuis toute petite, Irina ne peut pas voir les gros en peinture. On ne peut certes le qualifier d'obèse, surtout dans son costume chic, mais il n'en a pas moins une gueule pleine de soupe. Partant de là, il ne correspond en aucune manière à l'image qu'elle se fait d'un mari ou d'un amant.

Deuxièmement, pour ne pas dire premièrement, il lui fait peur. Il a beau ne pas être un malfrat, il est de ceux qui les font vivre, entre autres procureurs, juges, gouverneurs et consorts. Plusieurs fois Irina a travaillé comme interprète pour arrondir ses fins de mois, et voilà ce qu'elle en dit : Izvolski n'a rien à voir avec ces hommes d'affaires occidentaux dont la vue évoque un bureau baigné de soleil, des persiennes aux fenêtres, des sourires de porcelaine, des cadres à col blanc… Non, Izvolski sent le servage, les barreaux de geôles médiévales et le droit de cuissage. Il n'est pas le directeur du Combinat métallurgique d'Akhtarsk. Il est le seigneur de la ville d'Akhtarsk. Seul un seigneur peut promettre dans la journée de passer, et de ne pas daigner décrocher le téléphone dans la soirée…

Irina promène un regard triste sur sa cuisine éclatante de propreté avec son petit évier d'un autre âge, puis regagne sa chambre, fait une grimace à son chat siamois Macha pelotonné sur les robes qu'elle vient d'essayer, et dit : “Eh bien soit !” Elle enfile son jean préféré, met les pieds dans ses chaussons, jette ses robes à l’armoire et s’installe à son vieil ordinateur pour préparer son cours du lendemain.

A vingt heures elle allume la télé et se met à zapper. Une chaîne annonce qu’on a trouvé près de Moscou le cadavre de Nikolaï Zaslavski, directeur de la société *Akhtarsk-Contract*, et que les observateurs établissent un lien entre la découverte et une histoire sans précédent survenue la veille où une section spéciale des forces de l’ordre de la ville d’Akhtarsk a pris d’assaut la datcha d’un certain Alexandre Elanov, businessman. Le ministère de l’Intérieur voit dans l’action du SOBR d’Akhtarsk un signe jamais vu d’insubordination. “Les sections spéciales ne sont pas la propriété de tel ou tel directeur, déclare devant la caméra une gueule bouffie d’officier. Les Sibériens ont fait preuve d’une absence totale de sens opérationnel dans un grabuge qui a tourné au carnage. Une action sera intentée contre eux pour abus de pouvoir dans le cadre du service. Un combattant d’une section spéciale qui se trouvait à la datcha en invité a même été tué, c’est tout dire.” Le reporter demande alors à l’officier de commenter la rumeur selon laquelle le businessman Elanov serait l’un des chefs du gang des Pattes-Longues auquel auraient appartenu les combattants des Forces spéciales déjà cités ; selon laquelle aussi un homme d’affaires nommé Stepanian aurait été amené à la datcha par ses ravisseurs à quelques heures seulement de l’opération. A quoi la gueule bouffie répond que Stepanian est actuellement en garde à vue et que les causes de sa présence à la datcha sont “sujettes à clarification”. S’agissant d’une quelconque complicité entre les Forces spéciales et la mafia, il ne saurait en être question. “Ce sont là des rumeurs répandues par des commerçants corrompus qui ont décidé de régler leurs problèmes par l'entremise du SOBR de leur région", souligne la gueule bouffie.

Il est onze heures moins le quart quand la sonnette retentit brièvement à la porte.

— Qui est là ? demande Irina.

— C'est moi.

Elle ouvre la porte. Izvolski est planté sur le palier obscur et souillé d'immondices avec un énorme bouquet de fleurs à la main. Un garde du corps est derrière lui, les bras chargés de sacs plastique. Sentant son cœur flancher, Irina s'appuie sur l'encoignure de la porte.

— Je ne vous attendais plus, dit-elle. Je ne suis pas habillée…

Elle parle pour dire quelque chose mais, croit-elle, ce qu'elle dit n'est que bêtise.

Izvolski joue les habitués et lui fait la bise sur la joue.

— C'est tant mieux ! dit-il. Pas le courage de se traîner au resto à une heure pareille.

Silencieusement, prestement, le garde du corps se débarrasse de ses sacs en plastique dans la cuisine. Irina aperçoit des zakouski, des salades, un énorme gâteau. Un sac spécial renferme des bouteilles : deux de cognac, une de vodka, haute et carrée, une de champagne pour dame et deux de vin.

"Grand Dieu… pourquoi autant ?" s'effraie Irina.

Le garde s'efface tout aussi silencieusement qu'il est apparu, et la porte se referme sur ses talons. Irina et Izvolski sont seuls. Il balaie les lieux du regard : c'est un studio modeste et propret. Une mini-cuisine se profile derrière la porte ouverte de l'entrée ; la pièce unique est à droite, entièrement garnie de livres aux ternes reliures. Même dans l'entrée, une armoire est étayée par des rayonnages. Le temps qu'Izvolski accroche son imper, un livre tombe d'une étagère à ses pieds. Il le ramasse : l'ouvrage appartient à la plume d'un certain Braudel, où il est question, pour autant que puisse en juger le directeur, de la civilisation méditerranéenne à l'époque de Philippe II qu'Izvolski serait bien incapable de dater. Il se souvient alors d'avoir lu récemment un article d'un certain Braudel sur la récupération des scories dans la fabrication du ciment mais il doute qu'il s'agisse là du même Braudel.

— Je vais faire quelque chose à manger, dit Irina.

— OK.

Le directeur se déchausse, passe dans la cuisine, attrape une bouteille de cognac et se rend dans la chambre.

Là, il s'assied sur le divan, décapsule la bouteille avec le geste de qui tord le cou à quelqu'un et engloutit plusieurs gorgées qui le délivrent de la folle pression du jour : les piles de contrats, la centrale atomique de Beloïe-Polié, les vitupérations du vice-ministre Kitaïtchikov au téléphone et la marque arrondie d'un fer à repasser sur la peau blanche comme linge d'un cadavre jeté dans un ravin.

Du reste, l'anxiété dont il est la proie ne se ramène aucunement à la seule personne de ce vaurien de Zaslavski.

Contrairement aux idées toutes faites qui présentent les "nouveaux Russes" comme des pervers patentés barbotant dans des piscines de luxe avec de lascives prostituées et chassant le crocodile en Amérique du Sud en compagnie de nymphes aux cuisses rebondies, Viatcheslav Izvolski mène une vie que beaucoup trouveraient plutôt ascétique.

Un homme qui se rend au travail à l'aube pour ne le quitter qu'à deux heures du matin n'est guère enclin à faire trempette dans une piscine avec une naïade aux yeux verts. Il est enclin à dormir. Par ailleurs, rien n'oblige un directeur général à se rendre au restaurant : il peut parfaitement se faire livrer ses repas au bureau. Pour les mêmes raisons, il préférera se rabattre périodiquement sur des secrétaires à ses yeux tout aussi commodes qu'un restaurant d'entreprise, en termes d'économie de temps.

Ainsi a-t-il pris l'habitude, depuis longtemps déjà, de combattre le stress. Toutefois, il y a trois mois, quelque chose de gênant s'est produit : après une réunion harassante, il a attiré sa secrétaire Vérotchka dans une alcôve et là… soit qu'il eût l'esprit dévié par des tentations financières, soit autre chose encore… mais impossible de bander avec Vérotchka.

Même scénario deux jours plus tard. Contrarié, Izvolski a viré Vérotchka. Pour la remplacer, Tcheriaga lui a présenté une jolie poupée aux cheveux de lin et aux yeux bleus de Bonne Fée. Rien de gênant, cette fois, avec la poupée, mais rien de satisfaisant non plus. La secrétaire suivante fut ni plus ni moins qu'une prostituée professionnelle délicatement recrutée par Tcheriaga. La belle était si habile qu'elle eût fait bander un mort. Tout allait donc pour le mieux sur ce chapitre mais, pas de chance, elle ne valait pas un clou comme secrétaire, et Izvolski l'a renvoyée au premier coup de fil planté par sa faute.

Une situation d'autant plus délicate que la deuxième secrétaire (Bonne Fée) avait été refilée à un directeur adjoint qui s'en disait extrêmement satisfait. Ça jasait déjà dans l'usine. Tcheriaga était au courant de tout, ayant interrogé les deux secrétaires par le menu, mais ne pouvait se décider à en parler à son chef. Après tout, ça ne concernait pas directement la sécurité de l'entreprise.

Aussi le Lingot a-t-il pris une quatrième secrétaire, une orchidée de dix-neuf ans à la taille féline et aux yeux de biche, ceci pour ne plus en changer. Ouf ! a fait l'usine. Seul Tcheriaga avait eu vent d'un petit détail : Izvolski n'avait jamais touché à l'orchidée.

Les analyses médicales d'Izvolski ne traduisaient rien d'anormal et Tcheriaga, qui s'était renseigné discrètement auprès d'avis compétents, avait reçu la réponse suivante : soit l'homme souffre d'une fatigue permanente, soit il a fait l'objet d'un petit dérèglement psychique. Une fois d'abord, puis une deuxième fois par association, et bonjour l'engrenage.

Que l'homme ne soit pas impuissant, cela transparaît clairement dans les rapports existant sur ses rares passages au sauna entre autres frasques à mettre sur le compte de ses obligations directoriales plutôt que de ses distractions personnelles. Il a toujours détesté les partouzes. Tcheriaga ne tient ces renseignements que de la bouche des filles. Il en ressort que le Lingot est de plus en plus difficile à allumer et que la chose revêt des formes de plus en plus saugrenues. Non que la bagatelle sorte des convenances admises, d'autant que ces convenances, par les temps qui courent, connaissent de moins en moins de limites ; mais parce qu'elle frôle de plus en plus dangereusement les limites en question. Chaque semaine Tcheriaga se jure d'en parler à son chef, et chaque semaine il recule devant pareille échéance. Ce qui n'empêche pas Izvolski de considérer son état avec lucidité.

Ce soir, dans la mesure où un homme accueilli par une femme à vingt-trois heures avec fleurs et champagne ne vient pas seulement pour se mettre à table avec elle, se pose une question simple : comment sera-t-il au lit ? Surtout aujourd'hui, après sa conversation avec le vice-ministre et avant celle qui l'attend demain au siège de *Rostorgbank*…

Pour se donner courage, Izvolski descend encore une gorgée de cognac. Puis il avise dans un coin de la pièce, derrière des livres, un meuble de verre contenant de la vaisselle réservée aux grandes occasions. De là, il sort une magnifique coupe en verre bleu taillé.

Quand, dix minutes plus tard, après s'être changée, Irina entre dans la chambre avec un plateau garni de zakouski, elle s'étonne de voir qu'Izvolski a déjà sifflé la moitié d'une bouteille.

Ivre, pas encore. Le visage du directeur a perdu de son assurance, ses yeux semblent flotter dans le vague. Il a tombé la veste et relâché le nœud de sa cravate de soie couleur bordeaux. Elle se demande : et Tcheriaga, comment se serait-il conduit ? Puis elle hoche la tête. Pourquoi ne cesse-t-elle de penser à cet homme aux yeux de myrtille ? C'est l'adjoint d'Izvolski. En charge de la sûreté. Un bourreau en civil. "La cervelle a giclé sur le manteau du Lingot, et il a ôté son manteau." Et Denis Tcheriaga, où était-il ? Qu'aurait-il fait en pareille situation ? Aurait-il ôté son manteau ? Elle dresse rapidement la table et s'assied sur une chaise près du divan.

— Vous avez des ennuis ? demande-t-elle la joue appuyée sur sa main et posant sur Izvolski de grands yeux inquiets.

— Un directeur a des ennuis tous les jours, siffle Izvolski.

Ses yeux reprennent vie, grand ouverts, qui dévorent Irina d'une expression avide et franche sans équivoque.

— A cause de cette histoire avec le SOBR d'Akhtarsk ?

— Comment ? La télé en parle déjà ?

— Oui, ils ont dit que le SOBR de chez vous a tiré sur les hommes des Forces spéciales qui défendaient la datcha d'un businessman…

Irina brûle de lui demander s'il était présent à la datcha et si l'on avait vraiment tué un homme devant lui.

— Un "businessman"… dit Izvolski, il est beau le businessman surnommé l'Elan… Chez vous, à Moscou, tout se vend. Et tout se vend dans des proportions telles qu'aucune fortune n'en viendrait à bout. Ce qu'on achète une fois, il faut le racheter la semaine d'après…

Avec une lueur d'inquiétude, Irina regarde Izvolski décapsuler une bouteille de vodka dont il s'emplit à grands glouglous un demi-verre au fond duquel reste un nuage de cognac. Un cocktail dont il ne fait qu'une gorgée.

Son portable se met à chanter dans une poche de la veste qu'il a jetée près de lui. Izvolski hésite, puis répond. Au bout du fil, la voix résonne d'une sonorité monocorde. Son propriétaire, ancien fonctionnaire du Comité central, a longtemps exercé ses cordes vocales au parlement avant d'entrer à la Maison Blanche sur le cheval noir de la crise. Lors de sa députation, le propriétaire de la voix monocorde avait menacé plus d'une fois d'ouvrir une enquête sur la privatisation du Combinat métallurgique d'Akhtarsk.

— Viatcheslav Arkadievitch, gronde, sûre de soi, la voix de basse, quelles sont ces manières de manœuvrer dans mon dos sur les taxes d'exportation ? Vois-tu, j'étais en train de faire mon rapport au Premier ministre sur la croissance des revenus budgétaires, en train d'avancer des chiffres, et voilà qu'il me dit : "Pas de taxe sur les métallos ! Le Lingot et Deripaskaïa ont déjà pris langue avec nos gars sur la question…" Je me suis senti tout con : moi, qui réponds de la politique industrielle, je n'étais même pas au courant…

Izvolski ne desserre pas les dents. L'homme à la voix monocorde, en effet, était absent à la réunion d'hier. A part le Lingot, absent lui aussi pour la bonne raison que l'on sait, les autres métallos venus des quatre coins de la Russie ont mis tout leur poids dans la balance pour dissuader le gouvernement de décréter les taxes. Il y avait untel, tel autre, tel troisième, mais pas lui qui pourtant était à l'origine de la proposition. De plus, c'est l'évidence même, il n'était pas au courant. Ou peut-être avait-il l'intention de monnayer après coup ce service rendu à titre privé ?

— Il ne manquait plus que les taxes ! dit le Lingot ; dans tous les pays du monde le taux de rentabilité des usines métallurgiques plafonne à sept pour cent. Et voilà que vous nous balancez des taxes à vingt pour cent. On fera comme partout dans le monde. Déjà que c'est la crise… J'ai dix millions de bloqués en banque…

— Au fait, à propos des dix millions, dit au téléphone le vaillant défenseur de l'industrie, il paraît que tu fais l'entêté ? Que veux-tu leur prendre s'ils sont fauchés ? Si tu acceptais leur scénario, nous pourrions nous entendre en retour sur les taxes…

Le "scénario" prévoit que sur dix millions le combinat n'en rende que cinq et ceci, qui pis est, au bout de six mois.

— Viens me voir demain, on parlera, il faut défendre l'industrie russe, c'est pour ça qu'on existe, vers trois heures ça te va ?

— Ça me va, répond Izvolski morose.

Il raccroche.

— Que se passe-t-il ? demande Irina inquiète en voyant le visage de Viatcheslav s'assombrir brusquement.

— Que je te parle de cette merde ? Il ne manquait plus que ça…

Se sentant soudain le moral à zéro, il avale encore une lampée de cognac.

— Du racket, rien de moins, dit Izvolski.

— Comment ça du racket ? fait Irina stupéfaite en fixant le portable des yeux.

— Oui, oui, du racket. (Izvolski se laisse légèrement glisser du divan.) Sais-tu comment ça marche ? Une bande de crapules débarque et vlan ! boum ! pan ! On te menace du fusil, on casse les vitrines de ton magasin… Alors le directeur court à la recherche d'un toit respectable, d'une couverture. Quand ces gens-là arrivent enfin, ils font le ménage, tordent le cou aux crapules, le directeur est aux anges : Vive mes protecteurs ! Et les protecteurs vont payer les crapules pour service rendu, business inféodé…

— Je ne comprends pas bien, dit Irina le front plissé ; des mafieux sont vraiment venus vous voir ? Pour casser vos vitrines ? Dans votre villa, là-bas ?

— Non, ils n'ont rien cassé. Ils ont dit : on va décréter des taxes d'exportation.

Irina marque un signe d'étonnement.

— Donc, ce ne sont pas des racketteurs, mais des gens du gouvernement ?

— Je ne vois pas la différence, ironise Izvolski.

Il parle machinalement, comme en mode de pilotage automatique. Au fond de la pièce est un petit lit tout propre, d'une place et demie, nappé d'un couvre-lit soyeux, et les yeux de Viatcheslav font un incessant va-et-vient du lit à Irina et inversement.

— Et que voulaient-ils en échange ? Je veux dire, pour ne plus casser les vitrines ?

— Nous avons dix briques de perdues dans une banque à cause de la crise. De l'argent destiné à payer du minerai. Elle ne veut pas m'en rendre plus de la moitié. Ce coup de fil, c'est pour que j'accepte.

— Mais c'est vraiment la crise ! Ils n'ont plus d'argent, c'est sûr.

— Chez nous, Irina, ma petite Irichka, les crises sont un genre particulier : un cambrioleur débarque (l'Etat) et dévalise un kiosque de bord de route. Il repart avec dix mille roubles… Le lendemain matin, la marchande (la banque) dit aux investisseurs : on a volé deux caisses de vodka, une boîte de confiserie de luxe et vingt mille roubles…

Nouvelle stridulation du portable.

— Oui, dit Izvolski.

— Bonsoir, Viatcheslav Arkadievitch. Il ne vous a pas loupé, le vice-ministre Kitaïtchikov…

— Qui est à l'appareil ?

— Vous ne m'avez pas reconnu, Viatcheslav Arkadievitch ? Ça porte bonheur, c'est signe de richesse.

C'est alors qu'Izvolski reconnaît la voix de cet homme qu'il n'avait pourtant vu que deux fois en coup de vent : le fameux haut fonctionnaire du ministère de la Défense qui louchait tant sur l'usine d'hélicoptères de Kongarsk.

— Je vous reconnais, dit Izvolski impassible.

— En voilà des façons ! Abattre un homme des Forces spéciales en territoire étranger… Laissez-moi vous dire que le vice-ministre a signé le mandat d'arrestation de votre Alechkine. Reste à voir aussi qui est le donneur d'ordre. Ce ne serait pas votre Tcheriaga, par hasard ? J'ai eu toutes les peines du monde à dissuader Kitaïtchikov de le faire enfermer. Il a fallu que je fasse jouer notre amitié, qui est très ancienne. Je lui ai dit : “Sergueï Vassilievitch, je ne veux pas croire qu'Akhtarsk nous fasse une guerre de sécession. Viatcheslav Arkadievitch est quelqu'un d'intelligent, il comprendra qu'il a dépassé les bornes.”

En traduction : donne-moi l'usine de Kongarsk ou bien je fais mettre Alechkine et Tcheriaga en taule.

— Je n'ai dépassé aucune borne. Si votre vice-ministre tient à faire savoir que les Forces spéciales protègent un mafioso, je peux m'en charger à sa place.

— Et le *Mi-38* ? Le *Faucon* ? demande le personnage haut placé.

— Quel *Mi-38* ?

— L'hélicoptère venu chercher des pièces détachées à Touchino. On peut se poser des questions à son sujet, non ? Par exemple : n'est-ce pas faire entorse à la sécurité nationale que de confier une usine militaire à une personne capable d'utiliser un appareil de haute technologie dans un règlement de comptes avec des mafieux, alors même que l'armée russe n'en est pas encore équipée ?

Izvolski hausse une épaule. On cherche à le bluffer, c'est évident. Il n'y a rien à redire sur cette histoire d'hélicoptère. Tout est clean.

— Posez toutes les questions que vous voulez, dit le Lingot porté par l'ivresse, allez voir Kamaz et prenez sa déposition, il vous racontera toutes les misères qu'il a endurées...

— Vous avez tort de vous emporter, Viatcheslav Arkadievitch. Vous feriez mieux de réfléchir jusqu'à demain matin. C'est mauvais d'avoir trop d'ennemis...

Izvolski éteint rageusement son portable.

— C'était qui ? demande Irina aux abois.

— Tout se vend à Moscou, je me tue à te l'expliquer.

— Et à Akhtarsk ? Tout est déjà vendu ? A qui ? A vous ?

Izvolski se laisse brusquement tomber du divan et se retrouve accroupi devant elle. Irina voit distinctement les plis creusant sa chemise à l'abdomen, marques habituelles des hommes ventripotents. Un léger suintement perle à l'endroit où son col impeccable cercle son cou. Et une petite tache souille sa cravate : peut-être une giclure de sauce reçue à table, ou quelque chose comme ça. L'homme renvoie une odeur tenace de bon cognac et de vodka. Ivre, le directeur ne peut ou ne veut plus se contrôler.

— Ira, dit-il, vas-tu cesser, bon sang, de me dire vous ?

Il se met à l'embrasser d'un élan avide et grossier, dégrafant son corsage de ses mains tremblantes, son haleine empestant l'alcool. Irina n'est pas contre, mais pas comme ça, là, tout de suite. C'est horrible. Elle n'est pas une prostituée, à la fin, ni une secrétaire qu'on attrape sur un divan à l'heure de la pause et qu'on rémunère avec un salaire…

Elle tente de le repousser.

— Attends, dit-elle, il y a de la viande dans le four…

— Je m'en fous, répond le Lingot d'un souffle éclatant de sincérité.

Il la traîne jusqu'au lit et, aussitôt, s'affale dessus.

Irina s'efforce de le repousser, mais rien n'y fait. Ses doigts grossiers, lourds (Irina vient seulement de remarquer qu'ils ne portent pas d'alliance) ont déjà arraché son corsage et ses lèvres font ventouse sur un petit mamelon rose bordé de cils minuscules.

— Laisse-toi faire, laisse-toi faire, bafouille le Lingot, ah ! comme j'ai envie, comme j'ai envie, ce sera bien, tu verras…

Son ventre est un brasier, un mélange de vodka, de peur et de doute s'empare de lui, et le voilà qui perd d'un coup la tête, irrémédiablement. Maintenant elle se débat pour de bon, effroyablement outrée. Elle a certes peu d'expérience, mais point n'est besoin d'expérience pour comprendre que ce qu'elle est en train de subir n'est pas de l'amour parce que cela tombe sous le coup de l'article 117 du Code pénal de la Fédération de Russie.

Irina va pour se dégager de la masse qui l'écrase mais Izvolski est lourd et fort en diable.

— Non ! gémit-elle.

L'autre halète comme un marteau pneumatique. Elle sent à l'aine quelque chose de dur et brûlant qu'elle écarte de la main. Le Lingot l'en empêche si fort qu'elle se croit broyée.

Une pensée lui traverse l'esprit en un éclair. "Il va me tuer en toute impunité. S'il peut faire fusiller des soldats sans qu'on le touche, avec moi il ne risque rien du tout."

De guerre lasse, elle pleure doucement. Elle se sent telle une pièce brute sous une presse géante en action. La boucle d'acier de sa ceinture lui mord impitoyablement la cuisse (le directeur n'a pas daigné ôter son pantalon, à peine l'a-t-il déboutonné). Elle est coincée sous le poids. Irina ferme les yeux.

Effrayée par un branle-bas aussi inhabituel, la chatte Macha s'est d'abord blottie contre la porte avant de monter d'un bond sur la table garnie de zakouski. Là, en ronronnant, elle entreprend un morceau d'oscietre à chair blanche. Une daube de porc crépitant dans le four exhale son arôme du fond de la cuisine.

Le moment est venu où Izvolski a roulé sur le lit, les bras en croix. Il ronfle. Sa chemise blanche est froissée, tachée de sueur jaune sous les aisselles, les boutonnières arrachées bâillant sur une poitrine étrangement blême, presque imberbe, avec un rai noir de poil dru qui court jusqu'au nombril. Par sa braguette ouverte pendille la queue du directeur, semblable à une longue feuille de salade fanée. De sa bouche, béant bêtement, serpente un filet de salive.

Irina reste un temps immobile, n'osant bouger. Mais le directeur dort bel et bien ivre mort, ce qui ne fait qu'en rajouter à sa peur et à son angoisse. Le khan d'Akhtarsk a tombé le masque. Il a révélé son vrai visage en faisant la cour à une fille du petit peuple, en lui offrant des fleurs, des bonbons et même une tomate rouge : la Toyota. Et maintenant, las de jouer la comédie, il a pris une biture et s'est servi d'elle comme un seigneur consommant une liaison ancillaire.

Irina se laisse doucement glisser du lit, éteint le four où la daube de porc achève de brûler et passe à la salle de bains. Elle porte ce qui lui reste de corsage, c'est-à-dire des lambeaux imprégnés de la sueur d'Izvolski. La colère la prend. C'était son corsage préféré, son corsage des beaux jours, rapporté d'Angleterre, elle ne risque pas d'en racheter un de sitôt maintenant, et pas question d'en accepter un d'Izvolski.

Elle se met sous la douche et se lave longuement, soigneusement, décapant chaque partie de son corps, dedans comme dehors, des souillures reçues de son violeur. Quand elle sort des vapeurs de la salle de bains, Izvolski dort toujours, ronflotant sur le flanc, un oreiller serré contre soi.

Irina va dans la cuisine, allume la lumière et réfléchit, ne sachant que faire. Elle peut toujours porter plainte, bien sûr, mais elle n'est pas naïve au point d'imaginer que dans la Russie d'aujourd'hui on jettera un millionnaire en prison pour viol.

Elle voit déjà Tcheriaga frapper à sa porte dès demain, le mignon Tcheriaga aux yeux de myrtille, pour lui proposer de l'argent. Ou peut-être, au contraire, pour lui proférer des menaces. Parce que Tcheriaga est le chef de la sûreté et que ce genre de problème, à coup sûr, fait partie de ses compétences… Elle se dit qu'elle n'est pas la première, évidemment. Mais là-bas, à Akhtarsk où le Lingot est à la fois Dieu et Roi, on lui livre les filles à domicile par camions entiers…

Du reste, même si le fluet Tcheriaga aux yeux de myrtille n'existait pas, que dirait la milice ?

Il vous a fait la cour ? Oui. Il vous a offert des fleurs ? Oui. Comment ?! Il vous a même offert une Toyota toute neuve ?! Il est venu à onze heures du soir avec du cognac et des provisions ? N'avez-vous pas l'impression, chère

Irina Grigorievna, que vous êtes en train de faire chanter l'homme que vous avez séduit pour le rançonner de la façon la plus éhontée qui soit ?

Assise à la table de la cuisine, la tête entre les mains, elle regarde sans la voir une fleur rose fanée dans le papier peint. Minuit, dit l'horloge. Izvolski remue sur le lit, lance un ronflement, roule sur le ventre et plus rien. “Je te tuerai”, dit-elle dans le vague. Sa tête est un gyroscope, ses pensées gravitent quelque part au-dehors.

La chatte Macha entre dans la cuisine, saute sur les genoux de sa maîtresse et s'y blottit en boule. Elle ronronne, contente de l'osciètre et contente du visiteur à qui elle le doit.

Irina boit un thé, essuie une larme jaillie à son insu et commence doucement à s'habiller. Un quart d'heure plus tard, elle fait cliqueter la porte de l'appartement, abandonnant Izvolski à son ronflement sur le lit en désordre.

Dehors, il fait plus froid que prévu. Une vilaine bise lui cingle le visage, la chatte Macha se met à pousser des sons plaintifs au fond du sac. Irina coupe à travers le square pour attraper le dernier métro.

Dans une voiture garée au pied de son immeuble, un conducteur donne une bourrade à son voisin qui somnole.

— Hé ! Micha ! Regarde, la nana fiche le camp.

— Quelle nana ?

— La fille que le Lingot a invitée au resto. On la suit, ou quoi ?

— Fiche-moi la paix. On t'a pas demandé de surveiller la nana mais la cible. Dès que la cible se jettera à ses trousses, alors là, oui, on la filochera…

— A toi de voir, répond le conducteur imperturbable le dos renversé sur son siège.

III

OU LES RÈGLES D'UN JEU SANS RÈGLE

Viatcheslav Izvolski est réveillé par la stridulation pressante de son portable. Il bougonne et roule sur l'autre flanc, la main chassant la sonnerie comme une mouche, mais le téléphone insiste et Izvolski finit par l'attraper à tâtons sans ouvrir les yeux. La voix qui grésille est celle de Tcheriaga.

— Slava…

— Quelle heure est-il ? gémit Izvolski.

— Déjà dix heures, Slava ! Nous devons être à la banque à onze heures !

— J'y serai, balbutie-t-il, envoie-moi plutôt un chauffeur.

— Où çà ?

— Comme si tu ne le savais pas, grommelle-t-il.

Il raccroche et ouvre les yeux. Une douleur insoutenable lui tient le crâne, le soleil darde ses rayons droit sur lui et longtemps Viatcheslav ne peut se rappeler ce qu'il fait ici. Puis il se souvient qu'il est chez Irina et qu'hier… Il a eu très très peur mais tout s'est bien passé. Oh ! oui, Dieu que c'était bon. Tcheriaga peut aller se rhabiller maintenant. Plus besoin de recruter des putes "parce que Viatcheslav Izvolski, ne peut pas faire autrement, et encore, pardonne-le"… Sa mémoire se ranime peu à peu comme une carpe à moitié crevée dans une bassine d'eau de Javel. Dix heures du matin. Deux heures de l'après-midi à Akhtarsk. Le cauchemar… Non, il lui semble finalement que tout ne s'est pas si bien passé que ça. Il était ivre… Où est-elle ? Izvolski promène sa main dans le lit, persuadé de tomber sur elle mais la place est vide et les draps sont froids, presque intacts dans l'autre moitié du petit lit. "Elle s'est levée, pense-t-il, j'ai dû faire quelque chose de pas très…"

Les yeux décillés pour de bon, il regarde le lit en bataille. Quelque chose ne va pas avec ces draps. Non, pas avec ces draps, avec lui-même… Il secoue la tête et observe son propre corps. C'est bizarre, il est habillé. Sa chemise blanche est froissée, de son pantalon retroussé dépassent ses pieds en chaussettes à rayures bleues. Hou ! là, là… La mémoire lui revient peu à peu. "Grand Dieu, se dit-il en un éclair, elle va me fouetter à coups de serpillière et elle aura raison…"

— Irina ! appelle-t-il. Ira !

Rien.

Izvolski se lève et rajuste sa chemise. Pas d'Irina non plus dans la salle de bains, ni dans la cuisine. Ah ! oui, elle est à la fac, elle a un cours. Un cours… mon cul !

Il traverse l'appartement vide, ouvre le robinet de la salle de bains et met la tête sous un jet d'eau froide. Ses pensées s'éclaircissent mais il a l'humeur tout aussi maussade, exécrable. Il y a quelque chose qui cloche dans cet appart vide inondé de soleil. C'était cette nuit. Irina n'est plus là. Mais le chat… le chat est là, au moins ?

Izvolski fonce à la cuisine.

Sous le radiateur, où il se souvient d'avoir vu les trois gamelles du chat, la place est nette. Pas de chat non plus. Pris d'une sueur froide, il se précipite à la fenêtre. Sa propre BMW l'attend en bas, qui joue de ses reflets rouge cerise. La Toyota est garée juste à côté, d'un vermeil éclatant. Si elle est partie pour la fac, pourquoi a-t-elle laissé la voiture ? D'une main qui tremble, il saisit le téléphone. Le secrétariat de la chaire est occupé, il y passe cinq minutes avant d'entendre une voix de femme lui dire d'un ton paresseux :

— Allô !

— Passez-moi Irina ! crie-t-il dans le combiné.

— Elle n'est pas là.

— Où est-elle ?

— Elle nous a fait savoir ce matin qu'elle était malade, dit la voix paresseuse. Téléphonez plutôt chez elle, en cas de besoin…

D'un geste qui claque, Izvolski raccroche et se jette dans l'entrée.

C'est alors seulement qu'il remarque ce qu'il aurait dû voir tout de suite : les papiers déchirés de la Toyota et un petit mot : "Viatcheslav Arkadievitch ! Veuillez claquer la porte en sortant." Et c'est tout.

Izvolski arrive à son rendez-vous avec un quart d'heure de retard, et Tcheriaga ne lui trouve pas la mine d'un amant heureux : les yeux hagards d'un écolier qui vient d'écoper un zéro dans sa matière préférée, les joues qui luisent d'un vilain reflet jaune sale et, surtout, l'air d'un type qui a passé la soirée d'hier à boire beaucoup plutôt qu'à baiser beaucoup. Un visage éteint et laid. "Zut alors, se dit Tcheriaga inquiet, si ça donne avec elle le même fiasco qu'avec ses secrétaires, je ne suis pas sorti de l'auberge…"

Pis encore : le directeur général est vêtu de la même chemise blanche qu'hier, froissée, et du même costume, froissé aussi, avec des bas de pantalon crottés, en quoi il se distingue notablement du souriant président de *Rostorgbank*, M. Rostislavtsev, ainsi que de sa suite de banquiers clinquants.

Rostislavtsev lui-même invite son monde à passer dans son bureau en s'excusant d'une voix chagrine de son absence de la veille, puis il serre longuement, d'un air entendu, la main d'Izvolski tout fripé.

— Enchanté de vous connaître, dit-il, bel ours que vous êtes, toujours retiré dans sa Sibérie occidentale…

— Dans sa Sibérie orientale, coupe Izvolski.

Il pénètre dans un bureau qui ne le cède en rien par son faste à l'alcôve d'une prostituée de luxe, et s'installe autour d'une table ronde. Entrent alors en scène deux nouveaux personnages qu'Izvolski ne s'attendait pas à voir ici.

— Permettez-moi de vous présenter, dit Rostislavtsev, Guennadi Serov, vice-président de la banque *Iveko*, et Algis Ausinsh, chef du département métallurgique de cette même banque.

— Et qu'est-ce qu'ils font ici ? demande Izvolski d'un air renfrogné.

— Nous ne sommes pas une grosse banque, explique Rostislavtsev en souriant ; compte tenu de votre position, nous avons pensé que le problème du remboursement du crédit serait assez complexe. Nous avons donc cédé nos pouvoirs de plaignant à la banque *Iveko*.

Tcheriaga et Izvolski échangent un regard. *Iveko* est l'une des plus grosses banques de Russie, un vrai monstre à tous points de vue : capital social, volume des actifs, lobbying. Il y a longtemps qu'elle manifeste de la défiance à l'égard du combinat qui lui rend volontiers la pareille. Elle lui a déjà raflé un certain nombre de débouchés porteurs et a tenté de le déférer en commission de faillite. L'été dernier, elle a même failli lui tordre le cou en agissant par un tiers, d'une façon aussi habile qu'implacable. Beaucoup moins de coups bas, en revanche, de la part d'Izvolski : à l'issue de la commission de faillite, il avait seulement cassé la gueule au président d'*Iveko*.

Naturellement, le désir le plus cher d'*Iveko* est d'acquérir le bloc de contrôle du combinat métallurgique, et donc la possibilité de placer offshore des millions de dollars laminés à chaud et à froid.

Mettre la main sur le bloc de contrôle (surtout dans le contexte actuel de crise financière) reste pour l'heure aussi improbable que d'atteindre la lune d'un jet de pisse; mais rendre la monnaie du cassage de gueule, en revanche, est parfaitement à la portée de la banque. Du moins y at-il lieu de penser que l'authenticité du contrat de crédit sera établie en la faveur d'*Iveko*. Tel n'aurait pas été le cas avec le poids moyen *Rostorgbank* : on aurait pu alors compter sur un juste examen du dossier, voire sur la compétitivité des pots-de-vin d'Akhtarsk. Avec *Iveko*, il n'y a qu'un seul dénouement possible : un coup de fil donné d'en haut, et l'arrêté du tribunal fera d'un éléphant une souris, et d'une souris une autruche.

Telles sont les pensées qui traversent l'esprit de Tcheriaga. Izvolski, rassemblant ses forces, demande tout de go :

— Puis-je savoir à quel prix vous avez vendu vos pouvoirs ?

Rostislavtsev fait les yeux doux.

— Il s'agit d'un *forward agreement* en échange des dettes antérieures que nous avons contractées auprès d'*Iveko*.

— Mauvais plan ! Vous n'obtiendrez rien de nous, Piotr Alexandrovitch. J'ai déjà dit que ce crédit a été signé sans qu'*AMK-Invest* en soit avisé. La signature de Nekliassov, ici présent, a été contrefaite et votre chef du département des crédits n'a pas cru bon de vérifier la garantie, preuve que c'est un connard fini. (Une pause, puis il ajoute :) A moins qu'il ne soit de mèche avec les escrocs. Selon moi, c'est la première chose à élucider. Mon seul conseil est de déférer l'affaire en justice et d'obtenir les dix-huit millions du gang des Pattes-Longues.

Le chef du département des crédits se lève d'un bond, rouge comme une tomate, et commence à se justifier.

— Désolé, Viatcheslav Arkadievitch, intervient Serov, la signature de Zaslavski et le cachet apposés sur le contrat sont authentiques !

— Ça ne veut rien dire, rétorque Izvolski. Je ne nie pas que Zaslavski ait signé un contrat de crédit. Vous pouvez faire saisir tous les biens d'*Investir-Contrat*, en compensation.

— Et quels sont ces biens ? fait Ausinsh railleur. Une boîte d'attaches trombones et un vieil ordinateur ?

— Je pense que l'ordinateur est un bien loué par la société *AMK-Invest*, renvoie malicieusement Izvolski.

Le Lingot n'est plus ce bonhomme à la gueule mal dégrisée qui a franchi le seuil du bureau un quart d'heure auparavant. Ses yeux brillent de leur ferveur habituelle, ses cernes ont disparu. Le plus étonnant, c'est que même son costume n'a plus cet aspect de fripe négligée sur un corps avachi. Le directeur est dans son élément : la bagarre. Il met un point d'honneur à ne pas donner un kopeck à la banque. Laquelle, en retour, met un point d'honneur à lui arracher dix-huit millions.

— Quel dommage que M. Zaslavski ne soit pas venu à notre réunion, dit le vice-président d'*Iveko* avec un sourire suave.

— Nous avons tous regardé le JT d'hier soir, répond Izvolski. Les malfrats l'ont jeté après usage. Ils ont même eu le culot de nous demander deux cent mille dollars alors que le gars était déjà dans les orties.

— Les forces de l'ordre ne verront peut-être pas la chose de cet œil, dit Serov. Elles peuvent arriver à la conclusion qu'il s'agit d'une mise en scène : un enlèvement mystérieux, une demande de rançon... Vous avez décidé de ne pas rembourser le crédit et vous l'avez supprimé, sachant que la déposition de Zaslavski allait jouer contre vous.

— A quoi bon ? répond Izvolski. Zaslavski était une chiffe molle. Il aurait déposé sous ma dictée.

— Votre combinat sent le crime, renchérit Ausinsh. D'abord un raid contre la datcha d'un honnête businessman, en toute illégalité, ensuite un cadavre...

— Vous oubliez le 208... ajoute tranquillement Izvolski.

— Quel 208 ?

— Article 208 : hooliganisme. Mon coup de poing dans la gueule de votre patron, vous souvenez-vous ?

Serov et Ausinsh échangent un regard. L'histoire est désormais sur toutes les bouches, et le nom de Viatcheslav Izvolski figure au palmarès des ennemis de la corporation, laissant loin derrière un grand nombre de politiciens et entrepreneurs désavoués.

— Messieurs, reprend Izvolski, je vais me répéter. Le seul espoir que vous ayez de récupérer cet argent, c'est d'établir la preuve que Zaslavski et l'Elan étaient de mèche et de vous en prendre aux Pattes-Longues. Soit par les flics, soit autrement. A vous de voir. (Il se penche par-dessus la table :) Votre banque est assez influente pour rafler le magot à l'Elan et même à Victor Forgev. Vous appelez "businessman" un gangster des Pattes-Longues, vous rameutez les flics contre moi... Grand bien vous fasse ! Mais n'oubliez pas une chose : si vous avez l'intention de jouir en baisant mon usine par tous les trous possibles et imaginables, vous allez au fiasco. En revanche, si vous êtes de vrais banquiers et que vous pensez à l'argent avant toute chose, eh bien faisons ensemble la chasse aux mafieux, et tant pis pour la vendetta.

Serov regarde ostensiblement sa montre et se lève.

— Je vous remercie, dit le banquier, notre banque choisira elle-même sa propre tactique.

Izvolski, Tcheriaga et Nekliassov quittent la banque à une heure moins vingt.

— Tous les papiers sont prêts ? demande le Lingot à Nekliassov.

— Oui.

— Exécution ! Je ne leur laisserai pas un kopeck ! Les fumiers !

De retour au siège, seul dans son bureau, Izvolski se jette sur le téléphone et compose le numéro de la chaire. La ligne est occupée, si longtemps qu'une secrétaire vient à lui par deux fois pour lui faire signer les contrats de cession des pouvoirs. Le temps qu'il s'escrime au téléphone, la villa où il se trouve change donc de propriétaire, passant de la SARL *AMK-Invest* à la SARL *Phoenix* d'Akhtarsk. Quand enfin ça décroche, il demande à parler à Irina.

— Elle sera absente durant quelque temps, lui répond-on. Appelez chez elle.

— Pardonnez-moi, mais ça ne répond pas chez elle non plus. Je dois lui parler à tout prix. Vous avez peut-être le téléphone de l'une de ses amies ?

— Qui est à l'appareil ?

— Vous ne me connaissez pas. Je m'appelle Izvolski...

— Eh bien justement : elle nous a demandé de ne rien dire à Izvolski, dit la voix de femme avec une intonation vengeresse ; ni à Izvolski ni à personne d'autre. C'est clair ?

S'ensuit la tonalité "occupé".

Izvolski donne un coup de poing rageur sur le bureau. Chameau de bonne femme !

Bien sûr, il peut toujours appeler Tcheriaga et lui demander de retrouver Irina. Un prof d'histoire de vingt-cinq ans a peu de chance d'échapper à son service de sûreté. L'affaire sera pliée d'ici ce soir. Mais que dire à Tcheriaga ? Et que pensera-t-il en apprenant qu'après une nuit passée dans l'appartement de la dame, ladite dame s'est enfuie dans une direction inconnue ? Il posera sur lui ses yeux de myrtille et lui dira d'une voix douce mais ferme : "Slava, il est temps de voir un médecin..." Chienne de vie... Il ne peut même pas bouffer un beignet sans qu'on le signale à deux banques et à cinq concurrents...

Le pire n'est pas tant qu'il doit trouver Irina pour la seule raison qu'il ne s'imagine pas sans elle ni ce soir ni jamais. C'est que des choses bizarres se passent autour du combinat ces derniers temps. Izvolski n'a pas menti : en conjuguant leurs forces, la banque et *AMK* pourraient venir à bout des Pattes-Longues. Mais la banque, ou plus exactement son président Alexandre Arbatov, se fiche pas mal des dix-huit millions de dollars. Ce qu'elle veut, c'est toucher cet argent d'*AMK*. Par n'importe quel moyen. Que le laminage se fasse à chaud ou à froid. Par exemple – ce n'est pas exclu – en enlevant Irina et en faisant gentiment comprendre à Izvolski qu'il vaut mieux ne pas contester la plainte. Naturellement, comme à chaque fois qu'il s'agit de pratiques criminelles, on confie la besogne à d'autres : le gang d'Izmaïlovo, de Solntsevo ou des Pattes-Longues. Auquel cas Izvolski paie docilement les dix-huit millions, et le bruit commence à courir que le directeur d'*AMK* n'est plus qu'une lavette et qu'on en fait ce qu'on veut. Mauvais pour la réputation. Parce que d'autres peuvent être tentés d'aller à la mangeoire.

Or il y a tout lieu de penser que la banque a connaissance d'Irina. Izvolski ne doute pas qu'il fasse l'objet d'une filature permanente. Tout Moscou doit déjà savoir que le directeur général d'*AMK* s'est rendu à l'Université d'Etat pour y assister à un cours d'histoire alors qu'il était aux prises avec l'affaire du crédit impayé et de l'achat d'une centrale nucléaire à titre privé. Quoi qu'en pense la fille qui s'est sauvée de chez elle à minuit, il s'agit là pour Izvolski d'une aventure inouïe et invraisemblable, et toute personne concernée peut décider de s'intéresser de plus près à l'héroïne de cette aventure.

Il est cinq heures du soir quand un individu entre deux âges vêtu d'un blouson de cuir de chauffeur pousse la porte du bureau de l'homme aux yeux d'alu, celui-là même qui s'était entretenu de l'Elan avec la Forge.

— Vous m'avez appelé, Innokenti Mikhaïlovitch ?

— Oui. Comment va ?

— Je vous ai déjà fait mon rapport…

— Je veux plus de détails. Sur la journée d'hier.

— La cible est arrivée au bureau à neuf heures cinq. A dix heures moins dix, notre homme s'est rendu au siège d'*Atome-Energo*. Il y a passé une heure. A onze heures trente, retour rue Nemetkine. A midi et demi, il est allé sans escorte à l'Université d'Etat de Moscou.

— Où çà ?! s'exclame Innokenti Mikhaïlovitch.

— Au MGOu… dit l'autre confus. Il y a deux grosses bâtisses à gauche de l'entrée principale, il est entré dans la première. Deux heures plus tard, il a quitté le bâtiment en la compagnie d'une fille que nous avons photographiée. Ils sont allés déjeuner au *Lenkoran*, puis il a amené la fille au bureau. De là, il est parti pour son rendez-vous à la banque. La fille a été conduite à l'université dans une Toyota rouge qui a été achetée par la cible avant-hier soir au nom d'Irina Denissova. Après la banque, retour au bureau où il est resté jusqu'à vingt-deux heures quinze, puis il est parti pour Vykhino avec un garde du corps, rue Kamenetski, numéro cinq, une cité nouvelle. Denissova y est domiciliée logement cent quinze, neuvième étage. Le garde du corps est reparti en métro, la cible est restée dans l'appartement. A minuit quarante, Denissova a quitté son appartement avec un gros sac contenant un chat.

— Comment le sait-on ?

Le chauffeur hésite.

— Nous avons décidé qu'il se passait quelque chose d'inhabituel. J'ai dit à Petia de filer Denissova. Elle a pris le métro, il s'est assis en face d'elle. Dans le métro, elle a sorti son chat du sac et l'a caressé. Elle s'est mise à pleurer. Il faut dire qu'elle avait l'air très contrarié. Elle est descendue dans le centre, station Pouchkinskaïa. Rue Bolchaïa Bronnaïa, elle est entrée dans l'escalier de l'immeuble quarante-cinq. Cinq minutes plus tard, une lumière s'est allumée au quatrième étage. Petia m'a fait son rapport. J'ai jugé qu'il y resterait jusqu'au matin et je lui ai dit de rentrer.

L'homme aux yeux d'alu se fait pensif.

— La Toyota a été achetée au nom de Denissova, dis-tu ?

— C'est marqué dans les papiers du véhicule.

— Et pourtant elle est partie en métro ?

— Oui. La Toyota est restée dans la cour.

— Qui est domicilié au quatrième étage de l'immeuble de la rue Bolchaïa Bronnaïa ? demande l'homme aux yeux d'alu.

Le chauffeur hausse les épaules.

— Nous n'avons pas creusé la question.

— Pourquoi ?

— Innokenti Mikhaïlovitch, ça n'a aucune importance. La fille s'est tirée et c'est tout.

— Si le directeur général du cinquième combinat métallurgique au monde se rend à l'Université de Moscou après une séance de négociation où l'on a exigé de lui la somme de dix-huit millions de dollars, ça a forcément de l'importance, commente froidement Innokenti Mikhaïlovitch. Je veux savoir à qui appartient l'appartement de la rue Bolchaïa Bronnaïa et où se trouve Denissova. Tu as fini ?

— Autre chose : il est filoché.

— Par qui ?

— Des types en Lada 05 blanche. Elle appartient à *Septembre*, une agence de détectives privés. Deux anciens flics. Ils se spécialisent dans la filature des femmes adultères. Des zéros.

— Ils ont suivi la fille eux aussi ?

— Non. Ils sont restés au pied de l'immeuble. Le lendemain matin, ils se sont mis dans les talons d'Izvolski. Je peux leur faire cracher le nom du commanditaire, en les poussant un peu.

— Négatif, dit Innokenti Mikhaïlovitch en secouant la tête.

... Ayant reçu de la Forge l'ordre de surveiller Izvolski, Vitia Kamaz ne s'est pas cassé la tête. Sa brigade manquait de lascars, tous affectés à une mission d'importance : la collecte du tribut auprès des propriétaires inféodés qui menaçaient de relever la tête.

Il s'était produit durant les trois derniers jours toute une chaîne de choses désagréables que Kamaz expliquait moins par la mort accidentelle du précédent chef de brigade que par les résultats pitoyables de son épreuve de force ratée face aux hommes d'*AMK*. Tout Moscou ou presque savait déjà comment Kamaz s'était grillé "en cherchant des noises à un hélicoptère". Le sachant, on cherchait à récupérer le contrôle des commerces.

Kamaz a dû donner la réplique avec audace et cruauté. Dès le lendemain, lors d'un face-à-face organisé dans un restaurant d'apparence convenable, il a planté froidement une longue et large lame dans le foie de son interlocuteur pendant que ses lascars, flingues à la main, faisaient du grabuge en cassant vitrines et boîtes crâniennes. En un éclair, aussi vite qu'une flamme jaillissant d'une pompe à essence, Kamaz s'est taillé la réputation d'un "sans-foi-ni-loi", et beaucoup ont compris à leurs dépens que si le bonhomme s'était fait remonter les bretelles par un mastodonte de la métallurgie, ça n'allait pas l'empêcher de tordre le cou à n'importe quel gang de Moscou. Dans un tel contexte, néanmoins, il aurait été stupide de gaspiller des forces dans la filature d'Izvolski, lequel d'ailleurs n'aurait pas manqué d'en remarquer l'incompétence. Pour cette raison, et sans plus réfléchir, Kamaz a engagé une couple d'anciens flics dans une agence tout en doutant fortement de l'utilité d'une telle entreprise : que pouvait-on apprendre de neuf du caractère d'Izvolski en surveillant ses déplacements de la Maison Blanche à *Chez Maxime* et inversement ?

Or la filature a donné des résultats inattendus : les détectives ont rapporté qu'entre deux rendez-vous, l'un à la régie fédérale *Atome-Energo* et l'autre à *Rostorgbank*, le directeur s'était rendu… à l'Université d'Etat de Moscou, en faculté d'histoire. Dans la mesure où l'on pouvait difficilement soupçonner Izvolski de vouloir suivre une troisième formation universitaire, d'historien cette fois, il fallait en conclure que Viatcheslav Arkadievitch s'intéressait non pas aux rapports entre guelfes et gibelins, ni à l'accession de Léon l'Isaurien au trône de Byzance, ni à quoi que ce soit dans le genre, mais bel et bien à la jeune fille qu'il avait invitée au restaurant et à qui il avait remis solennellement une Toyota flambant neuve. Au premier coup d'œil jeté sur sa photo, Kamaz a vu un truc qui ne figurait pas dans le rapport du détective : la minette était étonnamment mal vêtue, son jean et ses baskets venaient droit du bazar et ne correspondaient guère au statut de maîtresse du khan d'Akhtarsk, à quoi il ne pouvait y avoir qu'une seule explication – le directeur général n'avait pas eu le temps de couvrir la belle de cadeaux.

D'autant plus surprenante était la suite : Izvolski s'invitant chez la belle en fin de soirée, celle-ci déboulant une heure plus tard comme piquée par un taon, un assez gros sac à la main, et courant au métro sans payer la Toyota du moindre regard. Ces fainéants de flics, avec leur mentalité très service-service, n'avaient même pas pris la fille en filature et ne savaient rien de sa destination.

Cette histoire intriguait fortement Kamaz. Il avait beau la faire tourner dans tous les sens, elle ne cadrait avec aucune logique. Si le Lingot s'était disputé avec la fille, c'était lui qui aurait dû quitter l'appartement. Si la fille était partie fâchée contre lui, il aurait dû lui courir après. Et s'il ne l'avait pas fait, il serait descendu quand même une heure ou deux après, parce qu'à coup sûr il n'avait rien à faire dans une barre d'habitation en béton sale. Au lieu de quoi il ne s'est pointé à la sortie de la cage d'escalier que le lendemain matin, fripé et pas rasé. Bref, il y a eu un blème entre le type et la nana, et il fallait retrouver la nana. Encore une chance que les détectives aient pu établir le nom et le lieu de travail de la prof. Kamaz a donc téléphoné à la chaire, demandant à parler à Irina Denissova avec un fort accent étranger.

— De la part de qui ? a fait une voix suspicieuse au bout du fil.

— Je être Michael Kankrin de université Ann Arbor, a dit Kamaz, je suis Moscow pour deux jours et vouloir miss Denissova, vouloir inviter miss Denissova symposium, Michigan.

— Irina n'est pas à l'université, lui a-t-on répondu.

— Mais j'ai appelé maison et personne, s'est plaint l'Américain Kankrin. Peut-être, vous savez où elle être ? Une amie ou un ami ?

— Non, impossible.

— Mais pourquoi ? C'est très important, notre symposium rassemble meilleurs spécialistes Renaissance…

— Parce que Irina nous a prié de ne parler à personne, surtout si l'intéressé s'appelle Viatcheslav Izvolski ou se présente comme un professeur américain avec un accent forcé…

La voix de l'insolente s'est mise à sonner occupé.

Kamaz a réfléchi en grattant sa nuque rasée. Puis il est descendu et a regagné la voiture où l'attendait son brave compagnon Petit-Poivre.

— En route pour l'université, a dit Kamaz.

Vingt minutes plus tard, Kamaz pénétrait dans le territoire familier du MGOu. Non vers le bâtiment central, cette fois, mais vers le corpus des sciences humaines, semblable à une boîte d'allumettes posée debout. Un nouveau costume et une cravate au nœud irréprochable lui conféraient un air distingué quelque peu entaché toutefois, aux yeux les plus experts, par son crâne rasé. Mais Kamaz espérait qu'il n'y aurait pas d'yeux experts en fac d'histoire.

Il est tombé à pic : au moment précis où il sortait de l'ascenseur au troisième étage, une quadragénaire, jupe noire bouffante et talons hauts, tournait une clé dans la porte de la chaire d'histoire médiévale.

Elle avait un visage allongé et fané, les cheveux noués d'un énorme ruban de Bonne Fée. Vitia Kamaz la voyait très bien en examinatrice en train de lui flanquer un zéro : le gangster n'oubliait pas son passé universitaire.

— Excusez-moi, lui a dit Vitia Kamaz, ce ne serait pas avec vous que j'ai parlé au téléphone ?

— Qui êtes-vous ? a demandé la dame, et Kamaz a reconnu d'emblée cette façon qu'elle avait de pépier.

— Je me suis présenté comme Américain, a dit Kamaz en souriant.

— Vous faites preuve d'une étonnante capacité d'intégration, Mister Kankrin. En vingt minutes, vous n'avez plus une miette d'accent.

— Pardonnez-moi, dit Kamaz en posant une main prudente sur son bras et en la tirant vers la fenêtre, comment vous appelez-vous ?

— Lioubov Ivanovna.

— Pardonnez-moi, Lioubov Ivanovna, pour ce petit mensonge, mais je dois vraiment retrouver Irina. C'est urgent.

— Et pourquoi, je vous prie ? Elle a fait des bêtises ?

La dame était très agressive. Peut-être qu'elle s'apprêtait à divorcer, si ce n'était déjà fait.

— D'où venez-vous ? De la milice ? De la procurature ?

— Du service de la sûreté du Combinat métallurgique d'Akhtarsk, a répondu Kamaz.

— J'espère qu'Irina n'a pas fait de mal à votre combinat.

— Savez-vous qui est Viatcheslav Izvolski ?

La dame a hoché la tête : non. Voilà bien les gens des sciences humaines !

— Viatcheslav Arkadievitch est mon chef. Le directeur d'*AMK*, a expliqué poliment Kamaz. Comprenez-moi bien, Irina est en danger. Il y a des gens qui peuvent la prendre en chasse. Rien que pour faire du mal à Izvolski. Vous n'avez pas idée du nombre d'ennemis qu'un directeur de combinat peut avoir à dos…

Lioubov Ivanovna a marqué une hésitation. Le jeune homme avait l'air posé et sûr de lui. Beau gosse en plus.

Elle avait toujours été attirée par des hommes bâtis comme lui, hauts de taille, carrés d'épaules, une démarche de plantigrade. Après tout, si Irina fréquentait un directeur, pourquoi Lioubov Ivanovna n'irait-elle pas se mettre avec un nounours pareil ?... Il paraît un peu trop distingué pour un responsable de la sécurité... A ce qu'on raconte, tous ces chefs-là ne sont rien d'autre que des malfrats...

— Puisque vous le dites... a-t-elle fait en battant de ses longs cils. (Puis d'ajouter avec tristesse :) Mais je ne sais vraiment pas où est Irina.

— Chez une cousine, peut-être, ou chez une amie... Vous connaissez bien ses amies ?

— Elle n'a pas d'amies, a soupiré Lioubov, sauf peut-être Macha Veretskaïa qui vit rue Bolchaïa Bronnaïa.

... L'horloge a déjà sonné trois heures quand Tcheriaga entre en trombe dans le cabinet d'Izvolski.

— Slava, allume la télé !

La télévision retransmet la conférence de presse du ministre de l'Economie.

— Qu'y a-t-il ? fait Izvolski renfrogné.

A cet instant, la retransmission s'achève et fait place à la séquence suivante, dont Tcheriaga vient d'être averti par de bonnes âmes du desk de la chaîne.

— Aujourd'hui, annonce une mignonne petite journaliste, un cadavre a été découvert à la périphérie de Moscou : celui de Mikhaïl Ivanovitch Opanassenko, chef de la Section de lutte contre le crime économique de la ville de Kharkov. Selon le rapport d'expertise, l'enquêteur ukrainien a été fauché par une voiture sans que l'on puisse établir, pour l'heure, s'il s'agit d'un crime ou d'un accident. De source ukrainienne, on apprend que Mikhaïl Opanassenko était à Moscou pour instruire une affaire d'exportation fictive de grosses quantités de laminages en provenance du Combinat métallurgique d'Akhtarsk. Avant-hier, des hommes du service de sûreté sont venus chercher les effets personnels de l'enquêteur à son hôtel de fonction. Plus personne n'avait revu Opanassenko depuis.

Le directeur général du Combinat métallurgique d'Akhtarsk, Viatcheslav Izvolski, qui se trouve actuellement à Moscou, se refuse à tout commentaire. Rappelons que son nom a été cité ces derniers jours dans une autre affaire qui a fait grand bruit : le raid du SOBR d'Akhtarsk sur la datcha de l'homme d'affaires Alexandre Elanov, durant lequel un soldat des Forces spéciales affecté à la garde de la datcha a été tué.

Interdit, Izvolski reste bouche bée. Il se refuse à tout commentaire, lui ?! On ne lui a rien demandé !…

— Il nous mangeait dans la main, s'enflamme Tcheriaga, il n'a pas arrêté de s'empiffrer pendant trois jours. Micha l'a emmené à une soirée striptease et lui a même acheté une montre. Ce matin, il a fait la grasse matinée jusqu'à onze heures. Il s'est fait conduire à la Huitième rue du Parc, chez une cousine. Il a libéré le chauffeur en lui disant qu'il rappellerait, et vlan…

Une seule question taraude l'esprit d'Izvolski : qui ? *Iveko* ?

Trop tôt. La banque n'a pu avoir connaissance de l'affaire du crédit qu'un jour à l'avance, peut-être deux, une semaine tout au plus. Celui qui a tué l'enquêteur a préparé l'opération au moins une semaine à l'avance. Il a dû faire ouvrir une instruction en Ukraine. Le type est venu à Moscou, quelques jours ont passé et le scénariste a décidé que le moment était venu de supprimer l'Ukrainien. Le bon sens même suggère que ce crime est comme un coup de gourdin sur la tête du combinat, mais quelle grande puissance de persuasion que la télévision…

Alors qui ? L'ex-direction d'*Atome-Energo* ? Non, ceux-là ne sont pas en odeur de sainteté à la télé...

Izvolski fouille dans sa mémoire. Le coup de fil d'un haut commis de l'Etat : "On ne peut pas se mettre à dos toutes les forces de l'ordre." La société *Saturne*, trois vice-ministres, des Finances et de la Défense... La commande américaine de démantèlement des missiles, quarante millions de dollars, de la foutaise à l'échelle du budget de la défense, un filet d'oxygène pour maintenir à flot l'usine d'hélicoptères de Kongarsk... Mais aussi une manne pour qui se la mettra dans la poche et fera couler l'usine... Un coup de filet qui, entre parenthèses, a provoqué la biture d'Izvolski le soir où Irina...

Une pensée féroce frappe alors Izvolski, et qui chasse aussitôt toutes les autres : Irina ! Si les choses tournent de telle manière qu'on en vient à refroidir les flics ukrainiens et que la procurature russe s'apprête à faire ses choux gras de cette histoire d'exportation fictive, c'est que ces chacals de militaires ne vont certainement pas passer à côté d'une proie aussi fraîche.

— Je t'avais bien dit qu'il ne fallait pas s'embringuer dans les hélicoptères ! s'exclame Izvolski. (Que peut répondre Denis ?...) Bon. Va voir les journalistes, essaie de leur parler. Si nous lavons le linge sale des militaires en public, ils ne seront pas déçus du voyage. Autre chose : retrouve-moi Irina de toute urgence.

Tcheriaga fronce les sourcils.

— Où est-elle ?

— Je n'en sais rien ! s'époumone Izvolski. Tu m'entends ? Je n'en sais rien ! Elle n'est pas chez elle, pas à la fac non plus, cherche-la !

"Bigre ! se dit Tcheriaga horrifié. Mais qu'est-ce qu'ils ont trafiqué tous les deux ? Si le bonhomme ne bande pas au plumard, ce n'est pas une raison pour le plaquer en pleine nuit... Et maintenant qu'elle est partie..." Tcheriaga n'ose pas filer plus loin son hypothèse. A force de témoignages, il ne sait que trop à quoi ressemble Izvolski au lit quand il cuve son vin.

Vingt minutes plus tard, Tcheriaga monte au cinquième étage de l'un de ces bâtiments types qui hérissent les confins de Moscou. C'est Lioubov Ivanovna qui lui ouvre la porte, présidente de la chaire d'histoire médiévale. Une amie d'Irina, d'après les renseignements dont il dispose.

— Bonsoir, dit Denis, je suis le chef de la sûreté du Combinat métallurgique d'Akhtarsk.

Lioubov Ivanovna, les yeux ronds :

— Avez-vous une carte professionnelle ? lui demandet-elle.

Il lui présente en silence un livret marron.

Après l'avoir examiné, elle lève des yeux anxieux :

— On m'a déjà interrogée sur Irina. Quelqu'un du service de la sûreté, soi-disant.

— Qui et quand ?

— Il y a deux heures, au moment où je quittais la chaire. Un grand baraqué, blond, les yeux gris...

— Kamaz, siffle le garde qui escorte Tcheriaga.

— Comment ? fait la dame perplexe.

— Victor Kamaz, du gang des Pattes-Longues, lâche Tcheriaga entre ses dents.

Lioubov Ivanovna pousse un cri, la main sur la bouche.

Diable d'Izvolski ! Pourquoi faut-il que son propre service de sécurité soit toujours le dernier renseigné ?!

A quatre heures de l'après-midi, Izvolski reprend le chemin du siège d'*Atome-Energo*. Le contrat qu'il s'apprête à signer se présente comme un document tripartite de cinquante pages. Y figure en troisième place, outre

Atome-Energo, la régie fédérale du Réseau électrique. Plusieurs dizaines de clauses stipulent les engagements mutuels et les pénalités. Izvolski se méfie : qu'un changement de direction se fasse à Moscou, et bonjour les bâtons dans les roues. Pour un bidule manquant de la taille d'un briquet, on lui opposera la clause de sécurité nucléaire. Il est vrai que pour l'instant tout est calme, exception faite du coup de fil du président de la commission parlementaire (mais le travail d'un député n'est-il pas de faire chauffer sa glotte ?).

Il téléphone à Tcheriaga pour s'entendre dire que le service de la sûreté a déjà vérifié quatre amies d'Irina. Rien chez trois d'entre elles. Quant à la quatrième, Veretskaïa, elle n'est pas chez elle.

— Slava, combien de gardes as-tu avec toi ? demande Tcheriaga.

— Deux dont un chauffeur, pourquoi ?

— Sache que Kamaz est sur la piste d'Irina. Nous sommes tombés dessus dans la cage d'escalier d'un immeuble d'une copine d'Irina, rue Bolchaïa Bronnaïa. Ça a failli tourner au feu d'artifice.

Kamaz ?!

Izvolski pense à la vieille Lada déglinguée qui le suivait à la trace. Quel culot…

Clac, il raccroche. Ne manquait plus que ce merdeux. Les guébistes, les flics ukrainiens… Seigneur ! Mais où est-elle ? Elle n'a pas pu quitter Moscou, elle n'a pas un radis… Aurait-elle emprunté à une copine ?

Revenant à lui, le Lingot intercepte le regard perplexe du patron d'*Atome-Energo*. Sans doute attend-il une réponse à une question posée.

— Tu me disais quelque chose ?

— La tierce partie est en retard d'une heure, répond Zvonarev. Ils te présentent leurs excuses. (Puis, considérant

Izvolski d'un œil cauteleux :) Tu n'as pas la crève ? Il fait froid dehors…

— Comment ? Moi ? (Il frissonne.) Tu parles d'un froid, dit-il avec un accent de mépris. A Akhtarsk, c'est autre chose. Ça caille pour de bon là-bas.

Soudain, une vision : sa maison d'Akhtarsk, un linceul de neige éblouissant, la lisière de la forêt qui se dessine au loin à travers une dentelle de givre aux fenêtres, et sa chambre à coucher baignée par le soleil du matin que les cristaux blancs reflètent au centuple. Un lit aux draps lactescents où s'étire, nue, rose, désirée, Irina… Izvolski secoue la tête.

Au-dehors, en cette fin de novembre, Moscou grelotte. Le ciel, d'une pâleur de jaunisse, distille des flocons paresseux qui fondent en soupe sous les roues des voitures. Et hier soir… juste ciel ! Va-t-elle lui pardonner ? Et si elle ne lui pardonne jamais ?

— Dis-moi, tu n'as jamais eu d'ennuis avec le ministère de l'Intérieur du Kazakhstan ? demande inopinément Izvolski.

— Jamais le moindre problème. Une fois où nous acheminions en Chine de la poudre d'aluminium, nous avons oublié de graisser la patte au chef des douanes, et le type a saisi la cargaison comme stratégique. C'est nous qui avons porté plainte contre lui, et non l'inverse.

— Et la poudre ? demande Izvolski d'un air distrait.

— Il l'a vendue à nos concurrents, grâce à quoi il s'est payé une super-datcha.

— Une datcha ? répète Izvolski hagard.

Bon sang ! mais pourquoi n'y a-t-il pas pensé plus tôt ?! Irina est peut-être à la datcha ! Elle attend peut-être qu'il vienne, après l'avoir fait bouillir un peu !

Il se lève d'un bond et jette un œil à sa montre.

— Zut ! dit-il… J'ai un rendez-vous important… Je serai là à six heures, d'accord ?

Le directeur d'*Atome-Energo* en est comme deux ronds de flan. Mais déjà Izvolski a claqué la porte et filé dans le couloir de son pas d'éléphant. L'autre consulte l'horloge : il ne reste qu'une heure et demie.

— Décidément, le Lingot déménage à plein tube, dit-il à la cantonade.

En cette fin de journée, la route, pleine d'une purée glacée, est embouteillée. Le chauffeur pousse à fond la Mercedes sur la voie d'urgence en soulevant des gerbes de neige liquide. Izvolski, les nerfs à fleur de peau, regarde sa montre : il doit être de retour rue Bolchaïa Ordynka dans une heure et demie ; à peine le temps de faire l'aller et retour par une chaussée aussi infecte.

Une fois sur la route de Kalouga, il prend lui-même le volant. Hors de la ville, le froid se durcit. Les flaques d'eau, figées en fines plaques de glace, renvoient le reflet de nuées basses en fin de grossesse. Les arbres étalent leurs branches nues et mouillées. A grand-peine, Izvolski retrouve le village de datchas.

La grand-mère d'Irina gratte un potager à moitié couvert de neige. Pas la moindre trace d'Irina. La vieille reconnaît Izvolski et s'étonne de le voir là.

— Irotchka n'est pas là.

Il se dit alors qu'Irina n'a pu la prévenir, faute de téléphone.

— Comment ça ? dit-il désappointé. Elle m'a dit qu'elle serait à la datcha. J'ai pensé que c'était ici. Elle parlait peut-être d'une autre datcha ?

— Dans ce cas, elle pensait peut-être à Nikichino. La datcha d'une copine. La maison est chauffée au gaz, il y a une chaudière dans la cave…

— C'est où ? demande Izvolski.

Route de Kiev, à une quarantaine de kilomètres à vol d'oiseau. Au cinq, rue Podbelski. Le Lingot regarde sa montre : cinq heures vingt-cinq. Il est déjà en retard. Il y a quatre régies fédérales en Russie. Les présidents de deux d'entre elles vont l'attendre rue Bolchaïa Ordynka. De la pure folie. Il faut rentrer, mais une sorte d'instinct, semblable à celui du lemming, le pousse toujours plus loin. "Ils attendront, songe le directeur dans un accès de furie ; eh quoi, si j'arrive demain, ils signeront bien !"

Ils sont à dix kilomètres du but quand le portable d'Izvolski sonne dans sa poche.

— Slava ? Irina est à la datcha de son amie Veretskaïa, route de Kiev, village de Nikichino, cinq, rue Podbelski. Où es-tu ?

— A dix kilomètres de Nikichino, dit Izvolski.

Un silence au bout de la ligne, puis Tcheriaga dit :

— Slava, reviens d'urgence. J'arrive.

— Pas question. C'est mon problème.

— Slava, écoute-moi ! Les Pattes-Longues ont déjà rendu visite à Veretskaïa ! Ils ont ratissé deux adresses, ils demandaient où était Irina ! Ils ont perdu la boule avec cette histoire de crédit ! Sans parler du flic ukrainien !

— Je suis sous bonne escorte, Denis. (Soudain, sa voix s'emporte :) Et ne viens pas te mettre dans mes jambes, OK ? Couche-toi dans mes draps pendant que tu y es !

… Irina a passé la nuit chez Sveta, son amie d'enfance. Au matin, quand le jour s'est levé et que les premiers trains se sont mis en branle, elle est partie pour Nikichino, disant à Sveta qu'elle y passerait quelques jours et la priant de n'en rien dire à personne.

— A personne, compris ? Même si on appelle d'Australie pour m'inviter à un symposium, motus !

— Pourquoi veux-tu qu'on t'appelle d'Australie ?

— Parce que le type est rusé et qu'il a beaucoup de monde à son service.

Par précaution, elle a laissé sa chatte Macha chez Sveta.

Confort et quiétude à Nikichino. La maison, vite chauffée, s'est emplie d'une âme humaine, Irina se traînait de pièce en pièce et lisait de vieux livres. Izvolski allait l'oublier, elle n'en doutait pas. D'ailleurs, il était plus que certain qu'il l'avait déjà oubliée. Sa façon de faire – se ramener dès le premier soir, se bourrer la gueule et passer au viol sans enlever ses chaussettes – ne laissait planer aucun doute là-dessus : des comme elle, il s'en enfilait par douzaines à trois roubles cinquante. Seul regret, elle ne reverrait plus Tcheriaga. Mais, au fond, était-ce bien un regret ? Tel maître, tel chien de garde aux yeux de myrtille…

Il y avait dans la cuisine un vieux poste de télé noir et blanc, et c'est ainsi qu'Irina a appris qu'on avait trouvé le corps d'un commissaire ukrainien qui enquêtait sur des exportations fictives en provenance du Combinat métallurgique d'Akhtarsk. La nouvelle lui a donné froid dans le dos parce que l'homme avait disparu depuis trois jours ; donc, quand Izvolski mangeait avec elle au restaurant, l'Ukrainien languissait au fond d'une cave et il le savait. Ou peut-être qu'il ne le savait pas ? Peut-être que ce genre de besogne était l'apanage de Tcheriaga ? Irina l'imaginait au volant d'une voiture-rapace gris sombre, encornant le milicien ukrainien à toute allure.

Il n'y avait dans la datcha que de la semoule et des conserves de lait concentré. Dans sa déprime, Irina avait oublié de faire des courses en chemin. Après avoir déjeuné d'une kacha à midi, elle a donc décidé de faire un saut au magasin dans la soirée. Seule réserve, on était en novembre et il faisait nuit noire dès dix-sept heures, mais deux ou trois réverbères éclairaient çà et là le village et le magasin n'était pas loin, sur un carré de goudron où finissait la vraie route et où s'arrêtaient les bus qui allaient au train.

… A l'heure de la fermeture, le magasin est presque désert et aussi pauvre qu'à l'époque soviétique. Elle y trouve même du kéfir en bouteille de verre d'un demi-litre comme elle n'en a pas vu depuis au moins cinq ans. Irina en prend deux, ainsi que du beurre, du fromage et des œufs.

A l'entrée du magasin, au pied d'une cabine téléphonique vandalisée, un petit groupe de picoleurs s'en donne à cœur joie. Quand Irina sort, l'un d'eux l'attrape par le bras et lui dit :

— Hé ! mignonne ! vous buvez un coup avec nous ?

Irina se dégage :

— Je ne bois pas.

Toute la bande rit aux éclats. Irina va pour forcer le passage mais le plus costaud de la meute s'avance d'un bond et lui barre la route : un type encore jeune dans un blouson vert râpé avec des cheveux étonnamment sales et un petit nez en bouton de sonnette. Il empeste l'alcool aussi fort qu'Izvolski. Pas le cognac, un affreux tord-boyaux.

— T'es une fille de la ville ? Tu fais la fine bouche ?

— Laissez-moi passer, les gars…

Le garçon l'empoigne au col. Irina étouffe de rage. Elle sort de son sac une bouteille de kéfir et, de toutes ses forces, la brise sur le crâne de son agresseur. L'autre hurle et chancelle. Irina n'a plus à la main qu'un tesson tranchant qui sent le ferment de kéfir.

Tous les autres bondissent à leur tour.

— Elle m'a fendu le crâne, la chienne ! crie le bouton de sonnette qui possède pourtant une boîte crânienne unique de robustesse.

Irina cherche à s'enfuir mais en vain, cinq gaillards l'encerclent et la plaquent contre la porte du magasin.

— Ta bouteille, je vais te l'enfiler dans la chatte, espèce de salope !

— Et nous avec la bouteille !

L'unique vendeuse voit peut-être ce qui se passe à la porte, mais préfère ne pas s'en mêler.

— Au secours ! s'époumone Irina.

Mais personne pour lui répondre. Une ombre passe le long d'une clôture de l'autre côté du carré pour disparaître aussitôt. Du reste, l'ombre était celle d'une femme.

Entourée de gueules grasses de sueur, Irina mouline désespérément du tesson. Elle égratigne un bras, puis on l'attrape au coude et on se met à arracher brutalement son anorak.

Un couinement de freins.

— Hé, les gars, la rue Podbelski ?…

La voix se fige, reprise par une autre au timbre familier.

— Bas les pattes !

— Dégage, vieux chnoque, avant qu'on te bute…

L'instant d'après, des coups de feu éclatent. Les balles ricochent sous les pieds des ivrognes, une vitrine tinte et s'affaisse, les voyous déguerpissent.

Un espace vide s'ouvre maintenant aux yeux d'Irina, espace habité par une automobile de marque étrangère aux formes lourdes et sombres. Debout près de la portière du chauffeur, Izvolski projette méthodiquement des balles sous les pieds des avortons.

— Ordure ! lance une voix de rogomme dans le noir, jette ton arme ! Je suis le milicien de quartier !

Izvolski pointe son arme vers le représentant de l'ordre qui disparaît quelque part derrière le magasin. Deux hommes surgissent de la voiture, armés eux aussi, et l'air imposant.

— Monte, dit Izvolski.

Irina, debout devant la porte du magasin, secoue la tête.

— Trêve d'hystérie, s'écrie le Lingot. Tu t'imagines que je vais te laisser ici ? A la datcha ? Parmi des énergumènes pareils ?

— Tu ne vaux pas mieux !

Quelque chose s'agite dans le noir, derrière le magasin. Sur un signe d'Izvolski, ses deux gardes du corps vont y mettre de l'ordre. Chose faite avec diligence et efficacité : Irina entend un cri bref et le bruit caractéristique d'un homme qui s'écroule. Un coup de poing claque.

— Il y a un milicien parmi eux, ricane Irina, fais attention à ne tuer personne…

— Je ne risque rien.

— C'est bien le problème. Tu peux faire tuer un milicien ukrainien, tu peux fusiller un soldat des Forces spéciales… et tu ne risqueras jamais rien !

Ils sont tous les deux sous un avant-toit éclairé. Peut-être que les gardes du corps se font discrets par égard pour leur chef, ou qu'ils sont occupés à nettoyer le champ de bataille.

— Partons, dit le Lingot, je vais tout t'expliquer.

— Tu n'as rien à m'expliquer !

— Ecoute-moi, Irina, il y a toute une cabale contre le combinat. On cherche à me couler depuis trois jours. L'enquêteur ukrainien, c'est juste un hors-d'œuvre. Sais-tu que tu as déjà des hommes à tes trousses ? Et qui ne sont pas de mes services ?

— Qui ça ?

— Ceux qui ont monté tout ce stratagème. S'ils sont capables de tuer un flic ukrainien, qu'est-ce que tu imagines ? Qu'ils vont te bouchonner ?

— Pourquoi moi ? Des comme moi, tu les ramasses à la pelle.

— C'est ton point de vue. Mais eux sont mieux placés que toi pour me connaître. Ils ont vite pigé qu'ils pouvaient se servir de toi pour me faire danser.

Irina hésite, puis prend place dans la voiture. Les gardes du corps surgissent de nulle part et se coulent sur la banquette arrière.

— Je dois passer à la datcha, dit Irina, pour boucler la maison.

Quand la voiture, quittant la rue Podbelski, s'engage sur la route goudronnée, ses occupants ne remarquent pas la vieille Lada garée à l'écart. Trois hommes dedans. L'un des trois, l'œil aux aguets, a le temps de voir se profiler à contre-jour, devant la façade éclairée du magasin, les silhouettes du conducteur et de ses passagers.

— Il est à la place du conducteur, dit-il.

— Et les autres ?

— Pas de carnage, s'il te plaît. Lui, il est à la place du conducteur.

Le voyage du retour se fait en silence. A travers une nuit sordide, les faisceaux des phares balaient tantôt des touffes de barbane collées à terre par un camion zigzaguant, tantôt un fossé gorgé de neige fondue, tantôt un linge mouillé claquant à l'étendoir au milieu d'un jardin gelé.

Quand la route était encore jeune fille, on pouvait la dire goudronnée. Mais, maintenant, elle ressemble à un terrain de lune criblé de météorites. La Mercedes taille son chemin d'une démarche de canard, le ventre meurtri par les pierres. Recroquevillée sur le siège arrière, Irina s'écarte autant qu'elle peut d'un garde du corps massif et haut de taille qui ne ressemble que trop à son maître.

Au bout de deux cents mètres, Izvolski recouvrant ses esprits se dit qu'il devrait au moins donner un coup de fil. Il arrête la voiture.

— Micha, prends le volant, dit le Lingot.

Ils changent de place et la voiture se remet à cahoter de dos d'âne en cassis. Au tableau de bord, l'horloge électronique indique l'heure de ses chiffres lumineux : huit heures cinq.

Izvolski sort son portable de sa poche et compose le numéro de la régie fédérale Réseau électrique. La communication est prise sur-le-champ : c'est plutôt mauvais signe.

— C'est Izvolski, dit-il. Je... bref, je me suis mis en retard...

— Hum ! fait l'interlocuteur invisible. C'est votre problème, Viatcheslav Arkadievitch. De mon côté, j'ai signé ce qu'il fallait, venez mettre votre patte de mouche quand vous voulez.

— Excusez-moi, dit Izvolski. Je... je vous expliquerai plus tard...

Il expliquera quoi ? Qu'il s'est jeté sur les traces d'une fille qui l'avait plaqué ? Qu'elle aurait eu la gorge tranchée devant un magasin d'alimentation s'il ne l'avait pas fait ? Hasard ? Intuition ? Et si on lui avait dit : c'est soit la centrale nucléaire de Beloïe-Polié, soit Irina ? Il aurait sans doute choisi la centrale, mais pour passer le reste de ses nuits à languir.

— J'aimerais vous rencontrer, ajoute Izvolski.

— Bien sûr. Demain à neuf heures, ça vous va ?

Izvolski jette un œil oblique sur Irina blottie dans son coin.

— Un peu plus tard, c'est possible ? s'enhardit-il à demander.

— A onze heures.

— Entendu.

Izvolski range son téléphone et regarde à nouveau Irina. Un gros accoudoir coupe le siège arrière, sur lequel est posé un grand sac froissé. Par sa fermeture Eclair dépassent la tranche d'un livre épais et la manche d'un anorak. Irina, recroquevillée sur son siège, se lèche la patte comme un ourson. D'un geste vif, Izvolski fait tomber le sac et la prend par le coude.

— Qu'as-tu à la main ?

— Je me suis coupée avec la bouteille, dit Irina.

La coupure est profonde. Irina s'étonne même de ne pas l'avoir sentie plus tôt. Izvolski se penche et, comme un chat qui lape, se met à sucer le sang noir et salé qui s'échappe du creux de sa petite main. Elle se dégage et le Lingot la relâche avec une docilité inattendue. Ce qu'il redoute le plus, c'est de ressembler à celui qu'il était hier. Il s'étonne de voir la petite réagir à la situation avec un tel calme. Une autre qu'elle aurait une crise d'hystérie. Le Lingot aurait préféré une crise d'hystérie : car alors il aurait pu l'étreindre et la cajoler.

— Où est le chat ? demande tout à coup Izvolski.

— Chez une amie.

— C'est une bonne chose, grommelle-t-il.

— De quoi parles-tu ?

— Je n'aime pas les chats. Les chiens non plus.

— Pourquoi ?

— Je ne sais pas. Nous avions un chat à la maison quand j'étais petit. Au sovkhoze *La Voie de Lénine*. C'était une exploitation gérée par *AMK*, séparée du combinat par une rivière. Nous n'avions pas d'argent, ni rien à manger. Ma mère venait d'être jetée en prison, une voisine m'a apporté du saucisson et le chat l'a mangé. Je suis resté deux ans avant d'en revoir.

— Et pourquoi a-t-on mis ta mère en prison ?

— Pour avoir empoisonné des poules. Un jour de soûlerie, elle s'est trompée, elle leur a donné de l'ammophos au lieu de granulés. Trois cents poules de crevées. C'est un endroit sordide, ni ville ni village, nous allions casser la figure aux gosses de la ville de l'autre côté de la rivière.

— Et maintenant ? Qu'y a-t-il là-bas ?

— J'ai tout vendu. C'était à l'abandon.

— Tout vendu ? Comment ça ?

— Ben... c'était dans la balance d'exploitation du combinat. Les étables, les porcheries... Le prix de revient d'une poule était de trente roubles alors qu'on en trouvait à quatorze roubles au marché. Qu'est-ce que je devais faire ? Vendre du métal pour financer des volailleuses qui ramenaient chez elles du fourrage combiné ?

— Et les volailleuses, que sont-elles devenues ?

— Je ne suis pas leur nounou.

— Que sont devenues les volailleuses ? Elles ont crevé comme les poules ?

— Je ne comprends pas votre logique ! dit Izvolski. Il y avait un paquebot baptisé *Economie planifiée*. Le bateau a coulé. Tout le monde à l'eau. Les uns à la nage, les autres accrochés à un tronc d'arbre... Certains ont construit un radeau. Mais combien de passagers peut-on mettre sur un radeau ? Une centaine, à tout casser. Or, ils étaient toute une légion à vouloir monter dessus. Les malfrats d'abord, qui jouaient de la gâchette : "Descends d'là, mec, ce radeau est à nous !" Puis un vaurien rapplique en agitant un papier : "Je suis votre gouverneur, légalement élu sur votre radeau !" Puis c'est Moscou qui la ramène avec ses lois : "Ah ! le vilain, tu as cent hommes sur ton radeau pendant que mille autres sont en train de couler. Embarque-les tous ! Paie-leur une retraite à chacun ! Des allocations pour les enfants ! Des réductions pour les anciens combattants !" Qu'est-ce que je fais, moi, si mon radeau n'est pas assez solide pour tout le monde ?

"Ensuite, on commence à me crier dessus : Salaud ! tu les as tous saignés ! Une femme s'accrochait au radeau, tu l'as assommée d'un coup de rame sur la tête. Un enfant a été repoussé, un requin a fini par le manger. C'est vrai, j'ai donné des coups de rame sur les têtes, j'ai arraché des doigts agrippés aux flotteurs. Mais ceux qui crient au voleur ne sont pas de ceux qui ont construit le radeau ; plutôt de ceux qui ont coulé le paquebot."

Enfin la Mercedes quitte la piste défoncée et s'élance à fond de train sur la deux-voies qui fait la liaison entre les routes de Kiev et de Kalouga. Le tableau de bord brille de sa luminescence verte, le garde du corps emplit de sa masse imposante le siège avant près du chauffeur… le radeau personnel d'Izvolski a plutôt fière allure.

Izvolski se tait, conscient de dire n'importe quoi. Ce n'est pas de paquebots ou de radeaux qu'il doit parler maintenant, mais de la belle ordure qu'il a été hier soir. Le coupable ce n'est pas lui, c'est cette journée féroce, cette semaine féroce qui lui est tombée dessus. Il faut demander pardon et dire je t'aime. Mais Izvolski ne sait plus demander pardon. Quant à dire je t'aime, ce sont là des mots qu'il ne prononce plus depuis des lustres. Il ne va tout de même pas les dire à sa secrétaire Vérotchka en la poussant dans une salle de repos à l'heure de la pause… Il est vrai qu'au moins une fois par semaine Viatcheslav Arkadievitch doit se produire en public pour dire des choses comme "et maintenant je voudrais exprimer mes vœux les plus sincères à notre bien-aimé Trucmuche et lui remettre en signe d'amour et de reconnaissance…". S'ensuivent applaudissements, flashes et, suivant le statut de Trucmuche, un cadeau, un vase, une statuette de porcelaine ou même un chèque. Et pourtant cet "amour" qui lui fait offrir des services à soupe n'a rien à voir avec ce qu'il ressent maintenant. Si le destinataire des soupières s'était évaporé sur scène, Izvolski n'aurait fait que hausser les épaules avant de regagner sa place d'honneur. Ce qu'il aurait fait si Irina avait disparu ?… un malheur ! Autant lui annoncer qu'une explosion de gaz a détruit le four de la cokerie.

— Irina, dit Izvolski d'une voix soudain brisée, j'aurais dû signer un contrat il y a une heure et demie. Sur la centrale nucléaire de Beloïe-Polié. Je l'achète… Ou plutôt non, mais qu'importe… J'étais attendu par deux patrons de régies fédérales. Mais je suis venu ici. Les gens sont méchants. A cause d'un rendez-vous manqué, ils sont fichus de flanquer un contrat à la corbeille… Et toi qui me dis que j'en ramasse à pleines pelles…

— Conduisez-moi chez moi, dit Irina, et laissez-moi tranquille, d'accord ?

Izvolski lève un œil inquiet sur son garde du corps. L'autre mastique imperturbablement un chewing-gum en regardant droit devant soi, la route striée par les rayons des phares.

— Il se passe des choses bizarres autour de l'usine, dit Izvolski. Quelqu'un tire les ficelles. Et les ficelles sont rattachées à la goupille d'une grenade. Je dois y réfléchir. Je dois aussi penser à toi. Comprends-tu ?

Elle ne peut pas comprendre. Elle ne peut pas savoir qu'Izvolski ne pensant pas au combinat, c'est comme un chat affamé ne pensant pas à manger. C'est un non-sens.

— Je me sens comme un chien à la truffe piquée de tabac, dit-il. Je… étais-tu si mal hier soir ?

Irina lui décoche un regard en coin. Izvolski est assis à un demi-mètre d'elle, muet, lourd, enveloppé d'un épais manteau neuf (sa valetaille a trouvé le temps de lui refaire sa garde-robe). Il ne la regarde pas, il a l'œil rivé sur ses propres poings serrés, ses doigts courts et ses ongles de rapace dont il l'a griffée la veille.

Elle n'a pas le temps de répondre.

Deux phares ronds, qui suivaient la Mercedes depuis un moment, se mettent soudain à grandir. Déserte, la voie de gauche s'illumine et une Lada 06, tache blanche effrontée, entreprend de les dépasser.

Dans la seconde qui suit, les deux vitres de la Lada s'abaissent simultanément et laissent apparaître des canons d'armes à feu à l'éclat sauvage dans la lumière des phares.

Izvolski lance un cri et pousse Irina au sol, sous le siège. Dans sa chute, elle voit soudain une vitre s'étoiler, puis des jets de sang et de cervelle jaillir de la tête du chauffeur.

La voiture part de guingois et verse sur le bas-côté en faisant craquer de rares arbustes couverts de neige ; puis un coup violent projette la tête d'Irina contre la portière. Elle perd un temps connaissance.

Quand elle revient à elle, tout est fini. La voiture s'est fichée au milieu d'un marais croustillant de glace, ou d'une grande flaque, comme on voudra. Quelque chose de perfide claque dans le moteur. Le véhicule semble avoir fait un double tonneau : il a atterri presque sur le flanc, appuyé contre un arbre. A travers la vitre brisée d'une portière, Irina aperçoit haut, très haut dans le ciel de rares étoiles hivernales, et le remblai de la chaussée, élevé de trois bons mètres, blanc, nappé de givre, balafré d'un sillon noir net creusé par la Mercedes. L'homme assis au volant a la moitié du crâne emporté par la mitraille. Son voisin gît le tympan posé sur le pare-brise détruit. Machinalement, Irina observe que son siège est enrobé de sang, comme une saucisse de ketchup.

Elle sent pulser une douleur lancinante dans son bras, sa veste est émaillée de bris de verre et de taches de sang. Près d'elle est le corps d'Izvolski, énorme, inerte. C'est lui qui l'a protégée des balles.

— Slava ! dit-elle. Slava !

Il ne bouge pas. Le moteur cogne de plus en plus fort. Irina repousse comme elle peut le corps d'Izvolski et le fait rouler tant bien que mal sur le siège. Elle rampe jusqu'à la portière. Celle-ci résiste. Irina s'extirpe de l'épave par la vitre brisée, puis s'escrime sur la portière du côté extérieur. Mais elle est pliée en accordéon par le choc, fermeture bloquée.

La moitié du corps entré par la portière, Irina attrape les mains d'Izvolski et entreprend de le sortir, tâche terriblement malaisée : la voiture est plantée de travers, la portière tend plus au ciel qu'au sol, le Lingot pèse un quintal, alourdi par son gros manteau, et Irina elle-même souffre du bras à hauteur de l'épaule. Sa manche droite baigne dans le sang. Il est clair maintenant que c'est son sang à elle et qu'elle a été blessée. Combien de temps lui restet-il avant de faiblir tout à fait au point de ne pouvoir tirer Slava de là, mystère.

Rien à faire, le corps d'Izvolski ne passe pas. Alors Irina lui retire son manteau qui est lourd et trempé de sang. Celui-ci enfin arraché, elle tombe avec dans une boue liquide. Dans la voiture, quelque chose a craqué. Le temps d'un éclair, elle se dit que l'épave va exploser et que de l'homme qui lui a fait hier soir ce qu'il lui a fait, ne restera bientôt que le manteau.

Elle se relève et saisit les bras amorphes (pourtant si pressés quelques secondes auparavant) qui appartiennent à cet homme inerte peut-être déjà sans vie, les jette sur ses épaules, se retourne et se met à les tracter hors de la voiture morte. Elle tire, peste, pleure, crie, jusqu'au moment où (quand ? pourquoi ? elle ne saurait dire) la lourde carcasse se laisse extraire des entrailles de fer froissé de l'épave, tel un enfant venant au monde par césarienne. Floc ! la carcasse roule dans la boue gelée, et Irina la traîne à l'écart dans cette mare de fange, faute de pouvoir remonter le remblai.

C'est alors que la voiture prend feu. Elle n'explose pas, comme cela se produit toujours au cinéma, mais se met à brûler, comme cela se produit presque toujours dans la réalité. Des flammes nonchalantes s'échappent d'abord du capot, essaimant bientôt dans tous les sens, et le brasier enveloppe Irina de son souffle incendiaire en brûlant son anorak et ses cheveux. Des éclats font pschitt en retombant dans la vase et, pour la première fois, Izvolski pousse un gémissement.

Irina glisse la main dans une poche intérieure du directeur pour en extraire le boîtier plat d'un téléphone portable. Le boîtier s'effrite aussitôt dans sa main, ayant été pulvérisé par une balle. Elle sait qu'Izvolski possède un autre mobile, elle le revoit encore en train de le ranger dans la poche de son manteau : il sera donc tombé dans la voiture, ou il aura brûlé avec le manteau.

Assise, Irina pose des yeux hagards sur l'incendie, puis elle se met à tâter le pouls d'Izvolski. Mais sa propre main tremble trop, le pouls est introuvable, elle abandonne la partie et traîne le blessé vers un talus. Là commence la terre ferme.

C'est bien un marécage, en vérité, plutôt qu'une flaque, parce qu'à un moment donné les mottes de glaise s'écartent sous ses pieds et elle s'enfonce jusqu'à la ceinture. Là-haut passe une voiture qui continue sa route pour ne pas se mêler de savoir qui brûle ici dans le fossé.

Irina se couche à plat ventre et ne continue plus qu'en rampant, avec à sa traîne le corps énorme et monstrueusement gonflé d'Izvolski. Elle le laisse au pied du talus qu'elle commence à gravir en s'accrochant à de rares arbustes. Une fois, elle lâche prise et dégringole. Rassemblant ce qui lui reste de force, elle parvient à remonter en creusant derrière elle un sillon noir.

Au bout d'une dizaine de minutes, elle réussit à se hisser sur le remblai. La voiture en fin de combustion n'irradie plus de chaleur, Irina est engourdie d'un froid féroce. Elle se traîne à quatre pattes jusqu'au bas-côté de la route, se disant que si l'autre vit encore, le gel aura raison de lui d'ici dix ou quinze minutes (allez savoir le temps qui reste à un blessé baignant dans une fange marécageuse et glacée).

Deux voitures passent sans la voir, ou craignant peut-être de s'impliquer dans une situation louche. Enfin, quand la Mercedes a fini de brûler depuis longtemps et que l'obscurité est retombée sur la route, elle se heurte à un troisième jet de phare éblouissant.

La voiture roule vers Moscou et s'arrête : une Lada 09 de couleur sombre qui est pleine à craquer.

Les portières s'ouvrent, d'où surgit une tripotée de gaillards. Irina en remarque surtout un, baraqué comme une armoire à linge, le cheveu ras et le regard étonnamment intelligent à la lumière des phares.

— C'est quoi ça ? s'étonne l'un d'eux.

— Les gars, dit Irina, je vous en supplie… en bas, là… un homme… un directeur… on nous a tiré dessus… Il est en train de mourir…

Un gars sec en blouson de cuir se rue vers le fossé.

— Kamaz ! Vingt-deux ! C'est la nana d'Izvolski !

Un pistolet surgit dans les mains d'un des types qui le plante dans les côtes d'Irina et se met à hurler :

— Monte dans la caisse ! Et vite !

— Lâche-la ! rugit l'armoire à linge, celui qu'on a appelé Kamaz.

— Tu débloques, Kamaz ! Ils vont nous faire porter le chapeau ! On descend la gonzesse et on se tire d'ici !

Irina se débat, mais on la tient fermement par le col.

— Voyez-moi c'te chienne ! On va t'faire voir, tiens…

En haut de la côte, venant de Moscou, surgit une autre voiture. Une belle marque étrangère, semble-t-il. Elle est encore loin et avance à grand train, indifférente au monde, petite bulle dorée avec air conditionné, sièges ergonomiques et fréquence joie branchée à tue-tête.

Irina lance un pitoyable “Au secours !”, comme si on pouvait l'entendre sur cette route déserte, près d'une Mercedes carbonisée, d'une bande d'affreux venus on ne sait d'où, et d'Izvolski à l'agonie…

Le chauffeur de la Lada la frappe aux genoux, l'empoigne et la pousse dans la voiture. Une seconde plus tard, un hurlement de freins déchire l'air. La belle étrangère achève un tête-à-queue si brutal qu'elle manque d'empaler l'autre. Les portières s'ouvrent et, avant que la clique affreuse n'ait le temps de bouger les méninges, le persécuteur d'Irina se retrouve le nez par terre et racle le bitume sous l'effet d'un coup asséné de nulle part.

— Personne ne bouge ! rugit l'un des arrivants.

L'un des affreux lâche un mot ordurier auquel l'homme qui rugit répond par des coups de feu braqués sur le bitume.

Irina lève les yeux et aperçoit la face en furie de Tcheriaga éclairée par les phares de la Lada. Il tire en rafale sous les pieds de la racaille en pleine débandade.

— Ventre à terre, bande de chiens ! hurle-t-il.

Et déjà les malfrats, étonnamment dociles et disciplinés, embrassent la chaussée, les pattes écartées et le cul offert aux ténèbres du ciel.

Irina se jette sur Tcheriaga et, la tête dans sa poitrine :

— Là-bas… Slava… au bord du champ de vase…

Les compagnons de Tcheriaga dévalent déjà la ravine. Les phares d'un autre véhicule pointent au loin, et Irina s'abandonne aux bras de Denis. Quand elle revient à elle, dix minutes plus tard, c'est pour voir la masse hurlante d'un hélicoptère percer la nuit au-dessus d'elle, une croix rouge à l'empennage…

IV

ENQUÊTE SUR UNE CHEVAUCHÉE DE MERCEDES

Viatcheslav Izvolski ouvre les yeux.

Il est alité sous des draps blancs amidonnés dans une chambre aux murs roses comme de la meringue. A sa droite, un pied de perfusion encorné comme un cerf, et Tcheriaga assis près de ce pied, qui regarde son boss.

Un étrange écran de brume traverse la pièce, à cause duquel le visage de Tcheriaga s'étire et tremblote comme dans un mauvais poste de télé. Ses tympans cognent aussi fort qu'un âpre lendemain de noces, mais là n'est pas le plus étonnant. Le plus étonnant, c'est qu'il ne sent que sa tête. Sa tête, ses mains, et rien d'autre.

Il essaie de se rappeler ce qui lui est arrivé et où il a pris une cuite aussi carabinée. Quand il s'en souvient, il demande :

— Irina ?

— Tout va bien pour elle, répond Tcheriaga, juste blessée à l'épaule par une balle qui l'a traversée, avec en plus une petite égratignure. Elle a passé trois jours à ton chevet avant que je ne l'emmène à la résidence… Elle t'a sauvé la vie, Slava. Elle t'a sorti de la bagnole par une vitre brisée. Comment elle a fait pour soulever un colosse comme toi avec un bras percé d'une balle, ça dépasse mon entendement. La bagnole a brûlé.

Modeste, Tcheriaga fait silence sur sa propre contribution au sauvetage du directeur : comment, bravant l'interdiction d'Izvolski d'aller à Nikichino, il a levé des hommes pour foncer vers la route de Kiev ; comment il a voulu appeler Izvolski à vingt heures cinquante sur son portable et comment son portable, évidemment, n'a pas répondu parce qu'il avait été pulvérisé par une balle ; comment il a fait un autre numéro, d'un mobile que le Lingot n'éteignait jamais, et qu'il a compris tout de suite que quelque chose ne tournait pas rond quand un robot enchanteur lui a dit que l'abonné se trouvait hors couverture... Comment, après cela, les voitures ont foncé à la rescousse à cent soixante sur le verglas, si nombreuses que soient les raisons possibles d'éteindre son portable...

Izvolski ne répond pas. Il ne se souvient de rien de ce qui s'est passé après que la Lada blanche eut commencé de les doubler, il se souvient seulement qu'il a poussé Irina au sol...

— Trois jours ? (Un mouvement timide d'Izvolski.) Quelle date sommes-nous ?

— Le 2 décembre. C'est déjà l'hiver, dit Denis, bientôt quatre jours que tu es HS, eh oui, désolé.

— Qu'est-ce que j'ai ?

— Le principal c'est que tu sois vivant, dit Tcheriaga d'un ton qu'il veut rassurant. Le reste s'arrangera avec le temps.

Mais le chef de la sûreté se trahit par un clignement des yeux.

— Qu'est-ce que j'ai, répète Izvolski, mais sans mentir, OK ?

— Ta colonne vertébrale, Slava, elle a un peu morflé... répond Tcheriaga en se cachant les yeux. Il n'y a rien de définitif, c'est réparable, mais tu devras garder le lit pendant longtemps.

Aussi longtemps qu'il se souvienne, Izvolski n'a jamais vu Denis cacher ses yeux à son chef.

Depuis trois jours que Viatcheslav Izvolski est alité sans connaissance, relié à la vie par un tube ténu de perfusion et un dispositif de respiration artificielle, beaucoup de choses se sont passées, dont la plupart peu engageantes pour le combinat.

Naturellement, il a fallu relâcher Kamaz et ses compères. Aussi paradoxal que cela puisse paraître, il n'y avait aucune raison de les soupçonner de cet attentat. Oui, ils étaient bien sur les traces d'Irina. Ils avaient trouvé l'adresse de la façon la plus élémentaire : en interrogeant les voisins et en s'assurant qu'une fille correspondant au signalement d'Irina était bien sortie au petit matin de chez Veretskaïa… Ceci fait, un ripou leur a dégoté les coordonnées de la datcha en deux temps, trois mouvements. La vendeuse du magasin les a vus près de l'arrêt de bus une dizaine de minutes après qu'Izvolski a quitté le village. Difficile, néanmoins, d'imaginer que le tueur soit revenu quarante minutes après sur les lieux du crime où la flicaille risquait de pulluler. De plus, les killers roulaient dans une Lada blanche au moteur débridé alors que celle des frères la crapule était de couleur asphalte mouillé.

Non, ce ne sont pas les lascars à Kamaz qui ont appuyé sur la queue de détente, mais des gens autrement sérieux, et Izvolski n'a eu la vie sauve que parce qu'il avait passé le volant à son garde et qu'il s'était installé sur la banquette arrière. C'était le conducteur qu'on visait au fusil et au pistolet (un tir étonnamment groupé, sur cinq balles tirées en pleine course d'une voiture à l'autre, trois ont atteint la tête du conducteur). Un autre killer a parachevé le travail en arrosant la Mercedes d'une rafale continue, laquelle rafale, en frappe transversale, a touché Izvolski trois fois : une balle dans la poitrine, affectant un poumon, une autre dans l'épaule, sans gravité, et une troisième pulvérisant son téléphone portable en premier impact avant de lui perforer le corps et de se loger dans une vertèbre.

Tcheriaga et le juge d'instruction chargé de l'enquête par la procurature ont interrogé Irina plusieurs heures durant, mais sans grand résultat : elle n'avait vu que la Lada blanche en train de doubler la Mercedes. La Lada était dotée d'un moteur à l'évidence débridé parce que la Mercedes roulait à vive allure et qu'on ne pouvait pas la doubler comme ça. Irina n'a pas retenu l'immatriculation, ni encore moins les visages.

Tcheriaga s'est rendu à Nikichino. Le milicien de quartier, un poivrot au nez rouge et à la pommette cernée d'une énorme ecchymose, s'est montré extrêmement désobligeant. La lumière a été faite sur les raisons de cette désobligeance une demi-heure plus tard auprès d'une vieille nommée Liouba dont le fond du jardin donnait sur le bout de place, et qui avait l'habitude d'épier les allées et venues au magasin plutôt que de regarder la télévision. L'octogénaire lui a raconté que des pochards du coin, parmi lesquels figurait le milicien du village, avaient attrapé devant le magasin une pépée de la ville, que la pépée avait donné un coup de bouteille sur la tête de Kolia et qu'une grosse voiture s'était ramenée à ce moment-là, avec deux molosses et un type qui avait un pistolet. “Je pensais qu'ils allaient la tuer, a dit la mère Liouba, mais l'autre s'est mis à tirer, même que les carreaux tremblaient dans la maison.” A part cette histoire de pistolet, la mère Liouba avait remarqué autre chose : qu'une deuxième voiture était arrivée juste après la grosse, tous phares éteints – une Lada 06 blanche. Elle s'était garée dans un coin, et pas un signe de vie pendant un quart d'heure jusqu'à ce que la grosse (avec Izvolski) s'enfile sur la route goudronnée ; là, la petite blanche était partie à son tour. Brave mère Liouba ! Elle avait même retenu le numéro sur la plaque, une immatriculation attribuée trois mois plus tôt à une vieille Ford, et dérivetée la veille de l'attentat. Quant à la Lada 06, elle est restée introuvable. Sans doute n'était-ce pas une voiture volée, compte tenu de son moteur débridé, et les tueurs n'ont pas jugé utile de s'en débarrasser.

Mais si Kamaz n'était pas l'auteur de l'attentat, comment les tueurs avaient-ils eu connaissance de l'itinéraire d'Izvolski ? On pouvait imaginer qu'ils s'étaient contentés de suivre la voiture à la trace. Sauf qu'Izvolski n'avait pas roulé dans un flot anonyme. Sa Mercedes avait d'abord pris la route de Kalouga avant de rattraper la direction de Kiev au kilomètre cinquante. La moitié du voyage s'était passée sur des chemins de traverse. Et partout à une vitesse folle pour des pistes de ce genre : cent, cent vingt kilomètres à l'heure. Il paraissait impensable, dans de telles conditions, que les gardes du corps d'Izvolski n'aient pas repéré une Lada bondissant comme un diable dans leur sillage. Ou même une suite de voitures se relevant à tour de rôle.

Question suivante : si la Lada savait qu'Izvolski allait se rendre dans le patelin paumé de Nikichino, de qui le tenait-elle ? De Kamaz ? Possible. De Veretskaïa ? Seul Kamaz lui avait parlé à ce jour. Des recherches extrêmement poussées n'ayant rien donné, il ne restait que l'hypothèse la plus évidente : le portable d'Izvolski était sur écoute. L'info a été recueillie quand Tcheriaga lui a téléphoné… Bien sûr, n'importe qui aurait pu acheter l'enregistrement d'une telle conversation auprès de la FAPSI, l'Agence fédérale des Transmissions gouvernementales.

Quant à filtrer les communications en direct – comme Tcheriaga avait pu s'en rendre compte trois jours auparavant – c'était une autre paire de manches : il fallait être soit des services, soit de leur entourage rapproché.

Après avoir examiné la placette et le chemin de boue qui la dessert, Denis s'est demandé pourquoi les tueurs n'avaient pas traqué leur victime dans la datcha pour y tirer leur cible tout à leur aise. Car à la datcha il n'y avait point de salut possible : ce n'était pas ce soûlard de milicien qui allait se lancer à la rescousse des passagers d'une belle voiture étrangère ! Sans parler du téléphone inexistant dans le village, à l'exception de la cabine située près du magasin, encore avait-elle été définitivement saccagée l'été dernier. Conclusion : les tueurs sont arrivés à Nikichino un quart d'heure avant la fusillade. Ils sont venus par une route déserte qu'ils ont trouvée propice à l'exécution de leur dessein, mais ne se sont souciés ni de la datcha ni du nombre des voisins, etc. Pas question pour eux de se fourrer dans des chemins défoncés : pour peu qu'ils s'enlisent dans une congère après le carnage, avec tous les désagréments qui en découlent… Une heure s'est écoulée entre le coup de fil de Tcheriaga et l'attentat, un argument de plus en faveur de cette immonde hypothèse. Le portable était sur écoute, et pas besoin de micro enregistreur. Belle idée, oui belle idée qu'avait eue le Lingot d'acquérir à Akhtarsk sa propre compagnie de télécommunication. Mais Akhtarsk n'est pas Moscou…

Le tableau de la reconstitution du tir n'a guère été réjouissant. Le chef du SOBR Alechkine, après examen du crâne fracassé de son propre soldat, a pris Tcheriaga à part pour lui dire :

— L'Elan a bien tiré.

— Tu es sûr ?

— C'est lui ou un pro.

— C'est-à-dire ? Pas des mafieux ?

— Non. J'ai entendu parler d'endroits où l'on apprend à tirer de bagnole à bagnole.

Jettant un œil songeur sur le cadavre, il a ajouté dans un soupir :

— Les services secrets ayant été privatisés, quelqu'un a pu leur payer un contrat mais… n'auriez-vous pas marché sur la queue d'une grosse huile par hasard ?

Et comment ! Avec l'usine d'hélicoptères de Kongarsk !

Le lendemain de l'attentat perpétré contre Viatcheslav Izvolski, la Douma fédérale a adressé une lettre au Premier ministre Evgueni Primakov relativement aux mutations intervenues à la tête de la régie *Atome-Energo*. La Douma demandait avec inquiétude pourquoi un "physicien nucléaire et académicien émérite" s'était vu remplacé par un "businessman quadragénaire qui n'[avait] jamais travaillé dans une centrale atomique". Et d'ajouter que la décapitation de la régie fédérale "[aurait] des retombées néfastes sur les intérêts de la sûreté nationale de la Russie". Le Premier ministre était sommé de mettre un coup d'arrêt au "dépeçage du nucléaire" et d'ordonner la restitution des responsables déchus.

La lettre évoquait un exemple de "dilapidation criminelle des biens de l'Etat" par la nouvelle direction en place avec la "cession gratuite de la centrale atomique de Beloïe-Polié à l'homme d'affaires Viatcheslav Izvolski dont le nom [était] constamment cité ces derniers temps dans différentes histoires para-criminelles".

En annexe était donnée une biographie du nouveau directeur d'*Atome-Energo* Zvonarev, en partie imaginaire (on le disait notamment recherché par les forces de l'ordre du Kazakhstan pour la perte de deux wagons de ferrochrome acheté par sa société à titre de *barter exchange*), en partie réel : les deux wagons avaient bel et bien été perdus, mais sans que les autorités du Kazakhstan s'en affolent.

Quelques heures après le scandale, Tcheriaga était contacté au téléphone par Zvonarev qui demandait à le rencontrer d'urgence. Quand Denis est arrivé, l'autre a expliqué que le président d'une puissante commission parlementaire l'avait appelé pour lui proposer de démissionner de son plein gré.

— Il m'a dit que le peuple ne permettrait pas qu'on distribue les centrales nucléaires comme des bonbons au magasin et que quiconque lèverait la main sur les biens nationaux comme Viatcheslav Izvolski aurait la punition qu'il mérite. (Silence de Tcheriaga.) J'imagine que vous n'allez pas signer le contrat tout de suite ?

Le patron d'*Atome-Energo* était rouge de colère.

— Le contrat devait porter la signature d'Izvolski. Le signerez-vous en tant qu'adjoint ?

— Oui.

Le directeur, muettement, a ouvert un dossier placé en haut d'une pile, puis il a présenté à Tcheriaga deux exemplaires d'un épais document.

— Signez.

Tcheriaga a entrepris de le lire : trente pages d'un texte serré à simple intervalle. Sur la dernière figuraient les coordonnées des contractants : la régie fédérale et le combinat. Pour le combinat était mentionné le nom de Denis Tcheriaga, directeur adjoint d'*AMK*.

— Signez voyons. C'est le texte que nous avons concocté avec Viatcheslav Arkadievitch. J'ai fait imprimer le fichier en changeant les noms.

Denis a marqué un temps de réflexion et, d'un geste ample, a posé sa signature.

— Vous êtes un brave, a-t-il dit ; pensez-vous qu'on ait tiré sur Izvolski à cause de ce contrat ?

— Parce que vous aviez d'autres problèmes ?

Denis a observé un silence, puis :

— C'est étrange tout de même. Izvolski n'a pas été le principal catalyseur de votre nomination. Ils peuvent blanchir leur argent par le biais d'autres centrales. De là à tuer le directeur général d'un gros combinat pour intimider le directeur général d'une régie fédérale… Il aurait été plus facile de vous zigouiller, sauf votre respect, vous ou l'un de ceux qui vous ont affecté ici.

Zvonarev hochait la tête.

— Me tuer, c'est mettre une croix grasse à la craie sur la camarilla. Tuer ceux qui m'ont nommé… c'est physiquement impossible. Ou du moins extraordinairement difficile. Autant tuer le président lui-même. En revanche, un directeur sibérien offre une cible parfaite. Une belle leçon de morale pour que tout le monde sache qu'on ne touche pas comme ça aux blanchisseuses occultes des campagnes électorales.

Mais ni Denis Tcheriaga ni Youri Breler ne partageaient la certitude de Zvonarev. La centrale de Beloïe-Polié ne pouvait être le mobile de l'attentat. (Les hourrah-patriotes rouges adorent crier au poteau à qui dilapide les biens du peuple, mais aucun d'eux n'est jamais passé à l'acte.) Plus plausibles étaient deux hypothèses : l'une majeure et l'autre pas. La deuxième s'orientait vers les Pattes-Longues. Ou plus précisément vers l'Elan. Le caïd avait pu mal digérer l'assaut donné à sa datcha : ses voitures trouées de balles, les tapis souillés, les meubles brisés sur les crânes de ses propres lascars.

Tcheriaga n'a pas tardé à apprendre qu'au moment où l'on tirait sur Izvolski, l'Elan s'amusait à *La Sérénade*.

A priori, ça ne voulait rien dire. Il pouvait très bien se forger de la sorte un alibi et envoyer ses gus au charbon. Mais justement : il aurait choisi un lieu plus sûr que le casino sous son contrôle… Un déplacement à l'étranger, par exemple, ou un interrogatoire à la procurature. De plus, l'Elan est ainsi fait qu'il n'aurait laissé personne éliminer Izvolski à sa place. A quoi sert de payer un killer de haut vol au prix fort pour une besogne qui est son propre péché mignon ?

Enfin, l'attentat devait être considéré sous un angle multiple, c'est-à-dire en rapport avec le meurtre de l'enquêteur ukrainien et les accusations d'illégalité opposées au SOBR. Certes, les Pattes-Longues avaient les moyens de remonter l'Ukrainien contre le combinat pour l'éliminer ensuite en orchestrant tout un tapage ; mais qu'eût fait la poule du couteau ? Les frères la crapule n'avaient qu'un désir : empocher les dix-huit millions du crédit et se tirer avec. A quoi bon provoquer un iziubr et manigancer un vaste carnage en marge d'une opération purement lucrative ?

Au fait : la Forge a téléphoné à Tcheriaga le lendemain de l'attentat. Réservé mais inquiet, le baron du crime lui a proposé son aide pour élucider les faits. Offre refusée, cela va de soi. Du reste, un coup de fil comme celui-ci ne veut rien dire.

Aussi la piste majeure reposait-elle sur l'usine d'hélicoptères de Kongarsk. Par son ampleur, l'opération déployée contre l'usine était signée : on y sentait les mains sales, l'esprit froid et le cœur hargneux des services spéciaux.

Une piste, on l'imagine, des plus délicates à creuser. D'abord harcelée par les inspecteurs, comme on l'a dit, l'usine a vu le capital social de *Saturne* s'ouvrir au frère de l'un des directeurs adjoints du FSB venu rejoindre ses collègues de la Défense et des Finances. Et ces gens-là ne manquent pas de ressources ! Dans la masse innombrable des Forces spéciales, de l'armée ou des services, identifier l'homme qui a joué de la gâchette sur ordre de ses chefs relève de la gageure. Peut-être Tcheriaga aurait-il avancé dans ce sens s'il n'avait passé le plus clair de ces trois journées à répondre aux convocations, voire aux accusations, dans les plus hautes instances.

On ne saurait dire ce qui a le plus irrité les forces fédérales : l'occasion ratée de grossir un fonds hors budget de deux cent mille dollars ? L'arrogance du SOBR d'Akhtarsk qui s'est permis de violer un territoire de chasse étranger ? La révélation des complicités dont jouissent les Pattes-Longues jusque dans les plus hautes sphères du pouvoir policier ? Ou bien, tout simplement, la publication de quelques images vulgaires et compromettantes montrant de hauts gradés de la milice faire table commune avec la Forge, et même séance commune au sauna ?

Tout cela, bien sûr, Denis l'avait calculé à l'avance. Sauf une chose : que les actionnaires de *Saturne* seraient trop heureux d'achever le combinat par les mains des juges d'instruction, n'ayant pu le faire par les mains de killers ; ni que Zaslavski ne serait pas à la datcha, ni qu'on y trouverait deux soldats des Forces spéciales.

C'est à cause d'eux, justement, que les Sibériens ont perdu la partie. Le chef du détachement Uranus qui a décroché le contrat de garde est une vieille baderne bornée mais presque honnête. Il a consacré la quasitotalité de la recette obtenue de l'Elan aux besoins de son unité. Pour l'intermédiaire, c'est une autre paire de manches. D'abord, le loustic a claqué l'argent des Pattes-Longues dans la construction d'une datcha de trois étages à Barvikha. Ensuite, des liens de parenté et d'amitié le rattachent à plusieurs gros bonnets du ministère de l'Intérieur.

Fort de quoi l'intermédiaire avait pris la précaution de faire vérifier que les Pattes-Longues n'avaient pas l'intention de jouer aux cogneurs dans l'immédiat. Lesquelles Pattes-Longues, bien sûr, le payaient non pour le service de deux soldats mais bel et bien pour le privilège d'une couverture dorée.

Et voilà leur calcul brillamment justifié. L'assaut de la datcha de l'Elan a plongé la gent policière dans une merde innommable. Maintenant, c'est ou bien, ou bien : ou bien les Forces spéciales ont assuré la garde d'un mafieux, ou bien le SOBR d'Akhtarsk a pris d'assaut la villa d'un paisible businessman. Autant dire que la hiérarchie policière de Moscou soutient mordicus cette deuxième thèse. La déposition de Vassia Demine atteste que son ami Serioja a fait preuve d'une vigilance exceptionnelle, propre aux soldats de son arme, en repérant dans les branchages le reflet d'une lunette optique. Elle fait état du vandalisme causé par le SOBR dans la datcha. Elle confirme qu'une fois blessé, Serioja a été roué de coups de pied sous ses yeux. Pas un mot sur l'enlèvement de Stepanian, bien sûr. En revanche le médecin légiste a établi que la blessure par balle du garçon n'était pas mortelle, pour sérieuse qu'elle soit, et que cet ancien de la Tchétchénie aurait pu s'en sortir si on l'avait secouru à temps au lieu de l'achever à coups de botte. Une instruction a donc été ouverte, faisant peser sur Alechkine, commandant du SOBR, deux chapitres d'accusation cumulés : abus de pouvoir pendant le service et coups et blessures avec mort d'homme.

Il est vrai que la thèse d'un raid mené sur la propriété d'un honnête homme d'affaires s'accorde mal avec la mort de deux soldats sibériens abattus dans la ravine, ainsi qu'avec la seule conclusion possible : nul autre que l'Elan n'a pu abattre les deux rennes d'Akhtarsk. Qu'à cela ne tienne, l'instruction a vite trouvé la parade. Les gardes de la datcha, après s'être rétractés, ont donné une nouvelle version des faits. En vérité, l'Elan a quitté la maison dans la matinée pour ne plus y revenir. Quant à l'homme qui a tiré sur les deux soldats du SOBR, eh bien il avait frappé à l'huis au petit matin, sortant des bois, et on lui avait offert le lit et le couvert sans bien sûr lui demander son identité. Mais ce devait être un méchant homme que cet inconnu pour qu'il se conduise d'une aussi vilaine façon à la vue de l'uniforme russe. Radio taulard a fait des merveilles, tous les prévenus donnant de l'inconnu un signalement identique. A la question de savoir comment l'intrus pouvait avoir connaissance du passage souterrain, la réponse a été qu'il n'en savait rien mais que, traqué, il avait avisé la bouche d'égout et s'était coulé dedans…

Rien de cela ne serait arrivé si l'on avait trouvé Kolia Zaslavski à la datcha. Mais au lieu de Kolia, qui aurait témoigné dans le sens voulu par *AMK*, on était tombé sur Stepanian. D'emblée Tcheriaga a compris l'importance de ce témoin et l'a traité aux petits oignons. Comme le businessman refusait d'être hébergé dans la résidence du combinat, on l'a flanqué de trois molosses du SOBR qui l'accompagnaient partout et le sommaient de ne dire que la vérité et rien que la vérité. Aussi l'autre a-t-il donné un témoignage des plus favorables à *AMK* : ayant été enlevé par Mitiaguine et Demine sur ordre de l'Elan, il rendait grâce aux agents du SOBR de l'avoir arraché des mains de ces malfrats cruels et sans pitié.

Le lendemain, une Section de lutte contre le crime économique s'est présentée au bureau de Stepanian gardé par le SOBR. A cette occasion, le bonhomme s'est comporté en petite fripouille : pas assez d'imagination pour faire un grand magouilleur, pas assez de sens moral pour faire un honnête homme. Et le SOBR, si efficace qu'il fût contre les frères la crapule, n'a rien pu contre les inspecteurs. En deux coups de cuillère à pot, ceux-ci ont trouvé dans les papiers des tas d'entorses au code des affaires : "escroquerie", "commerce illicite" et "fraude fiscale à grande échelle". Clic, et va que je t'emmène menottes aux poings.

Avec des mots simples, le juge d'instruction a expliqué au commerçant qu'il avait tort de contredire l'honorable businessman Alexandre Elanov et les agents des forces de l'ordre ; et qu'en cas de persistance, Stepanian irait respirer l'air humide des cachots de la Boutyrka. Or Stepanian avait déjà purgé un an et demi en prisonnier modèle. Fin connaisseur des mœurs carcérales, il ne savait que trop ce que la clique des Pattes-Longues ferait d'un type ayant témoigné contre l'Elan. A la différence des autres crapules, les Pattes-Longues rassemblent une pègre formée à la vieille école qui donne toujours l'obole au pot commun et jouit d'une influence énorme en milieu pénitentiaire. Il a suffi d'une heure à Stepanian pour changer radicalement d'avis sur la question et signer une bafouille attestant qu'il se trouvait à la datcha d'Alexandre Elanov à l'aimable invitation de ce dernier, et de son plein gré. Après quoi l'on a quand même envoyé le bonhomme faire trempette en prison et se frotter à la clique pour le dissuader de revenir sur sa déclaration quand il se retrouverait dans les pattes des gars d'Akhtarsk qui l'attendaient à la sortie.

Tcheriaga s'est heurté à ce qu'il y a de pire – pire que la concussion, la corruption, l'incurie policière, et même pire que la société *Saturne* – à savoir la clause de solidarité interflic. Au nom de cette solidarité, un juge peut relaxer le commissaire qui a battu un suspect à mort, ou l'inspecteur de la route qui a empalé une voiture en roulant trop vite, ou encore le flic pinté qui a descendu un quidam dans une boîte de nuit…

Trois journées d'horreur où les journaux éructaient des immondices pendant qu'Izvolski faisait l'équilibre entre la vie et la mort dans une clinique de Kountsevo. Si la corporation policière s'était contentée de parer les accusations, le combinat n'aurait pas bougé. Mais, en haut lieu, quelqu'un de fort dépassait les bornes. Au quatrième jour, Tcheriaga a donné la riposte.

Alexandre Doubnov, gouverneur de la région, est arrivé à Moscou. Et c'est à la tribune du sénat – le Conseil de la Fédération – qu'il a pris la parole. Bis repetita pour les esprits durs de la comprenette à l'occasion d'une conférence de presse convoquée lors d'une suspension de séance.

La procurature d'Akhtarsk, a-t-il déclaré, détient la preuve qu'un caïd du gang des Pattes-Longues, surnommé l'Elan, a enlevé Nikolaï Zaslavski, natif de la région de Sounja et par ailleurs neveu du premier vice-gouverneur ; que le procureur a établi un mandat d'arrêt au nom d'Elanov et que les forces de l'ordre de Moscou ont refusé de prêter leur concours à sa libération ; que la cause de ce refus s'est expliquée quand il s'est avéré que la maison était gardée… par des combattants des Forces spéciales. "Pourquoi les autorités fédérales s'attachent-elles à protéger les mafieux plutôt que d'instruire l'attentat perpétré contre le directeur général d'un combinat métallurgique gigantesque qui est le premier donateur de la région ? a lancé le gouverneur d'un air tragique. Est-ce à dire qu'elles tiennent plus à cœur les intérêts de ces voleurs de Moscovites que ceux de l'économie russe dont les forces vives sont concentrées dans les régions ? Pourquoi l'industrie est-elle hors de Moscou alors que l'argent est dans Moscou ? Et où va cet argent ?"

Le discours pathétique du gouverneur est tombé sur un terreau fertile. Les gouverneurs détestent Moscou. La condamnation du chef du SOBR d'Akhtarsk aurait constitué un dangereux précédent. Une demande d'explication courroucée a été adressée à la Procurature générale et au gouvernement. Tcheriaga, convoqué à trois interrogatoires (dont l'un a duré cinq heures) et une fois par un vice-ministre de l'Intérieur, a pu enfin se consacrer aux tâches relevant directement de sa fonction.

Le courageux plaidoyer du gouverneur en faveur du premier contribuable de la région aurait été beaucoup plus apprécié de Tcheriaga si ce courage n'avait pas dû être payé en retour d'une série de transactions ayant apporté aux firmes contrôlées par ce même gouverneur une somme totale de près de cent mille dollars, soit la moitié de ce qu'exigeait la patte poilue de la milice moscovite.

A vingt et une heures, après la conférence de presse du gouverneur, Denis est arrivé à la clinique. Izvolski n'avait toujours pas repris connaissance. Etat grave, mais stationnaire, disaient les médecins. Venu exprès de Saint-Pétersbourg, un professeur considéré comme le meilleur spécialiste russe de la traumatologie de la colonne vertébrale a dit que le malade était condamné à l'immobilité, du moins dans les six ou sept mois à venir.

— A propos, a-t-il bon caractère ? a demandé le professeur.

Denis a haussé les épaules. Gengis Khan pouvait-il avoir bon caractère ?

— Pourquoi ?

— Sachez que son caractère va se détériorer fortement. Il vous fera des caprices de prima donna…

Joyeuse nouvelle. Denis a tenté d'imaginer Izvolski avec un caractère plus irascible, mais son imagination n'y suffisait pas.

Les fenêtres de la chambre d'Izvolski donnaient sur une cour où de mornes soldats du SOBR montaient la garde. Toujours prêts à étrangler les Moscovites à mains nues, les Sibériens affichaient une humeur de dogue. Un soir, ils ont failli broyer le bras d'une nouvelle infirmière qu'on avait envoyée faire une piqûre à Izvolski. L'ayant prise pour un agent masqué, ils l'ont conduite auprès du médecin-chef pour reconnaissance d'identité. Ils ont dû s'excuser longtemps.

La chambre était sombre. La faible lueur d'une veilleuse s'infusait derrière des rideaux occultants. Irina se tenait assise au chevet d'Izvolski. Elle avait passé tout ce temps à la clinique, comme patiente d'abord (déchoquage, hémorragie), comme visiteuse ensuite. Pour une gentille intellectuelle blessée par balle sans avoir rien demandé à personne, Irina faisait preuve d'une étonnante tranquillité. Pas le moindre signe d'hystérie.

Elle avait les yeux fermés, son corps somnolent s'affaissait sur sa chaise, mais crac, au bruit de la porte Irina s'est redressée et a souri à Tcheriaga.

— Pourquoi n'êtes-vous pas dans votre chambre ? a dit Tcheriaga courroucé.

— J'ai l'autorisation de sortir. Tout est cicatrisé, ne reste qu'à changer mon bandage.

— Et vous êtes ici depuis longtemps ?

— Trois heures, je crois.

— Vous feriez mieux de vous reposer, a dit Denis, je vais vous raccompagner.

Ils sont montés dans un gros 4X4. Irina a noté la présence d'un garde du corps en plus du chauffeur. La nuit floconnait, humide et noire, et la neige tournait à la soupe au contact du bitume. Les essuie-glaces battaient la mesure, pareils à des pendules.

— Savez-vous qui a tiré ? a demandé Irina.

— Il y a plusieurs hypothèses, a dit Tcheriaga.

Ils ont roulé un temps sans rien se dire, puis Irina est sortie de sa torpeur :

— Où allons-nous ?

— A notre datcha, a répondu Tcheriaga ; c'est une espèce d'hôtel.

— Mais je dois aller chez moi...

— Vous ne le pouvez pas, Ira, a dit Tcheriaga d'une voix fatiguée. Slava me bouffera si je vous reconduis chez vous. Voyez plutôt dans quels draps nous sommes. De grâce, acceptez de vous laisser vivre à l'abri du monde. Un garde du corps vous accompagnera au travail. Ou plutôt non, mettez-vous en congé. Ce sera un souci de moins.

— Mais j'ai des affaires à prendre.

Tcheriaga ne pouvait pas dire non.

Ils sont arrivés au pied d'un immeuble gris. Le garde du corps, très pro, est allé inspecter la cage d'escalier en éclaireur avant d'y laisser entrer Irina et Denis.

L'appartement était sombre et fétide. Toute la mangeaille apportée par Izvolski trois jours auparavant s'infusait en miasmes pestilentiels. La daube de porc archicuite empestait l'air, l'osciètre avariée soulevait le cœur, les olives s'étaient recouvertes d'un coton blanc.

D'un regard professionnel, Tcheriaga inspectait la pièce. Nourriture intacte. Champagne bouché. Une bouteille de cognac à demi bue. Il manquait un bon verre à la Smirnov. Le lit en bataille : Izvolski, évidemment, n'était pas homme à faire le ménage. Un tableau éloquent, même si l'on faisait semblant de ne pas remarquer le slip de femme en lambeaux sous la couverture.

— Mon Dieu, a dit Irina, je dois tout ranger !

Son regard s'est arrêté sur le lit, et Irina n'a pu cacher sa gêne.

Entré dans la cuisine, Tcheriaga s'est mis à remplir des sacs-poubelle de nourriture nauséabonde. Ses mains tremblaient légèrement.

La "datcha" se présente comme une villa gigantesque de trois étages plantée dans le quartier très coté de la route de Roublevsk. Son épaisse enceinte de béton est chamarrée de caméras comme un sapin de guirlandes. L'édifice néanmoins ne ressemble pas aux somptueuses demeures des "nouveaux Russes". Etiré tout en longueur, il concilie par son esthétique ses fonctions d'hôtel et de résidence de prestige. Naturellement déficitaire, l'établissement n'a pour raison d'être que la sécurité de ses hôtes. Il aurait été désagréable qu'Izvolski ou Tcheriaga descendant au *Palace Hôtel* soient photographiés dans leur chambre en compagnie de prostituées. A l'inverse, les kilomètres de films archivant les réjouissances des chefs régionaux toujours friands de bacchanales à gogo constituent l'un des maillons de la ligne de défense déployée par le combinat aux frontières de ses sphères d'influence.

Après quelques mots échangés à mi-voix avec le réceptionniste, Tcheriaga s'est fait remettre une clé et a conduit Irina dans ses appartements : une vaste suite au premier étage avec un lit immense, un téléviseur, un minibar et toute une clinquante profusion d'installations sanitaires à l'intérieur d'une spacieuse salle de bains. Sur fond de tentures de velours et de sol douillettement moquetté, le sac fripé de la jeune femme, rempli de bouquins, de bric et de broc, faisait penser à un mégot sur le parquet d'un palais.

Tcheriaga s'est assuré qu'elle avait tout ce qu'il fallait et lui a expliqué comment se faire servir le petit déjeuner. Puis, la main sur la poignée de la porte :

— Bonne nuit.

Irina avait une fesse assise au bord de l'immense lit.

— Attendez, a-t-elle dit.

Tcheriaga s'est arrêté. La jeune fille le regardait du coin de l'œil comme un moineau effarouché.

— Pardonnez-moi, je vais peut-être poser une question bête mais… pourquoi a-t-on tiré sur Slava ?

— Qu'est-ce que ça change, Irina ?

— Tout. Parfois, on tire sur les gens parce qu'ils sont gênants ; ou parfois parce qu'ils sont comme les autres. Tel tueur, tel tué. Est-ce que c'est vrai qu'ils ont voulu venger le soldat abattu ? Je l'ai entendu dire à l'hôpital. Les services secrets ?

Tcheriaga est revenu dans la chambre, a fait le tour du lit en veillant à se tenir le plus loin possible d'Irina, les fesses appuyées sur le rebord d'une table.

— Oui, a-t-il dit, il est possible que ce soient les services secrets.

— A cause du soldat des Forces spéciales ?

— Non. Il y a une usine dans notre région. A Kongarsk, une usine d'hélicoptères. Il y a un mois environ, son directeur a demandé à se placer sous la protection d'*AMK*. L'usine avait des ennuis. Elle avait signé un gros contrat militaire de démantèlement de missiles payé par les Américains. Dans les ministères, des gens voulaient que le démantèlement soit effectué non par l'usine, mais par une firme louant les locaux de l'usine. Cette firme appartenait à ces gens-là.

— Est-ce rentable à ce point ?

— Pour des voleurs, oui. Mais à l'échelle d'une usine, pas vraiment.

— Pourquoi Slava a-t-il accepté ?

— Il ne voulait pas. C'est moi qui lui ai demandé.

Irina a tressailli.

— Mais c'est lui qu'on a voulu tuer ?

— J'aurais préféré qu'on me tire dessus.

— Rien d'autre ?
— Une centrale atomique.
— Quelle centrale ?
— La centrale de Beloïe-Polié. Le Lingot devait signer un contrat de rétrocession au combinat.
Un frisson a secoué Irina. Les dernières paroles d'Izvolski avaient été pour la centrale.
— Où est-elle, cette centrale ? Je n'en ai jamais entendu parler…
— Un chantier abandonné depuis trois ans, sur lequel la forêt repousse.
— Alors tout le monde s'en fiche.
— Des sommes colossales ont été débloquées pour un chantier inexistant. L'argent servait à financer un parti politique.
— Lequel ?
— Chez nous, tous les partis sont plus déconcertants les uns que les autres. En l'occurrence, l'argent allait à ces messieurs les patriotes.
— Et Slava a-t-il réussi à l'acheter ?
— Elle était inachetable. Il a bouché tous les trous. D'aucuns diront peut-être qu'il ne s'est pas comporté en gentleman : comme il avait besoin de la centrale, il a fait hop ! et la direction de la régie fédérale a sauté.
Irina ne disait rien. Denis sentait qu'il devait quitter la chambre mais ne le pouvait pas.
— C'est quelqu'un de très cruel, a dit Irina. Il a oublié le sens du mot tabou.
— Faux. S'il était aussi cruel que ça, vous ne l'auriez pas tiré de la voiture.
— Savez-vous pourquoi je l'ai quitté l'autre soir ? Je peux tout vous raconter…
— Mieux vaut pas, Irina. Vous le regretteriez ensuite. Vous feriez mieux de vous coucher.

Dans le couloir, Denis est tombé sur Dima Nekliassov qui l'a accueilli d'un œil étonné.

Une très mauvaise nuit pour Denis. Malgré la fatigue, il a bougé au lit pendant une bonne heure. A deux heures et demie, il s'est réveillé après un rêve scabreux, le drap souillé d'une tache à l'odeur suave. Le péché ressemblait plus à celui d'un jeune homme boutonneux qu'à celui du chef du service de la sûreté d'un mastodonte industriel qui pouvait se permettre à tout moment, bon sang de bois, de faire venir autant de crachoirs à sperme que souhaité.

Encore une heure passée à bouger au lit. Comprenant qu'il ne pourrait s'endormir, Denis s'est habillé et s'est rendu à la clinique.

A cinq heures du matin, Viatcheslav Izvolski ouvre les yeux pour la première fois depuis quatre jours.

La fois suivante, il est midi passé. Toujours cette même chambre aux murs roses et au triste sol plastifié. Un énorme téléviseur le regarde de son œil rectangulaire éteint. L'endroit est plutôt obscur. Il neige au-dehors et des branches grattent le carreau comme des souris à la cave.

Une télé hurle derrière la porte, on dirait que les gardes du corps font un tapage monstre, puis retentit un crépitement sec d'arme automatique, des rafales à la chaîne. Aux oreilles d'Izvolski, le bruit ne rappelle que trop ce qu'il a entendu avant de s'écrouler au fond de la voiture il y a trois jours. Il semble un instant au directeur que cette chambre est une vision de mourant, et qu'en vérité il se trouve toujours là-bas ; puis il comprend que ce sont ses propres gardes qui s'excitent sur une espèce de Schwarzenegger bien qu'ils ne soient pas payés pour canarder Schwarzenegger mais pour avoir en permanence le doigt sur la gâchette et l'œil sur la porte.

— Cessez ! s'écrie Izvolski.

Ou plutôt veut s'écrier car au lieu du cri sort un demi-murmure qui arrache un incendie à sa poitrine, et le directeur, étouffé par la douleur, se met à tousser atrocement. Une silhouette grise se précipite vers la porte.

Un cri, et la télé se tait. Quand, l'instant d'après, Izvolski ouvre les yeux, il voit Irina sur le pas de la porte, qui le regarde la tête inclinée avec un mélange de crainte et de pitié comme on regarde un chien furieux bridé d'une muselière. Izvolski comprend qu'elle était assise légèrement en retrait, et que faute de tourner la tête il n'a pu la voir.

— Eh bien bonjour, dit Izvolski.

Irina, pétrifiée, est pareille à une statuette de porcelaine. La lueur pâle de la veilleuse, derrière la nuque d'Izvolski, souligne à merveille ses formes gracieusement moulées d'un pull et d'un jean, et son visage un rien creusé de *Dame de Smolensk* aux grands yeux, fendu de petites lèvres blêmes et sans fard.

— Je vais appeler un médecin, articule Irina.

— Non, non… il viendra quand même… approche.

Irina fait quelques pas vers le lit. Ainsi de la biche qui vient à la rivière, sur le qui-vive, pointant l'oreille et se méfiant du lion.

— Approche, enfin, dit Izvolski d'une voix éraillée, je ne vais pas te mordre cette fois… même si j'en meurs d'envie…

Elle se met à pleurer et, tombant à genoux, blottit sa tête sous l'aisselle du blessé.

— C'est de ma faute, dit-elle, c'est à cause de moi. Si tu n'étais pas parti à ma recherche…

— Ne fais pas la sotte, il faut savoir goûter à son bonheur. Qu'un tueur pareil manque sa cible, ça n'arrive qu'une fois tous les cent ans…

Izvolski voit Irina lever la tête et poser sur lui ses grands yeux gris. Une vision lui traverse soudain l'esprit, la même qu'il y a trois jours, celle qui l'avait poussé dans les ténèbres troubles de novembre : sa chambre à coucher inondée du soleil hivernal, et le corps rose d'Irina étendu sur le drap blanc… Sauf qu'il est dans une chambre d'hôpital, qu'Akhtarsk est à trois heures d'avion et que le corps allongé sur un drap blanc est le sien à lui, et non celui d'Irina.

— Quand je serai debout, on se mariera, dit doucement Izvolski. Ou plutôt non. Je ne serai pas debout de sitôt. On se mariera d'abord, et je guérirai ensuite. Et plus tard, on se remariera à l'église. J'en ai fait construire une belle, à Akhtarsk, grande et rouge, comme la villa d'un "nouveau Russe"…

— Es-tu croyant ?

Le Lingot plisse un œil.

— Aucune idée, ma belle, fait-il songeur, mais c'est fou ce qu'on peut blanchir de fric quand on construit une église…

Irina pousse un rire timide.

— Ça te fait rire, mais c'est peut-être grâce à cette église que le bon Dieu m'a sauvé. Dieu ou Allah. Il y a beaucoup de Tatares à Akhtarsk, nous avions justement l'intention de construire une mosquée. Il faut bien optimiser ses impôts pour l'exercice en cours, non ? Eh bien, Allah a regardé par-dessus un nuage et a dit voyons, il en a fait une pour le voisin et pas pour moi ? Je vais le faire vivre encore un peu, moi aussi je veux ma villa…

Izvolski se tait. Son visage, rude et épais, perle de sueur. Il a trop parlé. Il se sent pris de vertiges, sans doute par l'effet des médicaments dont on l'a gavé, et n'a plus guère conscience de ce qu'il dit.

— Tu sais, dit le Lingot, je me suis comporté comme le dernier des salauds. Je… Je ne bois pas beaucoup d'habitude. Mais l'autre soir…

Elle pose sa petite menotte sur la main d'Izvolski.

— N'en parlons plus. Il ne s'est rien passé. D'accord ?

Il ferme les yeux et soutient un temps de silence.

— Bon, dit-il dans un filet de voix. N'en parlons plus.

Ils se regardent sans rien dire, cinq minutes passent.

— Appelle l'infirmière.

— Tu te sens mal ?

— Non. Tout va bien. C'est juste que… enfin bref, j'ai envie d'aller aux toilettes.

Irina se lève et sort d'une armoire un vase blanc aux bords caoutchoutés.

— Laisse-moi faire.

— Manquait plus que ça.

La jeune fille lève le menton d'un air obstiné.

— Ne t'inquiète pas. J'ai déjà soigné ma mère…

Elle s'interrompt net. C'était il y a deux ans, la milice l'avait appelée pour lui demander ses liens de parenté avec Anna Fedorovna Denissova… Mais cela n'avait duré que trois jours avant la manifestation d'une hémorragie interne. Nouvelle opération, puis les larmes d'ivrogne de son père dans le hall bruyant du crématorium. Et si lui, Slava, prenait le même chemin que sa mère ? Ce serait atroce.

Irina fait très bien les choses, elle étale une alèse d'un geste habile et glisse le vase sous le corps lourd d'Izvolski, puis l'emporte dans une salle de bains somptueuse du standing d'un palace. Mais elle a surestimé ses forces. Saturés de médicaments, les organes du blessé sont déréglés de partout, et des grumeaux nauséabonds, à la puanteur insupportable, entre le vert et le roux, flottent au fond du vase.

Elle se sent le cœur au bout des lèvres. Elle rince le vase puis se frotte les avant-bras avec rage, longtemps, jusqu'à les ramollir. C'est alors seulement qu'elle regagne la chambre.

Le regard en biais, Izvolski la suit de ses yeux bleus coupants.

— Mais tu es toute verte, ma pauvre Ira, dit-il doucement. Tu n'aurais pas dû t'occuper de ça.

Elle rougit. Puis se met à genoux en silence pour effleurer des lèvres la joue mangée de barbe d'Izvolski.

— Pas là, implore-t-il d'une voix faible.

Docile, Irina l'embrasse sur la bouche.

Cette fois, Izvolski est réveillé pour de bon, et l'événement provoque aussitôt dans la clinique un joyeux remue-ménage. Le chirurgien lui-même, qui a conduit l'opération, ne tarde pas à se montrer, prodiguant des éloges sur la santé de fer du patient.

— Un autre que vous aurait clamsé sur place, lance-t-il gaillardement à Izvolski. Mais chez vous autres, les Sibériens, tout se cicatrise aussitôt, comme sur les chiens. On vous a charcuté pendant sept heures, vous nous avez même fait un arrêt cardiaque, et voilà qu'au bout de quatre jours vous parlez déjà…

— Et quand est-ce que je pourrai rentrer à Akhtarsk ? demande Izvolski.

La question désarçonne le chirurgien.

— A Akhtarsk ? L'hiver ?

L'homme n'a jamais été à Akhtarsk, mais il imagine une espèce d'enfer boréal où des ours rôdent dans les rues, avec de mornes barres d'habitation ruisselantes d'égouts crevés.

— C'est en Suisse que vous devriez aller, pas à Akhtarsk. Et en Suisse, on pourra vous y transporter d'ici deux mois. Tenez, un petit souvenir.

Et le chirurgien d'extraire de sa poche un petit sac où ballottent deux morceaux de métal froissé.

— Les balles prélevées dans la terre ont été envoyées pour expertise, mais celles-ci sont pour vous.

Il pose le petit sac sur la table de chevet. Izvolski y jette un regard oblique et aperçoit, sur la même tablette, des papiers rangés dans un dossier rose.

— Qu'est-ce que c'est ? demande le directeur.

— C'est votre adjoint qui a mis ça là. Un contrat, je crois.

— Montrez-le-moi.

Le médecin place le dossier sous les yeux d'Izvolski et tourne lentement les pages. C'est le contrat passé avec *Atome-Energo*. Au bas de la dernière page fleurissent les signatures des patrons de deux régies fédérales et celle de Denis Tcheriaga.

C'est maintenant Dima Nekliassov qui prend la relève du chirurgien. Propre sur lui, tiré à quatre épingles, un brin de charme sur un minois rusé. Izvolski fait alors sortir Irina qui emboîte le pas au médecin : sans doute va-t-elle s'enquérir de l'état du blessé.

— Qu'en est-il de la plainte ? demande Izvolski.

— Que voulez-vous qu'il en soit ? répond l'autre en haussant les épaules. *Iveko* l'a déposée au tribunal d'arbitrage de Moscou qui a fait saisir les biens d'*AMK-Invest* à titre préventif. Nous sommes allés en appel pour annuler la saisie…

— Une grosse saisie ?

Nekliassov singe un geste d'impuissance :

— Hélas, l'immeuble est passé dans les fonds fixes de *Phoenix* et tous les pouvoirs ont été rétrocédés. Même les ordis sont des biens de location.

— Et les actions ?

Nekliassov extrait de sa serviette une liasse de papiers.

— Les actions du Combinat métallurgique d'Akhtarsk ont été rachetées par trois sociétés. *Impera*, 173 475 000 titres ;

Chronica, 166 746 000 ; et le reste par *Laguna*. Tenez, voici les déclarations d'activité, les ordres de cessions et les procès-verbaux.

Il se penche au chevet du blessé pour lui faire compulser les documents.

— Toutes les transactions sont closes depuis avanthier. Ils peuvent en prendre à leur aise avec la saisie, maintenant.

Izvolski a fermé les yeux. Le jeune financier l'observe avec inquiétude : le patron a-t-il seulement vu les papiers ? Mais le blessé bouge les lèvres.

— C'est bon. Où est Denis ?

— En interrogatoire.

— Quel interrogatoire ?

— Ben, à la procurature. A cause de l'assaut de la datcha, l'autre jour... (Puis de murmurer, l'œil plissé :) Oh ! Viatcheslav Arkadievitch, si vous aviez vu ça ! Des flics plein nos bureaux ! Impossible de bosser de toute la journée ! Encore un peu, et nous n'aurions pas eu le temps de replacer les titres. Une instruction a été ouverte à l'encontre d'Alechkine, heureusement que le gouverneur a rappliqué, il a piqué une de ces crises ! A grands coups de clairon ! Que tout le monde était vendu, à Moscou. Tcheriaga lui a lâché un bon paquet de fric.

— Cash ?! s'étonne Izvolski qui ne connaît que trop la prudence du gouverneur Doubnov et son aversion pour les transactions ouvertes.

— Vous rigolez ! Il y a eu tout un tour de passe-passe, c'est Tcheriaga qui a signé les papiers, sous couvert de ventes d'acier, je crois...

Izvolski se renfrogne. Les tours de passe-passe relèvent de son ressort exclusif. Là-dessus repose le système de gestion du combinat. De la part de Tcheriaga, c'est un manquement grave à la subordination. Izvolski était certes dans l'incapacité d'ordonner quoi que ce soit, mais tout de même…

— Quoi comme passe-passe au juste ?

— Je n'en sais rien, c'est Fediakine qui est au courant. Fediakine, le directeur adjoint aux Finances. Il a voulu dire niet, mais Denis a poussé une gueulante : Tant que le Lingot est à l'hosto, c'est moi qui commande !

Pur mensonge, jamais Denis n'ayant prononcé pareilles paroles.

Un silence, puis Nekliassov demande sur le ton de la conspiration :

— Viatcheslav Arkadievitch, est-il exact que vous ne vouliez pas prendre en charge l'usine de Kongarsk, et que c'est Tcheriaga qui vous y a poussé ?

— Je ne vois pas le rapport… commence à dire Izvolski qui s'interrompt net, ayant soudain compris la nature du lien.

— D'où tiens-tu que c'est la faute à Kongarsk ?

Nekliassov prend un air gêné.

— Tout le monde le dit… bredouille-t-il. Tcheriaga est le seul qui en sache un peu plus long là-dessus.

— Et que dit-il ?

— Lui ? Il se tait. Des Pattes-Longues ont été arrêtées, le fameux Kamaz qui avait provoqué le face-à-face. Mais cette histoire ne tient pas debout : pourquoi Kamaz vous aurait-il tiré dessus quand on sait que Tcheriaga lui avait flanqué la peur de sa vie ? Tcheriaga n'a pas l'air préoccupé par l'enquête. D'ailleurs, jugez vous-même, Viatcheslav Arkadievitch : si tout a commencé par sa faute, quel intérêt aurait-il à pousser les investigations dans ce sens ? C'était plus facile de faire arrêter Kamaz. Ce qui nous a valu de nouveaux ennuis, soit dit en passant.

Il marque une pause.

— Je suis navré de vous le dire, Viatcheslav Arkadievitch, mais je serai franc : en trois jours, Tcheriaga n'a presque rien fait. Sauf draguer la petite Irotchka.

— Quelle Irotchka ?

— Ben, celle qui était avec vous dans la voiture.

Izvolski, après un silence :

— Que veux-tu dire par draguer ?

— Euh… D'ici, hier soir, il l'a emmenée à la résidence. (Il est pris d'un soudain ricanement.) Une demi-heure après leur arrivée, je suis passé devant sa porte dans le couloir. Eh bien, vlan ! j'ai vu mon Denis qui déboulait de là comme si la petite l'avait envoyé paître. Tout rouge il était.

Les yeux d'Izvolski prennent un pli songeur.

Au moment même où Dima Nekliassov casse du sucre sur son dos, Denis Tcheriaga se morfond dans un bureau étroit comme un plumier d'écolier, au troisième étage de la Procurature générale, assis sur un siège rembourré avec des noyaux de pêche, devant un juge d'instruction chargé de missions spéciales. C'est étrange mais c'est ainsi : la conversation ne porte pas sur l'attentat perpétré contre le directeur général de l'une des plus grandes compagnies de Russie, à quoi la procurature n'a toujours pas jugé opportun de s'intéresser sinon par la bouche d'un haut fonctionnaire de la milice ayant promis devant les caméras que les meilleurs enquêteurs y seraient affectés, sans pour autant que l'on ait posé à Denis la moindre question sur le sujet ; d'où Tcheriaga conclut, étant bien placé pour connaître la maison, que l'affaire a été déférée à la Procurature générale pour réfréner les ardeurs des commissaires de base.

Non, la conversation porte sur le meurtre de Mikhaïl Opanassenko, enquêteur de la Section ukrainienne contre le crime économique, et cette "conversation" n'en est pas vraiment une puisqu'il s'agit d'un interrogatoire. Il est conduit par un certain Andreï Obylov que Tcheriaga avait peu fréquenté du temps où lui-même travaillait à la procurature, mais dont il avait beaucoup entendu parler. L'homme est connu pour ses vues rétrogrades et passe pour l'un des informateurs notoires de M. Ilioukhine, président de la commission de la Sécurité à la Douma.

— Donc, votre première rencontre avec Opanassenko remonte à la soirée du 25 novembre ? demande-t-il à Tcheriaga en laissant voir quelques rares dents jaunes.

— Oui.

— Et votre conversation avait pour objet les exportations fictives du Combinat métallurgique d'Akhtarsk ?

— Le combinat ne fait pas d'exportation fictive. Si j'ai bien compris, Opanassenko s'inquiétait de l'authenticité de certaines signatures sur plusieurs documents. Comme c'était en fin de journée, nous lui avons proposé de revenir le lendemain.

— Quand l'idée vous est-elle venue de l'enlever et de le tuer ?

— Nous n'avons ni tué ni enlevé Opanassenko.

— Denis Fedorovitch, les faits parlent d'eux-mêmes. Ce qu'ils nous disent, c'est qu'Opanassenko s'est présenté dans les bureaux d'*AMK*, comme vous l'avez reconnu, et qu'on l'a retrouvé mort deux jours plus tard. Les papiers en sa possession ont disparu. Et personne ne sait où il a passé ces deux jours.

— Durant ces deux jours, Mikhaïl Opanassenko se trouvait dans notre hôtel. Il avait une suite et une BMW à sa disposition. Plusieurs dizaines de gens vous le confirmeront.

— … Qui sont tous des collaborateurs de votre service de sécurité ?

— Pas seulement.

— Opanassenko a passé deux jours dans votre hôtel. Il était en mission pour quatre jours. Vous voulez dire qu'il n'est pas sorti ?

— Non, pourquoi ? Il a fait du shopping avec notre chauffeur. Il y a gros à parier que les vendeuses s'en souviennent : un petit accent ukrainien, une tenue modeste, des achats à foison.

— Et quelles boutiques ont-ils fait ?

— Le Monde aux enfants, le GOUM, la place du Manège… d'après ce que m'a dit le chauffeur.

— Quel genre d'achats ?

Tcheriaga bâille.

— Je n'y étais pas, prenez plutôt la déposition du chauffeur. Un manteau pour sa fille, je crois, des bottines, une longue pelisse…

— Et tout ça avec la paie d'un commissaire ?

Tcheriaga hausse les épaules.

— Peut-être que oui, peut-être que non. Peut-être que notre chauffeur l'a aidé un peu.

— Voilà une affirmation fort intéressante. Il en ressort qu'aux frais des suspects, un agent des instances judiciaires est descendu de son plein gré dans leur hôtel et qu'il a fait les magasins ?

Sans en demander la permission, Denis fait craquer son briquet :

— Avez-vous une autre explication au fait qu'il a séjourné chez nous ?

— Notre explication est qu'Izvolski ne pouvait pas se contenter de le tuer, il voulait aussi salir sa réputation.

— Allez-vous me dire aussi qu'il est l'auteur de son propre attentat ? Que le directeur du combinat et l'enquêteur qui lui mangeait dans la main aient été tués par les mêmes personnes, vous n'avez jamais envisagé pareille hypothèse ?

Silence d'Obylov. Puis il finit par le rompre.

— Si j'ai bien compris, le journal *Moskovski sobesednik* nous explique qui a tiré sur votre directeur ?

Tcheriaga fronce les sourcils.

Non seulement l'article du *Moskovski sobesednik* n'est pas encore sous presse, mais il n'est pas écrit. Il n'est question pour l'heure que de concertations préalables avec le rédacteur en chef sur une éventuelle publication d'informations sensationnelles sur l'un des vice-ministres de la Défense.

— Vous avez le don de lire l'avenir ? dit Tcheriaga. Vous lisez les journaux de la semaine prochaine ?

Regard attentif – très attentif – d'Obylov sur Tcheriaga.

— Denis Fedorovitch, pour autant que je sache, le *Moskovski sobesednik* s'apprête à publier un article de commande qui relève de l'intox et de la pure calomnie. Il va de soi que le journal encourt plusieurs millions de réparation. Difficile, par contre, de porter plainte contre les commanditaires de la publication. Mais je puis vous promettre que la réponse donnée par les forces de l'ordre à la question de savoir qui a tué Opanassenko et qui doit répondre de la mort du soldat Sergueï Mitiaguine de la section Uranus – je vous promets que cette réponse dépendra directement des publications du *Moskovski sobesednik*.

Tcheriaga, sur ses ergots :

— Autrement dit, dès que l'article part pour l'imprimerie, vous signez mon mandat d'arrestation ?

Obylov le regarde fixement sans un battement de cils.

— Vous êtes libre, Denis Fedorovitch. (Puis, en détachant les mots :) Pour l'instant, vous êtes libre.

Quand Denis regagne l'hôpital, il est déjà deux heures de l'après-midi. Un grand ponte de l'Académie de médecine, expert en traumatologie de la colonne vertébrale, l'interpelle dans le couloir et se lance dans de longues explications peu encourageantes.

— Et puis faites quelque chose à la fin, ajoute-t-il d'un ton irrité, pour protéger le malade. Il a eu la visite d'un juge d'instruction !

— De quel juge d'instruction ?

— Je n'y connais rien. Une histoire d'exportations pour l'Ukraine, ou quelque chose de ce genre…

"Elle est bien bonne", se dit Denis interloqué.

C'est la bouche close qu'Izvolski écoute le compte rendu de Tcheriaga sur les événements des trois derniers jours. Pas une objection, pas une plainte. Noyé dans les oreillers, son visage bouffi reste de marbre. Mais Tcheriaga, qui connaît bien son patron, ne s'y méprend pas : s'il commence par l'écouter, c'est pour mieux lui en faire voir après coup. D'ailleurs, la présence de Youri Breler n'est pas un bon signe. Quand le Lingot prépare une crasse à quelqu'un, il s'arrange toujours pour le faire devant témoin.

— Tu as fait venir le gouverneur à la rescousse, à ce qu'on dit ?

Denis opine du chef.

— Concrètement, comment ça s'est passé ?

C'est Izvolski tout craché. Il n'est pas plus tôt sorti d'un coma profond qu'il s'inquiète déjà de savoir si on n'a pas volé son combinat durant ces trois jours.

— On leur a payé l'électricité. Par l'intermédiaire de la société *Phoenix*.

La société *Phoenix* compte parmi ses actionnaires le premier vice-gouverneur Nikolaï Trepko, le fils de celui-ci – connu dans certains milieux sous le sobriquet peu édifiant de Furoncle – et la femme du directeur de *Sounja-Electricité*. *Phoenix* aime particulièrement à se faire remettre des lettres de change libellées "Sounja-Electricité" par toutes les entreprises de la région en règlement de leur électricité. Fait remarquable, la société traite lesdites coupures à cinquante pour cent de leur valeur nominale alors même qu'on n'en donne que vingt pour cent sur le marché – le solde allant droit dans la poche du gouverneur par l'entremise de M. Trepko.

— Et on a payé beaucoup ?

— Non. Pour quinze jours seulement.

— C'est trop.

— Slava !

— C'est trop pour le principe, pas pour l'argent ! Nous n'avons encore jamais rien payé par leur intermédiaire. Quand tu mets un doigt dans la machine, ces salopards te bouffent la main entière. Les lettres de change ont-elles été endossées ?

— De quoi ? fait Tcheriaga étonné, peu au fait des subtilités de l'endossement.

— L'usine a-t-elle endossé les coupures, que je te demande ?!

— Qu'est-ce que ça change ?

— Ça change que nous avons pris sur nous les dettes de ces fumiers de *Sounja-Electricité*. Et maintenant, si quelqu'un achète ces lettres de change, il peut théoriquement se retourner contre nous. Et se déclarer notre créancier. A hauteur de la valeur nominale des titres. Ce que sont mes relations avec *Sounja-Electricité* depuis l'achat de la centrale atomique de Beloïe-Polié, tu le sais aussi bien que moi.

Tcheriaga sent ses joues s'empourprer.

— Mais enfin, Slava… personne ne fait ça en Russie… As-tu jamais entendu dire que quelqu'un soit venu réclamer de l'argent à une entreprise contre des lettres de change ?

— Que ça se fasse ou pas, je m'en fiche. C'est faisable. Tu as mis l'usine en situation de se faire entuber d'un demi-milliard. Belle gestion, n'est-ce pas ? (Un silence, puis il reprend :) Qui m'a tiré dessus ?

— Je pense à Sokolski, s'enhardit Tcheriaga. Il possède une bonne quinzaine de sociétés à l'image de *Saturne*. Toujours la même combine : si une usine veut se faire payer une commande militaire, elle doit mettre en location ses productions les plus rentables à l'une des firmes de Sokolski. Il aurait très bien pu se passer de Kongarsk, mais ç'aurait été un facheux précédent. Genre : si une usine me tient tête, d'autres peuvent en faire autant.

“La moitié des recettes de ces firmes sert à financer les partis patriotiques qui votent l'augmentation des dépenses militaires au parlement. Et l'argent des dépenses militaires, en retour, sert à financer les productions des firmes de Sokolski. Voilà qui fait de lui un grand ami des cercles patriotiques. Il serait même pressenti comme futur ministre de la Défense. Le tout couvert par Venko, au sommet du FSB. D'après ce que je vois ces jours-ci, ils vont main dans la main avec la Procurature générale. Un juge d'instruction vient de me dire il y a une demi-heure que mon mandat d'arrêt serait signé dès qu'un article compromettant pour Sokolski irait sous presse.

De sa chaise, Breler ajoute :

— De notre côté, nous avons réussi à faire parler le juge qui instruit le dossier d'Alechkine pour insubordination. Il agit sur un coup de fil des gens de Venko. Tout ça à cause de l'usine de Kongarsk. C'est sûr.

— Et qui, concrètement, m'a tiré dessus ? demande Izvolski après une pause.

Denis reprend son récit de zéro :

— Ça venait d'une Lada blanche…

— La Lada blanche, je l'ai vue. Ce que je veux, c'est le nom des hommes qui étaient dedans.

— Slava, quand veux-tu que je m'en occupe ? J'ai subi cinq interrogatoires en trois jours.

— Pour sûr, enchaîne le Lingot ironique ; où veux-tu trouver le temps de chercher mes tueurs ? Tu fais mon travail à ma place. “Tant qu'Izvolski est à l'hôpital, c'est moi qui commande…” Ces paroles sont bien de toi, non ?

Tcheriaga s'efforce de tenir ses nerfs. “Tu es devant un homme paralysé et blessé”, s'oblige-t-il à penser.

— Qui a dit une bêtise pareille ? C'est Fediakine qui est aux commandes.

— Et les paiements de transit via *Phoenix*, c'est Fediakine qui les a signés ?

— Qu'est-ce que je devais faire ? Rester les bras croisés à regarder les généraux nous manger ?

— Et le contrat avec les régies fédérales ?

Denis a cillé. Le fait est que sa signature fait tache en bas de ce contrat. Izvolski s'était battu pendant deux mois pour ce morceau de gras. Et voilà que son adjoint, entre deux interrogatoires à la procurature, signe un achat d'un bon milliard de dollars avec une légèreté déconcertante pendant que son patron est sans connaissance…

— Pure formalité. Tu… tu n'as pas eu le temps de le signer, tout simplement.

— L'as-tu lu avant signature ? As-tu jamais vu ce contrat autrement que dans une chemise fermée sur le bureau du juriste ?

Denis ne répond pas.

— Et si on t'avait mis un autre contrat sous le nez ? Où le combinat s'engage, par exemple, à payer cinq cents millions de dollars moyennant dix pour cent des actions de la centrale ?

— Zvonarev était démonté, dit Denis. Il ruait dans les brancards. Imagine qu'au lieu de signer je glisse le contrat dans mon attaché-case en disant pardonnez-moi, Alexeï Davydovitch, mais je suis un petit juge d'instruc et je dois consulter des juristes pour savoir si vous et vos acolytes m'avez refilé le bon texte ou un faux... Il nous aurait pris pour des cafouilleux. Ou il aurait changé d'avis le lendemain, et tintin !

— Pourquoi Irina t'a-t-elle chassé de sa chambre ?

— Comment ?!

— Hier soir. Tu as conduit Irina à l'hôtel. Tu es monté dans sa chambre. Au bout de vingt minutes, elle t'a flanqué dehors à coups de balai. Pourquoi ?

Tcheriaga se sent rougir irrésistiblement et affreusement. Il n'a pas touché la jeune fille du petit doigt. Sur ce point, il est pur. Mais pas le drap qu'une zélée femme de chambre a déjà dû changer, à l'heure qu'il est. Izvolski semble interpréter à sa façon la gêne manifeste de Denis.

— Je t'avais pourtant dit de marquer tes distances avec Irina, oui ou non ?! Et toi ? Mon corps n'est pas encore froid que tu te mets déjà dans son lit !...

— Mensonge.

— Tu es viré.

— Comment ça ? fait bêtement Denis.

— Viatcheslav Arkadievitch, bredouille Breler ahuri.

— Fiche-moi le camp, dit Izvolski, et malheur à toi si tu refais un pas en direction d'Irina...

Résigné, Denis se lève. Si le Lingot s'est mis quelque chose dans le crâne, ce n'est pas Tcheriaga qui va l'en dissuader, lui qui a embringué son chef dans cette fâcheuse histoire d'usine d'hélicoptères alors même qu'Izvolski l'avait prévenu qu'au premier accroc, il serait renvoyé.

Un mouvement militaire du menton, et Denis quitte la chambre. Breler va pour se jeter sur ses talons.

— Tu restes, Youri, ordonne Izvolski à mi-voix.

V

LE LÂCHAGE COMME PILIER DU BUSINESS RUSSE

Sa Mercedes de service l'attend à la sortie de l'hôpital, magnifique, les pare-chocs au ras du sol, pareille à une carpe argentée. Serioja, son chauffeur, s'extrait d'un bond du véhicule.

— Où va-t-on, Denis Fedorovitch ?

— Nulle part, je vais marcher un peu.

C'est comme s'il avait reçu une forte dose de cocaïne et qu'on commençait à lui ouvrir la peau au scalpel. Il devrait avoir mal, mais rien. Quand la cocaïne cessera d'agir, la douleur viendra. Les gros nimbus gonflés de pluie et de neige se sont échevelés après trois jours de menace, laissant voir le disque blême du soleil à travers un halo vaporeux, comme à l'étuve. Une vieille guimbarde finit sa course devant l'entrée de la clinique en arrosant Tcheriaga d'une gerbe d'eau boueuse.

Interdit, le chauffeur regarde le chef de la sûreté allonger le pas à travers des flaques de neige fondue, sans voiture ni garde du corps.

— Denis Fedorovitch !

Se doutant de quelque chose, Serioja se lance à sa poursuite. Tcheriaga se retourne.

— Ne me suis pas, lui dit-il avec un sourire engivré.

Le chauffeur bat des paupières. Tcheriaga marque un arrêt. Il est presque sûr de la suite. Le Lingot adore les exécutions publiques. Un portable sonne dans la poche du chauffeur : le combiné amovible du téléphone de voiture.

— Semenov à l'appareil, dit Serioja.

Puis, à la question d'un interlocuteur invisible, il répond que non. Il écoute ce qu'on lui dit avec une expression d'extrême stupéfaction, glisse le combiné dans sa poche et regarde Denis avec les yeux ronds d'un chien fidèle qu'on a attaché à sa chaîne pendant que son maître s'éloigne. Denis a compris. C'est Breler qui appelait sur ordre d'Izvolski et sous la surveillance de celui-ci. Il a d'abord demandé si Tcheriaga était avec lui dans la voiture, à quoi le chauffeur a répondu : "non". Alors Breler a dit qu'il ne fallait plus jamais faire monter Tcheriaga ni le conduire où que ce soit parce que Denis Fedorovitch était renvoyé.

— Denis Fedorovitch, dit Serioja, montez quand même...

— Fiche-moi la paix, ou ils vont te virer à ton tour.

Une grande jeep noire est arrêtée à l'entrée du parking, devant une barrière à rayures, et Denis y reconnaît le visage d'Irina. Elle n'est pas étonnée, elle, de le voir ici à pied et lui adresse un signe amical de sa petite menotte blanche. Tcheriaga s'enfonce dans le col de son manteau et passe son chemin. Il n'a pas mal. Il a l'impression de sentir près de lui quelqu'un de proche en train de pleurer.

Près d'un arrêt de bus délabré, ouvert à tous les vents, où se presse une foule sans le moindre bus en vue, Tcheriaga guette un taxi pendant cinq minutes puis, de guerre lasse, pousse plus loin ses pas. Il fait bon marcher mais Denis ne sait où aller. Du reste, eût-il hélé un taxi qu'il ne l'aurait pas su non plus. Il a bien un appartement à Moscou – un studio minuscule dans une cage à lapins de banlieue – mais sa cousine l'occupe avec un enfant en bas âge, sans mari, et s'y rendre serait absurde.

Denis se trouve soudain devant une montagne de temps libre et se laisse simplement porter par ses pas jusqu'à une large avenue qu'il prend en direction du centre sans la moindre intention avouée. Alentour s'étirent de belles bâtisses de l'époque stalinienne. Ses yeux rencontrent une enseigne de la banque *Iveko* avec son blason immuable, lion vert sur bouclier rouge. Une jolie jeune fille se trompe cruellement de cible à l'entrée du métro, qui choisit ce monsieur bien habillé pour lui demander s'il ne souhaite pas connaître les services d'une agence de vente en multipropriété. S'il avait été plus attentif, Denis aurait aperçu une BMW aux verres teintés avançant d'un pas de tortue, mais il a l'humeur trop vague pour noter l'étrange filature. Il marche longtemps, très longtemps, dans un état de semi-conscience. Dans un rare moment de lucidité, il se découvre assis dans un square du boulevard Nikita avec un petit sac à la main contenant un jouet mécanique acheté il ne sait quand. Une heure et demie de marche sépare la clinique de ce square, et pourtant Denis n'a pas souvenir d'avoir emprunté un quelconque moyen de transport. Après un temps de réflexion, il comprend que ce jouet a été acheté pour la fille de sa cousine. La BMW aux verres teintés s'est postée près du théâtre, en mire diagonale.

Se sentant le ventre creux, il entre dans une gargote où il avale une platée de pelmeni et un verre d'une vodka médiocre. Celle-ci bue, il en veut encore. Comme c'est un vulgaire tord-boyaux et que la gargote est plutôt sale, il ressort et, un kilomètre et demi plus loin, tombe sur ce qu'il cherchait : un petit café clair richement fourni en boissons de toutes sortes.

Il commence par commander une bouteille de vodka puis enchaîne avec deux bières. Il ne se dirait pas soûl, étant simplement passé d'un état d'hébétude à un autre. C'est là que son portable sonne. L'appel vient de Tcherepovets : la voix puissante et sûre de soi d'un homme à qui la vie sourit, et que Tcheriaga n'a que peu fréquenté.

— Qu'est-ce qui se passe entre le Lingot et toi ?

— Il m'a congédié.

— Pourquoi ?

— Des tueurs l'ont raté de peu.

— Qu'as-tu à voir là-dedans ?

— Ils ont voulu le tuer pour quelque chose que j'avais fait moi.

— Passe me voir, on causera, dit l'autre. Je suis toute la semaine à l'usine.

Denis commande une deuxième bouteille.

Il passe ainsi une heure ou deux et reçoit encore plusieurs coups de fil. Les uns appellent pour dire leur compassion, les autres pour le tâter. Quelqu'un arrive demain à Moscou et aimerait bien le rencontrer. Un appel de Londres, un autre d'Israël. Le dernier est celui d'un homme qui respire la prudence.

— Bonjour, Denis Fedorovitch. Nous ne nous connaissons pas, mais, en un sens, nous sommes collègues. Je dirige le service de la sûreté de la banque *Iveko*…

Le chef du service de la sûreté se dit prêt à lui fixer un rendez-vous pour quand il voudra. Il a la voix aussi suave qu'un gâteau *Napoléon*. Sans doute est-ce de cette même voix doucereuse que l'homme de la banque *Iveko*, ex-chef de département du KGB, parlait à l'académicien Sakharov. Puis son portable s'est tu. Denis n'y a pas prêté attention, mais quand lui-même va pour téléphoner, l'appareil ne marche plus. C'est un téléphone de service et quelque zélé collaborateur, Breler ou un autre, l'aura fait désactiver. Peut-être même Izvolski en personne, si friand de ce genre de détails.

Tcherniaga a déjà vidé une bouteille et demie. Pour lui, c'est beaucoup. Tout se met à chavirer sous ses yeux, et Denis croit voir Irina s'approcher de sa table et lui dire qu'elle se fiche pas mal d'Izvolski, ce goujat, ce violeur, et qu'il est temps de rentrer ensemble à la maison.

Irina s'approche, en effet, et Tcheriaga lui dit :

— Je ne risque pas de rester sans travail.

— Vraiment ?

— Je n'irai pas chez *Iveko*. Ils me jetteront après m'avoir pressé comme un citron. Ni chez ces gens de Londres qui lâchent leurs propres directeurs.

Tcheriaga voudrait expliquer à Irina que Londres a lâché les gars du Kazakhstan, et qu'en représailles Sayanogorsk a lâché les gars de Londres, et qu'il vaudrait mieux tout compte fait aller à Tcherepovets parce qu'il y a un type très bien, là-bas, mais, dans un éclair de lucidité, il découvre devant lui une espèce de minette en minijupe à la place d'Irina. La minette rit et se penche en laissant voir des seins pareils à des balles de tennis, alors Denis sursaute et dit :

— Dégage.

La minette avale son cognac et s'en va. Un garçon présente la note à Denis qui lui tend une carte de crédit professionnelle appartenant à la société *Inter-Trade*. Cinq minutes plus tard, le garçon revient en lui annonçant que sa carte est bloquée, le sourire aux lèvres, se réjouissant à l'avance de voir ce type se faire démolir le portrait. Denis sort un billet de cent dollars de son portefeuille, et l'autre ne tarde pas à revenir avec un tas de roubles.

Après un court moment de défaillance, Denis se retrouve sur ses jambes entre deux beaux vigiles qui l'escortent à l'extérieur. Sa liasse de roubles à la main, il va pour demander où on l'emmène mais l'un des garçons se fait rassurant :

— Tout va bien, vos amis vous attendent.

Une BMW aux verres teintés stationne sur le trottoir devant la brasserie avec une portière grande ouverte à l'arrière par où les vigiles font monter Tcheriaga. La monnaie des cent dollars se met à floconner dans l'habitacle. Démarrage de la BMW sur les chapeaux de roues.

— Pa-pardon, je ne suis pas au mieux de ma forme, dit Denis.

– Et même complètement bourré, renchérit son voisin de banquette.

C'est une voix étrangement familière à Denis qui, plissant l'œil, reconnaît soudain son propriétaire. Vitia Kamaz. Il occupe la moitié de l'habitacle et paraît même en double.

— Eh bien moi, Denis Fedorovitch, j'ai mission de te descendre, dit le truand.

— Info périmée, fait Tcheriaga hoquetant, le Lingot m'a viré.

— Il y a seulement une heure qu'on m'a ordonné de te descendre.

D'une main fébrile, Denis cherche à tâtons la poignée de la portière jusqu'au moment où un canon plat surgissant de nulle part apparaît dans les mains de Kamaz. Il cherche à le saisir mais sa main claque dans le vide tandis que l'autre, brandissant son arme, lui assène la crosse dans la tempe. Denis ferme les yeux et se laisse couler sous le siège avec un soupir étouffé.

Quand Denis revient à lui, il a la sensation d'avoir été jeté sous une cascade. Un filet d'eau froide rebondit sur ses épaules et lui caresse le ventre comme les ongles trop bien vernis d'une prostituée. Il lève les paupières, pousse un râle et se retourne.

Il se voit alors étendu sur le sol bétonné d'une espèce d'entrepôt, ou peut-être un sous-sol de datcha. Un jeune molosse est en train de lui verser un seau d'eau sur la tête. C'est un seau barbouillé de peinture et si cabossé qu'on le croirait réchappé d'un accident de chemin de fer.

Vitia Kamaz se tient vissé sur une chaise, les deux jambes écartées, à deux mètres de Tcheriaga. Il sirote une canette de bière. De la Heineken. Près de là, posé sur une table en bois, un *Heckler & Koch* allemand pointe la bouche de son canon sur Tcheriaga. Dotée d'un long magasin, l'arme a le museau court. Dans ce décor, elle paraît de trop. Si tel était le bon vouloir de Vitia Kamaz, il pourrait déchiqueter Tcheriaga à mains nues. Du reste, Kamaz avec un fusil automatique ressemble étrangement à un brontosaure armé d'un lance-pierre.

En consultant sa montre, Tcheriaga constate qu'elle est cassée. Les aiguilles sont figées à cinq heures et demie. Donc, il est plus tard.

— Tu veux une bière ? demande Kamaz.

Tcheriaga se met sur son séant et fait le geste d'attraper la mitraillette.

— Holà ! dit Kamaz en couvrant l'arme de sa main large comme une poêle de fonte.

Le molosse au seau recule et Tcheriaga appuie sa nuque sur une cloison agréablement froide. Bizarrement, il n'a pas mal à la tête. Les dernières heures de sa vie lui reviennent en mémoire d'une façon tout à fait satisfaisante. Preuve que les alcools de la maison n'étaient pas si mauvais que ça.

— Je te répète que j'ai ordre de te refroidir.

— … Maintenant que je suis limogé ?!

— Oui. Mais avant aussi. C'est la Forge qui m'avait ordonné de te liquider l'autre jour, tu sais, quand tu as rappliqué en hélicoptère. J'avais même un sniper sur un toit pour ne rien laisser au hasard. Si tu ne t'étais pas ramené en hélico, tu boufferais les pissenlits par les racines à l'heure qu'il est.

Tcheriaga secoue la tête.

— La Forge ? Un contrat contre moi ?!

Ça ne tient pas debout. Par définition, un baron du crime n'a rien à foutre d'un directeur adjoint d'Akhtarsk ! Sauf peut-être pour venger des compères sibériens. Mais minute !

— Comment pouvait-il savoir que je viendrais moi-même en découdre ? Je suis arrivé à Moscou le matin même !

— C'est bien ce qui me turlupine, acquiesce Kamaz. D'où tenait-il que tu serais à Moscou ?

La tête inclinée, Tcheriaga dévisage son interlocuteur. C'est fou ce que les apparences sont trompeuses : à première vue, ce Kamaz n'a qu'une seule circonvolution à son cerveau, et pourtant…

— Et qu'as-tu l'intention de faire maintenant ?

— Je n'aime pas passer pour une andouille, dit Kamaz. S'ils tiennent vraiment à te liquider, ils n'ont qu'à engager un killer, non ?

— Ben oui, fait bêtement Tcheriaga. Et pourquoi est-ce qu'ils ne l'ont pas fait ?

— Pour éviter une grosse embrouille. Ton Lingot aurait voulu chercher le pourquoi du comment. Or là tout est clair : on a placé une crapule à la tête d'une brigade, la crapule a voulu s'en prendre à plus grand que soi et, total, un macchabée pour rien le jour du grand face-à-face. Un accident du travail, en quelque sorte.

— Minute, ça ne tourne pas rond, ton explication. Au début, il fallait me zigouiller en douce, et maintenant, à grand fracas ?

— Maintenant, on sait à qui faire porter le chapeau.

— De quoi ?

L'autre explique, comme à la maternelle.

— D'abord on manque de refroidir le directeur du combinat, ensuite on refroidit son adjoint. Que pense le peuple ? Le peuple pense que le directeur faisait trop d'ombre à son adjoint. L'adjoint fait brûler son chef, mais l'autre en réchappe. Le chef se renseigne et apprend que le commanditaire est son adjoint. Alors le chef rend la pièce à son adjoint dans la même monnaie.

— Mais il m'a viré !

— Raison de plus.

Tcheriaga toise son interlocuteur avec une attention décuplée. Et dire qu'hier encore Denis aurait juré que Kamaz avait un radiateur à la place de la trogne et un kit d'allumage à la place du cerveau…

— Quelle heure est-il ?

— Minuit.

— Zut, ma montre est morte… Sois clair avec moi : vas-tu me descendre, oui ou non ?

— Non. Je n'aime pas qu'on me prenne pour une andouille. (Il se gratte le crâne avec sa poigne immense et ajoute :) Mine de rien, j'ai fait trois années de physique mathématique. Avec mention très bien.

— Et pourquoi t'a-t-on viré ?

— J'ai cambriolé mon prof.

Tcheriaga laisse échapper un gloussement.

— Sais-tu que l'autre Ukrainien a été écrasé ? Celui qui était venu vous inspecter ?

Tcheriaga opine.

— C'est toi qui l'as fait dégommer ?

— Je ne suis pas fou à ce point. Il me mangeait dans la main, l'Ukraignos. Il était descendu à la résidence de la compagnie, il sautait des call-girls, il nous refilait toutes les infos…

— Et pourtant ils l'ont écrabouillé. C'est exactement le sort qu'ils te réservaient. Et à qui la faute ? La faute à l'usine… Tu vois le plan ?

Tcheriaga ferme les yeux.

Dima Nekliassov : "Je n'ai pas pris ces dix-huit millions." La rencontre à *Rostorgbank* : "Nous avons cédé nos pouvoirs de plaignant." Vitia Kamaz : "On aurait dû t'écraser mercredi." Nekliassov, blanc comme la mort : "J'ai eu un coup de fil, ils voulaient une rançon pour Kolia…" Qui a pris la place de Tcheriaga ? Breler. Qui a pu engager un baron du crime – un baron ! – pour faire tomber le combinat par les mains d'un tiers ? Qui a pu organiser une enquête en Ukraine en s'arrangeant pour que le combinat prenne à l'hameçon un commissaire véreux de la Lutte contre le crime économique avant de plonger AMK dans un scandale tapageur ?

Seigneur !

Tcheriaga se lève et Kamaz s'empresse de faire disparaître la mitraillette.

— Combien peux-tu lever de combattants ? Sobres ? D'ici une heure ?

— Qu'est-ce que tu veux ?

— Tu es foutu, dit Tcheriaga. Et moi aussi. Dans tous les cas de figure, tu n'as aucune chance. Une paillasse pour essuyer le sang des autres, voilà ce que tu es.

— Qu'est-ce que tu peux me proposer ?

— Si j'ai raison, la place de Breler. Au minimum.

— Et si tu as tort ?

Tcheriaga pousse un soupir.

— Alors ils vont nous niquer de partout, nous mettre en pièces et niquer les restes.

— Que vas-tu faire ?

— Cambrioler le siège de la rue Nemetkine.

Il est près d'une heure du matin quand une jeep s'arrête aux abords de la villa qui somnole. Cinq hommes sont dedans : Tcheriaga, Kamaz, le vieux complice de celui-ci surnommé Petit-Poivre, et les deux frères jumeaux Sokoltsev, Andreï surnommé le Valet et Mikhaïl surnommé le Diable.

Denis est pris d'un frisson nerveux. Pour peu que Breler se mette en tête de venir chercher une bricole ou qu'on travaille encore dans les bureaux à minuit passé, il est bon pour finir la nuit sous les verrous dans le meilleur des cas. Mais tout paraît calme. Seules deux voitures stationnent derrière les longs barreaux de la clôture, les deux étant celles de gardes de service. Et seulement deux foyers de lumière en vue : l'un dans le vestibule, où deux veilleurs de nuit se morfondent derrière une table, et l'autre dans la guérite extérieure.

La nuit, celle-ci est vide. Quand la barrière n'est pas actionnée par un garde, la commande s'exécute par carte magnétique. Cette fois, la carte de Tcheriaga n'a pas été désactivée. Un cliquetis lui répond, et le portail se met à glisser. Petit-Poivre et Denis pénètrent à l'intérieur de l'enceinte. Maigre et vêtu d'une doudoune made in China, ses cheveux ras cachés à tout hasard sous un bonnet de laine, Petit-Poivre présente un profil étonnamment inoffensif.

La jeep ronronne pacifiquement devant la grille en projetant les rayons de ses phares sur Tcheriaga et Petit-Poivre, ce qui leur donne trompeusement l'air de qui n'a rien à se reprocher.

Tcheriaga s'approche de la porte et presse le bouton de la sonnette. Deux caméras de télésurveillance gravitent au-dessus de leurs têtes, pareilles à des campanules au bout d'une tige ténue. "Tu vas voir qu'ils vont me barrer le passage, et tout sera perdu", se dit Denis.

— Qui va là ? fait une voix somnolente.

— Andreï, c'est toi ? Ouvre.

La serrure a fait clic. Tcheriaga se retrouve à l'intérieur d'un sas entre deux portes d'acier camouflées de gaies boiseries faites pour tromper l'œil. Tant que la première porte n'est pas refermée, la seconde ne s'ouvre pas. Il tire soigneusement la porte extérieure.

— C'est vous Denis Fedorovitch ?

La voix est celle du deuxième veilleur.

— C'est moi, Micha.

— Ah !...

— J'ai à vous parler.

Micha et Andreï observent quelques secondes de silence. Très longues, les secondes. Enfin le deuxième verrou cliquette.

Tcheriaga gravit quelques degrés de marbre. Micha, en survêtement, se love sur un divan de cuir. Andreï, d'un œil distrait, observe le compagnon de Tcheriaga à l'écran de contrôle : l'autre grille une cigarette en s'écartant ostensiblement de la porte d'entrée ; on voit rougeoyer un rond de braise dans un manège de flocons en apesanteur. Tcheriaga vient se coller au comptoir des vigiles.

— Hé... Denis Fedorovitch... dit Andreï, la consigne est de vous interdire l'entrée...

— Je sais.

Sa main jaillissant de sa poche, il braque sur la poitrine d'Andreï un *TT* prêté par Kamaz, l'un de ces butins qu'ont les mafieux dans leurs planques. Comme Tcheriaga lui-même l'avait exigé, les veilleurs portent des gilets pare-balles sous leurs vestes, pourtant inefficaces contre un tir de *TT*.

— Déverrouille le sas, dit Denis ; toi, Micha, ne bouge pas de ton nid. On ne touche pas à l'alarme.

Andreï blêmit.

— Denis Fedorovitch, je vais me faire virer…

— Breler, oui. Pas toi. Tu as ma parole…

Andreï hésite, puis presse le bouton. Petit-Poivre s'engouffre dans la brèche et se propulse lestement sur les marches.

— Mets-toi contre le mur, lance Tcheriaga.

Andreï s'exécute. C'est une recrue récente, embauchée par Breler et non par Tcheriaga. D'un bond agile, Petit-Poivre survole le comptoir et se réceptionne près de l'ordinateur.

— Ouvre le portail, dit Tcheriaga, le bouton, là, le gros… Dieu du cul !

Petit-Poivre a confondu les boutons et pressé celui de la milice. A une dizaine de pâtés de maisons de là, au poste de quartier, un voyant rouge s'illumine et une alarme retentit.

C'est le moment que choisit Micha, le deuxième garde, pour sauter du divan en dégainant son pistolet. Petit-Poivre fait feu sans plus réfléchir. Le tir renvoie un écho assourdissant pareil à la détonation d'un moteur enrayé. A trois mètres de distance, la balle atteint Micha en pleine poitrine. Le bonhomme est projeté au mur comme un volant de badminton cueilli par une raquette. Le pistolet de Tcheriaga s'enfonce dans la tempe d'Andreï.

— Sage, dit Denis.

Un téléphone se met à sonner sur le pupitre de commande.

— Décroche et dis que tout est OK. Grouille !

Les lèvres d'Andreï trémulent. Même s'il prononce le mot OK, il aura la voix chevrotante d'un mouton écorché vif. Tcheriaga l'assomme d'un coup de crosse au tympan et l'autre s'écroule mollement au sol. Denis prend le combiné. C'est le poste de la milice, il fallait s'y attendre.

— Allô ! C'est Tcheriaga ! J'ai activé l'alarme par hasard en vérifiant le pupitre avec mes gars.

Un silence de quelques instants s'installe au bout du fil. Ne reste qu'à prier pour que les rumeurs soient arrivées plus vite à Londres qu'au poste de quartier, et que le milicien de service n'ait pas encore eu vent du limogeage de Tcheriaga.

— Pas la peine d'envoyer une voiture, alors ? demande le milicien.

— Tu peux toujours en envoyer une si vous avez trop d'essence à brûler, renvoie Tcheriaga.

Il raccroche et promène la main sur le pupitre. Sur l'écran de contrôle, il voit le portail s'écarter lentement et la jeep se faufiler dans l'entrebâillement.

Denis s'approche de Micha. Ses yeux grands ouverts ne cessent de ciller. Un gilet pare-balles transparaît sous le tissu déchiré du survêtement. Ouf ! Il prend le gars par les bras et le traîne à l'écart. Le corps lourd et gauche de Micha se meut sur le sol à la manière d'un macaroni.

Déjà Kamaz et ses hommes investissent l'escalier de marbre. Andreï a rouvert les yeux mais n'oppose aucune résistance quand l'autre le transbahute au fond du local de son bras de primate. Les jumeaux ont désarmé les deux veilleurs et les tiennent maintenant en joue avec leurs propres fusils.

— Ne bougez pas et tout se passera bien, conseille Denis.

A voir le regard d'Andreï, Tcheriaga semble agir sur lui comme un basilic. Les yeux de Micha sont clos, il a le souffle lent et irrégulier. Apparemment, le tir à courte distance lui a brisé une côte. Denis s'empare de plusieurs clés et s'élance dans l'escalier en comptant les marches. Kamaz lui a emboîté le pas. Au premier étage, le corridor paraît aussi vide qu'un tube aérodynamique. La moquette absorbe mollement le bruit des semelles. Point d'écriteaux aux portes et Denis, peu coutumier des bureaux de Moscou, craint de ne pouvoir trouver ce qu'il cherche.

Il y est ! Le bureau 212, c'est bien cela. La société *Registres d'Akhtarsk*, ou plutôt son antenne. La gardienne du registre des actionnaires du Combinat métallurgique d'Akhtarsk. Eh oui, la belle surprise, le dépositaire des registres doit être indépendant de son client d'après la législation fédérale…

La clé ne rentre pas, Denis par mégarde a pris les clés 213 et 214.

— Il faut descendre rechercher la bonne clé, dit-il.

Kamaz réfléchit un instant puis s'arc-boute sur la porte qui saute aussitôt de ses gonds. Denis baisse les rideaux, allume la lumière et met en route le premier ordinateur qui lui tombe sous la main.

En principe, le registre des actionnaires du Combinat métallurgique d'Akhtarsk est conservé en Sibérie, mais Izvolski, en son temps, avait accepté qu'il soit mis en ligne. Ceci pour permettre aux courtiers moscovites de mieux vendre les actions d'*AMK* et, surtout, pour donner une image civilisée du combinat sur le marché des titres. Rien de plus qu'une illusion, en vérité, parce qu'il ne viendra à l'idée de personne en Russie de faire commerce d'actions d'une entreprise détenue à soixante-quinze pour cent par un seul et même homme en l'absence totale d'enjeux de propriété, et ce dans un contexte où aucune prise de bénéfice ne saurait être envisagée d'ici quarante ans… ou du moins tout le temps qu'il faudra pour la mise en place d'une législation fiscale digne de ce nom.

L'ordinateur exige un mot de passe mais Denis, qui n'est quand même pas né de la dernière pluie, le connaît par cœur. Il n'a pas été chef de la sûreté pour rien !

Quelques instants plus tard, il voit apparaître à l'écran les registres des actionnaires du Combinat métallurgique d'Akhtarsk. Abramov Sergueï Mikhaïlovitch, douze actions, Avetissian Nikita Gareghinovitch, dix, Avrossimova Vera Nikolaïevna, dix. Zut ! il y a là tant de particuliers (les employés du combinat) qu'à l'aube il y sera encore.

Ah ! non, il y est : *AMK-Invest*, vingt actions. C'est drôle, ils lui ont laissé vingt actions… Ça fait combien ? 0,0003 % du total ? C'est normal. A l'heure qu'il est, soixante-quinze pour cent des titres ont dû être transférés vers… Tout est dans le *vers*. Comment diable s'appelaient ces firmettes ? *Impera*, *Chronica* et *Laguna*. Les voilà. *Impera* : 173 475 000 actions ; *Chronica*, 166 746 000… Tout cela comme prévu. Aurait-il pris une fausse piste ?

Il trouve enfin ce qu'il cherche dans le deuxième disque dur, répertoire *Contrats*.

Bonne pioche ! Mais, à tout prendre, il aurait préféré se tromper.

Le laser de l'imprimante murmure en crachant du papier. Beaucoup de papier. Ça sort lentement… Une disquette mouline avec un léger bruissement, sur laquelle Tcheriaga sauvegarde les fichiers nécessaires. Le mieux serait peut-être d'arracher les disques durs de l'unité centrale et de les emporter, mais à quoi bon… Demain matin, de toute façon, la messe sera dite. Dans un sens ou dans l'autre.

Une jolie pile de papier commence à s'élever sur l'imprimante. Tcheriaga la montre d'un mouvement du menton et laisse la consigne :

— Quand l'impression sera finie, rejoins-moi au deuxième étage.

La porte du bureau de Nekliassov obéit à la première tentative. Pareilles à des volées d'oies blanches, les feuilles de papier se mettent à planer dans la pièce. Et si Nekliassov n'avait pas rangé dans son bureau ce que Denis vient y chercher ?

Mais non, tout est là. Izvolski grabataire, Tcheriaga limogé... Nekliassov se considère maintenant comme le patron du combinat, ou peu s'en faut. Les trente briques qu'il en a tirées sont bien à lui. Kamaz entre à son tour dans le bureau avec des monceaux de feuilles dans ses paluches de plantigrade.

— On se casse, dit Denis.

Ils dévalent les deux étages. Andreï est couché dans un coin, ligoté, pareil à une chenille dans son cocon. Petit-Poivre s'occupe de Micha qui gémit, une écume rosâtre sur les lèvres. Apparemment, sa côte cassée a entamé un poumon.

— On le charge dans la tire, ordonne Denis.

Une fois en voiture, Denis compose le numéro de Sergueï Vaïl, patron de la société *Registres d'Akhtarsk*. C'est elle qui gère la liste des actionnaires du combinat. L'autre répond sur-le-champ : il est déjà sept heures du matin à Akhtarsk où les gens se lèvent plus tôt qu'à Moscou.

— Sergueï, dit Tcheriaga, je t'appelle à propos des actions que tu as sorties d'*AMK-Invest*. As-tu déjà envoyé à Moscou l'extrait des registres ?

Un silence embarrassé, puis Vaïl répond :

— Denis, c'est vrai que tu es renvoyé ?

— Oui, c'est vrai. Je répète ma question : as-tu envoyé à Moscou l'extrait des registres ? Ou seulement la version électronique ?

— Désolé, Denis, je ne peux pas répondre à cette question. Je ne comprends pas de quelle manière tu as pu accéder aux registres...

— Fais marche arrière. Annule les transactions. Si tu n'as pas encore envoyé l'extrait des registres, abstiens-toi de le faire !

— Désolé, ce n'est pas possible.

— Pourquoi, la seule chose que je te demande est d'attendre un peu !

— Pardonne-moi, Denis, on dit ici que tu es limogé pour cause de collaboration avec *Iveko*. Je n'arrive pas à interpréter ton appel autrement que comme une tentative de semer le trouble pour que les actions puissent être saisies par la banque.

Denis jette le combiné.

Quinze minutes plus tard, ils s'arrêtent devant l'ancienne clinique du Kremlin. Un garde s'apprête à faire barrage à la jeep noire, mais Tcheriaga lui lance en ouvrant la portière :

— On a un blessé !

Aux urgences, tout se passe étonnamment vite. Tcheriaga glisse une liasse pliée de dollars dans la poche du chirurgien en lui demandant de "bien soigner un ami". L'homme paraît coutumier de ce genre de demande. Encore ce type-là porte-t-il un gilet pare-balles, autant dire une partie de rigolade. Le chirugien devine déjà ce qu'il en sera quelques instants plus tard : des hommes armés autour de la chambre du blessé, la promesse qu'on lui coupera les couilles si l'autre ne va pas mieux, les dollars, la bonne bouffe, la joyeuse minette qui viendra faire une pipe au blessé... Aussi s'étonne-t-il de voir cet homme sec disparaître dans le couloir dès que le malade lui a été confié.

Le veilleur de permanence devant la chambre d'Izvolski reconnaît aussitôt Tcheriaga.

— Denis Fedorovitch, je n'ai pas le droit de vous laisser entrer.

— Pousse-toi.

Une seconde plus tard, les yeux du garde s'écarquillent : il vient de voir Kamaz surgir du coin du couloir.

Au moment où sa main se porte à sa ceinture, Tcheriaga lui assène un coup magistral et l'abandonne dans les bras de l'homme-ours.

— Tiens-le deux secondes. Et ne laisse entrer personne.

Plongée dans le noir, la chambre d'Izvolski empeste les médicaments. Tcheriaga allume. Le Lingot flotte dans une mer d'oreillers, la face blême et décomposée comme une semoule de blé pas fraîche. Il est sous perfusion.

— Slava !

Izvolski dort.

Denis le secoue mais l'autre meugle sans se réveiller. Derrière la porte, on entend le garde bouger. Un coup sur la mâchoire (signé Kamaz), et le bruit d'une masse tombant au sol. Tcheriaga sent ses genoux fléchir. "Et s'ils l'ont gavé de somnifères ? Il ne se réveillera pas et les flics abattront l'ex-chef de la sûreté venu en découdre avec son chef en compagnie d'une bande de malfrats."

— Hé ! Slava-a ! (Tcheriaga hurle maintenant.)

Izvolski ouvre des yeux aussi vifs que ceux d'un homme alerte.

— C'est toi ? Qu'est-ce que tu viens foutre ici…

Tcheriaga lui met sous le nez les registres d'*Impera*.

— Tiens, admire ! Dima Nekliassov s'est fourré dans la poche les actions d'*AMK*. Au profit de sociétés bidon créées par lui-même, tu comprends ? Il avait deux jeux de sociétés aux enseignes identiques : l'un enregistré à Moscou, l'autre dans la région. Tu étais l'actionnaire du premier, et Nekliassov, du deuxième !

Izvolski fronce les sourcils.

— On nous a menés en bateau depuis le début ! Zaslavski n'agissait pas en son nom propre, ni au nom de l'Elan ou consorts ! Il était de mèche avec Nekliassov, et

Nekliassov était de mèche avec la banque ! C'était le plan d'*Iveko* ! Avec deux exigences : qu'il y ait une réelle menace de saisie des actions d'*AMK* et que tu en ordonnes toi-même la vente à des sociétés-écrans ! et qu'au moment où tu donnes cet ordre, personne ne puisse contrôler Nekliassov ! Breler était dans le coup, il n'est pas bête au point d'ignorer que Zaslavski jouait aux cartes ! La première chose qu'il ait faite a été de fouiller dans la vie du neveu du premier vice-gouverneur. Et il en a appris assez pour demander une participation. Quand ils ont coopté Breler, ils ont décidé de me supprimer. Tu te souviens de mon explication de texte avec Kamaz, où j'ai débarqué en hélico ? Eh bien, ils devaient me liquider à ce moment-là. Sur ordre des mafieux, soi-disant. En vérité : sur ordre d'*Iveko*. Il y a très peu d'institutions capables de donner des ordres à un baron du crime de façon à lui offrir une protection. Et *Iveko* en fait partie ! Ensuite, c'est *Iveko* qui a commandité ton assassinat pour faciliter le mouvement des actions après ta mort. Or tu as survécu. Circonstance désagréable, mais supportable. Un Lingot grabataire, de toute façon, ne peut pas contrôler le registre des actionnaires ! Comprends-tu ?

Dans le corps du Lingot ne vivent que les yeux. Ses doigts ont tressailli comme pour se resserrer sur les papiers tenus par Denis, mais sa main reste inerte. Denis lui présente les documents de manière à lui faire voir l'extrait des registres : *Chronica* 167 959 000 ; *Impera*, 170 365 000 ; *Laguna*, 175 484 750. Puis le contenu du coffre forcé par Tcheriaga dans le bureau de Nekliassov : les statuts des sociétés *Chronica*, *Impera* et *Laguna*. Chez *Chronica*, quatre-vingt-quatorze pour cent des actions appartiennent à Nekliasssov Dmitri Sergueïevitch, né en 1971, domicilié à Moscou, trois, passage Maly-Fetossovski, appartement sept ; chez *Impera*, soixante-quatre pour cent ; chez *Laguna*, quatre-vingts pour cent. Le reste des titres est réparti en parts égales entre les mêmes – *Impera*, *Chronica* et *Laguna*, à quoi s'ajoute une quatrième société libellée *Lisko*.

Un bruit retentit, et deux gardes entrent en trombe dans la chambre.

— Dehors, dit Izvolski. (Les deux échangent un regard perplexe.) Il n'a pas transféré les actions à la banque mais les a gardées pour lui-même.

— Grand bien lui fasse. Il craignait sans doute que la banque ne le paie pas. Ou il voulait faire monter les enchères. (Denis se tait un instant, puis ajoute :) J'ai téléphoné à Vaïl pour lui demander de geler toutes les opérations de registre.

— Qu'a-t-il dit ?

— Que rien ne lui prouvait que je n'appelais pas pour le compte d'*Iveko*.

— Donne-moi ton téléphone.

— On me l'a débranché.

— Dans ma table de chevet. En bas.

Denis compose le numéro de Vaïl. Il est sept heures et demie à Akhtarsk. La journée de travail n'est pas commencée. Vaïl lui réserve un accueil méfiant :

— C'est encore toi ?

Denis ajuste le combiné à la joue d'Izvolski.

— Annule les dernières transactions, toutes les actions doivent revenir sur les comptes d'*AMK-Invest*. Bloque entièrement l'accès aux registres d'*AMK*. Et à ceux d'*AMK-Invest*. Tu iras chez le procureur et feras établir un mandat d'arrêt à l'encontre de Nekliassov et Breler. Pour escroquerie. (A Tcheriaga :) C'est quel article du code pénal ?

— 159, répond Tcheriaga. Et 160, alinéa 3. Dilapidation de biens en intelligence avec un groupe d'individus.

Izvolski, dans le combiné :

— Articles 159 et 160. La procurature n'a qu'à envoyer quelqu'un à Moscou par le premier avion.

Denis regarde sa montre. Le prochain avion pour Moscou décolle dans une demi-heure. Sans doute Vaïl fait-il la même observation au bout du fil parce que Izvolski lui dit :

— Qu'on retarde l'avion. Si j'envoie le mien à Akhtarsk, ce sera huit heures de voyage aller et retour.

La voix de Vaïl grésille. Apparemment, il demande ce qu'il adviendra si le tribunal atteste la validité de la garantie d'*AMK-Invest* dans la convention de crédit.

— Nous paierons les dix-huit millions, répond Izvolski.

Le Lingot ferme les yeux, la conversation est terminée. De grosses gouttes de sueur perlent sur son visage. Pour un homme paralysé qui vient d'apprendre qu'il a été dépossédé du bloc de contrôle du cinquième combinat métallurgique au monde au profit d'on ne sait quelle *Laguna*, Izvolski a fort belle prestance. Ou peut-être est-ce faute de pouvoir bouger les bras de désespoir ?

— Prends des gars avec toi, dit Izvolski sans lever les paupières, et va au domicile de Nekliassov. Le mandat d'arrêt arrivera avant dix heures du matin. Si possible, trouve aussi Breler. Autre chose, assure la protection d'Irina. Il va y avoir du grabuge…

Tcheriaga ne dit rien.

— Tu as compris ? Va.

— Pardonne-moi, dit Denis, mais je n'ai pas l'intention d'aller où que ce soit.

Izvolski ouvre les yeux.

— Comment ?

— Je suis renvoyé. Tu as oublié ?

— Trêve de revendication. Ce n'est pas le moment de faire des façons.

— Je ne fais pas de façons. Je voulais te prouver que je n'étais pas coupable de tes malheurs. Et je l'ai prouvé. Suffit pour moi. J'en ai marre qu'on traite les gens comme des esclaves. Qu'on les monte les uns contre les autres. Qu'on se permette de me confisquer ma voiture cinq minutes après mon renvoi, et de couper mon téléphone une heure après. Le combinat est le théâtre d'une révolution de palais. Il n'y a pas de révolutions de palais dans les républiques démocratiques. Je sais comment ils ont acheté Nekliassov. Pas avec de l'argent. A chaque seconde il craignait que tu le vires. On peut traîner dans la boue n'importe qui, et tu le vireras. Ou tu le feras supprimer s'il en sait trop. J'en ai ma claque. Je ne suis pas Nekliassov, moi, je n'ai pas peur d'être viré.

Denis tourne les talons et prend la porte.

— Attends !

Denis se retourne. Aussi immobile qu'une momie, Izvolski le vrille de son regard de braise.

— Tu trouveras assez de chiens de garde sans moi, dit Denis.

La porte claque comme le couperet d'une guillotine. Toute une foule se masse dans le couloir. Un adjoint de Breler, deux flics en armes et Vitia Kamaz qui les toise de son coin avec une haine de classe mal dissimulée. Parce qu'il se tient accroupi, Kamaz paraît presque de la même taille que les flics. “En voilà un que j'ai bien planté, se dit mélancoliquement Denis. Je lui avais promis la place de Breler et il aura des clous. Si on ne le coffre pas pour cambriolage à mains armées, il pourra s'estimer heureux…”

— Denis !

Les cloisons de la chambre sont assez fines pour que toute l'assistance entende le cri désespéré d'Izvolski. Tcheriaga rentre sa tête dans ses épaules et presse le pas au-dehors.

Quelque chose a cogné par terre, ce doit être le pied à perfusion. Il y a un bruit de verre brisé, puis la chute d'un corps lourd. Enfin, un rugissement de douleur, dans les basses.

Tcheriaga revient brusquement sur ses pas. Un flic l'a devancé dans la chambre. Izvolski est au sol, étendu de tout son long. Dieu sait par quel effort ultime le paralysé s'est agrippé aux montants de son lit pour ramper sur les traces de Denis, un effort suffisant pour le précipiter par terre.

Incapable de bouger, Izvolski n'a que ses doigts pour gratter les plinthes. La couverture a roulé loin de là, dénudant un corps pesant, jaune, paré de frisettes roussâtres dans l'entrejambe. Lentement ses yeux s'embuent de larmes.

Denis se précipite :

— Tu n'as rien ?

— Ne pars pas, murmure le Lingot, ne pars pas. Ils vont tous les acheter sauf toi. Comme Nekliassov.

Quelle chose terrible que de voir Izvolski pleurer. C'est comme voir un camion pleurer. A deux, le milicien et lui l'ont remonté sur son lit tant bien que mal. Le médecin traitant va et vient en arrosant Denis de propos peu flatteurs. Izvolski le somme de débarrasser le plancher.

— Ne pars pas, répète le Lingot, et prends Irina si tu veux, le veux-tu ?

Irrécupérable Izvolski ! Irina est maintenant comme un portefeuille d'actions qu'on balance d'offshore en offshore.

— C'est bon, c'est bon, je reste, dit Tcheriaga assis par terre à côté d'un gros oreiller, calme-toi, s'il te plaît, d'accord ? Tu n'as pas le droit de t'énerver…

Chien fidèle incapable de quitter son maître, il se déteste. Son maître est paralysé. Il a beaucoup de chiens de garde, mais sont-ils tous aussi fidèles que lui ?

Quand Tcheriaga regagne le corridor de la clinique, un carillon sonne quatre heures et demie du matin. Il embrasse les lieux du regard : trois truands, deux flics, deux combattants du SOBR. Sept hommes en tout. Ce n'est pas lourd. Il faut arrêter Nekliassov sans plus attendre car dès que la banque *Iveko* aura été mise au courant, l'autre sera introuvable. Cela vaut aussi pour Breler, mais dans une moindre mesure : Breler, nommément, n'est pas le patron de *Laguna* ou d'*Impera*. Ses dépositions seront utiles au procès. A moins qu'on ne mette la main sur Nekliassov en l'obligeant à rétrocéder les actions, auquel cas point de procès.

Pas question de téléphoner à qui que ce soit. D'abord, plutôt que de croire à la réintégration de Tcheriaga, tout le monde se dira qu'il y a là anguille sous roche. Ensuite – ne manquerait plus que ça ! – des mouchards pourraient mettre Breler au courant. L'ampleur du complot reste encore à établir dans le staff du bureau de Moscou.

Impossible aussi de laisser Izvolski sans garde. Dès que la banque aura connaissance des événements de la nuit, elle aura deux réflexes : planquer Nekliassov et achever le directeur général. Pas question non plus de se lancer dans l'opération avec les flics : ceux-ci auraient du mal à comprendre qu'on force la porte d'un appartement sans mandat d'arrêt. Tcheriaga pointe le doigt sur Kamaz, Petit-Poivre, un soldat du SOBR et l'un des employés de la sécurité :

— Suivez-moi.

Un quart d'heure plus tard le groupe est déjà rue Novaïa-Basmannaïa. En chemin, à tout hasard, le gars du SOBR a téléphoné à la résidence du combinat pour savoir si Dmitri Nekliassov n'y était pas, Dima ayant pris l'habitude, par économie, de faire ses sauteries à l'hôtel. Mais non, pas de Dima à la résidence.

C'est un immeuble sans concierge mais avec interphone. Pour y avoir souvent conduit son maître, le garde en connaît le code. Les fenêtres de l'appartement sont noires et vides.

Denis monte et se met à presser la sonnette de l'appartement voisin. Cinq minutes se passent avant qu'il n'entende bouger derrière la porte, d'où la voix somnolente de Micha Lazarev, vice-président de la banque *Métallo*, forme enfin la question :

— Qui est là ?

Les gens d'Akhtarsk vivent à Moscou par petites colonies.

A cet instant Denis regrette d'avoir emmené trop de malfrats et pas assez de gardes. D'un autre côté, il n'aurait tout de même pas laissé Izvolski seul avec des flics et des Pattes-Longues…

— C'est moi, Tcheriaga, répond doucement Denis. Ouvre la porte, j'ai à te parler.

Les pennes d'acier se rétractent lentement dans le blindage de la porte. Ainsi du chat qui rentre ses griffes. C'est un Lazarev tout chiffonné qui paraît sur le seuil, vêtu d'un pyjama de fine bayette à fleurs. Jamais Tcheriaga n'aurait imaginé que l'autre avait des goûts de grand-papa.

— Denis, c'est toi ? Mon Dieu, je voulais te dire combien je regrette…

A la vue des épaules sans équivoque de Kamaz, Lazarev se tait. Il émet un petit cri perplexe quand Tcheriaga le pousse à l'intérieur de l'appartement, et perd encore plus contenance en voyant l'homme aux chevrons du SOBR d'Akhtarsk.

— Tout va bien, dit Denis, je suis réintégré. Izvolski ordonne l'arrestation de Nekliassov. Reste ici et ne bouge pas. Pas un coup de fil, sauf au Lingot s'il est conscient.

Le gars du SOBR conduit Micha dans la chambre à coucher où sa gentille épouse encore lourde de sommeil fait les yeux ronds par-dessous la couette, et compose le numéro du portable d'Izvolski.

Denis et Kamaz sortent sur le balcon. C'est une belle bâtisse de vieille facture cerclée d'un balcon continu. Passer d'une loge à l'autre est un jeu d'enfant. C'est Kamaz qui lève la jambe le premier, suivi de Denis.

Sans faire plus de chichi, Kamaz enveloppe son poing énorme dans son blouson et donne un coup de bélier dans la porte vitrée. Les bris de verre tombent à grand fracas, le chef de bande glisse sa poigne par l'ouverture et tourne le système de fermeture.

Les deux hommes s'engouffrent à l'intérieur. L'instant d'après, Tcheriaga, familier des lieux, allume le plafonnier.

Il règne là une pagaille digne d'une garçonnière. La couverture saillit en bouchon, du linge sale déborde d'une armoire ouverte, une table roulante porte les restes d'un dîner pour deux. Mais le lit est vide. Nekliassov n'est donc pas encore rentré chez lui, à moins qu'il n'ait découché.

Après avoir fait le tour de l'appartement, Tcheriaga et Kamaz regagnent la cage d'escalier non sans avoir subtilisé au passage un jeu de clés complet pendu à un clou dans l'entrée. Chez Lazarev, tout est calme. La mine ahurie, l'homme achève de parler au téléphone avec son chef.

— Il n'est pas chez lui, dit Tcheriaga, où peut-il bien être ?

Lazarev secoue la tête.

— Je n'en sais rien. Il a l'habitude de rentrer très tard, mais à ce point…

— Où peut-il être ? gronde Denis.

— Ben… ben… peut-être à l'hôtel avec des filles ?

— Non.

— A l'*Oiseau de feu*, vous connaissez la villa ? Ou bien au casino *Alcatraz*…

Tcheriaga ferme les yeux. Ses chances de retrouver Nekliassov dans l'insondable immensité de la nuit moscovite sont en train de fondre comme un morceau de sucre dans une casserole d'eau bouillante. Même si la banque ne sait encore rien, tout se saura à l'aube. Un coup de fil d'*Iveko* à Nekliassov, et les carottes sont cuites…

M'ouais. C'est la position classique du pat. Un cas d'école. S'il met le service de la sûreté aux trousses de Nekliassov, il y aura au moins un mouchard dans la masse qui manifestera son dévouement à Breler… Quant à le rechercher avec ses propres moyens… C'est à peine si ces "moyens" lui permettraient de retrouver une colonne d'affichage, et encore…

Téléphoner au 01 pour annoncer un incendie dans l'appartement de Nekliassov ? Et pour demander à Lazarev de le prévenir en voisin sur son portable ? Et si l'autre, au contraire, prend peur au lieu de venir ? Et si l'immeuble est sous la surveillance d'*Iveko* ? Des coups à devenir parano…

— Bon, dit Tcheriaga. Aliocha, Petit-Poivre, restez chez Nekliassov. Toi, Micha, va avec eux et finis ta nuit là-bas.

Une expression de perplexité s'inscrit sur la face de Lazarev.

— Pourquoi ? Tu… tu ne me fais plus confiance ? Tu as peur que j'appelle Dima ?

— Pardon, Micha. Je n'ai aucune raison de ne pas te faire confiance. Mais personne n'avait de raison de se méfier de Nekliassov ou de Breler. Tu iras avec eux.

Lazarev pourtant n'aura pas à finir la nuit chez un autre. A l'instant même où ils s'apprêtent à pousser la porte, une auto se fait entendre dans la cour – bruissement de moteur et jaillissement de phares. De la pièce voisine, obscure, Tcheriaga aperçoit une Mercedes 190 bleu foncé sous la lumière vive d'un réverbère à halogène. La voiture de Breler.

— Vite ! ordonne-t-il, sinon il va partir.

Deuxième coup de chance, Breler non seulement ne repart pas, mais dépose Dima Nekliassov et, bien lui en prend, l'accompagne dans son appartement. Les conjurés ne sont pas plus tôt entrés dans la cage d'escalier qu'on leur tombe déjà dessus. Breler est presque sobre, Nekliassov a bien éclusé. Les deux hommes exhalent une odeur mélangée de parfum et de sperme.

— Salut, les gars, vous allez me suivre, leur dit Denis à mi-voix en émergeant d'un coin sombre de l'escalier, un fusil à la main.

Réaction presque nulle de Nekliassov tandis que la main de Breler se porte à la ceinture avec une agilité digne de louange, mais le garçon du SOBR d'Akhtarsk lui administre une belle torsion du bras. L'autre crie de douleur puis, avisant le corps massif de Kamaz qui émerge de l'ombre comme un croiseur du brouillard, dit :

— Qu'est-ce qu'il fiche ici celui-là ?

— Fallait pas faire de contrat contre moi, Youri, répond Denis. Dans la moitié des cas, le killer vend son commanditaire à sa cible.

— Je n'ai pas fait de contrat contre toi, se défend l'autre.

— C'est ça. Tu t'es cantonné au rôle de conseiller. Viens avec moi. Il y a des gens qui veulent vous parler.

— Tu n'as pas le droit, dit Nekliassov à travers les brumes de l'ivresse, où est ton mandat ?

— Le mandat est prêt, Dima. Ne t'inquiète pas.

A ce moment, le portable sonne dans la poche de Tcheriaga.

— Allô.

— C'est toi Denis ? (Tcheriaga reconnaît la voix du chef adjoint du SOBR resté au chevet du chef à la clinique.) On vient de choper un flic avec un portable, il n'arrêtait pas de semer des messages… J'ai fait venir des gars de l'hôtel, mais les infos courent déjà à l'heure qu'il est… Je les envoie où ?

— A quand remonte la première info ?

— C'était il y a une heure.

— Le destinataire ?

— Il n'en sait rien. Un numéro, un point c'est tout.

Un juron de Denis. Le temps qui lui reste se resserre aussi vite qu'un nœud coulant sur le cou d'un condamné à la potence. Tout dépend du statut du destinataire. S'il s'agit d'un simple gang, il a pu décider d'attendre le lendemain matin pour en rendre compte à la hiérarchie, faute de pouvoir en apprécier l'urgence. Mais si l'information est destinée à Loutchkov, le chef du service de la sûreté d'*Iveko*, des voitures de la banque sont déjà en train d'écumer Moscou dans l'espoir de repêcher Nekliassov. Encore que… Loutchkov aurait commencé par appeler Nekliassov, à son domicile ou sur son portable…

— Rendez-vous au domicile de Nekliassov, dit tranquillement Denis, nous vous attendons.

Loin de lui l'intention, en vérité, d'attendre des renforts de la lointaine route de Roublevsk. Cet appartement est en train de devenir une souricière. La *Security* d'*Iveko* y sera dans moins d'un quart d'heure. La banque n'a pas les problèmes de Denis, elle ne manque pas d'effectifs et ne compte aucun traître dans ses rangs…

On escorte les prisonniers dans la cour. Breler tente de se dégager pour s'enfuir mais on lui assène un vilain coup qui le fait choir à genoux dans une soupière de neige fondue. Nekliassov, ivre et ahuri, s'enferme dans un mutisme de tombe. Pas un des deux ne crie, soit qu'ils sachent qu'on les fera taire aussitôt, soit qu'ils n'attendent rien qui vaille de la venue des flics.

Une nouvelle difficulté se fait jour à l'extérieur : deux prisonniers contre quatre hommes d'escorte (Denis a tout de même laissé un garde chez Micha Lazarev). Plutôt que d'appeler des renforts et de partir à deux voitures, Tcheriaga opte pour la solution la plus simple. On jette Nekliassov dans le coffre après l'avoir menotté dans le dos et l'on fait monter Breler sur la banquette arrière entre Petit-Poivre et Tcheriaga. Châssis bas, le véhicule quitte la cour de l'immeuble et se lance à travers Moscou enneigée dans le silence de la nuit.

— Pourquoi as-tu fait ça ? demande doucement Tcheriaga. Tu trouvais vexant de rouler en Mercedes 190 plutôt qu'en 600 ? Slava t'a tiré du ruisseau. Et tu lâches des killers à ses trousses.

— Ce n'est pas moi.

— Mais tu étais au courant, non ?

(La voix de Breler reste étonnamment calme :)

— Non. Comment pouvais-je le savoir ?

— Assez menti. C'est Dima Nekliassov qui pourrait nous faire croire qu'il n'était au courant de rien, lui. Mais pas toi, le pro qui connaît l'art de calculer plusieurs coups d'avance. (Une pause, puis :) Tu iras en taule, Youri. Encore heureux si tu tombes dans un pénitencier où les flics font la loi.

— Non, je n'irai pas en taule.

— Vraiment ?

— Au nom de quoi ? Pour cause de connivence avec le gang des Pattes-Longues ? Tu rechigneras trop à griller

Kamaz. Ça fera jaser, vous n'avez rien à y gagner. Dima revendra ses actions à la régulière, l'affaire n'ira pas jusqu'au tribunal et le Lingot ne risque pas de me faire supprimer, il a ses raisons… (Breler ricane.) En bref, tu vas trimer pour lui jusqu'à ce qu'il te vire une deuxième fois pendant que je me ferai dorer la pillule aux Seychelles avec des gonzesses à poil…

A la sortie de Moscou, un véhicule de l'OMON s'est posté sous un feu clignotant à l'orange. Encore un de ces plans de chasse antiterroriste, sans doute. L'un des agents de la police spéciale a pointé sa matraque sur cette BMW bien tardive pour la faire garer sur le bas-côté. Dans la main de ce flic énorme, la matraque paraît de la taille d'un crayon à papier. Tcheriaga lâche quelques injures muettes. Il hésite à passer outre. Ces super-flics sont nombreux, au moins deux véhicules. Ils sont fichus de tirer sur les pneus…

— Arrête-toi, dit Tcheriaga au chauffeur.

Ce disant, il sort son *TT* et le fiche dans les côtes de Breler.

— Un mot de toi, l'affreux, dit tendrement Tcheriaga, et tu ne verras jamais plus les Seychelles.

La BMW s'arrête. Trois agents s'approchent de la voiture, la mitraillette au poing. Le chauffeur descend la vitre et tend ses papiers.

Le SOBR de la ville d'Akhtarsk, région de Sounja. Le sergent Axionov, appelé du contingent, promène un regard songeur à l'intérieur de la voiture. Quelque chose ne lui plaît pas chez ces passagers. Rien à redire, peut-être, sur le SOBR d'Akhtarsk, mais le voisin de ce gars du SOBR a une gueule de truand. Même dégaine que l'autre, d'accord, mais pourquoi sa chemise bâille-t-elle sur une chaîne en or ? Cela fait-il partie de l'uniforme d'Akhtarsk, maintenant ? C'est surtout la tête de Breler qui ne revient pas au sergent. Youri est un Juif typé, moustaches et cheveux noirs. Le sergent n'a rien contre les Juifs mais, dans la nuit, il prend Breler pour un Tchétchène.

— Vos papiers, continue-t-il.

Tcheriaga sort sa carte.

— Chef du service de la sûreté du Combinat métallurique d'Akhtarsk, se présente-t-il. Désolé de vous déranger à une heure aussi avancée. Raison de service.

Le sergent Axionov reste coi. A la vue de la carte, il se rappelle confusément ce que disait la télé ces derniers jours à propos d'Akhtarsk.

L'instant d'après se produit ce que personne n'attendait. Breler, profitant d'un détournement d'attention de Tcheriaga, groupe les coudes et donne une bourrade bien ajustée à Petit-Poivre en s'extrayant prestement de la voiture.

— Au secours ! hurle Breler ; ce sont des malfrats ! Ils m'emmènent au supplice !

L'ancien flic, qui par ailleurs ne manque ni d'agilité ni de force, gage avec raison que la promesse de Tcheriaga de lui percer l'arrière-train n'est que du bluff. L'autre ne va tout de même pas tirer au nez et à la barbe des hommes de la patrouille. En un éclair, Breler s'est extirpé par la vitre ouverte de la voiture en assénant une méchante pointe du pied dans l'entrejambe de Tcheriaga, sans cesser de crier :

— Ils transportent un homme dans le coffre ! Ils ont de faux papiers ! Ce sont des Pattes-Longues !

Interloqué, l'agent de l'OMON attrape Breler à l'extérieur alors que Tcheriaga sort d'un bond de l'autre côté, accueilli par des canons menaçants de pistolets-mitrailleurs.

— J'ai contre lui un mandat d'arrêt ! s'écrie-t-il. Je vais tout vous expliquer.

Sans doute le sergent Axionov eût-il prêté l'oreille à ses explications, en effet, d'autant qu'il est maintenant tout à fait sûr de l'avoir vu à la télévision et qu'on le présentait bien comme le chef du service de la sûreté, mais à cet instant les nerfs de Petit-Poivre lâchent : depuis son plus jeune âge, le bonhomme ne peut supporter la vue d'un flic.

Poussant un cri sauvage, le malfrat s'éjecte de son siège en brandissant un canon frais lubrifié.

— Graine de bouc ! hurle Petit-Poivre, je vais te faire cracher tes boyaux !

Tout en sang-froid, le sergent Axionov l'estourbit pendant que son collègue enfonce un coin de sa crosse dans le tympan de Tcheriaga.

C'est encore Kamaz qui, dans ce contexte, se révèle le plus malin. Sachant qu'il aurait quelque peine à s'expliquer devant l'OMON en la présence d'un Tcheriaga comateux et qu'il serait mal inspiré de flanquer la pâtée à ces gaillards tant sur le plan technique que du point de vue des conséquences, il dit au gars du SOBR :

— A fond les gaz !

L'autre ne se le fait pas redire. L'auto part en flèche, faisant claquer dans l'élan la portière laissée béante. Un phare s'émiette pitoyablement sur la glissière du bas-côté qui vole en l'air, les roues patinent sur la neige grasse. Une seconde plus tard, la BMW est déjà à soixante. Encore une seconde, et une rafale de pistolet automatique envoyée par le sergent Axionov réduit la roue arrière droite à l'état de miettes. La voiture chasse, puis s'écrase sur le talus qui borde le bas-côté.

Sous le choc, le chauffeur a perdu connaissance. Sonné, groggy, Kamaz s'excave de la BMW et se retrouve les quatre fers en l'air sous les canons des agents de l'ordre. L'un d'eux arrache la clé au contact et ouvre le coffre d'où l'on ne tarde pas à extraire Dima Nekliassov, sans connaissance.

Tous les passagers sont sommés de se grouper, une ambulance est appelée. On démenotte Nekliassov et Breler. Trois armes non déclarées sont saisies : un *Sig Sauer* de prestige sur Kamaz et deux TT ("Tokarev de Toula") sur Tcheriaga et Petit-Poivre. De la poche de Breler, on sort exactement la même carte professionnelle que celle de Tcheriaga : "Chef du service de la sûreté d'AMK." Denis se retourne en gémissant dans une neige maculée de boue, secoue la tête et se met sur son séant.

— Ce sont des malfrats ! Des Pattes-Longues ! Et ce type est Kamaz, leur brigadier ! hurle Breler sans changer de disque.

— Un Patte-Longue, peut-être, raisonne le sergent Axionov d'un air philosophique, mais je suis sûr d'avoir vu celui-là à la télé qui le présentait comme le chef du service de la sûreté.

— Ecoutez-moi, sergent, dit Tcheriaga, ces deux-là ont volé un bloc d'actions au combinat. Deux mandats d'arrêt ont été établis contre eux il y a seulement une heure.

— Et les permis de port d'armes, ils sont où ? coupe Axionov.

— Nulle part. Vous n'imaginez tout de même pas que je vais me munir d'un lance-pierre pour arrêter des hommes qui ont chouré un milliard de dollars ?

— … Qui ont chouré combien ?! fait le sergent abasourdi.

— D'après les cotations en bourse, reprend Tcheriaga, AMK est estimé à près d'un milliard de dollars. Et ces deux gus-là ont chipé le bloc de contrôle.

— Bobards, dit Breler. Oui, c'est vraiment Tcheriaga. Mais il est renvoyé. Depuis hier. Pour avoir attenté aux jours du directeur. Un contrat contre son chef, tu piges ?

Le chef de la sûreté, c'est moi. Lui, il fricote avec les Pattes-Longues...

Troublé, le sergent Axionov promène le regard d'une carte professionnelle à l'autre. Celle de Breler est bel et bien datée de la veille. Quant à l'autre baraque, chaîne au cou et chaton au doigt, c'est un mafieux pur jus. Axionov a du flair, il les sent de loin. D'une façon générale, il peut être fier de ses gars. Si la BMW avait filé sous le nez d'une autre patrouille que la sienne, ç'aurait sûrement tourné au bain de sang. Or là, rien. Non seulement la bordée est vierge, mais en plus elle fait des siennes.

— C'en est fini, dit Axionov. Je vous mets en garde à vue. Vous réglerez vos histoires demain matin, si ça vous chante.

Tcheriaga restera longtemps au poste : jusqu'à midi. La faute à ce fichu *TT*. Quand, à la mi-journée, on entreprend enfin de l'interroger en la présence d'un avocat de l'usine, il déclare que l'arme a été confisquée au directeur général d'*AMK-Invest* Dmitri Nekliassov au moment de son arrestation, et qu'il n'a aucune idée de la façon dont l'autre se l'est procurée.

— Si je comprends bien ce que vous dites, vous êtes allé arrêter un homme qui aurait volé le combinat d'un milliard de dollars ? demande le juge d'instruction avec des accents sarcastiques.

— Oui.

— Dommage que nous ne puissions vérifier l'information, persifle le juge.

— Que voulez-vous dire ? Que Nekliassov a perdu connaissance ? Ou qu'il est mort ?! C'est impossible, le choc n'a pas été violent...

— Non, il n'a aucun problème de santé, raille le juge, il a recouvré ses esprit cinq minutes après son transfert à l'hôpital.

— Alors que s'est-il passé ?

— Il a été enlevé. Des gens ont présenté un mandat, ou prétendu tel, et l'ont emmené.

— Qui ?!

— Vous affirmez que Dmitri Nekliassov a transféré illicitement sur des comptes de firmes créées par lui-même soixante-quinze pour cent des actions du Combinat métallurgique d'Akhtarsk ? (Denis opine du chef. Il n'a rien dit au juge de la banque *Iveko*. Un acte de filouterie, et voilà tout. Peut-être qu'il a agi seul. Peut-être qu'il s'est fait aider par des escrocs de rue. Allez savoir.) Il avait sûrement des complices. Lesquels l'ont enlevé. Vos hommes du SOBR sont arrivés dix minutes après. (Un silence.) Vous savez, Denis Fedorovitch, si tout ce que vous dites est vrai, rien que d'être assis dans la même pièce que vous me donne des frissons dans le dos, sans parler d'une arrestation... D'après moi, ce n'est pas Nekliassov lui-même qui a détourné ces actions. Quant à savoir qui l'a fait, je n'ose même pas me poser la question. Bon, bref, vous êtes libre.

"Comment ? Gratuitement ?" songe Tcheriaga interloqué. Mais l'avocat, tout sourire, le pousse déjà vers la sortie.

Kamaz, Petit-Poivre et Breler restent dans leur cellule. Breler, parce qu'un mandat d'arrêt est établi contre lui et qu'il doit passer dans les mains de la milice de région. Quant aux malfrats, ils sont retenus comme il se doit pour leurs pétoires.

L'avocat s'entend prier instamment par Tcheriaga de faire libérer Kamaz avant le soir. Les Pattes-Longues étant traditionnellement très implantés dans les prisons, la menace est grosse qu'on retrouve le brigadier dissident pendu à la lucarne ou les veines tranchées.

Denis arrive dans la chambre d'hôpital d'Izvolski en pleine réunion de travail. C'est presque le tout-Akhtarsk qui vient de débarquer par l'avion retardé du matin : les adjoints du Lingot en charge des finances et de l'économie, le chef de la police industrielle Volodia Kaliaguine et même le maire flanqué d'une couple de collaborateurs. A quoi s'ajoute aussi un vice-gouverneur, pas Zaslavski mais un certain Trepko de séjour à Moscou pour raison de service. Au chevet d'Izvolski se tient Irina, pâle, maigrie, moulée d'un jean élimé indigne de son rang de maîtresse du khan. Sur le rebord de la fenêtre trône le camarade Sentchiakov en personne, directeur de l'usine d'hélicoptères de Kongarsk. C'est lui qui a la parole et qui ne semble pas près de la rendre. Voix forte, grands moulinets des deux bras, ses propos sonneraient juste dans un meeting de militants communistes, mais ici, dans la chambre d'un millionnaire alité, devant un auditoire de trois adjoints et d'un maire, ils tombent un peu à plat.

Tant de monde rend l'air de la chambre irrespirable, un médecin est aux cent coups sur le seuil de la porte. Voyant qu'on ne pourra rien tirer d'une telle réunion (on ne dit pas devant le maire ce qu'on peut dire à ses adjoints, ni devant le vice-gouverneur ce qu'on peut dire au maire…), Tcheriaga aborde le médecin en douce.

— Fichez-moi tout ce monde dehors pour raison médicale, lui dit-il, surtout l'autre vieux, dans son costume râpé.

Chose faite en trente secondes, et Sentchiakov poursuit son discours dans le corridor.

Ne restent que trois personnes : Irina, Fediakine (directeur financier) et Tcheriaga. Après avoir soutenu un long silence, Izvolski bouge les lèvres :

— Il t'a échappé ?

— Oui, je…

— Ne dis rien. Alechkine m'a raconté. Vingt minutes après vous, cinq belles berlines ont rappliqué rue Basmannaïa. Deux du FSB, les autres de la banque. Alechkine est arrivé du côté opposé. Pour un peu, ils faisaient parler la poudre. Tu as bien fait de décamper. (Pas un reproche du Lingot à l'encontre de Tcheriaga, contrairement à ses habitudes.) Bah ! on se débrouillera autrement. Les registres sont fermés, aucune mention n'y figure de la cession des titres… Arbatov m'a téléphoné. (Denis fronce les sourcils. Arbatov est le directeur de la banque *Iveko*.) Pour faire le point ensemble sur la situation.

— Je lui ferai le point, moi, à celui-là, s'emporte le directeur financier, un vieux loup de cinquante hivers à la bonhomie d'un saint-bernard, dévoué corps et âme à Izvolski. Je lui en foutrai…

— C'est Denis qui ira à la banque, dit Izvolski.

Tcheriaga sursaute.

— Slava, dit-il, je ne suis pas financier…

— C'est toi qui iras à la banque, répète Izvolski, et c'est toi qui t'occuperas des dossiers de Moscou. Micha, lui, conduira les affaires du combinat. Désolé, Micha, mais Denis sait se battre, toi, tu n'es pas assez mordant.

— Je pige rien à ces histoires d'actions, insiste Denis.

— Ce n'est pas ce qu'on te demande. Tu répéteras ce que je te dirai. Suffit. Trop de conneries ont été faites depuis que je suis cloué au pieu… Va, Denis. J'ai besoin d'aller sur le pot, il ne manquerait plus que je fasse ça devant mes adjoints.

Fediakine et Tcheriaga quittent la chambre. Denis constate qu'Irina n'a pas bougé. Le couloir grouille de monde, tous les visiteurs d'Izvolski s'empressent de prêter allégeance au khan d'Akhtarsk. Sentchiakov, la face pourpre et les yeux brillants, fait son prêchi-prêcha à qui veut bien l'entendre :

— Ce n'est rien d'autre qu'une attaque en règle d'un régime sioniste décadent contre la meilleure usine de Russie ! L'objectif d'*Iveko* est d'annihiler les concurrents des industriels occidentaux ! Le gouverneur Doubnov a eu raison de le dire : nous ne laisserons pas la main de Moscou prendre nos ouvriers à la gorge !

Dans son complet à trois kopecks, Sentchiakov a l'air d'un retraité qui n'aurait pas touché sa pension depuis deux mois. Son auditoire se compose de cinq soldats du SOBR d'Akhtarsk qui tournent leurs gueules de fonte vers l'orateur avec une indifférence ostensible, une paire de flics moscovites et le vice-gouverneur. Un jeune loup du gang des Pattes-Longues, qui n'a pas quitté la clinique par peur ou par zèle, écoute le discours dans son coin avec un intérêt mal caché.

— C'est bien vrai, dit le jeune loup. Il faudrait leur en foutre à fond la gâchette, à ces sionistes.

Le vice-gouverneur Trepko intercepte Denis et le prend à l'écart.

— Je ne comprends pas bien la situation, souffle-t-il. Si les titres sont en la possession de Nekliassov, peut-il encore les transmettre à la banque ?

— La transaction est sans effet.

— Mais s'il tente de le faire ?

— A cent contre un, c'est déjà fait.

— Mais les registres sont bloqués.

— Ce qu'il va transférer à la banque, ce ne sont pas les actions du combinat, mais celles de sociétés bidon auxquelles, selon lui, appartient *AMK*. De toutes les manières, nous annulerons la transaction.

Le vice-gouverneur exhibe un air chiffonné. "J'aimerais bien savoir combien d'entre vous vont passer dans le camp de la banque, se dit Tcheriaga. Jusqu'à présent,

Iveko s'est bien gardé de prêcher chez l'ennemi pour ne pas éveiller les soupçons du directeur. Maintenant, ils vont brancher la pompe à transfuges."

Il fait encore quelques pas dans le couloir et tombe cette fois sur un docteur.

— Monsieur Tcheriaga ?

— En personne.

— Est-ce vous qui nous avez amené Mikhaïl Makarov ?

Denis avait complètement oublié le veilleur blessé par suite du stratagème déployé pour la prise de ses propres bureaux de Moscou.

— Que lui arrive-t-il ?

— Nous sommes navrés, il est mort.

C'est comme si le plafond tombait.

— Comment ça il est mort ? Il portait un gilet pare-balles !

L'autre de faire un geste impuissant des deux bras.

— Un cas sur mille, dit-il, l'impact reçu dans le gilet a entraîné la fracture d'une côte, la côte a percé un poumon… Quoi qu'il en soit, nous vous présentons nos condoléances… C'était un coup de main ? Il repoussait des agresseurs ?

Denis passe son chemin. Pour quelle cause est mort ce garçon de vingt-deux ans ? Pour la banque *Iveko* ? Pour Viatcheslav Izvolski ? Et si on lui avait demandé, aurait-il accepté de mourir pour lui ?

Le lendemain, à près de cinq heures de l'après-midi, Denis Tcheriaga descend d'une Mercedes de service au pied de l'imposante bâtisse de la banque *Iveko*. Il est tombé sur Moscou une masse de neige prodigieuse dans la journée, et les embouteillages s'agglutinent dans le centre-ville comme des chatons grêles aux rameaux d'un saule pleureur. Les piétons mal vêtus pressent le pas vers le métro en regardant de haut, un sourire de commisération aux lèvres, ces "nouveaux Russes" qui s'emmêlent les pare-chocs, Audi contre SAAB. Le siège de la banque se trouve non loin de la Maison Blanche et de la mairie, à l'extérieur de la Ceinture des Jardins, dans l'une de ces tours de verre et d'acier dont est hérissée la perspective Koutouzov. Tcheriaga lève les yeux et contemple longuement cette flèche géante de soixante-dix mètres dont la pointe paraît se perdre dans les nuages bas et dans le tourbillon floconnant qui assaille la ville.

Point d'enseigne de la banque. *Iveko* ne travaille qu'avec les clients professionnels et ne juge pas utile d'attirer le peuple laborieux des petits épargnants par des slogans tape-à-l'œil ou des pubs semblables à d'exotiques orchidées. A l'entrée seulement, sur une colonne d'acier, se dessine une plaque sombre de la taille d'un emballage à bouteille de cognac : "*Iveko*. Banque de commerce et d'investissement." Il est des firmes d'un jour qui affichent des enseignes autrement rutilantes.

Tcheriaga échange quelques mots avec le groupe de ceux qui l'attendent en trépignant sur les marches de la banque, puis pénètre à l'intérieur.

La procédure d'accès à la banque mérite qu'on s'y attarde un peu.

Il commence par le bureau des laissez-passer où il se voit remettre un sauf-conduit au nom de Tcheriaga D.F. et s'enfile dans une porte tournante à trois sections comprenant un détecteur de métaux. Les aubes du tourniquet sont de verre blindé. A la vue de Tcheriaga, la porte émet un cri strident courroucé et se bloque. Un aimable garde, de derrière un guichet cuirassé, lui annonce qu'il porte des objets métalliques et l'invite à laisser son sac entre autres accessoires au guichet voisin.

Tcheriaga s'exécute en y ajoutant son pistolet à gaz, mais la porte lui fait barrage une nouvelle fois, à cause de son téléphone portable.

A la troisième tentative, Tcheriaga surmonte enfin la barrière blindée, le garde lui rend son portable et passe le sac aux rayons, puis s'enquiert de son permis de port d'armes pour le pistolet à gaz. Denis s'énerve et répond qu'il présentera le permis quand l'autre fera venir la milice. Le garde, après un examen attentif du faciès de son visiteur, s'abstient d'appeler la milice et lui remet un jeton en échange de son arme.

Après quoi Denis montre patte blanche à l'autre guichet où son sauf-conduit est pointé dans un ordinateur. Là, on lui remet une carte magnétique qu'il doit introduire dans un autre tourniquet. Un quatrième garde l'observe consciencieusement en train de franchir la dernière écluse.

Naturellement, Tcheriaga n'a pas l'envergure d'un oiseau digne de parlementer avec le numéro un d'*Iveko*. L'homme qui le reçoit n'est que l'un de ses adjoints au sommet d'un monstre bancaire. Non pas le premier adjoint, notez-le bien, mais un adjoint de base à la tête du département de la sidérurgie, lequel préside aux destinées de deux ou trois usines de Russie repêchées par la banque dans les eaux troubles de la privatisation. Algis Ausinsh est son nom : un Estonien russifié originaire de l'Oural, quadra blond et décharné.

— Très heureux de vous voir, Denis Fedorovitch, lui dit-il en lui tendant une main énergique. Comment va Viatcheslav Arkadievitch ? Ah ! quel malheur, quel malheur…

La main tendue d'Ausinsh reste en suspens dans le vide. L'Estonien pâlit légèrement.

— A propos, dit Tcheriaga d'une voix avenante, je dois vous prévenir que je suis attendu aux portes de la banque.

— Par qui ?

— Par des journalistes. J'ai promis de leur faire part du déroulement de nos pourparlers. Je crois qu'ils seraient très contrariés d'apprendre qu'une crise cardiaque m'a foudroyé dans votre bureau. Ou bien qu'on m'ait fait sortir par une autre porte.

Avec beaucoup de naturel, Ausinsh perd contenance.

— Pour qui nous prenez-vous, Denis Fedorovitch ? dit-il d'un ton froissé.

— Je répondrais volontiers à cette question, mais il y a des micros partout. Vous me traîneriez en justice pour outrage et injure…

L'autre secoue la tête.

— Ce n'est pas facile avec vous, Denis Fedorovitch, soupire-t-il. Mais je comprends : le surmenage, une succession de hasards effarants, puis tous ces actes de félonie : Nekliassov, Breler… Vous n'avez pas l'art du recrutement. Comment avez-vous pu recruter un youpin à un poste pareil, je vous le demande ?

— Quoi qu'il arrive, nous récupérerons nos actions.

Ausinsh a le geste de qui baisse les bras.

— Je ne vois pas pourquoi vous me dites ça à moi. Pour autant que je sache, les actions ont été transférées par Dmitri Nekliassov en sa qualité de directeur général d'*AMK-Invest* sur ordre de votre propre directeur général, et pour le compte de firmes appartenant à Nekliassov. Que vient faire la banque *Iveko* là-dedans ?

— Ces sociétés appartiennent-elles toujours à Nekliassov à l'heure qu'il est ?

Le Balte sourit.

— D'après ce que je sais, elles ont été vendues à deux firmes offshore.

— Nous récupérerons quand même les actions.

— J'en doute, renvoie l'autre d'un ton railleur. Ce sera très difficile. Vous savez vous-même qu'elles ont été transférées sur ordre de Viatcheslav Arkadievitch. Il s'agit donc d'une transaction parfaitement légale. Même si vous parvenez à contester la chose au tribunal de région, nous gagnerons en procédure d'arbitrage à Moscou.

— On verra bien, dit Tcheriaga.

— Ah ! Denis Fedorovitch ! Mais c'est déjà tout vu…

Ausinsh se penche sur la table et pose un regard à la fois lourd et doux sur les yeux de Denis.

— Comprenez-nous bien, dit-il d'une voix feutrée empreinte d'un léger accent occidental, nous ne voulons pas de conflit. C'est votre camp qui penche pour la querelle. Pour le scandale. Nous sommes des gens pacifiques. Je peux rejoindre avec vous les journalistes et leur dire exactement la même chose à cœur ouvert : nous sommes contre les règlements de comptes, les procès, les explications publiques. Je comprends Viatcheslav Arkadievitch. Tétraplégique, malade. Nous le tenons en très grande estime. Izvolski est un directeur-né. Un génie ! Dites-le-lui en ces termes. Si nous pouvions entrer en contact avec les firmes qui se sont portées acquéreurs des actions du combinat – j'ai bien dit *si* – et que nous parvenions à les convaincre de nous vendre ces actions, nous ne songerions pas un seul instant à nous séparer d'Izvolski. Nous serions trop heureux que Viatcheslav Arkadievitch dirige le combinat. Quand il sera guéri, s'entend. Mais comprenez-moi bien, j'ignore qui a racheté ces firmes à Nekliassov. Toutefois, je pèserai de tout mon poids pour que ces gens-là ne se disputent pas avec Viatcheslav Arkadievitch. (Ausinsh présente ses deux paumes ouvertes à Denis, geste de franchise de cœur.) Il devrait aller en Suisse. Pour se refaire une santé. Je ne sais pas le temps qu'il lui faudra. Un mois, deux mois, six mois. A son retour, il reprendra son fauteuil de directeur.

“Pour ça oui, se dit Tcheriaga, quand il vous aura expliqué comment fonctionnent les filières offshore, vous le jetterez comme une capote souillée et l’usine tournera comme avant. A cette différence près que l’argent qui revient aujourd’hui à l’usine après un transit offshore atterrira directement dans l’escarcelle de votre banque…”

— Nous sommes prêts à envisager des compensations pour les actions perdues, susurre mièvrement Ausinsh, à condition toutefois, comme je l’ai déjà dit, que nous puissions nous entendre avec leurs nouveaux détenteurs. Nous souhaiterions investir dans l’usine. Vous comprendrez qu’elle verra s’ouvrir des perspectives radicalement nouvelles au sein d’un gros groupe industriel et financier…

— Et l’usine métallurgique de Karatchi ? Elle aussi a vu s’ouvrir des perspectives nouvelles ? demande Tcheriaga sans détour.

Installée dans l’Oural, cette petite usine se spécialise dans la fabrication d’alliages à haute résistance pour l’industrie de l’espace et de la défense. La banque l’a achetée en 1995 contre un bakchich au gouverneur. Elle promettait alors des tas d’investissements et des débouchés sur le marché mondial, mais, au final, elle s’est approprié les comptes de l’usine et a encaissé trente millions de dollars de prépaiement pour une commande de ferro-alliages au Canada. L’usine, qui n’a jamais vu cet argent, paie maintenant ses salaires en “papillotes”, des livres ouraliennes sorties de la planche à billets du gouverneur en 1993 et qui prenaient la poussière dans un entrepôt. Pour éviter qu’elles ne se perdent, le directeur de l’usine, un ami du gouverneur, a utilisé ces “papillotes” comme ticketsrestaurant. Bizarrement, les billets de cinq livres portent le portrait du khan Ibak, l’un des compagnons d'armes de Koutchoum en guerre contre le cosaque Ermak, conquérant russe de la Sibérie. Quand les ouvriers se présentent à la caisse du réfectoire, ils disent : "Un plateau à cinq encouillotes, s'il vous plaît", façon bien à eux de caractériser la situation financière de l'entreprise.

Le bruit court même que les trente millions auraient été dérobés non par la banque, mais par le top-manager en charge de la métallurgie, soit Ausinsh en personne. Mais Tcheriaga ne croit pas à ces élucubrations, sachant que le patron d'*Iveko* tient sa banque d'une main de fer.

— Karatchi est une petite unité métallurgique aux technologies obsolètes et au management déplorable, objecte Ausinsh. L'usine a été dilapidée par ses propres personnels, directeurs et ouvriers compris.

— Araignées que vous êtes ! fulmine Tcheriaga qui ne se retient plus, vous phagocytez l'usine comme le ferait une araignée d'une mouche. Chaque année, il vous faut une nouvelle mouche. C'est votre mode de subsistance. Les trente millions que vous avez volés à Karatchi ne sont rien pour vous. Des clopinettes ! Vous avez dépensé davantage pour la rénovation de vos bureaux ! Vous n'avez même pas conscience du fait que l'argent des autres n'est pas votre argent ! Pour vous, une entreprise est quelque chose qu'on couillonne ! Vous n'êtes pas des banquiers, vous êtes des attrape-couillons à l'échelle fédérale !

Ausinsh l'écoute sans l'interrompre, un sourire sarcastique à la commissure des lèvres.

— Vous avez passé trop de temps à écouter un homme malade, dit-il enfin quand Denis a vidé son sac. Oh ! bien sûr, je comprends Viatcheslav Arkadievitch. Il est le propriétaire d'une usine. L'ex-propriétaire. Il se battra jusqu'au bout, c'est évident. Mais voyez un peu dans quelle situation il se trouve. Il ne peut pas diriger l'usine à lui seul. Physiquement parlant. Il ne peut même pas signer un papier ! La seule personne qui le rattache au monde extérieur, c'est vous. Sans vous, il est impuissant. Mais quel intérêt avez-vous à vous mettre dans cette moulinette à viande, vous, Tcheriaga ? Etes-vous propriétaire ? Non. Vous êtes un simple salarié. Pour autant que je sache, vous n'avez même pas votre part du gâteau. En tout cas, vous ne figurez pas parmi les cofondateurs de *Phoenix*, *Steelwhale* ou *Inter-Trade*, entre autres firmes du même tonneau. On dit même qu'il vous a limogé… Un malade vous dis-je. Un déséquilibré. Un khan en exil. Et si demain il vous congédie de nouveau ? Etes-vous à ce point aveuglément dévoué à cet homme ? Serait-ce de la gratitude ? En échange de quoi ? Du pavillon qu'il vous a offert ?… Notre banque ne fera pas moins, vous pouvez me croire. Expliquez-lui que la lutte est vaine. Et qu'il vaut mieux faire la paix. Nous sommes prêts à lui proposer trois millions de dollars. S'il accepte, vous aurez un million.

— Le Combinat métallurgique d'Akhtarsk vaut beaucoup plus que cela. Il vaut beaucoup plus qu'un milliard de dollars.

Tcheriaga se lève.

— Un instant, où allez-vous ?

— Nous nous sommes tout dit, coupe Tcheriaga une main sur la poignée de bronze de la porte.

— Attendez, Denis Fedorovitch, lui lance l'Estonien. (Tcheriaga se retourne.) Vous n'êtes pas financier de métier ?

— Non.

— Ni économiste ?

— Non plus.

— Ni spécialiste du droit des affaires ?

— Je suis un ancien juge d'instruction.

Ausinsh affecte un air chagrin.

— Vous voyez bien, vous n'êtes même pas métallurgiste. Et vous espérez sauver le Combinat métallurgique d'Akhtarsk en faisant cavalier seul ? Sans savoir ce qui distingue un four Martin d'un haut-fourneau ? et la recette, du bénéfice ?

En guise de réponse, Tcheriaga claque la porte, ou plutôt : veut la claquer. Mais la porte, dotée de ressorts puissants, se referme doucement sur Denis au lieu de résonner d'un claquement assourdissant.

Viatcheslav Izvolski écoute le compte rendu de Tcheriaga sans piper, le visage flottant dans une mer d'oreillers, blême et malade, le dessous des yeux coloré d'un mauvais jaune. Denis songe avec anxiété qu'un tétraplégique peut perdre l'usage de ses reins.

— Tu dois convoquer une conférence de presse, dit Izvolski.

— J'ai déjà parlé aux journalistes. A la sortie de la banque.

— Remets ça. N'as-tu pas compris qu'il te menaçait ?

— C'est-à-dire ?

— Il t'a dit : tu es le seul qui me rattache au monde extérieur. S'ils te tuent, je n'aurai plus personne en qui avoir confiance.

Assise à l'autre bord du lit, Irina tressaille.

— On peut renforcer le dispositif de sécurité.

— Ils se fichent de ta sécurité comme de leur première chemise. Un bon tapage médiatique, c'est plus sûr. Si le directeur adjoint du combinat claironne que la banque a volé ses actions et signé un attentat contre son patron, et qu'ensuite le directeur adjoint est tué à son tour, ça fait désordre. Moscou aussi a ses propres chacals qui ne demandent qu'à s'en prendre à la banque *Iveko*.

— Va pour la conférence de presse, acquiesce Tcheriaga.

— Et n'y va pas avec des pincettes. Parle franc. La mouche et l'araignée, c'est une chouette image. L'histoire des attrape-couillons, il faut que tu la ressortes… Ça plaira aux journalistes…

— La banque ira en justice pour diffamation. Nous n'avons pas les preuves formelles qu'ils aient bien volé les actions.

— Et c'est tant mieux. Ça fera du remous médiatique. Outrage à la réputation professionnelle, ça va chercher dans les combien ? Deux briques ? Les journaleux nous auraient coûté davantage.

Izvolski se tait, paupières closes. Irina et Denis échangent un regard muet, pensant qu'il s'est endormi mais, deux minutes plus tard, ses paupières trémulent.

— Va prendre un peu l'air, ma belle Ira, dit le Lingot.

— Pourquoi ?

— Il faut que je parle à Denis.

— Que tu lui parles de quoi ? De femmes ? D'un meurtre sous contrat ?

Izvolski a cillé.

— Où vas-tu chercher pareilles fadaises ?

— Dans le cas contraire, je ne vois pas pourquoi je dois sortir, dit-elle d'un ton froissé.

Le Lingot lui adresse un regard en coulisse accompagné d'un sourire. Elle lui sourit en retour, avec tout plein de tendresse, comme on sourit à un enfant malade, et Denis tressaille sous l'emprise d'un sentiment qu'il s'est pourtant interdit à jamais ("Ne sois pas idiot", se dit-il à lui-même.)

— Ne te fâche pas, ma jolie, dit Izvolski. C'est une conversation à deux.

Les lèvres un brin boudeuses, Irina quitte la chambre. Le Lingot reste un temps sans rien dire. La fatigue et la douleur gravitent dans ses pupilles légèrement dilatées par les injections d'anesthésiques dont on le crible ; de bleues, elles sont devenues gris sale comme un ciel voilé d'effluves brumeux.

— J'appelle un médecin ? s'alarme soudain Tcheriaga.

— Pas la peine… Je veux simplement que les choses soient claires pour toi, Denis. Ausinsh a dit vrai. Juridiquement, la cause de la banque est gagnée d'avance.

— Ce n'est pas dit. Nous sommes en consultation avec des spécialistes pointus du droit des affaires…

— Je suis meilleur spécialiste en la matière que n'importe quel avocat qui se fait deux bâtons par mois à prodiguer ses conseils. Je suis passé moi-même par toutes les failles qui existent. Tu ne t'imaginais tout de même pas que *Rostorgbank* avait la moindre chance de prouver que nous avions transféré les actions illégalement ? Alors pourquoi t'imagines-tu que nous avons la moindre chance de le prouver, sachant que les actions ont été vendues selon le même schéma ? (Il marque un silence.) Sois lucide là-dessus, Denis. Dans la ville d'Akhtarsk, nous pouvons présenter à Breler et Nekliassov n'importe quel chef d'accusation au pénal parce dans la ville d'Akhtarsk le tribunal acceptera toute plainte de ma part, même si j'accuse une soucoupe volante de sabotage à l'encontre du combinat. Nous pourrons gagner une procédure d'arbitrage au niveau régional tant que le gouverneur ne passera pas dans le camp de la banque. Mais nous ne gagnerons jamais à la cour fédérale. Non qu'elle soit corrompue par la banque, mais parce que si le directeur général d'une société par actions vend quelque chose – des clous, du saucisson, des actions, qu'importe – à une autre société par actions, la transaction est valable par définition. Tu piges ?

— Et qu'allons-nous faire ?

— Mentir. Il n'y a pas eu de transaction. Telle est notre position. Aucun acte n'a été transcrit dans les registres. Si Nekliassov a un extrait des registres, c'est forcément un faux.

— Mais…

— Même Nekliassov n'existe plus, je suis clair ? J'ai ordonné son renvoi deux heures avant mon attentat. Pour tout un tas de raisons, dont une affaire de crédit bouffé. Nekliassov a fauché le sceau d'*AMK-Invest* et a validé la transaction à la faveur du bordel ambiant. Chose qu'il n'avait pas le droit de faire, n'étant plus directeur général.

— C'est dangereux…

— C'est moins dangereux que la vérité. Tu passeras commande d'un nouveau tampon pour *AMK-Invest*. Tu diras que le vieux a été volé. Avec ce nouveau cachet, tu feras retamponner tous les contrats afférents au transfert des biens d'*AMK-Invest* et tous les papiers signés ces dernières semaines. Tu contreferas ma signature sur un ordre de licenciement de Nekliassov : désolé, mais je suis infoutu d'essuyer moi-même de la morve au bout de mon nez…

— Mais nous avons Breler ! Qui pourrait attester que la transaction était une escroquerie…

— Les dépositions de Breler ne valent pas trois kopecks, navré de te le dire… La banque dira qu'il roule pour nous. D'ailleurs, ce sera bien le cas. Parce que Breler doit confirmer que Nekliassov a été licencié.

— Donc, nous pourrons gagner le procès ?

— Nous ne pouvons pas gagner le procès, mon pauvre Denis. Nous pouvons gagner du temps.

— Bon. Admettons que nous gagnions du temps et que nous perdions le procès. Et après ?

— Et après ? Il ne nous restera plus que des méthodes en marge de la loi.

Denis pâlit.

— Tu parles sérieusement ? Tu veux que je… que… bref… contre Arbatov…

— Allons, Denis, tu t'es gavé de mauvais polars ! Pourquoi veux-tu que je me fasse la peau d'Arbatov ? Premièrement, ça n'apportera rien ; deuxièmement, il est aussi difficile à tuer que le président des Etats-Unis. Surtout maintenant que la banque est sur ses gardes. Quel intérêt aurais-je à mettre quarante gus à ses trousses dans l'attente que l'un d'eux me livre à la banque ?

— Mais… tu le dis toi-même… des mesures en marge de la loi…

Izvolski rit aux éclats. Ou plutôt tente de le faire mais son visage se tord en une grimace de douleur et ses lèvres émettent un râle rauque à la place du rire. Elles blêmissent.

Denis se précipite à son chevet.

— Slava, qu'as-tu ?!

— Rien de grave, tout va bien, dit-il dans un filet de voix à peine audible. Ne me fais plus rire comme ça, Denis. Ou je vais crever de rire. Ecoute-moi bien. Si la banque nous a eus, ce n'est pas en engageant une paire de killers. C'est en manigaçant une longue et belle combinaison. A mon tour de jouer maintenant…

Izvolski parle pendant près d'une heure entre deux piqûres et la visite d'une infirmière. Comme ses forces le quittent, Denis doit s'accroupir à hauteur de son oreiller pour discerner le murmure essoufflé de son patron. Lequel s'interrompt souvent à mi-phrase pour reprendre son souffle, mais la logique reste intacte, les pensées s'enchaînent et s'imbriquent comme des rouages d'horloge bien qu'il semble parfois à Denis que cette belle construction n'est rien d'autre qu'une fantaisie narcotique, un délire logique provoqué par la masse des saloperies analgésiques dont il est gonflé.

— C'est très complexe, dit Denis, et je ne suis pas sûr de pouvoir me conduire comme tu me le demandes.

Un clin d'œil du Lingot :

— Tu le pourras. Comme le disait un amuseur public du temps d'Elisabeth, le monde est un théâtre et les gens sont ses acteurs.

Troisième partie

UN JUGEMENT À LA RUSSE

Quand, dans le langage du milieu, on fait le détail des droits de propriété au sein d'un modèle économique libéral, le produit intérieur brut se rapproche de la somme globale des pertes générées par les transactions.

VICTOR PELEVINE

I

OÙ LE GOUVERNEUR DE SOUNJA SE LIBÈRE DE SA LAISSE

La procurature de la région de Sounja est rapide comme l'éclair. Quarante minutes après qu'Izvolski eut appelé Akhtarsk, Youri Breler et Dmitri Nekliassov faisaient l'objet d'un avis de recherche fédéral ; et vingt-quatre heures plus tard, Breler descendait menottes aux poings la passerelle de l'avion Moscou-Sounja.

Laguna et consorts ont été radiés du registre des actionnaires comme s'ils n'y avaient jamais figuré. Le même jour, les actions de trois firmes – *Laguna*, *Chronica* et *Impera* – ont été vendues par Dmitri Nekliassov à trois compagnies offshore, lesquelles ont fait de même à leur tour au profit de deux autres sociétés offshore. Nulle part ne figure le nom de la banque *Iveko*, et le contraire eût été étonnant : du fait de la crise financière, *Iveko* s'empresse d'évacuer tous ses actifs vers des destinations offshore et il ne fait aucun doute que les compagnies ayant acquis les actions de Nekliassov appartiennent à des dirigeants d'*Iveko* et non à la banque elle-même.

Les sociétés offshore ont porté plainte au tribunal d'arbitrage régional pour irrégularité dans la tenue des registres, plainte examinée et rejetée le jour même.

Maintenant, les plaignants vont en appel.

(Il existe en Russie quatre instances d'arbitrage : le tribunal de région qui reçoit aussi le premier appel. Deuxième appel possible au tribunal d'arbitrage de district – Novossibirsk pour la Sibérie. Après quoi seulement l'on peut s'en remettre à la Cour d'arbitrage suprême, sise à Moscou.)

Ce recours en appel est plus que justifié, la transaction opérée par Nekliassov étant parfaitement légale et les acquéreurs ayant été radiés des registres sans le moindre fondement. Mais l'on s'attend naturellement à ce que le tribunal de région ne s'embarrasse pas de considérations aussi subtiles. Ce sera tout autre chose à la Cour d'arbitrage de Moscou, dont les gens d'Akhtarsk n'ont rien de bon à espérer…

La séance du tribunal d'arbitrage régional est convoquée pour le 12 décembre. Le 9 au matin, le gouverneur de Sounja Alexandre Doubnov se rend à Moscou pour une session régulière du sénat russe, le Conseil de la Fédération. Il entend aussi en profiter pour expédier un certain nombre d'affaires urgentes, parmi lesquelles : presser le ministère des Finances de débloquer la subvention due à la région (trente à quarante pour cent de son budget et source unique d'argent frais), avaliser la mise en faillite de deux petites usines sympa sur lesquelles il a des visées personnelles et sauter une étoile montante du show-biz dont le Combinat métallurgique d'Akhtarsk a sponsorisé la tournée l'été dernier. On avait fait comprendre à la chanteuse qu'une rencontre d'alcôve avec le gouverneur était une condition sine qua non du succès de la tournée, et l'étoile montante avait accepté après quelques hésitations bien que de l'extérieur le gouverneur Doubnov fasse penser à une gelée trembleuse moulée à la louche dans un costume étanche de taille soixante-deux.

Après un discours au Conseil de la Fédération, le gouverneur se rend avec un bristol à une réception au *Savoy*

Hotel où le tout-Moscou est attendu. A peine arrivé, il avise un gros brun quadra qui dévore avec application des canapés de caviar. Le gros brun est vice-ministre des Finances et c'est lui qui décide, par sa signature, à quel moment les régions vont recevoir les subsides qui leur sont dus en vertu de la loi sur le budget : un mois plus tôt, trois mois plus tard… ou jamais. Les mauvaises langues racontent que le vice-ministre, fort de sa fonction éminemment juteuse, a installé une sorte de boîte à lettres à l'entrée de son bureau, dans laquelle les gouverneurs glissent des pots-de-vin quand ils viennent faire leurs génuflexions. Pur mensonge, bien sûr, ce que Doubnov tient de source sûre. Point de boîte, mais un simple compte en Suisse.

Le sourire à la bouche, le gouverneur Doubnov aborde aussitôt le haut fonctionnaire.

— Eh bien, Sergueï Efimovitch, bientôt trois mois que la région ne voit pas d'argent, les gens ont déjà mangé tous les chiens dans la rue…

Le vice-ministre esquisse un geste froid de la main.

— Le trésor est vide, sieur Doubnov, et puis vous avez un budget vorace. Je pense que vous n'aurez rien cette année. Vous feriez mieux de vous débrouiller vous-même, prenez un crédit auprès d'une banque commerciale, par exemple…

— Aucune chance ! renvoie le gouverneur courroucé. En ces lendemains de crise…

— Mon cher, pas plus tard qu'hier Alexandre Alexandrovitch et moi évoquions justement les problèmes de votre région…

— Alexandre Alexandrovitch ?

Le haut fonctionnaire se retourne et fait quelques pas de côté jusqu'à se frotter le flanc à un homme qui est en train de converser près d'un mur, souriant, bien en chair.

— Vous réserverez les meilleurs égards à mon vieil ami Alexandre Alexandrovitch Arbatov, président du directoire de la banque *Iveko*, dit le vice-ministre en s'inclinant.

Arbatov lui tend la main tout sourire et le vice-ministre s'éclipse aussitôt sans un bruit, laissant seuls le gouverneur et le banquier. Doubnov a soudain le sentiment d'être face à un animal agile et rusé qui le surpasse en tout : griffes, argent, titres…

— Eh ! pourquoi a-t-il décanillé aussi vite ? s'étonne Arbatov ; ou peut-être qu'il vous bat froid ?

— Nous attendons de l'argent du ministère des Finances, lâche le gouverneur, les signatures sont apposées depuis quinze jours, et toujours pas de transfert.

— Beaucoup d'argent ?

— Deux cents millions.

L'autre branle du chef.

— Un scandale, dit-il, qu'on ait pu réduire la région à un état pareil. Et quelle région pourtant ! Quelle richesse ! Charbon, nickel, l'un des meilleurs combinats métallurgiques qui soient, mais personne ne paie d'impôts. Vous vivez aux crochets du centre fédéral… (D'un geste précautionneux, le banquier prend le gouverneur par le coude.) Alexandre Semenovitch, je comprends votre patriotisme régional, mais tout ce qui vient de Moscou n'est pas détestable, ne jugez pas les choses à l'emporte-pièce. Car enfin, cher monsieur, pour qui plaidez-vous là ? La région est dans une situation déplorable pendant que votre Izvolski vole vos impôts par camions de vingt tonnes !

— C'est parce qu'il vole nos impôts que vous lui avez tiré dessus ?

Les sourcils du banquier se cabrent.

— Holà ! mon cher, que voulez-vous dire ? Que nous avons tiré sur Izvolski ?

— La terre est une boîte à rumeurs… répond le gouverneur dans le vague.

— Mais… (Le banquier est désarçonné. Toute en rondeur et en bonhomie, sa physionomie prend soudain une allure confuse comme si l'on venait de l'accuser de s'être empli les poches de petits fours.) Je ne sais même pas quoi vous répondre. Que Dieu me pardonne, mais le cas d'Izvolski relève du droit commun ! Prenez l'histoire du meurtre du commissaire ukrainien ! A ce qu'on dit, il a nommé un mafieux ou peu s'en faut au poste de chef de la police industrielle. Sans parler de l'usine d'hélicoptères qu'il s'est appropriée, et qui fournit les Tchétchènes… Ce ne sont pas les ennemis qui lui manquent ! A la banque, nous avons un principe : pas de contrat contre quiconque pour qu'il n'y en ait pas contre nous. Les balles, voyez-vous, volent dans les deux sens. Si l'on a tiré sur Izvolski, que faut-il en conclure ? Que lui-même a voulu faire supprimer quelqu'un et que ce quelqu'un a vendu son commanditaire… (Un serveur élégant passe avec un plateau d'argent. Arbatov lui fait signe, choisit un canapé au fromage, le porte à sa bouche et continue :) Résultat ? Dans une région qui ne peut pas payer les enseignants et les médecins, vous défendez les intérêts d'un homme qui ne paie pas ses impôts ! Je comprends que vous vous fourvoyiez de bonne foi, mais pensez à l'image que vous donnez de vous à l'extérieur. D'aucuns diront que si le gouverneur de la région défend les intérêts d'un forcené de la désobéissance fiscale, cela signifie quelque chose dans l'esprit des gens. Par exemple, qu'une société de type *Phoenix* a fait des choses avec ce forcené aussi infructueuses pour le budget que fructueuses pour le gouverneur lui-même.

La conversation prend une tournure qui déplaît fortement au gouverneur. Il faut dire que la chanteuse de variétés l'attend ce soir même dans la résidence hors les murs d'*AMK*, et quelque chose lui dit que le combinat a payé grassement le service de ses caresses. Vous conviendrez qu'il est plutôt inconvenant de s'amuser sur le compte de l'usine tout en s'entendant dire qu'Izvolski est le commanditaire de son propre attentat… Or le gouverneur est un homme fier : par correction, il ne trompe jamais ceux qui le paient tant que d'autres ne l'ont pas payé plus.

— Alexandre Semenovitch, continue Arbatov sur le ton d'un chat miauleur, vous avez eu parfaitement raison de souligner dans votre discours que notre banque n'investit rien dans le développement de votre région, mais sachez que nous sommes prêts à le faire. Nous rêvons de le faire !

— Je vois. Pour nous octroyer un crédit à cent quarante pour cent de taux annuel.

— Un crédit ? (Il hausse les épaules.) Pourquoi un crédit ? Nous ne demandons qu'à user de notre influence au sein du gouvernement pour travailler sans crédit ! Combien le ministère des Finances vous doit-il ? Deux cents millions ? Nous sommes prêts à faire tout notre possible pour que cet argent vous soit payé au plus vite. Le budget de l'année à venir est justement en discussion. Ce n'est tout de même pas Izvolski qui va vous défendre ! Ce n'est pas lui qui demandera pour vous quatre milliards au lieu de deux. Dès lors que ses poches sont pleines, il se fiche du reste. Il n'en fera rien. Nous, si…

— Et si vous ne le faites pas ?

Alexandre Arbatov plisse l'œil d'un air subitement dénué de toute amabilité.

— Si nous ne le faisons pas, reprend sèchement le banquier, vous n'aurez pas vos deux milliards. Ni même deux kopecks.

Le gouverneur lève un œil furtif sur son interlocuteur. Le patron d'*Iveko* est clair. Il ne propose pas un rouble de ses fonds propres, comme si la mission d'une banque n'était pas d'investir dans l'économie. Qu'il propose plutôt des crédits, nom de nom ! Qu'il se dise prêt à financer tel ou tel projet ! Qu'il fixe le montant des sommes volables… Mais au lieu de cela, la banque n'a qu'une seule chose à lui proposer : que le gouverneur se serve dans les fonds du budget fédéral. Deux conclusions : premièrement, les bruits qui courent sur le piètre état de la banque sont parfaitement fondés ; deuxièmement, les bruits qui courent sur sa perte d'influence auprès du gouvernement sont eux dénués de tout fondement.

Le gouverneur présente des signes visibles de nervosité. Une chanteuse de variétés est toujours bonne à prendre, mais son amitié avec Izvolski vaut-elle bien les deux cents millions de dollars en souffrance ? Avec cet argent, s'il en garde un quart pour lui, il pourra s'offrir au moins deux cents chanteuses ! Du reste, il en gardera plus d'un quart…

Arbatov se penche à deux doigts de son visage :

— Je comprends, dit-il. Vous avez des obligations devant vos électeurs. Malheureusement, ils ne nous aiment pas, nous autres les Moscovites. Mais nous ne vous demandons pas de vous retourner contre le combinat. En aucun cas ! Soyez seulement un peu objectif. Ne faites pas pression sur les juges. Permettez-nous d'ouvrir une agence d'*Iveko* dans la région. Votre tribunal d'arbitrage croule sous les dossiers, il accumule au moins trois mois de retard. Laissez-les examiner le dossier du combinat dans les délais normaux…

Cette nuit-là, le gouverneur et la chanteuse de variétés conviennent que la prochaine tournée se fera en avril, quand faibliront les gels féroces de Sibérie, et qu'elle sera sponsorisée par la brasserie locale.

— Et *AMK* ? demande la chanteuse qui n'a pas oublié ses précédents sponsors.

— *AMK* ? Il n'y a pas qu'*AMK* dans la région… répond le gouverneur évasif.

Les choses s'organisent de telle sorte que Breler est présenté à la maison d'arrêt régionale. Le gouverneur a une dent contre Youri Breler, et quelle dent ! Longue comme le cap Canaveral ! Aussi le gouverneur (dixit le procureur de la région) s'est-il opposé personnellement à ce que l'ex-chef de l'agence *Judith* soit remis aux autorités d'Akhtarsk.

Breler se retrouve dans une petite cellule à trois qu'il partage avec deux codétenus : un Vietnamien venu vendre des guenilles en Russie (une livre de marijuana a été saisie dans ses guenilles) et un plombier légèrement fêlé aux entournures ayant transformé sa femme en chair à pâté un jour de beuverie – deux locataires paisibles totalement étrangers au monde du crime et fort respectueux de la personne de Breler, homme au corps noueux et bien entraîné.

Breler s'étend sur la couchette du bas, croise les bras derrière la nuque et reste dans cette posture jusqu'à l'extinction des feux. Les matons ne le touchent pas de la journée.

Mauvaise pioche pour Breler, sans doute la pire qui soit. Si les choses s'étaient passées comme prévu, il serait déjà en possession du magot promis quelque part à Hawaï sous des latitudes plus jouissives. Même si Tcheriaga était parvenu à arrêter Dima Nekliassov, l'autre aurait rendu docilement ses actions et Breler, après quelques brimades, aurait retrouvé la liberté, un passeport de circulation et l'argent versé à son crédit sur un compte en Suisse à titre d'avance. Une petite somme, certes, mais largement suffisante pour l'achat d'une maison en

Helvétie. Personne n'en aurait fait une histoire, ni la banque, escroquée jusqu'aux yeux ni le combinat peu intéressé à faire savoir qu'on l'avait presque trahi.

Le pire est arrivé : un cafouillage. Le bloc de contrôle est déchiré entre les deux camps qui ne manqueront pas de se battre jusqu'au bout. Dans ce contexte, il sera vital pour la banque de faire taire Breler. Tâche aisée s'il en est, quand on connaît le poids du meilleur allié de la banque en milieu carcéral : la Forge…

C'est le lendemain qu'on le fait venir à l'interrogatoire. La prison sibérienne est froide et sale, sans la moindre similitude avec les Seychelles où Youri espérait passer Noël. Les détenus n'ont que la chaleur de leur corps et de leur haleine pour réchauffer les cellules. Dans le couloir, un filet de vapeur givré sort de la bouche du prévenu et des hommes qui l'escortent.

Deux vieilles résistances de cinq cents watts chacune rougeoient péniblement dans le bureau où deux hommes l'attendent derrière une table de bois rectangulaire : le juge d'instruction de la procurature régionale Altyniev, paillasson notoire du gouverneur que Breler connaît de vue, et le chef de la police industrielle d'Akhtarsk Volodia Kaliaguine.

— Asseyez-vous, Youri Iossifovitch, fait Altyniev narquois.

Le prévenu s'assied sur une chaise en bois aux pieds de fer tordus. Kaliaguine le regarde en silence. Ils étaient amis depuis 1982, année lointaine où le stagiaire Volodia Kaliaguine, alors jeune et sans moustache, venait d'être engagé à la section numéro cinq de la milice d'Akhtarsk où servait le capitaine Youri Breler, guère plus âgé que lui. C'était ensemble qu'ils buvaient, ensemble qu'ils arrosaient leurs promotions d'un grade à l'autre. Un jour qu'ils étaient en train d'arrêter une bande pillant une caisse d'épargne, Youri a même sauvé la vie à Volodia, du moins lui a-t-il épargné de longs mois d'hospitalisation. Plus tard, quand Youri Breler a été promu au chef-lieu de région et qu'il est entré à la sécurité intérieure, les ponts n'ont pas été coupés. C'est grâce au soutien de l'influent Breler que Kaliaguine s'est élevé au rang de chef adjoint de l'antenne d'Akhtarsk du ministère de l'Intérieur. Puis tous les deux ont quitté les forces de l'ordre. Mis à pied, Kaliaguine a pris la tête d'une organisation semi-criminelle et Breler s'est lancé dans le commerce du renseignement. Plus d'une fois celui-là s'est adressé à celui-ci pour des consultations gratuites, et inversement pour une protection également gratuite. Les deux anciens flics s'épaulaient l'un l'autre.

Quand Kaliaguine a réintégré son corps de métier en tant que chef de la police industrielle nouvellement créée, c'est lui qui a convaincu Izvolski de tirer Breler de la merde où il s'était fichu. De nouveau les deux hommes servaient une seule et même cause. Celle du Combinat métallurgique d'Akhtarsk.

Les voilà maintenant des deux côtés de la table dans un étroit bureau grillagé, les poings de Breler menottés derrière le dossier de sa chaise.

— Otez-lui les bracelets, dit Kaliaguine à mi-voix.

Le juge de la procurature régionale regimbe :

— Vladimir Avdeïevitch, il est ceinture noire…

— Otez-les-lui, j'ai dit !

Un homme d'escorte le démenotte. Obéissant au regard éloquent de Kaliaguine, le juge sort du bureau en fermant précautionneusement la porte derrière lui. Breler, le dos courbé, frotte ses poings meurtris. Kaliaguine garde le silence. Puis il ramène à lui une feuille et un stylo :

— Qui a proposé d'abuser *Rostorgbank* de dix-huit millions ?

— L'Elan.

— Quand est née l'idée d'y associer Nekliassov ?

— Je ne sais pas, mais après. Les crédits tournaient déjà à plein régime.

— L'initiateur ?

— D'un point de vue formel, la Forge.

— Et d'un point de vue non formel ?

— *Iveko*. Innokenti Mikhaïlovitch Loutchkov, chef de la sûreté d'*Iveko*.

Kaliaguine soupire lourdement. Bien que la banque soit unanimement tenue pour le principal responsable de la vilenie, son nom ne figure encore dans aucun papier officiel. Le témoignage de Breler est la première charge formelle.

— Quel est le lien entre la Forge et *Iveko* ?

— Nul ne le sait, sinon la Forge et Loutchkov. On dirait que la Forge travaille à rembourser une vieille dette à Loutchkov.

— Un baron du crime ? A un ancien guébiste ?

— S'il est devenu baron, ce n'est peut-être pas sans l'aide du guébiste…

— De quelle manière ont-ils ferré Nekliassov ?

— En jouant sur la psychologie, sur la flatterie, genre : un financier comme toi, et ces ours d'Akhtarsk qui ne sont pas fichus de t'apprécier à ta juste valeur. Un soir de beuverie, il s'est fait filmer avec des filles.

— Et alors ? fait Kaliaguine perplexe. Dima n'est pas un fonctionnaire pour qu'on le fasse chanter avec des images de minettes.

— Ce n'est pas le problème. Il était ivre. Il parlait des exportations vers l'Ukraine. Et, surtout, il se moquait du Lingot.

— De quelle manière ?

— Tu te souviens de l'histoire des secrétaires ? Quand le Lingot en changeait tous les quatre matins et qu'il n'arrivait pas… euh… enfin bref, qu'il n'arrivait pas à bander. Eh bien Dima a joué cette histoire. En incarnant les différents personnages. Tu devrais couper ça quand tu feras le procès-verbal.

— Et toi, comment t'a-t-on ferré ?

Silence de Breler.

— En jouant sur quoi, Youri ? C'est le Lingot qui t'a tiré de la merde. Nous sommes amis toi et moi. Tu as simplement décidé de planter tout le monde ?

— Oui.

— Vois-tu, dit Kaliaguine après une pause d'une minute, je trouve ça inqualifiable.

— Donne-moi une cigarette.

Kaliaguine lui jette son paquet de *Camel* par-dessus la table. Délicat, Breler extrait une cigarette du paquet.

— C'est bon, prends le paquet…

D'un geste avide (presque un geste de voleur), Breler fait disparaître le paquet dans sa poche.

— Et comment as-tu trouvé tes marques dans cette situation ? (Breler garde le silence et se frotte nerveusement les doigts. Kaliaguine se penche en avant :) Tu les as démasqués, hein ? Toi, le chef de la sûreté, tu les as démasqués. Et au lieu de venir nous voir, tu t'es tourné vers eux ?!

— Je les ai démasqués.

Kaliaguine lève le bras et Breler se pétrifie dans l'attente du coup. Mais la main de son ancien ami retombe mollement, le chef de la police industrielle se met à arpenter le bureau. Puis il s'arrête au-dessus de Breler.

— Comment les as-tu démasqués ?

— Grâce à Zaslavski. J'ai remarqué qu'il touchait à la came, alors je ne l'ai pas lâché d'une semelle. Je voulais rendre la monnaie de sa pièce au gouverneur. Je l'ai pris moi-même en filature, une fois ou deux, j'ai recouru en douce aux services d'agences spécialisées. Une fois, j'ai constaté qu'il allait à la campagne. Dans une datcha. Toc ! j'ai vu Nekliassov le rejoindre. Toc ! la voiture de service de Loutchkov. Toc ! la datcha était celle d'un adjoint de Loutchkov…

— Et qu'as-tu fait ? Tu as sonné à la porte ?

— Pas ce jour-là.

Kaliaguine fait un geste de renoncement, contourne la table et se laisse choir sur sa chaise.

— Qui a tiré sur Izvolski ?

— Je n'en sais rien.

— Qui a tiré sur Izvolski ? Les Pattes-Longues ou la banque ?

— Ce n'est pas Loutchkov qui me dira ce genre de choses, il n'est pas dingo ! La question n'a jamais été mise sur le tapis. Que Nekliassov mette les actions à l'abri, ça oui. Mais…

Kaliaguine, d'un geste court, frappe son ancien ami au visage. Un coup sans puissance que Breler, bien entraîné et inconsciemment prêt à ce genre de chose, aurait pu facilement bloquer de la main. Mais son statut de prévenu l'en a empêché et il a tenté d'esquiver la charge. Sa chaise a fléchi sur ses pieds arrière et la main ramollie du policier l'a touché aux lèvres. Breler chute, lui d'un côté et sa chaise de l'autre.

Deux hommes s'engouffrent dans le bureau, des gars à Kaliaguine. Sur un ordre bref de leur chef, ils ramassent Breler et le plaquent contre le mur.

— Ordure, dit Kaliaguine, ne t'imagine pas que je vais prendre des pincettes avec toi. Tu nous as tous plantés. Tu nous as fichus dans la merde. Tu as démoli le Lingot…

— Non !!!

Kaliaguine donne encore un coup sur Breler, de toutes ses forces. Pour un temps, l'autre n'est plus qu'une loque pendue aux bras des gars qui le tiennent. Puis il secoue la tête et revient à lui.

— On continue comme ça ? ou on se parle entre hommes ? Je n'y prends aucun plaisir, crois-moi.

Les yeux mi-clos, Breler dévisage son ancien camarade. Il se rappelle une histoire vieille d'un an et demi. A l'époque, tous les deux commençaient leur mission au service du combinat. Youri Breler avait besoin d'obtenir d'un sale type une info sensible. Dans la mesure où le sale type en voulait trop cher, Youri avait demandé à Volodia de l'aider. Ce qui fut fait. Une semaine après qu'il eut reçu l'info, un petit imprévu s'est produit : le sale type, que l'on croyait pourtant bien noyé, a refait surface dans le bassin de refroidissement de la centrale thermique de l'usine ; et même une semaine après, on voyait qu'il n'était pas mort de noyade, mais, pour le moins, d'avoir été passé au laminoir…

— Je ne suis pas financier, Volodia, dit Breler, et je n'étais pas dans le secret des dieux. Mon truc, c'est la sécurité.

— L'élimination de Denis, par exemple ?

— Denis, Denis, quoi Denis ?! s'emporte Breler. Vous êtes à couteaux tirés tous les deux ! Tu auras l'occasion de te rappeler mes paroles ! Tu vas en baver s'il devient le numéro deux de la maison !

— C'est toi qui as proposé de le liquider ?

— Non, mais j'étais au courant.

— C'est une idée de qui ?

— De Loutchkov, je crois. Il a conduit l'opération de *A* à *Z*. Tcheriaga est trop dangereux, disait-il. En quoi, d'ailleurs, il disait juste.

— Quel rôle as-tu joué ?

— Quand j'ai appris que Tcheriaga arrivait à Moscou, j'ai envoyé l'info sur une messagerie. Loutchkov ne disait jamais tout. Comme Izvolski. Genre : va à telle adresse, apporte-moi ceci…

— Pourquoi l'Elan a-t-il exigé une rançon contre Zaslavski ? Quel mobile ?

— Je n'en sais rien. Je vois deux explications. Ou bien Loutchkov cherchait à brouiller les pistes et à semer la confusion, ou bien l'Elan a voulu jouer perso. Je pense que Loutchkov et la Forge s'étaient fait la promesse de se partager le fruit du crédit. L'Elan s'est retrouvé le bec dans l'eau. Quand on lui a donné Zaslavski pour l'envoyer ad patres, l'Elan a décidé d'en tirer du fric au passage.

— Et l'Ukrainien ?

— Quel Ukrainien ?

— Le capitaine Opanassenko. C'est Loutchkov qui l'a mis sur la piste, hein ?

— Sans doute.

— Tcheriaga t'a confié la charge d'Opanassenko. Personne ne l'a vu pendant deux jours. Hasard ou pas hasard ?

Breler marque une hésitation.

— Pas hasard.

— Donc, tu savais que l'Ukrainien devait être tué et tu as veillé à ce qu'il perde son temps à picoler, à courir les bordels ou à faire du shopping pour laisser le moins de témoins possible de son passage ?

— Oui.

— Et quand il a enfin ouvert les yeux et qu'il a voulu rendre visite à sa cousine, tu as donné la consigne qu'on l'en empêche ?

— Oui.

— A qui ?

— Une messagerie.

— Après ça tu continues d'affirmer que tu ne savais pas qu'on allait tirer sur Slava ?

— Je l'affirme. Le plan, pour moi, c'était de tuer l'Ukrainien, de mettre le combinat dans la merde et tout le monde aux cent coups. Là-dessus, la procurature saisissait les archives du siège de Moscou et Nekliassov ordonnait le transfert des actions à la faveur du bordel ambiant.

Kaliaguine fait claquer ses doigts et les deux molosses relâchent Breler. Celui-ci se frotte les bras et se rassied avec un sourire contrarié. Les deux anciens flics se regardent droit dans les yeux.

— Dans quel genre de cellule es-tu ? demande subitement Kaliaguine.

— Une cellule normale. Un Viet et un ivrogne… S'il te plaît, Volodia, enlève-moi d'ici.

— Pour te mettre où ?

— A Akhtarsk.

— Où veux-tu que je te place à Akhtarsk ? Ce sont des cellules de cinquante, tu te feras zigouiller dès la première nuit…

— Non, pas dans une cellule. Chez toi, dans ta cave. Tu y as mis du monde, non ? Tous tes prisonniers ne sont pas dans des cellules, je le sais ! Ici, Volodia, je vais me faire égorger ! Peu importe dans quelle cellule ! Ils entreront dans la nuit, et couic ! Ils paieront les matons, je parie que la Forge a déjà fait courir la consigne. Les flics ne font pas la loi dans les taules de Russie, le pouvoir est aux mains des caïds ! Tu le sais très bien !

— Mollo l'hystérie ! Personne ne te fera de mal.

— L'hystérie… Tu oublies que toi-même tu as failli te faire coffrer l'an dernier. Souviens-toi de ta crise d'hystérie, toi l'ancien flic ! Et qui t'a tiré de là, hein ?

Ce jour-là, deux garçons sous les ordres du futur chef de la police industrielle avaient été surpris en train de commettre une incivilité : après avoir conduit un homme d'affaires dans un local inhabité, ils lui avaient ôté son pantalon. Puis, pour lui faire payer ses dettes, lui avaient introduit un petit thermoplongeur électrique dans l'arrière-train en le branchant sur le secteur. Pour se défendre, les deux gars avaient désigné Kaliaguine comme le commanditaire de l'opération, lequel n'aurait pas coupé à la maison d'arrêt si Breler n'avait pas amassé un tas de pièces à charge contre le responsable de l'affaire, Alexandre Mougoutouïev, chef des services de l'Intérieur d'Akhtarsk. Du coup, l'envie était passée à ce dernier de faire enfermer son ex-adjoint et, deux mois plus tard, les deux gars sortaient de prison.

— Tu comprends ce que tu dis, Youri ? Il arrive qu'on tue pour un million de dollars. Que dis-je, même pour un millier de dollars ! Or toi c'est au vol d'un milliard de dollars que tu es associé !

— Fais comme tu veux, dit Breler d'une voix blanche. Mais tu sais comme moi que je vais me faire tuer. Et pourtant je peux encore t'être utile.

Kaliaguine se tait.

— Bon. J'essaierai.

Un toc-toc prudent se fait entendre à la porte qui s'entrouvre, par où le juge de tout à l'heure, avec ses airs d'importance, pointe le bout de son museau de renard.

Kaliaguine se lève.

— Le camarade juge d'instruction brûle de s'entretenir avec toi, dit-il d'un air bizarrement contrarié, sois coopératif… Qu'est-ce que je t'apporte demain ?

— La même chose qu'à tout le monde. Un survêtement… Je porte ce que j'avais sur moi au moment où ils m'ont pris… (Breler montre sa veste hier encore chic et aujourd'hui fripée.) Apporte aussi de la bouffe… (Il ajoute après une pause :) Transmets mon bonjour à Léna. Une jolie femme, ta Léna.

Kaliaguine marque un arrêt sur le seuil de la porte pour dire quelque chose, mais il hausse les épaules et s'en va. Commence alors une période de quatre jours où Youri Breler passe le plus clair de son temps à se faire interroger.

Trois hommes conduisent les interrogatoires : Volodia Kaliaguine, le juge d'instruction de la procurature régionale et même Tcheriaga qui, venu de Moscou, ne lèvera pas une seule fois les yeux sur Breler, son front dans sa main, ses paupières tombant sous l'effet de la fatigue, ou de l'aversion.

Kaliaguine a donné des habits convenables à son ancien ami et a pris des dispositions pour que ses repas lui soient apportés du café voisin. La femme de Kaliaguine a cuisiné pour lui une tarte aux cartilages d'esturgeon, le plat préféré du prisonnier.

Les interrogatoires répondent à deux exigences du combinat. Premièrement, savoir exactement comment les choses se sont passées dans la réalité. Deuxièmement, obtenir de Breler une déposition officielle attestant que Nekliassov n'a eu le temps de ne faire aucune transaction officielle. Breler dit docilement ce qu'on exige de lui mais demande invariablement à être retiré de la prison régionale.

… Venant de Moscou, Denis Tcheriaga se pose à l'aéroport international de Sounja le 12 décembre à huit heures du matin. En vérité, il vient de Suisse avec une correspondance à Moscou, et son horloge biologique est complètement déréglée. Maintenant, battant des paupières et s'ébrouant comme un chien, il descend la passerelle de l'avion et ne quitte pas des yeux le nouveau terminal, belle assiette de béton qui semble sortir du sol.

Le plus étonnant est que la construction de l'édifice a été lancée par le gouverneur en 1992, au moment précis où la région s'est vu octroyer un budget autonome insuffisant pour payer les salaires des médecins et des enseignants, entre autres éléments dévoreurs d'argent public. En 1993, le poste budgétaire alloué aux besoins sociaux était de trois pour cent ; celui destiné au chantier de l'aéroport international, de trois cent vingt pour cent. Disproportion incongrue pour qui ignore que l'entreprise de bâtiment public Sungestroï était gérée par le beau-frère du gouverneur Ivotchkine, en sorte qu'au moins quatre-vingt-dix pour cent de l'argent affecté au chantier passait directement dans la poche de M. le gouverneur. Quand, en 1995, le moment est venu pour la région d'élire un nouveau gouverneur, certaines particularités nationales de la construction des aéroports internationaux ont attiré l'attention de la presse et des candidats en lice, par suite de quoi le gouverneur Ivotchkine a été battu à plate couture par son successeur Alexandre Doubnov. Dès lors des changements substantiels se sont produits dans le statut de l'aéroport : l'entreprise Sungestroï a vu partir son dirigeant Ivotchkine junior au profit du frère du premier vice-gouverneur M. Trepko.

Le gouverneur Doubnov est absent de Sounja, ce qui contrarie quelque peu Tcheriaga : il s'est envolé pour le nord de sa circonscription où des enseignants affamés sont en grève. Denis est donc accueilli par un adjoint, le fameux Trepko dont le frère organise les travaux de l'aéroport international, entre autres grands chantiers de commande.

Avec Denis, Trepko est l'amabilité même : un sourire si chaleureux qu'on y cuirait des œufs sur le plat. Après avoir assuré son visiteur qu'aucune anicroche n'est à craindre du côté du tribunal d'arbitrage, il en vient à la discussion d'un problème autrement vital : les dettes d'*AMK* au budget de la région, lesquelles dettes doivent être payées en matériaux de construction pour le fameux aéroport.

Au moment de prendre congé, Denis lui dit :

— Au fait, à propos de Breler. Izvolski souhaite qu'il soit transféré à la maison d'arrêt d'Akhtarsk.

Parce qu'il vient tout juste de conclure avec *AMK* un joli business de matériaux de construction, M. Trepko juge délicat de lui refuser une faveur si modeste. Il décroche donc le téléphone et appelle le procureur de région qui, quoique à contrecœur, signe l'ordre de transfert.

A cinq heures s'ouvre l'audience d'appel du tribunal d'arbitrage provoquée par la plainte de la société *Impera* pour tenue irrégulière des registres. Les intérêts d'*AMK* sont défendus par trois avocats : deux de l'usine et un de Moscou. *Impera* se fait représenter par deux avocats moscovites ayant déjà maintes fois plaidé pour la banque *Iveko* à différentes occasions.

Denis s'étonne de voir la petite salle d'audience (semblable à une salle de classe) bondée de journalistes, tous venus de Moscou avec les avocats par avion spécial. Nul ne les aurait admis au tribunal en leur simple qualité de journalistes mais les Moscovites les ont inscrits comme partie prenante. Si Denis les reconnaît, c'est pour les avoir rencontrés à Moscou. Quand il s'agit des "affaires d'Akhtarsk", les rédactions préfèrent dépêcher des journalistes familiers du dossier.

Un moment tenté de faire un esclandre (parce qu'il est clair que ces messieurs-là ont été amenés pour "stigmatiser l'ignorance crasse de ces sauvages de Sibériens"), Denis capitule et se contente de rabrouer son monde quand il se voit encerclé :

— De toute façon, on vous a déjà briefés dans l'avion sur ce que vous aviez à dire…

Un petit couloir tracé entre les chaises partage la salle en deux : les demandeurs à gauche, les défendeurs à droite, parmi lesquels les journalistes. Le juge Balanova, dame obèse d'un âge avancé nimbée d'un corsage à dentelles, déclare la séance ouverte et un avocat moscovite d'*Impera* se lève de son siège :

— Nous maintenons que la société *Registres d'Akhtarsk* n'a pas agi dans le respect de la loi en radiant les porteurs de vingt-quatre pour cent des titres du Combinat métallurgique d'Akhtarsk acquis par la société *Impera* le 27 novembre 1998. Nous entendons prouver que ladite transaction a été conclue en totale conformité avec les normes légales en vigueur, et transcrite dans les registres. Nous sommes prêts à présenter au tribunal l'extrait délivré à notre compagnie.

— Un instant, coupe le juge, j'aimerais d'abord savoir qui représente les parties en présence dans ce procès.

— Je représente le Combinat métallurgique d'Akhtarsk, dit Denis en se levant, en ma qualité d'adjoint du directeur général Viatcheslav Izvolski.

— Mon collègue et moi représentons la société *Impera*, annonce à son tour l'avocat moscovite.

— Madame le juge, dit Denis en se levant, nous avons déjà eu l'occasion d'expliquer au tribunal d'arbitrage que la cession des titres en question relève d'une escroquerie manifeste. Les actions appartenaient à la société *AMK-Invest* détenue à quatre-vingt-dix pour cent par le directeur général d'*AMK* Viatcheslav Izvolski. Il est bien évident que ces actions ne pouvaient être vendues ou cédées sans son accord. Un tel accord n'a jamais été donné. Les documents ne comportent aucune signature ni de Viatcheslav Izvolski ni de ses ayants droit. La somme qu'*AMK-Invest* prétendait recevoir en échange de ces actions représente dix-sept millions de dollars alors que d'après les cotations du marché au jour de la cession, la valeur de ce portefeuille était de presque huit cents millions de dollars.

Le juge plonge dans ses papiers.

— Comment expliquer, dans ce cas, que la transaction ait été transcrite dans le registre des actionnaires ?

— Madame le juge, dit Denis, la transaction n'a pas été transcrite et Dmitri Nekliassov, dont la signature figure sur tous les papiers, était à cette date licencié de la compagnie et ne pouvait donc signer les documents en question. J'attire aussi l'attention du tribunal sur le fait que le procureur de la région a lancé un mandat d'arrêt à l'encontre de Dmitri Nekliassov.

L'avocat d'*Iveko* se dresse d'un bond.

— Pur mensonge ! Les actes de vente des actions portent la signature de Dmitri Nekliassov et le sceau d'*AMK-Invest*. Sur les ordres de transfert figurent la même signature et le même sceau. Nekliassov était alors directeur général de la compagnie et parfaitement habilité à conclure ce genre d'opération. La transaction a bel et bien été transcrite par l'office des *Registres d'Akhtarsk*. Le tribunal dispose d'un extrait des registres, d'un exemplaire du contrat de cession et de copies notariées de l'ordre de transfert d'*AMK-Invest* demandant aux *Registres d'Akhtarsk* de transcrire les actes sur foi du contrat de cession des titres.

Le juge lève la tête.

— Y a-t-il ici un représentant des *Registres d'Akhtarsk* ?

— Oui, madame le juge. Je suis le directeur de la société. (Semen Vaïl se lève avec empressement.)

— Avez-vous enregistré la transaction ?

— Non, madame le juge. Je suis très étonné que les demandeurs aient pu produire un extrait. Il ne peut s'agir que d'un faux.

— Les trois extraits des registres ont été acheminés dès le lendemain de la transcription des actes par coursier au siège social des sociétés *Impera*, *Laguna* et *Chronica*, rue Nemetkine. Mes clients ont conservé les enveloppes avec l'adresse manuscrite, le nom de famille de Dmitri Nekliassov et la mention *Urgent. Extrait des registres*. L'écriture est celle du chef comptable de la société *Registres d'Akhtarsk*, l'épouse de M. Vaïl, avec tous nos respects. J'attire aussi votre attention sur le fait que nous avons procédé à un relevé d'empreintes sur les enveloppes. Elles appartiennent à M. Vaïl et à son épouse.

Tcheriaga et Vaïl échangent un regard en blêmissant. "Zélé crétin, songe Denis, il a fait le travail lui-même au lieu d'y mettre une secrétaire !" Au même instant il se lève d'un bond.

— Madame le juge, dit-il, c'est une accusation absurde ! Le siège social d'*Impera* et des autres firmes correspond effectivement à l'adresse d'*AMK-Invest*. Comme dirigeant des *Registres d'Akhtarsk*, Semen Vaïl a dû envoyer des dizaines d'enveloppes contenant des extraits de transcription. Qui prouvera que cette enveloppe contenait vraiment les actes concernant *Laguna*, *Impera* et *Chronica* ?

— J'ai oublié de préciser, reprend calmement l'avocat de Moscou, que ces trois noms-là figurent justement sur les trois enveloppes. En voici les photocopies.

— Ce qui compte, renvoie Denis, ce sont les mentions portées dans les registres et non sur les enveloppes ! Pardonnez ma liberté de ton, mais à ce train-là je peux très bien déclarer demain la société *Raifort & Radis* et demander à M. Vaïl combien celle-si possède d'actions d'*AMK* ! M. Vaïl me renverra un extrait disant que ladite société ne possède que des radis, ce qui ne m'autorisera pas pour autant à brandir cette enveloppe comme justification de mes visées sur le combinat ! C'est absurde !

Citez-moi une seule loi qui fasse d'une mention figurant sur une enveloppe une preuve juridique !

L'avocat de Moscou :

— Madame le juge, nous disposons d'un nombre suffisant de documents. Le contrat de vente des actions porte le sceau authentique d'*AMK-Invest* que seul le directeur général a le droit d'utiliser. Voilà qui prouve qu'au moment de la conclusion de ce contrat, M. Nekliassov avait les pleins pouvoirs. Même sceau sur l'ordre de transfert.

— Nekliassov a volé le sceau, déclare Denis, et nous avons été contraints d'en commander un deuxième. (Il s'éclaircit la gorge.) Madame le juge, pour bien comprendre la nature d'une escroquerie, il faut en connaître les antécédents. Celle-ci a été fomentée par trois hommes : Nikolaï Zaslavski, Dmitri Nekliassov et Youri Breler. Ces trois-là ont ourdi une machination visant à faire main basse sur le capital du Combinat métallurgique d'Akhtarsk pour le revendre ultérieurement. A cette fin, Nikolaï Zaslavski, dirigeant de la société *Akhtarsk-Contract*, a obtenu un crédit de dix-huit millions de dollars dans une grosse banque moscovite sous la caution de la société *AMK-Invest* gérée par Nekliassov. Les conjurés se sont partagé cet argent. Quand le crédit est parvenu à échéance, *Akhtarsk-Contract* n'a pu le rembourser. En toute logique, la dette s'est reportée sur la firme *AMK-Invest*. Désignant son complice comme responsable de ce non-remboursement, Dmitri Nekliassov a proposé à la direction du combinat un plan conçu, selon lui, pour échapper à l'obligation de remboursement du crédit délictueux. Sa proposition consistait dans un transfert d'actions du compte d'*AMK-Invest* vers les comptes d'autres sociétés. Nous étions alors persuadés de pouvoir démontrer la nullité de la garantie fournie par *AMK-Invest*, et le rôle de Nekliassov dans cette histoire nous a semblé suspect, d'où la décision de le licencier. Malgré cela, Dmitri Nekliassov et Youri Breler se sont comportés comme si leur plan avait été adopté. Ils ont donc maquillé d'abord les contrats de cession et les ordres de transfert des actions, puis l'extrait des registres. A l'heure actuelle, Youri Breler est en prison et je vous demande de verser sa déposition au dossier. J'attire aussi votre attention sur le fait que ce plan ne pouvait aboutir qu'en cas de mort subite de Viatcheslav Izvolski, directeur du combinat et propriétaire de ce bloc d'actions.

L'avocat d'*Impera* :

— C'en est trop ! Je demande à la partie adverse de mesurer son langage et de ne pas accuser mes clients d'avoir commandité un assassinat ! J'attire en outre l'attention de la cour sur le fait que les mandats d'arrêt de Nekliassov et de Breler sont une enfreinte manifeste à la loi. Un seul et même délit ne saurait être poursuivi à la fois au civil et au pénal. On ne peut pas tout à la fois vendre illégalement des actions et les voler par escroquerie. Le fait même que Dmitri Nekliassov fasse l'objet d'un avis fédéral de recherche doit entraîner la cessation de la procédure d'arbitrage. C'est, de fait, une tentative de pression sur la cour au même titre qu'une manifestation organisée devant le tribunal.

Le juge Balanova coupe sèchement la parole à l'avocat :

— Nous sommes assez grands pour savoir qui fait pression sur la cour et pourquoi ! (Puis, après avoir consulté ses collègues :) La cour se retire pour délibérer.

L'assistance se presse en désordre vers la sortie.

Denis, Vaïl et quelques avocats moscovites forment un petit cercle. Vaïl est rouge comme une écrevisse, des gouttelettes de sueur suintent à ses tempes. Les avocats l'interrogent sèchement sur ses empreintes de doigts.

— Pas ici, souffle Denis, et les avocats se taisent intimidés.

D'un signe de la main, Denis fait venir Kaliaguine.

— L'autorisation de transfert de Breler est à la procurature. Tu peux l'emmener à Akhtarsk.

Kaliaguine consulte sa montre.

— Je ne reste pas pour le verdict, d'accord ? Les choses sont claires, de toute façon.

— C'est du moins ce que m'a promis Trepko, dit Denis d'un ton indifférent.

Le chef de la police industrielle d'Akhtarsk dévale l'escalier.

La cour délibère durant une vingtaine de minutes. A cinq heures et demie, l'assistance est conviée à reprendre place. Le juge Balanova tousse avec sévérité, ajuste son ruban rouge sur un corsage de dentelles et, les yeux rivés sur une feuille criblée de son écriture, proclame :

— Compte tenu des circonstances nouvelles qui viennent d'être révélées, la cour exige sous deux semaines une expertise d'authentification de l'extrait des registres présenté par le demandeur. La prochaine audience aura lieu le 7 janvier.

Des gens de l'usine ont poussé des oh ! "Enfoiré de gouverneur, se dit Tcheriaga, il se vend comme une pute de hall de gare." A la sortie, Denis est attendu par une belle journaliste d'environ vingt-huit ans et du genre sûr de soi. D'un organe de presse influent, croit-il se souvenir.

— Denis Fedorovitch, dit-elle, vous attendiez-vous à une telle décision ?

— Pas de commentaires, lâche Denis entre les dents.

— Dites-moi, est-il possible de parler à Viatcheslav Izvolski ?

— J'en doute.

— Que pouvez-vous dire de l'authenticité des contrats et de l'ordre de transfert ?

— J'ai déjà tout dit à la cour.

Denis tourne les talons et passe son chemin.

— Denis Fedorovitch !

Il marque le pas. La jeune fille le rattrape.

— Vous avez tort de vous comporter ainsi, Denis Fedorovitch. Si un journaliste rapplique dans un avion affrété, ça ne veut pas dire que c'est un vendu. Ça veut simplement dire que la rédaction a fait des économies sur le billet. Si on le maltraite, par contre, ça le rend méchant. Comment pourrai-je rapporter votre point de vue si vous répondez casse-toi à chacune de mes questions ?

Denis se tait et regarde la journaliste de la tête aux pieds.

— Comment vous appelez-vous ?

— Lida. Lida Voronova. Ça fait au moins la troisième fois qu'on se rencontre, entre parenthèses.

— Je dois rentrer à Akhtarsk, dit Denis, allons-y ensemble si vous voulez.

— Et mon avion ? Et puis je dois envoyer mon article…

— On arrangera ça.

Akhtarsk se trouve à cent vingt kilomètres du chef-lieu de région, une distance ridicule à l'échelle de la Sibérie. Ils s'y rendent en moins d'une heure et la conversation va si loin en chemin qu'au lieu de passer par l'hôtel, ils filent droit à la maison de campagne de Tcheriaga.

Elle se révèle joyeuse et gaie. Elle a un mari homme d'affaires qui occupe une fonction importante dans une firme occidentale, un père professeur d'université et, selon toute vraisemblance, une ribambelle d'amants dont la fréquentation n'engage ni l'une ni l'autre partie. Elle ficelle son article au clavier de son portable pendant que Denis consulte son téléphone.

Elle est agréable au lit et ne se fâche qu'une seule fois : lorsque Denis, au moment suprême, l'appelle Ira au lieu de Lida.

Lida s'envole pour Moscou le lendemain matin aux frais du combinat en ayant fait promettre à Tcheriaga qu'il arrangerait pour elle une interview avec Izvolski.

Volodia Kaliaguine se présente à la maison d'arrêt régionale à six heures passées.

— Breler ? répète l'homme de permanence en se grattant la nuque. Tu m'entends ? Breler, où est-il ? Dans la huit ?

— Il a été transféré dans la trente-huit, grésille une voix à l'interphone.

— Comment ça dans la trente-huit ? blêmit Kaliaguine. Il était pourtant dans la huit ?

— Ben, la hiérarchie est passée aujourd'hui, elle a dit qu'il n'avait qu'à être traité comme tout le monde…

Kaliaguine jette un œil à sa montre. Six heures du soir. Il ne lui sera rien arrivé à cette heure-là, tout de même ! Quand on tue, on tue la nuit, à moins que Youri ne fasse le con, par désespoir…

Et pourtant il est trop tard.

Des portes de fer claquent dans le bloc trois, des voix résonnent d'excitation et Kaliaguine croise deux matons qui traînent à bout de bras le corps inerte d'un prévenu, un gaillard bien enveloppé au visage ensanglanté. Kaliaguine se précipite à l'infirmerie.

Youri Breler est étendu sur une vieille table d'opération près d'une lucarne minuscule où se profile un pan de mur liseré d'un fil de fer barbelé. Plus haut s'élance la cheminée d'une usine de chimie morte. Une infirmière et un médecin s'affairent auprès du blessé.

Vladimir Kaliaguine a vu mourir trop de monde pour ne pas comprendre que Breler n'a plus que deux ou trois heures à vivre. Un visage inondé de sang, des lèvres où fermente une écume rosâtre, un seul œil intact, l'autre pendillant à une veinule plus bas que le nez, rond comme un œuf dur, excavé par le doigt d'un taulard.

A cet instant Breler ouvre l'œil restant et aperçoit Volodia.

— Tu m'as vendu, hein? souffle-t-il. Tu as pompé tous les aveux voulus, et ciao…

Kaliaguine fait un pas vers son ancien ami. L'œil de Breler s'est refermé calmement. L'autre, posé sur sa joue, continue de le regarder avec une froide indifférence.

— C'est la Forge, dit Kaliaguine. Ce n'est pas moi, Youri, c'est…

Mais Breler ne l'entend plus.

Kaliaguine s'est trompé. Youri Breler n'est pas mort sous la patte longue de la Forge ni à cause de ses liens avec *Iveko*. Il a succombé à la vilenie humaine multipliée par une belle dose de marasme.

Il n'a séjourné que sept jours en maison d'arrêt. Au huitième jour, celui de l'audience d'arbitrage, le colonel Korobtsev, chef de la maison d'arrêt, est rentré de permission. Si le colonel n'a jamais fait preuve de sagacité, il a toujours compensé ce défaut par une hargne de bouledogue et une rare servilité à l'endroit de ses supérieurs.

Apprenant que Youri Breler se trouvait sous ses auspices, le colonel s'est frotté les mains. Les instances de l'Intérieur et l'administration régionale ont toujours haï l'ex-officier de la milice, et le colonel Korobtsev ne manque jamais une occasion de prouver son dévouement à tout ce monde.

— Qu'on me l'amène, a-t-il ordonné.

On lui a présenté le prisonnier au bout de dix minutes, et Korobtsev a noté avec une pointe de déception l'allure plutôt rassasiée de Breler et la bonne qualité de son survêtement.

— De qui reçois-tu tes colis ?

Breler le regardait muettement de ses yeux tranquilles. Le maton qui l'accompagnait a pépié dans son coin :

— De Kaliaguine.

— Toi, je ne t'ai pas sonné, a coupé Korobtsev.

Breler était campé sur ses jambes écartées, aussi décontracté qu'on peut l'être avec des poings menottés court. Korobtsev a fait plusieurs fois le tour du prisonnier, flairant une odeur fine de cigarettes étrangères.

— Alors, le youpin, on s'est mis dans la merde ? On a fait des crasses à tout le monde ? A Doubnov, à Yourtchenko, même au Lingot avec des méthodes de scorpion ! Si ça ne tenait qu'à moi, je foutrais tous les sionistes de ton espèce dans un rafiot direction le grand large, et glouglou…

— Envoie ta proposition au parlement, a dit aimablement Breler.

— De quoi ?

— Envoie ta proposition au parlement. Style : ben voilà, comme la loi n'est pas parfaite, je vous prie d'ajouter au Code pénal de la Fédération de Russie l'article 289 tiers, par exemple : l'appartenance à la race juive est passible d'une peine de barge remorquée en haute mer…

Breler n'a pu finir. Le colonel, toutes dents dehors, lui a envoyé son poing sur la figure. L'homme avait dans les cinquante ans. Affaibli par d'incessantes beuveries, la coordination de ses mouvements laissait à désirer. Même avec les menottes, Breler n'a pas eu de mal à esquiver la charge. Il n'avait rien à craindre du seul colonel, mais l'autre a appelé deux matons à la rescousse. Ils ont battu un moment le prisonnier à terre puis Korobtsev s'est lassé :

— Qu'on le jette dans sa cellule.

Quand on y a poussé Breler, il avait les lèvres en marmelade et se tenait les reins en grimaçant.

— Qu'est-ce qu'ils t'ont fait ? s'alarme le Vietnamien.

— Rien de grave.

Youri s'est laissé choir sur sa couchette. Il s'en tirait plutôt bien, en effet. Les deux matons ne s'étaicnt pas foulés et le colonel n'avait pas les poings d'un calibre suffisant. Au sparring, à l'entraînement, certains partenaires auraient pu lui en faire voir de plus vertes.

Breler s'est allongé en ménageant ses côtes. Mais le repos fut de courte durée. De nouveau la porte a grincé et un garde-chiourme s'est montré :

— Breler ? Cellule trente-huit avec ton balluchon !

Le visage de Breler est resté impassible.

Quand la porte de la trente-huit a claqué dans son dos, il est resté sur le seuil à scruter la pénombre de ses yeux indifférents. A l'évidence, la cellule était surpeuplée. On dormait sur des planches à tour de rôle, en deux fois ou peut-être même trois. Des ficelles couraient çà et là d'un coin à un autre, auxquelles pendaient des maillots et des survêtements en train de sécher. Malgré le froid, Breler suffoquait, le nez piqué d'une odeur de transpiration qui venait d'une cinquantaine de corps entassés en vase clos. Il songeait avec détachement qu'il y avait peut-être dans la masse quelques-uns de ses anciens pupilles. Du temps où il était flic, il pouvait se targuer d'un taux d'élucidation élevé. Il répugnait à torturer des ivrognes pour leur faire avouer des crimes qu'ils n'avaient pas commis, mais traitait sans merci ceux qu'il tenait pour coupables. Du reste, peu lui importait maintenant qu'il y eût là d'anciennes connaissances. D'ici moins d'une heure, radio taulard aurait déjà annoncé au chef de cellule quel oiseau venait de se poser sur ses terres. Youri Breler était déjà mort, ou tout comme. Trop de gens voulaient sa perte. La Forge, et d'un, dans l'intérêt de la banque *Iveko*, parce qu'il était plus facile de réfuter la déposition de Breler mort que de Breler vivant. L'Iroquois, et de deux, un caïd de Sounja ainsi surnommé pour sa cruauté primitive, indienne, et dont Breler avait démantelé les complicités dans la milice deux mois auparavant. Les politiques interprétaient cette histoire comme une pierre dans le jardin des miliciens, mais Breler savait que l'Iroquois aussi, de son côté, avait de sérieux ennuis avec les frères la crapule qui faisaient l'interprétation inverse : selon eux, l'Iroquois avait balancé un caïd à des flics amis. La liste de ses ennemis ne s'arrêtait pas là, mais les autres étaient moins inconciliables que l'Iroquois. Ils se seraient accommodés de voir Breler purger ses cinq années (ou combien lui donnerait-on pour le vol d'un milliard de dollars ?...) dans la caste carcérale des "sodomisés". Or, cela, Breler lui-même ne l'accepterait à aucun prix. Il avait décidé depuis longtemps qu'en pareil cas, il mourrait en entraînant le plus de monde possible dans sa chute. Pour les gens du crime de Sounja, Breler était plus qu'un ex-flic. Il jouissait d'un certain poids, on traitait avec lui comme entre soi. Mais l'Iroquois et la Forge, c'était trop pour un seul homme détesté à la fois par la flicaille et l'administration régionale.

On était jeudi, Breler avait la certitude de ne pouvoir survivre jusqu'à dimanche. Bien sûr, il aurait pu piquer une crise d'hystérie dans le couloir, hurler qu'on le mette dans une cellule à part, mais... à quoi bon ? Il était persuadé que Tcheriaga et Kaliaguine l'avaient lâché. Maintenant qu'ils lui avaient extorqué toutes les dépositions voulues, ils le renvoyaient dans les cordes du pouvoir régional. Et le gouverneur Doubnov brûlait de s'entendre dire lors d'une réception de bienfaisance de la bouche d'un général penché à son oreille : "Youri Breler, vous vous souvenez ? Eh bien, il balaie les chiottes à présent. C'est la boniche du pénitencier…" Breler ne pouvait imaginer un seul instant qu'il était victime de la simple bêtise d'un colonel rentré de permission deux jours avant la date prévue.

Debout près de la porte, son balluchon à la main, Youri, immobile et muet, ne faisait même pas les salutations d'usage dans le milieu. D'abord, personne ne semblait lui prêter attention ; puis un type au corps noueux de singe a sauté de sa couchette basse du côté de la fenêtre :

— Alors, mec, c'est ta première passe ? Ton nom ?

— Youri Breler.

— Tu faisais quoi dans le civil ?

— Demande à ton chef de thurne, il t'expliquera.

Le gars a cillé d'un air perplexe pendant que Breler lui passait sous le nez comme devant un poteau et s'étendait sur une couchette basse. Un gros bonhomme est alors sorti de nulle part, qui ressemblait à une brique en pantalon :

— Holà ! enlève ton cul de ma couchette !

L'autre petit costaud qui avait demandé son nom à Breler le retient contre toute attente :

— Minute, la Bardane, tu vois bien qu'il a pris des gnons. Reste à savoir qui est vraiment ce type…

Breler n'a pas bougé de là jusqu'au soir. Plusieurs se sont approchés de lui, quelqu'un s'est laissé pendre de la couchette du haut en lui exhalant une volute de tabac à la figure… mais personne ne l'a chassé ni secoué à l'épaule. Le soir, à l'heure de la soupe, Breler n'a pas touché à sa gamelle mais a sorti de son balluchon une grosse part de tarte salée enveloppée dans un sac plastique. C'était le gâteau de la femme de Kaliaguine qu'il mangeait depuis la veille. Après s'en être réservé un bon morceau, il a laissé le reste à ses voisins.

— Tu devrais t'en garder un peu.

— J'ai peu de chance d'en avoir encore besoin, a-t-il répondu.

Il n'avait pas fini de manger que l'autre petit costaud s'est posé devant lui.

— Amène-toi, a-t-il dit. Y a quelqu'un qui veut te parler.

Nonchalamment, Breler a secoué les miettes de son pantalon avant de se lever. Le chef de thurne et sa suite l'attendaient près de la fenêtre. Malgré le froid, la veste de survêtement du chef bâillait sur un maillot qui laissait paraître le haut de sa poitrine tatouée – deux étoiles à huit branches et la cime d'une croix. Au vu de ces étoiles et de la calvitie naissante qui mangeait ses cheveux blancs, Breler l'a reconnu. C'était le Blaireau, un caïd de la rue, un voleur de la vieille école. Du temps où il était flic, Breler ne l'avait jamais rencontré mais il en avait été souvent question lors de ses explications de texte avec les gens du milieu. Breler savait même pourquoi le Blaireau était ici : complicité de vol à main armée pour le casse d'un bureau de change.

— Eh bien, bonjour Youri, a dit le chef.

— Bonjour, le Blaireau.

— Ce n'est pas des façons d'entrer dans la baraque sans venir dire bonjour aux vieux amis.

— Vous m'avez appelé et je suis venu.

— Tu faisais trop le fier, Youri, dans ta grande ville de Moscou. Est-ce que c'est vrai que tu as planté le combinat d'un milliard de dollars ?

— Ce n'est pas vrai. De huit cents millions seulement. Au taux du jour.

Le chef de thurne esquisse un sourire et s'adresse à sa suite.

— Prenez-en de la graine, les gars. Ici, tu te fais piquer pour trois cents bâtons et tu en prends pour quinze ans… (Puis, les yeux comme des couteaux :) Ça fait longtemps que tu n'as pas vu l'Iroquois ?

— Oui. Mais, il y a deux mois, il m'a envoyé une couronne. Une couronne mortuaire.

Barsouk a montré des dents jaunes mangées par la prison.

— Et sur le ruban de la couronne, il n'y avait pas une épitaphe de Mozart ?

— Mozart et l'Iroquois sont fâchés depuis que l'Iroquois a fait main basse sur la station-service.

— Tu es quelqu'un de cultivé, à ce que je vois, Youri, a soupiré le chef de thurne. Ton seul défaut, c'est d'être flic. (Silence de Breler.) Pourquoi est-ce qu'on t'a mis ici ? Un cadeau de ton pote Kaliaguine ? La façon qu'ont les flics de se faire des amitiés ? (Nouveau silence.) Tu as bouffé ta langue, ou quoi ? Les flics ne t'aiment pas, Breler… (Un rire moqueur, puis un signe du menton vers des rondelles de saucisson étalées sur un journal.) C'est bon, assois-toi, tu vas banqueter avec nous. On recevra peut-être une bafouille d'ici demain à ton sujet…

Breler a jeté un regard à la dérobée sur le saucisson. La méthode était ancienne. Personne n'y avait touché, peut-être avait-il été servi là sur un ordre du chef par un paria de la gent carcérale, de la caste des "sodomisés". Qu'il y touche du bout du doigt et il serait classé larbin pour toujours…

— Merci, je n'ai pas faim.

Le Blaireau a laissé éclater un rire sonore, puis il a pris une rondelle de saucisson qu'il s'est enfilé avec avidité.

— Tu es quelqu'un de méfiant, Youri. Qui aurait l'idée de te faire des blagues ? C'est bon. Va à ta place. Je ne te toucherai pas en attendant les consignes.

Quand il a regagné sa couchette, elle était occupée : la Bardane, locataire en titre de la planche, s'y était installé après avoir jeté par terre le balluchon de Breler.

— Dégage, a dit Breler.

— Sale flic, ta place est près des chiottes…

Sans rien dire, Breler a pris la Bardane par le coude d'une main, et par le col de l'autre. Une odeur de sueur acide et de tabac lui est montée au nez. Puis la Bardane a décrit en l'air un arc-de-cercle et s'est écroulé par terre.

Tous les occupants de la cellule se sont levés comme un seul homme.

— A mort le flic ! a hurlé quelqu'un.

— C'est qui le flic ?!

— Le youpin, là-bas !

La Bardane s'est relevé. Son regard n'exprimait rien de bon. Sans se retourner, Breler a reculé. Il avait dans son dos un mur de briques rugueux qui irradiait un froid âpre, et devant lui une foule grouillante d'une quinzaine de tronches furieuses. La Bardane se campait au premier rang, flanqué de deux gueules de brutes. Sans attendre, Breler a frappé le premier. La Bardane a encaissé le choc sur le sternum, coup accompagné d'un vilain craquement de cage thoracique. L'instant d'après, son voisin recevait une pointe bien ajustée dans le ventre, puis une deuxième au même endroit. Un troisième larron surnommé Pièce-d'or, poids plume et geste agile, a tendu la main vers un aiguisoir, mais Youri l'a envoyé à terre d'un coup de genou et s'est baissé aussitôt pour arracher l'arme des mains du bonhomme qui se contorsionnait. Là fut son erreur. Pièce-d'or a fait un tour sur lui-même en fauchant Breler qui, à cet instant précis, a senti quelqu'un sauter sur son dos et s'y cramponner fermement. Une minute plus tard, Breler était plaqué au sol par une grappe de vauriens mais, bizarrement, vivant. Un étrange silence s'est installé, quelqu'un l'a levé par le col pour le mettre à genoux et Breler, en décollant ses paupières gonflées de sang, a reconnu devant lui les jambes écartées du Blaireau.

— Dis donc, le flic, la baraque n'est pas un foutoir ! Tu te crois chez toi ici ?

Breler a levé la tête.

— Ta baraque et ton code de conduite, je les emmerde.

Sans hâte, le Blaireau a dégrafé son pantalon qui bouffait comme un sac*.

— Tenez-le, a dit le chef de thurne.

Deux dizaines de mains se sont agrippées au corps de l'ancien flic qui ne pouvait plus bouger d'un cheveu. Une seconde après, Youri a craché dans les yeux du Blaireau.

C'était la dernière arme secrète de Breler. Un jour, des amis lui avaient montré un vieux truc des taulards qui connaissaient le moyen de cacher la moitié d'une lame de rasoir dans la bouche. Breler n'avait pas de lame, mais Kaliaguine lui avait fait parvenir de bonnes cigarettes, ses *Marlboro* préférées. Quand on en brûle le filtre d'une

* Un rite connu du milieu carcéral consiste à ce qu'un caïd pose son sexe sur la face (la bouche) d'un codétenu pour le dégrader dans la caste des "larbins", parias de la prison : une mise en scène de l'acte de sodomisation symboliquement associé à l'acte d'assujettissement *(N.d.T.)*.

savante façon, sa masse poreuse se transforme en une plaquette brillante aux coins tranchants dont on peut se couper les veines. Ou que l'on peut utiliser comme rasoir.

Le Blaireau a poussé un cri bref en portant sa main à ses yeux où saillait une fine languette blanche. Les taulards effrayés ont relâché un peu leur prise de sangsues. Breler en a profité pour s'en délester brusquement puis, roulant sur le dos et se redressant d'un bond, il a décoché un sévère coup de poing sur la gueule la plus proche. La gueule a volé dans un sens et sa mâchoire, dans l'autre.

Il a tenu encore cinq minutes mais les autres étaient trop nombreux, et quand l'un d'eux est parvenu à lui planter l'aiguisoir au-dessus du foie, Breler affaibli s'est laissé choir à terre. On l'y a battu encore longtemps, avec application, dans l'idée qu'il n'en sorte pas vivant, et sans doute l'aurait-on tué sur place si un maton n'avait pas amené un nouveau prévenu dans la cellule trente-huit.

Il était trop tard pour le sauver. L'unité de soins de la prison, grâce au fonds d'intégration des détenus financé par le pot commun, était certes moins bien équipée qu'une clinique suisse, mais mieux que l'hôpital de la région. Les lésions, pourtant, se sont révélées trop profondes.

Breler est mort en réanimation, peu après une opération de quatre heures. Durant tout ce temps, le chef de la police industrielle d'Akhtarsk Vladimir Kaliaguine n'a pas quitté le chevet de son ancien ami. Souvent (une mauvaise habitude qu'il avait depuis tout petit), il se rongeait les ongles. A aucun moment le blessé n'a repris connaissance. Ses derniers mots furent ceux que Kaliaguine avait entendus à l'entrée : “Tu m'as vendu.”

II

QUAND LES RATS QUITTENT LE NAVIRE

Quand l'annonce est faite de l'ajournement de la séance du tribunal d'arbitrage, le public entend là un premier signal prouvant que l'alliance entre le Combinat métallurgique d'Akhtarsk et le gouverneur de la région Alexandre Doubnov n'est peut-être pas aussi solide qu'on avait bien voulu le croire – du moins cette alliance a-t-elle besoin d'être sérieusement refinancée par le combinat.

Initialement fixée au 7 janvier, la séance est d'abord différée d'une semaine, puis de deux à la demande des avocats de la partie adverse.

Le quotidien régional, financé par les contribuables, fait paraître un long et fielleux article où il est question de millions de roubles d'impôts volés par le Combinat d'Akhtarsk aux veuves, aux orphelins et aux retraités de la région. Il y est aussi question du scandale de la perte des actions avec moult détails, mais sous un angle particulier : le directeur général Izvolski aurait volé dix-huit millions à une banque en gageant les actions puis, pour ne pas payer, aurait mis lesdites actions quelque part à l'abri.

Un autre article paraît aussitôt dans le même journal pour jeter l'anathème sur Moscou, le gouvernement fédéral et la banque *Iveko*. C'est alors que les élites de la province ont la puce à l'oreille. Il est certes notoire que

Le Drapeau de Sounja publie n'importe quoi pour de l'argent – pubs de couches-culottes ou infamies – mais il ne publie rien pour autant sans le blanc-seing du gouverneur.

Commence alors un défilé de roquets. La procurature vient demander au combinat la rénovation de ses locaux. Le président du Fonds de pension se plaint de ce que sa fille n'a pas de quoi se loger décemment en Amérique. Le fournisseur local d'électricité refuse désormais d'être payé en lettres de change par la banque *Métallo* mais exige de l'être par la société *Phoenix* déjà citée.

Tcheriaga prend donc rendez-vous avec le gouverneur mais, quand il se présente au siège de l'administration, on lui apprend que l'autre vient de s'envoler d'urgence pour Moscou. Un jour plus tard, Tcheriaga s'envole à son tour pour Moscou où il convient d'une nouvelle rencontre avec Doubnov, mais celle-ci est annulée vingt minutes avant l'heure dite, l'homme devant rentrer chez lui en toute hâte. “Je le convoque à la façon des malfrats, ou quoi ?” fait Vitia Kamaz quand Tcheriaga lui raconte les tribulations du gouverneur-voyageur. Il faut dire à ce sujet que depuis quinze jours Vitia Kamaz n'est plus Vitia Kamaz brigadier des Pattes-Longues, mais Victor Semenovitch Sveniaguine, chef adjoint de la police industrielle de la ville d'Akhtarsk.

Tcheriaga n'appelle plus Doubnov. Insister sur un rendez-vous après avoir essuyé pareille incivilité, cela revient à perdre la face.

Un soir que Denis s'attarde à travailler au siège de l'usine, après qu'il a libéré sa secrétaire, il entend quelqu'un gratter à la porte. Le visiteur est Guéra Tcherezov, un ami d'enfance d'Izvolski aujourd'hui concessionnaire de marques d'importation. Il gère à présent deux concessions, l'une à Akhtarsk et l'autre à Sounja. C'était Izvolski qui avait assuré sa première mise de fonds. A sa mine défaite, Denis comprend tout de suite que Guéra a des problèmes, et que ces problèmes sont forcément liés à l'impétueuse perte d'influence du combinat. Et en effet : il y a trois jours de cela, les douanes ont saisi une livraison de Mazda pour deux cent mille dollars. Les véhicules ont été revendus pour des clopinettes à une société-écran des douanes, laquelle les a cédés à moitié prix à un concurrent de Guéra, un nommé Vachtchenko. Celui-ci les a déjà mis en vente au prix affiché de neuf mille dollars au lieu de douze. Quelques exemplaires sont déjà partis…

— Et tu ne viens que maintenant ? Qu'est-ce que tu fichais ? lui dit Tcheriaga dépité.

Guéra hausse les épaules.

— Ils ont tout manigancé en un jour, se justifie l'autre.

— C'est bon, Guéra. J'ai compris. Va.

Dès que Tcherezov, la mine contrite, se retire du bureau, le directeur général par intérim décroche le téléphone :

— Vitia, tu es encore au siège ? Passe me voir.

Vitia Kamaz arrive deux minutes plus tard et Denis lui résume la situation.

— Nous sommes en plein dans ton sujet. Travaille.

Songeur, Vitia Kamaz quitte le bureau directorial. La tâche assignée par Tcheriaga se révèle plutôt complexe. Primo, l'exemple de Tcherezov doit montrer à tous les chacals accourus au repaire du lion mourant qu'ils ont quelque peu mésestimé la situation. Secondo, le service de la sûreté d'Akhtarsk ne doit fournir à la direction régionale de l'Intérieur aucun prétexte à crier à l'arbitraire. Or ces deux composantes se contredisent foncièrement, excluant les solutions les plus évidentes telles que bras d'honneur au nez et à la barbe des douaniers, extorsion de fonds auprès du sieur Vachtchenko à l'aide d'un fer à souder introduit dans l'arrière-train ou autres méthodes du même genre bien connues de Kamaz.

Lequel, après un temps de réflexion, trouve une manière élégante de tourner la situation.

Une semaine plus tard, la concession de M. Vachtchenko est vidée de fond en comble. Par une nuit sombre de janvier, des camarades encagoulés neutralisent le gardien et débranchent l'alarme, après quoi une simple remorque porte-voitures se gare contre le quai de déchargement à l'arrière du magasin. Huit véhicules sont chargés et la remorque s'évanouit dans l'obscurité sans laisser de traces.

Trois jours plus tard, en entrant dans son bureau, Denis découvre dans la salle d'attente un quadra sec vêtu d'un blouson de cuir chic et d'un pantalon noir très tendance. Denis ne l'a jamais rencontré personnellement mais le connaît très bien par photos interposées. Il s'appelle Mozart, l'un des barons du crime de Sounja et la "couverture" du malheureux Vachtchenko.

— Hé, le boss, j'ai à te causer, dit Mozart sans quitter le divan.

— Attendez un peu, lance brièvement Denis qui se tourne vers sa secrétaire : Fais venir Sveniaguine.

Vitia Sveniaguine, alias Kamaz, apparaît dans l'antichambre directoriale avec une louable promptitude. C'est ensemble que Kamaz et Mozart entrent dans le bureau.

— C'est quoi le problème ? demande Denis quand les visiteurs ont pris place et qu'il a commandé par interphone trois cafés cognac à sa secrétaire.

— Le problème, c'est que vos hommes ont vidé la boutique de mon fournisseur sans jouer dans les règles. Vachtchenko il s'appelle. Il tient un commerce de bagnoles.

Denis exhibe un sourire impassible.

— J'en ai entendu parler, Mozart. Mais d'où sors-tu que le service de la sûreté du Combinat d'Akhtarsk cambriole dans la nuit les concessions automobiles ? Crois-tu qu'on n'ait rien de mieux à faire en ce moment ?

Mozart hausse les épaules :

— Il a piqué un arrivage de japonaises à Guéra, un gars de chez vous. Tout le monde le sait.

Denis esquisse un mouvement d'impuissance.

— Tu vois bien, Mozart, tu reconnais toi-même que Vachtchenko a mal agi. C'est lui qui a commencé à ne pas jouer dans les règles. Se faire refourguer des bagnoles à moitié prix, c'est jouer dans les règles ?

Que Mozart et non Vachtchenko ait pu initier l'opération pour sonder les ressources actuelles d'*AMK*, Denis n'en dit rien. Mozart marque un silence. Il a mal commencé la conversation en tombant dans un piège infantile tendu par Tcheriaga et, maintenant, il ne peut plus faire semblant de nier la faute de son acolyte.

— Bon, dit Mozart, Vachtchenko a fait une connerie et il se fera souffler dans les bronches. Mais il a raflé des bagnoles pour deux cents bâtons. Et toi, Kamaz, pour combien ?

— Le problème, c'est que ces bagnoles sont grillées maintenant ! Si je n'avais emporté que les Mazda, elles auraient valu soixante-dix bâtons et non plus deux cents. J'ai donc dû prendre un peu plus pour compenser : premièrement, pour rendre à Guéra exactement ce qu'il avait perdu, et deuxièmement, pour payer le travail de mes gars.

— Tu appelles ça compenser ? Tu as vidé toute la concession, quatre Mercedes, deux Cherokee… L'une des Mercedes, entre parenthèses, était pour moi, acheminée spécialement de Cologne…

— Minute, minute ! (Kamaz a même sursauté.) Quatre Mercedes, tu dis ? J'ai emporté trois Mercedes, deux de couleur cerise et une blanche. Mais je n'ai pas touché aux 4X4 qui ne logeaient même pas dans le porte-voitures, question de gabarit…

Mozart écarquille les yeux.

— Combien de bagnoles as-tu emporté, dis-tu ?

— Huit bagnoles. Je n'avais qu'une remorque, on ne peut pas en mettre plus.

Vachtchenko disait qu'on lui en avait volé onze.

— Juré-craché ?

— Que oui.

Mozart toise Denis et Kamaz d'un regard très, très attentif, puis se lève et sort du bureau.

Les hommes de Mozart retrouvent les voitures perdues dès le lendemain : les deux 4X4 attendaient dans le vaste garage de la datcha d'été de Vachtchenko, et la Mercedes marron foncé destinée à la "couverture" stationnait sous bâche sur le parking habituel de l'ami Vachtchenko. Le soir même, ce dernier est amené à la datcha de Mozart, descendu dans la cave, menotté au tuyau de canalisation et réduit à l'état de buvard à force de coups furieux.

— Tu m'as fait passer pour un débile devant les gars d'Akhtarsk ! hurle Mozart en criblant de coups de pied le corps amorphe et mou du businessman.

Ils ne l'ont pas tué, non. Mais Vachtchenko signe sur-le-champ la donation de sa concession au profit du mafieux, ainsi que de sa datcha d'été et de son nouvel appartement à titre de réparation morale. En quelques heures, le pimpant concessionnaire est devenu un pauvre hère.

Un mois plus tard, Mozart comprendra d'après certains détails que Tcheriaga et Kamaz l'ont mené en bateau : on avait bel et bien volé onze véhicules et non pas huit. Huit ont été évacués dans le porte-voitures et vendus à Novossibirsk, et les trois autres, placés en des lieux familiers à Vachtchenko. Pour autant, Mozart ne réécrira pas la partition : pas fou au point de rendre la concession, tout de même !

Etrangement, l'exemple n'a pas suffi. Certes les esprits les plus perspicaces ont bien compris que le prospère Vachtchenko, une semaine après avoir tenté de racketter une structure proche d'*AMK*, s'est retrouvé à l'hôpital, dépossédé de surcroît de sa concession. Mais outre les esprits perspicaces, la région ne manque pas d'imbéciles ; or la bêtise est plus dangereuse qu'une grenade F-1.

Trois jours à peine après les déboires de Vachtchenko, des crapules qu'on n'attendait pas tentent le braquage d'un magasin d'informatique détenu à trente pour cent par une filiale d'*AMK*. Un hold-up atroce de cruauté avec fusils d'assaut et cris de menaces du style "Tu vas cracher tes boyaux !". Le chef de bande, un certain Kourt, finit par jeter à terre le patron du magasin en lui demandant de préparer pour le lendemain trois mille dollars, ceci après avoir uriné sur sa face ensanglantée. "Ne compte pas sur le combinat, il a d'autres chats à fouetter par les temps qui courent", conclut-il.

Les gangsters sont éliminés le lendemain aux portes du magasin. Trois fusils *Kiparis* nichés dans deux jeeps garées au bord de la route réduisent Kourt et ses acolytes en bouillie de sang sur un trottoir qu'on passera beaucoup de temps à décaper. La police industrielle, sans complexes, classera une fois de plus l'affaire dans le casier des "non élucidées".

Deux jours plus tard, lorsqu'une inspection fiscale se présente au combinat, Tcheriaga, cordialement, fait mettre un bureau et toutes les archives comptables à la disposition des inspecteurs, puis glisse à l'oreille du chef adjoint sur le ton de la confidence :

— N'oubliez pas que le lucre ne mène à rien de bon, pensez à Kourt…

En écoutant le récit de Tcheriaga sur Kourt et les gens du fisc, Izvolski se fâche.

— Tu fais de moi un vulgaire malfrat, bougonne-t-il. Ce n'est pas bien. Recourir à la force, c'est fournir un prétexte à douter d'elle.

Quoi qu'il en soit, l'inspection fiscale juge opportun de ne rien trouver au combinat.

D'une étonnante façon, le combinat se découvre des alliés, parmi lesquels le plus inattendu et le plus utile : Sentchiakov, le directeur de l'usine d'hélicoptères devenu le vassal volontaire d'Izvolski. Apprenant qu'*AMK*, et avec lui sa propre usine, allait passer dans l'escarcelle d'une banque moscovite, Sentchiakov est monté sur ses grands chevaux. Or, quand un communiste en béton armé se met en colère, c'est une sacrée force. Sentchiakov a commencé une campagne de meetings pour stigmatiser "le régime moscovite sioniste". Il affrétait même des bus pour acheminer les ouvriers dans le chef-lieu de région. Finalement, il s'est résolu à organiser une marche des métallurgistes d'Akhtarsk sur Sounja, programmée pour deux semaines avec en clôture un meeting d'un million de manifestants devant l'administration régionale.

C'est une région pauvre, houillère, à l'électorat principalement protestataire, où Sentchiakov n'a pas tardé à déclencher un incendie de catégorie quatre. Dans toutes les mines, dans toutes les cités ouvrières, on sait désormais que les valets du Fonds monétaire international à la solde des concurrents occidentaux s'apprêtent à ruiner la plus grosse entreprise de la région. Tcheriaga sent ses cheveux se dresser sur sa tête quand il parcourt les tracts à la phraséologie furieusement marxiste qui sont abondamment distribués dans les boîtes à lettres. Pour un peu, on y aurait accusé *Iveko* de célébrer des messes noires le vendredi et de n'embaucher que ceux qui piétinent la croix et baisent les parties honteuses du président du directoire. A la place de la banque, Tcheriaga aurait traîné en justice auteurs, rédacteurs et correcteurs, mais *Iveko* ne s'abaisse pas à pareilles futilités. A tort ! Les tracts jouissent d'une popularité folle et les retraités en répandent gracieusement le contenu dans les files d'attente, les caisses de sécurité sociale ou autour d'une bouteille de vodka.

Même Izvolski, toujours considéré comme un "nouveau Russe" typique et qui regarde tout communiste comme un rat crevé qu'il aurait découvert dans un tiroir de son bureau, aurait été proprement incapable d'organiser une campagne aussi efficace en faveur de l'usine. Tout au plus aurait-il fait paraître dans des journaux quelques articles contenant des accusations brumeuses à l'encontre d'*Iveko*, accusations incompréhensibles du grand public mais qui, elles, auraient coûté à leurs auteurs de comparaître devant la justice.

Comme toujours chez Sentchiakov, tout cela se fait au grand jour avec de gros sabots. Exemple : le cahier des comptes de l'usine d'hélicoptères comporte benoîtement une ligne budgétaire spéciale pour l'impression de tracts marxistes ! Mais l'indécrottable efficacité de l'indignation populaire lui sert de bouclier. Les ouvriers en furie ont coupé l'accès du siège de l'usine à l'inspection fiscale qui n'aurait pas manqué de tomber sur la ligne "marxiste".

Viatcheslav Izvolski se sent mal à Moscou.

Il y a longtemps qu'il ne se conçoit pas en dehors du combinat, ce monstre énorme cracheur de feu et de suie, qui s'étire sur une bonne centaine d'hectares au cœur de la plaine sibérienne, avec ses rubans interminables de laminoirs, ses feux de Bengale de carbone au-dessus des coulées de fonte, ses lourds marteaux-pilons qui vont et viennent comme de gigantesques navettes dans les meurtrières étroites des batteries de four à coke.

Il préférerait être soigné à Akhtarsk mais le voyage en avion est pour l'heure impensable et le directeur général n'a plus qu'à languir au moment même où le combinat traverse la tourmente.

Les quiproquos financiers ne sont pas sans effets sur la production proprement dite : les intrigues de la banque provoquent l'inquiétude des partenaires, l'inquiétude des partenaires les incite à dicter au combinat des conditions financières léonines, lesquelles impliquent un choix de charbons et minerais de standards inférieurs, d'où l'émergence d'une multitude de problèmes technologiques qu'il faut résoudre sur place, les deux jambes plantées dans la neige charbonnée, le nez dans une batterie de four à coke, et non par téléphone du fond d'une clinique de Moscou.

A la mi-décembre, pour donner une bonne leçon aux fournisseurs qui passaient toute mesure, Izvolski a ordonné de se rabattre sur le minerai de Tcheremchinsk, ceci entraînant une rupture de livraison de près d'une semaine durant laquelle les hauts-fourneaux et la production des agglomérés ont dû se contenter de la portion congrue. Izvolski a donc fait réduire la voilure et le haut-fourneau numéro cinq, le plus gros d'Asie d'une capacité de huit mille tonnes de fonte par jour, a dû tourner à mi-régime.

Le haut-fourneau numéro cinq, plus connu dans le combinat sous le sobriquet de Dame Ivanovna, est le petit chouchou d'Izvolski. Il tourne comme une horloge. Son régime n'a jamais faibli, pas même pendant les grèves d'été des mineurs. Mais depuis qu'il tourne en sous-régime avec de nouvelles matières premières, quelque chose ne va plus. La production de métal a chuté brusquement. De toute la semaine, les dirigeants du combinat n'ont pas fait un pas hors du site. Du fond de son lit d'hôpital, Izvolski impuissant peste au téléphone sans autre effet que de détourner les hommes de leur tâche, ce qui le fait pester encore plus.

Les malheurs du haut-fourneau atteignent leur paroxysme quand Izvolski, qui pourtant allait mieux, attrape soudain la grippe amenée par une infirmière. Une grippe de la pire espèce, avec fièvre violente, qu'on appelait "espagnole" dans les années mil neuf cent vingt. Irina l'ayant attrapée à son tour, elle est transférée à la résidence pour finir de couver sa maladie.

Tout le service de la sûreté est sur les dents. On enquête sur l'infirmière dans la crainte d'un coup perfide et raffiné de la banque mais, rien n'étant attesté de science sûre, on se contente simplement de la congédier.

Rentrant de Suisse le 31 décembre, Denis se rend aussitôt à l'hôpital. Izvolski a été transféré en réanimation. Rouge, immobile, gavé d'antibiotiques, il semble ne rien entendre du compte-rendu de Denis. A la fin seulement ses paupières palpitent et s'écartent. Ainsi s'ouvrent les trappes d'un missile balistique. Ses yeux d'un bleu trouble se posent un instant sur son adjoint.

— Merci, souffle Izvolski.

Jamais Denis n'avait entendu ce mot dans sa bouche. Venant de lui, il sonne d'une façon aussi incongrue qu'une bordée d'injures proférée par une fillette de cinq ans. Un étrange frisson s'empare de Tcheriaga.

— Les avocats suisses ont une autre proposition, continue-t-il. Il y a sur le marché des obligations d'*Iveko* qui sont périmées… Nous pourrions les racheter à cinquante pour cent de leur valeur nominale pour faire pression sur la banque. Slava ! Nous pourrions les mettre en faillite !

— Oublie ça, ces avocats veulent te planter. Nous n'obtiendrons pas un kopeck d'*Iveko*, nous ne ferons que jeter de l'argent par les fenêtres… Fais comme je t'ai dit, et pas d'improvisation s'il te plaît. Où est Irina ?

— A l'hôtel.

— Et quelles nouvelles de Dame Ivanovna ?

Denis hausse les épaules. De Suisse, il ne s'est guère intéressé au haut-fourneau. Il est vrai que l'ingénieur en chef Skorosko vient de l'appeler pour lui annoncer que la cause est identifiée : un dépôt de zinc s'est formé sur les parois de Dame Ivanovna par suite de la baisse de régime de l'installation. Reste à savoir comment décaper ça.

— Skorosko propose de la mettre en plan, dit Denis.

Izvolski observe un long silence.

— Denis, dit-il doucement, je crois que je suis en train de mourir.

— Slava !!!

— Ne coupe pas la parole à ton chef. Si je meurs, tu dois faire comme je te dis. M'entends-tu ? Laisse tomber les conseils idiots des avocats suisses. Ne t'occupe pas des dettes d'*Iveko*. Tu feras tout mettre à ton nom. Tu hériteras du combinat.

Denis sent ses doigts se raidir. Ils sont de glace.

— Fais pas le con, Slava. Tu as juste un coup de froid. On ne meurt pas d'un rhume.

— Bla-bla-bla. Dommage que je n'aie pas eu le temps de faire des enfants. Un sultan doit avoir des enfants. Bah ! Rien de grave. Irina et toi, vous en aurez… Tu ne la laisseras pas tomber, hein ?… Et ne tue personne pour moi. Trop dangereux. Le combinat passe avant le reste.

De nouveau les yeux d'Izvolski se ferment. Il ânonne encore quelque chose, mais que Denis, l'oreille au-dessus du malade, ne peut distinguer. Un simple délire, sans doute.

Denis avait promis à sa mère de passer le Nouvel An à Akhtarsk, mais il est clair à ses yeux que rentrer en Sibérie signifie fêter l'année qui vient avec les autres dirigeants du combinat, c'est-à-dire au pied du haut-fourneau numéro cinq. Aussi préfère-t-il se rendre à la résidence plutôt qu'à l'aéroport.

Vingt-trois heures trente. A une demi-heure de l'année nouvelle, les rues de Moscou sont sales et vides. Même les miliciens les ont désertées, remettant la chasse à plus tard, pour quand le bon peuple ivre et gai rentrera chez soi. Pour l'heure, seuls les feux de la circulation échangent des clins d'œil avec les publicités.

La résidence est déserte : les gars d'Akhtarsk ont pris des congés pour les fêtes et les Moscovites sont chez eux. Un sapin de deux mètres est dressé dans le hall, chamarré de lampes et de billets de cent dollars. De vraies coupures, prêtées contre signature, et Tcheriaga se souvient très bien de la réaction d'Irina à ce sapin. Les yeux écarquillés, elle avait dit : “Que c'est vulgaire !” Les guirlandes lumineuses clignotent en éclairant les aiguilles vertes et les faces tout aussi vertes de Benjamin Franklin qui regarde Tcheriaga à travers les ramures. Un veilleur solitaire somnole à son bureau.

Le président du directoire de la banque *Métallo* lui passe un coup de fil pour l'inviter chez lui, mais Denis répond qu'il se sent malade à son tour et qu'il voudrait s'allonger. Après s'être installé dans sa chambre attitrée, il descend d'un étage dans les appartements d'Izvolski. Le directeur sibérien a beau faire savoir à qui veut l'entendre qu'il n'a pas de chez soi "dans cette Moscou corrompue", il n'en dispose pas moins, au premier étage de la résidence, d'un appartement de cent mètres carrés avec salon, bureau et chambre à coucher. Denis s'y introduit (la porte n'était pas fermée à clé), retire ses chaussures et se glisse prudemment dans la chambre à coucher.

C'est une chambre magnifique quoique impersonnelle, comme souvent les chambres d'hôtel, avec un lit immense et du papier peint blanc orné de motifs bleu clair. Un Panasonic à écran plat trône sur une tablette en biais du lit, des tentures de velours tombent sur une vaste baie vitrée de la grandeur du mur. L'une des lourdes lampes de chevet aux pieds de bronze et aux abat-jour de soie est allumée. Sur le lit se love Irina.

Denis en chaussettes traverse sans bruit la pièce et s'assied dans un fauteuil auprès du lit. La couverture est chaude mais fine, en poil de chèvre angora de belle facture, laissant deviner les formes d'un corps de femme aussi nettement qu'un simple drap. Par-dessous un coin dépasse un pied nu au galbe délicat et aux petits ongles d'orteils coupés court et non vernis. Les cheveux d'Irina s'étalent en soleil sur l'oreiller. Des gouttes de sueur perlent sur son front d'un rose délicat.

Pris de vertige, il se sent le corps amorphe comme une feuille d'érable putréfiée. La fatigue du voyage en avion, sans doute. Il se dit que même s'il a attrapé la grippe au chevet d'Izvolski, il ne peut être malade dans l'heure qui suit. Les paroles du Lingot ont produit sur lui un effet étrange qu'il ne saurait définir. Bien sûr, Denis peut donner l'impression d'être le maître de l'usine. Mais peu de gens savent, en vérité, à quel point le directeur général contrôle chacun de ses pas et à quel point ses décisions, qui en apparence coulent de source, sont calculées par

Izvolski comme autant de séquences d'une stratégie à segments multiples.

Et pourtant Izvolski a raison. Si le Lingot meurt, Denis deviendra le centre de la combinaison de défense de l'usine. Si le Lingot meurt, Denis peut devenir le propriétaire et le manager de l'un des plus gros exportateurs de Russie. Si le Lingot meurt, Irina Denissova, la douce Irina Denissova aux boucles d'or qui ne cesse de s'éloigner de lui comme la Petite Poucette d'Andersen sur sa feuille, peut devenir la femme de Tcheriaga.

La vie d'Izvolski ne tient qu'à un fil. Se peut-il que lui, Tcheriaga, chef du service de la sûreté d'un combinat qui brasse des centaines de millions de dollars et qui échafaude des combinaisons aussi sophistiquées, n'ait pas les moyens de rompre ce fil d'une façon telle qu'aucun soupçon ne se porte contre lui ?

Irina se trémousse dans son sommeil, son corps élastique se cambre sous la couverture puis se pelotonne à nouveau. "Pourquoi l'aimes-tu ? songe Denis. Il n'est pas beau. Obèse, paralysé. Pour son argent ? Foutaise. S'il est une chose dont je suis sûr, c'est bien que tu te fiches de son argent. Et ça nous rend fous, lui et moi. Une brute. Il t'a violée, j'en suis sûr, bien que personne ne me l'ait dit. Il m'a renvoyé. J'ai fait pour lui des choses que je n'aurais jamais faites pour moi, des choses qui auraient dû me coûter le tribunal et la prison… D'où lui vient la certitude que j'accomplirai tous ses vœux ? Parce qu'il a de l'argent ? Mais il y a cinq ans, quand il n'avait pas encore d'argent, il se faisait quand même obéir, et l'argent est arrivé après. Ce n'est donc pas une question d'argent… D'où lui vient la certitude que je ne le trahirai pas ? Il croyait en Breler et Breler l'a vendu pour quelques millions de dollars. Il a tiré Nekliassov du ruisseau et Nekliassov est passé dans le camp d'*Iveko*." Il y a sept mois de cela, Izvolski a dit à Denis en le recrutant : “Il y a en Russie deux catégories de gens : les voleurs et les idiots. Tu fais partie d'une troisième catégorie, la plus rare qui soit.”

Mais jusqu'où va le dévouement ? Izvolski lui-même, s'il était à sa place et qu'on lui proposait une usine à un milliard de dollars avec la femme de son cœur en prime – Izvolski aurait-il hésité une seconde ? Que nenni ! Denis en est sûr. Il n'aurait même pas éprouvé le moindre remords. D'ailleurs, le Lingot ne s'est pas gêné pour dire à son prédécesseur qui l'avait introduit au combinat et à qui il venait de prendre la place : “Si tu es en mal de dévouement, apprivoise un caniche.”

Les mains jointes, cédant à une vieille habitude, Denis ronge les bosses de ses phalanges. Sa *Seiko*, cadeau d'automne d'Izvolski, montre minuit moins le quart. Soudain, Irina ouvre les yeux.

— C'est vous Denis ? dit-elle doucement.

— Oui. Excusez-moi, j'allais vous souhaiter la bonne année quand je vous ai trouvée endormie… J'ai un cadeau pour vous…

— Comment va Slava ?

— Ça va. (C'est dit d'une voix posée mais à retardement.)

Irina a tressailli.

— Je ferais mieux d'aller le voir.

A l'instant même où elle se met sur son séant, son corps vacille. Elle porte une chemise de nuit de soie avec des galons de dentelle rose sur les épaules, ses fines et magnifiques épaules.

— Voyons, Irina, où voulez-vous aller avec trente-neuf de fièvre ?

— Raison de plus ! Et lui, il a combien ? Il… Il… Ah ! grand dieu, pourquoi m'avez-vous ramenée ici !

Irina jette un peignoir sur ses épaules et disparaît dans la salle de bains. Elle revient cinq minutes plus tard, habillée, les yeux en flammes.

— Ira, dit Denis en prenant prudemment la jeune fille par le bras, vous êtes toute brûlante, vous ne pouvez pas sortir.

Elle secoue la tête.

— Quand je suis près de lui, il va mieux tout de suite. Vous ne le saviez pas. Votre voiture est encore en bas ?

Un instant plus tard, Irina trotte dans le couloir de son pas aérien. Le portable de Denis pousse une plainte du fond de sa poche. Son chauffeur Serioja :

— Denis Fedorovitch, euh… Il y a Irina Grigorievna qui me demande de la conduire à l'hôpital. Vous n'allez pas à l'aéroport ?

— Pas de problème, conduis-la.

Il entend bruisser le portail et entrevoit un faisceau de phares sur la route enneigée… Le vague à l'âme, il est toujours dans le fauteuil avec sur ses genoux le cadeau destiné à Irina : ni bague, ni manteau de vison, ni quoi que ce soit dans ce goût-là, mais un modeste présent de gentleman, un petit ordinateur portable avec soixante-quatre mégabits de mémoire vive et tout plein d'options. Jusqu'où va le dévouement ? Il reste là encore une demi-heure, vissé dans le fauteuil d'Izvolski, puis il fouille dans sa mémoire et tape un numéro de téléphone. Contre toute attente, ça décroche.

— Toma, c'est Tcheriaga à l'appareil. Ça te dit quelque chose ?

— Oui. (La réponse s'est fait attendre.)

— Je vois que ton téléphone n'a pas changé.

— Pas encore. Kolia avait payé trois loyers d'avance.

— Connais-tu notre hôtel route de Roublevsk ?

— Oui.

— Viens me voir.

Toma Vekchina, maîtresse du défunt Zaslavski, marque un silence que Tcheriaga interprète à sa façon :

— Cinq cents dollars, ça te va ?

— J'arrive.

Sans lâcher le combiné, Denis rappelle le poste de garde :

— J'attends une fille. Tu la conduiras jusqu'à ma chambre. Et qu'on m'apporte quelque chose du restaurant.

Quand Tamara Vekchina, que le gel a rendue vermeille, entre dans sa chambre au bout d'une bonne heure, Denis est déjà au lit. La télévision gazouille, une table desserte roulante est dressée avec bouteille de champagne et zakouski.

— Bonjour, dit Tamara. (Telle que restée dans le souvenir de Denis : fragile, triste et très très mignonne pour une prostituée professionnelle.)

— Salut. Tu travailles toujours à *La Sérénade* ?

— Oui. On m'a reprise. Je n'y croyais pas, mais si.

— Et pourquoi est-ce qu'on ne t'aurait pas reprise ?

Avec beaucoup de soin, Tamara retire ses bottes hautes saupoudrées de neige et se dirige vers le lit.

— Si une fille se trouve un "papa", il est rare qu'on la reprenne après. On s'imagine qu'elle continuera de travailler pour elle jusqu'au prochain. Quand Kolia m'a prise, la patronne m'a prévenue. Elle disait qu'il me plaquerait et que ma réputation en pâtirait.

— Il t'aurait plaquée à coup sûr. Si tout s'était passé comme prévu, il se serait envolé pour la Suisse et n'aurait plus jamais pensé à toi.

Tamara fait non de la tête.

— C'est sa femme qu'il aurait plaquée, pas moi. Il a fait tout ça pour plaquer sa femme, vous comprenez ? Il croyait qu'il serait plus malin que les autres et qu'une fois à l'étranger, il me téléphonerait pour que je vienne le rejoindre.

Il semble à entendre la voix de Tamara qu'elle y croit dur comme fer et qu'il en aurait bien été ainsi, que jamais, jamais Kolia – son Kolia – ne l'aurait trompée comme il avait trompé sa femme, ses amis, ses chefs et tous les autres ; et que seule la mort absurde et cruelle de Zaslavski a ruiné son rêve propre à toute call-girl russe : épouser un "papa" riche et affectueux.

— Il ne t'avait parlé de rien ?

Elle secoue la tête.

— S'il m'en avait parlé, je l'aurais dissuadé. Je lui aurais expliqué qu'il ne faut pas traiter avec l'Elan. Mais avec sa nature de caniche, il ne comprenait rien à rien.

Lorsqu'elle s'assied sur le large bord de ce lit d'hôtel, la lampe de chevet éclaire enfin son visage mince et triste. C'est alors que Denis comprend pourquoi Toma Vekchina passait le réveillon seule chez elle et non au travail. La fille a l'œil gauche poché d'une façon si marquée que même une habile couche de fond de teint ne peut le maquiller.

— D'où vient ce coquard ?

— C'est l'Elan.

— A cause de quoi ?

— Je lui ai… Enfin, j'ai cassé sa jouissance en lui disant qu'il avait tué Kolia. Il faut que je parte, hein ?

— Pourquoi ?

— Parce que tu n'es pas soûl.

— Je ne vois pas le rapport.

— Parce que avec un œil au beurre noir, je suis laide. Quand un type est cuité, il s'en fiche pourvu qu'il puisse se la mettre. Mais un mec qui n'a pas bu ne choisira jamais une fille amochée.

Denis ne répond pas. Il en est presque à regretter de l'avoir fait venir. Depuis une heure et demie qu'Irina est partie, le désir a laissé la place à une immense fatigue.

Et puis l'idée le révulse que l'Elan s'est servi d'elle – lui et sans doute quelques-uns des hommes de sa brigade. Toma tourne la tête de manière à cacher son bleu et tend la main vers les canapés présentés dans une assiette de porcelaine en dentelle.

— Je peux ?

— Tu as si faim que ça ?

— Je n'ai pas dîné, j'attendais minuit. Alors je peux ?

— Après. Déshabille-toi.

Au matin, Denis est réveillé par un coup de téléphone allègre. C'est Akhtarsk.

— On l'a débouchée ! (Ivre de bonheur, Skorosko crie en haletant.) Plus une trace de zinc, rien, zéro ! Tout est parti en scories !

Skorosko l'arrose de détails techniques que Denis cesse de comprendre à la troisième phrase. Mais l'essentiel est là : Skorosko et ses hommes ont changé de leur propre initiative le schéma de curetage de Dame Ivanovna et, sans interrompre la production, ont réussi à pulvériser le zinc aux cinq cents diables. Leur cadeau de Noël au directeur général.

— Quand Slava a appris ça, il a failli sauter de joie sur son lit ! hurle Skorosko.

Clac, Denis referme le clapet de son téléphone, roule sur le flanc, secoue la tête et ouvre les yeux. Dans un coin de la chambre, le téléviseur muet fait des grimaces : ils ont oublié de l'éteindre dans la nuit. La table desserte, avec son champagne et ses zakouski, est beaucoup moins garnie maintenant. Tamara Vekchina ne dort pas. Pelotonnée près de lui, elle dévisage Denis de ses yeux attentifs et très tristes.

— Est-ce que c'est vrai que tu es le patron de l'usine maintenant ?

— Je suis l'adjoint du directeur général.

Tamara laisse courir ses doigts ténus sur la peau de Denis qui plisse les paupières de plaisir.

— Non, tu n'es pas le boss, dit tranquillement Tamara. Tu es très malheureux. Les boss ne sont jamais si malheureux.

Denis roule sur le ventre.

— Qui t'a dit que j'étais malheureux ?

Elle se tait. Après les ébats de la nuit, son œil poché se dessine nettement sous une couche de fard dilué.

— Quand t'a-t-il frappée ?

— Ça fait deux jours maintenant.

— Veux tu faire autre chose dans la vie ? Je peux te placer comme secrétaire.

— Je ne vois pas l'intérêt. Je gagne plus qu'une secrétaire. Et je travaille moins.

— Veux-tu t'installer à Akhtarsk ? Seulement je te préviens : ce travail-là, chez nous, est payé des clopinettes. Trois cents roubles de l'heure à Akhtarsk, trois cent cinquante à Sounja.

— Et je ne peux pas m'installer chez toi ? dit-elle après une hésitation.

— Non.

— A cause de mon coquard, c'est ça ?

— Non, pas à cause de ça.

Denis se lève et passe à la salle de bains. Quelques minutes plus tard, il se remet au lit. Tamara arrache la couverture et commence à lui embrasser la poitrine à petits baisers prudents. Le souffle haletant de désir, Denis cherche à l'attirer plus bas. La fille comprend aussitôt et, dans la seconde qui suit, sa petite tête noire trépide entre ses cuisses. Denis referme béatement les yeux.

Il n'a pas entendu frapper à la porte de sa chambre. Quelqu'un est entré, la porte intérieure s'est ouverte en grinçant et une voix basse de femme a dit :

— Denis, je voulais simplement vous dire que Slava va mieux, et puis merci pour le cadeau…

La voix s'est figée. Denis ouvre les yeux et aperçoit dans l'encadrement de la porte Irina rouge comme un coquelicot. Elle écarquille des yeux en soucoupes sur Tcheriaga nu et la fille qui vibrionne entre ses cuisses. Cela dure sans doute une fraction de seconde, puis Irina se reprend et s'éclipse en un clin d'œil.

Tamara effrayée lève la tête. Maintenant, à la lumière du jour, son bleu paraît incroyablement grand.

— Dégage, dit Denis.

— Qu'y a-t-il ? Et qui est cette…

— Dégage. Mon portefeuille est sur la table dans le salon, avec l'argent dessus. Dégage.

Décembre et janvier sont les mois les plus fous que Tcheriaga ait jamais connus. Il assume de fait toutes les obligations d'Izvolski. Plus ses propres responsabilités. Plus la défense du combinat assiégé. Plus les pourparlers avec le gouverneur, le tribunal, la banque, les meetings de protestations, les interviews et tout ce qui s'ensuit. Pour autant, Denis n'est pas un acteur autonome. C'est Izvolski qui répond de la stratégie, ainsi que des opérations financières du combinat. Cloué dans son lit, à Moscou, Izvolski passe son temps à réfléchir – toujours, encore, sans fin. Aucune question stratégique n'est discutée au téléphone, à cause des écoutes. Uniquement en tête à tête. Déchiré entre Akhtarsk et Moscou, Denis ne récupère plus que dans l'avion. Au début, il prenait le *Yak* du combinat. Mais un jour, après le décollage, le pilote a senti des ratés dans le moteur. Il s'est posé in extremis avant que la machine ne se disperse en morceaux sur les plaines de Sibérie. Le bruit a couru que le couac était signé *Iveko*, hypothèse plus que vraisemblable. Depuis, Denis ne prend plus que l'avion de ligne qui, du coup, ne cesse d'être retardé : il y a toujours un rendez-vous de dernière minute qui n'en finit pas. Les passagers à bout de nerfs lâchent des jurons entre leurs dents quand une Mercedes blindée pile au pied de la passerelle et que le directeur adjoint du combinat s'en extirpe sous la protection de quatre armoires à glace qui font écran à un éventuel sniper. Tcheriaga et sa suite occupent deux rangs du premier salon et Denis s'endort aussitôt comme une souche.

Formellement, il n'est ni directeur général par intérim ni membre du conseil des directeurs. Il est aux commandes, tout simplement, et ses ordres sont exécutés sans discussion. Cela étant, la compétence de cet ancien juge d'instruction laisse fortement à désirer. Car Denis a un défaut qu'on ne pardonne à personne et nulle part dans aucune usine : il n'y comprend rien aux choses de la production. D'une façon éhontée, il confond les standards de charbon et les taux de taxe ; il faut lui expliquer longtemps au briefing la différence entre les qualités de coke (pour agglomérat ou haut-fourneau), et quel n'a pas été son étonnement d'apprendre un jour que le combinat fabriquait aussi des engrais minéraux avec les déchets de la cokerie…

C'est le 9 janvier qu'il bat son propre record en séance du conseil des directeurs lorsqu'il s'enquiert de la cotation des lingots au LME (London Metal Exchange). Un silence gêné lui répond avant que le directeur financier Mikhaïl Fediakine n'apprenne au directeur général par intérim du cinquième mastodonte métallurgique au monde – sur un mode un tantinet sarcastique – que ni le lingot, ni le rail de chemin de fer, ni le fer laminé en *U*, ni le fer laminé en *C*, ni les attaches trombones ne sont cotés au LME.

Denis traite son monde en homme posé : ingénieur en chef, directeur de production, chef comptable, maire d'Akhtarsk… et toute la foule de ceux qui ne peuvent en aucun cas prétendre au leadership au sein du combinat.

Deux hommes, toutefois, feront les frais de sa montée en grade. Le premier est Volodia Kaliaguine, chef de la police industrielle, un homme aux mœurs vaguement douteuses. D'abord chef adjoint de l'antenne locale de l'Intérieur, il avait créé, une fois limogé, sa propre structure baptisée "Fédération de judo de la ville d'Akhtarsk". Si elle ne s'abaissait pas à flirter avec le grand banditisme (hold-up, trafic de stupéfiants et autres), il ne fait aucun doute en revanche que la fédération pratiquait une forme édulcorée de racket. Kaliaguine avait rendu à Izvolski un fier service pendant les grèves du mois d'août où des mineurs avaient failli paralyser l'usine en bloquant les voies. Le Lingot s'était alors battu pour que le chef de la "Fédération de judo" remplace son ex-patron à la tête de l'Intérieur, Alexandre Mogoutouïev, lequel à l'inverse n'avait pas joué le jeu du combinat dans ce charivari.

Mais le gouverneur ayant freiné des quatre fers, Mogoutouïev a gardé son poste. C'est alors qu'Izvolski, rusé comme une hyène, a obtenu la création d'une structure exotique baptisée "police industrielle". Officiellement, celle-ci devait veiller au maintien de l'ordre dans le combinat, faire la chasse aux vols internes et assurer des patrouilles de surveillance pour la protection du parc immobilier, des pensionnats et des établissements gérés par l'entreprise. La moitié de la ville ayant été construite par le combinat, la police industrielle est devenue omniprésente, tentaculaire, avec des antennes dans tous les commissariats et sous la conduite de Volodia Kaliaguine. Naturellement, celle-ci fonctionne aux crochets du combinat auquel ses agents doivent leurs appartements, leurs véhicules de service, leurs émetteurs-récepteurs et, cela va de soi, leurs émoluments, aussi honorables que réguliers. Quant à la vieille milice de Mogoutouïev, elle a perdu dans l'affaire tout soutien du combinat, avec désormais une seule et unique source de financement : le budget fédéral qui ne paie plus les salaires depuis bientôt cinq mois. La vieille milice s'appauvrit, ses agents rallient Kaliaguine par sections entières, le plâtre s'effrite aux murs de ses locaux de quartier, ses voitures d'intervention pourrissent faute de carburant et de pièces détachées. Triste misère, qui a précipité les flics de Mogoutouïev dans un banditisme effréné. Izvolski n'attendait que cela. Les scandales ont fait florès dans la cité, associés à des arrestations de racketteurs en uniforme. Dès lors, n'importe quel boutiquier a retenu la leçon : c'est le prince de la ville qui la protège de Mogoutouïev et qui fait la guerre au racket de la milice. Après avoir perdu leur source officielle de revenu, les miliciens ont donc vu tarir leur source occulte. Dans un premier temps Mogoutouïev a tenté la réconciliation, usant ses fonds de culotte dans les fauteuils de la salle d'attente du bureau d'Izvolski ; puis, quand les scandales ont éclaté, qui sentaient de plus en plus le crime, il a sombré dans une vie de beuverie féroce : capitulation sans condition. Le plus étonnant est que les procès ne l'ont pas effleuré d'un cheveu et qu'il a su sauvegarder sa place à la plus grande satisfaction d'Izvolski (dixit la rumeur). Car ce qui compte pour ce dernier, c'est moins une démonstration de colère que le spectacle d'un service fédéral réduit à néant par les foudres du khan d'Akhtarsk.

Cette méthode si singulière employée par le khan Izvolski pour juguler la criminalité dans la ville d'Akhtarsk a donné de brillants résultats. Vladimir Kaliaguine (et son ami Youri Breler), qui connaissait personnellement tous les barons du crime de la région, a eu tôt fait d'expliquer aux frères la crapule qu'il n'y avait plus rien ni personne à chasser sur les terres d'Akhtarsk. Les commerçants (échoppes, étals, boutiques et magasins) se sont vus affranchis du racket, y compris de la part de la police industrielle.

Quand Kaliaguine a arrêté une bande de brigands spécialisés dans le pillage d'autocars de petits trafiquants et qu'avec l'appui de Tcheriaga, au grand dam d'Izvolski et à sa grande surprise, il a démasqué un réseau organisé de vol de ferro-alliages dans le combinat, le "phénomène Akhtarsk" a fait parler de lui jusqu'à Moscou. De hauts gradés du ministère de l'Intérieur ont même convoqué un colloque spécial pour évoquer l'expérience de la cité sibérienne. Le général qui présidait les débats a conclu en ces termes : "Jamais ça ! A ce train-là, si je comprends bien, ces messieurs les caïds finiront par nous piquer nos places !"

Une autre histoire s'est produite alors à Akhtarsk, suscitant des réactions plutôt mitigées. Dans cette ville où les ouvriers pouvaient gagner jusqu'à mille dollars de salaire et où les retraités recevaient du combinat un supplément de trois cents roubles mensuels, l'argent, on s'en doute, ne manquait pas. Moyennant quoi quelques grosses pointures ont jugé Akhtarsk très juteux pour le commerce des stupéfiants. Plusieurs discothèques ont vu le jour où l'on pouvait se procurer de l'ecstasy sans la moindre peine, et des types sympas poireautaient à la sortie des écoles pour proposer aux gamins de quoi se shooter gratis, juste pour voir.

Peu après la création de la police industrielle, une patrouille de Kaliaguine a abattu l'un de ces types. "Quand nous l'avons pris et jeté dans la voiture, a dit un sergent dans sa déposition, il s'est débattu puis s'est enfui. Je lui ai tiré dans les jambes mais, à ce moment, il a trébuché et roulé à terre." C'était un jeune gars d'une trentaine d'années, fils d'une enseignante émérite d'Akhtarsk. Le tir lui avait arraché la moitié du visage. On avait retrouvé dans ses poches cinq grammes de pavot.

Dans les deux semaines qui ont suivi, cinq autres dealers ont été abattus. Tous ont tenté de fuir et tous ont eu la déveine de trébucher au moment du tir. Après quoi la discothèque la plus courue de la jeunesse d'Akhtarsk a brûlé tout entière avec son matériel et son patron. Deux barons du crime à l'échelle régionale, Mozart et l'Iroquois, ont alors provoqué un face-à-face avec Kaliaguine et Tcheriaga. Rien n'a transpiré de la conversation. Tout juste sait-on qu'elle fut d'abord orageuse mais qu'à bien réfléchir, Mozart et l'Iroquois ont su apprécier le sens de la mesure de leurs interlocuteurs qui ne se targuaient pas de vouloir éradiquer le narcotrafic dans toute la Russie ni même dans toute la région de Sounja. Il fut donc décidé tacitement qu'Akhtarsk serait la chasse gardée du combinat, ce qui cadrait parfaitement avec l'idée que les mafieux se faisaient du monde et qui plaçait *AMK* sur un même plan que leurs coteries. Les caïds de Sounja s'engageaient à ne pas semer leur marchandise à Akhtarsk en échange de quoi les barons d'Akhtarsk – et qu'importe qu'on les appelle le "colonel Kaliaguine" et le "directeur adjoint Tcheriaga" – ne mettraient pas un pied à Sounja.

Comme on l'imagine, il n'y avait pas plus d'amitié entre la police industrielle et la milice régulière qu'entre Tcheriaga et Kaliaguine. Les fonctions de chef de la police industrielle et de directeur de la sûreté ne cessaient d'interférer, et Izvolski, discrètement mais sciemment, jouait de la rivalité entre ses deux satellites.

Maintenant que Tcheriaga est calife à la place du calife, il mène la vie dure à Kaliaguine. L'une des premières mesures internes prise dès le mois de décembre par Tcheriaga a été d'annuler l'acquisition sur le point d'être faite de dix nouvelles Ford de patrouille.

— Le combinat est dans une situation difficile, a-t-il expliqué devant témoin à la face pétrifiée de Kaliaguine. Il faut économiser.

Le chef de la police industrielle, se balançant sur ses pieds de la pointe aux talons, a toisé Tcheriaga d'un regard détaché en disant :

— Tu es quelqu'un de petit, Denis.

Sur quoi, tournant les talons, il a pris la porte.

Autre victime de tous ces changements, le directeur financier Mikhaïl Fediakine. Par son expérience, son ancienneté et même son bon sens, c'est bien lui et non l'ex-juge d'instruction qui aurait dû prendre les commandes financières de l'énorme entreprise. Au lieu de quoi Fediakine en a été délicatement écarté. Chagrin, irascible, amer, il ne manquait plus une occasion de railler l'incompétence de Tcheriaga dans son dos. Denis, qui en a vite eu vent, a marqué ses distances. Comme par l'effet du hasard, le gros des tâches techniques a été assigné à Tcharko, ex-adjoint de Fediakine, enchanté d'une telle aubaine. Denis est allé jusqu'à lui céder son propre bureau, lui-même s'installant dans celui d'Izvolski, spacieux, luxueux, avec toute une batterie d'outils de transmission et deux portraits d'hommes en uniforme accrochés au mur : Dmitri Tchernov* et l'amiral Koltchak fusillé dans une région voisine.

C'était une situation intenable : plus Denis confiait de missions à Tcharko, plus Fediakine devenait fielleux ; et plus Fediakine devenait fielleux, plus Denis le tenait à l'écart.

Le duel final s'est tenu à la mi-janvier en séance du conseil des directeurs. C'était dans une pièce à la fois vaste et cosy dont les fenêtres donnaient sur la cour de

* TCHERNOV Dmitri (1836-1921), savant russe de renom, l'un des fondateurs de la science des métaux.

l'usine encombrée de voitures. Denis avait pris la place d'Izvolski à la table ronde. Le temps qu'on discute de la tactique du combinat au procès d'arbitrage fixé au surlendemain, tout s'est bien passé ; mais, au bout d'un quart d'heure, Fediakine a levé la tête :

— Denis Fedorovitch, a-t-il dit, pourriez-vous nous expliquer pourquoi *Steelwhale* n'a toujours pas payé à l'usine sa dernière livraison ?

Steelwhale Ltd : la fameuse firme offshore sise aux Bahamas à laquelle le combinat vend son acier. *Steelwhale* paie AMK sous cent quatre-vingts jours à un tarif inférieur aux cotations mondiales, le combinat empruntant le manque à gagner auprès de la banque *Métallo*.

— *Steelwhale* connaît des difficultés conjoncturelles, a répondu Denis, le paiement est pour bientôt.

— Mais nous sommes toujours débiteurs de nos emprunts auprès de la banque *Métallo*, non ?

— Naturellement, a dit Tcheriaga en haussant les épaules.

— Je crois savoir que la banque *Métallo* se porte acquéreur de nos dettes.

— La pratique ne date pas d'aujourd'hui.

— Mais c'est de pire en pire. De plus, l'usine a souscrit un crédit auprès de *Métallo*. Dix-sept millions, j'ai vérifié. De l'argent passé je ne sais où ! Et de nouveau un crédit de dix-sept millions !

— Tu m'accuses de malversations financières, Mikhaïl Ivanovitch ?

— Tu es en train de couler l'usine, Denis Fedorovitch. Encore un mois à ce train, et nous n'aurons plus un kopeck. Bientôt, c'est plus de cinq cents millions de dollars que nous devrons à la banque *Métallo*.

Un silence, puis Denis a dit :

— Mikhaïl Ivanovitch, si la gestion du combinat ne te plaît pas, tu as deux solutions : ou bien te plaindre au directeur, ou bien démissionner.

Fediakine a blêmi, puis rougi, avant de quitter la salle en claquant la porte.

— D'autres questions ? a dit Tcheriaga en joignant les deux mains sur la table.

Si d'aucuns avaient des questions à poser, ils ont choisi d'attendre le retour du Lingot. Tout le monde avait à l'esprit les images de cadavres de racketteurs diffusées par la télévision locale avec une durée et une fréquence d'antenne plus longues que d'ordinaire pour une simple chronique criminelle : Tcheriaga avait appelé personnellement le patron de la chaîne pour lui signifier qu'il serait opportun d'exhiber des cadavres à tour de bras.

Deux jours plus tard (alors que l'audience d'arbitrage venait d'être encore ajournée, cette fois pour cause d'alerte à la bombe dans la salle du tribunal), Fediakine a pris l'avion pour Moscou dans l'intention d'y voir Izvolski.

Le directeur l'a reçu après une heure et demie d'attente. Nul ne connaît la teneur de leur conversation qui n'a duré que vingt minutes. Quand Fediakine a quitté la chambre, il semblait au bord des larmes.

Il s'est rendu où il avait à faire dans Moscou : à la Banque centrale d'abord (pour une opération prévue sur les comptes capitalistiques du combinat), puis au passage Petrovski situé à deux pas de la majestueuse bâtisse aux grilles de fonte. Si quelqu'un s'était mis sur ses pas, il aurait noté que l'homme avait passé deux fois moins de temps à la banque que dans les travées marchandes du passage, chose inhabituelle pour Fediakine qui, en temps ordinaire, n'avait jamais une minute pour faire les magasins de la maudite capitale ; or, cette fois, tiens donc… En musardant dans le centre-ville, Fediakine s'est acheté un billet au Bolchoï puis s'est rendu au *Savoy Hotel* pour dîner avant le spectacle. L'air maussade, il triturait son assiette et regardait la nappe d'un œil vague. Il n'a même pas remarqué qu'un bel homme, quadragénaire au sourire enchanteur et aux yeux brillants de sincérité, s'était assis devant lui.

— Ça alors ! Mikhaïl Ivanovitch ! Quelle rencontre !

Levant les yeux, Fediakine a vu devant lui un visage qui ne lui disait pas grand-chose, encore que…

— Serov. Guennadi Serov, vice-président d'*Iveko*, a-t-il dit en lui tendant la main par-dessus la table.

Comme sa main est restée en l'air, Serov, pour cacher sa gêne, a hélé un serveur en faisant claquer ses doigts.

— Du cognac pour nous ! Mikhaïl Ivanovitch, que préférez-vous ?

— Comme vous voudrez, a bougonné l'autre.

S'agissant de boire, pourtant, il n'a pas dit non. Un verre, puis un autre, et quand est arrivé le cochon de lait commandé par Fediakine, il ne s'est pas fait prier pour l'accommoder d'un petit rouge astringent.

Un très bel interlocuteur que ce Serov. Homme au parcours atypique, Guennadi n'était pas un professionnel de la finance mais un pilote de guerre blessé dans sa jeunesse en Afghanistan et qui, par nostalgie du ciel, s'était retrouvé aux services logistiques de l'usine aéronautique d'Irkoutsk. De là, Serov avait atterri au Bureau fédéral des armements, puis à la banque où il avait gravi diligemment tous les échelons de simple expert militaire à chef de département en charge de l'industrie de la défense et, enfin, vice-président. Le réseau relationnel qu'il entretenait avec le complexe militaro-industriel était immense, son arsenal de blagues intarissable, et il possédait la faculté de gagner la confiance des "directeurs rouges" les plus coriaces qui certes ne pouvaient pas encadrer ces cols blancs de financiers mais qui tombaient aussitôt sous le charme de cet aviateur clopinant avec sa façon enchanteresse de raconter comment il avait ramené du Nigeria un plein *Antonov* de petits crocodiles verts. Quel n'était pas leur étonnement d'apprendre ensuite que cet amour d'aviateur les avait plantés encore plus crûment que n'importe quel "youpin à col blanc" ou "démo-merdocrate en charge de couler l'industrie de la défense".

— … J'ai dû faire trois atterrissages forcés tous moteurs éteints, lui disait Serov en souriant, dont deux en Afghanistan. La première fois, j'allais en mission d'entraînement avec des missiles dans leurs trappes et des bombes sous les ailes quand un réacteur s'est enrayé à sept cents mètres du sol. Sous moi, le fleuve Irtych, devant moi, une ville. Je dois vous dire qu'un *Soukhoï* sans réacteur a les propriétés aérodynamiques d'un parpaing. Encore heureux qu'on était en hiver, il faisait dans les moins quarante, à cet endroit l'Irtych coulait tout droit comme s'il avait avalé un bâton, bref j'ai piqué directement sur le fleuve. Une fois posé sur le ventre, je me suis laissé glisser sur la glace. Au moins deux kilomètres de glisse, avec du vent dans les voiles, sans bruit. Enfin je m'arrête. J'ouvre la verrière, et qu'est-ce que je vois ? Un bonhomme emmitouflé jusqu'aux oreilles qui pêche devant un trou foré dans la glace. Naturellement, il n'entend rien. Je dégrafe mon masque et je commence à gueuler : "Ohé ! Vieille branche ! Tu as piqué mon trou !" Et le bonhomme qui se retourne. Quand il a vu avec quoi je venais à la pêche, il a pris les jambes à son cou en laissant tout son attirail, pas moyen de le rattraper. Dans le seau, il y avait un silure gran-and comme ça !

Serov a avalé un morceau d'osciètre et poussé un soupir en essuyant une bouche bien dessinée, non dénuée de sensualité :

— Jamais je n'ai mangé pareil silure. Ni avant ni après… Une autre fois, écoutez voir ce qui m'est arrivé…

Fediakine s'est un peu rasséréné. Les yeux rendus brillants par le cognac, il ne refusait plus de trinquer avec son compagnon surprise. Cela faisait longtemps qu'il n'avait pas tant ri qu'en écoutant la bonne blague d'un certain aviateur qui refusait un deuxième verre de vodka : "C'est que tu as peur de ne plus pouvoir poser l'engin ? – Le problème n'est pas de poser l'engin, mais de passer ensuite le poste de flics sur la route de chez moi…"

Puis Serov, soudain sérieux, a demandé au garçon d'apporter le café.

— A ce qu'on dit, a-t-il lancé subitement à Fediakine, le torchon brûle entre Tcheriaga et vous ?

— Je n'y suis pour rien, a dit Fediakine dépité, si l'on est en train de faire couler l'usine sous mes yeux.

— Comment ça, de la faire couler ? Pardonnez-moi, mais je ne suis pas aussi fortiche que vous dans les questions financières…

Et bien qu'il fût douteux que le vice-président d'une grosse banque s'y entendît moins en finances qu'un directeur adjoint sibérien, à cet instant, à la lumière douce des bougies et devant un verre de cognac, cela semblait naturel : un ancien pilote de l'armée de l'air, que voulez-vous…

— Il n'y a rien à comprendre… Depuis décembre, *Steelwhale* ne paie plus le métal. Or nos laminés sont livrés six mois à l'avance. Et Tcheriaga a signé avec *Steelwhale* un contrat de livraison où le combinat s'engage à fournir de l'acier jusqu'en 2008… Bref, *Steelwhale* peut ne pas payer alors que le combinat est contractuellement tenu de livrer sa marchandise !

— Et ils n'ont rien payé du tout ?

— Rien du tout, pas un kopeck depuis un mois.

— Et les salaires ?

— Pour les salaires, on emprunte à la banque. On paie des impôts à crédit… Dans deux mois, à ce rythme-là, nous devrons un demi-milliard à la banque *Métallo*. Et vous savez ce que ça veut dire ?

— Qu'est-ce que ça veut dire ?

— Qu'ils pensent être sur le point de perdre le procès ! La politique de la terre brûlée ! Quitte à livrer la forteresse à l'ennemi, autant qu'elle soit réduite en cendres. Et quitte à perdre l'usine, autant le faire avec un demi-milliard de dettes… Ils vont peut-être gagner le procès, mais ils prennent leurs précautions. A tout hasard. L'air de dire : si nous gagnons, nous restituons le tout ; et si nous perdons, en route pour les Seychelles.

— Pourquoi les Seychelles ? Tcheriaga a une villa, là-bas, ou quoi ?

— Non… Vous savez, si vous investissez douze millions de dollars dans l'économie des Seychelles, vous êtes aussitôt déclaré citoyen d'honneur. Donc, ils vont investir.

— Ce genre d'agissement peut coûter à son auteur d'être poursuivi jusqu'aux Seychelles.

— C'est vous qui le dites. Aux Seychelles, tout s'achète. Il suffit de dire : bonjour les gars, j'investis cent millions chez vous mais vos lois doivent répondre à telles ou telles exigences… (D'un geste rageur, Fediakine a tapé du poing sur la table.) La faute à Tcheriaga, tout ça ! Une poisse que ce type ! Un gars pas de chez nous, presque un Moscovite…

— Je doute que Tcheriaga agisse sans l'aval d'Izvolski…

— Foutaise ! Vous ne connaissez pas le Lingot ! Il n'aurait jamais massacré l'usine s'il n'avait pas ce juge d'instruc dans les pattes ! et qui trône comme un régent.

— Et pourtant vous êtes allé voir Izvolski… Est-ce qu'il vous a écouté ?

— Ecouter, écouter, c'est un grand mot… (Fediakine a esquissé un geste furieux.) Les boniments que Tcheriaga lui verse à l'oreille, voilà ce qu'il entend… Et Tcheriaga lui a déjà dit tout le bien qu'il pensait de moi… (Un reniflement, puis d'ajouter avec une rage puérile :) Tenez, je lui ai apporté un pot de ginseng. Du vrai. Des amis l'ont cueilli à ma demande du côté de la frontière chinoise… Eh bien, il a demandé à Irina de le ranger dans sa table de chevet, sans un merci…

— Oui, il faut faire quelque chose, a soupiré Serov sur le ton de la compassion.

Mais Fediakine ne semblait pas l'écouter.

— Un nullard fini ! Dans les finances, zéro ! Dans la production, moins que zéro ! Sultan par intérim ! Le seul directeur, c'est le Lingot, et Tcheriaga est son prophète ! Il se comporte en vrai chef de gang. Passe encore qu'il ait zigouillé les autres crapules, mais il a lancé des menaces au chef de l'inspection fiscale en personne ! Et le Lingot n'a pas sévi ! Par contre, depuis qu'il a pris du grade, il harcèle tout le monde. Il a privé Kaliaguine de local, vous vous rendez compte ?

— Kaliaguine, c'est qui ?

— Le chef de la police industrielle. Le torchon n'a jamais cessé de brûler entre eux parce que tous les deux étaient en charge de la sécurité. Et maintenant il prépare Kamaz à la place de l'autre ! Kaliaguine est un ancien flic, passe encore… Mais Kamaz ? Un brigadier des Pattes-Longues ! On en est là !

Fediakine a regardé l'heure, s'est tapé sur le front et a crié au garçon :

— L'addition, s'il vous plaît ! Zut, je vais au théâtre une fois tous les cent ans et je trouve le moyen de me mettre en retard…

— L'addition est pour moi !

— Bas les pattes, banquier ! Vous vous croyez mieux que les autres ? Tout ce pataquès, là, c'est de votre faute, abrutis…

Là-dessus, les cheveux hérissés, il a récupéré sa carte de crédit des mains du garçon, s'est levé et s'est dirigé vers la sortie d'un pas décidé.

Dans la salle de repos d'Innokenti Mikhaïlovitch Loutchkov, chef du service de la sûreté de la banque, il y avait deux hommes assis : Innokenti Mikhaïlovitch lui-même et Serov, le pilote enchanteur. Un magnétoscope tournait sous leurs yeux. Ils visionnaient le film le plus palpitant qui soit au monde : l'enregistrement de la récente conversation de Serov avec Fediakine, réalisé par une caméra cachée dans un dossier négligemment posé sur la table.

Innokenti Mikhaïlovitch a rembobiné jusqu'à la séquence où Serov disait : “Et pourtant vous êtes allé voir Izvolski…” Sur quoi, appuyant sur stop, il a fait ce commentaire :

— Là, tu as gaffé. En le rencontrant par hasard, tu n'as aucun moyen de savoir que Fediakine s'est rendu chez Izvolski le matin même…

Serov s'est renfrogné.

— Il était soûl. Il n'y a vu que du feu.

— C'est possible. Du reste, même s'il a remarqué, qu'il aille se faire voir. C'est du bon boulot, Guennadi. Bonne pioche, bonne pêche, un bon classique.

— Vous appelez ça une bonne pêche ? a dit Serov d'un ton maussade. Il nous a même traités d'abrutis à la fin…

— Aucune importance. Une pucelle ne va jamais au lit du premier coup, si elle a de l'éducation… Il est ferré, Guennadi. On ne parle pas de ses chefs sur ce ton-là avec des abrutis. (Puis, en s'étirant :) Décidément, c'est une chance qu'on soit tombé sur ce Tcheriaga.

— Pourquoi une chance ?

— Parce que c'est un arriviste et un goujat. Des comme lui, j'en ai vu des tonnes… Il s'est trouvé dans l'entourage d'Izvolski au bon moment et il croit tenir le bon Dieu par les couilles. Ce n'est pourtant pas sorcier de comprendre qu'en pareille situation, il vaut mieux ne pas baiser les gens à la fois par-devant et par-derrière. Mais non, c'est trop pour ses méninges. Il est resté trop longtemps dans la merde. Il ne pense qu'à montrer sa force. J'ai niqué untel comme ceci, tel autre comme cela… Je suis le Grand, l'Affreux, j'ai même piqué sa Mercedes à Kaliaguine. A propos, en voilà encore un qui est mûr pour la pêche, Kaliaguine…

Loutchkov a donné la bourrade à l'ancien pilote.

— Allez, ne te fais pas de mouron ! A la prochaine rencontre, il te mangera dans la main.

III

Le guébiste et le voleur

Innokenti Mikhaïlovitch Loutchkov se souviendra toujours de cette chaude journée de juillet où Alexandre Arbatov, président du directoire de la banque *Iveko*, l'a convoqué dans son bureau.

Un bureau somptueux : une pièce de quarante mètres carrés tapissée de tentures et meublée en bois de rose donnait sur un petit couloir. Celui-ci desservait, à droite, une salle de repos, à gauche, les W-C et la salle d'eau, et débouchait dans un salon de trente mètres où une table était dressée en permanence avec une nappe blanche comme neige et des serviettes pliées en cônes reposant sur des assiettes en porcelaine de Dresde. Ici se tenaient, de temps à autre, des repas en chambre.

Arbatov a fait venir Innokenti Mikhaïlovitch dans la salle de repos. Là, calé dans un fauteuil de cuir, ses gros doigts joints devant lui, il a dit en arborant un sourire peu engageant :

— Apparemment, Izvolski est sorti de la souricière. Dommage, Ausinsh briguait le poste de directeur général. Que s'est-il passé au juste ?

La question a pris Innokenti Mikhaïlovitch au dépourvu.

Il savait que les mineurs d'une bourgade voisine d'Akhtarsk avaient bloqué la voie ferrée durant toute la semaine et que le combinat était au bord de l'abîme : encore quelques jours et il tomberait en panne de coke, auquel cas l'usine ne serait plus bonne qu'à la ferraille. Le gouvernement campait sur une position dure, disant qu'il était "hors de question d'être l'otage des mineurs". La position dure du gouvernement avait été grassement rémunérée par la banque *Iveko*. Dans un même temps, on avait signifié au directeur général Izvolski que s'il acceptait de céder à la banque les actions du combinat, la position dure du gouvernement pourrait se ramollir. Pour être plus exact, la banque *Iveko* aurait octroyé un crédit à l'Etat pour lui permettre de payer les salaires des mineurs en colère.

Innokenti Mikhaïlovitch ne suivait guère la situation dans la mesure où la machination avait été ourdie au plus haut lieu. Au vrai, il n'y avait même pas de machination : c'était en prenant connaissance de la grève qu'Arbatov avait compris que l'occasion tombait à pic pour mettre la main sur le combinat. Ne sachant trop que répondre (or il fallait répondre), Innokenti Mikhaïlovitch s'est contenté de répéter ce qu'il savait par les agences d'information :

— Ils ont dû trouver un accord avec les mineurs. (Et d'ajouter après un temps de réflexion :) D'après mes sources, c'est un caïd de Tchernoretchensk qui a joué un rôle décisif dans la grève. Un baron du milieu surnommé Négatif. Son gagne-pain, c'était de faire transiter l'argent public par ses propres structures. Il a été tué quelques heures après la fin de la grève.

Arbatov a froncé les sourcils.

— Par le Lingot ?

— Difficile à dire. Il a été descendu avec un caïd d'Akhtarsk surnommé le Premier ministre. Un valet du Lingot. Si ça se trouve, ils se sont entretués.

Arbatov a marqué un silence. Le banquier avait un visage racé, à l'anglo-saxonne, troué par deux petits yeux slaves pareils à deux boutons insolites légèrement grossis par d'épais verres de lunettes : premier de la classe depuis tout petit, le komsomol Arbatov avait toujours été myope.

— Je veux ce combinat, a dit Arbatov. (Un enfant eût dit sur le même ton : "Je veux cette tablette de chocolat." Et d'ajouter à titre d'explication :) Izvolski m'a offensé.

Innokenti Mikhaïlovitch a cligné des yeux. Le Combinat métallurgique d'Akhtarsk était certes un appât alléchant. En termes de profit, il n'avait d'égal que *Severstal* et *NLMK*, laissant loin derrière les *Magnitka* et autres *Nijni-Taguil* à l'agonie. Mais il n'y avait pas de guerre d'actionnaires au sein d'*AMK*, ni de portefeuilles d'actions éparpillés entre les membres du personnel, ni de blocs détenus par la région ou par le fonds fédéral. Soixante-quinze pour cent des actions étaient concentrées dans les mains du seul directeur, ce qui expliquait d'ailleurs l'absence de querelles (comme on en connaissait chez *Magnitka*) et la prospérité du combinat. Cinq pour cent se trouvaient dans la possession de la banque *Iveko*, trois pour cent appartenaient à un jeune banquier de Sounja qui s'était démené opportunément lors de la privatisation, le reste du capital étant la propriété du personnel de l'usine. Par tout un train de mesures alambiquées, Izvolski s'était protégé contre une possible cession des titres. Tenter de faire main basse sur le combinat revenait à tenter d'arracher un morceau de viande au crocodile qui venait de l'avaler. Telle fut bien l'objection avancée à son chef par Innokenti Mikhaïlovitch (sans omettre l'image du crocodile), mais l'autre l'a payé d'un regard froid en disant :

— S'il faut éventrer le crocodile, éventre-le. (Et d'ajouter avec un sourire figé :) Izvolski est un homme dangereux. Un séparatiste. Encore dix comme lui, il ne restera plus que Moscou de la Russie. Le centre fédéral avalisera toute initiative visant à contrer la féodalisation de la Russie.

“Putain ! Me voilà devant un nouveau rassembleur des terres de Russie…”, a pensé Innokenti Mikhaïlovitch en se retirant sans piper, après s'être incliné.

Deux semaines plus tard, dans les temps impartis, il revenait avec un plan.

La première pensée d'Innokenti Mikhaïlovitch, au demeurant tout à fait banale, fut la suivante : si l'on ne peut pas racheter les actions du combinat, ne vaut-il pas mieux le mettre en faillite ? Il s'est avéré que l'usine possédait un tas de lettres de change qu'il suffisait d'acquérir pour transformer les dettes en biens. Toutefois, à y regarder de plus près, il se trouvait que les lettres de change d'*AMK* étaient émises non par le combinat lui-même mais par l'établissement *Métallo* au capital social de deux cent mille nouveaux roubles (c'est-à-dire après la dévaluation de 1998) et qu'on ne pouvait guère faire mieux que d'obérer cet établissement.

Sa deuxième pensée, en toute logique, allait au gouverneur pour qui mettre l'usine en banqueroute était aussi facile que de ferrer une carpe déjà mise à l'hameçon par un homme-grenouille. Certes, l'usine n'avait pas de dettes envers le budget régional. Mais elle le payait en nature avec toute une quincaillerie parfois surévaluée au décuple. Il suffisait que le gouverneur exige le paiement en numéraire pour que l'usine, qui n'était pas outillée pour cela, plonge dans les dettes.

Innokenti Mikhaïlovitch a commencé par se renseigner sur le compte du gouverneur, avant de le sonder en dépêchant auprès de lui un couple d'émissaires. Conclusion : pour n'être pas désespérée, l'affaire n'en était pas moins extrêmement risquée. Le gouverneur détestait le khan d'Akhtarsk : comment pouvait-il en être autrement s'agissant d'un homme qui ne payait pas ses impôts et qui entretenait sa propre milice avec l'argent ainsi économisé ? Mais c'était une région charbonnière, moribonde, avec un électorat protestataire et un gouverneur de la même eau ; et que ce gouverneur protestataire ait été élu en partie grâce à Izvolski ne faisait que compliquer le jeu de leurs relations. Le gouverneur n'était peut-être pas un disciple inconditionnel de Lénine, mais il avait fait sienne une assertion bolchevique prêchée en son temps par Staline : "La gratitude est la maladie des chiens." Le hic, c'était que le gouverneur haïssait Moscou et les banques moscovites encore plus qu'Izvolski, et surtout que l'électorat partageait pleinement cette haine.

Il s'en dégageait le sentiment que dans l'hypothèse où la banque aiderait le gouverneur à lâcher Izvolski, le gouverneur risquait en retour de lâcher la banque. Sans pour autant exclure un tel scénario, il ne fallait en aucun cas le tenir pour prépondérant.

L'on pouvait aussi menacer le combinat de faillite pour dettes à l'Etat fédéral en exigeant une partie des actions à titre compensatoire. Mais, depuis l'année précédente, le combinat payait ses impôts fédéraux rubis sur l'ongle, d'autant qu'ils étaient assis à quatre-vingt-dix pour cent sur les salaires des employés (prélèvement à la source), sur les bénéfices et sur la TVA. Or l'usine, comptablement, ne faisait pas de bénéfices, les salaires officiels représentaient zéro virgule trois pignes de cèdre sibérien et la TVA était récupérable sur les exportations. Il s'est avéré qu'une partie du métal déclaré pour la Chine et la Roumanie allait en fait au Kazakhstan et en Ukraine. En y mettant de la volonté, on pouvait pousser l'affaire jusqu'au scandale. Mais pour quel résultat ?

Naturellement, toutes les huiles du combinat étaient sous surveillance, ce qui valait au premier chef pour le siège de Moscou. Comme un dispositif de filature aurait été trop voyant à Akhtarsk, l'on s'est contenté d'un contrôle épisodique visant les directeurs adjoints. Innokenti Mikhaïlovitch a tôt fait de noter l'extrême inimitié qui régnait entre eux. Mais force était de constater que ce climat de suspicion ne servait pas forcément les intérêts de Moscou : il y avait plus d'une chance sur deux qu'en approchant un adjoint d'Izvolski pour le retourner, l'autre s'empresse d'en rendre compte à son chef qui du coup se méfierait, et alors tout tomberait à l'eau… Or il fallait démarcher plusieurs personnes, pas moins de trois ou quatre… Dans ces conditions, la dénonciation devenait non plus probable, mais tout simplement inéluctable.

Innokenti Mikhaïlovitch était sur le point de désespérer lorsque ses espions lui ont rapporté que l'un des collaborateurs du bureau de Moscou, un certain Kolia Zaslavski, avait le démon du jeu et fréquentait un casino géré par les Pattes-Longues. Autant dire que ce garçon fut placé sous surveillance rapprochée. Deux ou trois jours plus tard, il s'avérait que les Pattes-Longues avaient déjà commencé leur œuvre d'extorsion : Zaslavski avait pris deux crédits cautionnés par l'administration régionale, d'un montant total d'un million et demi, auprès de *Rostorgbank* où Innokenti Mikhaïlovitch avait un ami sûr. De Zaslavski, c'était clair, les autres voulaient faire leurs choux gras. Pour le moment, il parvenait à tenir les crédits. Mais le jour viendrait forcément où on l'obligerait à prendre une somme astronomique, dans les cinq ou six millions. Après quoi les mafieux se partageraient le magot et Zaslavski finirait à l'état d'ossements dans un quelconque marécage de Moscovie.

Circonstance agréable s'il en est, l'un des chefs des Pattes-Longues, surnommé la Forge, était en quelque sorte une vieille connaissance d'Innokenti Mikhaïlovitch. L'affaire remontait aux années soixante-dix. Après avoir purgé sa première peine de prison, la Forge avait pris la tête d'un gang de trafiquants qui spéculaient sur les devises fortes aux portes des magasins spéciaux. La Forge fut pris la main dans le sac, non par les flics mais par le KGB. C'est alors qu'il fut placé devant un choix clair : ou bien aller en prison, ou bien devenir un mouchard. La Forge a opté pour la deuxième solution. Un détail : l'officier qui a recueilli l'engagement signé de la Forge et qui par la suite devait l'encadrer s'appelait Innokenti Loutchkov.

Loutchkov et la Forge collaboraient avec profit. La Forge liquidait ses concurrents avec l'aide d'Innokenti Mikhaïlovitch. Ce dernier, en retour, touchait un pourcentage "de liquidation".

Il y eut ensuite une affaire de fabrication illicite de sacs en plastique, denrée rare à l'époque et qui faisait très chic, surtout avec le mot *Marlboro* ou avec le portrait de Michael Jackson. La combine consistait en ceci qu'une fabrique officielle de sacs envoyait au rebut la moitié de sa production pour malfaçon. Laquelle malfaçon existait bel et bien : les poignées des sacs étaient fondues ensemble. Les trafiquants transportaient le rebut dans un appartement où un handicapé, pour trois kopecks, coupait les poignées. Ils se sont fait pincer bêtement : une gérante d'immeuble a découvert le stock de produits finis dans la cave qui servait d'entrepôt. Voyant les sacs, elle en a pris deux mille. N'ayant su les revendre, elle est tombée dans les filets de la milice et a précipité les autres dans sa chute. Hormis les sacs, la fabrique produisait des armes chimiques, raison pour laquelle l'affaire est passée de la Répression des délits économiques au KGB.

Une fois que les principaux acteurs ont été identifiés, Loutchkov a convoqué la Forge pour lui communiquer les données de l'affaire : les planques, les hommes, l'argent… tout. Les trafiquants ont été braqués la veille de leur arrestation, et entièrement dépouillés. Le lendemain, l'Etat n'avait plus un kopeck à saisir sur sa prise. Le jugement n'en fut que plus sévère, l'instruction ayant décidé que les trafiquants, informés d'une intervention imminente, s'étaient dépêchés de mettre en lieu sûr le fruit de leur vil labeur.

Loutchkov a touché ses dix pour cent.

Six mois plus tard le dispositif en place était si habile qu'on ne pouvait plus dire qui manipulait qui. La Forge aurait eu le cou tranché illico si le milieu avait appris sa collaboration avec le KGB. Mais Loutchkov aussi en aurait pris pour quinze ans de camp spécial flics si sa hiérarchie avait eu connaissance de ses œuvres. L'un et l'autre n'ont pas tardé à mesurer l'intérêt de leur coopération. Entre le guébiste et le malfrat s'est constituée une sorte de *joint venture* à laquelle chacun faisait son apport de capital : une partie apportait ses relations dans le milieu du crime, et l'autre, son réseau de renseignements. Les manigances de haut vol tramées grâce au guébiste conféraient à la Forge une nouvelle notoriété. Les informations communiquées à Loutchkov lui donnaient l'aura d'un officier performant et favorisaient la diligence de sa carrière. L'un est devenu baron du crime grâce au guébiste ; l'autre est devenu chef de département au KGB grâce au caïd.

Au début de la perestroïka, Loutchkov était si puissant que nul ne songeait à lui faire la chasse. Quand un jeune lieutenant des services de l'Intérieur est tombé par hasard sur la trace de Loutchkov, d'obscurs hooligans l'ont battu à mort dans des circonstances non élucidées.

En 1991, un homme a proposé à Loutchkov de s'impliquer dans les destinées de l'argent du parti communiste. Loutchkov s'est impliqué. En 1994, démissionnant des services, il est devenu chef de la sûreté de la banque *Iveko* fondée non sans l'apport de ce même argent blanchi. Il avait emporté avec lui de nombreux dossiers secrets tels que la fameuse signature de la Forge. Désormais, le chef du service de la sûreté d'*Iveko* et le caïd la Forge ne boxaient plus dans la même catégorie. Ils avaient certes été naguère interdépendants au point de pouvoir se faire couler l'un l'autre mais, maintenant, c'était Loutchkov qui traitait la Forge à sa guise. En effet : si l'on avait révélé que le chef de la sécurité d'*Iveko*, à l'époque déjà lointaine du pouvoir soviétique, s'était constitué un magot grâce à la Forge, les chances étaient nulles que l'affaire aille en justice. Lisant cela à la une d'un grand quotidien, les gens (haussant les épaules) n'en auraient eu que plus d'estime pour Loutchkov. Le beau démerdard que voilà, aurait-on dit. Pour la Forge, c'était autre chose : révéler qu'il avait vendu le milieu au KGB, cela revenait à signer son arrêt de mort, ou du moins lui attirer d'immenses ennuis.

Disons à l'honneur de Loutchkov qu'il n'abusait pas des services d'un homme devenu le meneur de l'une des communautés criminelles les plus fortes de Moscou, et qu'il tenait ses liens avec cet homme dans le plus grand secret. Loutchkov avait suffisamment de vieilles relations au FSB pour régler les conflits, en cas de besoin, par le biais des structures légales.

Il y eut une seule exception de taille, en 1995, lorsque la banque *Iveko*, exploitant un filon juteux, a marché sur la queue de la bande criminelle d'Izmaïlovo. Celle-ci a regimbé, faisant savoir que la banque se jetait sur un morceau de gras qui n'était pas le sien. Alors, à la demande d'Innokenti Mikhaïlovitch, la Forge a déclaré soudainement la guerre aux gens d'Izmaïlovo. Dans le tonnerre des armes à feu, les malfrats n'avaient plus de temps pour la banque. Et personne n'a su voir la main de Loutchkov dans ce hachoir à viande.

Loutchkov a convoqué la Forge. Ils ne s'étaient pas vus depuis près de six mois, tous les deux vieillis et empâtés dans leurs costumes bien taillés. Les considérations de Loutchkov étaient simples : des garanties cautionnées par le budget régional, Zaslavski devait passer à des garanties cautionnées par la firme *AMK-Invest*. Après réflexion, la Forge a répondu que ce n'était pas sans danger. Si le budget régional pouvait garantir n'importe quoi – fût-ce un crédit octroyé pour la fabrication de raisins secs à base de brioche – Dima Nekliassov, patron d'*AMK-Invest*, pouvait prendre peur.

— Il n'a qu'à promettre à Nekliassov une commission de dix pour cent, a dit Loutchkov.

Un plan plein de bon sens avait d'ores et déjà mûri dans la tête de l'ancien guébiste. Puisque l'on ne pouvait pas mettre le combinat en faillite, il fallait acculer Izvolski à la cession volontaire de son capital. L'expérience ayant montré qu'en situation critique Izvolski préférait vendre ses actions à des voleurs de la pire espèce plutôt qu'à la banque *Iveko*, il fallait s'arranger pour lui cacher l'acquéreur final. Comment ? De la plus simple façon. Par le biais d'une garantie assise sur un faux contrat, sachant d'avance qu'Izvolski refuserait de l'honorer.

Ce qui faisait le charme de la situation, c'était qu'Izvolski abattait lui-même le sale boulot (irréprochable d'un point de vue légal) à la place de la banque. *Iveko* n'avait plus qu'à s'occuper de la liste des fondateurs des firmes auxquelles passaient les actions. Mieux : la banque acquérait des actions presque gratuitement. Car pour payer Zaslavski et les Pattes-Longues, ces fripouilles, l'on puisait non pas dans les fonds propres d'*Iveko* mais… dans les dix-huit millions volés de *Rostorgbank*. Dans la foulée, une partie du butin revenait inévitablement à l'auteur de ce plan de génie, Innokenti Loutchkov, chose à ses yeux particulièrement agréable.

Un tel plan requérait deux conditions. La première, claire dès le départ, que l'on tue Izvolski. Pas tout de suite. Après qu'il aurait ordonné le transfert des actions. Mais il fallait le tuer à tout prix, car au lieu d'une vente en douceur du combinat, on serait allé droit vers un scandale tapageur. La deuxième, que l'on s'attache la complicité de Dima Nekliassov, directeur d'*AMK-Invest*. Là, les choses se compliquaient : le filleul du khan d'Akhtarsk pouvait ne pas vouloir trahir son parrain. Par bonheur, Kolia Zaslavski dûment préparé l'a joué tout en finesse. Approchant Nekliassov, il lui a montré les crédits cautionnés par la région. Ce faisant, il a poussé des jérémiades : maintenant que le budget régional était dans la mouise, la banque refusait tout crédit alors qu'on pouvait se faire un fric fou là-dessus. Et d'enchaîner : et pourquoi *AMK-Invest* n'apporterait-il pas sa caution, tout à fait officiellement, moyennant trois pour cent de retour sur le montant de l'emprunt ? A quoi s'ajouteraient cinq pour cent droit dans la poche de Nekliassov lui-même ?

Il y avait une chance sur deux que Nekliassov envoie promener Zaslavski, mais le jeune directeur d'*AMK-Invest*, contre toute attente, a donné son accord. Maintenant, Nekliassov et Zaslavski étaient amis. Ils faisaient des équipées communes à la campagne et au sauna. Le sauna pullulait de caméras, et des hommes d'*Iveko* étaient tapis au bout du pré où l'on faisait bombance. Nekliassov fut filmé, cela va sans dire.

Que la caméra ait fixé les œuvres galantes de Nekliassov en compagnie de filles de joie, cela n'avait bien sûr aucune valeur. Nekliassov n'était pas un fonctionnaire. Izvolski eût-il reçu une telle cassette qu'il n'aurait pas daigné la visionner. Mais là, c'était autre chose : Nekliassov éméché, savamment émoustillé par l'Elan et par les gars d'*Iveko*, stigmatisait Izvolski avec beaucoup d'esprit et de cruauté. Innokenti Mikhaïlovitch s'étonnait même de la mentalité de ce garçon. On l'avait recueilli dans le caniveau, réchauffé, déniaisé, et voilà maintenant qu'au lieu de dire sa gratitude, il glosait sur l'impuissance sexuelle de son bienfaiteur. L'histoire des trois secrétaires, qui avait mis l'usine sens dessus dessous, était mimée par le chérubin avec force grimaces. De plus, soucieux d'étonner ses nouveaux amis par les renseignements en sa possession, Nekliassov avait divulgué deux ou trois secrets relatifs à l'organisation des flux financiers de l'usine, toutes choses qu'il ne fallait déballer en aucun cas.

Trois semaines avant le déclenchement de l'opération, Loutchkov a contacté Nekliassov pour un rendez-vous. On avait commencé dans un registre anodin. La banque *Iveko* songeait à restructurer son département de sidérurgie. Pourquoi Dima Nekliassov, avec son carnet d'adresses exceptionnel, ses compétences financières hors pair et sa parfaite connaissance du secteur, n'aurait-il pas remplacé Ausinsh à la tête du département ? De là au fauteuil de vice-président d'*Iveko*…

Une telle avalanche de compliments avait de quoi lui donner le vertige. Bien sûr, il savait pertinemment qu'accepter l'offre du pire ennemi du combinat signifiait non seulement rompre avec Izvolski sans espoir de retour, mais aussi révéler tous les arcanes financiers d'Akhtarsk. D'un autre côté, qu'était-ce qu'*AMK* ? Un lointain khanat sibérien dirigé par un seigneur despotique pour qui Dima Nekliassov ne serait jamais rien qu'un ambassadeur plénipotentiaire au cœur de la Moscou ennemie. Et qu'était-ce que la banque *Iveko* ? C'était le Kremlin, la Maison Blanche, des commis de l'Etat avenants et bien disposés, c'était aussi – et avec quelle facilité ! – un portefeuille de vice-ministre avec à la clé, une fois de retour dans le privé, un fauteuil de vice-président d'*Iveko* !

— Je vais réfléchir, a répondu Nekliassov d'une voix qui disait d'accord.

C'est alors qu'Innokenti Mikhaïlovitch a ajouté :

— De plus, vous pourriez avoir *AMK* au nombre des entreprises placées sous votre contrôle.

— Comment ça ? a fait l'autre interloqué.

— C'est très simple. Votre ami Zaslavski a fabriqué sans votre accord une caution falsifiée d'*AMK-Invest* pour un crédit de dix-huit millions de dollars. Un butin qu'il a déjà partagé avec des malfrats. Quand Izvolski l'apprendra, il est plus que certain qu'il refusera d'honorer la caution et qu'il ordonnera le transfert des actions du combinat sur les comptes d'autres sociétés. Pourquoi ne seriez-vous pas vous-même l'exécuteur de cet ordre de transfert ? A condition toutefois de les transférer sur les comptes qu'il nous plaira de vous indiquer…

— Pour qui me prenez-vous ? a dit Nekliassov en sautant de sa chaise.

Innokenti Mikhaïlovitch a répondu à la question avec le plus grand plaisir en lui projetant un film dans lequel le jeune businessman, un préservatif troué à la main en guise de marionnette, mettait en scène et jouait l'histoire des trois secrétaires d'Izvolski qu'il ne nommait pas autrement que le Lingot (surnom honni d'Izvolski). Dans ce même film, il faisait part des schémas financiers du combinat. Nekliassov était plus blanc qu'une théière en porcelaine.

Il imaginait sans peine la réaction du khan d'Akhtarsk à sa prestation artistique. Izvolski, certes, n'aurait pu le faire jeter en prison (faute de chef d'inculpation), mais il l'aurait privé de tout : de son compte en banque pour commencer, et de sa toute nouvelle datcha construite en Moscovie aux frais du combinat.

De plus Innokenti Mikhaïlovitch, à l'inverse d'Izvolski, parlait avec bienveillance et douceur en mettant l'accent sur le caractère despotique du Lingot et sur l'abnégation avec laquelle la banque *Iveko* défendait les intérêts du pouvoir fédéral contre les directeurs déchaînés qui ne demandaient qu'à déchirer le pays en principautés. Au bout de deux heures, Nekliassov pleurait à chaudes larmes. Il disait oui à tout.

Et trois jours plus tard, vlan ! Le choc pour Innokenti Loutchkov. Le voilà abordé dans son club de nuit préféré par un homme qu'il reconnaît (d'après ses archives filmées) comme Youri Breler, le chef frais émoulu de la sûreté du siège moscovite d'*AMK*, qui lui propose de discuter un moment. Loutchkov voyait déjà le pire : Zaslavski arrêté, Nekliassov limogé avec perte et fracas et lui-même, Innokenti, magistralement sermonné par Arbatov pour le fiasco de l'opération. Mais les choses se sont révélées beaucoup plus simples.

Non seulement Youri Breler n'était dupe de rien (la surveillance dont il faisait la cible, la complicité entre Zaslavski et les Pattes-Longues…), mais il avait invité Dmitri Nekliassov chez lui pour le faire craquer au bout de trois heures, comme un pro. Ceci fait, après avoir pesé le pour et le contre, Breler a posé ses exigences : un compte dans une banque suisse quelle que soit l'issue de la conjuration, et le poste de Tcheriaga en cas de succès. De son côté, l'ex-flic s'engageait à tout faire pour l'aboutissement de cette dernière hypothèse.

Aux yeux de Loutchkov, la motivation de Breler demeurait une énigme. Avec Zaslavski, tout était clair : un raté qui s'emmerdait et qui cherchait dans le jeu un exutoire à sa femme, puis dans le crédit suisse un exutoire au jeu. Nekliassov était un classique du genre : un type levé à la grue sur la deuxième marche du podium et qui regardait plus haut au lieu de regarder plus bas en se félicitant de son sort, convaincu en son for intérieur d'être assez méritant pour la première marche. Avec Breler, tout était plus compliqué, et Loutchkov n'aurait pas juré que l'argent constituait le moteur de sa motivation. Youri Breler était plutôt un joueur fou, irréductible, qui ne pouvait vivre sans risque comme un drogué sans sa dose quotidienne... Oui, c'était bien cette soif de risque qui expliquait l'histoire déraisonnable du chef de l'agence de détectives *Judith*. Il fallait aimer le risque pour lâcher d'un coup la milice et le gouverneur, et pour s'être comporté comme venait de le faire ce Moscovite de fraîche date.

Quoi qu'il en soit, le plan était prêt. Il ne restait qu'à régler certains détails, ce qui revenait à dessiner des roses à la crème sur un gâteau sorti du four. Notamment, il s'agissait de conférer au combinat une réputation bien ancrée de puanteur pour que personne ne puisse s'y retrouver au moment où les choses se précipiteraient : si le défunt Izvolski avait volé lui-même ses actions ou pas, et qui avait tué le directeur. A cet égard, l'affaire des exportations fictives est tombée à pic. Par l'entremise de ses ex-collègues ukrainiens qui étaient restés dans les services après l'éclatement de l'Union soviétique, Innokenti Mikhaïlovitch a obtenu une mission d'enquête sur les chemins de fer est-ukrainiens. Une opération accomplie avec une finesse de joaillier.

Loutchkov avait tout calculé : l'apparition de l'émissaire des Ukrainiens à Moscou, sa corruption et l'indignation unanime suscitée par sa mort. Encore fallait-il, par un jeu de mesures indirectes mais fermes, s'arranger pour que l'Ukraignos arrive juste avant le jour *J*.

De plus, il fallait prévoir l'élimination de Tcheriaga au cas où le chien de garde d'Izvolski viendrait enquêter lui-même sur la disparition de Kolia Zaslavski. Chose à faire intelligemment, sans éveiller de soupçons au sein du combinat mais en associant *AMK* à une image criminelle aux yeux du public. La mort de Tcheriaga par suite d'un règlement de comptes entre gens du milieu collait parfaitement à cet objectif, et Innokenti s'est de nouveau tourné vers la Forge qui a décidé d'en profiter pour éliminer du même coup le brigadier Jack l'Eventreur, personnalité trop indépendante qui le gênait depuis longtemps.

C'est alors que s'est produit le premier couac : tout à fait par hasard, Tcheriaga a enjambé la tombe qu'on avait creusée pour lui. Loutchkov, toutefois, ne pouvait que se féliciter d'avoir été aussi prévoyant. Si un killer avait raté Tcheriaga, le chef du service de la sûreté aurait fait tout un scandale. Or, là, il ne savait même pas à côté de quoi il était passé.

Puis l'Elan s'est retrouvé au centre de l'histoire que l'on sait. A bien des égards, une nouvelle bavure. Certains détails de cette opération avaient été confiés aux Pattes-Longues, la seule condition étant que les gens du combinat découvrent les liens de Zaslavski avec ce gang avant de mettre le doigt sur l'affaire du crédit : ceci pour leur faire accroire qu'il s'agissait là d'une pure crapulerie visant à voler dix-huit millions de dollars. D'après ce scénario, Zaslavski devait s'envoler pour la Suisse où il serait attendu par des hommes du gang qui l'accompagneraient en grande pompe à une villa flambant neuve. Avec l'aide de Breler déjà prévenu, le combinat avait les moyens de constater le départ de Zaslavski (il suffisait pour cela de présenter sa photo aux gardes frontières qui n'auraient pas manqué de reconnaître Zaslavski en la personne du citoyen Tchirikov parti pour Genève par le vol 394 de la Swissair), et de constater aussi qu'il avait été accueilli à l'aéroport par les Pattes-Longues. (Il fallait mettre en scène un incident digne d'attention.)

Au lieu de quoi l'Elan a décidé que cet âne de Zaslavski n'avait que faire des trois millions qu'il devait décrocher alors que lui, l'Elan, en ferait meilleur usage. Et plutôt que de lui extorquer ce fric en Suisse, il a décidé que le coup serait plus sûr en Russie. Et quand on lui a téléphoné pour lui dire : "Que fais-tu, couillon, et comment veux-tu que le combinat devine que le crédit est une machination des Pattes-Longues ?" il a fait dring au siège de la rue Nemetkine et a demandé une rançon, tout cela sans trop réfléchir…

De fait, cette teigne de gangster a bien failli faire capoter l'opération, et ce à deux reprises. La première fois lorsque le SOBR d'Akhtarsk a attaqué sa datcha : une initiative radicale qui n'était pas venue à l'esprit de l'Elan ni même de Loutchkov en personne. Il est vrai que, pour le bonheur de ce dernier, le combinat n'en a rien tiré que de la poisse. Mais la chance aurait pu lui sourire. Ajoutons aussi qu'à cause des foucades de l'Elan, Nekliassov et même Breler étaient transis de peur : ils n'avaient pas encore palpé la montagne d'argent promise qu'on retrouvait le cadavre de l'un d'eux dans un fossé de Moscovie.

Il a donc fallu les rencontrer d'urgence (au risque, par là même, de compromettre l'opération) et leur mentir au prix d'indicibles contorsions. Comme quoi Zaslavski aurait changé d'avis au dernier moment et décidé de livrer tout son monde au Lingot.

Puis ce fut l'horreur.

A trop prendre de pincettes, les hommes de Loutchkov n'ont pas achevé les passagers arrière de la Mercedes. Izvolski a été transféré à l'hôpital pour une opération de sept heures. Après une journée de flottement (crèvera ? ou crèvera pas ?), il a bien fallu admettre qu'il était vivant.

Pour autant tout n'était pas perdu. Si Kamaz avait descendu Tcheriaga et qu'Izvolski, coupé du monde extérieur, ne s'était rendu compte du cours des événements que quarante-cinq jours après l'assemblée extraordinaire des actionnaires, les choses auraient pris un tour convenable.

Mais Kamaz a tourné casaque : une sale manie des killers. Il y a eu un temps mort. Et quand Denis Tcheriaga est venu faire des génuflexions au propriétaire d'un immense empire télévisuel pour contre-attaquer, il s'est entendu dire que le moment d'un deuxième round était mal choisi et que personne à Moscou (pas même pour les beaux yeux des Sibériens) n'allait transgresser la Grande Trêve de l'Eau.

— Débrouillez-vous, lui a renvoyé le banquier.

Néanmoins, les fédéraux ont relâché la pression sur le combinat. La seule arme opérationnelle dans les mains d'*Iveko* était les gens du fisc. Mais c'était une arme gourmande et arrogante qui exigeait des fonds supplémentaires pour sa contribution, aussi valait-il mieux la ménager en attendant des jours plus sombres, plutôt que de gaspiller de précieuses munitions à la seule fin d'ajuster le tir.

IV

DE L'INCOMMODITÉ DE PAYER SES IMPÔTS AVEC DES MAINS MENOTTÉES

Le 19 janvier, le chef de la police industrielle d'Akhtarsk, Vladimir Kaliaguine, se dispute avec son adjoint. Lequel n'est autre que Victor Sveniaguine, alias Vitia Kamaz.

Bien que Tcheriaga ait promis au brigadier des Pattes-Longues "la place de Breler", c'est-à-dire la place de chef du bureau de Moscou, cette promesse faite à l'emporte-pièce s'est révélée intenable. Kamaz compte à Moscou trop d'amis d'un genre spécial... et encore plus d'ennemis. Et la milice moscovite considère ce genre de métamorphose d'un œil cauteleux. En dépit de son casier judiciaire plutôt propre (inculpé une seule fois et relâché faute de preuves), sa gueule et ses manières ne laissent planer aucun doute sur la vraie nature de ses activités. Enfin, pour avoir fait front à la Forge en personne, sa tête est mise à prix à dix mille dollars au tarif d'un killer médiocre.

Bref, après concertation, Kamaz s'est vu transférer à Akhtarsk avec les trois larrons de sa bande qui avaient participé au casse nocturne du bureau d'*AMK*. Deux petites semaines plus tard, Kamaz était nommé adjoint de Kaliaguine.

Ceci, bien sûr, n'est pas du goût de Kaliaguine. Que Kamaz soit un truand, il s'en fiche complètement, lui-même, Kaliaguine, n'ayant pas travaillé dans un jardin d'enfants dans les dix-huit mois qui ont suivi sa rupture d'avec la milice ; mais que son vieil ennemi Tcheriaga l'ait parachuté auprès de lui comme adjoint, cela, de l'avis général, ne peut que présager son éviction prochaine.

D'ailleurs, leur dispute ressemble plus à une querelle de gangsters qu'à une chamaillerie entre flics. La raison en est que Kamaz a extorqué de l'argent à un commerçant vassal de la police industrielle pour comportement malhonnête. Au premier briefing du matin, Volodia Kaliaguine demande à son adjoint où est l'oseille, à quoi l'autre répond qu'il l'a gagnée et d'une légitime façon et qu'il n'a pas l'intention d'en faire profiter qui que ce soit. Or les deux hommes sont des durs à cuire peu enclins aux longs discours. Après un bref échange de compliments, Kamaz bondit par-dessus la table et se jette sur son chef qui dégaine aussitôt son PA de service pour la riposte.

Il faut les séparer de force. Apprenant l'incident, Tcheriaga les convoque le jour même dans son bureau et leur propose de faire la paix. Kaliaguine et Kamaz échangent une morne poignée de main et tournent les talons en regardant chacun de son côté.

Ces derniers temps, Kaliaguine a l'humeur maussade. Depuis la mort de Breler, il a des états d'âme. La photo de son ami est toujours dans son bureau, simplement l'a-t-il décrochée et rangée dans le tiroir du haut. De temps en temps, il regarde la face souriante de cet hercule à la noire crinière, et maugrée entre ses dents : "Qui vécut en chien mourra en chien !..." puis claque le tiroir.

Deux jours après cette lamentable explication, un jour qu'il se rend à Sounja pour affaires, Kaliaguine entend son portable sonner dans sa poche. Il décroche et reconnaît la voix de l'une de ses vieilles connaissances, un baron du crime surnommé Mozart. Doué d'une ouïe phénoménale, le bonhomme aime la musique classique et joue du violon au moins aussi bien que Sherlock Holmes.

— Faut qu'on cause, dit Mozart.

Il est cinq heures de l'après-midi lorsque le chef de la police industrielle d'Akhtarsk entre dans un bar contrôlé par Mozart. Il demande à ses hommes de l'attendre en bas et s'enfile dans l'escalier du premier étage où il est attendu. Mozart est assis là en compagnie d'un jeune trentenaire à l'œil noir et plutôt bien en chair que Kaliaguine ne connaît ni d'Eve ni d'Adam.

— Voici Volodia Kaliaguine, dit Mozart. Tu lui réserveras les meilleurs égards. C'est un flic légendaire, je pèse mes mots. Depuis qu'il sévit à Akhtarsk, nous n'avons plus rien à y faire. Mais il ne devrait pas oublier ses vieux amis.

— En paroles, vous êtes tous de vieux amis, répond tranquillement Kaliaguine. Mais en paroles seulement. Si demain je me retrouve derrière les barreaux, je serai toujours votre ami ? Ou je finirai comme Breler ?

Mozart secoue la tête.

— Pas joli joli, le sort de Youri, dit Mozart. Il paraît que tu as dressé une stèle sur sa tombe ? (Kaliaguine ne répond pas.) Eh bien voilà, Volodia, je veux te présenter à mon visiteur. Il a à te parler. C'est quelqu'un de connu à Moscou, un aristo du milieu, c'est la Forge qui m'a demandé de te glisser un mot en sa faveur. L'Elan, qu'il s'appelle.

D'un mouvement léger, Mozart se lève.

— Tu vas où ? demande Kaliaguine.

— Je vais me promener, répond le caïd. Faites votre soupe sans moi, je ne m'en porterai que mieux : le moins j'en sais, le mieux je dors.

Et Mozart de s'envoler d'un coup d'aile. Le chef de la police industrielle d'Akhtarsk et le baron moscovite restent en tête à tête. L'Elan dévisage Volodia Kaliaguine de ses yeux noirs et rieurs, si semblables à ceux de Breler. Ses lèvres charnues s'entrouvrent en laissant voir de fortes dents blanches. L'Elan s'étire et sort de sa poche un bristol : sa carte de visite où figurent son nom "Alexandre Elanov" et son numéro de portable. Kaliaguine prend la carte en silence, mais sans donner la sienne.

— Tu as des problèmes avec Vitia Kamaz, si j'ai bien compris ? demande l'Elan. Tu sais, ton adjoint ?

— Je n'ai aucun adjoint du nom de Kamaz, répond Kaliaguine.

— Ah ! sacré flic… susceptible avec ça. Bon, admettons que ce soit Victor… eh merde, j'ai oublié le nom de son vioque… Sveniaguine. Tu as des problèmes avec lui ?

— Ce sont mes problèmes, pas les vôtres.

L'Elan dodeline du corps sur sa chaise. Ses dents blanches brillent dans la pièce où miroite le reflet du soleil et de la neige sibérienne.

— La façon de faire de Kamaz en a dégoûté plus d'un, dit l'Elan. Il chie sur tout le monde. Il a balancé tous ceux qui lui ont fait confiance. Il a bafoué le code.

— Et la banque *Iveko*, elle respecte le code ? lance Kaliaguine ironique.

— La banque n'y est pour rien. Ce n'est pas la banque qu'il a lâchée. Il a offensé des gens. Qu'un flic vire sa cuti, on a déjà vu ça. Mais qu'un gangster devienne flic, ça non !

— Et moi alors ?

— Toi, c'est autre chose : tu es né flic…

— Qu'attends-tu de moi ? Que je le renvoie ?

— Akhtarsk est pire qu'une base secrète. Une souris ne pourrait y entrer, à ce qu'on dit. Beaucoup en veulent à Kamaz. Et il le sait. Il s'est placé lui-même au secret, habile en diable, et ne montre jamais le bout du nez hors de la ville. Les copains et moi, on s'est dit : Si on lui fait la chasse, ils vont nous coffrer. Mais moi, j'ai gambergé : Pas si sûr qu'on soit coffrés ! Il faut parler à Volodia Kaliaguine, qu'on lui explique les choses posément... Avec un peu de chance, il nous dira lui-même où dégoter Kamaz. Hein ? (Kaliaguine ne dit rien.) Tiens, par exemple : tu fais une intervention quelque part, tu appelles Kamaz au téléphone et tu lui dis : Amène-toi dare-dare. Tu piges ?

— Non.

— Pourquoi ?

— Sveniaguine est mon adjoint à la demande du Lingot. Tu me proposes de lâcher le Lingot. J'en connais trois qui ont lâché le Lingot. Zaslavski, Breler et Nekliassov. Où sont-ils maintenant ?

— Je ne te demande pas de lâcher le Lingot. Je te demande d'aider des gens bien à régler son affaire à un type qui te reste en travers de la gorge.

Kaliaguine, le corps tendu vers l'autre :

— Ecoute voir, l'Elan. Je ne lâcherai pas le Lingot. Si tu te pointes à Akhtarsk, je t'écartèle. Vu ?

Là-dessus, jetant sa chaise avec fracas, Kaliaguine disparaît.

Deux semaines plus tard, quand au matin il quitte son domicile et s'approche de sa jeep, son chauffeur découvre, en faisant l'inspection du véhicule, une grenade F-1 reliée à la pédale de l'accélérateur. Une enquête rondement menée révèle que l'un des nouveaux "collaborateurs" enrôlé en même temps de Kamaz a rôdé près de l'auto la veille au soir. Un certain Boris Pertsov, alias Petit-Poivre. Au terme d'un entretien intensif, le garçon craque comme une noix sous un rouleau compresseur. Ce faisant, il jure ses grands dieux que cet usage peu commun de la plus puissante des grenades russes relève de sa seule et unique initiative et que son chef Kamaz n'est pour rien dans l'affaire.

Du coup, Petit-Poivre et Kamaz passent au détecteur de mensonge. Résultat négatif. Après quoi Kamaz signe une lettre de démission et Petit-Poivre disparaît on ne sait où. On murmure à ce propos que les chaudières de la centrale thermique du combinat, conçues pour le charbon d'Ekibastuz à combustion hautement toxique, sont capables d'absorber n'importe quoi. Et que l'arrestation de Petit-Poivre aurait suscité trop de curiosité malsaine sur la politique de recrutement de la police industrielle d'Akhtarsk.

A la demande de Tcheriaga, Kamaz retire sa lettre de démission. Deux jours après, Kaliaguine appelle l'Elan sur son portable.

Ils se rencontrent à Moscou la semaine suivante, où Volodia Kaliaguine annonce tout de go qu'il veut parler à la Forge.

— Et que lui veux-tu ? Kamaz, c'est de mon domaine, rétorque l'Elan.

— Soit. Alors écoute-moi. J'avais un ami. Tu vois de qui je parle. Youri Breler. Il a été tué par deux hommes. Le directeur de la prison Korobtsev et le Blaireau. J'ai viré Korobtsev. Le Blaireau est dans un camp. Je veux que le Blaireau connaisse le même sort que Breler.

— Tu es complètement cinglé. Le Blaireau est un malfrat réglo : aucune raison de le refroidir !

— C'est votre problème. La Forge fait la loi dans tous les pénitenciers. Si vous voulez Kamaz, donnez-moi le Blaireau. Faites-en un cadavre ou un larbin, je m'en fiche.

— Juré-craché ?

— Je marche.

Et Volodia Kaliaguine s'efface sans bruit dans la pénombre hivernale de Moscou où s'infuse une odeur mouillée de gel fondu.

Le 5 janvier, après un nouvel ajournement du procès d'arbitrage (pour cause de congés du juge, cette fois) le gouverneur Doubnov contacte l'usine par téléphone et propose à Denis Tcheriaga, de facto directeur général du Combinat métallurgique d'Akhtarsk, une rencontre pour faire le point sur la situation.

Le rendez-vous est fixé à dix heures et demie au siège de l'administration régionale. Denis s'y présente avec trois minutes de retard. Le patron de la région lui réserve un accueil plus que cordial : il se rend lui-même au-devant de Tcheriaga dans l'antichambre, lui administre une franche et virile poignée de main et, posant sa large paume sur l'épaule du visiteur, l'introduit dans un bureau aménagé avec un faste inouï, comme si le gouverneur Doubnov dirigeait au minimum la *General Motors* et non une région agonisante au budget déficitaire de soixante pour cent.

— On dirait que vous avez maigri, Denis Fedorovitch, roucoule le gouverneur en embrassant Tcheriaga d'un regard compatissant. Où en est la santé de Viatcheslav Arkadievitch ?

Les trois quarts des gens rencontrés par Denis commencent par s'enquérir de la santé du Lingot. Mais, cette fois, la qucstion rappelle étrangement à Denis les accents faussement miséricordieux d'Ausinsh.

— Il se remet doucement, répond brièvement Denis.

— Et sa colonne ?

— Elle demande une opération. Quand le Lingot sera d'aplomb (je veux parler de ses autres blessures), nous l'envisagerons. En Suisse.

— Sa convalescence n'a que trop duré, soupire Doubnov.

— Un autre que lui serait déjà six pieds sous terre depuis longtemps, avec toutes ces balles dans la peau. S'il met du temps à se remettre, c'est qu'il y a tant de raffut autour de l'usine que même un roc finirait au cimetière. Si le tribunal n'est pas fichu d'appeler un chat un chat, et un escroc un escroc, alors…

— Oh ! s'agissant du tribunal, je me suis laissé dire que les choses sont plus compliquées qu'il n'y paraît. N'en prenez pas ombrage, Denis Fedorovitch, la justice est indépendante du pouvoir exécutif et je ne puis me permettre de faire pression sur les juges.

D'un geste cordial, le gouverneur fait asseoir Denis à une table basse attenante à son bureau puis, pressant un bouton au passage, miaule à l'interphone :

— Verotchka, arrange-nous un petit thé, veux-tu ?

Il se met à brasser des papiers sur son bureau. Denis s'enfonce dans un fauteuil de cuir en attendant patiemment que Doubnov le rejoigne. Enfin l'autre prend place devant lui en geignant, et Denis dit :

— Alexandre Semenovitch, laissons aux journalistes les belles paroles sur l'indépendance de la justice. Nous avons nos propres contacts avec les juges et je sais de qui sont les consignes auxquelles ils se réfèrent. J'en conclus qu'il y a moins loin de Sounja à Moscou qu'à Akhtarsk.

Le gouverneur en perd la face.

— Denis Fedorovitch, dit-il d'un ton choqué, il faut tirer les choses au clair. Si la partie adverse cherche à influer sur les juges…

— La partie adverse influe-t-elle aussi sur votre adjoint ? Quand il refuse de déduire de nos impôts le mazout que nous fournissons à vos chaudières ?

Le gouverneur, les bras en l'air :

— De grâce, le mazout est une tout autre histoire. Vous le comptabilisez à un prix dix fois plus élevé qu'en numéraire ! C'est encore Moscou qui me tombera dessus : j'exige des fonds et je ne paie plus les médecins depuis bientôt trois mois pendant que mon plus gros contribuable ne me verse que vingt pour cent de son dû ! Tenez, la banque *Iveko* se fera un plaisir de stipendier un ou deux journalistes pour une investigation dite indépendante… Elle possède un service de sécurité… vous n'avez pas idée.

— Ils ne sont pas les seuls. Moi aussi, à l'occasion, je peux faire des enquêtes. Sur le chantier de l'aéroport de Sounja, par exemple. Sans parler de vos coucheries…

Doubnov lance les bras au ciel.

— Voyons, Denis Fedorovitch ! Vous êtes vraiment devenu irascible… Ce ne sont pas des choses à dire… On fait tout pour vous aider, et voilà ce qu'on prend ! Vous n'êtes pas le Lingot, Denis Fedorovitch. La seule chose que vous possédiez à Akhtarsk, c'est une voiture et une datcha… (Il marque une pause à la manière d'un maître qui aurait tancé un élève capable, mais venu en classe sans avoir appris sa leçon.) En vérité, j'ai une belle proposition à vous faire. Les choses sont vraiment compliquées dans ce procès, mais !… (Il lève un doigt qui exulte.) Dans le bloc d'actions incriminé, vingt pour cent d'entre elles ont été acquises aux enchères. En 1994. A l'époque, les résultats avaient été contestés. C'est sous le mandat du précédent gouverneur, je ne m'en étais pas soucié, je viens seulement de faire sortir les archives. Bizarres ces enchères, vous ne trouvez pas ?

— En 1994, je ne travaillais pas au combinat.

— Peu importe. Le fonds régional est en droit de déférer l'affaire en justice. Pour récupérer ces vingt pour cent. Qu'en pensez-vous ?

Denis pose un regard amusé sur le gouverneur. C'est Izvolski qui l'a sorti du trou où il croupissait depuis la mort de l'URSS ; qui l'a décrotté et lavé, lui a payé sa campagne électorale. L'usine n'a peut-être pas alimenté le budget régional dans les proportions exigées par la loi, mais elle a donné le maximum possible sans couler la production. Elle n'a cessé de le nourrir, lui et sa suite gloutonne. La logique voudrait qu'il le couve d'un regard dévoué.

— Je ne comprends pas bien, dit Denis. On nous a volé nos actions. Nous tentons de les récupérer. En quoi le fait qu'elles se retrouvent dans le fonds régional favorise-t-il leur restitution ?

— Cela n'a aucune espèce d'importance ! proteste le gouverneur. La région et le combinat ont toujours été complices. Ce qui compte, c'est qu'un bloc de vingt pour cent ne tombe jamais dans l'escarcelle des Moscovites ! A condition que l'usine ne conteste pas la plainte du fonds régional au tribunal d'arbitrage !

Denis serre les poings si fort que ses phalanges en blanchissent. Le beau salaud ! Quand le combinat finançait sa campagne électorale, il ne songeait pas à revenir sur les résultats de la privatisation… Que doit-il répondre ? “Je vais demander conseil à Izvolski” ? Non. Parce qu'alors la réponse du Lingot serait : “Envoie-les sur les roses.” De la bouche de Denis, cette même réponse serait rattrapable à force d'excuses mais, de celle d'Izvolski, il n'y aurait plus aucune chance de réparation. Si Denis dit non, alors les autres mèneront la vie dure au combinat. Le harcèlement des présidents de fonds de pension et autres ne seront plus qu'un doux souvenir en comparaison… Dire oui ? Exclu ! Laisser à cette bande de filous aussi avides que stupides un bloc d'actions susceptibles de passer à tout moment à la banque *Iveko*, quelle que soit l'issue des procès, ce serait lui donner la minorité de blocage avec les cinq pour cent quelle possède déjà... Jamais ça !

— Qu'en dites-vous ? insiste le gouverneur.

— J'en dis que ce bloc d'actions appartient de plein droit au combinat et qu'il se battra en justice pour le garder.

L'autre rougit de dépit.

— Vous n'êtes pas en situation de marchander. Du reste, *AMK* ou *Iveko*, peu m'importe qui me paiera les impôts...

— Peu ne vous importe pas, coupe Tcheriaga. (Le gouverneur fronce les sourcils.) Les élections sont dans un an, et vous connaissez vos électeurs. Voyez ce qui se passe dans la rue. Même les rouges purs et durs ont troqué les portraits de Lénine contre ceux d'Izvolski... Imaginez un instant que le tribunal tranche en faveur des “sionistes de Moscou”. Savez-vous qui sera le prochain gouverneur de la région ? Viatcheslav Izvolski.

— Il ne trouvera pas de sponsors... avance le gouverneur d'un ton hésitant.

Tcheriaga lui répond par un rire offensant :

— Je puis vous assurer que le Lingot a de quoi se faire élire président même si la banque *Iveko* ne lui donne pas un kopeck...

Izvolski a connaissance de l'initiative fantaisiste du gouverneur dès le lendemain matin par Denis qui, la tête lourde d'avoir mal dormi dans l'avion, lui en livre un compte rendu circonstancié. Et d'ajouter :

— Tu avais vu juste.

— J'aurais préféré m'être trompé, commente le directeur avec philosophie.

Après une demi-heure passée à la clinique, Denis se rend à un rendez-vous fixé à onze heures avec un homme de la Procurature générale. Izvolski lui demande de repasser dans la soirée pour parler, puis l'accompagne d'une question un tantinet ironique :

— Et les études, comment ça va ?

Il y a trois jours de cela, deux colosses de la sécurité se sont rendus perspective Leningradski avec les passeports de Denis et une liasse de billets ; ils sont revenus sans la liasse mais avec un certificat d'inscription de M. Tcheriaga Denis, qualité : directeur général adjoint du Combinat métallurgique d'Akhtarsk, à quatre semaines de formation au poste d'"administrateur anticrise" sous les auspices de l'Académie des finances – une obligation légale pour quiconque prend les commandes d'une entreprise. Il a été signifié à Denis qu'il ne couperait pas aux examens et qu'il aurait intérêt à ne pas trop patauger.

— Les études ? Au point mort, lâche Denis bougon.

Dans le couloir, il rencontre Irina : toute peinte en rouge par le gel, superbe, vêtue d'une longue pelisse sans commune mesure avec la vieille doudoune made in China qu'elle portait le jour de son hospitalisation, il y a un mois et demi. Denis se souvient très bien du jour où Izvolski avait supplié Irina d'accepter de l'argent pour acheter autre chose qu'un jean et un anorak. Il s'en souvient d'autant mieux qu'Izvolski avait chargé Boris Semenov (représentant de l'antenne moscovite d'*AMK*) de s'en occuper au lieu de lui demander à lui Denis.

Tcheriaga ne peut s'empêcher de penser que sans elle, Izvolski sur son lit d'hôpital n'aurait jamais fait preuve d'une telle patience et constance de caractère, toutes choses dont le directeur surnommé le Lingot était jadis totalement dépourvu. Et qui sait : aurait-il pu s'en sortir à ce point s'il avait été seul, désespéré, se méfiant de tous ?… Il ne lui laisse plus faire un pas à l'écart, et son visage s'illumine à chaque fois qu'Irina entre dans sa chambre. Qu'une autre s'occupe de lui, infirmière ou aide sanitaire, et c'est le Lingot capricieux qui revient au galop. Bien sûr, pas question pour Irina de travailler. Elle a dû prendre un congé sans solde en attendant les vacances universitaires. Maintenant, elle connaît tout le top-management d'*AMK* et se révèle plutôt bien informée des affaires du combinat. Izvolski ne l'éconduit presque plus quand il reçoit la visite d'un adjoint ou d'un agent. Bien au contraire, il écoute le rapport de ses subordonnés la tête à la renverse, ses doigts tripotant faiblement – très faiblement – la petite menotte d'Irina à mesure qu'ils recouvrent leur mobilité. Etant d'un naturel spontané, la plupart des Sibériens s'expriment sans retenue de langage en présence de la dame, à tel point qu'Irina, plutôt sèchement, en fait un jour la remarque à Izvolski. Elle aura appris durant ce temps plus de tournures idiomatiques tirées du tréfonds de la langue grand-russienne, qu'elle n'aura percé de mystères sur la technologie des métaux.

— Slava, excuse-moi, mais ton Skorosko est-il seulement capable d'expliquer pourquoi le générateur de la centrale thermique ne tient pas la fréquence sans employer cinq fois le mot "putain de" ?

Izvolski fera une sérieuse remontrance à l'ingénieur en chef qui, la fois suivante, n'emploiera ce mot que trois fois.

Bref, Irina s'est prise d'amitié pour tout ce monde et, pour étrange que cela paraisse, ne marque plus ses distances que devant Denis. Cette défiance remonte au matin maudit du 1er janvier où Irina ébahie a surpris Tcheriaga au lit avec une fille dont la pose et l'occupation du moment n'autorisaient aucune liberté d'interprétation. En femme de bonne éducation, Irina était aussi choquée que si elle avait ignoré qu'il existait au monde des prostituées dont les hommes s'attachaient les services.

Dès lors s'est brisé le prisme rose à travers lequel Irina regardait le chef de la sûreté du combinat, lui laissant découvrir un tout autre Tcheriaga. Audacieux et intelligent, certes, mais peu regardant sur les convenances, usant de sa place de régent non seulement pour défendre les intérêts du combinat, mais aussi pour satisfaire de viles ambitions personnelles en coupant l'oxygène à quiconque pourrait briguer sa place ou bien se serait rendu coupable de malignité à son encontre par le passé.

L'ancien Tcheriaga était peut-être plus délicat et plus fin que l'ancien Izvolski, mais le nouvel Izvolski, diminué, refusant presque de se nourrir malgré l'empressement des médecins et demandant à être materné en permanence, se distingue avantageusement de ce vizir imbu de sa personne qu'elle voit débarquer d'une Mercedes blindée sous l'escorte d'une bande de furieux molosses. Forte d'un instinct maternel exacerbé, Irina ressent le besoin de s'occuper d'un homme… et certes pas d'un type encadré d'un peloton de mitrailleurs.

C'est à peine si Irina marque le pas en apercevant Denis qu'elle n'a pourtant pas vu depuis deux jours (il a fait le compte). Elle lance un éclair de ses dents blanches, laisse glisser sa pelisse dans les mains d'un garde prévenant et s'efface derrière la porte de la chambre d'Izvolski.

Elle sent d'emblée un changement dans l'humeur du malade. Izvolski est étendu les yeux mi-clos. Il a fallu qu'Irina s'approche pour que son visage ingrat et décomposé s'anime enfin d'un sourire qui le transfigure. Elle s'accroupit et promène prudemment ses doigts sur sa joue piquante, effleure sa tempe où trépide une veinule bleue diaphane.

— Il se passe quelque chose, Slava ?

Il ouvre les paupières.

— Rien de grave. Le camarade gouverneur a décidé de chasser l'iziubr à son tour. Il demande vingt pour cent des actions de l'usine.

— En quel honneur ?

— Il paraît que je les ai achetées aux enchères d'une façon irrégulière…

Irina le dévisage d'un regard plein d'amour et d'attention.

— Il est du côté de la banque maintenant, c'est ça ?

— Il est de son côté à lui : il voit que le lion est malade et veut croquer un morceau de l'héritage…

Irina presse soudain ses petits doigts fins.

— Seigneur, quelle fripouille ! Tous des fripouilles ! Dire que c'est toi qui l'as fait gouverneur ! Il devrait être à ta merci !

— Ah ! mon cœur, ce n'est qu'un gouverneur. Un jour à la merci de son maître, il le mange le lendemain…

— Que va-t-il se passer maintenant ?

Il pousse un petit rire sarcastique.

— Maintenant, ma belle Irotchka, il faut s'attendre au pire. Quand on tient la justice et le fisc, on n'en fait qu'à sa guise. Imagine qu'une firme de la région voisine crédite le compte de l'usine d'une somme d'argent équivalant à cinq cents salaires. Sans contrat, sans rien, sinon quelques bafouilles tellement brouillonnes qu'une chatte n'y retrouverait pas ses petits. Trois mois plus tard, elle demande notre mise en faillite : sous prétexte qu'elle a payé des laminés qu'elle n'a jamais reçus. Et crac ! le tribunal d'arbitrage lui donne raison et dépêche un administrateur. Une semaine se passe et crac ! l'administrateur se plaint devant la justice d'être entravé dans sa mission par la direction de l'usine…

— C'est possible ?

— Tout à fait. J'ai moi-même envisagé de faire le coup à l'usine de tuyaux laminés de Sounja. La comptabilité d'une grosse usine peut très bien ne pas remarquer l'entrée d'une telle somme. Elle voit un peu d'argent qui entre, c'est tout... En revanche, s'il existe un contrat non suivi d'un paiement, là c'est autre chose. Mais dans le cas contraire... (Il se tait puis ajoute :) Maintenant, tous les chacals vont aller à la mangeoire. Les énergéticiens seront déchaînés. Les douanes feront des saisies à tour de bras... Sans parler des gens du fisc, charognards dans l'âme. Cette gentille petite conversation d'hier nous coûtera une cinquantaine de briques. En dollars, s'entend.

— Pardonne-moi si je dis une bêtise, mais... peut-on faire la paix avec la banque ?

— Non.

— Slava, excuse-moi, c'est une question qu'on ne te posera jamais en face, mais comment se fait-il que... tu te présentes comme le gentil, et la banque comme le méchant ? Car enfin... tu as acquis ces actions de la même manière que la banque, non ?

— On peut dire ça.

— Où est la différence, alors ?

— Vois-tu, tôt ou tard il faut choisir ce qu'on veut : gagner de l'argent pour prendre le large direction Hawaï ou bien vivre en Russie. Si on veut faire du fric et après moi le déluge, il faut agir d'une certaine façon ; mais si on veut rester, d'une tout autre façon. Ne pas considérer les gens comme des Kleenex. Ni les usines comme des rasoirs jetables – j'achète, je jette. Quand on veut travailler en Russie, on apporte son argent en Russie. C'est une connerie de le garder en Suisse. On peut assurer ses arrières, bien sûr, comme une petite vieille qui fait une cagnotte pour ses obsèques. Mais l'argent doit travailler. Et il ne trouvera pas meilleur rendement qu'en Russie.

— Mais est-ce que les banques ont forcément vocation à ne penser qu'aux îles Hawaii ?

— Une banque et une entreprise, ce n'est pas la même construction. Qu'est-ce que de l'argent en banque sinon des chiffres sur des comptes ? Cet argent est là maintenant, en Amérique l'instant d'après, à Chypre deux minutes plus tard. Une banque, c'est comme un pissenlit. Souffle dessus et tout s'envole offshore. Une entreprise marche autrement. Elle a des fonds fixes. Avec la meilleure volonté du monde, je ne peux pas transférer un haut-fourneau aux Bahamas par satellite. (Un rire narquois.) Chaque banque a son plan *X*. A la moindre alerte, l'argent passe offshore et, passeport en poche, bonjour les Seychelles. Il suffit de rembourser les créanciers qui peuvent te tuer. Pas les autres. Pourquoi les banques russes attirent-elles les épargnants ? Pour avoir de quoi payer ceux qui peuvent te tuer. Dans les finances, on parle d'actifs à l'aune du risque. Eh bien, les banques russes ont inventé un nouveau concept en matière de finances mondiales : les passifs à l'aune du risque. C'est-à-dire des passifs à rembourser ou non selon les cas, quitte à dévaliser les autres pour ne pas essuyer un pruneau servi par une *Kalachnikov*.

L'air pensif, il plisse les yeux. Toujours accroupie devant lui, Irina laisse pleuvoir ses longs cheveux clairs sur sa joue mal rasée.

— Tu es pâle, mon doux soleil. Je t'embête, hein ? (Elle secoue la tête.) Si, si, je le sais. Je ressemble à quelque chose d'intermédiaire entre un homme et une bille de bois, infoutu de me coucher sur le flanc, toujours à faire des caprices. Un lingot, en un mot…

— Ce ne sont pas des caprices.

— Et si tu allais changer d'air, hein ? En Argentine, par exemple, il fait chaud là-bas à cette saison. Ou un peu plus près… à Chypre… pas pour longtemps.

Elle ne fait que sourire. C'est la deuxième ou la troisième fois que Slava lui offre de changer d'air. Une fois, malgré ses protestations, le service de la sûreté lui a même soutiré son passeport pour le lui rapporter deux jours plus tard avec un visa, une carte de crédit et des billets d'avion pour une destination chaude : les Açores, croit-elle se souvenir. Le Lingot avait exigé qu'elle parte d'un ton sans appel mais, à mesure qu'approchait le moment du départ pour l'aéroport, il se faisait de plus en plus sombre et capricieux.

Quand le chauffeur inquiet a fait dire aux gardes qu'encore quinze minutes et elle raterait l'avion, Irina a quitté la chambre puis, après un quart d'heure passé dans la jeep qui ronronnait au point mort, est remontée en flèche. Comme un gosse, le Lingot a explosé de joie.

— Je n'ai pas envie de partir.

— Sors au moins ce soir. On a des billets pour Rostropovitch. Ça te plaira, vas-y.

Elle regarde attentivement Izvolski. Un billet pour le théâtre ou pour le concert, c'est tout autre chose que la Thaïlande. Cela signifie qu'il aura la visite de Tcheriaga accompagné d'un certain Voliev, électronicien, et que lorsque celui-ci aura inspecté toutes les fissures de la chambre puis bouché les fenêtres à l'aide de lourdes plaques métalliques disposées entre les volets, Izvolski et Tcheriaga parleront durant deux ou trois heures.

— Et toi, tu aimes la musique ? demande Irina.

— Non.

— Aucune ?

— La classique, non ; quant aux variétés, je n'arrive pas à les digérer.

Irina sourit.

— Décidément, tu n'aimes rien du tout. Ni les chats, ni les chiens, ni la musique, ni les communistes.

— Toi je t'aime. Vas-y, sors un peu te changer les idées. C'est oui ?

— Bien sûr.

Elle est flanquée d'un garde du corps d'une trentaine d'années, haut de taille, beau gosse, tiré à quatre épingles, aux manières de businessman bien élevé. Apparemment pas plus porté sur la musique qu'Izvolski, il passe tout le concert à s'ennuyer royalement, scrutant l'entourage dans l'hypothèse d'un danger éventuel qui menacerait celle dont il assure la protection.

Irina n'est pas pressée, sachant Izvolski en bonne compagnie pour la soirée. Elle quitte la salle de concert à dix heures et demie parmi la foule ravie des spectateurs. Dans le vestibule, un bel homme l'approche avec de grands yeux gris piqués d'une pointe de glace.

— Pardonnez-moi, Irina Grigorievna, vous ne me connaissez pas…

— Je vous connais, vous êtes Guennadi Serov, le vice-président d'*Iveko*.

Elle ne l'a jamais vu en chair et en os mais elle est douée d'une remarquable mémoire des visages, et c'est bien ce visage-là qu'elle a vu dans une pile de photos qui traînaient sur la table de chevet d'Izvolski.

— Oh !… Pardonnez-moi…

Serov lui jette un regard légèrement en biais, attentif et malicieux. L'ex-aviateur, joli garçon et fieffé Don Juan, a parfaitement conscience de l'impression que son physique exerce sur les femmes. Au vrai, il a même tendance à se surestimer quelque peu. Ces dernières années, en effet, les femmes se montrent peut-être moins impressionnées par le physique que par le portefeuille d'un homme devenu, à ce qu'on dit, propriétaire associé de l'une des plus grosses banques du pays.

— Irina Grigorievna, j'aimerais vous parler…

— Nous n'avons rien à nous dire, répond Irina en passant son chemin.

Serov la prend délicatement par le bras. Le garde du corps se met sur le qui-vive. Fût-il un chien qu'il eût l'encolure hérissée de jarre.

— Irina Grigorievna ! Je ne veux pas vous enlever, je ne fais pas un mystère de cette rencontre…

— Nous n'avons rien à nous dire, répète Irina. Si vous y tenez, vous pouvez parler à Viatcheslav Arkadievitch.

— Eh bien non ! Je ne peux pas lui parler ! s'écrie Serov en levant les bras. Vous le savez pertinemment ! On ne me laissera pas faire un pas dans la clinique ! On me dirigera vers Tcheriaga et consorts, or lui…

Il fait un geste dépité. Irina hésitante semble solliciter son garde du corps d'un regard interrogateur. L'autre cille en signe d'approbation.

— Eh bien soit, dit Irina à contre-cœur, de quoi s'agit-il ?

Serov, d'un pas félin, la conduit dans le foyer où sont disposées quelques buvettes. Il choisit une table dans un coin, à l'écart de la musique et des rares consommateurs.

— Irina Grigorievna, le sort du combinat m'inquiète. L'une des meilleures entreprises du pays va droit dans le mur. Querelles, zizanies, fisc, chemin de fer… à ce train-là, à force de disputes, il ne restera plus rien du combinat d'ici l'été prochain…

— Ne vous en prenez qu'à vous-même…

Il fait un geste de douleur.

— Ne parlons pas des erreurs passées. Ce n'est pas constructif. Ce qui est constructif, c'est que nous avons un ennemi commun : le gouverneur, les fournisseurs de ressources énergétiques, l'inspection fiscale… Dans un tel contexte, nous aimerions conjuguer nos efforts.

— Qu'est-ce que ça veut dire, conjuguer ses efforts ?

— Nous créons conjointement une société offshore. Les profits du combinat vont offshore et sont partagés moitié moitié entre les deux actionnaires indépendamment de leur nombre de parts.

— Ce n'est pas avec moi qu'il faut discuter ces choses-là, dit Irina.

— Avec qui alors ? Avec Tcheriaga ? Irina Grigorievna, le problème c'est justement qu'Izvolski est constamment désinformé. Il est entièrement sous l'influence de Tcheriaga. Or Tcheriaga, croyez-moi, est loin d'être la meilleure candidature au poste de directeur général par intérim en ce moment. C'est par sa faute que les rapports avec les gouverneurs se sont détériorés. C'est lui qui prodigue des goujateries à droite et à gauche. C'est lui qui table sur l'exacerbation de nos conflits. Parce que pour tenir l'usine, le directeur adjoint de la sûreté a besoin d'une situation extrême. Il est objectivement intéressé à dramatiser la situation et à brouiller Izvolski avec tous ceux qui pourraient le remplacer.

— C'est la raison pour laquelle vous lui avez proposé un million de dollars en échange de son ralliement ?

Serov paraît sincèrement étonné.

— Nous ? Quand ça ?

— Dès le départ. C'est lui qui nous l'a dit.

— Mensonge, ricane-t-il, un nouvel exemple de mensonge à la Tcheriaga.

Irina se lève.

— Vous m'avez tout dit ?

Serov s'incline. Avec une légère désinvolture il attrape la main d'Irina et baise ses doigts longs et délicats aux ongles coupés court.

— Vous êtes ravissante, Irina Grigorievna. Vraiment, j'envie Izvolski. Je serais heureux d'être alité à sa place.

Il exécute une révérence, claque militairement des talons et se dirige vers la sortie. Ses lèvres ont laissé une empreinte mouillée dans le creux de la main d'Irina. Elle court aux toilettes et se lave longuement, frénétiquement les mains. Il lui semble alors voir glisser sur sa peau un serpent très joli. Et très venimeux.

Quand elle rentre à la clinique, elle trouve la chambre vide. Seule une senteur éthérée d'homme atteste qu'elle avait vu juste : Izvolski vient de tenir une réunion secrète. Irina connaît le parfum de Tcheriaga : une exhalaison de cannelle mêlée à un déodorant piqué de menthe. C'est une odeur de cannelle, justement, qui flotte dans la chambre, et cette odeur l'importune depuis peu.

Intuitive, elle n'a pas l'impression qu'il n'a été question que de la défense juridique et financière du combinat. Ni Izvolski ni Tcheriaga ne sont hommes à camper sur des positions défensives. La trêve dure déjà depuis un mois entre la banque et le combinat. Le front est calme, trop calme, et la sensation gagne Irina que cela prépare une vaste offensive avec artillerie lourde et substances toxiques. Elle a terriblement peur pour Viatcheslav.

— Alors, ce concert ? demande Izvolski.

— J'y ai rencontré Serov.

— Tiens donc ! Je ne lui connaissais pas de penchant pour la musique classique. Ça fait toujours plaisir de savoir qu'on m'accorde une telle attention et qu'on suit à la trace la voiture de ma fiancée… Et que te voulait-il ?

De la façon la plus fidèle possible, Irina rapporte sa conversation avec Serov. Viatcheslav est tout ouïe.

— Et que voulait-il d'après toi ?

— Je crois qu'il voulait salir un peu Denis. Que tu cesses de lui faire confiance.

Izvolski rit de bon cœur.

— Ah ! Irotchka, encore un mois et je t'aurai définitivement dépravée. Un “nouveau Russe” mignon comme tout t'aborde au concert, te baise la main et te déclare qu'il aimerait aider Akhtarsk, et tu n'y vois qu'une pique lancée à Denis… Embrasse-moi.

Irina l'embrasse avec précaution, d'abord sur le front puis sur ses lèvres larges légèrement crevassées par une réaction allergique aux médicaments.

— Et cette histoire avec le gouverneur, Slava, que peux-tu faire ?

— Beaucoup de choses. Cesser tout paiement au profit du budget régional. Racheter les créances de la région. Attaquer le gouverneur à l'assemblée législative. Le faire jeter en prison…

— Pour quel motif ?

— Je ne connais aucun gouverneur de Russie qui ne soit pas passible d'une peine de prison.

— Un exemple ?

— Un exemple ? Il existe un fonds de promotion du gaz dans la région. Cette année, il a été financé à deux cent soixante-dix pour cent. Le fonds salarial des enseignants l'a été à trente pour cent, mais celui de promotion du gaz, à deux cent soixante-dix. Trois cents millions de roubles ont été dépensés. Six kilomètres de conduites de gaz ont été installés. Qu'en a-t-on à foutre dans les villages du nord d'une région charbonnière, je te le demande ?

— Et qui est à la tête de ce fonds ? Le fils du gouverneur ?

— Tu raisonnes à l'ancienne, mon trésor. Le fonds est dans les mains d'un certain Afanassi Stivitski, plus connu sous le sobriquet de l'Iroquois. Un garçon charmant, à peine plus âgé que moi. Un peu coléreux, d'où son surnom. Un jour, sous les yeux d'une dizaine de témoins, il a tiré à bout portant sur un chauffeur qui venait de lui faire une queue de poisson. J'en reviens au fonds : j'ai parfaitement le droit de me plaindre à la procurature parce qu'un budget régional n'est pas une cagnotte à malfrats.

— Tu le feras ?

— Non.

— Pourquoi ?

— Parce que nous payons la région en conduites de gaz au prix de quinze mille roubles le mètre alors que la cotation du marché est à sept cents roubles. Ça diminue nos impôts de vingt fois. Voilà le problème, vois-tu. Tout est lié dans la région. J'ai une montagne de pièces compromettantes pour le gouverneur mais lâcher le morceau reviendrait à me faire une crasse à moi-même ou à des gens qui détestent les crasses. La banque, elle, ne se ferait aucun tort à verser les mêmes pièces à charge. Au contraire, cela jetterait (ouvrez les guillemets) une lumière crue sur l'ampleur de la corruption dans laquelle a sombré le pouvoir régional qui viole le budget avec son complice le combinat d'Akhtarsk.

— Et tu… ne violes pas le budget ?

— Non.

— Depuis combien de temps les enseignants sont-ils sans salaire ?

— Dans ma ville, tous les enseignants sont payés. J'ai un compte bloqué en banque à cet effet, il n'y a donc pas d'arriéré. Les retraités ont une rallonge de cinq cents roubles à leurs pensions. Deux écoles neuves ont été construites. Un jardin d'enfants.

— Ça n'empêche pas les enseignants de ne pas être payés à l'échelle de la région. Or ils le seraient si tu payais ta part en argent et non en conduites de gaz.

— Si je payais en argent, l'Iroquois serait vingt fois plus riche. Comme je ne peux pas faire autrement que de payer pour la promotion du gaz, autant limiter les dépenses. Je suis las de me battre contre tous.

Irina se tait un temps.

— Tu es un bon polémiste, Slava, dit-elle enfin, mais je ne crois pas que tu aies raison.

— En quoi mentirais-je ?

— Est-ce que tout le monde paie vingt fois moins cher à ce fonds de promotion du gaz ?

— Ça dépend, ma belle, du poids de chacun dans la société. *AMK* paie vingt fois moins cher. L'usine de tuyaux laminés d'Akhtarsk, deux fois moins cher. Et le café de *L'Hirondelle* et compagnie paie plein pot sans piper. Tout le charme du système tient à ton statut. Quand *AMK* paie un kopeck, *L'Hirondelle* paie un rouble. (Irina pouffe, il s'en offusque :) Je ne vois pas ce qu'il y a de drôle…

— Non, rien. Il y avait un savant, au Moyen Age, Henry de Langenstein, qui disait que le prix payé pour un bien devait dépendre du rang de chacun.

— Tu vois bien ! Nous avons construit une économie médiévale. Pardonne-moi, mais je ne peux pas guerroyer contre une formation sociopolitique. Je ne suis pas un révolutionnaire. Je suis un directeur.

— Tu n'es pas un directeur. Tu es le prince de la cité d'Akhtarsk. Et les princes… (Elle prend son courage à deux mains :) Dis-moi, qui tient le commerce des prostituées dans l'hôtel ? Tcheriaga ?

— Commen-ent ?! s'étonne-t-il sans tiquer. D'où tiens-tu ça ?

Elle, terriblement gênée :

— Eh bien, une fois, je suis sortie me promener dans le jardin… c'était le premier jour, personne ne me connaissait…Quand je suis rentrée, il y avait un nouveau garde dans le hall. Il m'a toisé d'un air vicieux et m'a dit : “C'est pour qui, mademoiselle ?” J'ai vu la réceptionniste lui faire des grands signes affolés… Plus tard, j'ai tout compris…

Irina n'en dit pas plus. Que l'hôtel soit fréquenté de prostituées, elle ne l'avait compris qu'au matin du 1er janvier en entrant dans la chambre de Tcheriaga.

— Et ce garde, comment s'appelait-il ? fait Izvolski furieux.

— Quelle importance, enfin… C'est Denis qui les a mises en place, dis-moi ?

— Non, bien sûr. Il est au-dessus de ça.

— C'est du ressort de qui, alors ?

Izvolski, question contre question :

— Denis te plaît ?

— Non.

— Mais il te plaisait avant, je dis vrai ?

— Oui, avoue-t-elle un rien gênée.

— Pourquoi ?

— Je ne sais pas. Je… je le voyais autrement. Moins dur. Ce banquier, il a raison… Denis écrase les gens. Il est dévoué à ta personne, mais ne pourrais-tu pas exiger de lui un peu plus de… retenue, si je peux dire ?

— C'est pour cela qu'il t'a déçue ?

Elle fait oui du menton. Sa tête s'enfouit dans le bras d'Izvolski qui la caresse. Eût-elle levé les yeux sur son visage à cet instant qu'elle aurait eu la surprise d'y voir flotter un sourire béat et cruel.

Le lendemain de la conversation de Denis Tcheriaga avec le gouverneur de la région, le chef du service de la sûreté de la banque *Iveko*, Innokenti Loutchkov, rencontre le baron du crime la Forge, son vieux compère, au douzième étage de son établissement.

Ceci pour un motif parfaitement légal : une grosse société inféodée à la Forge ne pouvant récupérer son argent à la banque, c'est lui qui se charge de régler la question, moyennant la moitié de la somme à recouvrer.

Laquelle question est vite expédiée : Loutchkov accepte de débloquer cinquante pour cent de son dû et de partager le reste entre la banque et le gang. Après quoi la Forge tire de sa poche un journal influent qui évoque l'affaire des actions du Combinat métallurgique d'Akhtarsk. Selon une version des faits qui court depuis quinze jours, et que le journal semble reprendre à son compte comme allant de soi, les actions disparues auraient été rachetées par les Pattes-Longues.

— Tu as lu ça ? dit la Forge en pointant le menton sur l'article.

— Bien sûr que oui, répond l'autre en haussant les épaules. Qu'est-ce qu'ils ne vont pas inventer…

— Tous ces bobards portent ta griffe.

Loutchkov affecte un air étonné.

— D'où sors-tu ça ?

— Ne fais pas l'innocent. C'est signé. Tu brouilles les pistes ?

Loutchkov joint les doigts en toit de maison, puis les disjoint.

— Un journaliste, dit-il, est comme un chien : les os qu'il porte à la niche sont ceux qu'on lui jette… Que ce soit telle ou telle sornette, qu'est-ce que ça change ?

— Ça change que des gens honorables me demandent des comptes : où sont les actions et quel est mon deal avec *Iveko* ?

— Eh bien, réponds aux gens honorables que tu as gagné dix huit briques en billets verts pour services rendus à la banque…

La Forge pointe le journal sur Loutchkov.

— Tu te fous dedans, mon vieux. Et tu me mets dans de beaux draps. A cause de toi, on m'accuse d'avoir massacré une super-usine en Sibérie au moment où les flics sont à l'affût du moindre prétexte pour serrer la vis.

Quand je réponds que je n'ai rien fait, on me renvoie à la figure que c'est moi qui ai pris un crédit et que je ne suis pas homme à tourner la broche pour faire manger les autres. On me dit : "Soit tu as raflé la mise, soit tu tiens le pot de chambre de la banque *Iveko*. Tu te prends pour le ministre de l'Economie pour leur faire toutes ces courbettes ?" Il y en a même qui font le rapprochement avec l'affaire d'Izmaïlovo.

— Tu ne m'auras pas au bluff, dit Loutchkov, tu es toi-même le roi de la bavure. Zaslavski, c'est moi qui l'ai trucidé peut-être ? Et qui a laissé faire le SOBR d'Akhtarsk ? Si ton Elan avait su se tenir, tout aurait été réglo…

— Holà ! Que veux-tu dire par là ? L'idée de la rançon n'est pas venue de l'Elan ! Je cite tes propres paroles : "Dès que le crédit sera perdu, leurs soupçons devront se porter sur vous." Ils ont dévasté sa datcha ! Et tu fais mine d'être hors du coup ! On a rempli le contrat, nous. Tout est nickel de notre côté. C'est toi qui as massacré le boulot. Je te l'avais pourtant dit clairement : engage l'Elan, il flinguera le Lingot proprement, sans lézard. Mais tu as décidé d'économiser trois kopecks en enrôlant des bœufs. Le Lingot est vivant et empeste la moitié du pays…

— Mes bœufs, ils avaient déjà dégommé des présidents. C'est un miracle que l'autre en ait réchappé. Je ne suis pas là pour assumer tes problèmes.

— Ce ne sont pas mes problèmes, mais les tiens. Si je veux rester propre aux yeux des frères la crapule, je dois ramasser vingt pour cent d'*AMK*. Par contre, si tu m'envoies valser, tu auras la visite du gang d'Izmaïlovo qui te fera payer le carnage de l'an dernier, je suis clair ?

Loutchkov se mord les lèvres. Dans un contexte où la banque a gelé les comptes de ses clients sous prétexte de crise, perdre l'appui des Pattes-Longues – le bras armé clandestin de la banque – serait un luxe inexcusable.

— Vingt pour cent, c'est trop.

— Pourquoi ? Tu gardes le bloc de contrôle.

— Le gouverneur de la région en demande aussi vingt. Vingt plus vingt, à ce rythme-là nous n'aurons plus que des cacahuètes.

— Je pense qu'on pourra conclure un deal avec le gouverneur, dit la Forge. Nous sommes bien implantés à Sounja.

— Tu peux toujours piquer sa part de gras au gouverneur, mais je te souhaite bien du plaisir pour mettre la main sur les actionnaires.

Le nombre augmente impétueusement des soupirants qui prétendent à la main et au cœur du Combinat métallurgique d'Akhtarsk.

Denis Tcheriaga rentre à Akhtarsk le 16 janvier, deux jours après s'être entretenu avec Izvolski : une demi-journée à Moscou, une autre à Genève, et le reste du temps passé dans les avions.

Après une journée de travail tranquille, le directeur général par intérim reçoit un coup de téléphone des bureaux du gouverneur. M. Doubnov lui-même s'enquiert "de la réaction de Viatcheslav Arkadievitch à ma proposition".

— La réaction de Viatcheslav Arkadievitch est négative, dit poliment Denis.

— Tiens donc, répond le gouverneur avant de raccrocher.

Le lendemain matin, la police fiscale du chef-lieu de région se présente au siège de l'usine. Le convoi arrive à dix heures du matin avec un transporteur de fonds blindé, sans doute prévu pour les documents à saisir, et accompagné de trois jeeps pleines à craquer de combattants d'une brigade d'intervention – cagoules noires, tenues de camouflage, pistolets-mitrailleurs.

Ces messieurs en treillis présentent tous les mandats requis en pareil cas et quelques-uns d'entre eux entreprennent une fouille en règle des gardes armés de l'usine pour vérifier la légalité de leurs armes. Mais les permis sont produits en bonne et due forme, y compris pour le *Sig-Sauer* de Vitia Kamaz, ce qui n'empêche pas les hommes du groupe d'intervention de flanquer nez à terre tout le staff de la sécurité.

— Doucement les gars ! dit Vitia Kamaz, vous êtes dans une usine métallurgique, pas dans un repaire de gang. Vous avez beau faire, je suis quand même chef adjoint d'une succursale à flics.

— Je sais l'espèce de chef adjoint que tu fais ! lui répond non sans raison le meneur du groupe, un jeune colosse à la tête encagoulée, à travers trois petits trous pour la bouche et les yeux.

Sa réplique une fois dite, Vitia Kamaz est poussé dans le couloir et roué de coups. Frapper Vitia n'est pas une tâche aisée, si docile et raisonnable soit-il dans cette situation. Néanmoins, grâce aux efforts conjugués de quatre policiers qui travaillent de la crosse et de leurs rangers, la besogne est accomplie jusqu'au bout.

Présent sur le territoire de l'usine, Denis accourt au bout d'un quart d'heure de perquisition. Les portes des bureaux sont grandes ouvertes, les archives pleuvent par brassées dans des cartons posés çà et là. Fediakine sort le bout du nez de son bureau, tel un coucou de son horloge, plutôt décontenancé qu'effrayé.

Dans le couloir, sous les yeux de tous, le corps de Vitia Kamaz forme un tas éloquent.

— Qu'est-ce qu'il vous a fait ? demande Denis.

— Résistance à des agents des forces de l'ordre dans l'exercice de leurs fonctions, lui répond-on.

Denis affiche un calme olympien. Seuls ses yeux tirés et ses lèvres blanches à la commissure pourraient montrer à un observateur attentif combien le régent d'Akhtarsk est excédé par la perquisition. Il en demande la raison :

— Exportations fictives, lui répond-on.

Même pagaille dans le bureau de Denis, et donc celui d'Izvolski. Du haut de leur mur, Dmitri Tchernov et l'amiral Koltchak en uniforme observent les sévices d'un air désapprobateur. Deux inspecteurs impassibles déversent le contenu des tiroirs sur la moquette. Un *Beretta* à treize coups tombe sourdement au sol. Izvolski le gardait là pour l'esbroufe et Denis avait oublié de s'en débarrasser.

— D'où sort ce flingue ? demande un major ragaillardi par sa découverte.

— Un cadeau du gouverneur, affabule Denis sans l'ombre d'une gêne.

— Pour vous ?

— Pour Viatcheslav Arkadievitch.

Ils n'iront pas voir Izvolski pour l'arrêter sur son lit d'hôpital. Par contre, si Denis se retrouve en cage pour recel d'armes sans permis, le Lingot lui taillera une veste.

Un téléphone blanc se met à sonner sur le bureau directorial et le major décroche avec l'air de qui prend son temps.

— C'est pour vous, dit-il en tendant le combiné à Denis.

— Denis Fedorovitch, résonne la voix du gouverneur à l'élocution familière, c'est la deuxième fois que je vous sollicite sur ma proposition. D'ordinaire, je n'appelle jamais deux fois…

— Et tu fais bien car je comprends que tu n'aies pas envie d'en prendre deux fois plein la gueule.

— Passe-moi l'autre, se durcit la voix du gouverneur.

Le major reprend le combiné.

— Oui. Oui. Nous cherchons. Tenez, nous avons déjà trouvé une arme non déclarée. Il paraît que c'est un cadeau de vous… Oui, c'est bien ce que je pensais. On lance la procédure, cela va de soi.

Outre les papiers, le bureau d'Izvolski regorge de présents de toutes parts, entre bibelots et objets de valeur. Une armoire vitrée renferme une cruche d'Oural en malachite massive et d'antiques netsukes japonais, sans oublier un beau cadeau des collègues du Grand Nord : la statuette d'un iziubr en platine poinçonnée Nord Nickel et gravée des mots : *A Viatcheslav Izvolski.*

Tout cela, papiers et objets confondus, disparaît presto dans les boîtes en carton sans le moindre inventaire. N'y tenant plus, Denis rappelle à ses anciens collègues, dans un registre déclamatoire, l'article 176 du Code de procédure pénale qui stipule que "tous les articles et documents saisis, ainsi que tous les biens, doivent être consignés dans un procès-verbal ou un inventaire en annexe avec indication précise de la quantité, de la mesure, du poids ou de leurs particularités, voire de leur prix."

— C'est qu'il est instruit avec ça ! persifle le major en prenant sur le bureau une divinité chinoise en jade, toute en rondeur et en bonhomie.

— Remets ça en place, dit Tcheriaga.

— Quoi ça ?

— Remets ce truc en place.

Le major examine la divinité d'un œil neuf et scrutateur.

— C'est une pièce d'antiquité, ou quoi ?

— Sans doute pas. Mais Slava l'aime beaucoup.

— Donc, c'est pas une antiquité ?

— De la pure pacotille. Ça ne vaut pas plus cher qu'un agent de la police fiscale.

Le major lâche la statuette. La divinité s'écrase au sol. Denis s'y précipite. Mauvaise chute : le petit dieu joyeux a perdu une minuscule oreille de néphrite.

— Oh ! pardon, Denis Fedorovitch. Je l'ai pas fait exprès. Mais c'est de la pacotille, vous le disiez vous-même.

La police fiscale à peine arrivée, le bruit se répand qu'un malheur frappe à la porte de l'usine (un ingénieur ayant demandé pourquoi ce blindé à l'entrée). La télévision locale arrive une demi-heure après le début de la perquisition, aussitôt amochée par le groupe d'intervention, ce dont elle se plaindra en direct.

Encore une demi-heure de passée, et une foule commence à se presser devant le siège de l'usine, qui venant à pied, qui en voiture, principalement des ouvriers en repos. Vers midi, la place déborde déjà loin à l'extérieur, bloquée par des centaines de vieux tacots, marques étrangères comprises.

L'inassouvissable camarade Sentchiakov, directeur général de l'usine d'hélicoptères de Kongarsk, est l'un des premiers à manifester avec un ramassis de bruns-rouges arborant un grand drapeau marqué des mots "Mort aux bourges !" Que Viatcheslav Izvolski, propriétaire du bloc de contrôle du cinquième combinat métallurgique au monde, soit le principal bourgeois de la région ne semble pas les déranger outre mesure.

Même tendance au rassemblement du côté intérieur, mais avec moins de monde, les ouvriers ne pouvant abandonner leur poste. Chacun poireaute une quinzaine de minutes et s'en retourne d'où il vient.

Trop occupée à l'intérieur, la police fiscale ne se soucie guère du cours des événements à l'extérieur. Et quand un lieutenant effarouché du groupe d'intervention vient annoncer au grand imprésario de l'opération que la foule est à deux doigts de s'engouffrer dans le bâtiment, le major se contente d'en rire. Vieux briscard arrogant, il a l'habitude de voir tout le monde en déroute à l'arrivée de la police fiscale, et tout le monde en pleurs après son départ. Aussi accueille-t-il le message du lieutenant comme l'histoire de la poule picorant un faucon. Néanmoins, son visage s'assombrit quelque peu quand il glisse un œil sur la foule à travers les persiennes.

— Ça a l'air de crier pas mal au-dehors, dit Denis, vous feriez mieux de partir au plus vite.

Le major marque une hésitation. Toutes les archives n'ont pas encore été chargées dans le blindé. Or la consigne est de tout saisir. Les gens du fisc ont la manie de tout rafler sur leur passage, que cela serve ou non les intérêts de l'accusation. Quand bien même ils n'y trouveraient rien à redire par la suite (hypothèse improbable sachant qu'ils trouveront toujours dans les dossiers ce qu'on leur demande, fût-ce un crocodile), la perquisition n'en paralyse pas moins le fonctionnement de l'entreprise.

Certes l'usine avait fait copie de toutes ses archives, ayant envisagé le risque de saisie, mais cela ne la met pas pour autant à l'abri des désagréments.

— Vous craignez qu'on dégote quelque chose d'intéressant ? renvoie le major. On se passera de vos conseils, Denis Fedorovitch.

Denis ne répond pas.

Roi de la bêtise et de la chicane, le major se fait attendre encore une bonne heure et demie avant de se montrer de nouveau dans le bureau directorial.

— Je vous emmène, apprêtez-vous.

— En quel honneur ?

Sur un signe du major, deux hercules lui tordent les bras dans son dos et le traînent vers la sortie menottes aux poings. Ces menottes ont de quoi le réjouir. Elles ont été fabriquées à Novossibirsk avec de l'acier d'Akhtarsk.

Denis est sûr de les reconnaître parce que ces gens-là payaient leurs commandes d'acier en nature, c'est-à-dire en menottes. Il revoit encore Izvolski hurlant au téléphone : "Que voulez-vous que je foute de dix mille paires de bracelets ? Je les refourgue à qui ? Aux mafieux à prix négocié ?" Finalement, les menottes avaient été envoyées au crédit de l'administration régionale à un taux tout à l'avantage d'*AMK*. Maintenant, ces mêmes bracelets entravent les poignets de Tcheriaga.

Sous la menace de pistolets-mitrailleurs, Denis longe le couloir. A ses côtés clopine Kamaz, coquard à l'œil et blouson de cuir déchiré. Deux autres se traînent à leur suite : le directeur financier Fediakine et la chef comptable Macha Dolkina, grosse dame au rire facile plus communément nommée mère Macha. Elle va sans menottes, cintrée d'un austère tailleur noir d'où jaillit un jabot éblouissant de dentelle blanche, le visage encore lisse ruisselant de mascara noir.

Immense et vide, le rez-de-chaussée du bâtiment donne sur la place par des portes vitrées. Une fois en bas, même les plus bornés des policiers comprennent que les choses sont en train de mal tourner. La foule fait rempart. Elle a noyé de sa masse le fourgon blindé et les trois jeeps. Affiches blanches et calicots rouges flottent au vent. "Honte aux sionistes et au FMI !" lit-on sur le plus grand placard. Un bruit de verre qu'on casse, et Denis voit voler le pare-brise de l'une des jeeps de la police fiscale garée près de l'entrée. Des cris montent dans la foule, "A bas les youpins !" hurlent les uns, "A bas les communistes !" lancent les autres, mais il est clair pour tout le monde que c'est aux gens du fisc qu'on s'en prend.

Echappant à l'escorte armée, Fediakine se précipite vers la sortie où gronde la foule.

— Au secours, les gars, faites quelque chose !

Sa course est ralentie par le passage d'un tourniquet. L'un des molosses en armes enjambe la barrière, le rattrape et se met à le cogner de bon cœur. Grave erreur, quand on sait que la foule est aux premières loges pour assister à la scène derrière les portes vitrées, à seulement vingt mètres de là, et que Fediakine, qui travaille depuis trente ans à l'usine, jouit de la réputation du dirigeant le plus sympa et le plus proche des gens. Sentchiakov, debout sur le perron avec un mégaphone, se retourne aussitôt vers l'assemblée.

— Honte aux valets du sionisme ! s'époumone le directeur général de Kongarsk.

C'est alors qu'une grosse bonne femme en sarrau s'empare à deux mains d'un drapeau de feutre rouge frappé de la faucille et du marteau et le plante comme une pique dans l'un des policiers en faction à l'extérieur du bâtiment.

Un drapeau n'est pas une arme étudiée pour contrer un gilet pare-balles et un pistolet-mitrailleur, surtout dans les mains d'une retraitée. Son coup esquivé, la dame voit filer sa broche dans la porte vitrée, après quoi le policier lui tord le bras d'un geste cent fois répété. Elle fait ouille ! et se retrouve le derrière sur les marches, son drapeau roulant dans la boue.

— Ils ont tué la mère Nastia ! aboie quelqu'un d'hystérique.

Que la mère Nastia soit indemne, c'est l'évidence même. Mais cela, seuls l'ont vu les manifestants du premier rang. Derrière, la foule n'a pu qu'entendre sans voir. Or chacun sait qu'il y a aussi loin de la vérité au mensonge que des yeux à l'oreille.

Ceux de derrière poussant ceux de devant, la foule fait irruption à l'intérieur. Les policiers marquent une seconde d'hésitation. L'un d'eux a déjà mis la main à sa mitraillette, mais le lieutenant Priakhine, chef de section, montre à ce moment plus de jugeote que les autres. Craignant que les armes arrachées passent dans les mains de la foule en furie et que les tirs pleuvent de partout et sur n'importe quoi, il pousse un cri :

— Demi-tour !

S'ensuit un bref corps à corps. Plusieurs manifestants volent sur le perron en écopant diverses lésions et luxations tandis que six policiers se replient par la porte vitrée de la bâtisse aussitôt condamnée par une chaîne en fer. Deux d'entre eux, plus dégourdis, se taillent un chemin à l'écart par où la foule se fait moins dense, pour se perdre dans un enchevêtrement de cheminées, entrepôts et corps de bâtiment sur une centaine d'hectares.

— Vous en répondrez ! lance le major décontenancé à Fediakine. C'est une incitation à l'émeute !

La foule se heurte aux portes vitrées, taillées dans un verre ordinaire, épais, verdâtre, qui n'a pas été conçu contre les chocs ou les balles, et qui ne peut supporter longtemps la pression du dehors. Un coup de feu éclate sèchement, signe qu'un manifestant n'est pas venu les mains vides. L'une des vitres se lézarde et, sous les coups, vole en éclats.

Seuls cinq tourniquets séparent désormais la foule des hommes de la police fiscale et de leurs prisonniers. Par chance le goulot est étroit et les gens qui s'entre-écrasent peinent à se faufiler à l'intérieur.

— Ôte-moi ces menottes ! hurle Tcheriaga au major.

Mais l'autre, hébété par une situation aussi inopinée, reste planté en caressant fébrilement le fourreau de son arme, un filet de salive s'échappant niaisement de sa bouche.

“C'est la fin des haricots, se dit Tcheriaga. Si la foule se met à casser du flic, nous sommes tous fichus. Les chars entreront dans l'usine et j'irai au cachot pour tentative de renversement du pouvoir en place avec recours à la violence. Maudit bougre de Sentchiakov !"

L'instant d'après Vitia Kamaz, repoussant les policiers qui le tiennent, se jette vers les tourniquets. Denis voit ses deux poings se serrer, gros comme des meules de fromage. Crac, et ses menottes tombent par terre comme si elles n'étaient pas d'acier mais de pelure d'oignon. Puis, se retournant, il arrache un pistolet-mitrailleur des mains d'un gars du groupe d'intervention.

— Dehors ! s'égosille l'ex-brigadier des Pattes-Longues en forçant le tourniquet dont les mâchoires de caoutchouc, à retardement, claquent dans le vide. Tout baigne !

Il y a bien un manifestant rétif qui tente de passer en force mais Kamaz le cueille aussitôt par le col et hop ! il retombe dans la masse assaillante. Encore une seconde et Kamaz débloque la sûreté de son *PM*. Une rafale assourdissante crépite sur le carrelage. Une balle en ricochant brise une vitre, quelqu'un pousse un cri en serrant son bras, atteint par une balle ou par un éclat de carreau.

Tcheriaga et le lieutenant Priakhine, reprenant leurs esprits, se précipitent à leur tour.

— Dehors ! crie Denis, nous arrangerons ça nous-mêmes !

Sans doute a-t-il l'air bête, avec ses menottes, à repousser une foule de trois mille personnes et à promettre, en plus, "d'arranger les choses". Mais la foule, curieusement, obtempère. Il faut dire que Kamaz compte au moins pour deux blindés.

A ce moment surgissent, dévalant les escaliers, les gars de la sécurité, soit qu'ils aient convaincu leurs gardes de les relâcher, soit qu'ils aient purement et simplement fait sauter la porte. Sur un ordre de Tcheriaga, un cordon improvisé se poste devant les tourniquets, un autre s'en va boucler l'accès à la cour de l'usine où le rassemblement s'est étendu, les uns faisant le mur à l'aide d'un camion garé à l'extérieur, les autres forçant tout bonnement la barrière d'entrée.

Un des agents ayant obtenu les clés du major de la police fiscale, il retire ses bracelets à Tcheriaga. Un murmure d'indignation monte de la foule à la vue du directeur menotté. Denis prend alors le mégaphone des mains de Sentchiakov et se met à tonner d'une voix si forte que la cour entière paraît vibrer. Il n'a guère conscience de ce qu'il crie. Plus tard, on lui dira qu'il a remercié le peuple de son soutien en promettant que les coupables de ce commando sauvage seraient punis.

Puis, laissant le mégaphone dans les mains de Kamaz, il lance aux gens du fisc :

— Montez.

Ils ne se font pas prier. Les dernières prises de guerre jetées par terre (des boîtes remplies d'archives), ils se mettent dans les pas de leur escorte. Denis ferme la marche. Dans les couloirs, des secrétaires hilares montrent les policiers du doigt. Fediakine fait des bonds autour du major en hurlant :

— Vous en répondrez, je vous le dis ! Vous le regretterez !

Denis adresse à Fediakine une gifle muette.

— De quoi ? dit l'autre tout étourdi.

— M-merci, ânonne le major sans qu'on sache s'il veut parler de la riposte donnée à la foule ou de son interposition face à Fediakine.

Denis le toise de la tête aux pieds.

— Va plutôt sécher tes fonds de culotte, siffle-t-il.

Naturellement, l'embrouillamini ne s'arrête pas là. Vers deux heures de l'après-midi, toutes les forces de l'ordre de la ville sont déjà au courant. Un frêle cordon d'agents est renforcé derrière la foule, envoyé par la police industrielle ou les services municipaux. Denis, Kamaz et d'autres feront encore plus d'une sortie sur le perron, le mégaphone à la main, en proie à une double crainte : passer pour un valet du pouvoir aux yeux du peuple, et pour un rebelle aux yeux du pouvoir.

Les quinze hommes de la fiscale sont évacués au bout de trois heures sous haute protection : un couloir humain formé par les gars de Kaliaguine, armés jusqu'aux dents. Une escorte dépêchée sur les lieux par les instances régionales les attendait en marge de la foule. Embarqués dans un bus, ils ont été emmenés sur-le-champ. Toutes les archives étant bien sûr restées à l'usine.

Puis une équipe de serruriers est appelée au siège pour réparer toutes les portes défoncées. Revenu près des tourniquets, Denis ramasse les menottes arrachées par Kamaz.

— Dis voir, Vadim Ignatievitch, dit-il à l'ingénieur en chef Skorosko, on n'aurait pas livré de l'acier défectueux par hasard ?

Skorosko extrait la menotte abimée des mains de Denis et l'examine sous toutes ses coutures.

— Zéro malfaçon. Ces bracelets-là, pour les tester, on s'en servait d'anneaux de remorquage : une Volga derrière un camion, et roulez jeunesse…

La foule occupera la place durant deux jours encore, chamarrée d'affiches et de tracts. Puis le dégel est supplanté par des chutes de neige suivies de froidures à moins trente degrés et les manifestants se replient peu à peu en laissant sur les murs, soigneusement placardés, calicots et portraits. Le service de l'ordre du combinat fera les comptes : treize portraits de Lénine, sept de Plechkov (premier directeur de la branche d'Akhtarsk du Goulag devenu par la suite adjoint de Beria et bâtisseur de Norilsk), trois de Staline plus – allez savoir ce qu'il fichait là-dedans – un d'Ernesto Che Guevara. En tête du palmarès : Izvolski avec vingt-quatre portraits.

Denis se rend à Moscou dès le lendemain. A peine est-il au chevet d'Izvolski qu'il reçoit un appel de convocation à la Maison Blanche. Longues palabres à l'entrée entre son chauffeur et les gardes qui refusent une voiture non officielle dont ils disent qu'elle n'est pas annoncée. De guerre lasse, Denis fait à pied le reste de chemin jusqu'à l'entrée 20. En traversant l'esplanade, ouverte à tous les vents, il se sent terriblement vulnérable.

Il est reçu presque tout de suite. Le vice-Premier ministre qui demande à le voir, un homme âgé tout en lourdeur, se lève d'un bureau clair hérissé d'une batterie de téléphones, et darde sur Denis un œil de hiérarque menaçant. Tcheriaga se rappelle à ce moment que vingt heures auparavant, on le poussait menottes aux poings dans un escalier. Tout de même, quelle chose perverse que le destin.

— Je n'ai malheureusement pas la possibilité de voir Viatcheslav Arkadievitch… commence à dire le haut fonctionnaire.

Il parle avec une voix de baryton bien posée. Les mots qu'il articule paraissent écrits en majuscules.

— Pourquoi cela ? s'étonne Tcheriaga. Il n'est ni en Suisse ni en Sibérie, mais dans une clinique de Moscou, à dix minutes d'ici avec vos gyrophares… Ou peut-être n'avez-vous l'habitude que de recevoir ?

Voilà qui rend l'autre pensif. On voit bien que cette idée toute simple (se rendre à l'hôpital au chevet d'un paralysé) n'a jamais traversé l'esprit du fonctionnaire.

— Asseyez-vous, dit-il d'un ton brusque. Comment expliquez-vous ce qui s'est passé hier à Akhtarsk ?

— Que s'est-il passé de spécial ? Une simple manif.

— Simple, vous dites ?! Alors que les forces de l'ordre ont été attaquées et qu'on les empêche de remplir leur mission ? Vous avez fait n'importe quoi ! Je suis moi-même membre du Parti communiste, mais ces choses-là doivent être réprimées par l'armée…

— Quelles choses ?

— Des représentants des forces de l'ordre ont été lapidés. Bon sang de bonsoir ! Si la police fiscale vous arrête et que vous opposez de la résistance…

— Personnellement, je n'ai opposé aucune résistance, ni moi ni Victor Sveniaguine, l'adjoint de Kaliaguine. Ce qui n'a pas empêché les agents de la police fiscale de le frapper si fort qu'il se trouve maintenant à l'hôpital. Et ce qui ne l'a pas empêché lui de brandir une mitraillette au bout d'une demi-heure pour assurer la protection de ces mêmes agents contre la foule qui, dans le cas contraire, les aurait lynchés.

— S'il y a eu des bavures au moment de l'arrestation, nous tirerons les choses au clair. Après tout, nous sommes là pour faire respecter la loi. Mais si votre Izvolski s'imagine qu'on peut impunément remonter le peuple contre le pouvoir en place…

— Nous n'avons remonté personne, dit Tcheriaga en toute sincérité. C'est Sentchiakov qui a fait tout ce ramdam.

— Sentchiakov, c'est un cas. Un fou à lier. Sa place n'est pas au Parti. Qu'il aille chez les bruns-rouges… (Il tambourine des doigts sur le bureau et continue :) Vous espérez récolter les fruits de la protestation populaire ? Ça ne marchera pas ! Désolé de vous le dire, mais rappelez-moi comment votre Lingot a fait main basse sur l'usine ? Ces actions avaient été vendues au personnel de l'entreprise. Comment se sont-elles retrouvées en la possession d'*AMK-Invest* ? Vous savez, le gouvernement peut parfaitement réexaminer les conditions de la privatisation sauvage de l'usine… C'est bien en ces termes que le Parti pose la question !

— Drôle de parti, fait Denis moqueur, vous êtes prêts à reconsidérer les conditions d'une privatisation sauvage tout en léchant le cul à la banque *Iveko*. Allons, allons, Youri Nikitovitch, vous qui êtes un défenseur de l'industrie. Un chevalier de la vis et de la fraiseuse !

— De grâce !

Mais Denis ne peut plus s'arrêter.

— Expliquez-moi ça, Youri Nikitovitch… Vous avez consacré la moitié de votre budget à financer votre neveu qui dirige le centre Vostok. Pour une commande militaire. Un missile. Mais il est mal cuit, son missile, navré de vous le dire. Il explose en plein vol. Tout juste bon à effrayer les corneilles, mais pas les Américains. C'est normal parce que les trois quarts des moyens alloués à ce missile se sont retrouvés sur un compte de la banque *Iveko*, et ciao bonsoir ! Ils ont été partagés entre la banque, votre neveu et l'oncle de votre neveu… Résultat ? Vous aidez Vostok mais vous laissez notre usine en pâture à la banque ?

Le vice-Premier ministre, l'œil plissé :

— Vous savez, Denis Fedorovitch, je ne suis certes pas biologiste, mais j'ai lu quelque part qu'une guêpe n'a pas intérêt à piquer. Quand elle pique, elle en crève…

— Eh bien, ne traquez pas la guêpe. Ça la rend folle. Elle se jette sur tout le monde… Crever pour crever, autant que ce soit d'avoir piqué plutôt que d'être écrasé par un journal.

Le soir même, Denis est de retour à Akhtarsk. La ville est aux abois. Devant le siège de l'usine, la place grouille de monde.

Le procureur de la région s'escrime devant les caméras de télévision, qualifiant les événements d'Akhtarsk d'"anarchiques et monstrueux". Le directeur général de l'usine d'hélicoptères de Kongarsk est inculpé pour incitation à la haine raciale et appel au renversement de l'ordre établi.

Le lendemain, le Combinat métallurgique d'Akhtarsk cesse tout paiement au crédit du budget régional.

Trois jours passent, et c'est Volodia Kaliaguine, chef de la police industrielle d'Akhtarsk, qui se rend à Moscou pour la même raison que Denis, à savoir s'expliquer sur la participation des forces de l'ordre aux troubles survenus.

Il s'en tire plutôt bien. Une fois sorti du ministère, il s'attache à brouiller sa propre piste (s'il est sommé d'en répondre, il peut toujours alléguer qu'il craint d'être pris en chasse par *Iveko*) et pousse la porte d'un restaurant moscovite où il est attendu. L'Elan l'accueille au milieu d'un salon spécial, tout sourire et sûr de lui, assis devant une table dressée. Dans un foisonnement de zakouski brûle une bougie de Noël, en retard d'une fête, posée sur une carte postale glacée à l'effigie de Santa Claus.

Les salutations faites, Kaliaguine s'assied.

— C'est pour toi, dit l'Elan le menton pointé sur la carte, pour le Nouvel An russe*.

Kaliaguine prend la carte d'où tombent quelques photographies. Il les regarde brièvement et les repose sous le carton.

— Il est donc vivant ? fait Kaliaguine étonné en piquant du bout de sa fourchette une crevette géante habillée de mayonnaise.

* Selon le calendrier julien adopté par les orthodoxes, soit le 13 janvier d'après le calendrier grégorien *(N.d.T.)*.

— Tu nous avais dit : soit mort, soit niqué. Ça te va ?

Kaliaguine lève un coin de la carte et jette un nouveau coup d'œil sur une photo qui pourrait passer pour pornographique sans les nippes dégueulassées des taulards.

— Ça me va.

Kaliaguine se lève brusquement en fourrant les photos dans la poche intérieure de sa veste.

— Allons-y, dit-il.

— Où ça ?

— Voir ton chef.

— Ça ne fait pas partie du deal, rétorque l'Elan méfiant.

— Maintenant, si. Tu rackettes combien de boutiques ? Cinq restos ? Moi, j'ai une ville de deux cent mille âmes à ma botte. En route.

Dans la voiture, Kaliaguine regarde droit devant lui d'un œil morne et pensif. Une fois seulement il demandera :

— Comment ça s'est passé ?

Sourire dégoûté de l'Elan :

— La tantouze avait un défaut : elle aimait jouer aux cartes. A trop taper le carton, on risque d'y laisser soit son titre, soit son cul.

— Et… il ne s'est pas battu ?

— Ben… Dans cette situation, ton Breler s'est conduit comme un homme ; le Blaireau, comme une chique.

Une demi-heure plus tard, la voiture passe le portail d'une somptueuse villa hors les murs de Moscou. La Forge les attend dans une pièce dont le faste ne le cède en rien au bureau d'Izvolski – un homme légèrement voûté aux longs bras de singe.

— Ben voilà, dit l'Elan, je te l'amène. J'veux pas parler à un sous-fifre, qu'y m'dit, j'veux parler à la reine des mers.

La Forge glousse.

— Bon, salut, le flic. On a exaucé ton vœu. A ton tour maintenant. D'autant que Kamaz est à l'honneur, à ce qu'on dit. Depuis qu'il a calmé héroïquement le peuple en furie.

— J'avais bien dit juré-craché ! (Il observe une pause et reprend :) Maintenant, j'explique la situasse. Kamaz en a dans la cervelle. Il n'a pas oublié que vous existiez. Pas question de le refroidir au pied de son immeuble, ne rêvez pas. Il habite à la campagne avec Tcheriaga.

— Comment ça, avec ?

— Je veux dire, dans la même maison. Il n'y en a pas trente-six dans le patelin, vivre en ville serait trop dangereux pour lui. Kamaz fait office de garde du corps à Tcheriaga. Une maison à trois étages, vingt pièces. Denis et sa mère y habitent seuls avec deux gardes. On pourrait y placer un régiment entier. (Kaliaguine prend une feuille de papier, trace un large cercle avec un petit carré à côté.) Le patelin s'appelle la Pinède, à sept kilomètres de la ville, et à douze de l'usine. Oubliez la Pinède, c'est une place forte. Muraille, télésurveillance, gardes. Les datchas sont des passoires avec leurs portails à dentelles, mais le patelin est aussi inexpugnable que la forteresse de Brest. Le principal dispositif de sécurité n'est pas dedans, mais à l'extérieur du périmètre. (Le feutre trace une ligne épaisse, cassée en angle, entre le cercle et le carré.) De la Pinède à la route principale, la piste court à ciel ouvert. Pas un bois, nulle part où s'embusquer. De ce point de vue, la route est plus prometteuse, sauf qu'il y a deux "mais". Premièrement, ça roule souvent à la file : Tcheriaga, Kamaz, Skorosko, deux ou trois voitures à la queue leu leu. Deuxièmement, c'est une route à deux travées, et plutôt animée. Il y a deux ans, écoutez voir ce qui s'est passé… Un gars d'Akhtarsk a été tiré d'une jeep. Ils l'ont raté, mais le problème n'est pas là.

Le problème, c'est que trois automobilistes ont vu la jeep et ont prévenu le poste de la milice routière. En allant à leur rencontre, les flics ont trouvé un fourgon couché en travers de la route. Un marécage à gauche, un marécage à droite, un bouchon sur la route et la jeep dedans. Vide, bien sûr. Les agents ont compris que les gars n'iraient pas bien loin. Ils ont eu tôt fait d'interroger tout le bouchon pour recueillir le signalement de ceux qui avaient déguerpi. L'un d'eux a été rattrapé au bout d'une demi-heure, et les autres dans la soirée. Moralité de la fable : même si les fourgons ne se plantent pas tous les jours au beau milieu de la chaussée, la route est un mauvais choix. Abstenez-vous de descendre Vitia dans l'usine ou dans mes bureaux, merci ! Il ne répond jamais aux demandes d'intervention pour les cambriolages ou autres, ça le rebute de faire la chasse aux anciens collègues. Vitia, il fait deux choses. Ou bien il coordonne la surveillance de l'usine, ou bien il s'occupe des règlements de comptes. C'est sa spécialité maintenant. Si quelqu'un a escroqué un boss placé sous notre protection et que le boss vient nous voir, Kamaz se déplace. Et c'est là que vous devez lui tomber dessus. Pour moi, c'est le seul scénar possible. Dans tous les autres cas, je serai le premier soupçonné, genre : à quoi tu pensais quand ton adjoint s'est fait piéger ? Or là, il y a d'un coup deux cas de figure envisageables. Le premier, qu'il soit flingué par ceux qui le rencardent ; et le deuxième, qu'il soit flingué par les Pattes-Longues mis sur la voie par ceux qui le rencardent. On peut même imaginer que vous le rencardiez vous-mêmes par l'entremise d'un tiers. Qu'est-ce que vous pensez de mon scénar ?

Un rire caustique de la Forge :

— Pas mal comme scénar, flicton, mais il y a un hic. Qu'il faille abattre Kamaz en le faisant rencarder, on l'avait deviné sans toi. Sur tes conseils, on a même organisé un rencard exprès. Mais Kamaz s'est pointé à Sounja avec une douzaine de bouledogues qui roulaient dans trois jeeps. Impossible de voir dans laquelle des trois il était. Nos gars les ont donc regardés partir avec un voile de tristesse dans les yeux. Conclusion : quand Kamaz quitte Akhtarsk, c'est comme pour livrer une bataille de blindés. Dans Akhtarsk même, bien sûr, il peut se pointer à trois. Mais ça pose deux problèmes. Le premier, c'est qu'il n'y a aucun gang implanté dans la ville, rien que du menu fretin, et tu y es d'ailleurs pour quelque chose. Le deuxième, c'est que vous êtes en guerre contre deux ennemis sur une seule ligne de front. La banque et la région. Or, il y a toujours beaucoup trop de barrages de police sur une ligne de front et on n'a pas envie de se faire coincer au moment le moins opportun.

— Je pense qu'on peut arranger ça, dit Kaliaguine.

Trois jours après, Alexandre Elanov alias l'Elan s'envole de Russie pour la Grèce. Il n'y passe que trois heures, juste le temps qu'il faut pour déjeuner dans un restaurant d'Athènes et confier à ceux qui l'accueillent le passeport d'Alexandre Elanov en échange de celui de Sergueï Jakiyanov, citoyen du Kazakhstan. Trois heures passent, et le voilà dans l'avion pour Alma-Ata. De là, direction Pavlodar. Le soir venu, le citoyen du Kazakhstan Sergueï Jakiyanov se pose à Sounja sans encombre en provenance de Pavlodar. Il porte une chaude veste grise et une chapka élimée et fait si piètre allure que les taxis de l'aéroport ne songent même pas à se le disputer pour un transfert en centre-ville. Du reste, le citoyen Jakiyanov ne prend pas le taxi. Il attend le bus dans lequel il montera avec sa modeste valise pour descendre à l'arrêt "Rue du général Denikine", l'ex-rue Tchapaïev.

Il se fait tard, la température est passée au-dessous de moins vingt degrés et les réverbères ne donnent presque rien. Un étranger eût tôt fait de se perdre au fil de toutes ces avenues droites, larges et désertes, mais le citoyen du Kazakhstan voisin fait preuve d'un sens de l'orientation digne des plus beaux éloges. Se fiant au plan gravé dans sa mémoire, il s'enfile d'un pas sûr entre deux bâtiments à cinq étages, débouche rue de l'Armée Rouge (parallèle à la rue du général Denikine), oblique à droite, coupe une avenue vide à hauteur du magasin *Chasse et cueillette*, traverse encore deux cours d'immeubles et finit par monter dans une guimbarde qui l'attend patiemment tous phares éteints à l'entrée d'un immeuble délabré de sept étages. Dans le dédale des cours, le voyageur a dû faire face à un petit désagrément : une bande de petits jeunes éméchés, au nombre de trois, est sortie d'une cage d'escalier à la vue de sa silhouette solitaire qui ne brillait guère par sa taille, et le plus mince d'entre eux a voulu taper le bonhomme d'une cigarette. Au lieu de quoi le citoyen kazakh lui a décoché une droite en pleine face. La moufle épaisse de l'Elan a sensiblement amorti le choc mais, pour un gars ivre, c'était bien suffisant. Les compagnons du jeune ont alors laissé éclater leur indignation, l'un d'eux sortant même un cran d'arrêt de son blouson de fourrure. S'est ensuivi un dialogue bref mais productif à l'issue duquel l'Elan leur a fait entendre raison. Une minute plus tard, l'Elan quittait le champ de bataille. Son écharpe s'étant défaite dans la bagarre, il a senti un froid vif et sec le prendre à la gorge, auquel il n'était pas habitué. “S'ils restent étendus une heure par un gel pareil, ils finiront congelés”, a-t-il pensé.

— Tout gaze ? lui demande le chauffeur.

— Ouais. Et personne sur mes talons.

Ce qu'ayant dit, il repense aux jeunes éméchés de la cage d'escalier. Mais non. Rien d'inquiétant. Des ivrognes ordinaires.

Il est près de vingt-trois heures quand le citoyen du Kazakhstan Jakiyanov entre dans un petit deux-pièces loué depuis deux jours dans un faubourg ouvrier de Sounja. Trois gars de sa brigade l'y attendent, qui l'ont précédé de quarante-huit heures en train. Au bout d'une demi-heure, le téléphone sonne et c'est l'Elan qui décroche.

— Je veux parler à Alexeï, dit la voix familière de Kaliaguine.

— Quel Alexeï ?

— Le chef adjoint du commissariat. Tu es qui ? Le gars de permanence ?

— Vous faites erreur, répond l'Elan d'une voix ferme en raccrochant.

C'est le signal que tout va pour le mieux. Si l'Elan avait répondu "Vous vous êtes trompé de numéro", ç'aurait été le signal d'un contretemps.

Le lendemain, Volodia Kaliaguine frappe à la porte de l'appartement. On aurait pu se donner rendez-vous dans un square, mais l'Elan a refusé de voir quiconque par moins vingt-cinq, aussi s'est-on donné rendez-vous au QG. Kaliaguine lui expose son plan. Pas mal aux yeux de l'Elan qui ajoute :

— Il me faut trois *PM* et six chargeurs.

— Vous n'avez pas de flingues ? s'étonne Kaliaguine. Vous êtes venus à la noce sans vodka ?

Silence de l'Elan. Ses gars sont venus en train pour ne pas être grillés par leurs immatriculations moscovites. Ils ont bien des armes avec eux (deux *TT* et un *Star* américain), mais la *Kalachnikov* est un trop gros calibre pour qu'on la trimbale à travers le pays. Du reste, il ne coûterait rien à l'Elan de dégoter un *PM* à Sounja où il a des amis sûrs.

— J'irai à Akhtarsk dans une bagnole immatriculée à Sounja, dit l'Elan. Mais à cause du tintouin populaire qu'il y a chez vous, vos barrages sont comme ceux de la frontière russo-tchétchène. C'est toi-même qui as donné la consigne de redoubler de vigilance. Est-ce que tu peux me garantir que tes flics ne vont pas décortiquer ma tire ?

Kaliaguine tambourine nerveusement des doigts sur la table.

— Qu'est-ce que tu veux ?

— Que tu t'occupes toi-même du transfert des armes.

— Exclu, dit Kaliaguine, je ne veux même pas savoir comment vous allez procéder. C'est moi qui mènerai l'enquête. C'est Mogoutouïev. C'est Tcheriaga. On me chargera de l'affaire dès que Kamaz sera dégommé. Et ma condition – que les choses soient claires – c'est que vous apparaissiez comme les coupables.

L'Elan acquiesce. Sur le fond, il adhère à cette façon de voir. Il s'est déjà prémuni d'un alibi : aux yeux de la justice, le citoyen russe Alexandre Elanov est en train de bronzer au soleil de la Grèce. Pour le reste, qu'on se le dise, l'Elan est bien le tueur de Kamaz. Les personnes concernées doivent savoir qu'il a tourné tous les obstacles, qu'il s'est rendu personnellement en Sibérie et qu'il a rendu la monnaie de sa pièce – taux d'intérêt compris – à un ex-collègue fautif d'avoir bafoué le code et vendu deux fois les siens. Une première fois quand il a dévoilé les plans de la Forge à Tcheriaga, et une deuxième fois quand il a accepté le poste de chef adjoint de la police industrielle d'Akhtarsk. Il ne serait pas du goût de l'Elan qu'on aille dire que la mort de Kamaz est signée Kaliaguine (ou l'Elan, mais avec la complicité des flics).

— D'accord, dit l'Elan.

Deux jours plus tard, l'Elan et ses compagnons arrivent à Akhtarsk. Ils ont fait le voyage à bord d'une modeste Lada 05 immatriculée dans la région, prêtée par un baron du crime local surnommé Mozart, bon ami de la Forge. Lui non plus n'apprécie pas qu'un truand soit devenu flic ; de plus, il n'a toujours pas digéré l'entourloupette manigancée contre lui par Kamaz dans l'affaire du concessionnaire automobile Vachtchenko. La Lada a été arrêtée à l'entrée de la ville et fouillée de fond en comble.

Le soir même, un camion frigorifique quitte le chef-lieu de région pour Akhtarsk, appartenant à la SARL *Sounja-bacon*. Laquelle société, comme son nom l'indique, transforme les cochons en boudins, saucisses, rôtis et autres jambons sous l'entière et totale protection de Mozart ; que l'on ait vu des gars à lui s'affairer auprès du camion lors du chargement d'un stock de jambonneaux est donc passé comme allant de soi.

Le poids lourd aussi a été arrêté à l'entrée d'Akhtarsk, mais sans décorticage. Les flics ont simplement vérifié les papiers, puis ont obligé le routier à ouvrir le camion et à leur donner pour quatre une carcasse de porc parmi celles, congelées, qu'il transportait. Le véhicule est arrivé vers dix heures du soir alors que les manutentionnaires ne devaient venir qu'au matin pour le décharger. Aussi est-il resté près de l'entrepôt, étincelant de givre et de son enseigne bleue sur fond blanc. Vers trois heures du matin, une Lada 05 blanche immatriculée dans la région s'est arrêtée près du camion. Deux gars en sont sortis, qui ont ouvert la chambre froide avec une clé en leur possession. L'un d'eux est monté à bord pour en ressortir au bout de quelques minutes avec un plein sac noir bien insolite dans cette cargaison de jambons et de saucissons. Une fois le sac jeté dans le coffre et le camion verrouillé, les deux larrons sont repartis.

Dima Vetrov, alias le Verrat, et deux autres compères sont en train d'écluser leur deuxième bouteille d'un tord-boyaux maison qui empeste l'huile de fusel dans une buvette sordide de la place Maïakovski.

Ce garçon est un parfait spécimen des bas-fonds du crime privés de moyens de subsistance depuis la création à Akhtarsk d'une police industrielle. A vingt-sept ans, le Verrat a purgé pas moins de quatre peines d'emprisonnement. La dernière fois, c'était à la demande de son brigadier dit le Crochet, homme de main du Premier ministre en personne, le caïd d'Akhtarsk. Le Crochet et le Verrat s'étaient fait pincer par les flics de Mogoutouïev au moment où, armés d'un fer à repasser, ils extorquaient leur part à un boutiquier. Le Verrat, sur les conseils d'un avocat et avec la connivence de miliciens ripoux, avait tout pris sur lui, écopant d'une année de gnouf. Moyennant quoi le Crochet et le Premier ministre lui avaient promis de s'occuper de sa mère (une vieille institutrice à laquelle son fils vouait soudain un attachement inattendu), avec à la clé deux bâtons en billets verts à la sortie. Il a purgé sa peine non loin de là, dans les confins ouest d'Akhtarsk, d'où il est sorti depuis maintenant un mois.

C'est une tout autre ville qu'il a retrouvée. Le Premier ministre avait été tué à la belle saison. Le Crochet avait eu un rein perforé dans la même escarmouche. Il était en train de remonter la pente quand on l'a arrosé au lance-grenades par la fenêtre de sa chambre d'hôpital. On murmure que c'est l'œuvre des flics à Kaliaguine, si tant est que ce soient bien des flics… avec le Lingot, on ne sait jamais. Bref, le Crochet était un *hard man* qui aurait très bien pu succéder au Premier ministre après sa mort. La police industrielle avait donc tout intérêt à ce qu'il n'en soit rien.

La mère du Verrat que le gang avait promis de combler d'égards est morte d'une pneumonie pendant que son fils croupissait à l'ombre. A son retour, le Verrat s'est retrouvé sans sa mère, sans le Crochet, et sans les deux mille dollars qu'on lui avait promis.

Ne sachant ni ne voulant travailler, il a postulé pour la police industrielle où s'étaient rangés certains de ses potes, mais on l'a refusé à cause de son passé judiciaire trouble.

Sans trop réfléchir, le Verrat a passé une cagoule noire avec des trous pour les yeux puis, ayant déterré son *TT* planqué dans le potager, s'en est allé faire un casse dans une boutique de bouquins et cassettes vidéo. Un butin minuscule, en vérité, près de trois cents dollars, mais suffisant dans l'immédiat.

Etant d'un naturel candide, le Verrat ne s'est pas soucié de cacher l'origine du modeste capital qui lui permettait de lever régulièrement le coude *Aux trois poussins*, son coin préféré. Il n'imaginait pas non plus que deux jours après le casse, le nom de son auteur serait communiqué à Volodia Kaliaguine. Et le triste Verrat aurait été fort malmené par les flics si Kaliaguine n'avait pas brusquement changé ses plans…

Voilà donc le Verrat éclusant de la vodka en compagnie de deux compères de bonne présentation, et se plaignant à la cantonade de Volodia Kaliaguine à cause de qui cette sainte ville de voleurs est devenue, selon son expression, un vrai bordel.

Au bout d'*x* verres, entre deux bancs de brume, le Verrat découvre soudain que l'un de ses compères est déjà patraque, remplacé par un autre, jeune blondinet vêtu d'un beau blouson-duvet vert.

— Le Kaliaguine, veux-tu que je te dise qui c'est ? dit le Verrat au jeune type. Il est comme tout le monde. Un jour, on l'a rencardé pour s'expliquer. Il s'est pointé avec deux *béèmvévé*, des manières de vrai truand.

— C'est bien ce que me disait Mozart, renchérit le blond, si tu mets un doigt de pied chez les gangsters, tu n'en sors jamais plus.

Pour un peu, la réplique aurait dessoûlé le Verrat.

— Tu connais Mozart ?

— La terre est pleine de bruits, répond l'autre en posant sur la table une nouvelle bouteille magiquement sortie de sa poche, avec le sourire radieux de Raspoutine sur l'étiquette.

Encore un verre, puis un autre… Le Verrat est trop imbibé pour voir que son nouvel ami ne fait que tremper les lèvres, quand il ne verse pas discrètement son breuvage derrière un radiateur opportunément disposé à portée de main.

— Ce Kaliaguine est rusé comme un rat, dit Vaska, le copain de beuverie du Verrat, toute la ville est à sa botte.

— Que dalle, oui ! renvoie le Verrat, c'est un bouffon comme tous les flics. N'importe qui peut lui fourrer dedans.

— Pas toi ? demande le nouvel ami.

Le Verrat se contente de laisser voir ses dents.

La bouteille finie, on en descend une autre et quand la question se pose tout naturellement d'en acheter une troisième, il s'avère que le Verrat a perdu son argent et que ses compagnons sont fauchés comme les blés. Tant pis pour l'argent, il ne sait même plus s'il en avait encore ou pas, mais bon sang qu'il a envie de boire et justement l'un des deux autres – son nouvel ami semble-t-il – dit qu'il faut aller chercher à boire dans l'un des commerces de sa zone de racket.

Le Verrat répond qu'il n'y a plus de racket à Akhtarsk, ce qui fait bien rigoler le nouvel ami qui dit qu'Akhtarsk est une ville de couilles molles.

— Il est grand temps de remettre les pendules à l'heure du code, dit le nouvel ami entre ses dents jaunes. Il y a trop de laisser-aller, nom de nom…

— Le problème, répond le Verrat, c'est que Kaliaguine est un flic coriace, il fera la peau au premier qui lèvera la main sur un commerce ; à quoi le nouvel ami réplique en riant :

— Le combinat est dans une jolie merde, ils ne vont pas se mouiller pour des boutiques. Le premier qui commence aura la partie belle et les autres à sa merci. Mais c'est pas un faux derche comme toi qui va commencer.

Ces paroles impressionnent fortement le Verrat qui se frappe la poitrine en jurant qu'il n'est pas un faux derche. Comme le nouvel ami répond que si, le Verrat déclare qu'il y va de ce pas. Alors le nouvel ami dit qu'il aimerait bien voir ça et que si tout baigne, il en touchera un mot à Mozart.

Cinq minutes plus tard, la brumeuse compagnie quitte la buvette. Le Verrat passe chez lui prendre son *TT* enveloppé dans un linge. Il n'est guère conscient de ce qu'il fait et son nouvel ami n'arrête pas de le narguer. Dima et Vaska trouvent vexant qu'on traite de froussards les truands d'Akhtarsk. Ils replongent dans le froid, passent un pâté de maisons et font irruption dans une petite épicerie ouverte vingt-quatre heures sur vingt-quatre avec un kiosque-pharmacie dans un coin.

Le Verrat s'approche du comptoir et, pointant le canon sur une jeune vendeuse, se met à exiger qu'elle appelle le patron. En se retournant, il constate que son nouvel ami a déguerpi – les chocottes, à tous les coups. En revanche, son copain de beuverie Vaska tient bien la rampe. Il a même fauché une barre de chocolat dans la vitrine, qu'il a mise à sa bouche.

— Prépare le fric ! Ce sera un bâton et demi par mois, hurle le Verrat ivre en plantant son canon dans la poitrine du patron désemparé. Une plainte et je te brûle !

Le patron tout pâle accepte avec une étonnante facilité. Il glisse deux bouteilles de vodka dans le sac de son nouveau collecteur autoproclamé, disant que pour l'argent, la vendeuse Sveta va l'apporter tout de suite. Sveta se précipite dans l'arrière-boutique et, tout essoufflée, tape le numéro du bureau central de la police industrielle.

— Permanence de la PI, j'écoute, fait la voix d'un jeune homme.

— Alexeï, s'il vous plaît, crie Sveta.

— Quel Alexeï ?

— Mon frère, qui travaille avec Kamaz ! Vadik, c'est toi ?

— Que se passe-t-il, Sveta ?

L'homme de permanence vient enfin de reconnaître en cette hystérique au bout du fil l'une de ses dernières connaissances, installée depuis peu dans la ville après que son ex-patron moscovite, qui payait tribut aux Pattes-Longues, lui a fait gentiment comprendre que la place de la sœur d'un mafieux défroqué n'était plus dans les marchés sud-ouest de la capitale.

— Un raid de racketteurs !

— Qui ?!

— Un alcoolo du coin ! Le Verrat ! Complètement schlass, et qui joue du flingue ! Un mois qu'il est sorti de taule !

— Seul ?

— Non, il est avec un gars d'ici, Vaska qu'il s'appelle…

— Du calme, Sveta, on tient la situation en main. Retenez-les dans la boutique.

Le débriefing s'éternise au siège de la police industrielle : bientôt vingt-deux heures. Rien de spécial à l'ordre du jour, c'est simplement que Kaliaguine a été pris de l'envie subite de faire le bilan d'un tas de choses en suspens. Vitia Kamaz ne cesse de gigoter sur sa chaise, les yeux posés tantôt sur sa montre, tantôt sur le rapporteur du moment qui déplore l'état des relations d'Akhtarsk avec les forces de l'ordre régionales.

— Bon, trêve de radotage, dit l'ex-brigadier des Pattes-Longues à bout de nerfs. J'ai la dalle, je veux aller au resto. (Et de passer la main sur sa poitrine herculéenne.)

Kaliaguine toise son adjoint de l'air d'un canari qui trouve une chenille crevée mais, au moment de le rabrouer dans les formes, il en est empêché par la sonnerie de son portable.

— Ici Kaliaguine.

— C'est moi. Le colis est en place.

Kaliaguine grommelle des bribes de paroles affirmatives et range son portable dans sa poche. Le rapporteur prononce encore quelques phrases jusqu'à ce que le chef de la police industrielle bâille à son tour.

— On abrège, les gars, dit-il, dix heures passées.

Pendant que l'assistance se disperse en désordre dans le couloir, le gars de permanence jaillit de sa guérite vitrée.

— Vladimir Avdeïevitch ! hurle-t-il, des racketteurs viennent de faire une descente !

— Où ça ?

— Une épicerie non-stop de la Première Rue du communisme, là où travaille Sveta, la frangine du Diable.

Kamaz blêmit.

— Sidérant, lâche Kaliaguine à la cantonade, il n'y a pas que mes adjoints, maintenant, qui s'adonnent au racket… Qui sont les forcenés ?

— Deux dogues du coin complètement bourrés…

— Une patrouille est partie ?

— Négatif ! s'interpose Kamaz, je m'en occupe !

Sa Nissan de service soulève des gerbes de neige en démarrant sur les chapeaux de roue. La Première Rue du communisme se trouve à cinq pâtés de maisons, en plein centre-ville, et tous les agents de la police industrielle connaissent parfaitement la boutique qui tourne vingt-quatre heures sur vingt-quatre. L'audace du Verrat (car c'est le Verrat comme on vient de le communiquer à Kamaz par téléphone) paraît invraisemblable et ne trouve d'explication que dans l'état d'ébriété de l'ancien racketteur.

On dira par la suite que s'il s'était agi d'un commerce moins familier à Kamaz, ou que Sveta n'avait pas identifié son agresseur, l'ancien brigadier des Pattes-Longues se serait douté de quelque chose. Mais durant les deux minutes qu'il passe à couvrir la distance des cinq pâtés de maisons, il n'a de temps que pour ouvrir le fourreau contenant son arme qui, soit dit à propos, n'est pas le *Makarov* réglementaire, mais son *Sig-Sauer* préféré, autrement prestigieux.

Les circonstances ont fait qu'à ce moment-là, toutes les voitures de patrouille se trouvent en mission dans les faubourgs les moins éclairés, considérés comme beaucoup plus criminogènes.

La Première Rue du communisme est tranquille et déserte. L'enseigne rose vif du *Pré d'or* joue de ses reflets dans la nuit. Alentour, tout est noyé dans le gel et les ténèbres. De l'autre côté de la rue, qui n'est pas très large, se dessine la tache noire d'un porche. La boutique surplombe légèrement la chaussée, desservie par un large escalier extérieur aux marches verglacées qui renvoient aux visiteurs le reflet irisé de l'enseigne lumineuse.

Un crissement enragé de pneus. Il faut voir la tête ahurie du magasinier qui manque de se cogner la tête contre le couvercle de la trappe de livraison. Kamaz jaillit de sa Nissan et avale d'un bond les escaliers.

A cet instant retentissent des tirs. Ça vient du porche. Trois chargeurs de *Kalachnikov* arrosent tout à la fois la chaussée, la Nissan et l'escalier de pierre que rien ne protège. La première rafale projette contre le mur Vitia Kamaz, surpris en pleine ascension. Les vitres du 4x4 volent en éclats dans un tintement plaintif, une balle perdue perce un pneu, le véhicule sursaute et, pschitt, s'affaisse. Kamaz riposte sans viser avec l'arme qu'il porte à la main. Ses balles se perdent dans le noir vide de la nuit. C'est alors qu'une nouvelle rafale jaillissant du porche le perfore en deux.

La porte du magasin s'ouvre, laissant apparaître le Verrat et son complice alarmés par les tirs. Un jet de balles bien ajusté cueille à cet endroit ces deux nunuches de racketteurs, et le Verrat s'écroule sur le seuil émaillé de crachats, peut-être mort, peut-être blessé, peut-être transi de peur.

Une silhouette noire surgit du porche, un bras allongé par un fusil-mitrailleur d'une façon disproportionnée, et se précipite vers l'escalier; mais, à cet instant précis, une lumière bleu-rose jette un éclat à l'autre bout de la rue, une sirène de police pousse un hurlement.

— Une patrouille, on se casse ! a-t-on crié du porche à la silhouette en mouvement. Celle-ci a fait demi-tour pour disparaître. Pas le temps d'effectuer le tir ultime de sécurité.

— Le porche ! gueule Kaliaguine.

Les flics s'engouffrent dedans mais il est déjà vide. Ils ne trouvent que trois *Kalachnikov* en version canon court abandonnées à l'instant même sur une neige qui ressemble à un drap souillé. Les gars à Kaliaguine continuent d'avancer. Des coups de feu détonent au fond de la cour, plusieurs d'affilée.

Kaliaguine prend son temps. Il ramasse un *PM*, traverse la rue d'un pas nonchalant et monte l'escalier. Vitia Kamaz, masse inerte, tête en bas, gît sur les marches inférieures. Ses yeux sont grands ouverts et, à la lumière clignotante des gyrophares et de l'enseigne lumineuse, on voit couler par-dessous lui un filet fumant de sang rouge. Deux autres corps sont étendus un peu plus haut : ceux du Verrat et de son complice Vaska.

A cet instant, le Verrat lève la tête. C'est peut-être que les balles ne l'ont pas touché ou qu'elles ne l'ont pas blessé en profondeur. Il pose sur Kaliaguine des yeux écarquillés qui chassent les brumes éthyliques. Quelque chose semble le sidérer. Kaliaguine éjecte un chargeur vide du *PM*, en sort un autre de sa poche et le loge dans le réceptacle qui fait clic. Le Verrat émet un bruit de gorge effrayé. Une nouvelle rafale, à deux mètres de distance, réduit sa tête en bouillie.

Le chef de la police industrielle de la ville d'Akhtarsk embrasse les lieux du regard et s'arrête un instant sur des éclaboussures grises de cervelle qui salissent l'escalier et le capot de la Nissan criblée de balles.

— D'aucuns disaient pourtant que le Verrat n'avait pas de cervelle, articule Kaliaguine d'un ton sentencieux qui semble s'adresser surtout à son adjoint inerte.

Là-dessus, il dévale le perron et s'efface dans la pénombre grise du porche où il jette à terre la *Kalach'* – celle-ci aura fait double usage. Aux deux extrémités de la rue s'élèvent des nébuleuses de lumière bleue : des quatre coins de la ville, les voitures de patrouille se rendent sur les lieux du carnage.

Le lendemain, vers onze heures du matin, Tcheriaga tient un conseil de production dans son bureau. "Production" est un bien grand mot. Outre quatre ou cinq directeurs de la maison, la réunion accueille en effet : Alechkine, commandant du SOBR d'Akhtarsk; Mogoutouïev, chef de la milice au visage bouffi par des cuites incessantes; et, bien sûr, Volodia Kaliaguine. Les représentants des forces de l'ordre ont le visage morne et pas rasé, ayant livré toute la nuit une chasse effrénée aux meurtriers de Vitia Kamaz : portes de la ville bouclées par le SOBR et la police industrielle, effectifs mobilisés à cent pour cent, patrouilles armées quadrillant la cité pour arrêter toutes les voitures et les fouiller de la chambre à air à la boîte à gants.

A onze heures, la télé locale rediffuse les images de la veille : Victor Sveniaguine fixant de ses yeux vitreux un ciel parsemé d'étoiles, sa voiture en miettes et le Verrat pareil à une grenouille écrasée sur le seuil du magasin; puis le visage chagrin de Vladimir Kaliaguine déclarant qu'il fera tout son possible pour élucider l'odieuse affaire. "C'est le premier meurtre de ce genre dans notre ville dans un contexte où les districts voisins ne cessent de trembler devant la barbarie des gangs, déclare-t-il. Je garantis que les crapules n'échapperont pas à leur châtiment. Les citoyens d'Akhtarsk peuvent dormir tranquilles."

— M'oui... dit Tcheriaga quand Kaliaguine disparaît de l'écran et que les yeux morts de Kamaz laissent la place à une pub pour un magasin d'Akhtarsk, *Au paradis des manteaux* ; ils l'ont bien arrangé, le pauvre Vitia. Qu'est-ce qui s'est passé au juste ?

— Que veux-tu que je te dise, siffle Kaliaguine, ce n'était pas la peine de tant se presser. Ils l'ont mené en bateau, et royalement ! Ils ont engagé un ex-taulard, un des gars au Premier ministre, et l'ont envoyé au *Pré d'or*. Vitia a fait ni une ni deux, bien sûr…

— Qui a engagé l'ex-taulard ? demande Tcheriaga d'une voix sèche et cassante.

Kaliaguine hausse les épaules de la façon la plus naturelle qui soit.

— Va savoir, à l'heure qu'il est… Deux heures avant les faits, ils picolaient avec une espèce de bœuf, tête blonde et taille moyenne. Il a sans doute changé la couleur de ses cheveux à l'heure qu'il est…

— Et le bœuf court toujours, c'est ça ? Je parie qu'il courra encore longtemps… dit Tcheriaga entre ses dents.

— Denis, qui accuses-tu de quoi ? fait Alechkine, le chef du SOBR, assis près de là. Mes gars n'ont pas dormi de la nuit.

— J'accuse la police industrielle de la ville, dit Denis du fond de son fauteuil. On nous assure que Volodia Kaliaguine tient la ville aussi fermement qu'une caserne, et voilà qu'on flingue son propre adjoint. Un adjoint qu'il ne pouvait pas piffrer, d'ailleurs. Je suis désolé, mais c'est de deux choses l'une. Ou bien quand on me rebat les oreilles sur l'ordre qui règne à Akhtarsk, c'est du pipeau ; ou bien…

Tcheriaga marque une pause lourde de sens. Kaliaguine se redresse :

— Mon soi-disant adjoint était un gangster des Pattes-Longues. Du point de vue de son chef, il a trahi la Forge, et d'une, mais aussi trahi le code du crime, et de deux. J'ai beau être de la police industrielle et non de la milice spéciale, dans l'esprit des Pattes-Longues, Kamaz était un truand vendu aux flics. Ces choses-là ne se pardonnent pas.

Denis lève les bras.

— Soit. Et si demain les Pattes-Longues se mettent dans l'idée que j'ai trahi quelqu'un, elles vont débarquer dans la ville en plein jour pour me faire la peau ? Une ville presque en état de siège, par-dessus le marché…

— Vous avez des propositions concrètes, Denis Fedorovitch ? demande Kaliaguine.

— Quand on est incapable d'assurer la sécurité de son propre adjoint, on ne doit pas diriger la police industrielle, voilà ma proposition.

L'assistance est pétrifiée. Fediakine se lève de son fauteuil.

— Denis, tu commets une grave erreur. Impardonnable ! Navré du parallèle, mais quand on a tiré sur le Lingot, tu n'étais pas loin toi non plus. Et tu n'as pas su prévenir l'attentat. Ni attrapé les *killers*. Est-ce qu'il faut te virer toi aussi ?

Denis jette un œil sur ses notes.

— Micha ? Tu avais une question sur le financement des cokeries ? Le point trois de l'ordre du jour ? Eh bien, attends qu'on en vienne à ta question, et en attendant reste dans ton coin.

Les membres du conseil des directeurs échangent des regards.

— Denis Fedorovitch, dit l'ingénieur en chef d'un ton suppliant, ce ne sont pas des façons ! Si quelque chose ne te plaît pas, dis-le franchement…

— Il y a beaucoup de choses qui ne me plaisent pas, dit Denis. Par exemple, je n'aime pas que le chef de la police industrielle érige un ange en pleurs de trois mètres sur la tombe de Youri Breler qui nous a tous fichus dans ce merdier. Avec son propre argent, encore heureux que ce ne soit pas avec la caisse du combinat. Cela fait réfléchir.

Volodia Kaliaguine se lève et pousse les chaises avec fracas.

— Je suis très heureux de ne pas te plaire, Denis. Imagine un peu que je te plaise et qu'à l'inverse tu ne me plaises pas… tu vois l'injustice ? Par bonheur, tu n'es pas le patron, seulement le roquet du patron. Si le Lingot dit de me virer, tu me vireras. En attendant, tu la boucles et tu ne te mêles pas de ce que je fais. Que tu sois un financier et un ingénieur de merde, passe encore. Mais que tu mettes ton grain de sel dans des affaires de crime, ça non.

Il claque la porte et disparaît.

En fin de réunion, Alechkine s'approche de Tcheriaga qui prend congé de ses adjoints.

— Pardonne-moi, Denis, dit le chef du SOBR, mais je ne te comprends pas. La première fois que j'ai parlé à Sveniaguine, c'était à la datcha de l'Elan : le soir où je lui ai cassé la gueule dans la cuisine. Pourquoi en as-tu fait l'adjoint de Volodia ? C'est un malfrat ! La télé régionale nous taillera des croupières tous les jours maintenant.

Denis fait face :

— Qu'est-ce qu'un malfrat ? Peux-tu me dire concrètement ce que signifie le mot malfrat dans la Russie d'aujourd'hui ?

Alechkine, perplexe, réfléchit. Une multitude de définitions lui traversent l'esprit, mais pas une qui soit imparable.

— Un malfrat, dit Denis, c'est quelqu'un qui ne tient pas sa parole plus de trois minutes après l'avoir donnée. Vitia Sveniaguine n'était pas un malfrat.

V

QUELQUES MANIÈRES PEU COMMUNES DE FAIRE BAISSER LES TARIFS DE L'ÉLECTRICITÉ

Le 2 février, le directeur général d'*AMK* Viatcheslav Izvolski est de retour à Akhtarsk. Personne n'était dans le secret mais la nouvelle s'est répandue comme une traînée de poudre : le Lingot arrive ce matin ! Il s'avérera par la suite que l'information avait deux sources : les contrôleurs aériens émus de voir l'avion vide d'Izvolski s'envoler pour Moscou, et les ouvriers sommés de préparer à la hâte la maison pour le retour de son maître – installation d'un ascenseur et de rampes d'accès.

A trois heures de l'après-midi, malgré un froid de moins trente degrés, une foule immense se masse à l'aéroport. La place entière regorge de voitures et de gens arborant des portraits d'Izvolski. La grille de la piste d'atterrissage grouille de monde. L'insatiable Sentchiakov pérore du haut d'une tribune improvisée. Le service d'ordre du combinat perd doucement la tête.

L'avion se pose à seize heures quinze, mais les espoirs des manifestants s'évanouissent : pas moyen d'entrevoir Izvolski.

Quatre heures de vol ont exténué le malade. Pour arroser le tout, l'aéronef s'est trouvé dans une essoreuse en phase d'atterrissage, avec un vent des steppes soufflant à trente kilomètres seconde… Même un gaillard en pleine forme se serait vu verdir. Pas question, dans de telles conditions, de faire un discours de salutation.

Dès que le *Yak-40* de l'usine, à l'empennage marqué d'un iziubr, effleure la piste d'atterrissage, une ambulance s'en approche toutes sirènes hurlantes, encadrée d'une escorte de jeeps. Derrière une haie de gardes du corps – pour faire écran à d'éventuels snipers dissimulés dans la foule en liesse – Izvolski est descendu sur un brancard, et l'ambulance redémarre, grondant et rugissant, convoyée par la milice routière et les 4X4 de la sécurité.

Sentchiakov et quelques collaborateurs d'Izvolski restent à l'aérodrome pour prononcer des paroles de remerciements à la foule qui ne tarde pas à se disperser. Seule une tribu d'irréductibles se rend à la Pinède et se poste en plein champ en déroulant des calicots : "On est avec toi, Lingot !"

La Pinède se situe à une dizaine de kilomètres d'Akhtarsk. C'est une villégiature de standing protégée par une muraille de pierre et aussi bien gardée que la Boutyrka pénitentiaire de Moscou. Il y a encore deux mois, avant que n'éclate le conflit, on se contentait d'une barrière à l'entrée et d'un barbelé étalant ses frisettes le long de l'enceinte. Désormais, des caméras quadrillent le périmètre. Sans parler d'une ligne à haute tension sur laquelle périssent les oiseaux habitués à fréquenter cette mangeoire de luxe.

Trente minutes après l'atterrissage, blanc comme une feuille de papier finnois, Izvolski est allongé dans une chambre à coucher claire au deuxième étage de sa propre villa. Enfin chez soi. A la fenêtre – rideaux grands écartés – c'est le flamboiement adamantin d'une plaine blanche qui suit sa pente jusqu'à un lac gelé que bordent, nues, des tiges de jonc. Plus loin commence une taïga de pins, rare en cette région de steppes. Le site de la Pinède a été construit près d'une forêt primaire, ce dont les écologistes de la région ne cessent de se lamenter depuis deux ans. Ah ! les écolos… et leurs sages conseils… A l'époque de la perestroïka, ils proposaient sans relâche de fermer le combinat et de transformer Akhtarsk en un centre de tourisme international grâce à ses sources thermales. Les rayons du couchant sont pareils à des cordes tendues sur les lyres roses des pins. Debout à la fenêtre, Irina, enveloppée d'un châle par-dessus un pull soyeux, contemple les champs.

— Alors ? La Sibérie ? Tu trouves ça comment ?

— Il y a du monde là-bas, dit-elle, avec des portraits de toi. Tu vois ?

— Je vois. Ils nous gâchent toute la vue de la fenêtre. Deux mois que je rêve de voir mon bois. Et les voilà qui rappliquent avec des banderoles. Denis doit être sur les dents, d'ici qu'un *killer* se soit fourré parmi eux…

La commissure des lèvres d'Irina tressaille.

— Ce n'est pas bien ce que tu dis. Ces gens poireautent par un froid féroce pour te soutenir, et tu dis qu'ils te gênent.

Il pousse un rire bref.

— Mais qu'est-ce que je peux faire ? Marcher à leur rencontre ? Tu sais bien que c'est impossible.

— Fais-les au moins venir ici.

Izvolski regarde Irina d'un air perplexe. Une telle idée ne lui aurait jamais traversé l'esprit.

— Je suis désolé, dit-il, mais c'est ma maison. Et ma chambre à coucher. Je ne veux pas qu'ils piétinent mes tapis avec leurs sales bottes de paysans. Je ne les aime pas. Comme les chats, comme la musique. Je leur paie un salaire et ça me suffit largement. Dans la Russie d'aujourd'hui, c'est déjà un exploit.

D'une main hésitante, Izvolski pousse la couverture. Il est en nage. Voyant cela, Irina s'empresse de retirer le duvet du dessus. Elle le plie soigneusement et le dispose sur une chaise près de la fenêtre. Puis elle se redresse. Izvolski la regarde. Elle baigne dans les rayons du couchant, le soleil de Sibérie, énorme et rouge comme une pomme mûre, la rend presque diaphane dans son pull en mohair et son jean moulant.

— Tu as chaud, dit Izvolski, enlève ton pull.

La laine produit un petit craquement électrique quand Irina ôte docilement son pull et le pose sur le duvet. Debout à la fenêtre, la tête penchée, elle le regarde légèrement de biais. Le ponant incendie ses cheveux en désordre qu'elle n'a pas peignés après avoir retiré sa chapka.

— Dieu que tu es belle, Irotchka, dit-il.

Elle renvoie un sourire timide.

— Et si tu enlevais ton corsage ? souffle-t-il dans un filet de voix éraillée.

Sans le quitter des yeux, elle se déboutonne lentement. Puis, avec la même lenteur, ôte ses souliers et laisse tomber son jean. Ne restent qu'un linge transparent, slip et soutien-gorge, et des socquettes de coton blanc.

— Vire le reste, murmure-t-il avec un regard avide et anxieux, tel un renardeau voyant un morceau de viande fraîche dans la cage d'à côté.

Irina, comme envoûtée, dégrafe les bretelles de son soutien-gorge. Oubliant ses socquettes, elle s'approche du lit à pas feutrés. Ils commencent à s'embrasser avec flamme. Les doigts hésitants et faibles d'Izvolski effleurent un instant ses petits seins aux mamelons roses.

Puis elle écarte la couverture et laisse courir ses lèvres plus bas, vers la poitrine où rougeoie la trace de deux cicatrices chirurgicales fraîches délivrées depuis peu de leurs pansements : l'une grande, un peu au-dessous du cœur et légèrement plus à droite, l'autre sur le ventre.

Izvolski a le souffle lourd et haletant.

Soudain, Irina se sent prise d'un désir violent, presque incontrôlable. Il y a longtemps maintenant qu'elle aime Izvolski. Elle aime son caractère rugueux, son cynisme vaguement narquois, et ne se voit plus vivre sans cet homme qui, le premier, l'a aidée à comprendre le pays dans lequel elle vivait. Subjuguée, elle écoute ce qu'il dit et tremble quand Izvolski, voyant à l'écran une tête connue, annonce au passage que le nouveau patron du Fisc fédéral a payé deux millions de dollars à Untel pour son poste, ou combien tel vice-Premier ministre a émargé sur la vente à Chypre d'armements antiaériens.

Elle s'interdit de penser au deuxième soir qui a suivi leur rencontre bien qu'elle ne puisse oublier, quelque part dans son subconscient, les dérives de l'aplomb d'Izvolski, de sa force. Séduite par sa façon de parler, sa façon de penser, sa façon de se tenir dans des situations critiques où un autre que lui craquerait, elle n'aime pas pour autant l'homme physique, ce grand corps jaunâtre qu'elle soigne, lave et nourrit depuis un mois et demi.

Sauf qu'aujourd'hui, soudainement, quelque chose a fait tilt. Elle se sent sous le choc d'une décharge électrique. Elle a envie de lui. Elle embrasse son corps un peu amaigri, quoique pesant encore, comme dans l'espoir qu'un miracle s'accomplisse, que l'homme reprenne vie d'un coup, qu'il roule sur le ventre et l'écrase une nouvelle fois de tout son poids. Du ventre, ses lèvres glissent plus bas vers la filasse clairsemée de son pubis, vers ce gland rouge et ridé qui pend entre ses cuisses inanimées.

Elle n'a pas le temps de comprendre. A peine a-t-elle effleuré le gland de ses lèvres qu'il se gonfle d'une force soudaine. Izvolski lui-même a poussé un petit cri de surprise. Ni lui ni elle n'y croyaient. Quand on est paralysé du bas, pensait Irina, tout ce qui est au-dessous de la ceinture est paralysé. Et maintenant, muettement, elle embrasse avec frénésie le membre renaissant d'Izvolski.

Puis elle retire son slip et le prend à califourchon. Elle manque d'expérience et Izvolski ne peut rien pour l'aider. Il exhibe un sourire bête et béat, ses doigts gauches cherchant à serrer les mains d'Irina.

La chambre d'Izvolski est séparée du couloir par deux portes : une extérieure et l'autre intérieure, vitrée, lourde et drapée de mousseline. Ni Irina ni Izvolski, naturellement, n'ont entendu la porte extérieure s'ouvrir et Tcheriaga s'avancer pour consulter son chef.

Denis met la main sur la poignée de la porte vitrée et brusquement se fige. Les rayons du couchant baignent généreusement le lit blanc et ses deux occupants, tout en le rendant lui parfaitement invisible. Ses mains se font moites. Il sait qu'il doit tourner les talons et partir le plus discrètement possible. Mais ses pieds semblent cloués au sol. Statufié, il ne quitte pas des yeux ce corps nu délicat en socquettes blanches, qui dodeline en un tendre va-et-vient sur les cuisses d'Izvolski. Une phrase joue à cache-cache dans la tête de Denis, et quand il parvient enfin à la rattraper par la queue, cette phrase est : "Est-ce seulement possible ?"

Cela est possible en effet.

Denis reste un temps planté là, qui lui paraît une éternité. Puis le corps délicat cesse de se balancer et se couche sur Viatcheslav, ventre contre ventre. Apaisé, Izvolski embrasse Irina. Les deux se figent, étrangement semblables à des amants ordinaires. La trotteuse fait encore deux ou trois tours de cadrans avant qu'il n'articule avec un petit ricanement à la fois heureux et stupide :

— Eh bien, ma chérie, maintenant, nous sommes quittes. (Irina murmure quelque chose dans un demi-sommeil.) Tu conviendras, ma chérie, que tu as profité de mon infirmité d'une manière éhontée pour me violer, non ?

Elle rit, et ils s'adonnent à de nouveaux baisers.

Denis ouvre sans bruit la porte extérieure et s'extrait de la pièce. Par bonheur, il n'y a personne dans le couloir. Il passe dans le bureau d'Izvolski et finit par y trouver une bouteille de cognac, un cadeau de quelqu'un. Il y a certainement beaucoup plus d'alcool en bas dans la salle à manger, mais Denis tient plus que tout à éviter les gardes et les visiteurs. Assis dans ce bureau qui n'est pas le sien, dos à la fenêtre, il porte de temps en temps le goulot à ses lèvres. Et ce jusqu'au moment où Volodia Kaliaguine met un nez à la porte. Denis lui adresse un sourire qu'il veut naturel, laisse la bouteille et descend au rez-dechaussée.

Par les fenêtres givrées qu'illumine en rouge le soleil couchant, on voit les manifestants geler sur la glace devant le massif primaire de résineux. Aucun des habitants de la Pinède n'y prête attention. Seul Micha Fediakine, premier adjoint d'Izvolski, se donne la peine de monter dans sa voiture pour aller leur parler. Comme il n'y a plus alors que sept ou huit personnes, Fediakine les invite tous chez lui à prendre un thé. Il dira qu'Izvolski n'aurait pas manqué de les inviter, mais qu'étant très fatigué, il s'est endormi à peine arrivé.

A compter de ce jour, et contre toute attente, la convalescence de Viatcheslav Izvolski s'accélère. N'en déplaise aux médecins – qui avaient agité devant lui l'épouvantail des froidures sibériennes et des vents sauvages des steppes – le directeur récupère chaque jour davantage. Au bout d'une semaine, il rend sa première visite à l'usine où il passera presque deux heures.

La visite n'ayant pas d'objet particulier, Denis continue d'occuper le bureau de son chef : la direction opérationnelle de l'entreprise ne peut se faire qu'à partir du poste de travail d'Izvolski.

Les médecins traitants ne laissent pas de s'étonner et s'en réfèrent à la puissance de l'autosuggestion. Denis, en entendant ces mots, n'a qu'une image en tête : un corps dénudé de femme en socquettes blanches et un sourire bête animant le visage du directeur. Du reste, médecins et gardes ne tardent pas à découvrir le pot aux roses. Les chambres à coucher d'Irina et d'Izvolski sont contiguës et beaucoup savent que la mignonne petite Moscovite passe ses nuits non pas au chevet du malade, mais dans ses draps. Ce faisant, Irina se montre plus prudente et ne manque jamais désormais de fermer la porte à clé en pareil cas.

Dix jours après le retour du Lingot, une sorte de "conseil des directeurs" se tient à la Pinède. Les guillemets sont ici de mise car il s'agit d'un directoire élargi au chef de la police industrielle Volodia Kaliaguine, à Sentchiakov, au maire de la ville et, naturellement, à Denis Tcheriaga qui, formellement, n'est pas membre du directoire. Soit treize personnes en tout.

C'est Izvolski qui préside en fauteuil roulant, vêtu d'un pull de laine, une couverture à carreaux sur les genoux. On commence par un point sur la situation de l'usine. Comme il fallait s'y attendre, les rapporteurs n'annoncent rien de bon. La modernisation d'*AMK* est au point mort. La construction du nouveau laminoir n'a pas bougé depuis bientôt trois mois. Les rapports avec le gouverneur vont à vau-l'eau. L'usine a cessé ses paiements au crédit du budget régional, en réponse à quoi le gouverneur a fait venir deux groupes d'enquêtes de Moscou : l'un du FSB, l'autre, de la police fiscale. A titre de représailles, l'usine rachète les créances de la région. Stipendié par *AMK*, un groupe de députés de l'assemblée régionale orchestre le dénigrement du gouverneur.

Si les gens du budget régional ont une dent contre Izvolski, ils ne sont pas les seuls. En acquérant la centrale inachevée de Beloïe-Polié, le Lingot a levé la main sur un monopole permettant au patron du réseau énergétique de vendre son électricité à un tarif déterminé par sa seule incompétence, et de s'en mettre dans les poches autant que son avidité l'y incite. Répondant à l'ordre de leur maître-chien ("Debout !"), les énergéticiens désormais regimbent et refusent tout paiement autre qu'en numéraire, exigence certes légale dans sa forme mais absurde sur le fond : en paiement d'un produit surestimé à trois fois sa valeur, *AMK* ne peut plus donner un autre produit surestimé d'autant mais doit payer comptant avec un argent qui, lui, vaut le prix qu'il vaut.

— Ils ont menacé de débrancher l'usine, dit Denis. C'était il y a quinze jours.

— Mais ils ne l'ont pas fait ? demande Izvolski.

— Le directeur adjoint qui devait le faire a eu des ennuis, dit Micha Fediakine d'une voix blanche. Des voyous l'ont molesté dans sa cage d'escalier.

Izvolski hausse les sourcils. Son regard voyage dans la pièce et s'arrête d'abord sur Tcheriaga, puis sur Volodia Kaliaguine.

— Fortement molesté ? se fait-il préciser.

— Il en a encore pour deux semaines, répond Tcheriaga d'un ton indifférent.

Un bref silence s'installe, bientôt rompu d'une voix calme par l'ingénieur en chef Skorosko, un homme pourtant loin des querelles et de toutes choses étrangères à la production :

— Malgré tout, Denis Fedorovitch, j'aimerais comprendre. Nous sommes une société par actions et non une bande de malfrats. A mon avis, une société par actions peut s'arranger avec ses fournisseurs d'électricité sans… comment dirais-je… sans envoyer des voyous dans une cage d'escalier.

— Je ne vois pas le rapport, répond Tcheriaga ; en quoi suis-je concerné par ces voyous ?

On entend un rire bref et méprisant (Micha Fediakine, semble-t-il).

— Le rapport, poursuit Skorosko, c'est que la veille de l'interruption de notre dernier contrôle fiscal, le mois passé, la nouvelle Audi du chef de l'Inspection régionale a volé en mille morceaux.

Denis se tourne vers Skorosko et lui dit :

— Le contrôle fiscal s'est soldé par un redressement de deux millions de roubles. Aurais-tu préféré un redressement de deux milliards ?

— Suffit, coupe Izvolski. Nous n'allons pas discuter la question ici. Avez-vous des informations sur le fond ?

Les informations sur le fond ne manquent pas.

L'usine *AvtoVAZ*, vieux partenaire d'*AMK*, a cessé de payer ses livraisons de métal. "Que veux-tu, Denis Fedorovitch, a dit à Tcheriaga l'un des adjoints du PDG lors d'une franche explication téléphonique, on ne sait plus qui est vraiment le patron chez vous. Si tu veux que nous prenions tes laminés, tu attends sans moufter. Mais si tu veux être payé, alors nous irons faire notre marché à Lipetsk." D'autres entreprises ont pris le même chemin qu'*AvtoVAZ*, fût-ce dans une forme moins arrogante.

Côté Sentchiakov, son usine ne tourne plus depuis bientôt trois mois. Malgré cela, les salaires continuent d'être payés grâce à des prêts de la banque *Métallo*. Par contre, les fournisseurs d'eau et d'électricité ont tout coupé, n'ayant pas été réglés. "On ne peut plus entrer dans les locaux tellement ça pue !" s'emporte-t-il. Et d'en imputer illico la faute aux menées des francs-maçons.

Le directeur de la centrale atomique de Beloïe-Polié prend la parole en dernier. Une entreprise mixte a bien été créée conjointement avec la Régie fédérale *Atome-Energo*, avec un certain Valenten Serejkine à sa tête, un professionnel du secteur et ancien de Tchernobyl, mais elle ne fait rien pour autant. Et l'usine a d'autres chats à fouetter.

— Je négocie avec les gens, mais dès qu'ils apprennent que c'est pour Akhtarsk, ils changent de tête, dit Serejkine. Ils me disent : Voyez d'abord qui est votre vrai patron. Parce qu'ils ne s'attaqueront jamais à la construction de la centrale si c'est *Iveko* ou les Pattes-Longues qui commandent. Ils n'acceptent de travailler que sous réserve de prépaiement. Et comment voulez-vous que je prépaie si je n'ai moi-même reçu aucun kopeck ?

Les malheurs de Béloïe-Polié ne s'arrêtent pas là. Comme la centrale, malgré tout, fait partie de la région de Sounja, elle peut prétendre à des subventions budgétaires. Ce sont des miettes, mais qui étaient payées jusqu'à l'an dernier. Or, depuis deux mois, plus un radis.

— J'ai huit cents mères de famille au chômage, dit Serejkine au bord des larmes. Elles ont le droit à des allocations. Non seulement pour faire manger leurs gosses, mais pour manger elles-mêmes. Quand je vais voir les responsables de la région et que je leur dis : "Dites voir, les gars, pourquoi est-ce que vous ne payez pas les allocations familiales ?" ils me répondent : "On ne les paie pas à tout le monde." Alors je dis : "On ne paie pas à tout le monde en argent, mais vous aviez l'habitude de distribuer de la farine, payez-moi donc en farine." Et eux : "Non, en farine ce n'est pas possible, on peut payer en pieds de sapins de Noël." Vous vous rendez compte ? Mes huit cents femmes doivent se traîner à Sounja sur trois cents kilomètres pour choisir au magasin des pieds de sapins ou des bavettes antiboue pour Lada !

Muet, Izvolski écoute.

— Viatcheslav Arkadievitch, lui dit le directeur de la centrale, je conçois que l'usine ait des difficultés. Mais si nous prenons des coups, c'est parce que nous dépendons de vous. Résultat, aucune aide de votre part et la région qui nous asphyxie… comme si nous n'étions pas déjà morts. A l'hôpital, la température est de trois degrés. Pardonnez mon insolence, Viatcheslav Arkadievitch, mais vous êtes là dans un fauteuil roulant de qualité par une température ambiante de vingt-deux degrés. Vous ne manquez ni de médicaments ni de nourriture. Chez nous, à l'hôpital, on met une tête d'oignon pour deux litres de soupe. Et rien d'autre. On demande aux patients d'apporter les draps de chez eux. D'ailleurs, plus personne n'a de draps depuis longtemps. Pas de stérilisateurs pour faire bouillir les seringues, sans parler de seringues jetables. La seule consolation, c'est qu'il n'y a plus de produits pour les injections non plus.

— Fort bien, coupe Izvolski, mais qu'est-ce que je peux faire ? Le combinat a promis de financer la construction de la centrale, pas de l'hôpital municipal. Si la ville n'a pas de quoi le faire fonctionner, elle doit se faire subventionner par la région.

— Et la région ne donne rien pour cause de querelle avec vous ! Nous prenons des coups parce que nous sommes dans votre escarcelle, pas pour autre chose, nom d'une pipe ! Viatcheslav Arkadievitch ! Vous avez placé cinq cents bâtons en dollars à la banque *Métallo*, tout le monde le sait ! Débloquez-moi deux cent mille ! Les gens auront au moins du pain !

— Bref, si la centrale reçoit deux cent mille dollars de la banque, ce sera non pour le chantier de construction mais pour les hôpitaux et compagnie ?

Serejkine en a le souffle coupé.

— Slava ! Si on ne t'avait pas transféré à la clinique du Kremlin après l'attentat, mais dans un mouroir où on se pèle à trois degrés, où serais-tu à cette heure ? Ici ou au cimetière ?

— Je veux savoir, reprend Izvolski sans forcer sur sa voix, où ira cet argent ? Au chantier, oui ou non ?

— Aux salaires, aux allocations et aux médicaments.

— Compris. Micha, tu voulais dire quelque chose, je crois ?

Tout rouge, Fediakine se lève à l'autre bout de la table.

— Oui. Sur le même sujet, la dette de la banque *Métallo*. Je comprends que nous sommes en procès, etc., mais c'est sans équivoque. *Steelwhale* nous doit cinq cents bâtons et nous devons cinq cents bâtons à la banque. Les caisses du combinat sont vides à l'exception du prêt accordé pour les salaires. Tout le monde est aux abois. Nos partenaires nous lâchent. Le sentiment de tous est que *Steelwhale* va disparaître avec l'argent.

— Que proposes-tu de constructif ?

— Ce que je propose, c'est qu'on ne se conduise pas comme des brigands si nous voulons rester maîtres de l'usine. Moins le combinat travaille, plus il y a de gens qui rallient *Iveko*. A tenir tout ce temps les commandes, l'ex-juge d'instruc Denis Tcheriaga a coulé la baraque. Le maximum qu'il puisse faire, qualifié comme il est, c'est buter des sous-directeurs dans des cages d'escalier. Navré de te le dire.

Un silence de mort s'installe autour de la table. Fediakine a les épaules en avant. Le directeur financier vient de dire tout haut ce que beaucoup pensaient sans oser l'exprimer.

— Micha, dit Izvolski en rompant le silence, si tu penses que les décisions de Denis viennent de lui seul, je ne sais pas avec quoi tu penses. Tu dois penser avec ton cul.

Fediakine lève les bras.

— Slava, ouvre les yeux ! Tu disais toujours que l'usine compte plus que l'argent ! Tu laisses filer la production, pourquoi ? Pour que la banque ne récupère plus qu'un morceau de merde à la place d'Akhtarsk ? En quoi es-tu meilleur que la banque ?!

— Tu as bu un coup de trop hier soir ? Tu as le crâne en bouillie ?

Le directeur financier se lève.

— Je suppose que je peux disposer ?

— Va, Micha. Quand tu seras dégrisé, nous reparlerons.

Rouge comme une écrevisse, Fediakine quitte le salon.

C'est par Fediakine que Guennadi Serov, vice-président d'*Iveko*, apprend les détails de la réunion tenue au domicile d'Izvolski. Serov se trouve à Sounja, officiellement pour concerter avec le gouverneur Doubnov les modalités de l'ouverture d'une antenne de sa banque dans la région. En privé, l'homme est formel : si la filiale est ouverte et qu'elle héberge les comptes du budget régional, les subsides fédéraux arriveront plus vite à Sounja, et d'une façon plus substantielle.

Comme il allait et venait dans les murs du siège administratif de la province, Serov n'a pas tardé à recueillir des bribes de rumeurs sur le scandale survenu en la demeure du khan d'Akhtarsk : trop de monde était présent à la réunion pour que la teneur en échappe à l'élite régionale. Un premier interlocuteur (vice-gouverneur, le fameux Trepko emmafiosé) a esquivé la question en se disant mal renseigné.

— Par contre, Fediakine vous le dira. Il était ce matin au service financier.

Voilà donc Serov arpentant les couloirs, mais pas longtemps : le hasard le conduit aussitôt nez à nez avec Micha

Fediakine. Ils se sont peut-être vus quatre ou cinq fois depuis leur première rencontre, et chaque fois le financier d'Akhtarsk se fait plus loquace. Il aime à raconter par le menu les dernières sorties de son ennemi intime Tcheriaga, et le banquier manifeste invariablement compassion et curiosité sans s'abaisser toutefois à le soudoyer. Fediakine lui-même semble ne pas avoir senti qu'il franchissait la ligne jaune entre plainte et mouchardage, ni à partir de quel moment parler de ses problèmes revenait à verser des informations sensibles dans l'oreille du pire ennemi d'*AMK*.

Cette fois encore, Fediakine désopilé et un rien pompette se laisse un peu trop facilement entraîner au restaurant. Ou plutôt c'est Serov, alléguant qu'il ne connaît rien de la ville, qui demande à Fediakine de le conduire dans un endroit où manger.

— Allons à *L'Oiseau bleu*, dit Fediakine.

Mais il se ravise en chemin et le chauffeur de Serov, lui obéissant au doigt et à l'œil, pénètre dans une cour et s'arrête au pied d'un simple immeuble d'habitation à neuf étages. Ils montent au cinquième où Fediakine sonne à une porte blindée garnie de cuir véritable. C'est une femme qui leur ouvre, belle, d'une trentaine d'années, peut-être un peu enveloppée. Un ravissant bambin de cinq ans s'emmêle dans ses jambes.

— Voici ma nièce Klava. Lui, c'est Kirioucha. Fais-nous quelque chose à manger. Nous allons passer un moment ensemble.

— Mieux vaut aller au restaurant… proteste Serov.

— Calme un peu tes ardeurs, lui lance Fediakine avec un accent de méchanceté inattendu. Il y a quatre restos dans la ville : nous n'en serons pas encore à l'entrée que des mouchards rapporteront à Tcheriaga avec qui je déjeune.

Serov laisse paraître un sourire mauvais. Les mouchards roulent peut-être pour Tcheriaga, mais aussi pour la mafia de Sounja et pour le gouverneur, et l'on comprend que Fediakine n'y tienne pas du tout. Leurs chaussures d'hiver ôtées, les deux hommes passent dans un salon confortable aménagé à l'européenne avec moquette, guéridon et fauteuils de cuir.

Le Moscovite jette un regard en coulisse sur son hôte. Fediakine est si anxieux qu'il a le visage embrasé de plaques rouges. Sans doute comprend-il qu'en refusant de s'exposer à la vue de tous au restaurant, il est en train de changer quelque chose dans ses relations avec Serov. Sans compter qu'il ne peut plus faire mine de croire, désormais, que Denis Tcheriaga est seul responsable de tous les malheurs du combinat.

— Un cauchemar, dit Serov en secouant la tête quand Fediakine lui parle de Beloïe-Polié. Et il a vraiment refusé de débloquer des fonds ?

— Oui.

— Ah ! la vache… (Serov se fait songeur.)

— Je ne sais plus quoi faire, continue Fediakine. C'est moi qui ai fait embaucher Serejkine pour le chantier de la centrale. Un poste en or, je lui ai dit, la première centrale nucléaire dont on reprend la construction depuis dix ans, et vlan !…

Klava entre en roulant des hanches. Elle pose sur la table basse des assiettes de zakouski : petits cornichons papuleux, salaison de chou, pommes en saumure. Puis viennent le hareng mayo et le caviar servi dans des coupes de cristal. Une odeur douce de concombre frais coupé et de jambon poivré s'exhale dans le salon.

— Je vous recommande le chou, dit Klava, une salaison maison, c'est moi qui l'ai fait…

— Ma nièce a des doigts de fée, dit Fediakine rieur.

Les mains sur les hanches et l'œil en coin, Klava observe Serov. Le banquier constate qu'elle ne porte pas d'alliance. "Divorcée ou même célibataire", se dit-il. La fille n'est pas tout à fait de son goût. Il les préfère un peu plus jeunes, dans le genre d'Irina Denissova. Pour ça oui, Izvolski a tiré le gros lot. Pour autant, l'option Klava mérite d'être envisagée. Du moins est-il évident que Guennadi Serov, vice-président de la banque *Iveko*, n'est pas obligé de passer la nuit à *l'Hôtel du Centre* sur un lit étroit au matelas défoncé, dans une chambre baptisée "luxe" par on ne sait quel déluré.

— Et maintenant, soupe ! dit Klava. Une soupe au chou bien de chez nous. A la sibérienne.

Un petit pas d'enfant se fait entendre dans la pièce voisine.

— Oui, dit Fediakine lorsque Klava quitte le salon. Pendant qu'on s'empiffre de soupe, ceux de Beloïe-Polié pèlent de froid, brrr…

— Eh bien, dit Serov, admettons que la banque leur fasse un prêt ?

— Un prêt à qui ? A la ville de Beloïe-Polié ? Ben voyons. Ce n'est pas demain la veille.

Sans hâte, Serov se beurre une tartine qu'il garnit copieusement de caviar.

— Vous avez tort de penser ça, Mikhaïl Philippovitch. Nous aussi nous compatissons, c'est humain…

— Humain… Vous n'avez rien d'humain, vous autres les Moscovites.

— Moscovite, moi ? Vous voulez rire. Je suis né à Kovrov, j'ai fait la guerre en Afghanistan, j'ai travaillé à Irkoutsk… Où voyez-vous Moscou là-dedans ? Vous croyez peut-être que tout va pour me plaire dans ce que fait la banque ? Tenez, c'est grâce à moi qu'on ouvre une antenne ici. Pour investir dans le secteur productif, le vrai… (Il enfourne sa tartine.) Je ne risque pas d'obtenir le crédit de Moscou, d'accord, mais avec la caution de l'administration régionale, je peux essayer. Serejkine acceptera-t-il ?

Fediakine marque un silence.

— J'en doute, dit-il. Comment ira-t-il expliquer au Lingot qu'il a pris un crédit à *Iveko* ?! Autant imaginer que la Corée du Nord emprunte de l'argent à la Corée du Sud…

— Soit. J'ai une proposition. (Serov prend un crayon et se met à noircir une serviette en papier.) Vous créez une société à responsabilité limitée, appelons-la Beloïe-Polié, avec deux actionnaires, Serejkine et vous. La société emprunte à la banque et la région se porte garant. Ainsi, vous approvisionnerez la ville de Beloïe-Polié à crédit. Comme ça, c'est bon ? Ni vu ni connu. Tope là ?

L'autre hésite.

— J'en parlerai à Serejkine.

Petit rire contrarié de Serov.

— A vous de voir. On ne peut pas à la fois crier que Moscou ne finance pas la province et refuser son argent, il faudrait savoir…

— J'en parlerai à Serejkine.

Quatre jours plus tard, Izvolski fait venir Denis chez lui à neuf heures du matin. Pour Izvolski, c'est une heure tardive. Avant l'attentat, le directeur n'arrivait jamais à l'usine après sept heures et demie.

Une couverture sur ses genoux, Izvolski travaille entre deux piles de papiers semblables à des colonnes doriques. Son état de santé s'améliorant vite, il peut enfin se mettre à la besogne en commençant par la vérification de tous les papiers signés par Tcheriaga en son absence – tous !

Il ne s'agit non pas tant des grands contrats que des affaires courantes. Les rouleaux d'un laminoir ont été changés ? Signature. Un convoi de laminés est parti pour *AvtoVAZ* ? Signature. Un générateur de la centrale thermique de l'usine est en cours de réparation ? Signature, etc. Factures, bordereaux de livraison, feuilles de route, paiements... il s'en remplit chaque semaine un plein classeur, et il va sans dire qu'Izvolski, cloué sur son lit d'hôpital à Moscou, tétraplégique et drogué de médicaments, était physiquement incapable de prendre en main toute cette littérature.

Maintenant, cela fait trois jours qu'il est plongé dans les factures comme d'autres le seraient dans la lecture d'un polar haletant. Voyant Denis, il lève la tête et dit d'un ton neutre :

— Te voilà ? Assieds-toi.

Denis dévisage son patron. C'est peu dire qu'il a l'air mécontent. La veille au soir, Denis le sait, il a reçu un coup de téléphone de Valentin Zaslavski, vice-gouverneur et oncle du défunt Kolia. L'autre est de retour dans la région après deux mois de cure à l'étranger ; maintenant qu'il se sent plus fort, il se sert de Doubnov contre l'usine.

— Que se passe-t-il ? demande Tcheriaga. Il paraît que Zaslavski fait courir des bruits de chiottes ?

— Lis ça.

Intrigué, Denis parcourt une liasse de papiers : les factures liées à la réparation de l'atelier numéro cinq et au remplacement des rouleaux de laminage à chaud. Le tout signé de la main de Tcheriaga (Izvolski est seul habilité à signer les notes de plus de trente mille dollars, habilitation déléguée à Tcheriaga tout le temps de son hospitalisation).

— Et alors ? s'étonne Denis en toute sincérité.

— Stachevitch changeait les rouleaux cinq fois par jour.

— Il aurait dû les changer tous les combien ?

— Presque deux fois moins.

— Je l'ignorais, dit bêtement Denis.

— Ç'a t'aurait fatigué d'aller faire un saut à l'atelier ? (Izvolski hausse franchement la voix.) Si tu ne piges que dalle, pourquoi signer ? C'est si difficile de faire deux kilomètres en voiture pour poser la question aux ouvriers ? Tu aurais profité au passage d'une consultation gratuite sur la fréquence de remplacement des rouleaux…

Denis se tait. Il pourrait faire valoir pour sa défense qu'il n'a guère dormi que quatre heures par nuit ces deux derniers mois, et que l'idée ne lui avait même pas traversé l'esprit de se rendre à l'atelier ; pas plus qu'il n'avait songé un seul instant que ce quadra sympa de Stachevitch, amateur de chasse, de vodka et de bonnes blagues sibériennes, pouvait en toute sérénité lui fourrer de fausses factures et empocher tranquillement l'argent de l'escroquerie – chose qu'apparemment il avait pourtant faite.

— Alors ? Tu ne dis rien ? Et lis ça maintenant. Avec tes deux yeux !

Et de jeter sur les genoux de Denis un épais contrat d'assurance. Il y est question de batteries de fours de cokerie à assurer contre l'incendie. Si Denis a bonne mémoire, c'est l'ingénieur en chef Skorosko qui lui avait présenté le document pour signature. En principe, toutes les pièces de ce genre doivent passer par l'expertise d'un juriste mais l'affaire revêtait un caractère d'urgence, le contrat précédent avait échu la veille et les avocats de l'usine, comme par un fait exprès, étaient tous à Moscou. Tcheriaga jette un œil au verso de la dernière page : les juristes n'ont toujours pas visé le document bien que Skorosko ait promis qu'ils le feraient.

— Pardonne-moi, dit Denis dépité, j'ai signé sans l'aval des juristes. Kliatchine se préparait au procès d'arbitrage. Si j'avais joué au bureaucrate, Skorosko m'aurait pris en haine pour de bon…

— Ce n'est pas la dernière page qu'il faut lire, mais la treizième !

Denis ouvre la page treize. Il lui faut une vingtaine de secondes pour apercevoir une ligne imprimée en petits caractères. “Le présent contrat prend effet en cas de guerre nucléaire.” Ses joues se changent soudain en braises.

— Un grand merci à toi ! aboie Izvolski. Tu me fais cadeau d'une concession à perpète ! Assurer un atelier contre un incendie en cas de guerre nucléaire ! Assure aussi les hauts-fourneaux contre les souris pendant que tu y es ! Ou bien en cas du Deuxième Avènement du Christ tant qu'à faire ! Ou carrément en cas d'“efficience de la politique économique du gouvernement russe” ! Parce que ce n'est pas pour demain ! La guerre nucléaire arrivera avant, à tous les coups ! Est-ce que je dois t'expliquer ce qu'il en est de la prime d'assurance ?

— Non, dit Denis.

— Perspicace avec ça ! Mais à retardement ! J'ai tenu l'usine pendant deux ans et jamais un chien n'a volé le moindre gramme de saleté au combinat ! Tu l'as tenue deux mois, et c'est déjà le cirque !

— Qu'est-ce que je dois faire ?

Izvolski manque de s'étouffer.

— Ce que tu dois faire ? Tu ne le sais pas ? Ah ! non, c'est vrai, tu ne peux pas le savoir. Quand tu es arrivé à l'usine, il n'y avait plus de vols. Alors je t'explique : si quelqu'un s'en est mis plein les fouilles, c'est deux doigts dans la gorge et la tête dans la cuvette des chiottes. Par mesure d'hygiène. Ensuite, il est viré de l'usine. Tu as compris ?

— Nous ne pouvons pas le faire.
— Et pourquoi donc ?
— Parce que si nous virons Skorosko, il ralliera *Iveko*.
Izvolski le vrille du regard.
— Intéressant comme réflexion. Skorosko n'aurait pas partagé la prime avec toi, par hasard, pour que tu le défendes à ce point ? (Denis en a le souffle coupé. Mais Izvolski, impitoyable, continue :) Je ne t'ai jamais dit qu'un manager n'avait que trois éventualités à prendre en considération ? Soit conclure avec une firme qui vend ses marchandises bon marché, mais sans commission occulte. Soit conclure avec une firme qui exige un prix plus élevé, mais applique médiocrement les clauses du contrat et ramasse au passage une commission occulte. Soit conclure avec des gens qui se fichent de leurs engagements mais empochent l'argent de l'usine et font moitié moitié avec toi, sans qu'on ne puisse rien prouver. La deuxième fois que mon responsable de l'approvisionnement est venu pleurer que ben voilà, on l'avait encore lâché, je l'ai renvoyé sur les roses. Or là, par ta faute, deux coups tordus en deux mois ! Y en a pour une demi-brique, au bas mot !
— Mais…
— Qui a la signature ? Skorosko ou bien toi ?! Comment est-ce seulement possible de laisser passer quelque chose d'aussi énorme ! Qui es-tu à la fin ? Un adjoint ou une bourrique ?
Planté sur ses deux jambes, Denis serre nerveusement les poings. Izvolski se tait brusquement, puis se met à parler d'une voix neuve, sourde.
— Je me fiche du gouverneur et d'*Iveko*, dit-il. Je me fiche aussi des énergéticiens. Ils sont à l'extérieur. C'est comme un coup de matraque sur la tête. Mais quand il y a des vols internes à l'usine, c'est comme un cancer. Tu

n'as pas vécu ça. Moi, j'ai dû enlever épine après épine. J'allais voir le directeur financier en lui demandant au nom de quoi, bon sang de bonsoir, il se permettait de céder pour trois cent mille dollars une lettre de change d'une valeur faciale d'un million… "Oh ! Viatcheslav Arkadievitch ! Un papier est un papier… On n'a pas de trésorerie, alors je l'ai monnayé… – Hé ! crétin, si tu avais traversé la rue jusqu'à la caisse d'épargne, on t'en aurait donné neuf cent mille ! – Qu'est-ce que j'en sais, moi, un gars d'Akhtarsk…" N'empêche que le gars d'Akhtarsk, il a déjà une villa à Chypre !

Denis s'empourpre jusqu'aux oreilles. Il répugne à se justifier. Pour dire quoi ? Qu'en dormant quatre heures par nuit, il ne risquait pas de tenir jusqu'à la page treize à la lecture d'un contrat d'assurance ? Et pourtant Izvolski l'a fait, paralysé des quatre membres et dopé de toutes les saloperies possibles… Izvolski continue :

— Un jour, on me présente une note de deux cent mille dollars pour le démantèlement d'un four Martin. Je fonce à l'atelier et je demande aux gars s'il a fallu beaucoup de monde. "Ben non, une dizaine de mecs. – Et il a fallu du temps ? – Ben deux jours." Je vais voir l'ingénieur en chef : "Deux cent mille dollars, j'ai dit, ce ne serait pas un peu beaucoup ? – Tu n'y penses pas ! (Il me répond.) Une centaine d'hommes y ont travaillé pendant un mois…" A cette époque, j'étais encore adjoint du directeur général. Je suis donc allé le voir en gueulant que casser un four, chez nous, rapportait autant que de casser un coffre. "Pas du tout, ce sont des gars épatants !" Voilà pour sa réponse. Il y avait déjà longtemps que les malfrats étaient aux crochets de ces gars épatants, parce qu'il y a chez nous un malfrat derrière chaque kopeck volé… Et dire qu'on m'a fait le reproche d'avoir jeté le PDG dans les chiottes. C'était soit lui, soit l'usine. Tu t'imagines peut-être qu'ils m'ont lâché la grappe ? Ils tiraient sur mes fenêtres. Ils faisaient déposer des couronnes mortuaires à ma porte… Tout ce que j'ai obtenu, je l'ai taillé avec mes dents, j'ai pris les hommes comme des briques… Mais avec toi, en deux mois, tout est parti à l'égout… Tu t'es fait rouler comme un bleu : les avocats sont à Moscou, pauvre chotte…

Izvolski joint ses mains l'une dans l'autre à hauteur du menton. Tous rideaux ouverts, la pièce baigne dans une lumière éblouissante amplifiée par le reflet blanc de la neige. Denis voit alors combien cet homme de trente-quatre ans a vieilli et même jauni durant sa convalescence.

— Va, Denis. Tu feras le ménage toi-même avec Skorosko et compagnie. Charge à Kaliaguine de plomber ces contrats. Ils sont peut-être déjà en train de travailler au profit du milieu. Ou de la banque *Iveko*.

— Tu ne veux pas parler à Skorosko ?

— Non. Avec toi non plus. Va.

Denis descend d'un étage et reste longtemps assis dans le jardin d'hiver. Dans le bac d'un palmier, la chatte Macha se tient figée à la façon d'un spermophile, seule créature vivante acceptée par Izvolski sous son toit. Apparemment, elle fait là ses besoins et c'est une chance que personne ne l'y ait vue.

Denis rêve d'une bonne cuite mais il n'est encore que dix heures du matin. Il contemple assis, l'œil morne, le soleil et la chatte sous le palmier. Ses besoins faits, l'animal vient lui sauter sur les genoux. Il a les pattes noircies de terre.

Puis Denis tourne la tête et aperçoit Irina au pied de l'escalier. La chatte file vers sa maîtresse.

— Denis, que vous arrive-t-il ? Vous avez le visage décomposé. Viatcheslav va bien au moins ?

Il ânonne quelque chose d'inaudible.

— Je crois qu'il travaille trop, reprend Irina. Il n'arrête pas de lire ces fichus contrats au lieu de garder le lit. Vous ne pourriez pas les lire à sa place ?

— Je les ai lus.

— Alors à quoi bon les relire ? Même en première lecture, c'est l'horreur. Des phrases à rallonge d'une page et demie, un cauchemar.

— Allons, allons, Irina, dit Denis avec une amère ironie, nos contrats d'entreprise sont des œuvres d'art. Prologue, épilogue, sens caché. Un sujet en or pour Bakhtine*… Dans le registre ambivalence et archétype carnavalesque.

Les yeux d'Irina s'animent d'une joyeuse malice.

— Ah ! Denis, vous êtes initiés à de jolis concepts… Mais qu'est-ce donc qu'un contrat d'entreprise ambivalent ?

— C'est un contrat en vertu duquel vous croyez gagner deux cent mille dollars au lieu de quoi vous essuyez une bonne dérouillée. Pardonnez-moi, Irina, je dois y aller.

Le lendemain, l'ingénieur en chef Skorosko est convoqué dans le bureau du directeur général par intérim. En entrant, l'homme constate que Tcheriaga n'est pas seul : Vladimir Kaliaguine, chef de la police industrielle, debout dans un coin, s'applique à scruter un rayon de livres.

— Tu m'as appelé, Denis Fedorovitch ?

Denis le fixe des yeux. C'est un joyeux drille d'une cinquantaine d'années. Un visage buriné par les froidures de Sibérie, une calvitie plus que naissante, un blouson

* BAKHTINE Mikhaïl (1895-1975), philologue, grand spécialiste de Dostoïevski et de Rabelais ; ce "Roland Barthes russe" a été révélé en France par Julia Kristeva *(N.d.T.)*.

de fourrure, une écharpe à carreaux et des chaussures couvertes d'une neige qui coule en eau sur le parquet. L'ingénieur en chef n'est presque jamais dans son bureau, toujours à courir l'usine qu'il couve comme un œuf.

— Assieds-toi, dit sèchement Denis.

Skorosko s'assoit devant le bureau sans quitter son blouson.

— Qu'est-ce qu'il se passe, Denis ? C'est au sujet de l'agglomérat ? Tu comprends, je…

Denis lui présente sans rien dire le contrat d'assurance, un papier vierge et un stylo.

— Explique-toi par écrit. Comment, pourquoi, avec qui…

Skorosko blêmit.

— Je le savais… souffle-t-il. Je savais qu'au retour du Lingot… Tu ne vas pas me virer, hein ?

Denis garde le silence.

— Tu ne vas pas me virer, pas vrai ?!

Volodia Kaliaguine s'approche sans bruit par-derrière :

— Vadim, nous voulons un compte rendu détaillé. Ecris. Si tu as volé l'argent ou si tu l'as partagé avec quelqu'un…

— Vous n'aurez jamais les preuves !

— Nous ne les chercherons même pas, Vadim. Soit tu poses les choses sur le papier tout en parlant devant le magnéto, soit tu t'en expliqueras ailleurs devant d'autres que nous. Vois-tu, Vadim, ajoute Denis d'un ton sans pitié, nous ne voudrions pas que tu ailles voir M. Serov après cet entretien. Il y a deux moyens de t'en empêcher. Ou bien nous sommes en mesure de prouver que tu as volé deux cent mille dollars et nous pouvons te faire incarcérer à tout moment. Ou bien nous n'avons aucune branche judiciaire à laquelle nous raccrocher, auquel cas… nous agirons différemment.

Skorosko, les yeux aux abois :

— Je veux parler à Slava.

— Pour toi, il n'est plus Slava mais Viatcheslav Izvolski. Il ne veut pas te voir.

Skorosko, bondissant de sa chaise :

— Je veux…

— Assis !

Le bras d'acier de Volodia Kaliaguine le retient à sa place.

Vadim promène autour de lui un regard de détresse.

— C'est ta signature qui est apposée au contrat. Et si j'écris que j'ai partagé l'argent avec toi ?

— Je te conseille d'écrire la vérité, Vadim. Est-ce qu'*Iveko* est mêlé à cette histoire ?

— Non.

— Un gang alors ?

Silence.

— Les mafieux ont-ils un rapport avec cette affaire ?

L'ingénieur est pris d'un tressaillement.

— Au début… non.

— Et après ?

Un frisson nerveux convulsionne Skorosko.

— Je… Je ne suis rien sans l'usine… Tu… tu ne vas pas me virer, hein ?…

— Reprenons depuis le début. Le patron de la compagnie d'assurance est un vieux copain, non ? Sourtchenko, c'est bien ça ?

— Oui… Je l'ai rencontré par hasard… il y a un mois… à Sounja.

— Continue.

— Il… c'est un pro en la matière. Des machinations contre du cash. Salaires, impôts… Schémas bidon de récupération de la TVA. Il a commencé à se vanter. Genre : j'ai assuré les Laminoirs de Sounja contre la guerre nucléaire pour trois cent mille dollars. Et l'usine *Ammophos* avec.

— *Ammophos* a fait faillite. Un coup du gouverneur.

— Justement. Dès que l'administrateur est arrivé, il a assuré l'usine et payé une prime de deux cents bâtons : quatre-vingts pour cent au gouverneur, le reste partagé entre Sourtchenko et l'administrateur. C'est là qu'il m'a dit qu'il pouvait nous assurer.

— Et pourquoi as-tu accepté ?

Silence de Skorosko.

— Tu pensais que la banque gagnerait le procès ? Et qu'elle se fichait pas mal de mettre son nez dans les escroqueries des ingénieurs, chefs d'atelier et consorts ? Que dès lors qu'elle aurait sa part, Moscou n'y verrait que du feu ?

Silence de Skorosko.

— Bien. Continuons. Au début, disais-tu, il n'y avait pas de mafieux. Ils ont pris le train en marche ?

— Oui. Je n'étais pas au courant. Sourtchenko a une couverture.

— Qui ?

— Mozart.

Dans le dos de Skorosko, le visage de Kaliaguine accuse une vilaine contraction. Mais cela ne dure qu'une fraction de seconde et Denis, qui fixe des yeux l'ingénieur, semble ne pas l'avoir remarqué.

— Et Mozart est venu te voir ?

— Oui. Il était au courant de tout. Il a exigé sa part du gâteau.

— Une grande part ?

— Oui. La moitié.

— Combien avais-tu empoché au total ?

— Cent cinquante mille.
— Et Mozart t'en a pris soixante-quinze ?
— Oui.
— Sais-tu que Mozart fait le jeu des Pattes-Longues ? As-tu connaissance de ce gang ? Mozart est le baron le plus puissant de chez nous, c'est avec le concours des Pattes-Longues qu'il cherche à supplanter l'Iroquois... Mozart te vendra au prix fort aux Pattes-Longues, lesquelles feront de même à la banque *Iveko*, ça ne t'est pas passé par la tête ?
Skorosko se tait.
— Pourquoi est-ce que tu n'es pas venu me voir, moi ou Volodia, quand le gang est entré en scène, hein ? Pourquoi est-ce que tu n'as pas dit que, voilà, la bêtise était faite ?
— Tu m'aurais viré.
— Et maintenant ?
Skorosko pose sur Denis un regard désespéré, telle une souris sur un chat.
— Ne me vire pas, Denis.
— Désolé, Vadim.
— Tu n'as qu'à me rétrograder...
— Non.
— Fais-moi bosser dans un atelier alors !
— Tu es viré, Vadim.
— Denis, ce sont des clopinettes à l'échelle de l'usine ! Je rembourserai tout, même la part de Mozart ! Je vendrai ma maison !
— Ta maison ne t'appartient pas, Vadim. Elle a été construite avec un emprunt contracté auprès de la banque *Métallo*. Sauf erreur de ma part, le crédit n'est pas encore remboursé. Tu devras déménager. Dans les trois jours qui viennent.
— Denis ! J'ai une femme ! Des enfants !

Tcheriaga considère son ancien collègue sans ciller. La femme de Skorosko est une agréable quinqua, bien en chair, une enseignante de langue et littérature russe qui n'a jamais abandonné son poste. Akhtarsk n'est pas grand, et nombreux sont ceux qui l'ont eue pour professeur ou dont la progéniture est passée par sa classe. Les deux enfants Skorosko font leurs études à Oxford. Véra travaille bien et touche une bourse ; les études de Vitalik sont payées par le combinat.

— Denis ! Je ne crois pas que Slava ait pu…

— Tu es renvoyé, Vadim. Ne m'oblige pas à le répéter.

Skorosko se lève d'un bond.

— Ah ! tu le prends comme ça ?! Tu… tu… Joli salopard… Combien est-ce qu'on doit à la banque *Métallo* ? Six cents briques, c'est bien ça ? Je n'ai pas le droit de voler deux cents mille dollars pendant que le Lingot et toi volez six cents millions ?! Qui es-tu, toi ? Tu mets les pieds dans les ateliers une fois tous les deux mois, Moscovite de mes deux… Tu vas voir, je vais te…

— Essaie un peu et je te fais mettre en cage. (Denis pointe le doigt sur le contrat d'assurance.) Galina viendra te porter des oranges, ça te fera plaisir ?

Skorosko se laisse choir sur sa chaise. Puis il prend son visage dans ses mains et se met à pousser des sanglots désespérés. Volodia Kaliaguine observe la scène d'un air imperturbable, les bras croisés sur la poitrine. Enfin Skorosko se lève comme un aveugle. Il fait le tour de la table en s'appuyant gauchement sur son plateau, trébuche et s'écroule aux pieds de Tcheriaga.

— Denis ! Pas ça ! Je t'en supplie. Prends-moi tout, la maison avec, mais laisse-moi à l'usine !

Denis s'écarte. Volodia Kaliaguine attrape l'ingénieur par les épaules :

— Calme-toi, Vadim !

— Laisse-moi parler au Lingot ! Il… il n'acceptera pas ça !

Contorsionné au sol, Skorosko sanglote. Son col en mouton s'élève sur une calvitie rose couronnée de cheveux sales. Il pleure ainsi longtemps, puis Kaliaguine le relève, le pousse vers la sortie et revient seul au bout d'une minute.

Denis presse le bouton de l'interphone et dit à sa secrétaire :

— Vérotchka, je vais déjeuner. Je veux voir Stachevitch à deux heures. Tu imprimeras aussi deux ordres de service. L'un sur le renvoi de Vadim Skorosko, et l'autre sur la nomination d'Oleg Larionov au poste d'ingénieur en chef. Et que Larionov vienne me voir à deux heures et demie.

Puis Tcheriaga passe en salle de repos, défait soigneusement le nœud de sa cravate, jette sa veste dans un fauteuil et ôte sa chemise. Il a le dos et les aisselles en nage. Par bonheur, il garde toujours au bureau une chemise de rechange.

Il rentre de l'usine tard dans la nuit. Le portail du lotissement s'écarte au signal de sa jeep, ses deux gardes du corps descendent pour reprendre leur Lada et regagner la ville. Denis roule lentement le long d'une allée déneigée jusqu'au macadam, éclairée de puissants réverbères en boule. La route est bordée de clôtures basses, parfois discontinues, derrière lesquelles se dressent des bâtisses de briques blanches à trois étages avec balcons, tourelles et encorbellements. Ici, la voirie n'amasse pas la neige en tas sales mais la charge dans un camion pour l'évacuer en plein champ. Les congères longent la chaussée en un petit muret à la propreté immaculée. Dans un décor aussi paisible et soigné, l'on pourrait croire que le puissant 4x4 traverse quelque villégiature de Norvège ou du Canada, si n'était une forte muraille de brique surmontée de barbelés qui se laisse entrevoir par-delà les clôtures et les maisons. Denis conduit machinalement, l'œil vaguant dans le ciel noir qui s'étire au-dessus des toits pointus, et goûtant à la sensation de laisser loin derrière la muraille le manège étourdissant de la journée qui s'achève, et sa chemise changée après Skorosko.

Passé un virage, il aperçoit une gracieuse silhouette de femme enveloppée dans une longue et somptueuse pelisse. Un chien court à sa suite. C'est un gros berger allemand tacheté de blanc à l'encolure. Au bruit du moteur, la femme se retourne. Tcheriaga freine en douceur et descend du véhicule. A vue de nez, le mercure est passé au-dessous des vingt-cinq degrés et n'a pas fini de tomber mais, en l'absence de vent et pour le bonheur des gens d'Akhtarsk, le froid ne se fait presque pas ressentir à travers cet air sec qui creuse le contour des objets et agrandit les étoiles.

A la vue de Tcheriaga, le berger allemand se dresse sur ses pattes de derrière et se met à le lécher.

— Bas les pattes, Shekel, bas les pattes ! ordonne Irina.

— Comment se fait-il que vous le promeniez ?! s'étonne Tcheriaga le plus sincèrement du monde.

Shekel est le chien favori de Volodia Kaliaguine. L'animal a trois ans et a été adopté à l'époque où son maître vivait encore en franc-tireur. Sa férocité fait jaser Akhtarsk : on raconte même que la bête a saigné à la gorge un effronté qui s'attaquait à son ancien domicile.

— Eh oui, j'ai toujours eu envie d'un chien. Or Slava n'aime pas les chiens. Ni les chats. D'ailleurs, il n'aime personne. A l'exception de moi-même et du haut-fourneau numéro cinq.

Shekel glisse la truffe sous le manteau de Tcheriaga et se met à renifler sa braguette à grand bruit.

— C'est bizarre qu'il se soit pris d'amitié pour vous, dit Denis, il est aussi méchant que le chien des Baskerville.

— Il ne peut pas être plus méchant que son maître, dit Irina en riant.

— Vous devriez convaincre Slava de prendre un chien. Ce serait un souci de moins pour le service de la sécurité.

A la voir soupirer, il comprend qu'elle en a déjà parlé au Lingot et qu'elle a essuyé un refus sur toute la ligne : la froide animosité d'Izvolski à l'égard des animaux n'est un secret pour personne. Puis Irina, après un silence, lui demande tout à coup :

— Est-ce que c'est vrai que vous avez renvoyé l'ingénieur en chef aujourd'hui ?

— Parce qu'il vous a appelée ?

— Lui non, sa femme. Galina. Elle… c'est quelqu'un de très bien. Nous nous sommes liées d'amitié.

— Oui, je l'ai renvoyé.

Dans le froid de la nuit, la voix de Denis paraît sourde.

— Il est en train de faire un malaise cardiaque…

— Irina, je ne suis pas le propriétaire de l'usine. Si Skorosko vous fait pitié, dites-le à Slava.

— Je lui en ai déjà parlé. Il dit que vous êtes le directeur par intérim et qu'il n'a pas l'intention d'interférer dans vos décisions.

Un silence s'installe.

— Irina, Skorosko a volé de l'argent au combinat. Plus grave encore, il est tombé dans les filets d'un gang à cause de ce vol. Un gang local, mais lié aux Pattes-Longues. Si je ne l'avais pas renvoyé, l'usine aurait été dilapidée d'ici le printemps prochain. J'en ai renvoyé deux, d'ailleurs. Skorosko et Stachevitch, le chef de l'atelier numéro quatre. Le laminage à chaud.

Avec Stachevitch, les choses ont été moins pénibles qu'avec Skorosko. Apprenant ce qu'il se passait, l'autre a sauté dans sa voiture pour quitter l'usine. Il a été repêché à la sortie par la police industrielle. Dans la soirée, Kaliaguine apportait à Denis sa déposition signée assortie d'un enregistrement audio. Et Denis a signé son ordre de licenciement sans avoir à lui parler.

— Et pourquoi vous comportez-vous comme vous le faites avec Volodia Kaliaguine ?

Il laisse un temps la question sans réponse.

— Irina, dit Denis, Volodia Kaliaguine est issu d'un gang. Quand la milice l'a radié des cadres, il s'est reconverti dans le hold-up. Ceux qui vous disent qu'il a rétabli l'ordre dans la ville exagèrent beaucoup. Il l'a rétabli parce qu'il a abattu le caïd numéro un, alors qu'il était le caïd numéro deux. Et quand il a été promu chef de la police industrielle, les caïds trois, quatre et ainsi de suite ont dû décaniller. Lui et moi sommes des ex. Moi, un ex-juge, et lui un ex-truand. Voilà pourquoi je ne peux pas l'encadrer.

— Mais alors pourquoi avoir fait de Sveniaguine son adjoint si vous détestez tant les mafieux ?

— Parce que je lui étais redevable de quelque chose. Vitia était un garçon bien.

Irina se pince les lèvres. Elle se rappelle trop bien sa première rencontre avec le défunt Vitia. Les phares blancs de la Lada 09, Izvolski agonisant sur le bas-côté et la gueulante bestiale d'un comparse de Kamaz pestant le tabac : "C'est la nana d'Izvolski !... On descend la gonzesse et on se tire d'ici !"

Shekel fait le tour de la jeep qui ronronne doucement, fourre la tête dans l'habitacle par la portière grande ouverte et s'en retourne planter sa truffe dans le pantalon de Tcheriaga.

— Et quand on a tué… enfin, qui a fait feu quand on a tiré sur les jeunes casseurs du magasin d'informatique ? Le truand Kaliaguine ou le garçon bien Kamaz ?

Les lèvres de Tcheriaga se pincent en un trait effilé.

— Ce n'est pas là une question à débattre.

— Et l'énergéticien ? Denis, je n'arrive pas à croire que Slava ait ordonné ou même avalisé une exaction pareille ! Comment est-ce possible, Denis. D'un côté, un directeur, de l'autre, des gredins dans une cage d'escalier… Comment ?!

— Vous n'avez pas à le savoir, renvoie Tcheriaga.

— Vous savez, Denis, quand j'ai fait votre connaissance, vous étiez un tout autre homme.

— Et quelle espèce d'homme étais-je ?

— Je ne sais pas. Plus doux. Plus calme. Je ne vous aurais jamais cru capable de supplicier des gens par aversion à leur égard ; de licencier un homme qui pleure et supplie qu'on le garde à l'usine au moins comme gardien ; et de faire abattre trois garçons. Parce que l'ordre est venu de vous, hein ? C'était Kamaz le tueur et vous l'ordonnateur, c'est bien ça ?

"Je n'ai jamais rien fait sans que le Lingot ne me l'ait ordonné", voudrait répondre Denis, mais il s'en garde. Shekel le pince par la manche de son manteau et l'entraîne à l'écart. Ce que veut le chien, apparemment, c'est que ces deux humains-là qui lui plaisent tant laissent ici ce grand machin de fer et s'enfoncent avec lui loin, très loin dans la forêt, au-delà du lac gelé, où l'on entend parfois gémir ses lointains cousins les loups de Sibérie.

— Si Volodia Kaliaguine vous fait les yeux doux, ça ne veut pas dire pour autant que ce soit un homme bien, lâche Denis.

— Si Volodia Kaliaguine fait une bêtise, ce sera parce que vous l'y aurez acculé. Ensuite vous exulterez… (La voix d'Irina s'éraille soudain en un cri plaintif :) Ah ! Denis, comme si vous ne compreniez pas que j'ai peur pour Slava ! Vous… vous vous servez tous de lui pour régler vos problèmes ! Vous lui faites tous de grands serments d'amour, mais c'est pour obtenir sur lui le limogeage de quelqu'un ! Skorosko par exemple ! A tous les coups… à tous les coups c'est vous qui lui avez mis dans les mains des pièces à charge !

"Seigneur ! se dit-il à lui-même, c'est moi qui profite de Slava maintenant… Il y a de quoi perdre la boule…"

Irina se retourne brusquement et s'éloigne. La neige croustille sous ses bottines. Shekel s'affole, flairant la dispute, renâcle sur Denis avec force et rage puis s'élance sur la trace de la dame à la pelisse longue. Un instant Denis est tenté de la rattraper pour tout lui expliquer, pour la rassurer. Mais pour expliquer quoi ? et comment ? Aussi fume-t-il en silence, les yeux accompagnant Irina qui passe un tournant et disparaît.

Sa cigarette fumée, il la jette d'une chiquenaude sur le bas-côté et reprend le volant.

Le lendemain, la cour d'arbitrage régionale annonce un énième report du jugement d'appel de la plainte opposée aux *Registres d'Akhtarsk*, cette fois parce que madame le juge s'est donné la peine de tomber malade. Peut-être est-elle vraiment tombée malade, mais les juristes de Moscou, informés à l'avance de son état de santé, n'ont pas fait le voyage, alors que ceux d'Akhtarsk, au contraire, se sont déplacés pour rien. Une circonstance désagréable s'il en est, parce qu'elle montre aux parties concernées qu'Akhtarsk ignore ce qui se joue près de là, tandis que Moscou, à quatre mille kilomètres, s'abreuve aux meilleures sources.

Après quoi le Lingot reçoit chez lui un visiteur venu à l'improviste en la personne du vice-gouverneur Trepko, homme bienveillant qui, contrairement à son supérieur hiérarchique, continue de jouer le jeu du combinat contre vents et marées. C'est un petit bonhomme au nez rouge et aux cheveux effilochés. Un costume bas de gamme fripé. Et la mine de qui n'a pas dessoûlé de la semaine, effet inexplicable dans la mesure où Trepko, à la différence des autres dirigeants de la région, reste d'une sobriété à toute épreuvc.

Bref, Trepko brûle de bien faire. Le seul problème étant qu'Izvolski ne peut supporter ce petit homme assoiffé de tout, saupoudré de pellicules, et qui ne fait pas alliance de gaieté de cœur mais par calcul, parce qu'il a l'art de brasser la recette fiscale de l'usine, sa mission étant de blanchir les impôts pour les poches du gouverneur. Tenir tête au combinat, dans ces conditions, ce serait donner le bâton pour être battu…

En grand blessé qu'il est, le Lingot se laisse aller et s'offre même un luxe indécent eu égard à son rang : ne voir que ceux qu'il veut bien voir, comme Irina, Denis, Fediakine, plus deux ou trois autres dans le carré des fidèles. Maintenant qu'il doit parler à Trepko, il éprouve une aversion quasi physique pour le bonhomme et se prend du désir insensé de le flanquer dehors en lui disant merde en pleine face.

Est-ce à cause du brusque changement de temps ou de l'insistance de Trepko qui est collant comme une mouche, il ne saurait dire; mais au bout d'une heure le pauvre Izvolski se sent mal. Sa blessure se réveille d'un coup comme si l'on y avait planté un tube et qu'on s'était amusé à lâcher un cafard dans le tube. Une grosse aiguille lui vrille le tympan et un étrange engourdissement envahit le bout de ses phalanges.

Du bureau, on le porte à sa chambre. Un médecin appelé de l'hôpital à la hâte s'affaire à son chevet sans rien comprendre, rouge comme une tomate. Pour couronner le tout, Irina est introuvable. Elle a été vue pour la dernière fois dans la matinée en train de monter en voiture avec un garde du corps pour aller on ne sait où. Le souffle court, à moitié mort de douleur, Izvolski exige qu'on la retrouve sur-le-champ. Il s'imagine que son mal vient de là : l'absence d'Irina, et qu'il se dissoudra dès son retour comme un sucre dans un verre de thé chaud.

Et pourtant personne ne sait rien. Irina ne possède pas de téléphone portable, chose inutile pour qui ne sort jamais de l'enceinte du lotissement. Le répondeur du garde du corps qui l'accompagne répond que l'abonné est en dehors de la zone de couverture. Izvolski s'inquiète pour de bon.

Son imagination galope : accident, coup monté par la main de Mozart, attentat stipendié par Loutchkov (non par dépit mais dans l'espoir que, privé d'Irina, Izvolski perde l'envie de lutter, ou qu'au contraire il se change en bête féroce et multiplie les erreurs).

D'impuissance, il pleure, puis jure le plus salement du monde, injurie les plantons qui ont levé la barrière au passage d'Irina (comme s'ils y étaient pour quelque chose). Résultat, Volodia Kaliaguine, qui a fait le déplacement, prend le blessé par le bras et ordonne au médecin de lui faire une injection de somnifère.

— Pas ça ! hurle Izvolski, mais l'injection lui est administrée quand même.

Il promet en bafouillant de renvoyer le médecin, puis ferme les yeux et ne laisse bientôt plus entendre qu'un régulier sifflement de poitrine.

A son réveil, les réverbères à halogène diffusent à l'extérieur leur lumière éclatante, et Irina se tient assise à son chevet, un livre sur les genoux. Elle est sur le tapis, les talons sous les fesses, il voit distinctement ses longs cheveux d'or que la veilleuse rend pareils à un nimbe, il voit aussi la pulpe de ses petits orteils saillir à travers le nylon de ses bas. Il se sent comme une feuille de chou qui a bouilli longtemps. Il regarde longuement Irina, hésite entre rire et pleurer, et finit par dire à voix basse :

— Pour un peu je perdais la tête. Où étais-tu ?

Elle écarte son livre et se tourne vers lui. Ses lèvres magnifiques, légèrement gercées par le gel, bougent d'un air coupable.

— Pardonne-moi, Slava. Je... Tu passes ton temps à travailler ces derniers jours, alors...

— Où étais-tu ?

— A Beloïe-Polié.

— Quelle drôle d'idée... Et pourquoi ça ? (C'est à peine s'il a maîtrisé un tressaillement de la bouche.)

— J'y suis allée en Range Rover, tu sais, la bleue, celle de Micha. Sinon, on ne passe pas. On ne déneige pas les rues là-bas, la neige se tasse toute seule. La rue centrale est immense, avec un square et son tableau d'honneur, et deux ornières de glace au milieu. Eh bien, nous avons vu une femme en train de traverser cette rue, dans la cinquantaine, pas une vieille, loin de là. Elle est tombée en glissant. Elle n'avait pas de bottes mais des chaussettes, plusieurs couches de chaussettes avec des pantoufles pardessus. De couleurs différentes. Le tout ficelé dans des sacs en polyéthylène. Comme elle ne se levait pas, j'ai eu peur qu'elle se soit cassé quelque chose. Quand nous sommes descendus de voiture, nous avons compris qu'elle n'avait rien de cassé. Elle était tombée de faim.

Irina baisse les paupières. Elle a des cils magnifiques, marron foncé, presque noirs, en courbe montante. A chaque fois qu'il les voit, Izvolski se sent tout drôle et quelque chose de chaud s'infuse au-dedans de lui.

— Nous l'avons transportée jusqu'à chez elle, une petite pièce dans une barre d'habitation à cinq étages, avec de l'humidité partout et de la glace dans les coins. Le frigo était vide. Micha a fait un saut au magasin et nous lui avons préparé une purée chaude. Elle pleurait de bonheur et m'embrassait les mains. Elle est ingénieur de profession, entre parenthèses, elle a même été chef de quelque chose, je ne sais plus. Presque tout l'escalier est venu à la purée. Il y avait aussi une autre femme d'un immeuble proche. Son appartement a explosé parce qu'on a coupé le gaz du voisin pour impayés et qu'il a fait sauter le plombage sans savoir s'y prendre.

— Je sais, dit laconiquement Izvolski, j'ai grandi dans les mêmes conditions. Pas dans un immeuble, mais dans un baraquement.

— J'avais de l'argent sur moi, reprend Irina après une pause. Avant, je croyais que mille dollars c'était une somme colossale. Mais si on les distribue pour des médicaments et de la nourriture, ça donne des miettes… Ils ont appris que j'étais… enfin, bref, que nous étions de chez Izvolski et ils ont beaucoup parlé de toi.

— En mal ?

— Non. Ils disaient des choses très stratégiques. Qu'ils étaient sur le point de mourir quand Viatcheslav Arkadievitch a pris les choses en main et qu'il les aurait sauvés à coup sûr sans l'attentat perpétré contre lui par des nervis judéo-maçonniques. Ils voulaient savoir si tu avais assez de médicaments et si tu étais assez chauffé chez toi…

Elle entend son petit rire caustique.

— Eh bien bravo, ma belle, dit-il. Tu viens enfin de découvrir le peuple russe en deuil du socialisme. Des villes comme ça, il y en a beaucoup : Sevorodvinsk, Tchernyïe-Kamni, Arsenevsk…

— Mais tu vis autrement, toi. Pourquoi est-ce que tu ne donnes rien, Slava ?

— Tu te souviens de l'histoire du bateau et du radeau ?

— Mais tu les as pris sur ton radeau, Slava. Si on les prive de subsides, c'est uniquement parce que tu es fâché avec le gouverneur !

— On fait pire que les priver de subsides, dit Izvolski, on leur vole de l'argent. Et je ne comprends pas au nom de quoi le Combinat métallurgique d'Akhtarsk devrait rembourser l'argent volé par un tiers. Vois, quand tu te déplaces dans Akhtarsk, tu constates qu'il y a pléthore de voitures dans des rues bien entretenues avec des magasins illuminés. Eh bien, tu n'es jamais venue me dire : "Slava, quel miracle ! On vit chez toi comme en Suisse pendant que la Russie se meurt !" Au lieu de quoi tu es allée dans je ne sais quel Beloïe-Polié pour me dire au retour : "Slava, le gouverneur a volé de l'argent à Beloïe-Polié, et tu n'as pas honte de ne pas réparer le préjudice !"

Izvolski parle d'une voix douce et posée. N'importe lequel de ses subordonnés aurait pris la mesure de son courroux, mais Irina ne sent rien venir : il ne lui a jamais rien jeté à la figure (téléphone ou autre objet) ni fait de menace de renvoi, bref, il ne lui a encore joué aucun de ces numéros dont ses vassaux sont coutumiers – Tcheriaga, le maire d'Akhtarsk ou Kaliaguine.

— Slava… Ton radeau ne se serait-il pas transformé en une barque monoplace, par hasard ?

— Que veux-tu dire par là ? demande-t-il d'une voix toujours contenue.

— Je… Je ne sais pas… Il y a cette firme, là, *Steelwhale*, qui ne paie pas ses arriérés à l'usine… Tout le monde le dit…

— Tout le monde, c'est qui ? Les ouvriers ?

— Oh ! non, les ouvriers portent des portraits de toi ! Du moment qu'ils touchent leur paye, ils se fichent bien de savoir d'où ça vient ! Ils ne savent pas comment fonctionnent les finances de la maison !

— Et toi, tu le sais ? fait Izvolski railleur.

— C'est toi-même qui me l'as expliqué, tu ne t'en souviens pas ? Qu'il y a une firme *X* et une banque *Y*. Que la firme *X* paie le métal cent quatre-vingts jours après livraison, et que la banque *Y* fait crédit à l'usine pendant ce temps. Or, maintenant, la firme *X* ne paie rien du tout ! Cela signifie qu'elle détient toute la recette de la production ! Six cents millions de dollars…

— Tu veux dire que j'ai volé cet argent ?

— Le fait est que la firme qui ne veut pas payer n'appartient qu'à toi et à personne d'autre, non ? Tu te souviens, quand je t'ai demandé ce que la banque *Iveko* faisait de mal, tu m'as répondu qu'elle ne payait plus l'entreprise pour se garder l'argent…

— Et tu penses que je suis comme la banque ? Que moi aussi j'ai volé cet argent ?

Irina baisse la tête.

— Je… je ne sais pas… dit-elle, je sens bien que ce n'est pas le cas. Sinon, tu ne serais pas rentré en Sibérie. Tu serais allé en Suisse. Je… Tu sembles revivre depuis que tu es ici…

Le visage d'Izvolski, figé comme une pierre depuis quelques minutes, se décontracte enfin. Irina reprend :

— Mais… Il y a ces six cents millions… Le problème est justement qu'ils ne sont nulle part… Peux-tu m'expliquer ce qui se passe ?

— Non, mon trésor, je ne peux pas t'expliquer ce qui se passe. Il y a une chose que je te demande de ne jamais faire : me donner des conseils sur les flux financiers de l'usine.

— Je ne donne pas de conseils, s'empresse de dire Irina. Je veux comprendre ce qui se passe. Un peu comme si j'avais perdu mon porte-monnaie dans le tramway et que je le retrouvais dans la main d'un môme. Eh bien… je demande simplement au môme s'il a pris ou non le porte-monnaie.

— Il ne faut rien demander. Il faut croire. Tu me crois ?

Irina lève les yeux sur cet homme qui est là couché devant elle. Que sait-elle de lui, au fond ? Qu'il a acquis soixante-quinze pour cent des actions de l'usine par des méthodes qui ne doivent guère différer de celles employées par *Iveko*… Qu'il connaît le prix de toute chose en Russie : charbon, laminés, vice-gouverneur, député fédéral, vice-Premier ministre… Que même sur son lit d'hôpital il n'a cessé de commander en autocrate une entreprise et une ville de deux cent mille âmes. Que deux semaines auparavant des voyous ont marqué d'une double facture la mâchoire d'un directeur adjoint de *Sounjenergo* et que la chose n'a pu se faire sans l'autorisation, et surtout sans l'ordre express du Lingot…

— Je te crois, dit doucement Irina.

Izvolski ferme les yeux.

— Voilà qui est bien. Embrasse-moi. Je m'ennuyais sans toi.

Voilà deux mois que Dima Nekliassov vit la peur au ventre. Devenu à vingt-sept ans l'un des principaux ministres d'un immense empire industriel, sa fulgurante carrière lui avait donné le vertige. Le sentiment de dette envers Izvolski avait vite cédé la place à un sentiment d'auto-admiration ; mais la joie d'ordonner les flux financiers avait vite été supplantée par l'amertume de se savoir à la merci d'un khan excentrique et capricieux.

Les douces propositions d'*Iveko*, tout en reposant sur un socle de menaces, lui tournaient la tête : devenir le vice-président d'une banque moscovite ! Bon, peut-être pas tout à fait le vice-président, mais à terme… On lui proposait de livrer l'usine dont de trop rares miettes tombaient dans l'escarcelle d'*AMK-Invest* ! Dima n'avait guère pensé – il s'était interdit de penser ! – qu'Izvolski, tant qu'il vivrait, ne voudrait jamais lâcher l'usine ; ni que des gangs étaient mêlés de près à l'affaire ; ni que quelque chose pouvait achopper. Il n'a pris peur – mais vraiment peur – que le jour où, près d'un bois, l'on a retrouvé le cadavre de Kolia Zaslavski.

Kolia était son ami. Ensemble, ils avaient partagé le magot du crédit : quatre millions à Dima, quatre à Kolia, le reste à Loutchkov en personne qui, pensait Kolia, se servait de cette caisse pour payer les Pattes-Longues et tous ceux qu'il fallait. Dima Nekliassov avait su apprécier à sa juste valeur la diabolique élégance de l'opération grâce à laquelle la traîtrise était payée non par *Iveko* mais par *Rostorgbank* si joliment lâché. Dima croyait dur comme fer que Zaslavski, comme c'était convenu avec les Pattes-Longues, était parti mardi pour la Suisse, pays des montres, des fromages et des banques circonspectes. Il n'a même pas pris peur quand on lui a téléphoné pour exiger une rançon, voyant là un subterfuge raffiné de Loutchkov visant à déjouer Tcheriaga.

L'assaut de la datcha de l'Elan, le cadavre de Zaslavski et l'attentat commis contre Izvolski ont plongé le jeune financier dans une belle consternation. Il a échappé à l'arrestation par miracle après un long voyage dans le coffre de la Mercedes de service de Tcheriaga, mais il lui est arrivé de penser que l'arrestation n'eût pas été le pire cas de figure. Qu'avait-il de mieux que Zaslavski ? Zaslavski a été abattu par les malfrats, et Nekliassov a tout de suite compris pourquoi : Loutchkov n'avait pas jugé utile de payer les Pattes-Longues sur la part qui lui revenait du crédit. Et les Pattes-Longues avaient décidé d'extorquer le fric eux-mêmes en plumant cet âne de Zaslavski. La banque ne l'avait pas défendu, soit qu'elle ne l'ait pu, soit qu'elle ne l'ait voulu.

A peine libéré de l'hôpital, Dima a été transféré dans une maison de repos bien gardée à l'extérieur de la ville. Apparemment, c'était un centre de vacances d'*Iveko* ou quelque chose du genre. Les pires craintes de Dima n'ont pas tardé à prendre corps. Au bout d'une heure, Loutchkov, un notaire et deux jeunes avocats souriants sont arrivés, lui demandant de signer des papiers pour signifier la vente d'*Impera*, *Chronica* et *Laguna* à deux firmes offshore déclarées à Chypre.

Dima a glissé un mot sur la rémunération de la transaction. Loutchkov lui a assuré qu'il serait payé, mais pas avant que le tribunal n'en reconnaisse la légalité.

— Tu sais, a dit Innokenti Mikhaïlovitch avec un sourire affectueux, c'est toi le coupable de nos problèmes. Tu pouvais faire les choses proprement. Nous avons maintenant un tas de procès sur les bras, et tu seras payé dès que nous les gagnerons.

Dima aurait aimé dire qu'il avait fait les choses proprement, contrairement à Loutchkov qui s'était déshonoré et qui n'avait même pas été fichu d'achever Izvolski, mais les mots lui sont restés dans la gorge. Il a pensé avec angoisse qu'une fois la transaction officialisée, il deviendrait inutile et même gênant pour tous et qu'on l'étranglerait en douce avant de jeter son corps dans un bois.

… Cela faisait bientôt une semaine que Dima Nekliassov se trouvait à la campagne dans cette maison de repos. Il ne semblait faire l'objet d'aucune surveillance particulière (pas vu la caméra cachée dans sa chambre, bien entendu) et il jouissait d'une nourriture fort convenable. Quant à la liberté de mouvement limitée au vaste territoire du pensionnat, elle s'expliquait tout naturellement par le mandat d'arrêt de la procurature de Sounja. Au bout d'une semaine, Dima a pris son courage à deux mains et a téléphoné à Loutchkov pour l'interroger sur sa promesse d'emploi comme chef de département et vice-président. Loutchkov a répondu sèchement que la banque ne pouvait rien faire dans l'immédiat parce que le nom de Nekliassov était sur toutes les bouches.

— Ne t'inquiète pas, nous tenons notre parole. Mais attends d'abord que ça se tasse un peu.

Dima avait d'autres questions mais Loutchkov a raccroché, alléguant qu'il ne pouvait pas parler. Le lendemain, Dima a trouvé un journal qui relatait l'histoire des actions d'*AMK* en désignant les Pattes-Longues et Dmitri Nekliassov pour principaux responsables. Dima a compris que la publication avait reçu le blanc-seing de la banque pour brouiller les pistes, et que l'on ne consacrait pas ce genre de littérature à un futur vice-président.

Encore une semaine de passée, et Innokenti Mikhaïlovitch Loutchkov est venu le voir à la résidence.

— Ecoute voir que je t'explique, a-t-il dit sans ambages, il faut vider ton compte suisse à notre profit.

— Comment ça à votre profit ?

— De la façon la plus simple qui soit, explique Loutchkov, il y a parmi nous de zélés petits pères La Prudence qui disent que si le fric est sur ton compte, tu peux nous lâcher à tout moment. Conclusion : ou bien tu ordonnes un transfert au crédit de notre banque, ou bien tu places les fonds en Suisse, mais en nous laissant une procuration.

Quelques heures plus tard, quatre millions de dollars passaient dans la filiale suisse de la banque *Iveko*, et Dima

Nekliassov prenait conscience du fait qu'on l'avait trompé sur toute la ligne. On ne lui avait pas compensé les actions volées pour la banque. On ne lui avait pas donné le poste de vice-président ni de qui que ce soit. On lui faisait porter publiquement le chapeau en l'accusant de complicité avec les Pattes-Longues. Aucune banque ou firme de Russie désormais ne voudrait plus avoir affaire avec Dima Nekliassov. Enfin, Loutchkov avait eu le culot de lui subtiliser l'argent qu'il avait honnêtement gagné sur le faux crédit.

Une semaine durant, Dima Nekliassov, d'ordinaire plutôt indifférent à l'alcool, n'a pas dessoûlé. Puis son garde lui a apporté des comprimés grâce auxquels son âme s'élevait en l'air en perçant comme une vrille la croûte céleste, et Dima n'a pas tardé à passer à la seringue.

Un mois plus tard, Innokenti Loutchkov s'est rendu au pensionnat pour parler à Nekliassov. Echec total de la conversation. Dans sa chambre, qui ressemblait à une porcherie, rampait une espèce de créature qui grognait. Contrarié, Loutchkov l'a fait transférer dans une clinique pour le purger pendant trois jours sous perfusion. Au quatrième jour, à la fois affaibli et requinqué, Nekliassov s'est vu passer un costume propre et un petit coup de peigne pour être reconduit à la résidence où l'attendaient deux hommes : Innokenti Loutchkov et le grand patron d'*Iveko*, M. Arbatov en personne. Ces messieurs les banquiers avaient une question importante à poser à Dima Nekliassov. Il se passait de drôles de choses à Akhtarsk, et Loutchkov et Arbatov voulaient savoir ce que Dima en pensait. Après tout, Dima Nekliassov était le plus grand spécialiste de la psychologie de Viatcheslav Izvolski d'entre tous ceux dont la banque pouvait disposer. Il était aussi le seul dont on pouvait dire qu'il avait réussi à lâcher Izvolski. Que Nekliassov eût été lâché en retour par la banque, cela comptait pour du beurre.

… Arbatov salue Dima de la plus aimable façon. Comme la plupart des gredins professionnels, le président du directoire de la banque *Iveko* est un homme parfaitement affable et Dima Nekliassov, pour expérimenté qu'il soit, ne remarque rien du dédain cupide qui se cache derrière la prunelle nickelée du banquier.

Quand tout le monde est assis, Loutchkov résume en termes clairs et laconiques la situation du combinat sans oublier de mentionner les cinq cents millions de dollars de dettes.

— D'après toi, que recherche Izvolski ?

Nekliassov hausse les épaules.

— C'est la tactique de la pilule empoisonnée. Il sait qu'il va perdre et veut plumer l'usine pour l'empêcher de faire des envieux. *Poisoned pill*, vous dis-je !

— Je le savais ! exulte Loutchkov, on dira ce qu'on voudra, mais toutes ces grandes phrases sur son désintéressement ne valent pas un kopeck. Qu'on ne me fasse pas croire qu'Izvolski serait un mélange de Bill Gates et de Guennadi Ziouganov* !

— Mais s'il avait voulu couler l'usine, rétorque Arbatov, il ne paierait ni les énergéticiens ni les ouvriers. Or, là, il paie tout le monde. Un énergéticien a même manqué de se faire tuer le jour où il a un peu trop forcé sur la facture ! L'usine n'a de dettes envers personne à l'exception de la banque *Métallo*.

C'est alors que Dima Nekliassov comprend tout, aidé en cela par il ne sait quelle sorcellerie, peut-être une

* ZIOUGANOV Guennadi, né en 1944, leader du Parti communiste de la Fédération de Russie, qui entend s'inscrire dans une ligne très sociale *(N.d.T.)*.

illumination liée à son état de sevrage après un “trip” interrompu à coups de perfusion, ou à son habitude de déchiffrer les pensées de son chef par recoupement. La situation de l’usine lui apparaît tout à coup dans son évidente clarté.

Nekliassov tend le cou à la fenêtre. Le bâtiment du pensionnat s’étire en fer à cheval et la chambre du jeune financier donne en vue plongeante sur une large entrée garnie de granit avec des gardes en tenue de camouflage devant une porte tournante à panneaux vitrés. Depuis quelques minutes, Nekliassov voit des limousines s’y arrêter l’une après l’autre, certaines avec des cocardes de la Douma et du Kremlin. A cet instant, il avise un homme de style m’as-tu-vu à la tête ronde comme un fromage, qui s’extirpe avec désinvolture d’une Mercedes brun foncé comme la peau d’un Ethiopien.

— Chouette alors ! dit Dima avec une spontanéité tout infantile. Il y a de la sauterie dans l’air, et pour du beau monde !

Loutchkov et Arbatov échangent un regard, et ce dernier confirme d’une voix blanche :

— Oui, certaines gens vont se rencontrer ce soir.

Nekliassov a déjà compris que le grand patron d’*Iveko* n’est pas venu jusqu’ici pour ses beaux yeux.

— Présentez-moi plutôt… euh… à celui-là !

Et Nekliassov de pointer l’index sur la Mercedes marron foncé.

Loutchkov laisse la demande sans réponse tandis qu’Arbatov articule avec un sourire paternel :

— Dmitri Sergueïevitch, vous n’êtes peut-être pas au meilleur de votre forme, à peine sorti de l’hôpital. Vous devriez rester allongé.

— Nous n’avons pas oublié nos promesses, ajoute Loutchkov, mais aujourd’hui, dans un contexte où le scandale lié au Combinat d’Akhtarsk défraie la chronique, votre présence parmi nous n'est pas souhaitable. A propos, pour en revenir au combinat, comment voyez-vous la stratégie d'Izvolski ?

Nekliassov baisse les yeux d'un air modeste.

— C'est l'évidence même. Il veut pousser l'usine à la faillite. L'absence de dettes aussi paraît logique. Il ne veut pas vous voir siéger au conseil des créanciers.

— Et c'est tout ? renvoie sarcastiquement Arbatov.

— Que voulez-vous de plus ? s'étonne le jeune financier. Si le combinat fait faillite, il est géré par ses créanciers et non plus par ses actionnaires. Même si vous avez cent pour cent des actions, vous ne pourrez rien faire d'autre que de grincer des dents.

— La faillite est une arme redoutable, Dmitri Sergueïevitch. Théoriquement, Izvolski peut déclarer dès demain la faillite de sa propre usine. Le problème, c'est qu'il lui faudra passer par le tribunal d'arbitrage. Or le juge peut très bien décider de nommer n'importe quel administrateur temporaire à la place de Denis Tcheriaga qui est cité par les plaignants. Cet autre administrateur pourra parfaitement ne pas voir les dettes de la banque *Métallo* tout en mettant le doigt sur un petit million de roubles exigé par la police fiscale.

— Une telle nomination peut être contestée.

Arbatov rit aux éclats.

— Eh bien non, justement. Le code de procédure d'arbitrage stipule les modalités de contestation de toutes les candidatures à l'exception des administrateurs provisoires. Exclus de la liste. Résultat, un administrateur temporaire, une fois nommé, ne peut être déposé par personne, sauf bien sûr par un tueur à gages.

Dima sourit.

— Je ne crois pas que ces subtilités soient de mise en Sibérie.

Ils parlent encore quelque temps (sur les rapports entre Tcheriaga et Kaliaguine, notamment), puis Arbatov et Loutchkov prennent poliment congé de lui et quittent sa chambre pour se mêler bientôt à la compagnie de deux ou trois ministres et du vice-Premier ministre qui fêtent ensemble une date marquante : le cinquième anniversaire de la banque.

Dima Nekliassov reste seul dans sa chambre. Il se tient longtemps à la fenêtre, l'oreille tendue à un bruissement de voix et à une musique à peine audible. Là, à dix mètres de lui, vibre un monde clinquant et magique dans lequel il rêvait tant d'entrer. C'était pour faire la connaissance de ces gens-là qu'il avait trahi le Sibérien et rallié le camp des Moscovites. Mais il en est plus loin désormais que n'importe lequel de ces gardes en treillis, tel celui qui tient obséquieusement la porte au ministre qui file à sa limousine avec une putain sous le bras. Et il n'y entrera plus jamais. Parce qu'il sait ce qu'Izvolski s'apprête à faire et qu'il n'en a rien dit à ceux qui l'ont lâché d'une façon aussi éhontée et grossière.

VI

OÙ L'ON APPREND ENFIN CE QU'IZVOLSKI A FAIT DE SES SEPT CENTS MILLIONS DE DOLLARS

La séance du jugement d'arbitrage par suite de la plainte de la société *Impera* relativement à la tenue des actes par les *Registres d'Akhtarsk* a été fixée au 25 février. D'après la loi, il ne peut s'écouler plus de deux mois entre le jugement de première instance et le jugement d'appel, mais la cour d'arbitrage de Sounja se fiche éperdument de la loi : elle est allée de report en report, puis madame le juge est tombée malade, puis madame le juge a pris des vacances. Certes, le président du tribunal aurait pu assigner l'affaire à un autre juge, chose qui, là encore, n'a pas été faite… Résultat, depuis le 23 novembre où le tribunal d'arbitrage régional a rejeté pour la première fois la plainte d'*Impera*, le délai de deux mois est largement dépassé.

Deux jours avant le jugement, le gouverneur Doubnov téléphone à Izvolski pour lui proposer un rendez-vous. Mais Izvolski paralysé ne sort jamais de chez lui comme l'exigent instamment ses médecins et son propre service de sécurité, et il ne saurait être question pour lui de faire le voyage jusqu'au chef-lieu de région. Quant au gouverneur, il juge dégradant de se rendre au chevet d'un directeur général au centre de tous les scandales. Finalement, c'est Tcheriaga qui fait le déplacement.

La conversation sera brève et inamicale. Le gouvernement propose à la banque *Métallo* de rétrocéder une partie de ses dettes à une firme enregistrée dans la région voisine, après quoi ladite firme demandera la mise en faillite d'*AMK* devant la justice. Le gouverneur garantit le traitement du dossier en trois jours et la nomination d'un administrateur temporaire qui convienne aux deux parties, aussi bien à Izvolski qu'à l'administration régionale.

— L'un de mes adjoints, par exemple. Ou M. Fediakine. On pourrait aussi examiner votre candidature, après tout, Denis Fedorovitch, vous avez bien trouvé le temps de suivre une formation ad hoc malgré un agenda plus que chargé…

— Et pourtant, dit Tcheriaga, vous me parliez vous-même d'acquérir des actions il y a un mois de cela, vous rappelez-vous ? Vous en demandiez vingt pour cent, si ma mémoire est bonne…

— C'était à ce moment-là qu'il fallait accepter, acquiesce aimablement le gouverneur, maintenant les conditions ont changé. Je tiens simplement à attirer votre attention sur le fait que votre usine ne manquera jamais de créanciers. A défaut, c'est la police fiscale qui viendra. Et des dettes, elle saura en trouver… Auquel cas je ferai mettre votre combinat en faillite sans que vous n'ayez votre mot à dire.

— Et vous mangerez la poussière aux prochaines élections.

Le gouverneur opine du chef.

— C'est bien pourquoi je tiens à vous faire participer. Car même si le tribunal rejette la plainte de la banque, vous m'accorderez que la Cour suprême d'arbitrage finira par lui donner raison. Dans ce contexte, nous pourrons prouver que la faillite de l'usine est une initiative conjointe de la région et du combinat pour le salut de celui-ci !

La brève péripétie fiscale, apparemment, a servi de leçon au gouverneur et lui a fait passer l'envie de se disputer publiquement avec l'usine. Tcheriaga secoue la tête.

— Pas question d'organiser notre faillite.

— Denis Fedorovitch, je sais ce que vous pensez. Si quelqu'un dort deux heures par jour, dirige une énorme entreprise et trouve aussi le temps pour des opérations de type Vachtchenko ou Alibekov (le directeur adjoint de *Sounjenergo*), et si en plus ce même quelqu'un s'arrange pour suivre une formation d'administrateur, désolé de vous dire que c'est cousu de fil blanc. Eh bien je vous le dis, moi : si vous comptez organiser seul la faillite d'*AMK*, n'oubliez pas que vous devrez passer en jugement d'arbitrage ici même, à cinq cents mètres de mon bureau ; et que le tribunal risque fort de nommer un autre administrateur que prévu. Lequel administrateur fermera les yeux sur les dettes de l'usine envers *Métallo* pour ne voir que les arriérés dus aux instances fiscales de la région. Suis-je assez clair ?

Denis fait oui du menton.

— Votre réponse.

Denis se redresse dans son fauteuil, les deux mains tendues. Puis, un bras plié par l'autre à hauteur du coude, façon voyou, il brandit son poing sous les yeux effarés du gouverneur.

— Pigé ? siffle Denis.

Là-dessus, il repousse violemment son fauteuil et s'éclipse. La porte grince, annonçant l'entrée du vice-gouverneur Nikolaï Trepko.

— Alors ? c'est gagné ?

— Il m'a fait un bras d'honneur ! articule Doubnov d'une voix larmoyante. A moi ! le sous-directeur d'une entreprise contribuable m'a fait un bras d'honneur ! Seigneur ! dans quel abîme sombre la Russie ?! Un bras d'honneur, m'entendez-vous ? Un garçon qui pourrait être mon fils !

Inutile de dire qu'après un esclandre aussi scandaleux, le jugement d'arbitrage est écrit d'avance. Trois jours plus tard, sous la présidence de madame le juge, Balanova Victoria Sergueïevna, le tribunal satisfait la requête de la société *Impera* à l'encontre des *Registres d'Akhtarsk* qui se voient sommés de rétablir les écritures attestant l'appartenance de soixante-quinze pour cent des actions d'*AMK* aux firmes *Impera*, *Laguna* et *Chronica*.

Pour autant, la victoire de la banque n'est pas totale. Primo, le combinat peut encore faire appel à la Cour suprême d'arbitrage et donc gagner un peu de temps, même si cela ne mène à rien. Secundo, le "vieux" conseil des directeurs reste maître du combinat, le nouveau ne pouvant être désigné, directeur général en tête, que par les actionnaires réunis en assemblée extraordinaire dans un délai d'au moins quarante-cinq jours après que le nouvel actionnaire se décide à la convoquer.

Même dans ce cas-là, du reste, tout ne serait pas encore perdu : le conseil des directeurs peut toujours glisser quelques belles punaises bien pointues sous le derrière du nouvel actionnaire, et l'on connaît des exemples en Russie où un directeur détenant neuf pour cent des actions a tenu le siège pendant deux ou trois ans contre les propriétaires du bloc de contrôle. Certes, *AMK* ne s'inscrit guère dans ce cas de figure. L'intransigeance et la goujaterie de cette entreprise qui est aussi une machine à deniers publics, son obstination à ne rien partager avec personne – gouverneur, fonds de retraite, énergéticiens, extorqueurs d'impôts, malfrats... – tout cela tend à priver *AMK* de ses derniers amis dans la région. A l'exception, bien sûr, de ce roué de Sentchiakov, d'une douzaine de radicaux bruns-rouges et de quelque deux cent mille personnes qui dépendent directement ou indirectement de l'usine par leurs salaires ou leurs retraites. Mais qui s'inquiète de l'opinion de ce troupeau de bœufs ? La réélection du gouverneur est pour dans quelques mois, il y a encore du temps pour saigner le combinat et récolter de quoi acheter les voix qu'il faut. Encore faut-il se demander s'il vaut bien la peine de gaspiller de l'argent pour tous ces cochons plutôt que de presser le budget régional comme un citron pour aller finir ses jours sous des latitudes plus tièdes que ces arpents de terre balayés par les vents et fendus par les gels entre les steppes du Kazakhstan et la taïga de la Sibérie. Après tout, nul n'est censé sacrifier sa vie au service du peuple, non ? Vient le jour où il faut bien penser un peu à soi…

Bref, la situation d'Izvolski au lendemain du jugement d'arbitrage ne diffère en rien de celle de Crésus au lendemain de la bataille du Halys. Hier maître absolu d'Akhtarsk avec ses terres, ses champs, ses usines, ses bateaux, son maire, son propre service de sécurité et sa police industrielle, le prétendant à la centrale nucléaire de Beloïe-Polié et à l'usine d'hélicoptères de Kongarsk n'est peut-être pas privé de ses comptes suisses, mais, indubitablement, de la plénitude de ses pouvoirs. Au fin fond de la Sibérie, le petit Akhtarsk fait penser à la capitale d'une principauté après une défaite essuyée sur une rivière voisine. La ville est encore indemne, les volaillères vantent leurs oiseaux sur le marché, un illusionniste de rue amuse la foule, le prince estropié baigne dans la lumière de sa chambre entre deux draps blancs… mais déjà l'assaillant dépouille les morts sur l'autre rive, leur arrache armures et bijoux, tranche les têtes pour mieux ôter les colliers, et l'avant-garde adverse s'approche des portes mal défendues de la place.

Aussi Alexandre Arbatov, président du directoire de la banque *Iveko*, ne marque-t-il aucun étonnement lorsque le téléphone de sa ligne directe déchire le silence de son bureau à dix heures du matin et que Denis Tcheriaga se présente au bout du fil.

— Je souhaite vous rencontrer, dit Tcheriaga sans détour.

— Vous êtes à Moscou ?

— Je descends de l'avion.

— Je vous attends dans une heure.

— Désolé, Alexandre Alexandrovitch, je ne peux pas me rendre au siège de votre banque.

— Pourquoi ?

— J'entends parler dans un lieu où je puisse avoir l'assurance de n'être pas enregistré. Et je ne vois qu'un endroit possible : nos bureaux de la rue Nemetkine.

Arbatov en reste coi. "Ce type est culotté comme pas deux", se dit le président du directoire. Nul doute que Tcheriaga vienne apporter sa capitulation avec en prime celle de son boss, ralliant in extremis le camp du vainqueur et cherchant à tirer le profit maximal de la promesse de limiter la casse. Par exemple : la promesse d'annuler les contrats léonins passés avec *Steelwhale*, qui prévoient de fournir les laminés par sa seule entremise dans les dix années à venir. Les contrats, certes, ne valent pas plus que de la merde de chien, on peut toujours les contester en justice, mais la justice, ça use les nerfs, ça coûte de l'argent et du temps.

— D'accord, dit Arbatov avec une politesse glacée, je serai dans vos bureaux. Surtout que ce sont mes bureaux désormais. Onze heures du matin, ça vous va ?

— J'y serai sans faute.

Alexandre Arbatov se présente à l'office d'*AMK-Invest* à onze heures un quart. La villa de la rue Nemetkine a gentille allure : une bâtisse grise étagée en trois niveaux avec un avant-toit rouge et des vitres pare-balles. Rien à voir, bien sûr, avec la masse alpine du siège d'*Iveko*, mais, même en temps de crise, un bien dans un état aussi impeccable avec tout son mobilier de bureau rapportera dans les trois millions de dollars, voire trois millions et demi.

Car il n'y aura rien d'autre à en tirer. Dans un très proche avenir, en effet, toutes les officines qui occupent la villa fermeront ou déménageront au siège d'*Iveko*, aux dixième, onzième ou douzième étages occupés par le pool finances-industrie, sur le papier indépendant d'*Iveko*, une appellation ronflante sous laquelle se cache un tas de firmes éphémères ou chevronnées, toute une ribambelle de pressings destinés à blanchir l'argent d'origine industrielle, à le laver des impôts, salaires, allocations sociales, taxes d'investissement et autres composantes des bénéfices d'entreprise.

Les gardes effrayés s'empressent d'ouvrir le portail quand la longue et blanche Lincoln du banquier s'annonce en clignotant. Le portail se révèle trop étroit, la Lincoln en manœuvrant bouche la moitié de la rue et quand enfin elle réussit à passer la barrière et que la calandre effleure le perron, l'on doit constater que l'arrière du véhicule dépasse toujours à l'extérieur…

Flanqué de ses propres molosses, Arbatov bondit sur le perron. Le garde qui les conduit le long du couloir décrit d'interminables ronds de jambe et des minois curieux ne cessent de se montrer aux portes : après tout, c'est le nouveau patron qui débarque et dont les pas assourdis par la moquette résonnent dans les cœurs comme ceux du Commandeur.

Denis Tcheriaga attend Alexandre Arbatov dans une petite salle de réunion aux murs blancs et à la table ovale noire. Seuls éléments de décor – d'un goût d'ailleurs assez douteux –, deux salmanazars de cognac trônent dans un coin sur un caisson noir.

Il apparaît exactement comme sur les photos, petit homme de trente-cinq ans au menton obstiné. Il a des poignets de demoiselle, disproportionnés, et sent sa main comme écrasée par un étau au moment des salutations.

— Alors, dit Arbatov quand les deux hommes se sont enfoncés dans leurs chaises tournantes, c'est la fin de la récré ? Pour qu'une usine pareille passe à l'as, il fallait vraiment y mettre du sien. Le haut-fourneau numéro trois n'est toujours pas réparé, la cokerie part en couille, pas un kopeck d'investissement en trois mois… et dire que vous nous traitez de sangsues à finances !

— C'est tout le contraire, dit Tcheriaga, le combinat entame un vaste programme d'investissement pour un montant de sept cents millions de dollars.

— Avec quelle oseille ? s'étonne le banquier.

— A l'heure actuelle, il est très difficile d'emprunter de l'argent sur le marché. Le conseil des directeurs a pris la décision de recapitaliser par une nouvelle émission de titres afin de financer la construction d'un laminoir à froid.

Le banquier hausse les épaules. Les statuts du combinat font état d'une dizaine de millions d'actions déclarées mais non mises en circulation ; et d'après ces mêmes statuts, la question du volume et des délais de mise en circulation est à la discrétion du conseil des directeurs et non de l'assemblée des actionnaires. Les juristes de la banque, en leur temps, avaient envisagé cette éventualité, parvenant à la conclusion qu'à titre défensif Izvolski pouvait peut-être essayer d'annoncer à la hâte une nouvelle émission pour racheter lui-même les titres, mais à prix cassé. C'est la ficelle favorite des directeurs rouges, mais qui ne mène à rien. La Cour suprême d'arbitrage finira toujours par dénoncer la méthode. Si Tcheriaga l'appelle pour ça, c'est une bêtise qu'il regrettera amèrement.

— A quelle clientèle s'adresse votre nouvelle émission de titres ? lance le banquier railleur.

— A quiconque acceptera d'investir dans les actions du combinat, répond Tcheriaga avec un sourire sans nuages.

— Y compris à notre banque ?

— Cela va de soi.

Le banquier sent venir le danger. C'est absurde. S'il s'agit de soustraire une usine à un actionnaire, on peut émettre des actions bidon et les vendre pour cent dollars à une société-écran. Mais à quoi bon vendre des actions bidon à un actionnaire ennemi ?!

— Et dites voir quel sera le volume de votre nouvelle émission ? s'enquiert le banquier.

— Je crois vous l'avoir déjà dit : sept cents millions de dollars, répond Tcheriaga en souriant sereinement.

— Comment ?! Aucun combinat de Russie ne vaut cet argent !

— Eh bien, nous estimons que le nôtre les vaut largement. Et nous avons trouvé des partenaires prêts à y mettre le prix.

— Minute ! dit le banquier, la dette du combinat envers la banque *Métallo* est actuellement de sept cents millions de dollars. Est-ce que ce sont ces mêmes sept cents millions que vous avez tirés du combinat et que vous allez maintenant réinjecter ?!

Tcheriaga sourit.

— Il est question ici non de la dette, mais de l'émission. Ce sont deux choses bien différentes. Le conseil des directeurs m'a habilité à vous parler de l'émission. Voici un mémorandum. (Tcheriaga pose un dossier mince sur la table.) Sans entrer dans les détails, voici ce que propose le conseil des directeurs. Notre agent de mise en circulation des titres est la banque *Métallo*. Toute personne physique ou morale souhaitant acquérir des actions d'*AMK* peut déposer des fonds sur les comptes de la banque.

— Mais… fait le banquier qui commence à perdre contenance.

Tcheriaga éprouve un rare moment de jouissance, comme s'il était en train de sauter sous les yeux du banquier la propre secrétaire de celui-ci.

— Mais peut-être que vous n'avez pas cet argent ? dit le chef du service de la sûreté d'*AMK*. Vous avez oublié que le cours du rouble ne peut pas être indéfiniment dicté par les banques moscovites et vous avez perdu au jeu des contrats forward ?

— Nous n'avons pas perdu ! siffle le banquier, et nous ferons apport de cet argent !

— Je ne vous le conseille pas.

— Quoi ?!

Le banquier va d'étonnement en étonnement. Tcheriaga ricane. Ce qu'il s'apprête à dire maintenant ne pouvait être dit dans les bureaux de la banque. Mais ici tout est propre. Les gars ont vérifié.

— Imaginez un instant, dit Tcheriaga, que vous apportiez la totalité des sept cents millions de dollars. Cet argent appartient au combinat et doit être déposé sur un compte de la banque *Métallo*, filiale bancaire d'*AMK* comme vous l'avez relevé vous-même. Selon nos statuts, le conseil des directeurs et le directeur général en personne ont le droit de disposer de sommes inférieures ou égales à cent millions de dollars. Imaginez que pour gérer ces sept cents millions de dollars, le conseil des directeurs crée sept sociétés à responsabilité limitée en investissant dans chacune cent millions de dollars. Vous me suivez ? (Bref acquiescement du banquier.) Admettons que le capital social de nos sociétés soit structuré comme ceci : quatre-vingt-dix-neuf virgule neuf pour cent appartenant à *AMK*, plus dix dollars en apport personnel du camarade Izvolski Viatcheslav Arkadievitch. Ou bien Tcheriaga Denis Fedorovitch. Et les statuts de nos sept sociétés, qui peuvent stipuler tout ce qu'on voudra, comme chacun sait, prévoiront que toutes les décisions financières doivent être prises par Viatcheslav Arkadievitch et Denis Fedorovitch. (Le banquier laisse échapper un soupir rauque.) Imaginons maintenant que les susmentionnés Viatcheslav Arkadievitch ou Denis Fedorovitch décident de placer le capital social des sept sociétés sur un compte de dépôt de la banque *Métallo* et que celle-ci fasse des contrats forward avec une banque occidentale pour acheter des devises.

— Par exemple, avec *Lehor*, lâche le banquier entre ses dents.

— Très bon exemple ! approuve Tcheriaga ; donc, la banque *Métallo* signera des contrats forward. Et sortira perdante. Cela arrive, convenez-en, les banques perdent souvent leurs contrats forward. On m'a rapporté dernièrement l'histoire d'une très grosse banque russe dont le nom tient en cinq lettres et commence par un *I*, et dont le patron a souhaité transférer à son profit une somme rondelette sur un compte étranger, au cas où. Il a donc conclu des contrats forward avec lui-même. Et figurez-vous qu'il a perdu contre lui-même. Au sens où la banque moscovite a perdu. Le gagnant est un compte offshore dans une banque occidentale. Je dis cela pour vous montrer que vous savez combien il est facile de perdre de l'argent avec des contrats forward, et combien il est impossible de prouver la mauvaise intention en pareil cas.

Le banquier, lèvres pincées :

— Je ne comprends pas bien. Ce sera de l'argent perdu par la banque *Métallo*. De l'argent de la banque. Quel rapport cet argent a-t-il avec l'argent déposé sur un compte de consignation par Viatcheslav Arkadievitch ou Denis Fedorovitch ?

— Ah ! oui, voyez-vous, j'avais oublié de vous dire que la banque a proposé à Viatcheslav Arkadievitch de garantir ses contrats forward par son compte de consignation. A des conditions très avantageuses puisque la banque a promis trente pour cent du bénéfice. Mais l'affaire a échoué…

— Idiot que vous faites, dit le banquier, pour me livrer la clé de ce schéma.

Tcheriaga sourit.

— Point du tout. Nous n'avons pas l'intention de suivre ce schéma-là. Nous en avons une bonne dizaine en réserve. Je ne vous en ai livré qu'un seul et vous m'accorderez qu'il ne comporte rien que votre banque puisse contester par voie de justice. Le fond du problème est que si vous ne payez pas sept cents millions, vous perdez le bloc de contrôle ; et si vous payez sept cents millions, vous perdez sept cents millions. Vous n'êtes pas un petit garçon et vous savez pertinemment qu'il existe en Russie mille et une façons de perdre sept cents millions de dollars qui ne vous appartiennent pas quand ils sont en dépôt dans votre banque. Vous-même avez pratiqué cela plus d'une fois et avec succès. Si vous avez sept cents millions de dollars en trop, topez là. Mais quelque chose me dit que vous n'avez pas sept cents millions de dollars en trop. Votre spécialité de toujours, c'est de racheter des entreprises pour trois kopecks. Même la raffinerie d'Atchouïsk, vous l'avez achetée aux enchères pour cinquante millions de dollars, alors que son directeur avait investi cette année-là deux cent soixante-dix millions. Le hic, c'est que nous avons sept cents millions de dollars pour l'achat des actions pendant que vous n'avez rien d'autre que la bienveillance du gouvernement et un trou dans votre comptabilité. Ce qu'ayant dit (Tcheriaga se lève et claque des talons), j'ai l'honneur de vous présenter notre offre d'émission et de vous saluer bien bas.

Et Tcheriaga, sans se retourner, se dirige vers la porte de la salle de réunion.

Le banquier se lève à son tour.

— A propos, Denis Fedorovitch, lui lance-t-il sans chercher davantage à se contrôler, vous rappelez-vous ce qui est arrivé au directeur de la raffinerie d'Atchouïsk qui tentait de protester contre la vente des actions ? Il est parti se baigner et s'est noyé…

De retour à la banque, Arbatov convoque immédiatement Loutchkov. A peine entré dans l'immense bureau de son chef, Innokenti Mikhaïlovitch comprend que la rencontre avec Tcheriaga a mal tourné.

Arbatov est blême et les prunelles de ses yeux gris tirent légèrement vers la racine du nez, un signal qui, habituellement, tétanise les employés de la banque : approcher son chef revient alors à approcher un python rendu furieux par la faim.

En cinq minutes, Arbatov rapporte à Loutchkov la teneur de la proposition de Tcheriaga.

— Idiots que nous sommes ! se lamente Arbatov. Et triple idiot que ton Nekliassov ! On s'est fait avoir comme des bleus ! On a cru qu'Izvolski mettrait son usine en faillite parce que c'est fastoche de mettre une usine en faillite, et parce que cette mule de Tcheriaga suivait une formation d'administrateur. On s'est mis d'accord avec

Doubnov pour qu'il nous couvre, alors que le Lingot n'a jamais envisagé de mettre son usine en faillite ! On n'avait même pas pensé à une recapitalisation ! Du moins à telle échelle !

— Et c'est légal sur toute la ligne ? se fait préciser le chef de la sûreté qui n'y entend goutte dans ces histoires d'actions.

— Complètement. Ces actions figurent dans les statuts, et le conseil des directeurs a le pouvoir de décréter une mise en circulation complémentaire. Izvolski a échafaudé les statuts les plus absolutistes qui puissent être au regard de la législation russe.

— Et on ne peut pas dire que c'est une atteinte aux droits des actionnaires ?

— Ce serait le cas si le complément d'actions était réparti entre des firmes satellites à raison d'un kopeck contre un rouble. Or, là, ils nous proposent d'acheter des actions.

— Et que pouvons-nous faire ?

— Si nous tenons vraiment à perdre sept cents millions, la voie est libre.

Loutchkov ressent soudain un immense soulagement. C'était dès le départ une sale histoire à laquelle il ne se serait jamais mêlé de son plein gré, lui, vendu de guébiste. Elle a déjà sali la réputation de la banque. Il a dû dépenser deux cent mille dollars rien que pour empêcher la presse de publier des accusations d'escroquerie ou de meurtre commandité. Certes, le but est atteint : dans l'esprit du grand public, les malheurs d'*AMK* sont liés de près aux Pattes-Longues. Mais le jeu en valait-il vraiment la chandelle ?

— Donc, on sonne la retraite ? demande Loutchkov.

Arbatov regarde son adjoint avec des yeux glacés de poisson.

— Quelle retraite ? dit Arbatov (Loutchkov a froid dans le dos comme s'il venait d'entrouvrir la porte d'une morgue). Qu'est-ce que tu proposes ? Que tout le monde sache qu'un moujik sibérien m'a mouché le nez, à moi Sacha Arbatov ?! Que tout le monde sache qu'une usine de merde a plus d'argent que ma banque ?! Sacrilège ! Où est l'argent de la Russie ? A Moscou ou dans leur trou à rats d'Akhtarsk ?

Le banquier se déchire la voix. Il brandit une bouteille en plastique sur son bureau, avale une grande lampée d'eau au goulot et fixe Loutchkov de ses yeux gris pâle.

— Ben, qu'est-ce qu'on peut faire ? dit l'autre d'un ton désemparé.

— Nous porterons plainte à la Commission fédérale des bourses et valeurs mobilières.

— Mais nous serons déboutés !

— On s'en fout. On gagnera deux mois, peut-être plus si on rallonge les dessous-de-table. Durant ces deux mois, le conseil des directeurs doit revenir sur sa décision relative à la recapitalisation.

Loutchkov se sent les mains moites :

— Pour y parvenir, il faudrait au minimum supprimer le directeur général…

— Il y a deux hommes à supprimer, renchérit le banquier. Izvolski et Tcheriaga. Auquel cas Fediakine sera le directeur par intérim. Or Fediakine est notre homme.

— C'est impossible. J'ai déjà envisagé la chose. Il ne sort jamais. Il est paralysé, cloué chez lui et ne se montre même pas à l'usine. Même à Moscou c'était impossible. Alors à Akhtarsk…

— Il est protégé par Kaliaguine, or Kaliaguine est redevable de certaines choses à certaines personnes… répond le banquier.

Quand Innokenti Loutchkov regagne son bureau, il a le moral dans les chaussettes. Par dépit, il commence par enfiler grossièrement sa secrétaire dans la salle de repos, puis l'envoie paître et s'en retourne à son poste de travail avec une bouteille de cognac à la main droite, la chemise tombant sur son pantalon à moitié dégrafé.

— Fils de chienne ! lance-t-il au portrait du père fondateur et président inamovible du directoire d'*Iveko*, qui orne le mur au-dessus de la bibliothèque, dans quel merdier es-tu en train de nous foutre, hein ? Gentleman de mes deux ! Izvolski t'a fait perdre la boule ! Tu me fiches la trouille à moi saleté d'officier avec tes ordres à la con. Ma parole, un coup de fil en Sibérie et je te balance aux autres, bouffon !

Naturellement, Innokenti Mikhaïlovitch déclame cette tirade en pensée et en pensée seulement. Le bureau est truffé de micros ultrasensibles qui réagissent au moindre grincement de parquet, et bien que ces micros soient sous son contrôle, il n'oserait jamais s'épancher ici.

Puis Loutchkov fait d'amples libations à la bouteille, s'assied à son bureau et tape le numéro du portable de la Forge. La conversation finie, le chef de la sûreté d'*Iveko* découvre que son nez coule et que sa gorge tousse, le pire moment qui soit pour attraper une angine ou une saleté de ce genre.

Au moment même où à Moscou, à quatre heures de l'après-midi, Loutchkov enivré jette des sermons muets au portrait d'Arbatov, la nuit enveloppe doucement Akhtarsk. C'est fête à la villa d'Izvolski.

Denis Tcheriaga a déjà téléphoné plusieurs fois, rapportant par le menu la teneur de sa conversation avec Arbatov.

— Il fallait voir sa tronche ! se tord Denis hilare à quatre mille kilomètres de là, il croyait dur comme fer que je venais capituler !

Malgré la distance, la communication est excellente, le ciel d'Akhtarsk s'émaille d'une myriade d'étoiles qu'on dirait de ferrochrome, la cheminée crépite dans le vaste salon qui occupe la moitié du rez-de-chaussée de la villa, et Fediakine, rond comme une queue de pelle, mène ses cinquante printemps au pas endiablé de la Komarinski, toujours prompt à décocher un bisou sur la joue d'Irina.

— Irotchka, vous êtes un trésor ! s'écrie-t-il, les joues écarlates, et ni Izvolski assis dans un coin de la pièce sur sa chaise à grandes roues, ni Lida Fediakina, grosse brune plâtrée de fard qui travaille à la comptabilité de l'usine, ne cherchent à l'en empêcher.

Puis Fediakine enfin calmé s'assied en soufflant, sa large paume battant l'air en éventail, quelqu'un branche la chaîne hifi à plein tube et Volodia Kaliaguine entre à son tour dans la danse avec plusieurs de ses gardes. Le voilà qui fait mille révérences à Lida Fediakina, décrit un double saut périlleux en l'air et enchaîne sur un *brake danse* à tout rompre pendant que l'un de ses hommes invite Irina à danser. Elle bondit avec lui jusqu'au moment où elle aperçoit Izvolski grimaçant. Elle se rappelle alors qu'il ne supporte pas la musique.

— Tu es fatigué ? Tu veux dormir ?

Il ébauche un plissement d'œil malicieux.

Aidée d'un garde, Irina pousse la chaise dans l'ascenseur. Une fois dans la chambre à coucher, le garde les laisse seuls.

— Je ne savais pas que tu dansais aussi bien, dit-il pendant qu'elle le met sur le lit en ôtant ses chaussettes et son pantalon.

— On n'avait pas vraiment le cœur à ça, dit-elle en souriant.

— Maintenant, je peux aller en Suisse me faire retaper la charpente. Si tu savais comme j'en ai marre de vivre comme un réveil déglingué. Ah ! la vache, j'aurais bien aimé voir la gueule d'Arbatov ! Il y avait une caméra sur place, j'espère que Denis ramènera les rushes !

— Et le gouverneur ?

— Quoi le gouverneur ? Maintenant qu'il l'a pris en pleine face, il se retrouve le cul par terre et la gueule grande ouverte…

Irina rougit légèrement.

— Slava, pardonne-moi, mais je n'ai toujours pas compris ce que vous avez fait au juste. Peux-tu l'expliquer clairement à une idiote comme moi ?

Il sourit.

— C'est très simple. Soit une société par actions au capital social de cent roubles, tu me suis ?

— Admettons.

— Soixante-quinze roubles de ce capital appartiennent à la banque *Iveko*. C'est-à-dire soixante-quinze pour cent. Je suis clair ?

— Oui.

— Le capital de la société est porté à deux cents roubles. C'est une recapitalisation de cent roubles grâce à l'émission de nouvelles actions que nous achetons. Et maintenant la banque a toujours soixante-quinze roubles de capital social, à cette différence près que cela représente désormais non plus soixante-quinze pour cent du capital, mais trente-sept et demi. Elle a donc perdu le bloc de contrôle.

— Et pourquoi la banque ne peut-elle pas acheter les nouveaux titres émis ?

— Parce qu'elle devrait alors débourser non pas cent roubles, mais sept cents millions de dollars, et elle ne les a pas.

— Et si elle avait emprunté cet argent ? Ou si elle l'avait pris à l'Etat ? Ou quelque chose dans le genre ?

— Alors nous lui aurions volé cet argent. Mais la banque ne l'aurait jamais fait. Sa raison d'être est de payer un kopeck ce qui vaut cent roubles. Quant à payer cent roubles ce qui vaut cent roubles, elle ne sait même pas faire. Ça la dépasse.

— Et pourquoi n'as-tu pas mis l'usine en faillite, comme tout le monde le préconisait ?

— Ah ! ma belle… C'est une vilaine chose que la faillite. Des tas de problèmes, des relations compromises, des scandales en Occident… C'est un remède pire que le mal. Le directeur qui met son usine en faillite mérite largement qu'on lui arrache les couilles.

Elle, le nez dans le bras d'Izvolski :

— Et c'est tout ? Vraiment tout ?

Il éclate de rire. Irina à moitié dévêtue le secoue par le bras.

— Et tu ne pouvais pas me le dire avant ? Pourquoi ? Je n'arrêtais pas de te poser des questions idiotes… Crois-tu vraiment que j'aurais été le raconter à quelqu'un ?

Un bras lourd aux muscles émaciés étreint Irina.

— Ne te fâche pas, ma belle. Quand deux larrons savent, tous les cochons savent. Proverbe sibérien. Personne ne savait rien. Ni Fediakine ni personne. Denis et moi, c'est tout. Approche-toi.

Joyeuse ou vexée, Irina pousse un sanglot et se met à embrasser Izvolski. D'en bas monte, presque étouffé par les murs, le gai tintamarre d'une musique à la radio.

Quatre jours plus tard, Volodia Kaliaguine se rend à Moscou pour raison de service. Il s'agit pour lui d'obtenir de ses amis du RUBOP des informations sur les liens du fils du vice-gouverneur Trepko avec les Tchétchènes : l'usine cherche des pièces à charge contre la région. En effet, les relations entre Akhtarsk et Sounja sont plus exécrables que jamais et, recapitalisation ou pas, l'on peut s'attendre de la part de Doubnov à toutes les vacheries possibles et imaginables, sachant pertinemment qu'Izvolski fera le maximum pour l'éjecter de son fauteuil de gouverneur. En revanche, le risque est mince à présent que Doubnov se décide à exiger la mise en faillite de l'usine. Une chose est de présenter la faillite comme une mesure de protection contre les méchants oligarques de Moscou en se faisant passer pour un allié d'Izvolski ou peu s'en faut, autre chose est d'acculer à la faillite une entreprise qui a su défendre son indépendance avec panache.

Il y a toutefois quelque chose d'amusant et de paradoxal dans la quête de Kaliaguine : Trepko est le seul dirigeant de la région plus ou moins loyal à l'égard du combinat. Mais s'il est agréable de posséder des pièces à charge contre ses ennemis, tout le monde sait qu'il est indispensable d'en posséder contre ses amis. Et bien que Trepko junior ne jouisse pas d'une grande autorité (les malfrats le traitent plutôt comme un camé), le garçon adore faire mousser ses liens avec le milieu, ce qui lui a déjà coûté deux sévères remontages de bretelles.

Le RUBOP ne s'est pas fichu de Kaliaguine : pour une rémunération de misère, on lui fournit deux cassettes vidéo, un plein carton de photos et une disquette renfermant des rapports du renseignement. Pendant qu'on se parle, la sonnerie du téléphone retentit sur le bureau, l'officier du RUBOP décroche et fait d'un air étonné :

— C'est pour toi.

— Ici Kaliaguine, j'écoute…

— C'est toi Volodia ? grésille la voix familière de l'Elan. Tu t'intéresses à un gamin de Sounja, à ce qu'on dit ? En raison de ses passions méridionales ?

— Admettons…

— Viens faire un saut à *La Sérénade*. On a une petite disquette pour toi, nous aussi.

Kaliaguine raccroche et laisse un temps flotter son regard devant lui, ses doigts tambourinant le bureau d'une manière agacée.

Il se rend à *La Sérénade* en taxi à l'heure du déjeuner, ayant laissé sa voiture devant le siège du RUBOP : il n'aurait pas apprécié qu'un collaborateur de la rue Nemetkine aperçoive en passant son véhicule garé sur le parking du casino. Quand Volodia demande l'Elan, on le conduit, après un bref moment de confusion, dans une salle à manger de l'étage supérieur où entre bientôt la Forge. Le baron du crime excuse l'Elan qui, dit-il, "a dû s'absenter", et invite Kaliaguine à passer à table. Le déjeuner se déroule dans un silence de cimetière. Le visiteur lève par moments les yeux sur la porte, de plus en plus persuadé que l'Elan ne viendra pas et qu'on ne l'a pas fait venir ici pour parler de Trepko junior. Maintenant qu'il est là, il ne lui reste plus qu'à se résigner. S'il n'était pas venu de lui-même, on l'aurait piégé autrement.

Quand les aiguilles de l'horloge arrivent à trois heures et qu'il ne reste plus que des queues de fraises dans les assiettes à dessert, Volodia s'éponge soigneusement les lèvres avec une serviette et se lève.

— Eh bien, j'y vais, dit le flic d'un ton indifférent, j'ai à faire ailleurs.

— Assis, dit la Forge.

Kaliaguine hésite, puis s'assoit.

— Vois-tu, dit la Forge, nous avons un petit problème. Tu avais un adjoint qui te gênait. Dans ce genre de situation, on paie un killer pour résoudre son problème. Dans la mesure où nous avons résolu ton problème, il serait juste que tu nous aides à résoudre le nôtre.

— Je ne te suis pas bien, fait Kaliaguine. Je n'avais aucun problème. Ce problème était le vôtre. Vous m'avez demandé de l'aide et je vous ai aidé. Où est ma dette ?

La Forge, les épaules en avant :

— Ta dette, flic, c'est que tu as mis la main au meurtre de ton adjoint. Tu es mouillé jusqu'aux oreilles. Si Tcheriaga apprend ça, il te convoquera dans son bureau et te niquera devant les caméras et hors caméra. De premier flic d'Akhtarsk, tu finiras petite main…

La Forge laisse échapper un rire sonore.

— Je ne comprends pas, dit Kaliaguine avec dédain, tu es en train de me demander de l'argent ?

— Ton fric, tu peux te le mettre là où je pense. Tu as joué une fois ce jeu, tu le joueras une deuxième fois.

— Et tu veux la peau de qui ?

— De Tcheriaga.

Kaliaguine marque un silence.

— Je ne vois pas bien… Kamaz vous dérangeait en tant que traître et renégat. Mais Tcheriaga ? Il a travaillé dans le milieu lui aussi ? A l'époque où il était à la Procurature générale, peut-être ?

— Tu n'as rien à comprendre, coupe la Forge. Il fallait réfléchir avant où tu mettais les pieds.

Kaliaguine pousse un ricanement forcé.

— OK. Je veux parler à Loutchkov.

— Quel Loutchkov ?!

— Ton chef, la Forge.

— Travaille un peu des méninges, le flic. C'est un baron qui te parle !

Kaliaguine, penché sur la table :

— Ecoute-moi bien, la Forge ! Ce n'est pas la peau de Tcheriaga que tu veux ! Et ce n'est pas toi qui commandites ! Vous m'avez foutu dedans une fois mais pas deux. Ou bien je parle au chef d'orchestre, ou bien je téléphone à Tcheriaga.

La Forge fronce les sourcils. A ce même instant, la main de Kaliaguine attrape son téléphone portable. La Forge le regarde taper le numéro d'un œil consterné. Au cinquième ou sixième chiffre, n'y tenant plus, il bondit sur sa chaise mais déjà la main de Kaliaguine a plongé dans le revers de sa veste pour en ressortir un petit *Margoline*.

— Sale bouc !

Jamais la Forge ne se serait permis de prononcer ces mots à la face d'un voleur ou d'un malfrat. Cette fois, il est hors de lui.

Le pistolet dans une main, Kaliaguine achève de composer le numéro. Ne reste qu'à appuyer sur "envoi".

— Prends l'autre téléphone, lance Kaliaguine, et appelle Loutchkov. Et branche l'ampli. Ou bien je sonne Tcheriaga.

— Il te réduira en bouillie quand il saura pour Kamaz !

— Je m'en sortirai toujours. Mais quand on me fait dire par un tiers d'exécuter le Lingot, ça commence à sentir sérieusement le brûlé. Alors ?

Kaliaguine a le doigt en suspens sur le bouton au combiné vert.

La Forge hausse les épaules et fait le numéro. A l'autre bout, le portable sonne longtemps, puis une voix agacée répond :

— Allô-ô !

— Innokenti Mikhaïlovitch, dit la Forge, c'est moi. J'ai devant moi l'homme dont nous parlions hier et qui m'a aidé à régler son sort au camion. Il prétend vouloir parler soit avec toi, soit avec son chef.

Il y a quelques instants de silence au bout du fil. Puis l'ordre est donné :

— Passe-le-moi.

La Forge tend le combiné.

— On joue les durs, hein, fait Loutchkov d'un ton irascible. Il n'y a que les œufs durs qui soient plus durs que toi…

— Si je fais quelque chose de sérieux, répond Kaliaguine, je veux un salaire sérieux en échange.

Une pause, puis Loutchkov fixe une heure et un lieu pour un rendez-vous.

Une heure plus tard, une Nissan Almero en forme de goutte d'eau noire dépose Kaliaguine et la Forge devant la résidence de campagne de la banque *Iveko*, celle-là même qui héberge Dima Nekliassov depuis bientôt trois mois.

Loutchkov l'accueille au troisième étage dans une vaste salle de rendez-vous lambrissée de panneaux de plastique et meublée de tables ovales bleues. A l'évidence, le chef du service de la sûreté de la banque est patraque : yeux rouges, quintes de toux, et un tas grandissant de mouchoirs en papier usagés sur sa table.

Flanqué d'une paire de dogues, Kaliaguine entre dans la pièce en silence et s'assied face à Loutchkov. Les dogues débarrassent aussitôt le plancher. Le visiteur laisse planer son regard sur les dentelles de givre qui ornent la vitre. La menace est grosse qu'il ne sorte pas d'ici vivant, et il le sait.

Ils passent un moment à ne rien se dire. Puis Loutchkov se mouche avec soin, froisse son Kleenex blanc, le jette dans un tas, éternue et dit :

— Pourquoi voulais-tu me voir ?

— Cette affaire, explique Kaliaguine, a déjà touché trois hommes de chez nous : Zaslavski, Breler et Nekliassov. Zaslavski travaillait avec les malfrats, et Nekliassov, avec vous. Au final, Zaslavski est mort et enterré alors que Nekliassov est bien vivant. Voilà pourquoi je veux travailler avec vous.

— Quelles sont tes conditions ?
— Qu'est-ce que vous me voulez ?
— Devine.
Kaliaguine, après s'être pincé les lèvres :
— Avec cette histoire de recapitalisation, vous êtes cuits. Si elle aboutit, vous n'arriverez pas à garder l'usine. Vous devez donc l'empêcher à tout prix. Pour ce faire, il faut éliminer deux hommes : Izvolski et Tcheriaga. Tcheriaga aussi a toute latitude pour disposer de l'argent de *Steelwhale*. Si vous éliminez seulement le Lingot, Tcheriaga pourra mettre les nouveaux titres en circulation et achètera lui-même le bloc de contrôle. Je vois juste ?
— Parle, parle, je t'écoute…
— C'est moi qui dois t'écouter, réplique Kaliaguine. Bon. Je vous ai aidé à zigouiller Kamaz. Je le reconnais. Mais ce n'est pas moi qui ai tiré. La justice elle-même n'aurait rien contre moi parce qu'en cas de procès, il faudrait expliquer aux juges que Kamaz a été descendu par l'Elan et son bataillon, ce qui ne risque pas de plaire à la Forge. Admettons – juste une supposition – que vous ayez des cassettes à charge contre moi. Le maximum que vous puissiez faire est de les montrer au Lingot et à Tcheriaga. J'avais de bonnes raisons d'en vouloir à Kamaz. Ils ne vont pas me flinguer pour ça.
— Mais tu te retrouveras à poil au ban de la cité, comme Skorosko, dit Loutchkov, et les carpettes ne manqueront pas qui se battront pour faire la peau à l'ex-chef de la police industrielle d'Akhtarsk. Tu n'y vas pas de main morte dans l'exercice de tes fonctions, et beaucoup s'en souviendront…
— Deux millions, dit Kaliaguine.
— Quoi ?!
— Deux millions de dollars sur un compte en Suisse. Vous avez refilé quatre millions à Dima Nekliassov qui ne se salissait pas les mains pour vous.

— Le killer nous coûtera moins cher ! s'emporte Loutchkov.

— Le prix du killer ne regarde que vous, rétorque le chef de la police industrielle, on en trouve pour un rouble vingt la botte chez les marchands de légumes… Mais à part moi, vous n'avez pas le choix : une situation de monopole engendre des prix de monopole. Ce qui vaut pour *Gazprom* vaut aussi pour ma modeste personne.

— Un million. Et vous prenez tout sur vous. Personnellement.

— Vous êtes fou ? Pas question ! J'aurai un alibi en béton, tenez-vous-le pour dit.

Loutchkov renifle. Deux millions, c'est plus qu'il n'en faut pour des épingles à nourrice. Kaliaguine a raison, bien sûr, Dima Nekliassov a bien une part de quatre millions pour sa contribution active à l'escroquerie. Mais, premièrement, ces quatre millions n'ont jamais appartenu à la banque *Iveko*, et, deuxièmement, Dima ne les a toujours pas encaissés. Au contraire, ils continuent de faire des petits sur un compte d'*Iveko*. Au final, si le premier volet de l'opération a rapporté à *Iveko* près de douze millions – un pactole permettant de couvrir largement les frais de justice, de presse et de fonctionnaires – le deuxième volet lui coûtera deux briques à tirer des fonds propres. Plus la solde du killer, qui ne sera pas mince.

Le chef du service de la sûreté passe dans la pièce voisine et sort un téléphone portable de sa poche. Arbatov décroche aussitôt.

— L'occasion se présente de faire ce que vous demandez, dit Loutchkov, mais ça coûtera près de trois millions de dollars.

— Cent pour cent de garantie ?

— Quatre-vingt-dix-neuf virgule neuf.

— C'est bon.

Innokenti Mikhaïlovitch s'en retourne auprès de Kaliaguine et entame une longue séance de marchandage. Les deux hommes finissent par s'entendre pour un million quatre cent mille dollars. Le killer devra coûter dans les trois cent mille : celui qu'on s'apprête à descendre n'est pas un vulgaire patron de boutique, mais le maître absolu de la cité d'Akhtarsk, avec en plus son vizir et dauphin. Total, une économie pour la banque d'au moins un demi-million. Ce n'est certes pas grand-chose, mais Innokenti Mikhaïlovitch, pour qui un sou est un sou, en tire une fierté toute particulière.

Tout le temps que dure cette histoire de recapitalisation si fâcheuse pour la banque moscovite, son vice-président Guennadi Serov poursuit son séjour à Sounja. En cette période de mise en place de la filiale d'*Iveko*, une multitude d'entreprises locales ont accepté d'en grossir incessamment la clientèle, sans parler bien sûr de l'administration régionale elle-même. Non seulement le gouverneur a donné la promesse d'y placer un certain nombre de comptes, mais il s'en est pris avec fracas au président du Fonds de retraite qui, avant ce jour, faisait encore ses choux gras d'une petite banque maison appelée *Sounja-Garantie*. “Gras” est bien le mot car la petite banque avait octroyé un tas de crédits à des firmes sises au domicile de la belle-mère du président du Fonds de retraite alors que les pensions n'avaient pas été payées depuis bientôt trois mois dans la région.

En s'attaquant au Fonds de retraite rien que pour faire plaisir à *Iveko*, le gouverneur s'adonne ainsi à l'une des activités favorites des dirigeants régionaux : donner l'argent d'un voleur à un autre voleur. Cela étant, pas un rouble à l'origine n'est sorti de sa poche.

Mais maintenant que la nouvelle de la recapitalisation d'*AMK* est publique et que la mâchoire d'*Iveko* a claqué dans le vide en croyant se refermer sur la queue de l'iziubr, tous les clients prometteurs ont pris la poudre d'escampette. Serov aurait pu très bien capituler et déserter ces contrées glaciales pour de meilleures latitudes, Moscou ou la Thaïlande, mais un instinct de loup s'est soudain réveillé en lui. Jour après jour, il parcourt la région, faisant parfois jusqu'à trois ou quatre cents kilomètres – aller seul – par des pistes enneigées pour rendre visite aux directeurs pressentis et obtenir d'eux la confirmation de leurs intentions. La plupart de ces directeurs sont des canards boiteux de l'industrie de la défense, et Guennadi Serov semble avoir été programmé pour les mettre en confiance et les rallier à son camp. A ces capitaines du complexe militaro-industriel, la banque peut promettre non des crédits tirés de ses fonds propres (chose inutile, risible et que nul ne pratique), mais des commandes d'Etat. Tout le monde connaît en effet les liens d'*Iveko* avec le ministère de la Défense et le nouveau vice-Premier ministre en charge de l'Industrie, et un bon tiers des clients démarchés ont déjà répondu par un *"da"* définitif, les deux autres tiers étant persuadés qu'Izvolski va maintenant tordre le cou du gouverneur d'abord et de la banque ensuite, et qu'il enverra au poteau financier quiconque aura osé fricoter avec *Iveko*.

Guennadi Serov n'aurait peut-être pas entrepris une tâche si fastidieuse et somme toute indigne de son rang (encore que… un subalterne d'*Iveko* débarquant à la porte d'une usine de chimie envahie par la neige eût inspiré au directeur local une nouvelle crise de moscophobie : on nous envoie un sous-fifre pendant que le top-management de Moscou ne montre jamais le bout du nez), mais une circonstance délicate l'incite à rester : ayant délaissé l'hôtel, Guennadi Serov vit depuis deux semaines dans le trois-pièces cosy de Klava, la nièce de Fediakine.

Soupes au chou, raviolis sibériens… Klava lui concocte des plats mémorables, et quand Serov ne fait pas la tournée des directeurs, il passe des heures affalé sur le divan à manger des pelmeni et à aimer Klava. Lui-même est le premier surpris par son état parce que si ce n'est pas de l'amour, ça s'en rapproche autant que possible pour quelqu'un comme lui. D'où diable lui vient pareil sentiment ? Mystère. D'accord, Klava est plutôt bien mise. Mais Serov a eu des femmes encore mieux mises que Klava, et surtout plus jeunes et sans enfants. Il songe même à lui proposer sa main et son cœur. Dommage qu'il ne puisse se montrer avec elle dans le monde : d'abord, on a vite fait le tour des distractions dans ce trou paumé de Sounja, et deuxièmement, le risque est trop élevé qu'on reconnaisse en la compagne de Serov la nièce de Fediakine et qu'on se pose la question de savoir comment un représentant de la lignée bancaire des Montecchi a pu faire la connaissance d'un rejeton du clan industriel des Capuletti.

Quant à Klava, elle rirait au nez de qui lui dirait que Serov est prêt à l'épouser. Elle est de ces femmes qui, sans rien comprendre au business des hommes, saisissent d'emblée leur nature intrinsèque. Elle voit bien que Guennadi est un lovelace et un dragueur fini, et que s'il mange des pelmeni sibériens au lieu de crevettes moscovites, c'est que le Moscovite a une petite envie d'exotisme…

C'est ce désintéressement, peut-être, qui a séduit Serov. Presque toutes les femmes fréquentées jusqu'ici ont traité le vice-président d'*Iveko* comme une proie enviable et bonne à capturer, alors que Serov, lui-même rapace par nature, déteste jouer le rôle de la proie. Klava, pour sa part, n'a aucune envie de se caser, si légitime que soit cette envie chez une divorcée de trente ans. Qu'elle ait un homme ou pas, elle se sent gagnante dans les deux cas, l'essentiel étant son enfant. Et bien qu'elle soit incomparablement moins riche que Serov, la nièce du directeur adjoint d'Akhtarsk n'est pas pauvre non plus : une voiture et un appartement offerts par Fediakine… et ses besoins ne vont pas au-delà.

Cette idylle sibérienne dure encore six jours après que le conseil des directeurs a décidé de recapitaliser l'entreprise, sur quoi Serov est convoqué à Moscou. Il est de retour dès le lendemain, les nerfs à fleur de peau. Au bout d'une heure et demie passée en doux ébats dans le lit de Klava, il est encore inconsolable.

A cinq heures de l'après-midi, le vice-président d'*Iveko* se met sur son séant, ses jambes nues pendouillant du lit à la recherche de ses pantoufles à poils de laine, pendant qu'une odeur enchanteresse s'échappe de la cuisine : des exhalaisons de soupe au poisson et de quelque chose d'autre à la viande de porc qui graillonne à la poêle.

— Là, vraiment, ils charrient, non mais, ils charrient dans les bégonias ! dit-il soudain à voix haute.

Il parle dans le vide, si ce n'est au téléviseur qui ronronne tout seul dans son coin. Klava surgit de la cuisine, vêtue d'une robe bleue barrée d'un tablier, ses cheveux blonds noués tant bien que mal. Elle porte à la main l'une de ces petites serviettes brodées dont on se sert pour tenir les poignées de poêle.

— Le déjeuner va être prêt, dit-elle ; non mais franchement, se mettre à table à cinq heures du soir… et me mettre au lit après la route… Qu'est-ce que Kirioucha pensera de nous ?

Serov se laisse retomber sur l'oreiller.

— Klava, dit-il, épouse-moi.

Elle écarquille les yeux :

— Mais tu es fou ? C'est l'avion, je parie. Ils ne t'ont pas empoisonné par hasard ? Je les connais, moi, les compagnies locales. Ça te sert un poulet préhistorique et en plus, ça te fait payer la note…

— Non, ils ne m'ont pas empoisonné, dit Serov. Alors, c'est oui ?

La proposition la laisse songeuse.

— Je crois que ce n'est pas possible, dit-elle d'un ton indécis.

(Elle déteste contrarier les hommes qui lui veulent du bien.)

— Mais pourquoi ?!

Elle s'assied au bord du lit.

— Tu n'as pas besoin de moi, à Moscou. C'est juste un coup de blues. Il y a tellement de femmes chouettes, là-bas… Que veux-tu que je fasse, dans la capitale ?

— Des pelmeni ! répond-il sans rire. J'ai chopé un ulcère à l'estomac en Afghanistan, j'ai besoin de manger maison.

Elle secoue doucement la tête : non.

Sautant nu du lit, Serov se met à faire des bonds dans la pièce.

— Ça alors ! je n'en reviens pas ! hurle-t-il. *Iveko*, sais-tu ce que c'est ? Est-ce que tu imagines tout l'argent que j'ai ? On est peut-être passé à côté, mais on ne ferait qu'une bouchée de votre usine de merde ! Toutes les gonzesses me courent après ! Par paquets de dix !…

— Ne te fâche pas, Guena, mais je pense que si je me marie avec toi, Izvolski limogera tonton Micha.

Ces mots lui ont rivé son clou. Klava se lève et disparaît derrière la porte. Un instant plus tard, Serov entend un bruit de poulet qu'on retourne dans la sauteuse.

Habillé et peigné, il entre dans la cuisine dix minutes plus tard. Salade en sauce mayo et pain de betterave au hareng embaument déjà la table, avec deux petits pirojki à l'esturgeon sortis tout rouges du four dans des soucoupes de porcelaine à dentelle au fond d'assiettes creuses encore vides.

— Tu parlais sérieusement ? demande Serov en puisant à pleines louchées dans une soupière en porcelaine.

— Guena, ne te fâche pas. Si tu m'épouses, ce sera peut-être pour un mois, mais tonton Micha sera viré pour toujours, lui.

— C'est n'importe quoi ! profère le vice-président d'*Iveko* en avalant sa soupe. On aura tout vu ! C'est cathos contre huguenots au lendemain de la nuit de la Saint-Barthélemy ! Il était de la banque, elle était de l'usine !... Téléphone plutôt à Fediakine.

— A quoi bon ? Pour lui annoncer qu'on ne se marie pas ?

— J'ai à lui parler de toute façon.

Mikhaïl Fediakine, premier adjoint d'Izvolski, se présente chez sa nièce le lendemain soir après une journée passée au siège de l'administration régionale. Peut-être est-il étonné de trouver le vice-président d'*Iveko* en pantoufles et en jean en train de jouer à quatre pattes sur le tapis avec le petit Kirioucha, six ans, mais il a la délicatesse de se taire. Aucune délicatesse, en revanche, de la part du petit garçon : le charmant bambin s'approche en sautillant de Fediakine que le gel a rendu écarlate, le tire par la manche et lui dit :

— Tonton Guena est mon papa maintenant. Il veut qu'on vive à Moscou mais maman ne veut pas. Maman dit que si nous allons à Moscou, tu seras renvoyé.

Force est de reconnaître que, pour un gamin de six ans, Kirill a remarquablement bien résumé la situation. Fediakine en reste coi, mâchoire tombante, et il ne s'est pas encore ressaisi que Klava entre à fond de train dans le salon, ramasse Kirill et l'emporte dans la pièce voisine en expliquant que tonton Guena et tonton Micha ont à se parler.

Fediakine et Serov restent seuls. Ils se regardent un temps, puis Serov sort une bouteille de cognac de dessous le divan, s'en remplit un verre, le vide et entonne une jérémiade :

— Non mais, franchement… J'ai pourtant tout ce qu'il faut là où il faut. Est-ce que je suis un monstre ? Un va-nu-pieds ? Une mauvaise affaire au lit ? Pourquoi est-ce que je veux et pas elle ?

Et Serov de sangloter, incapable d'accepter une réalité aussi contraire à l'ordre des choses institué par la nature. Fediakine le toise d'un œil méfiant. A en juger par sa mine aigrelette, la nouvelle du mariage du Moscovite ne le réjouit guère pour les mêmes raisons que sa nièce. Si la banque *Iveko* avait réussi son OPA sur l'usine, là oui, c'eût été un parti formidable. Mais maintenant, désolé.

— C'est pour ça que tu m'as appelé ?

— Non. Je voulais te parler. A propos de votre… recapitalisation. Tu étais au courant ?

Il prononce *recapitalisation* à la façon d'un gros mot, comme d'autres, plus incultes que lui, prononceraient le mot *couillon*.

— Non, dit Fediakine, personne ne savait. Même Tcheriaga ne savait pas tout, à ce qu'on dit, juste quelques bribes. Mais c'était lui qui brassait le fric offshore, bien sûr.

— Mais tu as voté pour ?

— Evidemment.

La porte du salon s'ouvre, Kirioucha entre à quatre pattes et lance à Serov :

— Tonton Guena ! Viens jouer à faire tut-tut !

Les lèvres de Serov s'écrasent en un rictus contrarié, il ramasse le camion et sa télécommande (un cadeau de lui, soit dit au passage) sur le tapis, fourre le tout dans les bras du petit et le met à la porte :

— On jouera après, d'accord ? Il faut qu'on parle de choses sérieuses, tonton Micha et moi.

De retour au divan, renversé sur les coussins, il demande :

— Si ça ne tenait qu'à toi, tu aurais approuvé la recapitalisation ?

— Bien sûr, j'aurais voté pour.

— Curieux, dit Serov en fronçant haut les sourcils, et moi qui croyais que nous étions amis.

— Est-ce que je peux savoir ce qui t'a fait croire à une chose pareille ?

— La franchise avec laquelle tu nous balançais les secrets de l'usine.

— Je n'ai rien balancé du tout !

— Viatcheslav Izvolski verra les choses autrement. Et Denis Tcheriaga fera tout pour lui donner raison.

Fediakine se lève :

— Fumier ! Je t'ai traité comme un homme… et toi…

— Et moi quoi ?! Tu n'as pas cinq ans, Mikhaïl Denissovitch. Quand on parle à un adversaire de l'usine des finances de l'usine, ça s'appelle de l'espionnage, tu ne le savais pas ?

— L'espionnage, c'est quand on est payé en retour.

— Es-tu si sûr de ne pas avoir été payé ?

— Comment oses-tu ?!…

— Beloïe-Polié, société à responsabilité limitée…

— Quoi ?!

— La société à responsabilité limitée Beloïe-Polié a reçu de la banque un million et demi de dollars cautionnés par l'administration régionale. La société a deux actionnaires : Serejkine et toi.

— Mais Serejkine a budgétisé cet argent…

Serov, se penchant sur l'autre :

— Il n'a rien budgétisé du tout, c'est clair ? Il a transféré cet argent sur un compte perso et a empoché le fric. Et dire qu'il se fait passer pour un chevalier de la cause des pauvres travailleurs de l'atome… Comment feras-tu croire à Izvolski que vous n'avez pas partagé cet argent ? Tu rêves ! Nous avons copie des ordres de transfert, plus les enregistrements de mes conversations avec toi. Tu t'imagines qu'Izvolski ne fera pas le lien entre les ordres de transfert et les bandes magnétiques ? (Fediakine blêmit tant que Serov craint d'avoir un peu trop forcé. De là à l'infarctus…) Ah ! crapule… (Puis, prunelles contre prunelles :) Tu es fait, Mikhaïl Denissovitch, m'entends-tu ? Tu es fait comme un rat. Vous avez volé, ton pote et toi, un million et demi de dollars à la région. Si tu moufte, le gouverneur te fait mettre en cabane. Et Tcheriaga t'enverra au haut-fourneau dans le lit de fusion…

Fediakine, assis, silencieux, pose des yeux inertes sur le banquier aux allures de faux jeune. Serov pousse un grognement narquois. Il comprend parfaitement ce que ressent Fediakine. Malgré ses airs de petit saint, le directeur financier savait pertinemment ce qu'il faisait en déballant les dessous du combinat. Certes, il ne demandait pas d'argent pour se ménager la possibilité de corriger le tir ultérieurement, mais chacun sait à son âge que les enfants ne naissent pas dans les choux. Il faisait son nid dans l'éventualité d'une victoire de la banque qui lui semblait inévitable. Izvolski a coupé court à sa jouissance.

— Tu te souviens du sort de Skorosko et de Stachevitch ? poursuit impitoyablement Serov. Hein ? Trente-trois ans d'ancienneté dans le combinat, et ouste ! dehors ! chassé de la Pinède, son fils privé de bourse en Angleterre, et pourtant il n'avait pas trahi l'usine, il s'était contenté de ramasser trois kopecks qui traînaient par terre. Tu imagines le sort qu'ils te réservent ?

Les lèvres de Fediakine trémulent.

— Que… qu'est-ce que vous me voulez ?

— La mise en circulation des actions a été gelée, nous avons porté plainte auprès de la Commission fédérale des bourses et valeurs mobilières pour atteinte portée à nos droits en tant qu'actionnaires. Nous avons cinq pour cent, si tu te souviens bien…

— C'est idiot, dit Fediakine, les actionnaires ne sont pas lésés. La Commission fichera votre plainte à la corbeille. Tôt ou tard.

— Tout à fait d'accord. Mais cela peut se produire assez tard. C'est une grande Commission, qu'est-ce qui l'empêche de palabrer et de prendre tout son temps pour essayer de comprendre si notre plainte repose sur des faits ou sur des boniments ?… (Il marque une pause.) Et pendant ce temps, il peut se passer toutes sortes de choses. Par exemple, Izvolski peut aller se faire soigner en Suisse. Et Tcheriaga avec. Auquel cas tu resteras aux commandes du combinat, je vois juste ?

— Oui.

— Tu as le droit de gérer les comptes de *Steelwhale*, oui ou non ?

— C'est Tcheriaga qui s'en occupe depuis trois mois maintenant.

— Peut-être, mais avant c'était toi ? Et personne ne t'a privé de ce droit-là ?

— D'un point de vue formel, c'est exact.

— Eh bien, tu voteras pour le report de la mise en vente des options, tout le temps que les deux autres seront absents…

Fediakine pose les yeux dans le vide.

— Donc, ils iront en Suisse ? demande-t-il doucement.

— Ouais, répond Serov avec un sourire ingénu. Surtout, n'oublie pas que, sur le papier, tu as chouré une brique et demie à la région… Donc, si nous faisons ami-ami, tu deviens le numéro un du combinat, sinon désolé…

— En Suisse… répète Fediakine.

Et de siffler cul sec un demi-verre de vodka.

Un quart d'heure plus tard, Fediakine prend congé et s'en va. Quand Klava glisse un œil dans le salon, elle trouve Guena Serov livré à sa solitude avec une bouteille de cognac vidée d'un tiers.

Il se sent comme le dernier des salopards. D'un autre côté, si Tcheriaga et Izvolski disparaissent, toutes les raisons idiotes pour lesquelles Klava refuse sa proposition seront balayées d'un coup.

Guennadi Serov se verse encore un demi-verre et fixe le miroir. Il y trouve un beau quadra aux traits réguliers et aux yeux couleur de peau de caméléon, il lève alors son verre et trinque avec une moirure aussi lisse que les vitres du gratte-ciel d'*Iveko*. “Tu peux considérer la soirée d'aujourd'hui comme une obole à ton futur bonheur conjugal”, dit-il à son reflet. Là-dessus, il descend son cognac d'une longue lampée.

VII

LES ADVERSAIRES ABATTENT LEURS CARTES

Deux jours plus tard, une Nissan Patrol bleu foncé aux jantes d'acier appartenant à Volodia Kaliaguine pénètre dans l'enceinte du lotissement sécurisé de la Pinède. Il est près de dix heures du soir, la route baigne dans la lumière de puissants réverbères et, devant chez lui, Kaliaguine aperçoit une silhouette de femme avec un chien bondissant : c'est encore Irina qui promène Shekel.

Kaliaguine pointe une télécommande à la fenêtre, le portail de sa maison s'ouvre et la Nissan s'immobilise sur un emplacement bétonné. Il sort de son véhicule. Shekel se rue sur lui, virevolte en l'air, puis pousse un gémissement aigu, fonce sur la voiture et se met à aboyer furieusement.

— Au pied ! Shekel, au pied ! crie Volodia.

— Qu'est-ce qu'il a ? s'étonne Irina.

— Mon adjoint a roulé dans ma voiture aujourd'hui. Il sent une odeur étrangère… Au pied, j'ai dit !

Shekel se calme et s'assoit au pied de son maître, se détournant de la Nissan à contrecœur.

— Denis est-il rentré de Sounja ? demande Kaliaguine.

— Il a téléphoné qu'il serait là dans une heure. Il va encore passer la nuit à travailler avec Slava… C'est mauvais pour lui de travailler autant…

Shekel a de nouveau la bougeotte, il fourre sa truffe sous une bavette de la Nissan et rugit d'une inquiétante façon.

— Pouah !

— Tu passes nous voir demain ? demande Irina. Parce que nous partons le 5 et Slava veut dire au revoir à tout le monde.

— Seulement le 5 ? Je croyais que c'était prévu pour après-demain…

Irina fait un geste découragé :

— C'est la confusion la plus totale. Slava doit faire le voyage dans son jet privé, or la Suisse n'accepte pas les *Yak* pour cause de normes antibruit. Il faut soit payer une amende, soit se poser ailleurs, personne n'y comprend rien, il en est déjà au troisième report et n'arrive pas à boucler ses affaires avant de partir.

— M'ouais, fait Kaliaguine après un silence indéchiffrable, il aurait mieux valu qu'il parte plus tôt… Tu entres ? Ma femme a un tas d'invités à la maison…

Une musique vibre à travers les fenêtres, quelqu'un montre le nez sur le perron mais, repoussé par la froidure de la nuit, referme aussitôt la porte.

— Non, Slava est seul à la maison…

— Tu appelles ça seul ? Avec trois gardes du corps… Ce veinard de Slava…

D'un pas indécis, Irina sort par le portail encore ouvert.

— Volodia, dit-elle en se retournant tout à coup, tu ne dois pas en vouloir à Denis, d'accord ?

Kaliaguine frémit.

— Moi ? A Tcheriaga ?

— Il ne se conduit peut-être pas très bien mais il est tellement surmené. Il ne dort pas plus de quatre heures par nuit ces derniers mois…

— C'est peu dire qu'il ne se conduit pas très bien, renvoie Kaliaguine avec une hargne inexplicable, il se conduit comme la dernière des…

Volodia, de sa main gantée, lance un méchant coup de poing contre le portail. Le coup retentit comme un tir d'arme à feu. Shekel déchaîné bondit et aboie tant qu'il peut.

— Promets-moi une chose, dit Irina.

— Laquelle ?

— De te réconcilier avec Denis. Je sais que ce n'est pas toi qui as commencé, mais vous êtes comme deux locomotives lancées l'une contre l'autre. Demain, à la soirée qu'on donne, vous ferez la paix, d'accord ?

Kaliaguine observe un silence de plusieurs secondes.

— C'est bon, dit-il d'une voix posée. Pour toi, Irina, je suis prêt à faire n'importe quoi. Même à me réconcilier avec Tcheriaga.

Quand Irina est partie et que le portail s'est refermé, Kaliaguine range sa voiture au garage. Shekel redouble d'énervement et bondit de plus belle autour de la Nissan. Alors Volodia prend un sac sur le siège avant, d'où il sort quelques morceaux de sucre enveloppés de papier. Ceux-ci donnés au chien, l'animal se pelotonne dans un coin et s'endort.

Après quoi Volodia ouvre le hayon de la Nissan et un homme s'extirpant du coffre pose le pied sur le sol bétonné du garage : taille modeste et léger embonpoint, blue-jean et blouson noir dont le col masque presque complètement le visage. L'homme louche sur Shekel endormi et dit :

— Qu'est-ce qu'il a pu aboyer, la vache ! Il ne se réveillera pas ?

— Pas avant demain matin.

L'homme offre son dos à Volodia qui déverrouille les menottes entravant ses poignets. Kaliaguine fait partie des trois ou quatre privilégiés dont la voiture ne peut être fouillée à l'entrée, mais allez savoir… Aussi avait-il insisté pour que son passager pénètre dans le lotissement menottes aux poings. En cas de contrôle, il aurait toujours pu dire, l'air de rien, qu'il avait lui-même chargé le suspect dans le coffre sous la menace d'une arme et qu'il le transportait pour interrogatoire… Mais tout s'est passé sans accroc, la voiture a gagné le garage sans encombre, exception faite de la rencontre avec Irina qui a déstabilisé Kaliaguine…

— C'est à se demander pourquoi tu avais si peur, fait Kaliaguine d'un ton maussade en jetant les menottes dans la boîte à gants. Le passager se retourne. Si Alechkine, le commandant du SOBR, avait été présent dans le garage à ce moment-là, il aurait été très très étonné de reconnaître l'Elan sous les traits de ce morne individu.

Calme et concentré comme toujours avant de passer à l'acte, l'Elan ne répond pas. Il replonge dans le coffre de la Nissan pour en extraire un attaché-case. Celui-ci ouvert, il s'avère contenir deux armes à feu : un *Beretta* à trente coups, apprêté à Moscou, et un petit *TT*.

L'Elan sort le *Beretta*, vérifie le chargeur et le canon, y ajuste un silencieux avec une grande économie et rapidité de geste, et le glisse sous son blouson. Ceci fait, il fixe le *TT* à la ceinture de son jean. Il regarde ses mains avec colère. Moins dix degrés dehors : une température relativement clémente pour Akhtarsk mais très basse pour qui n'a qu'une paire de gants de cuir fin sur les doigts. S'il en met de plus chauds, il risque de perdre la sensation tactile de la queue de détente sur l'index.

L'Elan se rappelle très bien comment, le mois dernier, il a tiré sur Kamaz du fond d'un porche. Ses doigts avaient failli geler. Heureusement qu'il travaillait à la *Kalachnikov* et que la précision de tir n'y faisait pas grand-chose : il suffisait d'arroser. Il est vrai que, ce soir-là, on était dans les moins trente bien tassés…

— Tcheriaga arrive dans une heure, dit Kaliaguine. La maison du Lingot est derrière le jardin. Tu as vu les plans.

L'Elan acquiesce. La localisation probable de la cible, les voies de retraite, la topographie, le plan de la maison, il a potassé tout ça à Moscou.

— Quand tu sortiras par là, continue Kaliaguine, tu n'auras plus qu'à lever le taquet. Tu pousseras la porte derrière toi. Il n'y a de chien nulle part, ni chez les voisins ni chez le Lingot. Tu entres dans la maison par la façade ouest. Elle donne sur la rivière à l'abri des regards. Tu passes par la troisième fenêtre à gauche, tu trouveras une espèce de débarras où tu as peu de chance de rencontrer quelqu'un à cette heure. Il y a aujourd'hui un match contre les Espagnols et, par chance, les trois gardes du corps adorent le foot. J'y ai mis du mien aussi. Ils seront scotchés devant la télé, dans la pièce voisine, et, avec un peu de bol, ils n'entendront rien. Tu montes au deuxième étage par l'escalier, tu tombes d'abord sur une orangerie, puis sur un couloir. Première porte à gauche, la chambre du Lingot ; deuxième à droite, son bureau. A cette heure-là, il sera au lit. Soit Tcheriaga et lui seront occupés dans sa chambre, soit le Lingot dormira et Tcheriaga sera installé à son bureau pour travailler sur les dossiers. Il ne les emportera pas avec lui, c'est certain : l'autre voudra les consulter demain matin. La jeep de Tcheriaga stationnera devant le portail, à tous les coups ; si elle est garée à l'intérieur, rien de grave : le bouton de la commande d'ouverture est au poste de garde. Ta seule chance de retraite, c'est la jeep. Les vitres sont teintées et tu as la taille de Denis. Tu mettras son manteau et sa toque, et ni vu ni connu. Reste la barrière : on ne te posera pas de question, mais si quelqu'un fait du zèle, ce sera à qui dégainera le premier. Comment lever la barrière, je te l'ai déjà expliqué. Mais tu n'auras pas à le faire, je te le garantis à cent pour cent : contrôle ou pas, ils ouvriront… Il se peut malgré tout qu'à voir la voiture de leur chef se balader en pleine nuit, ils se méfient. (Après un silence :) Je crois que j'ai tout dit. Dès que Tcheriaga arrive, je te fais signe. Tu pourras y aller une demi-heure après…

Un bruit de talons résonne dans l'escalier, quelqu'un secoue la porte fermée du garage et une voix de femme se fait entendre :

— Volodia ? Qu'est-ce que tu fabriques ? On t'attend pour mettre le cochon sur le feu !

— J'arrive, ma chérie.

L'Elan se coule sans bruit entre les deux voitures parquées dans le garage et s'estompe dans le noir pendant que Kaliaguine ouvre la porte intérieure et monte l'escalier d'accès direct à la maison. La serrure a fait clic. L'Elan est seul.

Une heure et demie plus tard, quand la lune gonflée comme un pis de vache se hisse au plus haut de la voûte céleste, l'Elan se faufile à l'extérieur et s'engage le long de la rue. Kaliaguine avait bien insisté pour qu'il ne laisse aucune "trace d'élan" derrière lui, aussi marche-t-il au beau milieu de la chaussée sur le goudron (on prendra sa lente silhouette pour celle d'un garde), ayant pris soin d'arroser ses empreintes d'un solvant anti-chien.

Tcheriaga se fait attendre plus longtemps que prévu. Il est presque onze heures quand il gare son 4X4 devant chez Izvolski, et l'Elan constate avec satisfaction que le véhicule est parqué du côté extérieur. Reste à souhaiter qu'on n'ait pas encore sifflé la fin du match de foot et que les gardes aient le nez sur le téléviseur. Ce qui ne l'empêchera pas de les tuer de toute façon. Kaliaguine n'a pas été très explicite sur ce point, mais l'Elan n'a aucun doute. Si les gardes entendent le 4X4 partir, les plantons de la barrière seront prévenus. Mieux vaut donc les éliminer aussi sec en les prenant par surprise, plutôt que d'appréhender après coup le moment où ces types se demanderont pourquoi Tcheriaga n'est toujours pas sorti de chez le directeur.

D'un bond agile, l'Elan escalade la clôture de la maison voisine (une simple palissade en bois de deux mètres de haut, la belle affaire...), puis celle de la villa d'Izvolski. Là, les choses se compliquent un peu : il s'agit d'un mur de brique surmonté d'un fil de fer barbelé, mais au pied duquel pousse un superbe cèdre sibérien, et l'intrus se propulse de l'autre côté avec une aisance inattendue. A noter que le dispositif de protection interne au lotissement laisse franchement à désirer. Côté extérieur, ça oui, on ne pourrait y pénétrer qu'en hélico ou en char d'assaut... ou encore, comme on vient de le voir, dans le coffre du chef de la police industrielle. Mais dans l'enceinte du lotissement, les habitants ont décidé de jouer à la villégiature norvégienne sans compter avec les tueurs à gages. Certaines datchas n'ont de clôture que des grilles ajourées d'un petit mètre de hauteur, en regard desquelles la villa d'Izvolski, avec son mur sans télésurveillance, fait figure de château fort médiéval.

Le chef de gang des Pattes-Longues, qui a commencé comme killer de base et qui ne répugne pas à renouer avec ses premières amours quand il le faut, a accepté ce contrat pour la motivation la plus banale qui soit : l'argent. Il a réussi à faire banquer quatre cent mille dollars à Loutchkov pour le meurtre de ces deux-là, dont l'un, paralysé, est hors d'état de résister. Ce faisant, on a transgressé la règle d'or de l'anonymat : à la différence d'un killer à gages, l'Elan connaît parfaitement toute la chaîne du commanditaire à l'intermédiaire. Mais tel est aussi le cas de Volodia Kaliaguine sans qui rien n'aurait été possible. Bien sûr, on aurait pu le supprimer lui aussi dans la foulée, et l'Elan a même travaillé un temps sur cette éventualité jusqu'au moment où Loutchkov a sonné la retraite. Apparemment, Kaliaguine, qui n'est pas un âne, avait pris des dispositions. Si quelque chose lui était arrivé, des révélations auraient fait surface dans une banque occidentale sous la forme d'une cassette vidéo, ou une autre vacherie de ce genre.

Bref, il est clair qu'en cas de fiasco, ce n'est pas l'Elan (piètre canari) qu'on fera chanter, mais Volodia Kaliaguine. De plus, contrairement à l'idée qu'on se fait habituellement de ce genre d'opération, il aurait été extrêmement difficile d'engager au pied levé un killer extérieur pour éliminer Izvolski. Une fois sur deux, les tueurs à gages recrutés n'importe où balancent leurs commanditaires à leurs victimes.

Même facilité avec les vitres du débarras. L'Elan contourne la datcha par l'arrière, notant au passage qu'une seule fenêtre du rez-de-chaussée est allumée côté façade. A en juger par les ombres dansant sur les rideaux roses, le match de foot n'est pas fini.

Il dessine un cercle au diamant sur la vitre, ôte le rond de verre avec une ventouse et tourne la poignée intérieure. Comme c'est une fenêtre à double vitrage, il lui faut répéter l'opération quatre fois : deux fois pour la poignée du bas, et deux pour celle du haut. Vingt minutes après que l'Elan a refermé derrière lui la porte du garage, il traverse déjà le débarras qui mène à la cuisine. Il tend l'oreille : tout est calme, c'est à peine s'il entend les vociférations du foot derrière la cloison. Bravo pour l'isolation sonore, rien à voir avec les barres d'habitation de Moscou où les voisins sont aux abois même quand on tire avec un silencieux. Il lâcherait une grenade dans la chambre d'Izvolski que les gardes ne broncheraient pas, d'autant que les fenêtres sont montées de vitres pare-balles qui résisteraient sans doute à l'onde de choc…

L'Elan se penche et retire les petits sacs de guenille lacés par-dessus ses baskets, les enroule et les met dans sa poche. Ses pas maintenant ne laisseront pas d'empreintes. Si un garde pris d'une envie pressante file aux toilettes, il ne verra pas de marques sur le parquet. L'Elan ôte aussi son blouson de cuir et l'accroche à un clou à l'entrée du débarras : mieux vaut ne pas transpirer dedans en traversant la baraque (de toute façon, il repartira avec le manteau de Tcheriaga sur les épaules). C'est un blouson tout neuf acheté à Moscou dans un bazar, et pour y trouver des indices, les enquêteurs pourront toujours courir. Dans le meilleur des cas, ils prélèveront un cheveu blond tombé de la perruque qui orne le front de l'Elan (blond comme la chevelure de Tcheriaga). Cherchez, les mecs, cherchez…

L'Elan ouvre la porte du débarras et, l'arme au poing, s'enfile dans le vestibule. Peu de lumière. A sa droite se profile l'immense salon plongé dans la pénombre avec sa cheminée éteinte ; à sa gauche s'élève un large escalier de marbre au pied duquel se dessinent nettement les formes d'une spacieuse cage d'ascenseur – un caprice de seigneur, s'étonne d'abord l'Elan avant de comprendre que l'installation a été rajoutée pour le grand blessé.

Montant sans bruit des marches de marbre garnies d'un tapis gris, l'Elan atteint le deuxième étage. Il débouche dans un espace qui ne ressemble ni à un séjour ni à une salle ordinaire, avec deux palmiers près d'une baie vitrée, un divan confortable et un guéridon-échiquier. A gauche, comme prévu, commence un large couloir jalonné d'appliques mates à lampes lumière du jour.

La première porte à gauche présente une poignée jaune d'un goût douteux (plaquée or selon toute vraisemblance), surmontée d'un bloc digital. L'Elan sait que l'entrée est double : une solide porte en bois d'abord, une porte vitrée à rideau ensuite.

Il ouvre la porte en bois et se glisse à l'intérieur.

Un silence surprenant. Il pensait y entendre la voix de Tcheriaga ou d'Izvolski, mais rien. Et pas de lumière derrière la porte vitrée.

L'Elan s'arrête un instant, tendant l'oreille. Il possède une ouïe semblable aux instruments de bord d'un avion de chasse pointé sur sa cible et capable d'enregistrer tous les paramètres environnants, mais pas un voyant rouge ne s'allume à son tableau de bord intérieur.

Il pousse la porte vitrée.

Point n'était besoin de mettre l'arme en joue, il ne tirera pas tout de suite.

Il marque un arrêt sur le seuil d'une vaste chambre à coucher. Grâce à trois larges vitres en forme d'encorbellement, la pièce doit baigner de lumière dans la journée. Maintenant l'oriel est caché par d'épaisses tentures de velours, mais, entre deux rideaux entrebâillés, un puissant réverbère extérieur étale sa lumière sur le lit et la table de chevet encombrée de médicaments.

Surprise, Izvolski ne dort pas seul. Un corps de femme se love aux côtés de l'infirme. Ses cheveux blonds déployés sur un oreiller, elle a le nez sous le bras de son compagnon. "Qu'est-ce qu'une nana ne fera pas pour du fric", se dit l'Elan. Izvolski est étendu sur le dos, la pénombre l'empêche d'observer son visage jaunâtre et bouffi aux paupières closes. De la jeune fille couchée sur le flanc, l'Elan ne voit que les cheveux couleur de blé mûr. Sans doute est-ce là cette fameuse Irina qui, deux heures auparavant, demandait à Kaliaguine de se réconcilier avec Tcheriaga. Une demande pleine de sagesse, mais un peu tardive, hé-hé.

Un silence de mort règne alentour, et l'Elan entend le souffle des dormeurs : insensible chez la jeune fille, mais plus laborieux chez l'autre, à la limite du sifflement.

"Si Tcheriaga n'est pas dans la chambre d'Izvolski, il est dans son bureau, se répète l'Elan qui a retenu les consignes de Kaliaguine, tu longes le couloir et prends la deuxième porte à droite. Il n'y a pas de garde à l'étage, tu n'as rien à craindre."

L'Elan lève le bras, fait deux pas en avant et tire. Lui qui compte parmi les meilleures gâchettes de Russie répugne à tirer à bout portant sur un paralysé, aussi s'est-il posté à deux mètres de la cible. Un point noir surgit sur le front d'Izvolski, semblable à un hanneton. La fille n'a même pas tressailli quand elle a reçu la deuxième balle en pleine tempe. Il aurait pu la laisser en vie mais il n'aurait pas fallu qu'elle se réveille avec un mort à ses côtés avant que l'Elan n'ait quitté Akhtarsk. Bref, pas de pot pour la petite. Elle n'avait qu'à dormir ailleurs.

Sans baisser la garde, il se retourne vers la porte. C'est alors qu'il fait un étrange constat : les deux dormeurs continuent de respirer de leur souffle régulier.

L'instant d'après, la porte extérieure dotée d'un clavier digital laisse entendre un doux cliquetis, et l'Elan comprend qu'elle s'est verrouillée. Une lumière acide et crue jaillit du plafonnier.

— Vous feriez mieux de lâcher votre pétoire, Alexandre Spiridonovitch, fait une voix douce surgissant de nulle part.

L'Elan arrache la couverture du lit. Point d'Izvolski, mais une marionnette aux éclats morts de latex au milieu d'un oreiller. Une tête remarquablement bien faite – à s'y méprendre même de près – avec un vulgaire traversin à la place du corps. Et pas de tête du tout à l'effigie de la jeune fille, mais une simple perruque sur une balle de plâtre.

D'un geste rageur, l'Elan jette les oreillers. Il découvre alors un petit magnétophone noir en train de tourner, d'où s'échappe un ronflement régulier : sifflant pour lui, à peine audible pour elle. L'Elan enrage d'autant plus qu'il ne s'agit pas là d'un bijou de technologie, mais d'un simple dictaphone de reportage made in China avec son étiquette tape-à-l'œil.

— Et maintenant, reprend la même voix douce du haut du plafond, sois gentil de poser ton arme sur la table de chevet. Déshabille-toi et couche-toi au sol les mains derrière la tête. Tu peux garder ton slip. Comme tu le sais, les vitres sont pare-balles. Alors ne fais pas de casse ou nous porterons plainte pour saccage causé à bien d'autrui.

"Est-ce que c'est Kaliaguine qui m'a balancé ou est-ce qu'il s'est fait piéger avec moi ? Ça me démange de le savoir…" se dit l'Elan. Mais l'heure n'est pas à la réflexion. Il pose sa pétoire avec précaution sur la table puis, après une hésitation, sort aussi l'autre pistolet pour éviter les quiproquos.

Une fois déshabillé, il s'étend sur une soyeuse peau d'ours.

Un nouveau cliquetis dans la porte, des pas résonnent et la bouche froide d'un neuf millimètres se pose sur sa nuque. Les yeux en biais, l'Elan aperçoit des baskets blanches sur trois ou quatre paires de pieds. Un garde se penche, ramasse les habits de l'Elan et commence à les vérifier.

Au bout de quelques minutes, il jette les fripes au sol.

— Nickel. Tu peux te rhabiller.

L'Elan renfile son pantalon, boutonne sa chemise et passe un pull noir par-dessus. Ses baskets lui ont été confisquées, sans doute par sécurité : quand on est sans chaussures, on n'a guère envie de courir dehors par un gel de moins douze degrés.

Ses poings sont menottés dans son dos.

— Allons-y.

On le pousse dans le couloir en le tenant par les coudes. Deux portes à gauche, la troisième à droite, et l'Elan se voit introduit dans le bureau d'Izvolski qu'il s'apprêtait à visiter après la chambre à coucher.

La pièce est incendiée de lumière. Le bureau directorial est vide, mais deux hommes sont assis à une longue table de réunion en bois de rose : Tcheriaga et Kaliaguine. Des gardes se tiennent à l'écart, tous en armes. L'Elan s'étonne de l'absence d'Izvolski mais se dit que c'est là une mesure de précaution supplémentaire. Le directeur observe sûrement la scène en duplex de la pièce voisine, les metteurs en scène n'ayant pas souhaité que le paralysé serve de cible ou d'obstacle au cas où l'Elan lancerait des ruades. Précaution au demeurant inutile : l'Elan n'entend se livrer à aucun débordement. Si on ne l'a pas flingué dans la chambre, on ne le flinguera pas ici.

— Assieds-toi, l'Elan, dit aimablement Tcheriaga.

C'était donc sa voix qui parlait du plafond voici cinq minutes. On le fait asseoir dans un fauteuil tournant en lui passant une nouvelle paire de menottes.

— C'est une belle connerie de me balancer, Volodia. Ils te feront la peau à ton tour quand ils sauront pour Kamaz.

— Je pense que vous n'avez pas tout pigé, dit Tcheriaga en secouant la tête. Volodia n'a balancé personne. D'ailleurs, lui et moi sommes en très bons termes. Meilleurs qu'on ne le pense dans certains milieux peu attentifs.

— Moi aussi je suis en bons termes avec lui, dit une voix familière dans le dos de l'Elan.

L'autre se retourne : un coin de la pièce (il ne l'avait pas remarqué) est occupé par un grand baraqué, une vraie dégaine de plantigrade, doux Jésus, mais c'est Vitia Kamaz…

Alors l'Elan, baba :

— Toi ? Mais d'où tu sors ?! Je t'avais réduit en mélasse…

— Voyez-vous, explique Tcheriaga sans se départir de son ton aimable, pendant que vos gaillards étaient en route pour exterminer Kamaz, leurs pétoires ont fait un temps voyage à part, ce qui nous a permis de nous occuper des cartouches. Et comme elles ont été abandonnées sur les lieux du crime, conformément à l'usage en vigueur chez les killers professionnels, c'est la police industrielle qui les a ramassées et personne n'en a rien su. La seule chose que je puis dire, c'est que Vitia Kamaz est un acteur archi-médiocre. Il nous a fallu gaspiller trois bandes vidéo parce que sur les deux premières, le cadavre n'arrêtait pas de gigoter, de battre des cils et même d'éternuer à plein nez.

L'Elan pose un regard ahuri sur Tcheriaga.

— Vous avez chargé des cartouches à blanc ?! C'est pas possible ! Il n'y avait pas d'amorces dans les fusils ! Je… J'ai vérifié les chargeurs avant le tireur ! J'ai l'air d'un idiot, ou quoi ?

— Pourquoi me parlez-vous de cartouches à blanc ? dit Tcheriaga feignant l'étonnement. Comme vous l'avez noté fort justement, Alexandre Spiridonovitch, le pistolet-mitrailleur *Kalachnikov* se recharge grâce au gaz libéré par la percussion des cartouches. Par conséquent, on ne peut pas tirer à blanc sans amorces spéciales… Volodia s'est contenté de vider à moitié les cartouches de leur poudre. Une simple opération de routine qui lui a pris environ trois heures… Dans ces conditions, les balles ne sont mortelles qu'à cinquante centimètres. Ce qui n'a pas empêché Vitia de mettre un gilet pare-balles, bien sûr…

— Et si on avait vérifié les cartouches ?!

— C'était très peu probable. En règle générale, les gens ne vérifient même pas les magasins, alors les cartouches… Premièrement, vous n'aviez pas le temps ; et deuxièmement, si vous aviez vérifié les cartouches, vous auriez certainement renoncé à l'attentat. Vous auriez quitté la ville dare-dare en pensant non sans raison que les dés étaient pipés…

— Je dois dire que ce truc-là me turlupinait, avoue Kamaz. J'ai pensé que tes gars avaient peut-être épluché les pruneaux un à un. J'ai même failli faire dans mon froc quand vous avez commencé à canarder. C'était surtout que je me les caillais ! Une demi-heure couché la tête en bas par moins trente, maman au secours !

L'Elan lève la tête d'un air intrigué :

— Et le Verrat ? s'écrie-t-il soudain. Vous l'avez flingué, lui !

Tcheriaga, Kamaz et Kaliaguine se taisent. Mais Kamaz pousse un mauvais petit rire et l'Elan comprend tout :

— Le Verrat avait vu les flics changer les chargeurs, hein ? Ou il a vu que Kamaz était bien vivant ? Et pan ! un bavard de moins !

Petit rire bref de Volodia Kaliaguine. L'Elan ne dit plus rien. Il est clair qu'on l'a bien entubé, lui, la Forge, Loutchkov et la banque *Iveko* en général. Sa seule consolation est que l'opération d'aujourd'hui, à l'évidence, n'a pas pour finalité la capture du Moscovite Elanov, alias l'Elan. Izvolski a manigancé ce coup pour mettre un tas d'atouts dans son jeu. C'est fou ce qu'il peut coller d'accusations à la banque *Iveko* maintenant… de quoi lui briser les reins. Il a un killer, il a un killer qui tire sur des dormeurs (et tant pis si ce sont des marionnettes), il a sûrement tous les rushes, y compris les pourparlers de Kaliaguine avec Loutchkov et la Forge. L'Elan parie cent contre un qu'il y avait une caméra sous le porche où il a canardé Kamaz. Pour du cinoche, c'est du cinoche : pas de cadavre, mais un vrai film… Comment est-ce qu'ils vont le montrer, au fait ? Parce que, dans le film, on doit voir les flics tirer sur le Verrat ! Et même sur deux Verrat, lui son pote…

Ce qui est chouette, en revanche, c'est que si le Lingot a monté tout ce scénar pour parlementer avec *Iveko*, l'espoir existe encore que les choses se soldent par des compromis plutôt que par des empoignes publiques. Et dans ce cas, il y a une chance pour que l'Elan fasse partie du deal et qu'il s'en sorte vivant. Car enfin, qu'est-ce qu'on lui reproche ? D'avoir tiré sur un traversin ? D'avoir canardé Kamaz à blanc ? Désolé, les mecs, mais si on commence à coffrer tous ceux qui tirent à blanc, ça en fera du monde en taule, entre les gens du ciné et les marchands de pétards…

Tcheriaga bouge sur sa chaise.

— Maintenant que nous avons satisfait votre curiosité, veuillez avoir l'obligeance de répondre à quelques-unes de nos questions. Une chose m'intrigue depuis toujours : pourquoi avoir zigouillé Kolia Zaslavski ? Si j'ai bien compris, il devait s'envoler pour la Suisse pour y vivre dans l'aisance et l'anonymat ?

— M'ouais, fait l'Elan en renâclant, et les quatre briques ?

— Sa part de crédit ?

— Oui.

— Parce que vous n'avez rien reçu du crédit ?

— Si j'ai bien compris, c'est Loutchkov qui a reçu ma part et l'a gardée pour lui. Il s'est servi gratis. Non mais juge un peu toi-même : un bleu a quatre briques en poche et il ne doit rien à personne ! Il les avait volées de toute façon !

— Si j'aime tant le monde du crime russe, dit Tcheriaga en souriant, c'est pour son sens exacerbé de la justice. Si quelqu'un empoche du blé, l'âme sensible des malfrats ne peut tolérer qu'on laisse le gredin impuni… (Tcheriaga s'étire en faisant craquer ses os.) Bon, Volodia, emmène ton zigoto. Bientôt une heure du matin. C'est mauvais pour Slava de se coucher si tard.

Saleté d'angine ! Depuis sept jours qu'elle a pris en filature le chef du service de la sûreté d'*Iveko* Innokenti Loutchkov, elle ne le lâche plus d'une semelle. Fièvre, barre dans la gorge… il se mouche, tousse et, au bureau, passe son temps à boire du lait chaud avec du miel.

A cause de cette fichue angine, Loutchkov se réveille à sept heures et demie ce matin-là, soit une heure et demie plus tard que d'habitude, et ce réveil ne lui dit rien qui vaille : un garde du corps frappe à la porte de sa chambre et lui rapporte qu'une Mercedes est garée devant le portail de la maison avec à son bord un homme qui souhaite parler immédiatement à Loutchkov, et que cet homme s'appelle Denis Tcheriaga.

En un éclair, Loutchkov comprend qu'il s'est gravement planté. Pour être plus juste, il a pensé d'abord qu'il était encore cinq heures du matin et qu'il faisait un horrible cauchemar mais qu'au réveil il allumerait la télé où il serait question d'une atroce tragédie survenue dans la nuit à Akhtarsk ; la présentatrice dirait des choses pathétiques, puis l'écran serait envahi par la gueule d'empeigne du ministre de l'Intérieur, grand ami d'Arbatov, qui promettrait d'associer les meilleures compétences à l'enquête et de démasquer sans faute les criminels.

Mais très vite, malgré la fièvre, Loutchkov comprend que ce n'est pas un mauvais rêve et que si des nouvelles sont données à la télé sur les événements de la nuit à Akhtarsk, elles seront d'une tout autre nature.

Il est clair que la banque s'est plantée, reste simplement à savoir si c'est jusqu'au cou ou jusqu'aux oreilles.

Quand Tcheriaga entre dans le salon, le visage mal rasé et les traits creusés par le manque de sommeil, Loutchkov garde encore un fond d'espoir : peut-être que l'opération a été différée (la date n'était pas arrêtée définitivement) et que l'apparition de Tcheriaga à Moscou résulte d'une pure coïncidence ? Mais l'espoir se dissipe aussitôt parce que Tcheriaga n'a pu se rendre à Moscou de si bon matin que dans le jet privé d'Izvolski, et quelle autre heureuse raison aurait-il de débarquer dans la capitale dès potron-minet ? Contre toute attente, Tcheriaga le salue très cordialement avant de lui demander :

— Vous avez un magnétoscope ?

Bien sûr que oui, et Tcheriaga sort une cassette de son attaché-case qu'il introduit dans le lecteur.

— J'aimerais vous montrer un film, ajoute-t-il.

L'écran s'éclaire sur l'image d'un homme en jean et en pull noir qui longe le couloir d'une riche résidence de campagne. L'homme lève la tête et Loutchkov reconnaît l'Elan. Il se croit un instant devant un reportage réalisé post factum sous la forme d'une reconstitution, mais il est pris de stupeur quand l'Elan lève son *Beretta* sous l'œil de la caméra et tire sans bruit dans les têtes des dormeurs. Puis c'est la fin de la magie : l'Elan se jette sur le lit, défait les mannequins, court la pièce comme un lion en cage, et, obéissant aux ordres, se met ventre au sol.

— Et pourquoi est-ce que vous me montrez ça à moi ? demande Loutchkov avec sang-froid.

Tout n'est pas perdu, en effet. L'Elan n'aura rien dit, bavarder ne fait pas partie de ses habitudes, et il n'y a pas là matière à l'inculper : fusiller des mannequins n'est pas interdit par le code pénal. S'ils ont confondu Kaliaguine, c'est la fin des haricots. Mais eu égard à l'importance de l'affaire, Kaliaguine sera transféré à Moscou. Et là, il reviendra sur sa déposition. Sinon il crèvera. Il a tout intérêt à revenir sur ses dépositions parce qu'il a la mort de Kamaz à son actif…

— Je ne vois pas en quoi je suis concerné, répète Loutchkov.

— Voyez-vous, dit Tcheriaga, ce n'est pas la seule cassette que nous ayons. Je regrette beaucoup qu'Izvolski ne soit pas ici parce que je n'aurai jamais été qu'un simple exécutant, mais tout de même… dès le début, avec cette histoire de détournement d'actions, nous avons compris que dans un contexte russe, les méthodes légales de protection ne sont pas fiables à cent pour cent. C'est comme pour la mise en faillite : même si le principal créancier d'une usine va en justice, la juridiction d'arbitrage peut très bien nommer un autre administrateur que celui cité dans la procédure. Quant aux méthodes sûres à cent pour cent – telle que la recapitalisation – elles aussi risquent d'entraîner malgré tout de fâcheux contrecoups. Notre augmentation de capital est parfaitement légale, bien sûr, mais on peut jouer avec nos nerfs pendant trois bons mois avant de la valider, délai doublé par les procédures d'appel dans les différentes instances. En somme, les méthodes économiques légales ne sont pas efficaces. Pour autant, nous avons quelque peu répugné à recourir aux méthodes extra-économiques, bien que l'unique obstacle à la bonne santé du combinat tienne à la seule personne d'Alexandre Arbatov. N'est-ce pas ?

Une femme de maison entre dans la pièce et pose sur la table une tasse de lait fumant où nagent des traînées de miel. Loutchkov ne peut supporter ni le lait ni le miel mais sa femme, docteur en médecine, l'oblige à boire et du lait et du miel, une prescription à laquelle il se range docilement depuis maintenant une semaine.

Denis attend que le chef de la sûreté d'*Iveko* avale une gorgée de l'écœurant breuvage, puis il continue :

— Je ne pense pas que vous-même (ou bien Serov et compagnie) soyez à l'origine de ce plan génial de conquête d'*AMK*. Non, c'était une initiative personnelle d'Arbatov, votre chef. Pour autant, nous n'avions guère envie de lui tirer dessus.

— Ç'aurait été tintin, lâche soudain Loutchkov.

— Je vous le concède. Arbatov veille autrement à sa sécurité qu'Izvolski, et ce n'est pas lui qui risquerait de faire un saut à la campagne sans escorte… Donc, nous avons été placés en face d'un dilemme : les méthodes économiques de protection sont inefficaces, les méthodes extra-économiques sont impossibles. C'est alors que nous est venue l'idée de développer un dispositif de défense à couches multiples à la façon d'une tête de chou : à chaque feuille qu'on arrache, il y en a une autre dessous. C'est comme aux échecs. Pour gagner, il ne suffit pas de faire échec au roi, encore faut-il l'acculer à une position sans issue. Quand je dis "une idée nous est venue", vous devez entendre que l'auteur en est Viatcheslav. Et que tous les autres, à commencer par moi-même, n'en étions que les exécutants. Nos efforts pour nous attirer les faveurs du tribunal d'arbitrage n'étaient évidemment qu'une pure diversion. Nous étions d'entrée intéressés à ce que les instances régionales vous déboutent pour que vous preniez ensuite votre revanche auprès de la Cour d'arbitrage suprême. Nous avions besoin de temps, telle était la clé de voûte de notre stratégie. Une autre condition à remplir était que le gouverneur rallie le camp de la banque. Ou plutôt qu'il se mette à jouer perso dans l'espoir de manger aux deux râteliers à la fois, banque et combinat. Plus il était accro à ce jeu, plus il freinait le travail du tribunal.

"Deuxième manœuvre de diversion : les plans de mise en faillite du combinat et mes études visant à obtenir un diplôme d'administrateur. Nous étions parfaitement conscients du fait qu'un remède aussi radical et dangereux que la faillite ne pouvait être employé sans risque que si le gouverneur jouait clairement dans notre camp. Mais tel n'a pas été le cas.

"L'augmentation de capital était un geste fort et sans appel. Ce que vous n'avez pas compris, pourtant, c'est que ce n'était pas là notre ultime dispositif de défense. Si vous en étiez restés là ou que vous aviez continué de nous faire des vacheries dans le cadre de la loi, nous n'aurions évidemment pas bougé. Mais il y avait tout lieu de penser qu'Arbatov sortirait de ses gonds. Sachant que cette histoire avait commencé dans un climat de crime avec les Pattes-Longues, nous étions fondés à penser que vous seriez prêts à employer un moyen tout aussi radical contre la mise en circulation de nouvelles actions, à savoir la *Kalachnikov*.

Denis marque une pause. Loutchkov, maintenant qu'il a bu tout son lait, ressemble à une masse ronde et grisonnante avec jean et mocassins.

— Il était clair depuis le début que vous alliez chercher des alliés au sein du combinat, reprend Denis. Et pour que vous n'en trouviez pas de véritables, Slava a décidé de vous en livrer de faux : Micha Fediakine et

Volodia Kaliaguine. Cela présentait l'inconvénient d'élargir le cercle des initiés, j'en conviens, en contradiction totale avec cet aphorisme qui vous est attribué : "Un secret peut être gardé par neuf personnes à la fois, à condition que neuf d'entre elles soient mortes." C'est bien de vous, n'est-ce pas ?

Loutchkov, à qui la rumeur prête en effet pareille sentence, prend une mine renfrognée en épongeant ses lèvres humectées de miel.

— Bref, nous avons décidé de nous torcher avec votre aphorisme. Micha, Volodia, moi-même, nous étions tous au courant. Toutes nos disputes n'étaient que pures mises en scène. J'ai toujours eu d'excellentes relations avec Fediakine. Entre Volodia et moi, c'est vrai, il y avait de l'eau dans le gaz. Mais nous avons formé un tandem magnifique. Naturellement, il a fallu que je tienne le rôle le plus ingrat : celui du goujat. Mais s'il est vrai que je suis ici en train de vous parler, c'est que je m'en suis pas mal tiré. J'avais le cœur déchiré d'entendre Irina me reprocher d'en vouloir à Kaliaguine. C'est une fille toute en sensibilité qui pouvait démasquer notre jeu mieux que quiconque et qui aurait eu le plus grand mal à jouer un rôle, contrairement aux durs à cuire que nous sommes, nous autres mecs… Un thé, ce serait trop vous demander ?

Loutchkov s'approche de la porte du salon et, après avoir crié des ordres en bas, revient au divan.

— Vous épousez votre rôle de goujat à la perfection, c'en est même sidérant.

— Je disais donc que le service de sûreté du combinat avait fait un travail unique en son genre. Nous disposons maintenant d'archives avérées attestant qu'un meurtre a été commandité contre un industriel russe de première grandeur, et nous avons reconstitué toute la chaîne de preuves du killer au commanditaire en passant par l'intermédiaire. Nous avons les enregistrements de vos tout premiers entretiens avec Fediakine et ainsi de suite, jusqu'à ce que la Forge et vous enrôliez Kaliaguine de force. Nous avions très peur que nos appareils enregistreurs ne marchent pas dans les murs de votre résidence de repos, aussi Volodia était-il fou de joie d'avoir pu vous parler au téléphone en la présence de la Forge. Mais, même à l'intérieur de la résidence, nos appareils ont bien fonctionné. Une excellente qualité d'enregistrement. Vous souvenez-vous de ce bref épisode où Volodia demande deux millions de dollars pour le contrat ? Vous êtes alors sorti pour passer un coup de fil, après quoi vous avez donné votre accord. Eh bien, nos enregistreurs ont si bien marché que nous pouvons même avérer la réalité de votre coup de téléphone grâce à des technologies pointues. Nous ne connaissons pas votre interlocuteur. Certains mots sont même mangés. Mais le fait est là qu'après avoir consulté la hiérarchie au téléphone, vous dites oui. Question de cours préparatoire : qui peut consulter le chef du service de la sûreté de la banque *Iveko* ?

“Nous sommes donc en possession de bandes enregistrées qui prouvent l'implication de deux top-managers dans l'organisation d'un meurtre : vous-même et Guennadi Serov. Oui, oui, Serov aussi, parce qu'en promettant à Fediakine de devenir le numéro un du combinat à condition qu'il vote contre la recapitalisation, ça sent très mauvais. Plus la tierce personne que vous avez consultée au téléphone. Je crois que c'est la première fois en Russie qu'un meurtre est non seulement élucidé, mais aussi prévenu ; et que ses commanditaires sont cités nommément.

— C'est de la provocation, dit Loutchkov.

— Que non ! Il y aurait eu provocation si Volodia Kaliaguine était venu vous proposer d'abattre Izvolski. Si vous n'aviez pas plongé tête baissée dans une histoire qui pisse le sang, ça n'aurait donné rien d'autre qu'une simple augmentation de capital.

— Et Kamaz ? Vivant, bien sûr ?

— Naturellement.

— Ses obsèques ont eu lieu bière ouverte…

— Quand on fait du théâtre, on n'économise pas sur les décors. Si on avait fermé le cercueil, vous auriez pu supputer un mauvais tour.

— C'était courir un gros risque.

— Que voulez-vous que nous fassions ? Nous ne pouvons tout de même pas poser sur le bureau du procureur général des images tendant à montrer que le chef de la police industrielle d'Akhtarsk aurait tué son propre adjoint…

— Parce que vous avez l'intention de remettre ça à la Procurature générale ?

— Pas seulement. Nous pensons aussi à la télévision. Aux médias étrangers. Vos créanciers occidentaux se lamentent sur vos dettes de deux milliards de dollars par le biais des contrats forward et des crédits… Vous mettez beaucoup de politesse à leur expliquer que la faute en incombe au gouvernement russe qui a sacrifié le marché des obligations à court terme dans lequel vous aviez placé en tout et pour tout, si j'ai bonne mémoire, zéro virgule trois pour cent de vos actifs. Ils visionneront ces cassettes avec beaucoup d'intérêt. Ils y apprendront que vous manquez d'argent pour honorer vos engagements mais pas pour stipendier les killers. J'imagine que ces images les radouciront et qu'ils accepteront votre offre de restructuration de la dette. Les banques occidentales feront bloc sous le slogan “Liberté au Japonais* ! Echangez-le contre Arbatov !" Parce qu'elles comprendront enfin que les Etats-Unis n'ont pas choisi le bon prisonnier en croyant condamner le parrain de la mafia russe.

Loutchkov exhibe un sourire de pierre.

— Vous commettrez une grave erreur en déposant ces archives à la Procurature générale, dit-il. Parce que vous salirez la réputation du pays. S'agissant des créanciers occidentaux, vous porterez préjudice non seulement à la banque *Iveko*, mais à toutes celles qui sont dans l'incapacité de rembourser leurs crédits à l'Ouest. Et on dira en Occident : "Ce qui est prouvé pour *Iveko* peut l'être pour toutes les autres." Cela ne vous sera pardonné par aucun banquier, aucun gouvernant, aucun gouverneur. Et la Procurature générale se pliera en quatre pour démontrer que ces cassettes sont des faux. Votre usine sera traquée comme un chien enragé qui s'attaque à ses congénères. (Sa voix tremble :) Vous… vous êtes en guerre contre l'ordre social du pays ! La classe au pouvoir dans ce pays, ce sont les banques ! Compris ? Nous pouvons tout ! S'il nous faut tel cours du rouble, le gouvernement s'aligne ! Il vous prend de l'argent à vous le Combinat métallurgique d'Akhtarsk pour financer le cours du rouble nécessaire à nos contrats forward ! S'il nous faut écouler des actifs, le gouvernement décrète un moratoire sur le paiement des dettes ! Puis, une fois les actifs liquidés, quand il nous faut des crédits stables, il vous lève des impôts pour nous octroyer des crédits à nous ! Trois gouvernements ont fait cela, qui pourtant ne peuvent pas

* "LE JAPONAIS", surnom de Viatcheslav IVANKOV (né en 1940), figure du grand banditisme russe, émigré aux Etats-Unis en 1992 où il est condamné à neuf ans de prison en 1995. Retour en Russie en 2005. *(N.d.T.)*.

se voir l'un l'autre ! Ce n'est donc plus une question de gouvernement mais de sauvegarde de la classe au pouvoir. La définition de la classe au pouvoir est extrêmement simple : c'est celle qui bénéficie de l'argent du budget de l'Etat. Vous, vous êtes ceux qui donnent cet argent !

Quelqu'un gratte timidement à la porte. La bonne apparaît sur le seuil avec un plateau chargé de tasses et de confitures.

— Dehors ! crie Loutchkov, et la bonne effrayée déguerpit.

— Vous savez, dit Tcheriaga après une pause, si cette histoire sort au grand jour, je connais encore quelqu'un qui s'en trouvera contrarié au point de faire dans son froc.

— De qui parlez-vous ?

— De la Forge. (Un silence.) On ne peut tout de même pas utiliser un baron du crime comme un paillasson pendant trois mois. Il risque de se vexer, quel que soit le passif de vos rapports. C'est d'ailleurs une question passionnante que celle de votre affectueuse amitié. Nous avons tenté de l'éclaircir et nous sommes tombés sur une série de coïncidences bien curieuses. Par exemple : du jour où vous prenez du galon pour avoir coffré une bande de trafiquants de devises, la Forge obtient le monopole du marché illicite des droits d'entrée dans les magasins spéciaux. Ou encore : le jour où vous arrêtez un gros fabricant clandestin, on apprend qu'il a été plumé la veille par la Forge… Bref, une situation de coopération mutuellement avantageuse. Les frères la crapule aussi pourraient s'intéresser à ces coïncidences. D'ailleurs, ils s'y intéresseront dès que nos films seront diffusés au grand jour et qu'on se demandera pourquoi fichtre les Pattes-Longues roulaient gratos pour la banque *Iveko*.

— Pas gratos, lâche Loutchkov.

— Justement ! Je pense que dans cette situation, la Forge ne pourra sauver son image de marque dans le milieu que d'une seule façon : en claironnant qu'il a été lâché, qu'on lui avait promis la moitié du combinat, et représailles… en liquidant l'un d'entre vous. Vous-même, ou peut-être, hélas, Arbatov. Nous sommes des légalistes, jamais, au grand jamais nous ne ferons la chasse au patron d'*Iveko*, mais la Forge, lui, est un sans-foi-ni-loi, il ne fera ni une ni deux.

Loutchkov soutient un long silcnce. Un très, très long silence.

— Bon, dit-il enfin. On arrête de s'engueuler. Trêve de roulage des mécaniques, il faut discuter la situation d'une façon constructive. Si vous êtes venu chez moi plutôt qu'à la Procurature générale, c'est parce que vous voyez bien qu'elle ne fera ni votre jeu ni le nôtre. Vos conditions ?

Denis sort un dossier de sa serviette :

— Vous retirez votre plainte de la Commission fédérale des bourses et valeurs mobilières, et d'une. Vous nous revendez les actions d'*Impera*, de *Laguna* et de *Chronica* pour dix-sept briques, et de deux. Le FSB classe son enquête à l'encontre de Sentchiakov pour vente d'hélicoptères aux Tchétchènes, et la Procurature générale retire son inculpation pour incitation à la haine raciale.

— Vous choisissez de drôles d'alliés, fait Loutchkov moqueur. Il s'en prend à la "judéo-maçonnerie" à chaque incartade.

— Je suis entièrement d'accord avec vous, acquiesce Denis. Les convictions nationalistes de Sentchiakov… dépassent les bornes, doux euphémisme. Ces trois derniers mois, à force d'émotions, il a beaucoup changé. De la vieille école, il a versé dans n'importe quoi… Mais prenez M. Kondratenko, le gouverneur du territoire de Krasnodar.

Il ne prononce pas une phrase sans faire mention des sionistes et de leurs “pattes crochues”. J'ai même assisté à une conférence historique où je l'ai entendu dire texto : “Ce mois-ci, de grosses cargaisons de pamplemousses ont été livrées à Krasnodar, qui sont tous piqués de points rouges. S'il y a des points rouges, c'est parce que les sionistes ont inoculé le sida aux pamplemousses pour anéantir le peuple russe…” Eh bien, autant que je sache, il ne semble pas qu'une instruction ait été ouverte à l'encontre du gouverneur Kondratenko, ni même qu'on ait rectifié ses connaissances médicales en lui signifiant que le sida ne se propageait pas par les pamplemousses. Et c'est de Sentchiakov qu'on fait le plus grand antisémite de la Russie…

— Soit. Sentchiakov, et de trois.

— La Procurature générale et la police fiscale classent leur enquête sur les exportations fictives du Combinat métallurgique d'Akhtarsk. La Douma cesse toute commission sur la privatisation de la centrale de Beloïe-Polié.

— La Douma, ce n'est pas nous ! proteste Loutchkov. Ces cochons ont perdu leur mangeoire alors ils ruent dans les brancards. Ils peuvent noircir tous les papiers qu'ils voudront, quelle importance ?!

— Je doute que ce ne soit pas vous. Ils en avaient envie, et vous les avez poussés dans ce sens. Maintenant, vous allez les pousser dans le sens inverse. Je me fiche de savoir ce qu'il vous en coûtera. Si la Douma poursuit ses travaux, le combinat devra considérer qu'il y a violation du pack de compromis.

“C'est à tomber par terre”, se dit Loutchkov. Que la banque en soit de sa poche pour couvrir le combinat d'Akhtarsk à la Douma… entre surréalisme et cauchemar.

— Quoi d'autre ? fait-il maussade.

— Eh bien, le crédit, naturellement.

— Quel crédit ?

— Ce par quoi tout a commencé : les dix-huit millions de dollars. Nous en sommes toujours tenus pour redevables. Nous irons donc ensemble au tribunal de Moscou pour reconnaître conjointement que ce crédit est une supercherie.

— Et c'est tout ?

Tcheriaga ouvre en grand la chemise et examine en détail le papier gratté par les pattes de mouche d'Izvolski.

— Je crois que c'est tout.

— Vous ne voulez pas du lait d'oiseau pendant que vous y êtes ? Ou bien financer la campagne électorale d'Izvolski aux prochaines présidentielles ?

— Viatcheslav Izvolski ne prétend pas au poste de président de la Fédération de Russie, notifie Denis en affectant un air sérieux.

— Et si Arbatov vous renvoie paître ?

Tcheriaga hausse les épaules.

— Dans ce cas, c'est Procurature générale, télévision, banques occidentales et autres réjouissances. Je compte beaucoup sur vous pour expliquer à Alexandre Alexandrovitch qu'il ne doit pas foncer dans le mur. Quelque chose me dit que vous êtes sur une pente plus raisonnable que lui.

— Après quoi vous nous livrerez les cassettes ?

— Après quoi nous ne donnerons pas suite à l'inculpation de l'Elan.

— Et les cassettes ?

Tcheriaga hausse les épaules.

— Pouvez-vous garantir qu'au bout d'un an Arbatov ne recommencera pas son petit roman ?

— Et de votre côté, pouvez-vous garantir que vous ne livrerez pas de pièces à charge à la presse une fois que nous aurons posé le couvercle sur la Procurature générale ?

— Nous ne sommes pas fous. Je crois que vos propos sur l'ordre social de la Russie ont été assez clairs.

Denis se lève. Le moment est venu de prendre congé.

— Je crois que nous nous sommes tout dit, conclut-il ; aujourd'hui ou demain, j'aurai un entretien avec Arbatov… A votre place, j'irais le voir illico.

Loutchkov renifle et tousse à se déchirer la gorge. Denis range soigneusement ses papiers dans son attaché-case dont il fait claquer les fermetures en se dirigeant vers la porte.

— J'aurais dû m'en douter, lance Loutchkov avec une soudaine amertume. Le chien des Baskerville.

— Comment ?

— Le cabot à Kaliaguine. Shekel. Il ne se lassait pas de vous. Vous étiez soi-disant fâchés à mort avec son maître, et le molosse continuait de vous lécher à chaque rencontre. Grosse erreur de ma part. (Il marque encore un silence.) Vous êtes un curieux personnage, Denis Fedorovitch… Répondez-moi franchement : n'avez-vous jamais pensé, à un moment donné, que vous pouviez devenir le seul et unique patron de l'usine ?

— Comment ça ?

— Vous aviez les pleins pouvoirs sur l'argent de *Steelwhale*. Si les crapules de la banque *Iveko* avaient descendu Izvolski après que le conseil des directeurs a voté la recapitalisation, vous auriez acheté les actions vous-même. Comme Izvolski il y a quatre ans.

— Je ne suis pas Izvolski, dit Denis.

— En effet. Vous n'avez pas la fibre d'un patron. Vous n'êtes qu'un vizir. Il vous manque un petit quelque chose… Tenez, vous êtes même venu avec une antisèche…

— Au revoir, Innokenti Mikhaïlovitch. Je pense que nous nous reverrons ce soir à la banque.

Et la main de Tcheriaga se pose sur la poignée de la porte.

— Denis Fedorovitch, lance Loutchkov, puis-je me permettre une dernière question ?

— Faites toujours.

— Est-ce que vous plaisez à Irina Denissova ?

— Non.

— Et avant ? Est-ce que vous lui plaisiez ?

— De quoi je me mêle ?

— Je savais, moi, que vous lui plaisiez. Je le savais parce que j'étais persuadé que vous alliez vous disputer avec Izvolski à cause d'elle. Irina et vous, à l'évidence, n'étiez pas indifférents l'un à l'autre. Et physiquement, vous êtes autrement plus séduisant qu'Izvolski, désolé de vous le dire. Izvolski paralysé, avec en plus sa gueule de cochon, n'avait aucune chance… (Une pause.) Savez-vous que vous avez cessé de lui plaire à partir du moment où vous avez commencé à jouer les brutes ? Et que c'était justement le but recherché par Izvolski quand il vous a taillé ce rôle sur mesure ? Il faisait marcher la banque, d'accord, mais aussi vous avec, vous son meilleur ami et son confident !

Denis, lèvres pincées :

— J'en ai toujours été conscient, répond le chef du service de la sûreté du Combinat métallurgique d'Akhtarsk. Au revoir.

Il tourne les talons et quitte sans hâte le salon ennemi.

ÉPILOGUE

Viatcheslav Izvolski, directeur général du Combinat métallurgique d'Akhtarsk, a retrouvé l'usage de ses jambes deux mois plus tard, après trois opérations lourdes et onéreuses subies dans des cliniques helvétiques. Il a perdu vingt-trois kilos et n'a plus la santé herculéenne d'antan.

La banque *Iveko* a fait faillite un mois après que l'Elan a été surpris dans la villa d'Izvolski. Les créanciers russes et occidentaux n'ont pas tardé à comprendre que les caisses de la banque étaient vides et que même la somptueuse tour de quinze étages qui lui avait servi de siège appartenait désormais à la nouvelle banque *RostorgInvest* avec le même Alexandre Alexandrovitch Arbatov à la tête du directoire. La banque *RostorgInvest* a récupéré les clients les plus attrayants d'*Iveko*.

Les créanciers ont regimbé un temps, cherchant à produire la preuve qu'*Iveko* les avait purement et simplement spoliés ; mais quand deux d'entre eux se sont vu inquiétés par le FSB, tout le monde est rentré dans le rang. La banqueroute d'*Iveko*, naturellement, n'a point entaché le prestige et l'ascendant politique d'Arbatov. Pendant que les déposants en colère de l'ex-*Iveko* battaient le seuil de la banque, Alexandre Alexandrovitch obtenait du gouvernement que les fonds publics transitent par

RostorgInvest pour le financement des programmes d'aide au complexe militaro-industriel.

Faillite aussi pour la banque *Métallo*, à laquelle le combinat devait sept cents millions de dollars. De l'avis notoirement compétent de Viatcheslav Izvolski, la banque a été perdue par ses investissements dans le "secteur réel", productif, en l'occurrence dans le combinat pour lequel elle avait dépassé les plafonds de financement. Les créanciers occidentaux de la banque (à savoir la banque *Lehor* sise aux Bahamas) n'ont présenté aucune prétention à *Métallo* qui est donc mort en paix de sa belle mort en dégageant par là même *AMK* de l'obligation de lui rembourser sept cents millions de dollars. La compagnie *Steelwhale*, sise elle aussi aux Bahamas, n'a pas payé non plus le combinat et s'est désagrégée dans la nature. Et les sept cents millions de dollars avec. Nul ne saurait dire où est passé cet argent, mais l'on sait que deux mois après la fin de cette histoire une compagnie offshore au capital social de dix dollars a racheté pour cent cinquante millions une partie des actions de la centrale nucléaire de Beloïe-Polié appartenant à *AMK* ; et une autre société offshore a racheté à une banque russe en faillite, pour quatre-vingt-dix millions de dollars, le bloc de contrôle du combinat d'extraction minière de Tcheremchinsk, fournisseur d'*AMK* en matières premières.

Le gouverneur de la région de Sounja, Alexandre Doubnov, quelque temps après l'histoire qu'on vient de lire, a été battu à plate couture aux élections par son adjoint Trepko qui avait rallié le camp d'*AMK* lors du conflit.

La bagarre a porté un coup terrible à la santé du combinat. La reconstruction de la cokerie a été gelée pour quatre mois ; celle du haut-fourneau numéro cinq, pour six mois. A l'issue du conflit, les ouvriers ont dû subir leur premier arriéré de salaire. Le procurature ukrainienne, excédée par le meurtre du capitaine Opanassenko, a privé le combinat de tout débouché en Ukraine. Les Allemands ont occupé la niche laissée libre par l'acier d'Akhtarsk. Le marché intérieur aussi a mené la vie dure au combinat. Le jour même de la tentative d'attentat contre Izvolski, le patron de l'usine métallurgique de Novolipetsk lui a offert sa propre Mercedes blindée, mais la compassion entre collègues n'a pas empêché les trois principaux concurrents d'Akhtarsk – *Tcherepovets*, *Lipetsk* et *Magnitka* – de piquer au combinat ses clients russes les plus solvables.

La ville de Beloïe-Polié et l'usine d'hélicoptères de Kongarsk sont tombées dans le camp des victimes. Le chantier de la centrale a été suspendu jusqu'à l'automne. Un obstétricien de l'unique maternité de la ville s'est pendu après la mort d'un nouveau-né qu'il n'a pu sauver faute de médicaments les plus élémentaires. Une femme ingénieur d'*Atomstroï*, quadragénaire, a mis fin à ses jours après avoir tué ses trois enfants pour cause de misère, et dix-neuf ivrognes ont été retrouvés morts gelés dans la rue ou dans les steppes environnantes au cours de l'hiver.

L'usine d'hélicoptères de Kongarsk a été paralysée durant cinq mois, harcelée par la procurature, le FSB, la police fiscale et quiconque avait pris en haine Sentchiakov pour son soutien apporté à Izvolski, pour son comportement marginal et pour l'affaire de la société *Saturne*. Les Américains, effrayés par les accusations qui pesaient sur la direction de l'usine, étaient sur le point de démanteler leurs équipements de découpage de missiles, et Tcheriaga a dû faire des pieds et des mains pour qu'ils n'en fassent rien.

Mikhaïl Fediakine, directeur financier d'*AMK*, a subi un infarctus trois jours après la fin de l'histoire. Une fois remis, il a rechuté au bout de trois semaines. Dès qu'Izvolski est revenu à l'usine, Fediakine, à cinquante ans, a présenté sa démission pour aller se soigner à l'étranger.

Vitia Kamaz aussi a jugé qu'il était préférable pour lui d'aller respirer un autre air. Avec deux survivants de sa brigade, il s'est établi au soleil de la Californie, dans une somptueuse villa achetée par le combinat reconnaissant, avec vue sur la mer. Par désœuvrement, Kamaz a décidé de reprendre ses études de physique fondamentale et a été admis à l'Université de Los Angeles.

Les mauvaises langues murmurent que la villa voisine, encore plus luxueuse, a été achetée par Izvolski et que les sept cents millions de dollars envolés avec *Steelwhale* n'ont pas été consacrés seulement à la noble cause du redressement de l'énergie atomique russe et de l'exploitation des minerais. Les agents immobiliers californiens aussi y auraient trouvé leur compte. Toujours est-il que c'est dans la villa voisine que Micha Fediakine est descendu pour se refaire une santé.

Alexandre Elanov, alias l'Elan, a passé un mois et demi dans la maison d'arrêt d'Akhtarsk jusqu'à ce que l'usine et la banque trouvent un terrain d'entente. Au vrai, un accord de principe a abouti au bout de huit heures, en vertu duquel la banque a vendu à *AMK-Invest* les deux sociétés offshore qui possédaient les actions du combinat, moyennant la somme de dix-sept millions de dollars. Il s'agissait bien sûr des dix-sept millions de dollars dont *AMK-Invest* avait la créance pour la cession des actions encore impayées, en sorte qu'il n'y a pas eu de mouvement de fonds : rien d'autre que l'annulation des prétentions mutuelles. Plus n'était besoin, par conséquent, d'augmenter le capital social du combinat de sept cents millions de dollars, et l'opération n'a pas été menée à son terme.

Mais Izvolski n'avait pas oublié la caution de dix-huit millions de dollars produite par *AMK-Invest* en couverture du crédit rétrocédé à *Iveko*, une somme qu'il n'était nullement disposé à payer, pas plus qu'il n'avait foi dans la promesse de la banque de retirer sa plainte. Aussi l'Elan est-il resté à l'ombre un mois et demi durant, jusqu'au jour où le tribunal d'arbitrage de Moscou, cédant à la touchante insistance des deux parties en procès, a dénoncé la caution d'*AMK-Invest*.

Voyant cela, la procurature d'Akhtarsk qui instruisait l'affaire d'Alexandre Elanov a requalifié le chapitre d'inculpation : les enquêteurs ont établi, dans leur sagesse, que ce haut gradé du gang des Pattes-Longues réputé comme l'un des plus fins tireurs de Russie, s'était introduit dans le lotissement pourtant mieux gardé que le Kremlin pour voler deux petites cuillères en argent dans le buffet d'Izvolski. L'affaire est passée au tribunal le jour même, lequel tribunal, compte tenu du casier judiciaire vierge de l'inculpé et de ses antécédents irréprochables (attestés en bonne et due forme par deux de ses employeurs moscovites officiels), a condamné l'Elan à six mois d'emprisonnement avec sursis avec levée d'écrou à la sortie du palais de justice.

De plus, la banque a dû délier sa bourse pour étouffer un certain nombre d'affaires soumises à la justice à sa propre initiative : exportations fictives, menaces à la sécurité nucléaire du pays, incitation à la haine raciale…

Guennadi Serov, vice-président d'*Iveko*, s'est bel et bien marié avec la nièce de Fediakine qu'il a fait venir à Moscou. Il a surpris son entourage en cessant définitivement de courir après toutes les minijupes. Klava le gave consciencieusement de pelmeni sibériens et de soupes aux choux bien grasses. Ce faisant, elle n'arrive pas à s'expliquer que son mari ait le corps toujours aussi sec et noueux. Le scandale suscité par une telle mésalliance n'est pas venu d'Izvolski mais d'Arbatov. Perdant son fauteuil de vice-président, Serov s'est retrouvé simple chef de service au sein de la nouvelle banque. Humilié, il n'a pas tardé à passer chez *Alpha-Bank*.

Nikolaï Zaslavski et Youri Breler ont été inhumés dans l'un des cimetières les plus cotés de Sounja.

Dima Nekliassov s'est acheté une délicieuse petite villa en Floride, ayant tout de même empoché quelques miettes, à défaut de quatre millions de dollars. Il voyage beaucoup et change très souvent de girlfriend. A ce qu'on dit, les narcotrafiquants colombiens viennent parfois consulter le financier russe quand ils sont en butte à la législation des affaires en Russie.

Irina Denissova a épousé Viatcheslav Izvolski une semaine après son retour de Suisse dans une église d'Akhtarsk construite avec les deniers du directeur général. Elle était alors enceinte mais Izvolski a tenu à ce que la grossesse soit interrompue : en raison des médicaments dont on l'avait gavé, les médecins nourrissaient les pires craintes de malformation du fœtus.

Rien de changé chez Denis Tcheriaga. Célibataire il était, célibataire il est resté.

TABLE

BABEL NOIR

Extrait du catalogue

27. LUIZ ALFREDO GARCIA-ROZA
Objets trouvés

28. MAURICE ATTIA
Paris blues

29. FRANCIS ZAMPONI
In nomine patris

30. JEAN-PAUL JODY
Stringer

31. ANNE SECRET
La Mort à Lubeck

32. SERGE QUADRUPPANI
Colchiques dans les prés

33. KJELL ERIKSSON
Le Cercueil de pierre

34. PETER MAY
Jeux mortels à Pékin

COÉDITION ACTES SUD – LEMÉAC

Ouvrage réalisé par l'atelier graphique Actes Sud. Reproduit et achevé d'imprimer en mars 2011 par Normandie Roto Impression s.a.s., 61250 Lonrai sur papier fabriqué à partir de bois provenant de forêts générées durablement (www.fsc.org), pour le compte des éditions Actes Sud, Le Méjan, Place Nina-Berberova 13200 Arles.
Dépôt légal 1re édition : mai 2010.
N° impr. : 111190
(Imprimé en France)